장전된 시간

한국문학과 정치

지은이

조연정 曺淵正, Cho Yeonjung

서울대학교 기초교육원 강의교수. 서울대학교 국어국문학과를 졸업하고 동 대학원에서 「1930년대 문학에 나타난 '숭고'에 관한 연구-주체의 '윤리'를 중심으로」로 박사학위를 받았다. 건국대, 단국대, 덕성여대, 명지대, 홍익대 등에서 강의했다. 2006년 『서울신문』 신춘문예(평론부문)로 등단하였으며 2013년부터 계간 『문학과사회』 편집동인으로 활동 중이다. 지은 책으로 『만짐의 시간』(2013), 『여성 시학, 1980~1990』(2021), 『이상문학 연구의 새로운 지평』(공저, 2006), 『고도의 근대』(공저, 2012), 『한국문학의 가능성-문지의 논리 1970~2015』(공저, 2015), 『김수영 연구의 새로운 진화』(공저, 2015), 『서울의 인문학』(공저, 2016), 『#문학은_위험하다』(공저, 2019), 『무한 텍스트로서의 5·18』(공저, 2019) 등이 있다.

장전된 시간 한국문학과 정치

초판인쇄 2024년 4월 1일 **초판발행** 2024년 4월 7일
지은이 조연정 **펴낸이** 박성모 **펴낸곳** 소명출판 **출판등록** 제1998-000017호
주소 06641 서울시 서초구 사임당로14길 15 서광빌딩 2층
전화 02-585-7840 **팩스** 02-585-7848
전자우편 somyungbooks@daum.net **홈페이지** www.somyong.co.kr

값 35,000원 ⓒ 조연정, 2024
ISBN 979-11-5905-649-9 93810

장전된 시간

한국문학과 정치

조연정 지음

책머리에

　대학원 과정에서부터 박사논문을 집필할 때까지 식민지 시기의 문학을 주로 공부했던 저자는 임화, 김기림, 이상을 다룬 박사논문을 집필한 이후 해방 이후의 한국문학사로 관심을 넓혀 연구 범위를 확장시켜왔다. 여러 의미로 한국 현대시의 기반을 다졌다고 평가되는 김수영과 김춘수의 시론과 시 작품들을 꼼꼼하게 다시 읽어보는 것을 시작으로, 한국문학사에서 문학 연구의 이론화와 비평의 제도화가 동시에 시작되었다고 평가되는 1960~1970년대 비평장의 논의를 재검토하는 작업은 물론, 그러한 한국문학 담론장의 역사가 비교적 최근의 시기인 1990년대에 이르기까지 어떻게 진화되는지를 살펴보는 논문들을 작성하였고, 그 연구 성과들을 이 책에 모았다. 작가론과 작품론의 성격을 띠는 논문들보다는 한국문학장의 작동 원리를 보여주는 주로 담론 분석에 집중한 논문들을 중심으로 책을 엮게 되었다. 그런 이유로 이 책에서는 1920년대의 '시조부흥'에 대한 논의로부터 1990년대의 '문학주의' 담론에 이르기까지 한국문학사의 여러 장면들이 시기와 장르의 구분 없이 두루 담기게 되었다. 구성의 편의상 가장 최근에 썼던 논문들이자 지금의 시간과 가장 가깝게 맞닿아 있는 글들을 책의 앞부분에 배치하였다.

　이 책에서 분석해본 각 시대의 문학장 속에서 개별 시인들이 어떠한 문학적 지형도를 그리고 있는지를, 더욱 치열하게 연구하여 치밀하게 분석해내는 것이, 그리하여 저자 나름의 시각으로 한국문학사를 재구성해보는 것이 앞으로의 과제가 될 것이다. 최근에 출간한 저자의 책 『여성 시학, 1980~1990』[2021]은 그러한 시도의 일부로서 특별히 1980년대 여성 시인들의 작업을 적극적으로 다시 읽고자 하였다.

　이 책의 제목을 '장전된 시간'으로 지은 것은 그런 이유에서이다. '장전된 시간'이란 현실의 시간보다는 더딘 그러나 그보다 더 큰 가능성을 품고 있는 문학의 시간을 의미하는 것이기도 하고, 이 책 안에 담긴 저자의 지난 시간들을 의미하기도 한다. 그 시간들이 이미 흘러가 버린 것이 아니라 미래를 위한 준비의 시간들이었다고 믿고 싶다. 문학을 연구하면서 점점 현실과는 동떨어진 무언가를 쫓는 것 같다는 허탈감에 빠질 때도 있지만, 결국 수다한 텍스트 안의 그 신기루 같은 문장들만이 진실이고 진심이라는 사실을 배워가는 것이 여전히 나에게는 중요한 일인 것 같다. 그 문장들을 정신없이 쫓느라 허둥대던 마음들을 이 책으로 갈무리하고 각각의 글들 안에서 야심차게 던져놓았던 과제들을, 앞으로 책임감 있게 하나하나 풀어나갈 것이다. 연구 대상들을 더 가깝게 실감하고 싶다는 욕망 때문에 연구의 시기를 자꾸 당기거나, 한국문학사를 두루 탐색하고 싶다는 욕심 때문에 이 장면 저 장면들을 열심히 기웃거렸지만, 물리적 거리와는 무관하게 텍스트의 마음을 정확히 꿰뚫는 방법들을 저 '장전된 시간'들 속에서 이제 어느 정도 터득했다는 생각도 든다.

　연구자로서 언제나 선생님들의 시간을 열심히 뒤쫓아 가고 있다고 생각하는데, 도저히 헤아릴 수 없는 시간들을 켜켜이 담아 놓은 두꺼운 연구서들을 제자들 앞에 내놓으시는 신범순 선생님께 부끄럽지 않은 제자가 되어야겠다고 다짐해본다. '네 안의 분명한 빛을 따라 가보라'는 선생님의 말씀을 가슴 깊이 새기겠다. 대학원 과정을 졸업하고 박사논문을 쓰는 동안 따뜻한 가르침을 주셨던 서울대학교의 은사님들께도 늦게나마 진심을 담아 감사의 인사를 올린다. 그간 제법 다양한 형태의 글들을 써왔지만 언제나 가장 긴장되는 순간은 논문의 문장들을 쓸 때이다. 그 긴장을 잃지 않게 해주는, 나아가 읽고 쓰는 시간들을 외롭지 않게 해주는, 선·후배 동료 연구자들에게도 이 자리를 빌려 감사의 말을 전한다. 그들의 글이 없었다면 이 책은 나오지 못했을 것이다. 책의 출간을 허락해주신 소명출판의 박성모 사장님께도 특별한 감사의 인사를 드리고 싶다.

연구자의 길을 함께 걷고 있기 때문에 각자의 시간을 확보하기 위해 서로의 시간을 빼앗아야만 하는 관계이기는 하지만, 그래도 마음으로 많이 기대고 있다는 사실을 남편 전우형에게 지면을 빌려 새삼 말해보고 싶다. 앞으로도 건강하게 즐겁게 오래오래 같이 공부하자. 이번 책을 집필하며 내 나름 마음속으로 굳게 다짐한 것이 있다. 마음의 평정을 유지하면서 그 다짐들을 실천해나가는 것을 부모님께서 아주 오랫동안 지켜봐 주신다면 정말 큰 힘이 될 것 같다. 사랑하는 채완이도 그런 엄마를 지금처럼만 따뜻하게 바라봐 준다면 더할 나위 없이 좋겠다.

2024년 봄을 맞으며
조연정

차례

제2부
계간지시대, 1960~1970년대의 비평장

제3부
시와 정치 혹은 김수영과 김춘수

'문학주의'시대
1990년대의
비평장

제1장

『문학동네』의 1990년대와 '386세대'의 한국문학

1. 1990년대를 다시 읽는 일

1994년 겨울호로 창간된 계간 『문학동네』는 창간 4주년을 맞는 1998년 겨울호부터 20세기 한국문학을 결산하는 5회의 연속 기획 특집을 마련한다. 2년 넘게 이어진 이 기획에서는 「20세기 한국문학이란 무엇인가」 1998 겨울라는 주제 아래, 중진 평론가 김윤식, 권영민, 최원식, 김인환이 각자의 시각으로 '한국 근대문학의 기원과 구조, 성격과 계보'를 정리하였으며, 비교적 소장 평론가라 할 수 있는 정호웅, 신승엽, 김미현이 「20세기 한국문학의 반성 I」 1999 봄이라는 주제 아래 각각 '극단의 상상력', '민족문학', '젠더'라는 키워드로 20세기 한국문학을 설명하기도 했다. 이어지는 1999년 여름호의 특집 역시 '20세기 한국문학의 반성 II'인데, 이 호에서는 서영채, 류보선, 오형엽, 류준필 평론가가 각각 「근대성과 파토스」, 「성장」, 「근대 시론과 미적 근대성」, 「국문학이라는 개념」이라는 주제로 한국 근대문학 100년에 관한 성실한 보고서를 제출한다. 한국 근대문학의 성립 이후 처음으로 맞는 세기 전환기인 만큼 문학사의 한 세기를 정리하는 작업이 당시의 문학잡지에게는 필수적으로 요청되는 것이었겠으나, 사실 이러한 기획이 『문학동네』가 창간 이후 반복적으로 호명해온 '1990년대 문학'의 특별한 위치를 명확히 확정짓기 위해서도 필요했던 것이었음은 쉽게 짐작된다.

이에 1999년 가을호와 겨울호는 「1990년대 한국문학이란 무엇인가」라는 주제의 연속 기획을 마련한다. 김혜순, 정끝별 시인이 1990년대 시단을 스케치하고 조남현, 이성욱, 이광호 평론가가 1990년대 비평의 성과와 과제를 정리하는 가운데, 내부 필자인 당시 『문학동네』 편집위원 서영채, 황종연, 신수정, 류보선이 직접 1990년대의 소설을 정리하는 작업을 실행한다. 이들은 이른바 "1990년대와 가장 행복하게 만난 작가"[1]로 일컬어지는 윤대녕, 신경숙을 필두로 장정일, 은희경, 최인석, 김영하 등 '신세대' 작가들을 호명하면서 1990년대의 문학을 이전 시기와 차별화하려는 욕망을 가시화한다. 서영채의 「냉소주의, 죽음, 매저키즘 : 90년대 소설에 대한 한 성찰—신경숙, 윤대녕, 장정일, 은희경의 소설을 중심으로」는 신경숙과 윤대녕 소설에서 죽음 이미지를, 장정일과 은희경의 소설에서 냉소의 태도를 포착하고 이를 "1990년대라는 포스트모던한 문화의 현실 속에서 소설과 문학, 혹은 예술의 존재 근거에 대한 성찰의 계기를 제공"[2]해주는 것으로 파악한다. 황종연의 「비루한 것의 카니발—90년대 소설의 한 단면」은 장정일과 최인석의 소설에서 공통적으로 추출되는 "비

---

1 「1997년 가을호를 펴내며」, 『문학동네』, 1997 가을.
2 서영채, 「냉소주의, 죽음, 매저키즘 : 90년대 소설에 대한 한 성찰—신경숙, 윤대녕, 장정일, 은희경의 소설을 중심으로」, 『문학동네』, 1999 겨울.

루한 것에의 열광"을 "그저 대안 없는 장난 정도로 취급하는 것은 온당치 않다"라는 판단 아래, 이러한 '비루한 것의 카니발'이 결국 "인간사회의 윤리적 통합에 대한 어떤 종류의 믿음보다 오히려 건전한 도덕적 감각", 즉 "진정성의 파토스"[3]를 내포하는 것임을 역설한다. 장정일과 김영하의 소설을 검토하는 신수정의 「푸줏간에 걸린 고기─신인新人의 탄생」은 이들 문학이 보여준 '위반의 상상력'이 단순한 포즈가 아니라 "지난 연대 우리 문학의 사회정치적 리비도를 내면화"[4]한 결과라 분석해본다.

서영채, 황종연, 신수정의 글은 다루는 대상과 그들에게 접근하는 이론적 틀이 조금씩 상이할 뿐 사실 유사한 주장을 제출하고 있는 것으로 보인다. 이전 시기와는 다르게 덜 고상하고 덜 진지해 보이는 1990년대 문학의 새로운 현상이 사실 문학과 현실과 인간에 대한 진지한 윤리적 성찰을 내면화한 결과라는 분석을 강조하는 것이다. 한편, 박완서의 『그 많던 싱아는 누가 다 먹었을까』, 최인훈의 『화두』, 김원일의 『불의 제전』, 임철우의 『봄날』 등 기성작가들의 굵직한 역사소설을 1990년대 문학의 중요한 성과로 거론하며 1990년대의 "탈역사적 문맥화"[5]를 문제 삼는 류보선은 문학사적 연속성의 관점에서 1990년대를 바라본다. 당대를 바라보는 류보선의 관점은 일견 위의 필자들과 달라 보이지만, 이러한 역사소설들이 "1990년대 특유의 역사에 대한 불감증 혹은 기억 상실증을 대단히 불길한 징후로 파악"한 결과 쓰인 것이라 해석하는 한에서, 그 또한 1990년대 문학의 중요한 성과로 역사와 현실에 대한 작가들의 '성찰'을 부각시키고 있다

---

3 황종연, 「비루한 것의 카니발─90년대 소설의 한 단면」, 위의 책.
4 신수정, 「푸줏간에 걸린 고기─신인(新人)의 탄생」, 위의 책.
5 류보선, 「역사와 기억, 그 영원한 화두」, 위의 책.

고 하겠다.

요컨대, 1990년대 『문학동네』의 평론가들이 주력한 것은 1990년대 문학의 '새로움'을 입증하는 일보다는 그 새로움이 목적하고 있는 어떤 성찰의 지점을 발견해내는 일이었다고 할 수 있다. 달리 말하면 이들이 시도한 것은 1990년대 문학이 어떻게 1980년대 문학과 멋지게 결별하고 있는가를 증언하는 일이기 보다는 전자가 어떻게 후자의 '대안'이 될 수 있는지를 증명하는 일이었던 셈이다. 이들 자신이, 그리고 이들이 주목한 '신세대' 작가들도 사실은 1980년대의 문학과 이념에 더 익숙한 '386세대'의 전형에 가까웠다는 점은 그 이후의 한국 문단과 관련하여 여전히 흥미로운 분석이 필요한 부분이다. 1999년의 시점에서 서영채는 "1990년대 문학의 풍경이 내게는 그 어느 시대보다 울창하고 다채로운, 단지 너무 가까이 있어 오히려 잘 보이지 않는 숲으로 보인다"[6]라며 '1990년대 문학'에 대한 넘치는 애정과 신뢰를 표했다. "너무 가까이 있"다는 이 고백은 단순히 1990년대 문학에 대한 당대적 일체감을 드러내는 것을 넘어, 훨씬 더 본질적인 심정적 동질감을 드러내는 것으로 읽힌다. 뒤에서 살펴보겠지만 그것은 서영채의 표현을 따르면 "1990년대의 마음" 혹은 "정서affect"[7]에 관한 것일 텐데, 1990년대 내내 『문학동네』가 반복해 강조한 표현을 따르자면 '문학주의' 혹은 '문학적인 것'으로 말해지는, 문학에 대한 근본적 지지와 관련된다고 할 수 있다.

새천년이 도래한 직후 1990년대 문학을 결산하는 좌담에서 황종연은 "좀 더 멀리서 역사적으로 조망하게 되면 1990년대는 '문학적인 것'에 대

---

6 서영채, 앞의 글.
7 서영채, 「신경숙의 『외딴방』과 1990년대의 마음」, 『문학동네』, 2017 봄.

한 향수가 훨씬 우세했던 시대로 평가되지 않을까요?"[8]라고 말하며『문학동네』의 태생이 이러한 '진정한 문학에의 복원의지'와 관련이 있음을 피력한다.『문학동네』의 이같은 '문학주의'가 1980년대의 소위 '운동으로서의 문학'이 억압했던 '문학의 자율성'을 복원했다고 이해되는 것은 비평사의 상식에 가깝다. 그런데 그 '문학주의'라는 것이, 나아가 그것을 가능하게 한 '1990년대의 마음'이라는 것이 정말로 1980년대의 문학 혹은 1980년대의 마음을 멋지게 극복한, 많이 달라진 것이었다고 할 수 있을까. 그러니까 '너무 가까이 있'어 보지 못했던 것은 1990년대 문학의 실상이기 이전에 그것을 있게 한 전사前史로서의 1980년대의 지분은 아니었을까. 이 글은 이런 의문에서 시작한다.

2. 위기 혹은 기원으로서의 1990년대

주지하듯 1990년대가 한국문학사에서 어떤 '기원'이 된다는 것은 현실사회주의의 몰락과 '역사의 종언'이라는 세계사적 정황을 직접적으로 대입한 당대적 판단이다. 무언가 끝이 났으니 새로운 것이 시작될 수밖에 없다는 것이다. 이처럼 대안으로서의 사회주의 이념이 완전히 끝장을 보게된 시점에서, 한국사회는 1987년 6월항쟁과 대통령 직선제 개헌, 노태우정권 출범과 삼당합당이라는 말 그대로 격변의 시절을 지냈다. 정확히 말하면 희망과 절망이 빠르게 교체되는 '환멸의 시간'을 통과한 것이라 할

---

8   신수정·김미현·이광호·이성욱·황종연 좌담, 「다시 문학이란 무엇인가」, 『문학동네』, 2000 봄.

수 있다.[9] 멀게는 식민지 시기의 '민족/계급문학'으로부터 가깝게는 1970
~1980년대의 '민족/민중문학'에 이르기까지 정치운동의 성실한 조력자
로 승승장구했던 문학은 이러한 '환멸의 시간'을 통과하며 대사회적 명분
을 잃은 채 '위기'에 몰렸고, 설상가상으로 각종 영상 매체의 발달과 만연
한 상업주의는 이러한 문학의 위기를 담론의 층위가 아닌 실제의 차원에
서 가속화한다. 『문학동네』의 창간사에서도 1990년대 이후 문학판에 불
어닥친 이러한 위기의 목록이 '이념적 진공상태', '무분별한 상업주의의
유혹', '문자문학의 영역을 잠식해오는 영상매체' 등으로 요약된다.

　그러나 1990년대에 발표된 평론들이 수없이 지적해온 이러한 위기의
내용들은 실상 더 이상문학에 호의적이지 않은 외적 상황의 변화들을 열
심히 지적하는 것에 가까웠다. 그러한 상황이 '문학의 위기'로 이어진다
고 할 때 그 위기의 내용이 무엇인지에 대해서는 쉽게 답하기 어려웠던 것
도 사실이다. 이같은 외적 변화들이 "오늘날 우리 문학이 당면해 있는 위
기에 대한 알리바이가 되어주지 않으며 우리 문학의 향배를 결정짓는 절
대적인 불변의 요인이 될 수 없다"는 사실을 『문학동네』 창간사도 분명히
지적했다. 특히 상업주의와 매체의 문제는 피할 수 없는 역사적 현상이며
문학 고유의 것이 아닌 예술 전반의 난제라는 점에서도[10] 이러한 외적 조

9　보통 1990년대를 '환멸의 시대'라 명명할 때 이는 현실사회주의의 몰락으로 인해 '다
　른 세상'의 가능성이 완전히 사라진 절망적 현실을 의미하는 것으로 범박하게 이해되곤
　한다. 그러나 서영채는 1990년대를 '환멸의 시대'라 부를 수 있다면 그것은 1987년으
　로부터 1991년 분신정국을 거치는 오 년여의 시간을 의미하는 것이라고 말한다. "학생
　과 시민의 힘으로 무언가를 이뤘는데 정작 바뀌어야 하는 핵심은 그대로 남아 있는" "허
　탈"의 상태를 의미한다는 것이다. 그런 점에서 그는 1990년대가 제대로 시작된 것은
　김영삼 정부가 출범한 1993년, 아니 더 정확히 말해 내란으로 국권을 장악한 신군부의
　수뇌들이 법정에 세워진 1995년일 것이라고 말한다. 이런 관점을 따른다면 1994년 겨
　울에 창간된 『문학동네』는 1990년대의 본격적인 시작을 제대로 선언한 잡지라 해도 틀
　린 말은 아니다.

건이 문학에 어떠한 형질 변화를 일으켰는지에 대해서는 좀 더 긴 시간을 둔 숙고가 필요했던 것이다.

그렇다면 1990년대의 문학은, 나아가 그것을 성실히 담론화한 1990년대의 비평은 어떻게 읽혀야 하는 것일까. 이 글이 쓰인 2018년의 관점으로 본다면, 1990년대는 문자 문화로서의 문학이 위기에 처했다는 진단에도 불구하고 출판 산업의 호황기였음은 분명하며, '아무도 읽지 않는 문학비평'이라는 말들이 이미 떠돌았음에도 불구하고 평단의 헤게모니를 장악하기 위한 투쟁도, 그러한 비평적 논쟁이 가능하도록 하는 이른바 공중에게 공유되는 텍스트도 상대적으로 풍부했던 시기였다 할 수 있다.[11] 1990년대는 정확히 말해 '위기'의 시대라기보다는 '위기'가 시작되려는 시대였다고 보는 것이 긴 안목으로는 더 맞는 말이다. '좀비비평'[12]이 선언되고 '비평의 우울'[13]이 평단의 지배적 감성이 된 지도 한참이 지난 2018년의 시각에서 보자면 1990년대는 분명 문학 생산과 수용의 여건이 향상되고 그와 더불어 비평 역시 활발했던 한국 평단의 마지막 호황기로 회고될 수도 있는 것이다.

1990년대가 어떤 '기원'의 시기였는지, 문학의 항상적 위기론을 감안

---

10 신수정, 「좌담 발제문-다시 문학이란 무엇인가」, 『문학동네』, 2000 봄.
11 한편 "실존적 기투의 치열성과 동기부여의 절실성 면에서" 문학비평가가 영화비평가나 대중문화비평가보다 뒤떨어져 있다는 진단이 나오기도 한 시기가 1990년대이다(권성우, 「대중문화시대의 문학비평, 그 불우한 자존심의 운명」, 『문학동네』, 1996 여름). 젊은 평론가 권성우는 "비평 활동이 문학 전공의 대학원생들의 공식 면허 시험처럼" 여겨진다는 냉소적 비판을 제출했으며, 이성욱은 "학습된 개념과 텍스트를 서로 짝맞추기로 '연습'하는 방식"의 "리포트형" 비평 혹은 "밀폐된 텍스트주의"가 유행하는 현상을 지적하며, 비평적 자의식의 부재를 꼬집기도 한다(이성욱, 「비평의 길」, 『문학동네』, 1999 가을).
12 소영현, 「좀비비평의 미래」, 『문학과사회』, 2012 겨울.
13 김영찬, 『비평의 우울』, 문예중앙, 2011.

하더라도 특별히 더 불행했던 '위기'의 시기였는지에 대해서는 앞으로의 문학사가 본격적으로 토의할 내용이지만,[14] 1990년대가 어떤 '단절'의 시기였던 것만은 분명하다. 물론 이는 이전 시대를 기준으로 했을 때 가능한 말이다. 1990년대 문학을 결산하는 자리에서 신수정이 "1990년대 문학은 한 번도 그 스스로의 준거에 의해 자신의 정당성을 확정짓지 못했다"며 "제대로 이해받지 못한 자의 치욕스러움"을 이야기할 때, 이는 언제나 1980년대를 기준점으로 평가된 1990년대의 비극을, 나아가 1980년대와 1990년대의 건널 수 없는 간극을 토로하는 말이 된다. 당대에는 물론이거니와 그 이후로도 줄곧 1990년대를 다루는 글들은, '공동체에서 개인으로', '이념에서 욕망으로', '광장에서 밀실로', '전장에서 시장으로' 등 다양한 대립항들을 동원하며 1980년대 문학과 1990년대 문학 사이의 단절을 강조해왔다. 현실사회주의의 몰락이라는 자명한 사실이 뒷받침하고 있기는 하지만, '위기론'를 동원하면서까지 '단절'을 강조하는 이러한 태도는 새로운 시대의 헤게모니를 선취하기 위한 후발주자의 인정욕망으로 해석되곤 한다. 1990년대의 문학을 결산하는 좌담에서 황종연은 "문학위기

---

14 『문학동네』 2000년 봄호에서 진행된 좌담을 참조하면 '문학의 위기'에 대한 당대 논자들의 입장은 미세한 차이를 보인다. 이광호, 황종연, 신수정 등의 평론가가 비평담론의 헤게모니 장악을 위한 문학위기론의 책략적 성격을 인정하는 한편, 김미현, 이성욱 평론가는 문학위기론의 심각성을 실감하는 편이다. 특히 이성욱은 "문학 생산이 심미적 부가가치를 위한 동기보다 경제적 이윤 동기에 휘둘리게 되는 상황이 번연히 벌어지는" 상황에 대해 문학인들의 대처 능력이 점점 떨어지고 있다는 점, 문자문화로서의 문학이 영상문화와 차별화하는 방안을 열심히 고안했는가에 대해서도 회의적이라는 점에서, 문학 위기론의 실체성을 심각하게 강조한다(신수정 외, 앞의 글). 문학과 자본의 결탁, 영상매체에 의한 문학 영역의 축소라는 사정이 2000년대 이후 손쓸 방도 없이 강화된 점을 고려하면, 1990년대가 문학위기론의 책략적 성격을 인정하며 안심할 상황은 아니었다는 생각도 든다. 이러한 위기에 대한 대처 방안은, 아이러니하게도 자본과 매체의 힘을 적극 활용하는 방식으로 2010년대 이후에 와서야 산발적으로 모색되었다. 대중지향적 문학잡지의 출간이나 독립 출판 등이 이에 해당될 것이다.

론은 1990년대 문학 자체에 대한 비판적 대응과는 거리가 멀고, 비평담론의 헤게모니를 장악하려는 책략적 성격이 다분"했음을 인정하고 있다. '단절'은 기성세대가 뒷세대에 대한 불만을 토로하기 위해서도, 새로운 세대가 기성세대와 자신들을 차별화하기 위해서도 동원되는 것이지만, 후자의 경우 훨씬 더 효율적으로 활용되기 마련이다. 『문학동네』는 그 유명한 '내면' 혹은 '개인'이라는 비평용어를 토대로 1990년대 문학을 1980년대와 차별화하는 데 어느 정도 성공한 것이다.[15]

그렇다면 비평담론의 헤게모니 투쟁이라는 당대의 욕망을 괄호치고 문학사의 통시적인 맥락에서 객관적으로 읽었을 때에도, 1990년대는 눈에 띄는 뚜렷한 분기점으로 인정될 수 있을 것인가. 1990년대 문학은 2000년대 이후의 문단에서 문학사의 어떤 '기원'으로 자주 호출되는 시기임에는 틀림이 없다. 2000년대 이후의 문단에 나타난 다양한 문학적 시도들이 평가될 때마다, 1980년대의 문학이 1990년대 문학을 평가하는 기준점이 되듯, 1990년대 문학은 2000년대 문학의 전사前史로서 자주 호출된다. 중요한 차이는 1990년대 문학에게 1980년대가 전적으로 극복해야 할 대상이었다면, 2000년대 이후의 한국문학에게 1990년대는 단순히 청산의 대상으로만 여겨지지는 않는다는 점이다. 2000년대 문학의 '탈내면화' 경향을 지적하는 비평들은 2000년대 문학과 1990년대 문학의 차이를 '체질적'인 것으로 이해한 뿐, 의식적인 차별화 전략을 취하지는 않는다. 1990년대는 어떤 경우 2000년대 문학에게 소중한 '기원'으로서 신성

---

15 1980년대에 대한 청산을 목표로 1990년대 비평이 한정된 의미의 '내면성'을 도구로 내세워 문단의 헤게모니를 장악하는 과정을 연구한 배하은의 논문(「만들어진 내면성 - 김영현과 장정일의 소설을 통해 본 1990년대 초 문학의 내면성 구성과 전복 양상」, 『한국현대문학 연구』 50, 한국현대문학회, 2016)을 참조.

화되기도 한다. 그런 점에서 1990년대가 1980년대와 2000년대와의 갈등과 공존을 통해 시대적 정체성을 구현하는 "일종의 타협형성"에 의해 규정된 시대라는 김영찬의 지적도 타당하게 읽힌다.[16]

문학 잡지들이 2000년대 이후의 문학을 차별화하기보다는 오히려 더 잘 '이해'하기 방편으로서 1990년대 문학을 호출했던 기획들은 적지 않았지만, 이러한 기획들은 주로 1990년대의 특정한 작가들을 재발견하는 소극적 방식으로만 이루어지기도 했다. 이러한 시도의 확장판은 최근 『문학동네』가 기획하고 있는 "문화사 프로젝트 1990~2010년대"이다. 1990년대를 본격적으로 역사화하는 작업은 사실 학계에서보다도 평단에서 조금 먼저 시작된 셈인데, '문화사 프로젝트'라는 제목에서도 환기되듯 이 야심찬 기획은 1990년대를 기점으로 현재까지의 문화사 전반을 아우르고자 한다. 문학사의 관점에서만 보자면 이 기획의 특별함은 '문화사'의 맥락에서 문학사를 다시 쓰고자 한다는 점, 나아가 다양한 필자를 동원하여 1990년대 문학에 대한 다양한 목소리를 종합해보고자 한다는 점에서 일단 그 표면적 의의를 찾을 수 있다.[17]

'#문단_내_성폭력' 해시태그 운동이 한창이던 2016년 겨울에 이 연재 코너는 그 기획의도에 대한 별다른 언급 없이 시작되었으며, 이후에도 이 프로젝트에 대한 『문학동네』 편집진들의 특별한 발언은 찾기 힘들었다. 하지만, 2015년 겨울호를 끝으로 편집위원 자리에서 물러난, 그러니까 정확

16　김영찬, 「'1990년대'는 없다—하나의 시론, '1990년대'를 읽는 코드」, 『한국학논집』 59, 계명대 한국학연구소, 2015 참조.
17　최근까지도 지속된 이 기획은 문학사, 영화사, 대중음악사의 단순 나열일 뿐, 종합적 의미의 문화사라고 보기는 힘들 듯하다. 나아가 지난 20여 년의 시간을 통시적인 관점에서 바라보기보다는 대체로 1990년대를 회고하는 식으로 서술되고 있다.

하게 20년간 80권의『문학동네』를 만들어온 '문동'의 1세대 비평가인 황종연과 서영채의 글로 시작되는 이 문화사 프로젝트의 의도는 어렵지 않게 짐작된다. 시작 당시 이 기획의 제목은 '문화사 프로젝트 1995~2015'였는데 이는 명확히 말해 '문동'의 한 시절이 끝났다는 선언임과 동시에『문학동네』가 창간된 1995년을 정확하게 1990년대 문학의 시작점으로, 나아가 그 시기를 한국문학사의 어떤 '기원'으로 확정지으려는 욕망의 발현이라 읽힐 수 있는 것이다. 사실 전자보다는 후자의 욕망에 좀 더 충실한 기획이라 할 수 있을 텐데, 2015년이라는 연도는 1995년을 기점으로 시작된 한국문학의 어떤 경향이 여전히 '현재진행형'이라는 의미를 드러내기 위한 것일 뿐 사실상 특별한 의미는 없는 숫자로도 보이기 때문이다.[18] 이 기획의 제목이 '문화사 프로젝트 1990~2010년대'로 변경되며 정확한 연도를 지우게 된 것도 이와 관련된 것이라 생각된다. 그렇다면 1990년대의 문단에서 비평 담론을 선도했던 그들 스스로가 사후적으로 다시 읽어보려는 1990년대는 과연 어떤 모습일까.

---

18 주지하듯 2015년의 문단은 '신경숙 표절 사태'를 겪으며 돌이킬 수 없는 내상을 입었다. 신경숙을 비호하려 했다는 이유로 창비와 문학동네 출판사가 대중의 뭇매를 맞기도 했으며 이를 계기로 '비평 권력'에 대한 다양한 비판의 목소리들이 표출되었다. 이 사태가 도화선이 되어 문학잡지들이 나름의 혁신안을 마련하는 가운데 공통적으로 비평(가)의 영역을 축소하는 방향으로 변화를 시도했다. 이런 상황에서『문학동네』가 1990년대라는 비평의 '호시절'을 역사화하는 작업에 착수한 것은 여러모로 의미심장하다. '문동'의 '비평 권력'이라는 무분별한 비판에 대한 일종의 반격에 해당하는 작업으로도 이해된다.

3. 포스트모더니즘의 기원으로서의 1990년대와 『문학동네』

"문화사 프로젝트" 문학사 파트의 첫 번째 필자는 황종연이다. "한국문학의 1990년대는 아직 끝나지 않았다"라는 문장으로 끝을 맺는 황종연의 글 「『늪을 건너는 법』 혹은 포스트모던 로맨스-소설의 탄생」은 포스트모더니즘 사조가 1990년대 문학에 남긴 흔적을 구효서의 장편을 통해 찾으려 한다. 1990년대의 한국사회가 포스트모더니즘 발생의 경제적 조건인 후기자본주의에 이르지 못했기에 1990년을 전후로 산발적으로 유입된 포스트모더니즘 이론이 몇 년 사이 거품처럼 사라질 수밖에 없었다는 기존의 관점을 참조하면서도, 황종연은 그처럼 급격히 퇴조한 포스트모더니즘 이론이 1990년대 이후의 한국문학에 특정한 영향을 끼쳤음을 가설로 세워본다.

이때의 포스트모더니즘이란 미국의 독문학자인 안드레아스 후이센의 구분을 따른 것으로, 1960년대와 급격히 단절된 1970년대 미국의 포스트모더니즘과 상통하는 것이다. 이는 유럽 아방가르드에 그 뿌리가 닿는 반예술로서의 포스트모더니즘과는 구분된다. 황종연의 정리를 따르면 "모더니즘과 대중문화의 대립, 고급예술과 저급예술의 구분을 폐기하는 방향"으로 나아간, "고전적 모더니즘 미학에서 보면 뻔뻔한 단순성과 통속성을 가지고 범상한 것을 기록하는"[19] 이른바 레이먼드 카버나 무라카미 하루키 같은 작가들의 "미적 대중주의"를 지칭하는 것이다. 1990년대 이후 한국 문단에서 활발히 활동한 작가들의 작품에서 레이먼드 카버나

---

19 황종연, 「『늪을 건너는 법』 혹은 포스트모던 로맨스-소설의 탄생―한국문학의 1990년대를 보는 한 관점」, 『문학동네』, 2016 겨울, 365면.

무라카미 하루키의 영향이 발견된다는 점은[20] 명확히 실증되지는 않았어도 대체로 인정되어온 사실이다. 이러한 영향 관계를 참조하며 1990년대 이후 대중화 혹은 연성화하였던 한국소설의 어떤 경향을 황종연은 포스트모더니즘의 흔적으로 이해해본다.

사실 이러한 '미적 대중주의'의 경향은 초기의 『문학동네』가 표방한 방향과 많은 부분 일치한다. 위 글에서 황종연이 회고하듯 『문학동네』 2호는 '해외작가특집'에서 무라카미 하루키를 다뤘고, 무라카미 특집호이자 장정일 특집호였던 1995년 봄호는 발행 후 보름 정도 후에 중쇄를 찍을 정도로 반응이 좋았다고 한다. 이러한 상황을 특별히 환기하지 않더라도 『문학동네』가 어느 정도 '미적 대중주의'의 방향을 취했다는 사실은 다양하게 확인된다. 『문학동네』가 창간호부터 현재에 이르기까지 시보다는 대중적으로 좀 더 익숙한 소설 쪽에서 새로운 작가를 발굴하면서 유의미한 소설 담론을 생산하는 데 주력했다는 사실도 새삼 강조될 필요가 있다. 코너의 이름이 2016년 봄호부터 '조명'으로 변경되었을 뿐, 창간호로부터 현재에 이르기까지 "특히 역점을 두어 진행하고 있는 '젊은 작가 특집'"[21]을 비롯하여, 1995년부터 운영한 '문학동네소설상'과 1996년부터 시작된 '문학동네신인작가상'은 새로운 신인 작가를 호명하는 중요한 통로로 기능해왔다. 최윤을 시작으로 장정일, 김영현, 김형경, 정찬, 신경숙, 채영주, 김인숙, 윤대녕, 은희경, 최인석, 김소진, 임철우, 배수아, 성석제,

---

20 1990년대 많은 작가들이 하루키의 영향으로부터 자유롭지 못하다는 점은 이미 1990
    년대의 남진우가 지적한 바 있다(남진우, 「오르페우스의 귀환」, 『숲으로 된 성벽』, 문학
    동네, 1999, 410면). 386세대와 하루키의 관계에 대해서는 김춘미의 논문(「한국에서
    의 무라카미 하루키-그 외연과 내포」, 『일본연구』 8, 고려대 글로벌일본연구원, 20
    07)을 참조할 수 있다.
21 「1995년 봄호를 펴내며」, 『문학동네』, 1995 봄.

전경린, 한창훈, 이혜경, 김영하, 공선옥, 백민석 등의 작가들이 '젊은 작가 특집'에 초대되었으며, '문학동네 소설상'과 '문학동네 신인상'을 통해서는 은희경, 김영하, 조경란 등의 작가가 배출되었다. 이러한 상시적인 코너와 문학상 운영 이외에도, 『문학동네』는 '1990년대 문학'을 진단하는 기획 특집에서 신경숙, 윤대녕, 장정일, 배수아, 성석제, 은희경, 전경린 등의 젊은 소설가를 수시로 호출한다.[22] 일본의 문예평론가 사이토 미나코의 표현을 빌리자면 『문학동네』는 "문단 아이돌"[23]을 적극적으로 만들어내는 방식으로 대중적 작가들을 배출하려고 했던 것인지도 모른다. 『문학동네』가 공들인 이러한 기획의 대표적 성공작으로 신경숙이 거론되곤 한다.[24]

드러내놓고는 아니지만 은연중 추구한 『문학동네』의 이같은 "미적 대중주의"는 창간호에서부터 강조된 '문학적인 것으로의 회귀'라는 다소 모호한 비평적 아젠다를 통해 지지된다.

『문학동네』는 어떤 새로운 문학적 이념이나 논리를 표방하지는 않으려고 한다.

---

22 상대적으로 시 쪽에서는 젊은 시인들을 발굴하는 일에 주력하기보다는 기성 시인들을 대우하는 방식을 택했던 것으로 보인다. '시인을 찾아서'라는 코너가 이성복 특집을 시작으로 황지우, 김혜순, 도종환 등 당시로서는 문단의 중견인 시인들을 주로 다루었다는 점에서 확인된다.

23 사이토 미나코, 나일등 역, 『문단 아이돌론』, 한겨레출판, 2017.

24 1985년 「겨울 우화」로 등단한 신경숙이 문단의 주목을 받게 된 것은 『문학과사회』 1992년 여름호에 「풍금이 있던 자리」를 발표하고 동명의 소설집을 문학과지성사에 출간한 직후의 일이다. '문지 작가' 신경숙은 1990년대 중반 『깊은 슬픔』과 『외딴방』을 통해 문학동네 성장의 밑거름을 마련해주었으며, 2008년 출간된 『엄마를 부탁해』는 주지하듯 창비에 큰 상업적 이득을 가져다주기도 했다. 이러한 사실 확인과 함께 천정환은 신경숙이 창비와 문동의 교집합이 되어가는 과정을 통해 1990년대 한국문학장의 변모를 분석해본다. 천정환, 「창비와 '신경숙'이 만났을 때—1990년대 한국문학장의 재편과 여성문학의 발흥」, 『역사비평』, 역사문제연구소, 2015 가을.

대신 현존하는 여러 갈래의 문학적 입장들 사이의 소통을 촉진하고, 특정한 이념에 구애됨이 없이 문학의 다양성이 충분히 존중되는 공간이 되고자 한다. (…중략…) 특히 기성의 관행에 안주하지 않는 젊은 문학인들의 모험과 시도를 폭넓게 수용하여 우리 문학의 활력을 높이는 데 기여하고자 한다. 형해만 남긴 채 실체는 사라진 문학정신의 회복을 추구하고 모든 교조적 사고 방식 및 허위의식에 맞서 싸워나간다는 전제에만 동의한다면 『문학동네』는 그 누구에게나 그 문을 활짝 열 것이다. 강조-인용자[25]

이미 『창작과비평』, 『문학과사회』, 『세계의문학』으로 삼분화된 문단의 구도 안에 뛰어든 후발주자로서 『문학동네』는 기존의 특정 노선을 따르지 않겠다는 의지를 강하게 피력한다. 그 대안으로서 자신들의 입장은 "특정한 이념에 구애됨이 없이 문학의 다양성이 충분히 존중되는 공간"을 만들고자 한다는 것으로 정리된다. '비-이념'과 '다양성'이라는, 사실 뚜렷한 입장을 드러내지는 않은 셈이 된 이러한 『문학동네』의 출사표는 그렇기에 오히려 더 야심찬 것으로 받아들여지기도 한다. 동시에, 2호의 서문에서 스스로 인정하듯 그 입장의 모호함이 내내 의문에 부쳐지기도 한다. 그럼에도 불구하고 『문학동네』는 이러한 일견 모호한 입장을 '진정한 문학', '본연의 문학' 등의 말로 대체하면서 그 기조를 유지해나간다. 창간 1주년 기념호의 서문에서는 "문학 자신의 권위와 체제를 스스로 넘어서는 부정의 정신"이자 "개방의 정신"이라는 말로 '본연의 문학'이라는 말이 부연 설명되며, 창간 2주년을 맞는 1996년 겨울호에서도 "어떤 새로운 이념이나 논리를 표방하기보다는 현존하는 여러 갈래의 문학적 입장

---

25 「창간호를 펴내며」, 『문학동네』, 1994 겨울.

들 사이의 소통을 촉진하면서 문학의 다양성을 존중하는 공간이 되고자 했"다며 창간호의 선언과 크게 다르지 않은 말들로 자신들의 입장을 재차 강조한다. 『문학동네』의 이러한 태도가 '창비'로 대변되는 전 시대 '이념의 문학'을 넘어서고, '문지'로 대변되는 엘리트주의의 미적 모더니티를 넘어설 수 있는 대안으로 고안된 것이라는 점은 쉽게 추측된다. 이념에 종속되지 않는 리버럴한 문학을 추구하되 그것은 누구에게나 열린, 더 정확히 말해 일반 독서 대중들에게 효과적으로 다가갈 수 있는 문학이어야 했던 것이다. 특정 문학 집단이 취한 입장의 단일한 의도를 정확히 단정하기는 힘들겠지만, 의도가 무엇이었든 이러한 전략이 1990년내 문학동네 출판사의 괄목할 만한 성장으로 이어졌다는 점은 분명해 보인다.

오랫동안 '문학주의'라는 "족보에도 없는 용어"[26]로 포장되어왔고, 나아가 '상업주의'라는 비판에 노출되기도 한 『문학동네』의 이러한 기조는 황종연의 뒤늦은 명명에 따르면 포스트구조주의 혹은 해체주의와도 거리를 두는 미국식 포스트모더니즘의 "미적 대중주의"의 경향으로 설명된다.[27] 어느 시대의 문학이든 마찬가지이겠지만 1990년대 문학의 경향을 이야기할 때에도 그 안에 보수적인 것과 전위적인 것이 공존한다는 시각은 일반적인데, 황종연이 『문학동네』 2000년 봄호의 좌담에서 1990년대

---

26 신수정 외, 앞의 글.

27 이때 '대중적인 것'이 무엇인지에 대해서는 좀 더 논의가 필요하지만 황종연의 글에 간략히 서술된 바에 따르면 그것은 "인물보다는 플롯을 우선하고, 현실 묘사의 그럴듯함보다 상징 또는 관념의 그럴듯함을 중시하며, 평범한 것, 통상적인 것보다 비범한 것, 기이한 것을 선호"하는 "미국의 로만스-소설(romance-novel)"과 친연한 어떤 "공식"을 따르는 소설이다. 『문학동네』 편집위원들이 생각한 '진정한 문학' 혹은 '좋은 문학'이라는 것을 한 마디로 정의하기는 어렵겠지만, 그들이 공통적으로 지지하거나 호명한 작품들의 특징을 살펴거나 문학동네가 운영한 '소설상'과 '작가상'의 계보를 점검하며, 이들의 취향을 황종연이 말한 '미적 대중주의'로 설명해보는 실증적 작업도 흥미롭게 진행될 수 있을 것 같다.

의 해체적 경향을 두고 1980년대의 황지우나 박노해, 이인성이나 최수철에 못 미치는 것으로 평가 절하한 것도[28] 『문학동네』의 어떤 일관된 입장을 재확인하게 하는 대목이라 할 수 있다. 전위적인 것에 관한 한, 1980년대 아방가르드의 폭발성, 급진성, 투철함을 1990년대 문학이 넘어서지 못하고 있다는 그의 판단은 이른바 '창비적인 것'은 물론, 문학의 자율성을 공유한다는 점에서 상대적으로 『문학동네』와 더 가깝게 느껴지는 '문지적인 것' 마저 낡은 것으로 만들어버리는 전략적 발언으로 읽힌다. '문동' 식으로 표현하면 1990년대의 가장 급진적 문학이란 '젊은 문학'이자 '문학 본연의 문학'인 바, 그것은 황종연의 사후적 해명에 따르면 미국식 포스트모더니즘에 그 뿌리가 닿는 역사적·이론적 필연성을 지닌 것이 된다. 그런 점에서 '문화사 프로젝트'의 첫 머리에 놓인 황종연의 글은 현재로까지 이어지는 문학사의 위 같은 경향을 1990년대의 '문동'이 급진적으로 선취했다는 사실에 대한 사후적 자기확인의 작업이라 할 수 있다. '미적 대중주의'는 비단 상업주의 혹은 대중주의라는 당대적 전략으로만 폄하될 수 없는 포스트모더니즘의 한 지류로서 문학사적 정당성을 지니게 되기 때문이다.

황종연의 「『늪을 건너는 법』 혹은 포스트모던 로만스-소설의 탄생」은 '미적 대중주의'의 한켠에 한국문학의 포스트모더니즘의 또 다른 경향으로서 "뒤늦은 프로이트주의"를 놓아두고 있다. "앞으로 실증을 요하는 잠정 발언이지만, 한국문학의 포스트모더니즘이 어떤 측면에서 미적 대중주의라면, 다른 어떤 측면에서는 — 서양과 일본의 사상사 연표를 기준으로 하면 — 뒤늦은 프로이트주의라고 해도 좋을지 모른다"[29]는 것이다. 사

---

28 신수정 외, 앞의 글.

실 1990년대 이후의 비평장과 관련하여 더 흥미로운 대목이 여기다. 2000년대 초중반까지 비교적 그 열기가 활발했던 비평장을 돌아보았을 때, 주체와 타자에 관한 담론들은 물론 윤리와 정치에 관한 담론들이 대체로 프로이트-라깡-지젝으로 이어지는 이론들을 적극적으로 수용하여 '실재의 윤리'를 탐색하는 작업을 실행했음은 주지의 사실이다. 그러한 사실을 확인하는 것이 위 글의 목적은 아니겠지만, 황종연이 위 글에서 한국 포스트모더니즘의 또 한 경향으로서 "뒤늦은 프로이트주의"를 지목하는 것은 다음과 같은 발언을 위한 것으로 보인다.

> 『늪을 건너는 법』 신판 해설에서 향유 충동 대신에 '야생의 파토스'라는 말을 사용한 류보선은 그 리비도적 에너지로부터 힘을 얻어 대안적 상징 질서를 추구하거나 '실재의 윤리'를 모색하는 것이 1990년대 이후 한국문학이 내내 집중한 일이었다고 쓰고 있다. 탈중심화한 주체의 발견과 그에 따른 새로운 윤리의 모색은 『늪을 건너는 법』을 효시로 하는 포스트모던 로만스-소설 계보에서, 예컨대 윤대녕의 『옛날 영화를 보러 갔다』1995, 김연수의 『7번 국도』1997, 백민석의 『목화밭 엽기전』2000, 김영하의 『검은 꽃』2003, 천명관의 『고래』2004 등으로 이어지는 계보에서 주목할 만한 성취를 보았고, 2010년대 현재도 계속되고 있다고 생각된다. 그런 의미에서 말하건대, 한국문학의 1990년대는 아직 끝나지 않았다. 강조-인용자[30]

이 글에서 지적한 '향유 충동' 혹은 '야생의 파토스'라고 할 만한 그 에

---

29 황종연, 앞의 글, 386면.
30 위의 글, 386~387면.

너지는 1990년대 『문학동네』 비평의 전매특허라고도 할 만한 '내면성' 혹은 '존재의 시원'이라는 말을 떠올리게 한다. "기나긴 1990년대"라는 절제목이 말해주듯, 황종연은 이 글에서 2000년대 이후의 비평장에서 활발하게 논의된 '타자의 윤리'에 관한 담론이 결국 『문학동네』가 1990년대에 개발한 비평담론으로부터 기원한다는 말을 하고 싶었던 것은 아닐까. 구효서의 소설을 시작으로, 황종연이 그 계보에 놓아두는 윤대녕, 김연수, 백민석, 김영하, 천명관 등의 작가들이 『문학동네』를 통해 열심히 조명된 소위 '문동' 작가라는 점에 대해서는 이론의 여지가 없을 것이다. 이 "뒤늦은 프로이트주의" 혹은 "실재의 윤리"는, 이론적 내공과 남다른 문장력으로 1990년대의 '문동' 담론을 훌륭히 계승한 2000년대 후배 비평가인 신형철의 '몰락의 윤리'와 김홍중의 '진정성 체제'로 이어진다. 황종연이 말한 '실재의 윤리'는 향유 충동을 의미화하는 해석자의 윤리로 이어지는 바, 이는 이미 김홍중이 신형철 등의 2000년대 미래파 비평을 메타비평하며 "실재에의 열정에 대한 열정"이라는 말로 정확히 기술했던, 포스트 진정성 체제의 비평가들의 내면 풍경과 상통한다. "실재에의 열정에 대한 열정은, 실재의 열정이 잦아들어간 환멸의 시대를 사는 지식인이 냉소와 허무에 빠지지 않고, 사라졌다고 생각되는 진정한 가치를 새로운 방식으로 갱신하고자 하는 의지이다."[31]

그러므로 "한국문학의 1990년대는 아직 끝나지 않았다"는 황종연의 말은 이 "기나긴 1990년대"가 바로 『문학동네』의 '미적 대중주의' 혹은 '프로이트주의'이 둘이 어떤 관계를 맺고 있는지에 대해서는 좀 더 따져봐야 할 것이다로부터 시작했음을 알리는 선언임과 동시에, 2000년대와는 확연히 다르게 비평의 의

---

31 김홍중, 『마음의 사회학』, 문학동네, 2009, 420면.

지가 그 바닥을 드러낸 2010년대 말의 평단을 향해 진정성의 윤리를 되찾을 것을 촉구하는 요청과도 같은 말처럼 읽힌다. 요컨대,『문학동네』의 '문화사 프로젝트'는 1990년대의『문학동네』를 새로운 시작점으로 하여 아직 진행 중인 '어떤' 한국문학사에 대한 자전적 기술이라 할 수 있다.

4. "1990년대의 마음"과 "장기 1980년대"

어떤 시기의 감각으로 읽느냐에 따라, 또 어떤 세대의 감각으로 읽느냐에 따라, 그러니까 누가 어떻게 읽느냐에 따라 특정 시기의 성격은 달라질 수 있다. 문학사의 특정한 시기가 이전 시기와 단절되는가 연속하는가, 혹은 그 시기의 영향이 어디로까지 이어지는가는, 보는 관점에 따라 당연히 그 판단이 달라진다. 그렇기 때문에 문학사는 하나일 수 없고 끊임없이 다시 써질 수밖에 없다. 현재의 시점에서 되돌아본 1990년대 문학은 황종연의 글에서 보듯 어떤 기원으로서 읽히는 것이 분명하다. '기나긴 1990년대'라는 명명이 결정적으로 그 사실을 증명한다. 흥미로운 점은 최근 1990년대 문학에 대한 관심이, 현재적 관점에서 되돌아보는 평단의 시각과, 과거로부터 거슬러 올라오는 학계의 시각이 겹치는 지점에서 형성된다는 점이다. 전자의 시각에서 1990년대는 확실한 시작점이 되고, 후자의 시각에서는 그것이 결정적 '단절'을 내포한다고 하더라도 전시前史가 분명히 존재하는 공간이다.

최근 1980년대의 노동문학에 새롭게 접근하는 연구들이 공들이는 작업은 기존의 문학사에 각인되지 못했던 '노동자 글쓰기'를 복원하는 일이다. "노동자 글쓰기나 노동문학의 역사적 의미는 일부 문학사가 기술해놓은 바처럼 박노해·백무산과 같은 몇몇 뛰어난 자질을 가진 개인과 문학 작품이 '노동문학'이라는 영역을 개척했다는 데 있지 않다"[32]는 것을 증명하기 위해 노동자들의 수기나 '생활글'들을 다시 꺼내 읽는 작업들이 실행되고 있다. 1980년대가 이후 86세대, 즉 당시 지식인 대학생들의 학생운동을 통해 많은 부분 설명되어온 것에 대한 반성으로, 최근 노동자, 여성[33] 등 당대의 다양한 주체들의 목소리를 복원하는 일이 시도되고 있는 것이다. 천정환이 지적하듯 이러한 노동자 글쓰기가 1990년대 초를 기점으로 빠르게 망각되어 간 것은 당시 지식인 문예운동가들과 비평가들 스스로가 1980년대에 대한 재빠른 청산과 전향을 선택했기 때문이다. 1990년대 문학을 설명하는 '역사에서 개인으로' 혹은 '광장에서 밀실로'라는 수식어들은 현상을 증언하는 것이기 이전에, '내면성의 문학', '탈이념의 문학'을 향한 과도한 '막대 구부리기'에 해당된다고 그는 말한다.[34]

1980년대 문학을, 아니 1980년대를 다양한 목소리와 더불어 복원하려는 최근의 시도는 이미 오래전부터 문학 연구의 주류로 자리 잡은 매체 연구, 담론 연구, 문화 연구의 영향은 물론 '일베' 현상 등 정치현실의 우경화를 비롯한 다양한 타자 담론들의 영향이 종합된 결과라 할 수 있다. 연구의 영역으로 들어올 만큼 거리두기가 가능해졌다는 단순한 문학사적 감각이나 문학 연구의 어떤 관행을 넘어서는 지점에서 1980년대에 대한

---

32 천정환, 「그 많던 '외치는 돌멩이'들은 어디로 갔을까―1980~90년대 노동자문학회와 노동자 문학」, 『역사비평』, 역사문제연구소, 2014 봄, 200면.
33 1990년대에 활발히 전개된 여성운동의 전사로서 1980년대 여성운동 및 여성문학을 읽는 대표적 논의로는, 이혜령, 「빛나는 성좌들―1980년대 여성해방 문학의 탄생」, 『상허학보』 47, 상허학회, 2016.
34 천정환, 앞의 글, 174면.

관심이 설명되는 것이다. 거칠게 말해보면, 다른 삶을 향한 파토스가 충만하던 그 시절을 새롭게 읽는 최근의 작업들은 연구자들이 현재 놓여있는 현실과 관련하여 그들의 특정한 욕망을 투영하고 있음도 분명해 보인다. 에릭 홉스봄의 '장기 20세기'라는 말을 빌려 "장기 80년대"라는 용어를 고안하는 김원은 1980년대가 그 시대를 체험한 현재의 지식인들에게 미친 영향과 관련하여 가장 문제적인 화두는 '개인'이라 말한다. (세대적 관점이 지닌 획일화의 위험을 염두에 두어야 하겠으나) 이들은 1980년대의 집단주의에 대한 반동으로서 '개인'을 자기정체성의 준거로 삼는 동시에, 실현되지는 않았으나 아름답게 꿈꾸었던 어떤 이상향에 대한 향수로서 그 시절에 대한 감각을 민주주의, 휴머니즘, 이상주의 등으로 현재화하고 있다는 것이다.[35] 그 결과 나타난 것이 "비판적 개인"이라는 형상이라고 한다.

1990년대를 살피는 이 글에서 이처럼 최근 진행되고 있는 1980년대에 대한 관심을 재확인하는 것은 황종연의 '기나긴 1990년대'라는 명명이, 나아가 1990년대를 기점으로 하는 문동의 '문화사 프로젝트'가 아이러니하게도 1980년대에 대한 이러한 최근의 관심과 잇닿아 있다는 생각이 들기 때문이다. 1990년대 중반 『문학동네』라는 산뜻한, 그리고 친숙한 이름으로 새 시대문학의 시작을 선언한 '문동' 역시 1980년대적 체험 혹은 기억으로부터 자유로울 수 없었음은 당연하다. 이 점을 좀 더 살필 필요가 있다. 한국 현대사의 좁은 맥락을 통해 추출한 김원의 "비판적 개인"의 형상은, 황종연이 일찍이 신경숙과 윤대녕의 소설을 설명하며 언급한 1990년대적 '미적 주체성'으로서의 '내향적 인간'과 관련이 있다. 1999년 발

---

35 김원, 「80년대에 대한 '기억'과 '장기 1980년대' - 지식인들의 1980년대 해석을 중심으로」, 『한국학연구』 36, 인하대 한국학연구소, 2015, 44면.

표된 「내향적 인간의 진실」에서 황종연은 "내면성을 중심으로 문학 본연의 의무를 생각하는 관행"이 한국문학의 전통임을 설명하며, 신경숙과 윤대녕의 문학적 성공은 "1990년대 문학에서 진행된 내면성의 회복이라는 사정의 돌출된 표현"[36]일 뿐이라고 말해본다. 1990년대 문학의 내향화 경향을, 근대 이후의 '자기정의적 주체'는 물론 한국문학 특유의 관성으로까지 연결시키는 황종연은 신경숙과 윤대녕의 내향적 인물이 단순히 자기동일성의 미궁에 빠진 나르시시즘적 자아와 차별된다는 점을 확인하기 위해 다음과 같이 주장한다.

신경숙, 윤대녕 소설은 자아와 자아 바깥 세계와의 관계를 그 나름대로 복구하는 방식으로 자아를 구축하고 있는 것이 사실이다. 신경숙은 공동의 기억과 역사를 가지고 있는 사람들 사이에 가능한 공감을 통해 자아가 이미 타자들과 더불어 세계 속에 존재함을 깨닫게 하며, 윤대녕은 자아의 근본적 타자성을 음미하는 가운데 넓은 우주적 삶의 질서 속에서 진정한 자아의 근거를 찾는다. 그러면서 신경숙은 인류를, 윤대녕은 초월을— 근대의 자족적 개인이 망각한 의미 있는 삶의 원천들을 각각 상기시킨다. 신경숙, 윤대녕 소설의 자아 구축의 원리는 근대적 주체성이지만 마법이란 이름으로 배척된 자아와 세계 사이의 조화로운 감응을 기억한다는 점에서 특별한 주체성이다. 휴머니즘의 자기반성과 비판을 낳는 ㄱ 특별함을 존중하려면 그것은 미적 주체성이라고 불러야 옳을 것이다.[37]

---

36 황종연, 「내향적 인간의 진실—신경숙, 윤대녕의 내면성 문학에 대한 고찰」(최초 발표 :『21세기 문학이란 무엇인가』, 민음사, 1999), 『비루한 것의 카니발』, 문학동네, 2001, 116면.
37 위의 글, 135면.

이 글의 첫 장에서 1990년대를 결산하는 서영채, 황종연, 신수정, 류보 선 비평의 공통점으로 지적했듯, 이들이 내내 강조한 것이 1990년대의 새 로움이 내장한 '성찰'이었다는 점을 환기하면, 위 글의 황종연이 나르시시 즘의 '깊이'를 따져보는 것도 어색하지 않다. 윤대녕 소설이 "자아의 근본 적 타자성"을 통해 "자아와 자아 바깥 세계와의 관계"를 복구한다는 설명 은, 앞장에서 살폈듯 구효서 소설에서 그 기원을 찾을 수 있는 '향유 충동 의 윤리'로 설명된다. 그렇다면 신경숙 소설이 내장한 '윤리'란 무엇일까. "공동의 기억과 역사를 가지고 있는 사람들 사이에 가능한 공감" 혹은 "타 자들과 더불어 세계 속에 존재함"이라는 말로, 결국 "인류"이라는 인간성 에 대한 보편적 어휘들로 설명된 것을 좀 더 명확히 이해하기 위해, 각각 1999년과 2017년에 쓰인 서영채의 두 편의 신경숙론을 읽어보자.

'문화사 프로젝트'의 두 번째 글은 서영채의 신경숙론이다. 이 글을 읽 기 위해 1999년에 쓰인 이성욱의 글로 잠시 우회하자. 1990년대 문학을 결산하는 자리에서 이성욱은 "리포트형 비평", "문학의 광고화" 등의 용어 를 고안하여 1990년대 비평의 문제를 날카롭게 지적한다. 특히 "독자의 '개발'을 광고에 맡길 것이 아니라 비평 교육을 포함하는 문학 교육의 계 발을 통해 이루는 것이 정상"[38]이라며, 독자의 양성에 소홀했던 1990년대 비평 담론의 문제를 비판한다. 이 부분은 지금의 관점에서 특히나 뼈아픈 지적으로 읽힌다. 『문학동네』 지면에 실린 글을 통해 특히 그는 『문학동 네』의 '비-이념'의 기조를 신랄하게 비판한다. 그것은 표현하지 않는 방 법으로 표현하려는 전략으로, 혹은 실제 글쓰기를 통해 자신들의 이념을 관철하겠다는 의도로 읽힐 수는 있겠으나, 그런 의도가 1990년대 비평

---

38 이성욱, 「비평의 길」, 『문학동네』, 1999 가을.

담론을 고양시키는 데 기여할 정도로 설득력 있게 수행되지는 않았다는 것이다. 『문학동네』에 관한 이같은 비판은 1990년대의 '신경숙 현상'을 분석하는 부분과 흥미롭게 연결된다. 『문학동네』의 신중한 '비-이념'의 태도에 비한다면 창비나 문지가 취하는 '선택과 집중'의 태도, 즉 자신들의 고유한 비평 이념에 근거하여 작가를 선별해 비평하겠다는 당당한 태도가 오히려 신선하게 느껴진다고 냉소적으로 말해보는 이성욱은, 취향과 이념에 있어 배타적인 이 두 집단이 어떻게 신경숙이라는 교집합을 만들어냈는지 의문을 표한다. 그 이전까지만 하더라도 선호하는 작가군이 겹칠 일이 별로 없었던, 그러니까 항상 서로가 다른 선택을 했던 '창비'와 '문지'가 신경숙을 동시에 상찬하게 된 이유가, 진정 그 둘의 상반된 입장마저도 초월해버리는 "위대한 창조성" 때문인지 따져 묻는 것이다.

"모든 문학적 이념, 관점 등을 초월해 있는 '위대한 창조성' 같은 것"[39] 이라고 이성욱이 꼬집어 말한 것을 참조하며 『문학동네』가 1990년대에 취한 '비-이념'의 태도와 '문학주의'의 전략을 보다 명료히 설명할 수 있을 것이다. 그러니까 그것은 창비와 문지의 입장차를 무화시키고 어떤 진영과도 심각하게 대립하지 않는, 말하자면 '작품성' 혹은 '문학성'에의 절대적 옹호로 설명된다. 문학 작품에 관한 평가는 오로지 "판단하는 사람의 교양이나 수준"으로 이루어지는 것이며, 그것에 관한 논쟁이 정치적이거나 이데올로기적인 것으로 전환되는 것이 얼마나 저급한 것인지를 주장하는 서영채의 논리[40]는 이러한 『문학동네』의 태도를 잘 대변하는 듯하

---

39 위의 글.
40 서영채, 「역설의 생산─문학성에 대한 성찰」, 2009(최초발표:『문학동네』, 2009 봄), 『미메시스의 꿈』, 문학동네, 2012, 105면.

다. 문학성을 "개별 작품들에 대한 다양한 평가 속에서 순간적으로 나타나는 어떤 양태나 텅 빈 중심으로 존재할 수밖에 없는 것"[41]으로 정의하는 것도 좋은 참조가 된다. 그러나 이성욱이 지적하듯 '위대한 창조성'에 대한 판단도 문학적 이념이나 관점으로부터 완벽히 자유로울 수는 없다. 특정한 기준 없이 자기 자신을 보편자의 자리에 올려놓는 미적 판단이란 심각한 논쟁을 피할 수는 있어도 쉽게 공감을 얻기도 힘들 것이기 때문이다. 이러한 곤경을 돌파할 수 있었던 것은 편집위원 개개인의 설득력 있는 글쓰기 덕분이었다 말할 수 있지만, 뚜렷한 입장이 없는 『문학동네』의 이러한 비평적 태도는 내내 의심을 받기도 했고 상업주의로 손쉽게 비판의 표적이 되기도 했다. "신경숙 문학은 1990년대 문학 지형의 민감한 '센서'"[42]가 된다는 이성욱의 발언은 『문학동네』가 신경숙과 한 팀을 이뤄, '작품성' 혹은 '문학성'에 관한 스스로의 고급한 판단력을 무기로 1990년대 비평장의 구도를 어떻게 해체하고 재구축했는지와 관련해서 이해될 수 있다.

다시 서영채의 신경숙론으로 돌아오자. 2015년 불거진 표절 사태로 신경숙의 이러한 '문학성'이 더이상 무조건적으로 옹호되기는 힘들어지고 더불어 『문학동네』의 문학적 판단력에 대한 (대중적) 신뢰마저 반감된 상황에서 쓰였었다는 점에서 이 글은 더욱 의미심장하게 읽힌다. 『외딴방』이 쓰인 1990년대의 마음은 물론 그 시절을 새삼 눈여겨보게 만든 현재 우리 시대의 마음의 풍경을 읽기 위해 쓴다는 담담한 고백으로 시작하는 「신경숙의 『외딴방』과 1990년대의 마음」은 신경숙의 『외딴방』을[43]

---

41 위의 글, 106면.
42 이성욱, 앞의 글.

'노동소설'과 '성공서사'라는 두 가지 관점으로 분석한다. 이 두 관점이 그리 새로운 것은 아니다. 일찍이 창비의 백낙청은 『외딴방』을 두고 "드물게 감동적인 노동소설"이라는 상찬을 제출한 바 있으며, 백낙청의 이러한 언급이 1990년대의 창비가 문학적·상업적인 것과 결속하는 계기가 되었다고 해석하는 관점도 낯익다.[44] 최근 천정환의 글이 지적한 바 김진숙이나 석정남 등 실제 여공들의 육성이 담긴 문학 작품들과는 그 결이 다른 『외딴방』을 이처럼 1990년대 초 남성 평론가들이 '진정한 노동문학'의 한 사례로 추켜세운 것은 '노동에 대한 문학의 우위'를 복구하려는 욕망으로 설명될 수 있다.[45] 창비가 1980년대적인 것으로부터 1990년대적인 것으로 성공적으로 안착할 수 있도록 때마침 세련된 방식으로 노동소설을 써낸 신경숙은 '창비'로서는 반가운 존재가 아닐 수 없었을 텐데, 그렇다면 2017년의 시점에서 서영채는 왜 거꾸로 '노동소설'로서의 『외딴방』에 주목하는 것일까.

물론 이 글에서 서영채는 『외딴방』을 읽으며 1990년대의 감각이 만들어낸 노동소설의 '다름' 혹은 '새로움'을 입증하는 데 주력한다. 『난장이가 쏘아올린 작은 공』을 두고 "우리 얘기를 이상하게 써놓았잖아"라고 말하는

---

43 『문학동네』 창간호에서부터 연재되어 1995년 연재를 완료하고 출간된 『외딴방』은 신경숙의 대표작이자, 계간지 『문학동네』는 물론 문학동네 출판사의 성공에 견인차가 된 작품이다. 창간호에서 신경숙을 포함한 세 명의 작가에게 장편 연재 기회를 제공했던 『문학동네』는 장편 연재가 계간지 시스템에 맞지 않는다는 이유로 잠시 그 코너를 중단했던 적이 있기는 하다. 소설의 내용이 사실에 바탕을 두고 있음을 노골적으로 밝힌 이 작품은, 특히 연재를 지속하는 내내 이전 연재분에 대한 주변의 반응을 삽입하는 방식으로 다음 연재에 대한 기대를 불러일으킨다. 신경숙의 『외딴방』은 장편 연재의 이점을 잘 활용한 경우에 해당되는 것이다. 신생 잡지인 『문학동네』의 화제성을 위해 이 연재가 일정 정도의 역할을 했을지도 모른다.

44 천정환, 앞의 글, 287면.

45 위의 글, 288~289면.

「깃발」의 노동자와, 같은 소설을 필사하고 있는 『외딴방』의 노동자를 흥미롭게 대비시키며, 그는 1987년 6월항쟁 직후의 감각으로 쓰인 「깃발」이 노동자들의 욕망과 취향을 획일적으로 관념화했다면, 1990년대의 감각으로 쓰인 노동소설은 "이념형으로서가 아니라 다채로운 결을 지닌 노동자의 삶"을 드러내게 된다고 설명한다. 노동소설에 관한 1980년대와 1990년대의 이러한 차이는 "'이념형 위장 취업자' 출신 작가 방현석과, '생계형 위장 취업자' 출신 작가 신경숙의 차이"[46]로 요령 있게 정리된다. 나아가 '희재 언니'의 죽음이 갖는 의미를 설명하기 위해서는 「멀리, 끝없는 길 위에」『풍금이 있던 자리』, 문학과지성사, 1993의 이숙의 죽음을 경유하여 1987년 이한열의 죽음이 참조된다. 우울증과 거식증으로 친구가 홀로 죽어가고 있을 때 자신은 이한열의 장례식에 참석하기 위해 시청 앞 백만 인파 속에 있었다는 사실이 친구의 죽음에 대한 죄책감으로 작가에게 돌아온 것이라고 그는 설명한다. 이처럼 서영채는 "사적 친밀성이 공적 대의에 우선하는 것"이 신경숙적인 것이자 "1990년대적 서사의 감각"이라고 강조한다.

> 신경숙에게 친구 이숙의 죽음은 이한열의 죽음과 맞서 있는 셈이다. 전 국민이 애도했던 한 청년의 죽음이 아니라, 어떤 슬퍼함도 받지 못하고 홀로 죽어간 친구의 죽음이 그에게는 문제가 된다. 그러니 『외딴방』의 서사에서 희재 언니의 죽음이 이상하다고 말할 수 있을까. 오히려 **사적 친밀성이 공적 대의에 우선하는 것이야말로 신경숙적인 것, 혹은 1990년대적 서사의 감각**이라고 해야 하지 않을까.강조 - 인용자[47]

1999년에 쓰인 「냉소주의, 죽음, 매저키즘 : 90년대 소설에 대한 한 성찰─신경숙, 윤대녕, 장정일, 은희경의 소설을 중심으로」라는 글에서 그가 『외딴방』을 전적으로 성장서사로 읽었다는 점을 환기하면, 신경숙 소설에서 1990년대적 감각을 읽어내는 기본적인 입장은 달라지지 않았을지라도, 그 독해 방식의 변화는 흥미롭지 않을 수 없다. 열여섯 살의 시골 소녀가 구로공단의 노동자가 되고 야간 고등학교 산업체 특별 장학생이 되어 마침내 대학 진학의 꿈을 이룬 뒤 결국 작가가 된다는 성장의 서사에서 1999년의 서영채가 관심을 두었던 대목도 당연히 '희재 언니'의 죽음이었다. 『외딴방』을 노동소설로도 칭하지 않았던 그때의 그는 "'희재 언니'의 죽음에는 어떤 사회적 의미도 없다"라고 단호히 말했었다. 신경숙 소설에서 반복되는 죽음 모티브를 "모든 개인이 저마다 하나씩의 심연을 품고 있"다는 작가의 말로 해석하며, 『외딴방』을 포함한 신경숙 소설의 전반적인 특징을 "사적인 진정성에 대한 추구가 얼마나 타나토스와 가까이 있는가를 보여주는" 것이라 읽었다. 심연 혹은 타나토스라는 말로 설명했던 것을 2017년의 글에서 서영채는 "모더니티를 향한 남성적 의지에 의해 유린된 여성 신체의 고통과 분노로서의 원한, 그것은 좀 더 근본적인 수준에서 무의식적 죄의식을 움직이게 하는 힘이라고 해야 하지 않을까"라고 묻는다. 모더니티를 향한 남성적 의지에 의해 잠복되어 있었던 이 '여성적 원한'을 복원한 것이 바로 신경숙이며 따라서 『외딴방』은 한국 근대소설 백년사를 통틀어 볼 때 어떤 커다란 전환을 알리는 시작점이 된다고, 서영채는 다소 과장된 목소리로 말해본다.

　　한국문학사에서 그리고 1990년대 이후의 문단에서 신경숙이 차지하는 자리에 대해서는 앞으로 더 적극적인 토론이 진행될 것이다. 다만 이 글이 지적하고 싶은 것은 방현석의 「새벽출정」1989이나 홍희담의 「깃발」1988과 같은 한국소설과 차별을 두면서도 결국 『외딴방』을 '노동소설'로 읽어내고, '희재 언니'의 죽음을 이한열의 죽음과 맞세우고야 마는 2017년도의 서영채의 마음의 변화이다. 한국문학사의 흐름을 바꿔놓은 장면으로서 『외딴방』을 해석하기 위해 새삼 1980년대가 소환될 수밖에 없는 것은 『문학동네』의 대표 평론가인 서영채의 비평 감각의 준거가 여전히 1980년대적인 것일 수밖에 없음을, 그 '기나긴 1990년대'가 여전히 '기나긴 1980년대'와의 관계 속에서만 온전히 설명될 수 있음을 보여주는 것이라 생각된다. 여전히 다름을 강조해야 한다는 것은 그것이 결국 유사성 속의 차이이기 때문이다. 단순히 말해 그 유사성이란 결국 개인과 집단의 삶에 대한 윤리적 성찰이라는 어떤 것일 텐데, 김홍중이 이미 적절히 지적한 바 한국사회의 특수성 속에서 해석하자면 그것은 '386세대의 집합체험이 생산해낸 진정성 레짐'이라는 마음의 풍경이다. 2017년에 1990년대를 다시 돌아보게 한 그 마음의 풍경에서 우리는 그 진정성의 레짐을 다시 작동시키려는, 그럼으로써 '문학성'의 '윤리'를 재확인하려는 '386세대' 비평가의 소망을 읽게 된다.

5. '386세대'의 한국문학

2000년대의 한국 문단은 다양한 비평적 열기로 뜨거웠다. 그것이 '그들만의 리그'일지언정 미래파 논쟁으로부터 문학과 정치에 관한 논쟁에 이르기까지, 2000년대의 새로운 문학의 정체가 무엇인가에 관해, 현실정치가 파탄난 지경에서 문학은 과연 무엇을 할 수 있는가에 관해, 비평가들은 많은 고민의 결과들을 제출했었다. 어느 시대나 그렇겠지만 새로운 시대 혹은 새로운 세대의 문학이 이전 시대와 얼마나 같고 얼마나 다른지를 증명하기 위해서도 많은 에너지를 투자했던 시기로 기억된다. 그럼에도 불구하고 2000년대의 문학은 1990년대 문학을 싸워야 할 대상으로 보기보다는 '문학주의'라는 정체모를 동질감을 공유하는 시기로 존중했었다는 생각이 든다. 1990년대를 대상으로 하는 이 글이 1990년대 문학에 대한 2000년대 이후 문학의 태도를 꼼꼼하게 점검할 여력은 없지만, 2000년대 이후의 평단이 1990년대를 적대적인 태도로 참조하지 않았던 것만은 분명하다. 아마 그래서 여전히 1990년대는 끝나지 않았다는 말도 가능할 것이다.

2015년의 표절 사태와 2016년 '#문단_내_성폭력 해시태그 운동'을 거치며 계간지 중심 혹은 비평 중심의 한국 문단 시스템은 근본에서부터 자신을 성찰할 것을 요구받았다. 문단권력의 핵심으로 지목된 비평집단을 향한 반성의 요청이 가장 격렬했고 이는 잡지 편집진의 '세대교체'라는 표면적 해결로 이어지기도 했다. 비평권력에 대한 비판도 그 해결 방식도 모두 익숙한 것이긴 했다. 모든 제도가 그렇듯 그것이 완전히 무화되거나 근본적으로 뒤바뀌기 힘들다는 점도 무시 못할 사실이니 문단 제도와 공모하는 비평권력이 완전히 사라지기 힘들지두 모른다. 그러나, 어느 시기든 위기가 아닌 적이 없다는 말도 익숙하고 비평의 죽음이 선언된 지도 오래인 듯 하지만, 사실 한국문학비평이 정말로 회생 불가능할 만큼 침체되었다고 실감하게 된 것은 바로 지난 2~3년간의 시간, 즉 2010년대 중후반의 시기가 아니었나 싶다. 아무도 읽지 않는 비평이라도 끊임없이 쓰이기는 했지만, 이제는 비평이 쓰이고 읽히는 공간마저도 협소해진 것이다. 이러한 사정을 고려할 때, 한국문학비평이 비교적 다른 어떤 것에 기대지 않고 오직 문학 내적인 논리에 의해 활발히 전개되었던 1990년대를, 그리고 『문학동네』를 새롭게 읽는 일은 한국 비평사의 관점에서도 여러모로 의미가 크다.

1990년대 '문동'의 비평작업이 그 이후 한국 비평장에 어떤 영향을 끼쳤는지 그 공과를 판단하는 일은 앞으로도 흥미롭게 지속될 것이다. '1990년대의 『문학동네』'를 읽기 위해 이 글이 우선적으로 시도한 것은 현재의 관점으로 '『문학동네』의 1990년대'를 읽고 있는 황종연과 서영채의 작업을 검토한 일이다. 이들이 공통적으로 주장하는 것은, 『문학동네』가 그 중추적인 역할을 담당한 한국문학의 1990년대는 문학사의 어떤 기원이 되며, 나아가 그 역사는 아직 진행 중이라는 사실이다. 이러한 작업에서 비평의 회생을 촉구하는 '386세대 비평가'의 의지가 읽히는 것은 물론이다. 『문학동네』라는 지면을 통해 1990년대의 주요한 비평 담론을 만들어낸 평론가들이 대체로 1960년대 초반에 태어나 1980년대의 초반에 대학을 다녔다는 사실에 근거하여, 이들 비평에 나타난 공통의 윤리감각을 설명하기 위해 이 글에서는 편의상 '386세대'라는 익숙한 용어를 차용하고 있지만, 이 글에서 이들이 지닌 공통의 세대 감각이 면밀히 분석되었다고 보기는 힘들다. 한국사회에서도 문제적으로 담론화되어온 '386세대'라는 명명을 차용하면서 문학사의 관점을 넘어 문화사의 관점으로 이 글의 관심을 확장하였음에도 불구하고 그 특정 세대의 심상 구조를 명확하게 논하지 못한 점은 한계로 남는다. 1980년대 문학과의 연속성 속에서 1990년대의 『문학동네』의 담론을 살피는 이 글의 작업은, 황종연과 서영채의 글을 비롯하여 신수정, 남진우, 류보선, 이문재 등『문학동네』1
세대 편집위원들의 글을 다각도로 검토하는 작업을 통해 보충되어야 할
것이다. 뿐만 아니라 특정 잡지에 한정하지 않고 1990년대 비평을 폭넓
게 재독함으로써, 그 시기 활발히 활동한 평론가들이 한국문학비평사의
전체 맥락에서 과연 어떤 세대로 규정될 수 있을 것인지에 대해서도 문학
사적 판단이 본격적으로 시도되어야 할 것이다.

제2장

'문학주의'의 자기동일성
1990년대 『문학동네』의 비평 담론

1. 『문학동네』와 1990년대의 한국 문단

 이문재1959년생, 남진우1960년생, 황종연1960년생, 박해현1961년생, 서영채1961
년생, 류보선1962년생을 편집위원으로 1994년 겨울에 창간되어 2023년 현
재 통권 114호에 이르는 계간 『문학동네』는 명실 공히 1990년대 문학을
대표하는 문학잡지라 할 수 있다.[1] 환멸, 일상, 내면, 개인, 욕망, 진정성
등, 1980년대 문학의 정치성 혹은 집단주의와 결별한 1990년대 문학의
특유한 가치들이 『문학동네』의 지면을 통해 발견되고 활발히 논의되었음
은 주지의 사실이다. 1980년대까지의 한국 문단이 창비와 문지라는 양대
에꼴에 의해 비교적 선명히 이분되고 있었다면, 이른바 '민주화시대'에
접어들며 현실사회주의의 몰락과 상업주의의 가속화를 동시에 경험하게
된 한국 문단은 '이념의 공백' 지대를 건너고 있었고, 이에 무엇보다 '문

---

[1] 창간 준비부터 함께 해온 박해현 편집위원은 1997년 봄호를 끝으로 편집위원직에서 사
임하고, 창간 4주년을 맞는 1998년 겨울호부터 신수정 평론가가 편집위원으로 합류한
다. 이후 소위 '2기 편집위원'으로 분류되는 신형철, 김홍중, 차미령, 권희철, 강지희 평
론가가 2000년대 중후반 이후 순차적으로 편집위원으로 합류한다.

학성'을 중요한 기치로 내세운『문학동네』의 출범은 다양한 가치들이 경합하는 당대의 문단에서 큰 지지를 얻기에 적당했었다.

창간호 서문에서 드러난『문학동네』의 입장은 크게 두 가지로 요약된다. "『문학동네』는 어떤 새로운 문학적 이념이나 논리를 표방하지는 않으려고 한다"는 '비-이념'의 태도와, "특히 기성의 관행에 안주하지 않는 젊은 문학인들의 모험과 시도를 폭넓게 수용하"[2]고자 한다는 '젊은' 세대에 대한 지지가 바로 그것이다.『문학동네』의 이같은 입장이 1990년대 비평 담론을 고양시키는 데 큰 역할을 하지는 못했다는 지적이나,[3] 젊은 비평 세대들이 자신의 문학담론을 확립하기도 전에 자기 매체를 갖게 되어 "어떤 종류의 권력집단화"가 이루어질 수밖에 없었다는 지적김정란[4]이 있었음에도 불구하고,『문학동네』가 지지한 '젊은' 작가군과 그들의 문학적 새로움을 증명하기 위해 개발된 비평 개념들이 그 이전과는 확연히 달라진 1990년대 문학의 독자성을 의미화하는 데 어느 정도 성공했음은 인정될 만하다. 장정일, 신경숙, 윤대녕을 비롯하여 성석제, 김영하, 전경린, 은희경, 배수아 등의 작가들이 1990년대 한국 문단을 풍요롭게 할 수 있었던 것은 얼마간『문학동네』의 비평 담론에 힘입은 바가 크다는 점을 부인하기는 어렵다.

멀게는 2000년대 초반의 문단권력 논쟁으로부터 2015년의 신경숙 작가 표절 사태에 이르기까지 그간 문학동네 출판사와 잡지『문학동네』를 향해 지속적으로 제기된 비판들은, 비평의 독자성이 확보되지 못하고 비

---

2 「계간 문학동네를 창간하며」,『문학동네』, 1994 겨울.
3 이성욱,「비평의 길」,『문학동네』, 1999 가을.
4 김정란·방민호·김영하·김사인 좌담,「90년대 문학을 결산한다」,『창작과비평』, 1998 가을.

평이 출판에 종속되어버렸다는 점, 즉 상업적 성공을 거둘 만한 작품을 적극 지지해 스타작가들을 탄생시키는 식으로 한국 문단의 구조를 바꾸었다는 것으로 거칠게 요약된다. 물론 이는 출판 행위와 비평 행위가 한 집단 안에서 이루어지는 한국 문단 특유의 '문예지 시스템'으로부터 생겨나는 문제이며, 보다 근본적으로는 1990년대 이후 신자유주의의 가속화로 인해 문학을 포함한 문화의 전영역이 자본의 논리를 따르는 자율적 생산기구로 전락한 사실에서도 기인한다. 따라서 출판에 종속된 비평이라는 지적은 창비나 문지와 같은 기성의 출판·비평 그룹과도 전혀 무관한 이야기일 수 없다. 그럼에도 불구하고 1990년대에는 물론 현재에 이르기까지도 이러한 비판에 가장 혹독하게 노출된 곳이 문동 그룹임은 분명한데 여기에는 몇 가지 이유가 있을 것이다.

우선, 문학동네 출판사의 괄목할 만한 성장에 한국문학 출판이 실질적으로 얼마나 큰 밑거름이 되었는지에 대한 사실 확인 없이, 출판사의 성장과 『문학동네』 비평의 영향력을 동일시한 결과로 생겨난 일종의 착시현상이라 말할 수 있겠다. 『문학동네』의 비평담론들이 1990년대 문단에서 적지 않은 신뢰를 얻은 사실과, 그들이 지지한 작품들의 미학적 성취와, 나아가 그 작품들의 상업적 성과는 완벽한 인과관계로 설명될 수 있는 것은 아니다. 따라서 거대 출판 그룹으로의 성장이라는 '결과'만을 두고, 출판에 종속되어 공정성을 잃은 비평이 그 '원인'이라고 비판하는 방식은 증명에의 한계가 있다. 이보다는 잡지 『문학동네』가 보여준 기획의 성격이나 비평 행위의 특징을 좀 더 꼼꼼하게 살피는 것이 생산적이다.

문학장이 '전장'이 아닌 '시장'이 되어버린 1990년대적 상황에서 계간지의 비판적 공공성이 유지되기는 어려웠고, 오히려 "공공성의 담론을 재생산하기 위해서는 시장의 흐름과 타협하고 출판 자본의 물적 토대를 구축해야 한다는 현실적인 문제들과 마주해야만"[5] 했다는 사실을 감안할 때, 1993년에 출판사를 설립한 '문학동네'가 후발주자로서 문학의 상품성을 추구하는 데 보다 적극적일 수밖에 없었음은 당연하다. '젊은 작가 특집', '시인을 찾아서', '외국작가특집' 등을 통해 작품보다도 오히려 작가에 주목하도록 만드는 방식이라든지고정 독자의 확보로 이어질 수 있다, 신인작가상이나 소설상을 통해 이른바 출판사 '소속' 작가를 관리하는 방식이라든지, 밀란 쿤데라, 무라카미 하루키, 파트리트 쥐스킨트, 마루야마 겐지 등 한국 작가보다 오히려 많은 독자를 확보할 만한 외국작가들을 소개하는 방식이라든지, 『문학동네』는 이러한 다양한 방식의 '작가 발굴'을 통해 은연중 '독자 발굴'을 모색했다고도 할 수 있다. 가령 500~600매 분량의 '짧은 장편'을 공모하는 '문학동네 신인작가상'은 2000년대 이후 한국문학 시장에 비교적 성공적으로 정착한 경장편의 형식을 1990년대에 선취했던 것으로 이해된다. 이러한 여러 기획이 출판사의 성장과 무관하지 않음은 물론이지만, 앞서 지적했듯 그 의도와 효과를 분명히 증명하기는 어

---

5 이광호, 「문학 장치의 경계에서-'문학권력론'의 재인식」, 『문학과사회』, 2015 겨울, 406면. 이와 관련하여, 출판의 이윤 추구와 비평가의 역할에 대한 다음과 같은 당대의 언급들이 주목을 끈다. 김사인은 한 좌담에서, 출판사의 영리 추구는 현실적으로 불가피하며 "'절대 그럴 리 없고 그러지도 않을' 출판사나 매체라는 것은 우리의 낭만적 기대일 뿐"이라고 언급한다. 오히려 그가 문제로 삼는 것은 "출판사측의 영업전략에 노골적으로 또는 암묵적으로 편승하는 작가·평론가들"(김정란·방민호·김영하·김사인 좌담, 앞의 글, 40면)이다. 한편 황종연의 태도는 보다 적극적이다. 그는 "비평가는 오히려 문학 출판에 적극적으로 개입해서 (…중략…) 기획, 편집, 심사, 추천 등과 같은 비평적 개입의 채널을 통해서 문학 출판이 이윤에 대한 고려에 따라 결정되지 않도록 제어"(황종연 외, 「한국문학비평의 오늘과 내일」, 『한국문학평론』 10, 한국문학평론가협회, 1999 여름)하는 역할을 해야 한다고 주장한다. 그러나 비평가의 행위가 출판의 이윤 추구에 대한 '노골적 / 암묵적 편승'인지, 그에 대한 '비평적 제어'인지 그 의도와 결과를 투명하게 판단하기 어렵다는 점은 분명하다

렵다. 따라서 이 글은『문학동네』비평가들의 비평 전략에 좀 더 관심을
두기로 한다.

일찍이 이성욱 평론가가 '문학의 광고화' 혹은 '리포트형 비평'이라는
말로 날카롭게 지적했듯,[6] 작가 특집이나 리뷰 비평 등의 잡지 코너들을
통해 자신의 출판사에서 책을 출간한 작가들을 적극적으로 노출시키는 전
략이라든지,[7] 이론을 정치하게 적용하여 텍스트를 꼼꼼하게 분석하는 '리
포트형 비평'의 작품론이나 작가론이 주로 비난보다는 상찬을 목적으로
쓰인다는 점 등은『문학동네』비평의 주요한 특색이라 할 수 있다. 물론
이성욱의 글에서도 드러나듯 1990년대 이후『문학과사회』,『창작과비평』
등의 잡지가 특정 작품에 대한 "외면과 주목" 혹은 "분별과 선택"을 강조
하며 이를 자신들의 "문학관의 투철함과 판단 기준의 확고함"의 결과로 설
명하는 것은 공통적으로 나타난 행태라 할 수 있다. 이러한 각 그룹의 선
택에 의해 다양한 성향의 작가들이 조명되기 보다는 1990년대의 신경숙
으로부터 2000년대 이후의 박민규, 김연수, 배수아, 한강, 김애란, 황정은
등에 이르기까지 갈수록 그 '선택'과 '주목'의 결과가 거대한 교집합을 이
루는 경우가 많아진다는 점은 문제가 아닐 수 없다.『문학동네』의 비평 전
략을 탐색해보는 것은 1990년대 이후 한국 문단의 이같은 획일화 현상과
관련하여 시사하는 바가 적지 않을 것이다. 이와 관련하여 이 글은 우선,
'어떤 이념이나 논리도 표방하지 않는다'는 태도를 고수한『문학동네』가

---

6   이성욱, 앞의 글.
7   기성 문예지인『창작과비평』과『문학과사회』가 이론가·비평가 중심의 잡지를 지향했다
    면, 1989년에 창간된『작가세계』와 1994년에 창간된『문학동네』는 '작가 중심'의 편집
    방향을 취했다. 작가의 어린 시절 사진이나 '휴먼 스토리' 등을 전시하는 방식을 통해, 작
    품을 넘어 '작가'를 상품화하기 시작한 것이다. 이광호, 앞의 글, 406~407면 참조.

자신들의 유일한 이념으로 강조한 '문학주의'의 성격을 짚어보고자 한다.

1980년대 문학의 정치성과 집단주의와 결별하기 위해 1990년대의 『문학동네』가 선택한 것은 '개인'과 '내면'이라는 개념이다. 나아가 2000년대 이후 '문학의 종언', '탈정치', '무중력'의 시대에서 『문학동네』가 적극적으로 건져 올리고자 한 것은 '정치성'의 다른 이름인 문학의 '윤리'에 관한 것이다. 황종연이 적극적으로 의미화한 1990년대 문학의 내면화 경향은 한국문학의 전통에서 익숙한 '자기정의적 주체'의 재등장으로 설명된다.[8] 『문학동네』의 10주년을 기념하는 41호의 서문에서 서영채가 강조했던 '탈이념시대'의 '문학의 윤리'는 "보편적 입법자의 자리에서 세계를 바라보는"[9] 판단력으로 정의된다. 1990년대 문학이 형상화한 '개인의 내면'은 1980년대 문학에 드리워진 정치경제학의 억압은 물론 전 지구적 자본주의의 압력과도 거리를 두는 청정한 성찰의 공간이며, 나아가 문학의 정치적 역할이 종료된 2000년대적 사정 속에서의 '문학의 윤리' 역시 어떤 특정한 주의나 이념에도 구애받지 않는 보편자의 태도로 설명되는 것이다. 황종연과 서영채의 비평이 『문학동네』가 생산한 담론의 내용을 온전히 대표할 수는 없겠으나 이들의 비평 작업을 통해 확인되는 것은 그 주체가 '개인'이건 '문학'이건 혹은 '비평'이건 결국 스스로를 준거로 삼는 자기동일성의 메커니즘이 『문학동네』 비평의 핵심 원리일지 모른다는 점이다. 결론을 당겨 말하자면, 『문학동네』의 '문학주의'는 '개인'과 '내면'의 담론을 통해 작가를, 나아가 '윤리' 담론을 통해 비평가를, 특권화하는 태도로써 설명될 수 있다.

---

8   황종연, 「내향적 인간의 진실」, 『비루한 것의 카니발』, 문학동네, 2001, 116면.
9   서영채, 「탈이념시대의 문학」, 『문학의 윤리』, 문학동네, 2005, 22면.

최근의 한 논문이 『문학동네』가 '내면성'이라는 개념을 통해 1990년대 문단의 헤게모니를 획득해간 장면을 비판적으로 살피며 '내면'이라는 개념의 형이상학적 허구성을 지적해본 것도 이와 관련하여 적절한 참조가 된다.[10] '비-이념'의 문학과 '젊은 세대'의 문학을 기치로 내세운 『문학동네』는 실상 문학의 새로운 가치를 지지하기 보다는 자신들의 특정한 선택과 판단들을 '문학성' 혹은 '새로움'이라는 말로 정당화하며 비평적 권위를 생산해온 것은 아닐까. 사실 이러한 텅 빈 수사만큼이나 자신의 절대적 권위를 행사할 수 있는 비평 개념이 또 있을까. "내면성 담론과 함께 서로를 떠받치고 있던 문학주의가 그것 바깥의 어떤 다른 문학적인 시도와 가능성들을 배제하고 억압하는 이데올로기로 작동했던 것은 아닌가" 질문하며 "지금 알고 있는 것과는 다른 문학사의 풍경"[11]도 가능했을 것이라 지적하는 위 논문의 판단도 이와 무관하지 않아 보인다.

1990년대 이후의 한국문학사가 어떤 착시나 왜곡 없이 서술되기 위해서는 『문학동네』 비평 담론의 프레임을 해체하고 당대의 문학장을 좀 더 투명하게 바라볼 필요가 있다. 이를 위해 우선 시도되어야 할 것은 1990년대의 대표적 비평 집단인 『문학동네』의 담론들을 재평가하는 일이다. 『문학동네』의 비평이 상업주의와 공모하며 문단권력의 중추가 되었다는 추측에 불과한 단순한 지적보다도, 그간 『문학동네』가 개발하고 지지한 개념들이 '문학성' 혹은 '문학주의'라는 주인 없는 텅 빈 개념을 자신들의 자명한 '이념'으로 삼으며 이른바 '자기동일성'의 성찰을 강조한 맥락을

---

10 배하은, 「만들어진 내면성 – 김영현과 장정일의 소설을 통해 본 1990년대 초 문학의 내면성 구성과 전복 양상」, 『한국현대문학 연구』 50, 한국현대문학회, 2016.
11 위의 글, 556면.

투명하게 드러내는 것이 이후 한국 문단의 정확한 실상을 탐색하기에 훨씬 더 유용한 접근법이 될 것이다.

2. 문화주의시대의 '문학주의'

1990년대 문학의 기본 정조로 '환멸'이 강조되었음은 주지의 사실이다. 1989년 베를린장벽의 붕괴로 20세기 사회주의 실험이 종언을 고하면서, 추구해야 할 이념을 상실하고 더불어 혁명을 향한 열정마저 사그라진 상황에서 '환멸'의 정조가 팽배했다는 것은 1990년대 문학에 대한 상식적 이해에 가깝다. 마르크스주의로 대표되는 정치경제학이 완벽히 실패했다는 세계사적 정황이 1990년대식 '환멸'의 한 축을 담당하고 있다면, 1980년대 후반에서 1990년대 초반으로 이어지는 한국의 특수한 정치적 정황은 '환멸'의 또 다른 축을 담당한다고 할 수 있다. 신경숙의 『외딴방』과 더불어 '1990년대의 정서'를 되짚어보는 최근의 글에서 서영채가 지적했듯, 1990년대를 '환멸의 시대'라 부를 수 있다면 그것은 1987년 6월항쟁과 개헌, 노태우 대통령 당선과 '삼당합당', 그리고 1991년의 분신 정국으로 이어지는 오 년간의 시간에 해당되는 말이라 할 수 있다. "학생과 시민의 힘으로 무언가를 이뤘는데 정작 바뀌어야 하는 핵심은 그대로 남아 있는, 분명히 싸움에서는 이겼는데 손에 잡힌 것은 하나도 없는"[12] 상황 속에서 느끼는 허탈과 분노와 피로감이 집합된 마음의 상태가 '환멸'일 것이라고 그는 지적한다. 신군부의 수뇌들이 법정에 세워진 1995년에

---

12 서영채, 「신경숙의 『외딴방』과 1990년대의 마음」, 『문학동네』, 2017 봄, 581면.

야 비로소 1990년대가 시작된 것이라고 말하는 서영채의 언급을 통해서도 확인되듯 실상 '환멸'은 1990년대 전체를 관통하는 지배적 정서로 보기는 어렵다. 유토피아의 열정을 상실한 환멸의 시간을 통과해 곧장 모든 것이 가능해지는 '욕망'의 시대로 넘어갔기 때문이다. 그렇다면 1990년대를 '환멸'의 시대라 말할 때 이는 '시대의 환멸'이기 이전에 '특정 세대의 환멸', 더 엄밀히 말하자면 '특정 세대 문학 집단의 환멸'을 염두에 둔 것으로 이해되는 편이 적절하다. 이 장에서는 이에 대해 살피고자 한다.

1998년에 『문학동네』 편집위원으로 합류한 신수정이 2003년 첫 평론집 『푸줏간에 걸린 고기』의 서문에서 언급한 내용은 1990년대에 비평 활동을 시작한 소위 '신세대' 비평 집단의 내면을 잘 보여주는 듯하다.

1990년대 들어 본격적으로 비평 활동을 시작하게 된 나의 세대는 대학 생활을 지배했던 1980년대의 비평담론과 자신의 그것과의 괴리 혹은 이탈 사이에서 그것에 대한 회의 혹은 오기를 진작하며 글을 쓰기 시작한 세대이다. 아마도 우리들의 문학은 철이 들고 난 다음 내면화한 문학을 배반하는 과정으로 점철되었다고 할 수 있을지도 모르겠다. 혹 이 말이 우리 세대 전체에 대한 모욕으로 들린다면, 적어도 나에게는 그랬다는 말로 대신하겠다. 새삼스러운 고백이지만, 나는 어떤 방식으로든 인류 전체와 자신을 동일시하는 글쓰기에 상당한 부담감을 지니고 있었다. 그럴 수 있다고 생각할 수 없었기 때문이다. 나로 말할 것 같으면, 인류에 대한 발전의 서사보다 인류를 그저 우주상의 미미한 존재 가운데 하나로 치환하는 이야기에 좀 더 끌렸으며, 그러한 이야기가 함축하고 있는 전율적인 비관주의에 오히려 안도하는 편이었다. (…중략…) 만약 지금도 비평이란 것이 여전히 1980년대와 같은 집단적 열정과

도덕적 결벽을 요구하는 것이었다면 나는 아마 비평가가 되지는 못했을 것이다.강
조-인용자, 이하 동일[13]

전근대에서 근대로 이행하는 시기의 혼란에 버금간다고 누군가가 말했
듯 1980년대로부터 1990년대로의 이동이 당시의 문학 주체들에게 어떤
느낌으로 다가왔을지 한마디로 정의하기는 어렵다. 신수정은 그 경험을
"철이 들고 난 다음 내면화한 문학을 배반하는 과정"으로 설명해본다. 흔
히 1990년대의 문학에 나타난 '환멸'을 이야기할 때 그것은 그 이전까지
자명한 신념과 열정으로 추구되었던 문학의 정치성과 집단주의가 그 힘
을 잃게 된 상황에서 느껴지는 강력한 무력감으로 이해되는 것이 보통이
다. 이념의 상실이 '환멸'이라는 '정조'로 이해된 것은 그만큼 1980년대
가 어떤 맹목적 열정에 휩싸인 시대였다는 사실을 방증하는 것이기도 하
다. 그러나 신수정의 고백에서도 보듯, 사실 '이념의 상실'이라는 1990년
대적 정황은 누군가에게는 몸에 맞지 않는 옷을 입은 듯한 어색함으로부
터의 해방, 즉 "집단적 열정과 도덕적 결벽"의 억압적 요구로부터의 해방
이었다고도 볼 수 있다. "우리 시대의 젊은 비평가들, 특히 1960년대 생
젊은 비평가들은 억압에서 해방으로라는 체험을 그 어느 세대보다 강력
하게 혹은 집단적으로 공유하는 세대이다"[14]라는 진단도 이와 동일한 맥
락을 공유한다. 1965년생 신수정이 1990년대 이전까지의 문학을 "철이
들고 난 다음 내면화한" 것으로 명명하는 것은, "인류 전체와 자신을 동일
시"해야 하는 1980년대의 문학이 그만큼 당시의 청년 문학 세대들에게

---

13 신수정, 『푸줏간에 걸린 고기』, 문학동네, 2003, 6~7면.
14 양진오, 「비평, 새로운 전망 기획을 위한 내면적 싸움」, 『문학동네』, 1996 여름.

다분히 권위적이고 의식적인 것으로 여겨지기도 했음을 고백하는 것이라 하겠다. 그러니 1990년대의 상황이 이들에게 '환멸'로 느껴진다면 그것은 정확히 말해 그 이전까지 자신들이 추구한 '이념'이 실은 자신들을 '지도'한 것이 아니라 오히려 '지배'하고 있었을 뿐이라는 자각, 나아가 전 시대의 집단적 열정이 사실 가짜 열정이었을지도 모른다는 허탈감으로 설명될 수 있는 것이다. 1989년의 베를린 장벽의 붕괴가 갑작스런 '이념의 상실'을 가져온 것이 아니라, 이미 이론적으로 그 시효를 다한 마르크스주의 정치경제학의 상징적 종언에 가까웠다는 점을 상기할 때 이러한 사정은 더 분명히 이해된다. 1980년대 후반에 활발하게 전개된 사회구성체 논쟁이 국제적으로 고립된 상태에서 진행되었음을 지적하는 강내희가, "한국의 진보세력이 당시 변혁운동에 매진할 수 있었던 것은 어쩌면 세계적으로 혁명사상이 후퇴 국면에 처했다는 사실을 애써 외면했기 때문인지도 모른다"[15]고 말한 것도 이에 적절한 참조가 된다.

문제는 이러한 해방이 문학의 존재 이유를 심문하게 되었다는 점이다. '문학의 정치'를 강력하게 요청했던 1980년대까지는 그것을 추구하는 쪽이든 그것을 비판하는 쪽이든 정치와의 관련 속에서 문학의 존재 이유를 쉽게 찾을 수 있었다. '환멸'의 정서와도 맞물린 1990년대 문학의 위기론이 1980년대의 문학과 자신들의 문학을 적극적으로 차별화하려는 새로운 세대의 비평적 인정욕망에 의해 강조되었다는 점을 감안하더라도, 문학의 정체성에 대한 근본적 질문이 이 시기 제출될 수밖에 없었던 그 필연성은 자명하다. 『문학동네』 창간호의 특집에서 서영채가 분명히 지적했

---

15 강내희, 「혁명사상 전통 계승으로서의 1990년대 한국의 문화 연구」, 『문화 연구』 3(35), 한국문화 연구학회, 2013, 13면.

듯, 1990년대 문학이 처한 위기는 유토피아의 상실이 아닌 문학의 존재 이유의 상실에 있다. 그는 1980년대 작가들에게 요긴했던 질문이 '무엇을'과 '어떻게'에 관한 것이었다면 1990년대의 작가들에게는 '왜'라는 질문이 중요해졌다고 지적한다.[16] 더구나 1990년대 이후, 문학에 대한 자본의 본격적 잠식은 물론 다양한 매체의 발달로 인한 문학의 주변화 등은 문학의 정체성에 관한 질문을 더욱 복잡하게 만드는 현실적 요인들이기도 했다.

그런데 문학이 자신의 정체성을 보장해주던 이념을 상실했으며, 설상가상으로 다양한 매체에 의해 주변화될 수밖에 없다는 위기론의 내용들은 엄밀히 말해 이제까지 문학이 누렸던 특별한 자리를 반증하는 것이라 할 수 있지 않을까. 당시의 문학 종사자들이 어떤 위기의식을 느꼈다면, 그것은 정확히 말해 문학의 특권적 지위가 위태롭게 되었다는 불안으로부터 기인하는 것이다. 정치성이나 집단주의가 문학을 억압하고 있었을 때에라도, 문학이 저항 담론의 최전선이라는 확신은 그런대로 위안이 되었을지 모르기 때문이다. 그러므로 1990년대의 문단에서 강조된 '환멸'은 사실 '불안'의 다른 이름일 수 있다. 특히 이러한 '환멸'의 정서가 1990년대의 후발 그룹인『문학동네』로부터 표시 나게 강조되었다는 사실은 의미심장하다. 외부의 조건에 의해 문학의 특권적 지위가 보장될 수 없는 상태에서 출발하는『문학동네』는 사실 문학의 특권적 지위를 자신들의 논리로 새롭게 구축해야 하는 의무를 강하게 인식할 수밖에 없었던 것이다.

1990년대 초반 문학이 자신의 특권적 지위를 상실해간 것은 한국사회가 '문화의 시대'로의 빠르게 이동한 사정과도 관련이 깊다. '문화의 시대'

16　서영채, 「환멸의 시대와 소설쓰기」,『문학동네』, 1994 겨울, 50~51면.

라는 것은 1990년대가 '문화주의culturism'의 시대이자 '대중문화'의 시대라는 점을 동시에 환기한다. 잡지의 역사를 통해 한국 현대 문화사를 새롭게 작성하며 1990년대를 "문자문화의 마지막 전성과 '역사의 종언'"[17]이 함께 이루어진 시기로 기술한 천정환에 따르면, 1987년 이후 1993년 문민정부가 출범하기까지 종이 매체 시장은 역사상 최대 수준까지 확장됐다. 일간신문은 30종에서 112종으로, 주간지는 22종에서 2,236종으로, 월간지는 1,298종에서 3,146종으로, 말 그대로 폭발적 증가 추세를 보였다고 기록된다.[18] 흥미로운 점은 이데올로기의 종언이 고해진 이 시기에 오히려 다양한 정론지나 담론 잡지들이 더 활발히 출간되기 시작했다는 점이다.[19] 알튀세르, 푸코, 보드리야르, 들뢰즈, 데리다, 부르디외, 네그리, 하버마스, 기든스 등 그간 수정주의로 비판되던 '서구 마르크스주의'는 물론 각종 '후기구조주의' 이론들이 유입되면서 한국 지식인사회가 늦게나마 세계사적 조류에 동참하려고 애쓰는 와중에도, 『이론』과 『문화과학』등의 잡지는 여전히 마르크스주의를 표방하고 있었다.

천정환은 이같은 상황을 흥미롭게 살피며, "이론적·담론적 실천을 통해 위기에 대처할 수 있다"고 생각한 한국 진보진영의 헛된 믿음이 여전히 존재했기 때문이었을 것이라 지적한다.[20] 실제 『이론』지에 참여했던 강내희는 1992년 『이론』의 출범은 혁명사상의 건재함을 알리기 위한 시도였

---

17 천정환, 『시대의 말 욕망의 문장―123편 잡지 창간사로 읽는 한국 현대 문화사』, 마음산책, 2014, 503면.
18 위의 책, 505면.
19 위의 책, 508~513면.
20 천정환이 지적하듯 1990년대 초반 "학생운동과 지식인사회의 분위기는 '몰락'과 '전향'의 느낌을 강하게 풍겼지만 사실 한국 노동운동은 일단 계속 성장하고 있었다"는 사정이 이와 무관하지는 않다. 위의 책, 511면.

기 보다 '패배진영의 배수진'에 더 가까웠다고 당시의 상황을 기술한다.[21]

이처럼 각종 포스트 담론들이 1980년대식 사회과학의 패배를 증명하는 가운데 1990년대 초의 한국 지식인사회는 이른바 '문화운동'의 시대로 접어든다. 현실사회주의의 붕괴와 자유민주주의 체제의 수립, 나아가 소비자본주의사회로의 빠른 전환 속에서 급속하게 힘을 잃어가던 혁명사상을 새롭게 활성화하고자 진보진영이 추구한 이론적 실천이 바로 '문화운동'이기도 했다.[22] 1992년 『이론』과 『문화과학』이 출범하고 그 이후 3~4년간 『상상』, 『황해문화』, 『오늘예감』, 『REVIEW』, 『씨네21』, 『KINO』, 『이다』 등이 출간된 것은 이러한 풍토를 반영한다. 대학가나 노동운동 현장에서 1980년대의 문화운동이 정치경제학의 수단이자 부문운동으로서 이미 크게 성장하였다는 사실을 감안할 때, 1990년대의 문화운동은 이와 근본적인 차이를 지니는 것이었다고 할 수 있다. 이 지점에 대해 상세히 논하는 것은 이 글의 범위를 벗어나므로 단순화의 위험을 무릅쓰고 두 가지 사실만 지적하자면, "문화운동 없는 문화 연구의 시대"[23]라는 말이 환기하듯 당시의 문화운동이 '이론적 실천'이라기보다는 '실천이 없는 이론'에 가까워진 경우가 많았으며, 1990년대의 '문화'는 역설적으로 자본주의의 위력으로부터 결코 자유로울 수 없는 '대중소비문화'가 되어가고 있었다는 점이다.

이와 같이, 다양한 이론들이 실천을 압도하고 새 세상을 향한 민중적 열정보다는 대중의 일상적 흥미가 더 중요해진 시기에 창간된 『문학동

---

21 강내희, 앞의 글, 7면.
22 위의 글, 10면.
23 위의 글, 28면.

네』는 과연 어떤 문학을, 어떤 비평을 추구해야 했을까. '새로운 세대'를 표방한 당대의 많은 잡지들이 1980년대에 대학을 다니며 마르크스주의를 학습한 이른바 '운동권' 세대에 의해 만들어졌다는 점, 그리고 『문학동네』의 편집진들도 물론 예외는 아니었다는 점이 새삼 환기될 필요가 있다. 신수정의 표현대로 그들이 '철이 든 후 내면화한' 문학은 이른바 1980년대의 민족/민중문학이었던바, 이때 그들이 내면화한 것은 문학이 정치에 복속되어 있다는 사실이기 이전에, 저항 담론의 실험장이자 실천장으로서 문학이 그 특권적 지위를 보장받고 있다는 사실이었을지도 모른다. 사노맹남한사회주의노동자연맹의 기관지로 1989년 출간된 『노동해방문학』의 사례는 그 결정판이라 할 수 있는데, 문학과 정치의 이같은 동일시, 정확히 말해 정치의 압력에 의한 문학의 특권화는 이 시기 종언을 고했다고 할 수 있다. 그렇다면 창간호에서부터 '문학정신의 회복'을 추구한 『문학동네』가 진정 회복하고자 한 것이 정치에서 독립한 문학의 자율성일 수만은 없다. '문학으로 돌아가자'는 주장에는 문학의 사회적 영향력을 다른 방식으로 도모하자는 의지가 얼마간 담겨 있다. 그런데 과연 문학이 문학만의 방식으로 자신의 권위를 유지하는 것이 1990년대 '문화의 시대'에 어떻게 가능했을까. 1990년대의 비평들에서 자주 목격되는 것이 더 이상문학비평이 설 자리가 없어졌다는 씁쓸한 사실 확인이기도 하다는 점에 주목해야 한다.

『씨네21』을 비롯한 영화 주간지들이 낙양의 지가를 올리는 데 반해서 왜, 문학 분야에는 지적 품위를 유지하면서도 다채로운 정보를 전달하는 본격적인 주간지가 발간되지 못하는 것인가. 문학은 그토록 더디고 고상한 장르이기 때문에? 대중문화 계간지『*REVIEW*』의 득의의 영역인 비평가들의 '리뷰' 순서에는 왜 문학이 끝에서 두 번째쯤에야 등장하는 것인가? 또한 왜 일간지의 문화면에는 최근 문학에 대한 기사보다 영화나 대중문화에 대한 기사가 점차 커다란 비중을 차지하고 있는가? 영화평론가 정성일이나 대중음악 평론가 강헌에 비견될 만큼 해당 장르에서 강력한 문화적 영향력을 행사하는 문학비평가는 과연 존재하는가? 영화 월간지『*KINO*』만큼 성실하고 꼼꼼하며 현란하게 제작되어 항상 민감한 화젯거리를 생성해내는 문학 월간지가 존재하는가? (…중략…) 이러한 일련의 질문과 현상에 대해서 둔감한 문학평론가라면 그는 자폐적인 문학순결주의자이거나 적어도 최근의 문화적 추세에 민감한 문학비평가라는 지적을 들을 자격이 없는 것이 아닐까?[24]

　문학비평의 영역에서 문화라는 범주에 관심을 갖게 된 것은 우선 문화 매체가 다양해졌기 때문이다. 문학이 지도적이고 주도적인 위치를 점유하던 시대는 사라지고 새로운 장르들이 대중과 접촉하면서 다채로운 방식으로 삶에 관해 표현할 수 있는 가능성을 열어주었다. 그런 대중적 매체와 장르들은 단지 대중적일 뿐만 아니라, 떠오르는 세대를 마니아로 흡수하면서 새로운 문화적 의미를 가지려 했다. 영화, 대중문학, 만화 등의 영역에서 나름의 독자적인 미학을 갖춘 '작가'들이 등장했으며, 이들은 새로운 세대의 문화적 취향과 요구에 반응하며 '문학'만이 할 수 있었던 것의 일부를 해내기 시작했다. 물론 이것은 문화의 산업화와 관련되어 있다. 독서 시장의 규모도 늘어났지만, 부상하는 문화 소비층은 참신한 대중문화 매체에 보다 많은 관심을 가

24　권성우,「대중문화시대의 문학비평, 그 불우(不遇)한 자존심의 운명」,『문학동네』, 1996 여름, 21~22면.

지고 있고, 이들에 의해 문화상품의 성격이 규정될 수밖에 없었다. 이런 상황 속에서 문학은 단지 정치적 현실만의 관계로서만 혹은 문학 내부의 자율적인 가치로만 논의되기는 어렵게 된 것이다. 문화라는 단위가 사회 분석의 중요한 영역이 되어버렸기 때문에, 문학 역시 문화의 지형도 안에서 파악하려는 관점이 유효해졌다.[25]

1990년대 중후반에 쓰인 글에서 권성우와 이광호는 공통적으로 '문학' 혹은 '문학비평'의 왜소화를 지적한다. 『문학동네』가 창간 이후 처음으로 '메타비평'을 특집으로 꾸린 것은 7호인 1996년 여름호인데[26] 이 기획의 첫머리에 놓인 권성우의 글은 문학비평의 가치 하락을 노골적으로 문제 삼고 있다. 그는 이 글에서 영화와 사회학, 영화와 철학 등을 성공적으로 접속시키는 정성일, 이진경, 김종엽 등의 작업을 고평하며, 1990년대의 문단에 새롭게 등장한 신예 비평가들이 "과연 비슷한 시기에 대중문화비평에 참여한 비평가들보다 더욱 예리한 감수성과 풍부한 인문적 교양을 담보하고 있다고 말할 수 있을까?"[27]라고 묻는다. 그러나 이처럼 문학비평(가)의 위기를 지적하는 그가 궁극적으로 말하려는 것은 이러한 사실 확인만은 아니다. 1980년 5월을 경험한 김현이 "나는 이제야말로 문학비평

---

25 이광호, 「보이지 않는 '비평의 시대'」, 『문학동네』, 1999 가을, 422면.

26 이 호의 서문에도 문학비평의 위기에 대한 신랄한 지적들이 담겨 있다. "오늘날 문학비평이 보여주고 있는 퇴폐적 증후들은 뚜렷하다. 그것이 문학 전공 대학원생들의 공식 면허 시험으로 통하고 있다는 것, 문학시장에서의 거간꾼 노릇을 닮아가고 있다는 것, 정보의 기술적 가공과 별로 차이가 없는 소모적 현학으로 변질되고 있다는 것은 누구도 부인하기 어렵다. 문학평론은 문예지의 구색을 갖추는 데는 쓸모가 있지만 평론가들조차도 공들여 읽지 않는 천덕스런 신세가 되었고, 대중적인 흥미와 영향이라는 점에서 영화평론을 비롯한 '문화비평'에 진작에 밀려났다." 「1996년 여름호를 펴내며」, 『문학동네』, 1996 여름.

27 권성우, 앞의 글, 25면.

가가 정말 해야 하는 것은 무엇인가를 명확하게 생각해야 할 시기라고 생각한다"라고 말했던 「비평의 방법」을 인용하며, 권성우는 "과연 왜 문학비평을 선택했는가?"라는 질문에 대해 이제야말로 정확한 답변을 구해야 할 때라고 말한다. 1980년대의 김현이 '왜 문학비평인가?'를 물을 때 그것은 비평 일반의 다른 표현이겠으나, 1990년대의 문학비평은 다른 장르가 아닌 바로 '문학'을 선택한 그 열정에 대해 스스로 해명해야 할 필요가 있다는 것이다. 임화, 김남천, 최재서, 이어령, 유종호, 김윤식, 백낙청, 김우창, 김병익, 김현 등 선배 비평가의 이름을 길게 호출하며 끝맺는 이 글은, 그러나 위에서 인용한 부분의 신랄한 태도와는 다르게 한국 현대문학비평의 지난 역사를 다소 신비화하며 마무리된다. '왜 문학인가?'를 묻는 이 글은 기본적으로 젊은 비평가 권성우의 한국문학에 대한 열정 그 자체를 증명하는 글이기도 하며, 결국 문학이 자기 장르의 우월성 혹은 정당성을 되찾아야 한다는 주문으로 읽히기도 하는 것이다.

『문학동네』 1999년 가을호의 '1990년대 한국문학이란 무엇인가'라는 기획 아래 놓인 이광호의 글은 문학비평의 주도적 위치가 1990년대 이후 하향 조정된 이유에 관해, 문학 이외의 다양한 매체들이 생겨나 사회분석의 단위가 '문화'로 확장되었기 때문이라고, 당대 '문학'이 처한 사정을 비교적 냉정히 짚는다. 이러한 상황 판단과 더불어 새로운 문학잡지들의 성과와 한계를 지적하는 가운데, 특히 1989년 창간된 『작가세계』와 1994년 창간된 『문학동네』가 '작가'를 존중하고 작가론이나 작품론의 '실제비평'을 강조하는 전략을 취한 것에 주목해본다. 그는 『문학동네』가 강조한 '문학으로의 회귀'가 '작가주의'와 '실제비평'으로 드러난다는 점을 정확하게 지적하면서,[28] 이를 1980년대의 집단주의 및 교조주의 비평이 억압했던 '개인'을 복원하고 작품의 미학적 측면을 다시 강조하며 근대문학의 핵심 영역들을 되찾으려 한 시도로 평가한다. 『문학동네』의 이러한 시도에 대해 이광호는 두 가지 비판적 논점을 제시한다. 첫째, 『문학동네』의 '작가주의'가 전제하는 '자율적 개인'이 얼마나 허구적이며 폐쇄적인 개념인지에 대해, 둘째, 작가론 및 작품론에 공들이는 그들의 비평이 왜 유독 "문학시장에서 승리한 일부 작가와 작품에 바쳐지는"[29]가에 관해, 그는 날카롭게 묻고 있다. 물론 이광호의 비판은 '1990년대 문학비평' 전체를 그 대상으로 하고 있으나, 이러한 지적이 특별히 『문학동네』의 문학주의로 향하고 있음은 부정하기 힘들다.

"문학 위기론의 본질이 영상매체의 발전에 따른 장르간 우월성의 문제가 아니라 현실의 변화에 따른 인간 존재의 위상과 관련된 문학적 대응의 문제"[30]라고 말하거나, 엄밀히 말해 종이문학의 퇴보를 두고 '문학의 위기'나 '인문학적 상상력의 퇴보'를 지적하는 것은 적절치 않다고 말한 논자들이 있었으나,[31] 다양한 이론들과 매체의 발달로 인해 저항담론의 산실로서의 대사회적 명분은 물론 대중적 기반마저 상실하게 된 1990년대의 문학에게 가장 중요했던 질문은 '왜 문학인가'일 수밖에 없었다. 『문학동네』가 「펴내며」를 통해 수시로 '본연의 문학'을 되찾고자 한다고 말한 것이 그러나 냉정히 말해 이러한 질문에 대한 적절한 대답은 될 수 없었다. '개인'과 '내면'의 복권을 통해 지난 시절이 망각한 근대문학의 본질

28 　이광호, 앞의 글, 419~420면.
29 　위의 글, 420면.
30 　임규찬, 「새로운 현실 상황과 문학의 길」, 『문학동네』, 1999 봄.
31 　조형준, 「문학의 새로운 지배양식과 '문학의 위기'론에 관한 소론」, 『문학동네』, 1995 겨울.

을 되찾고 '텍스트로의 귀환'을 통해 문학의 자율성을 재사유한다는 식의 문학주의는, 이미 다양한 매체와 이론들이 다양한 방식으로 '개인'을 설명하게 된 1990년대적 상황에서 어쩌면 시대착오적인 것으로 읽힐 수 있는 것이었다. 그러니 '본연의 문학'을 되찾는다는 이들의 시대착오적 의지를 '문학 본연의 특권'을 되찾고자 하는 의지로 읽어도 크게 무리는 아니다. 사실『문학동네』의 비평이 추구한 작가 중심의 태도, 나아가 실제 비평에의 강조는 이러한 의지의 강력한 표출이었다고 볼 수 있다. 1990년대의 황종연이 적극적으로 의제화한 '내면의 진정성', 나아가 2000년대 이후까지 서영채가 강조한 '문학의 윤리'는 사실 작가/비평가의 권위를 중심으로 문학의 특권을 유지하고 되찾으려는 전략으로 설명되어야 이해가 더 쉬워진다.

3. 내면의 재발견

신수정의 사회로 김미현, 이광호, 이성욱, 황종연 평론가가 참여해 진행된『문학동네』 2000년 봄의 좌담「다시 문학이란 무엇인가」는 문학위기론, 문학주의, 내면성의 원리, 서사성의 약화, 여성문학과 페미니즘, 비평위기론 등을 논점으로 삼아 1990년대 한국 문단과 평단의 성과 및 한계를 다양한 시각으로 정리하는 중요한 자료이다. 이 좌담에서 가장 논쟁적으로 논의된 주제 중 하나가 바로 1990년대 문학의 '내면성의 원리'와 '문학주의'에 관한 것이다. 좌담의 발제문으로 쓰인「다시 문학이란 무엇인가」에서 신수정은 1980년대와의 기계적 대조를 통해 긍정된 1990년대

문학의 다양한 가치들이 재검토될 필요가 있음을 지적하며, 1990년대 문학을 설명하는 '내면성의 원리'를 그 중 하나로 꼽는다. 내면성의 원리가 "과연 1980년대 문학과의 인식론적 단절을 감행할 때만이 평가될 수 있는 성질의 것인지, 그들 문학을 설명하는 또 다른 개념으로는 어떤 것이 있는지, 그들의 소설을 평가할 때 주로 제기되었던 질문들, 이를테면 의식 주체의 내면을 지향하느냐 주체의 경계를 넘어선 타자를 지향하느냐 하는 문제 틀이 지금도 여전히 유효한지, 나아가 내면성의 문학이 여전히 우리 문학의 주류가 될 수 있을 것"[32]인지 등이 검토될 필요가 있다는 것이다. 이러한 질문 중 특히 내면성의 원리가 주체의 내면만을 지향하는 것인지, 아니면 주체의 경계를 넘어 타자를 지향하는 것인지에 관한 문제는 사실 1990년대의 문학을 평가하는 이중의 잣대로 기능한다. 1980년대 문학의 강력한 '공동체 지향'으로부터 개인의 해방을 성취했다는 사실은 1990년대 문학의 뚜렷한 성취로 인정되지만, 이는 동시에 1990년대 문학의 불가피한 한계이기도 했던 것이다. 1990년대 비평의 한계를 지적하는 글에서 이광호가 "개인성의 문학 공간에 대해서는 집중적 관심을 가진 반면, 개인과 개인 혹은 타자들의 관계들이 만들어내는 사회적 공간에 대한 지형도 읽기라는 측면에서는 각별한 성과를 보여주지 못했다"[33]고 언급한 것은 1990년대 문학비평이 처한 역설적 사정을 잘 드러낸다.

　'내면성의 원리'에 관한 이러한 상반된 입장은 위에 언급한 좌담에서도 확인된다.

32　신수정, 「(좌담 발제문) 다시 문학이란 무엇인가」, 『문학동네』, 2000 봄.
33　이광호, 앞의 글, 420면.

김미현: (…중략…) 신경숙이나 윤대녕의 소설들은 단자화되거나 고립된 개인의 폐쇄성이나 단절감에만 머물러 있지 않다는 점에서 충분히 유의미한 내면의 문학이라고 생각합니다. (…중략…) 이런 맥락에서 내면의 문학인가 아닌가에 대한 논의가 아니라 어떤 내면의 문학인가가 논의의 초점이 되어야 더 발전적이지 않을까요? 중요한 것은 내면을 문제 삼았다는 것이 아니라 어떻게 내면을 문제 삼았느냐는 거죠. 이런 관심에서라면 신경숙이나 윤대녕의 문학을 평가하는 잣대도 '자기모방성'에 맞춰질 수 있다고 생각해요. 이들이 한 가지의 내면만을 한 가지의 방식으로 문제 삼은 것은 아니었나, 그래서 타성이나 상투성에 빠진 것은 아니었나 (…중략…) 내면성보다는 심미성이나 낭만성으로 풀리는 부분이 있다면, 그것들 사이의 연관관계가 있다면 그런 것을 구체적으로 읽어주는 작업이 필요한 것 같습니다.

이성욱: 저는 다른 것은 빼고요, 우리가 내면성을 이야기할 때 알게 모르게 내면을 특권화시키는 경향이 보인다는 이야기만 하겠습니다. (…중략…) 내면이 특권화될 이유도 필연성도 없는데도 불구하고 작가 스스로도 그런 통념에서 크게 벗어나지 못한 것으로 보입니다. 그래서 전에 이런 말을 한 번 했습니다만, 내면에의 관심이 기존의 문제틀과 다른 층위로 이동해서 이루어진 것이 아니라, 단지 같은 층의 동일 평면 위에서 이쪽으로 구부려져 있던 것을 반대쪽으로 되구부리기 하는 것에 지나지 않는다는 느낌을 강하게 받는다는 것이지요. 내면이라는 것이 실체라기보다는 문학적인 제시의 결과로 인식되거나 감촉되는 것이어야 하고, 그것을 통해 수용자들이 보이지 않는 것을 감지할 수 있게 해주어야 할 텐데 작가부터 내면이라는 것을 재현의 실체 같은 것으로 여기지는 않았나, 나아가 그 실체가 이제까지 방치

되어왔고 나는 그것을 재현해보겠다는 식의 태도를 취하지 않았나 등의 생각도 든다는 겁니다. (…중략…)

황종연: 내면 탐구라는 것이 1990년대의 한 고비에서 어째서 그렇게 중요했는가 하는 점은 명확히 해둘 필요가 있지 않을까요? (…중략…) 1990년대 문학의 전반을 휩쓴 후일담 소설을 비롯한 많은 소설들이 실은 민중적 정체성의 신화가 사라진 정신적 폐허에서 자신이 누구인가 하는 물음과 맞닥뜨린 결과이지요. 그런데 그 나는 누구인가 하는 문제와 싸운다는 것은 결국 자기 자신과 접촉하는 것이고, 자기 자신과 접촉하는 것은 내면화의 방향을 취할 수밖에 없는 거예요. (…중략…) 내면화가 문학적으로뿐만 아니라 문화적으로도 중요한 모멘트였다는 점은 인정해야 하리라고 생각해요. 그리고 내면성의 문학이 수반하는 특별한 모럴, 이를테면 개인의 자기정의와 자기창조의 모럴은 신경숙이나 윤대녕의 소설을 넘어서 1990년대 문학 전체에 대해서도 의의가 있지 않나 해요.[34]

김미현과 이성욱이 공통적으로 지적하는 것은 1990년대 문학이 '내면'을 '어떻게' 그리고 있는지에 비평이 좀 더 주목했어야 한다는 것이다. 김미현이 1990년대라는 시대적 맥락에서 신경숙과 윤대녕 소설의 성취를 긍정하면서도 한편으로 문제 삼는 것은 신경숙과 윤대녕의 '자기모방성'에 관한 것이다. 내면에 집중했다는 그들 문학의 시대적 의의 자체는 인정될 수 있으나, 자기갱신의 다양한 시도가 잘 드러나지는 않는다는 지적이다. 이보다도 더욱 의미심장하게 읽히는 지적은 이들 문학에 드러난 내면

---

34 신수정 외 좌담, 앞의 글.

성의 원리가 '심미성'이나 '낭만성'이라는 기질에 기댄 듯 보이기도 한다는 점이다. '심미성'이나 '낭만성'에 기대는 '내면'이란 자기성찰의 자율적 공간이라기보다는, 1980년대의 '이념'과 다를 바 없는 외적 규율을 적극적으로 따르는 타율적 공간이라 해도 무방하다. 이성욱이 내면을 되찾아야 할 '어떤 실체' 같은 것으로 여기는 태도가 문제라고 지적한 것도 이러한 맥락에서 이해된다. 특히 그는 1980년대 문학에 대한 1990년대 문학의 대타적 의식으로서 '내면의 특권화' 현상을 시종일관 냉소적인 태도로 비판한다. 이성욱의 말을 받아 김미현이 지적하듯 "'외면 후의 내면'이라는 콘텍스트 때문에 갖게 되는 반사이익"[35]을 정확히 인식해야 한다는 것이다. 이러한 지적들에도 불구하고 황종연은 여전히 1990년대적인 상황을 중요하게 인식하며, '외면 후의 내면'이라는 콘텍스트 안에서 내면성 문학의 의미를 재차 강조한다. 1990년대 문학의 '내면'으로의 회귀는 당시가 문학적으로뿐만 아니라 문화적으로도 중요한 전환기였음을 확인해준다는 것이다.

'1990년대 문학 = 내면성의 문학'이라는 공식을 만들어내며 신경숙과 윤대녕을 대표적 작가로 호명한 결정적 비평 텍스트 중의 하나가 바로 황종연의 「내향적 인간의 진실－신경숙, 윤대녕의 내면성 문학에 대한 고찰」이라는 사실은 잘 알려져 있다. 그는 이 글에서 신경숙과 윤대녕의 소설을 분석하기에 앞서 1990년대 문학의 '내면화 경향'이 역사적 필연성을 지녔음을 지적한다. 서양 근대문학 자체의 중요한 전통으로 인식된 내면성의 문학이 근대적 자아의 구축에 기여했으며, 나아가 이는 근대 서양이라는 경계와 무관하게 "문학의 보편적 특징"으로 널리 인식되어왔음을

---

35 위의 글.

그는 공들여 증명한다.[36] 개인의 내면을 문학의 본령으로 여기는 이러한 태도는 근대서양문학, 나아가 문학 자체의 전통으로서 이해해야 하며, 따라서 "'문학주의'라는 말이 통용될 정도로 문학 고유의 글쓰기가 장려된 1990년대 문학에서 내향화 경향이 우세하게 나타난 것은 당연한 일인지도 모른다"[37]는 것이다.

황종연의 지적에 따르면 1990년대 문학은 개인의 내면을 새롭게 발굴한 것이 아니라, 그간 민족/민중적 동일성에 억압되어 있었던 개인의 내면을 해방시킨 것이 된다. 김미현, 이성욱 등이 '외면 후의 내면'이라는 그 컨텍스트에 집중해 '다른 내면'의 발굴로 나아가야 하지 않을까라고 문제를 제기할 때, 황종연은 '외면 후'에 그 자체로 더 가치 있게 된 '내면'에 집중하는 셈이다. 이에 관한 비판적 논평으로 조정환의 의견을 환기해볼 필요가 있다. 그는 "개인화된 진정성의 미학은 민중적 동일성을 넘어설 수 있는 어떤 대안도 제시하지 못 한다. 그것은 특이한 힘들의 공통적 집합화의 가능성을 폐기하는 미학적 장치로 이용된다"[38]고 말한 바 있다. 요컨대 신경숙과 윤대녕의 문학을 실증적으로 검토하며 '개인주의'와 '문학주의'로의 회귀를 중요한 성과로 지적한 황종연은 "개인이라는 또 다른 동일성 형식을 (민중 혹은 민중이라는 인용자) 동일성에 대항하는 차이 그 자체의 형식으로 오인"[39]한 것일 뿐이라는 지적으로부터 자유로울 수 없게 된다. 1980년대와의 차별을 통해서만 1990년대의 의미를 발견하게 되는

---

36 황종연, 「내향적 인간의 진실 ─ 신경숙, 윤대녕의 내면성 문학에 대한 고찰」(최초발표: 『21세기 문학이란 무엇인가』, 민음사, 1999), 『비루한 것의 카니발』, 문학동네, 2001, 115면.
37 위의 글, 116면.
38 조정환, 「카이로스의 시간과 삶문학」, 『카이로스의 문학 ─ 삶, 그 열림과 생성의 시간』, 갈무리, 2006, 38면.
39 위의 글, 39면.

이러한 관점은, 이전 시대의 문학이 고민한 '민족 / 민중 대 개인'이라는 구도를 그 강조점을 달리하며 반복한 셈이 된다.

물론 「내향적 인간의 진실—신경숙, 윤대녕의 내면성 문학에 대한 고찰」에서 황종연은 자기정체성의 준거를 자기 내부에서 발견하는 근대적 개인의 자유가 군주적 권능으로 인식될 위험까지 지적하고 있기는 하다. 1990년대 초의 상황에서 공동체로부터 해방된 '개인'이 사실 그 자체로 온전히 지지될 수 없는 이유는, 당시의 한국 지식장에 다양한 해체주의 이론이 유입되기 시작한 사정과 관련이 깊다. 더 정확히 말하자면, 이미 서구 지성사의 다양한 포스트 담론들이 '주체의 죽음'을 선언한 마당에, 개인주의로의 회귀가 무조건적으로 의미 있는 발견이 될 수는 없었던 것이다. 위의 좌담에서 사회자인 신수정도 이러한 논점을 분명히 짚어낸다. "자기의 모럴을 창조하는 문제 자체가 주체의 자율성에 의존할 수밖에 없는 문제라면, 이미 철학적으로 주체의 죽음이 선언되기도 하는 (…중략…) 때에도 내면성의 원리가 여전히 우리 문학사의 주류가 될 수 있을 것인가"[40]라며, 신수정은 1990년대라는 또 다른 컨텍스트 안에서 '내면의 문학'이 지닌 맹점을 날카롭게 지적한다. 이에 대한 고민이 이미 황종연의 글에 포함되어 있기는 하다. "자기정의적 주체의 개념을 가진 휴머니즘이 내면성 문학의 주요 조건"[41]임을 인식하는 그는, 푸코의 '인간의 죽음', 바르트의 '저자의 죽음', 데리다의 주체성 해체 등과 같은 반 휴머니즘 사상의 자장 속에서 내면성의 문학이 긍정되기 힘들다는 사실에 대해 다음과 같은 반론을 이미 제기하고 있다.

---

40 신수정 외 좌담, 앞의 글.
41 황종연, 앞의 글, 121~122면.

자아가 허구라는 소식은 이제 조금도 추문의 느낌이 없다. 허구라는 말을 그렇게 사용하기로 한다면, 인간 문화 전체가 허구다. 자아를 허구라고 말한다고 해서 자아에 대해 고민하고 탐구해야 하는 과제에서 면제되진 않는다. 우리는 자아가 언어적·문화적·정치적 연관 속에서 구축된다는 후구조주의적 교정으로부터 뭔가를 배워야 하지만 자아의 이상이 인간의 자기해방에서 중요한 역할을 담당했다는 역사적 사실도 아울러 기억해야 한다. 낡은 권위와 인습으로부터 벗어나려는 노력, 전체주의적 정치와 도덕에 대한 저항, 인류 공동의 인간화를 위한 기획 등을 촉진시킨 사유와 상상의 중심에는 자아의 관념이 엄연히 자리잡고 있다. 자유로운 인간사회에 대한 전망이 날이 갈수록 어두운 시대를 살면서 자아에 대한 관심을 조롱하거나 배척하는 것은 기율과 통제에 저항하는 중요한 정신적 거점을 잃어버리는 것과 다를 바가 없다.[42]

내면에의 탐구가 자기동일성의 구조로 환원될 수 있다는 지적에 대해서는 물론, 이러한 자기동일성이 해체주의의 시대의 주체 탐구와 얼마나 배치背馳되는가에 대해서도 황종연은 다소 당위적인 문장으로 답변을 제시한다. 이러한 시대에서도 "자아에 대해 고민하고 탐구해야 하는 과제에서 면제되지는 않는다", "자아의 이상이 인간의 자기해방에서 중요한 역할을 담당했다는 역사적 사실도 아울러 기억해야 한다"라며 자아 탐구에 관한 당위성을 재차 확인하는 것이다. 그러나 이같은 방식으로는 1990년대 문학의 새로움은 물론 그 가치가 온전히 지지되기는 힘들다. 자아 중심의 휴머니즘이 여전히 인간사회의 중요한 가치라는 점과, 신경숙과 윤

42 위의 글, 136~137면.

대녕의 내향적 소설이 1990년대 문학의 새로운 가치를 증명한다는 점은 사실 별개의 논리로 증명되어야 하는 것이다. 전자는 신념으로 주장되어야 하는 것이며, 후자는 사실로서 증명되어야 하는 것이기 때문이다. 개인의 내면에 집중하며 휴머니즘의 가치를 옹호하고 그것을 통해 문학 본연의 가치가 확인되는 것이 1990년대에 새롭게 나타난 현상이라고는 볼 수 없으므로 후자의 사실 증명이 쉽지 않다는 점은 당연하다. 요컨대 황종연의 「내향적 인간의 진실—신경숙, 윤대녕의 내면성 문학에 대한 고찰」은 1990년대 문학의 새로움을 성공적으로 증명하기보다는 한동안 잊힌 '근대적 개인'의 가치와 '근대문학'의 가치를 신경숙과 윤대녕의 소설을 경유해 재확인한 글로 읽히는 것이 더 적당하다. 더 냉정히 말한다면, 『문학동네』가 선택한 특정한 문학의 가치를, (『문학동네』 서문에 자주 등장하는 표현을 따르자면) "본연의 문학"의 그것으로 확장하고 휴머니즘적 당위로 지지한 글에 가깝다고 할 수 있다. 자아의 개념이 의문에 부쳐지고 문학의 새로운 정체성이 요구되는 시점에서 이러한 논의는 적절한 해답을 제시하지 못한 채로 문학의 특권, 더 나아가 '문학하는 나'의 권위를 공들여 주장한 셈이 된 것은 아닌지 질문해 볼 필요가 있다.

4. 진정성의 폭력과 문학성의 권력

1990년대의 『문학동네』가 문학의 위기 담론 속에서 발견하고 강조한 '내면'과 '진정성'의 개념을 한국사회를 관통하는 특정 시대의 '마음의 레짐'으로 해석한 것은 『문학동네』의 2세대 평론가이자 이론가라 할 수 있는 김홍중이다. 잘 알려져 있듯 진정성이란 "외부에서 부과되는 도덕률을 따라 사는 것이 아니라, 내면으로부터 솟아나오는 목소리인 참된 자아와의 대화에 의거하여 삶의 중요한 결정을 내리는 태도"[43]를 가리킨다. 찰스 테일러를 인용하며 김홍중은 이러한 진정성의 관념이 인간의 천부적 도덕관념을 강조하는 18세기적 사유에 뿌리를 내리고 있다고 설명한다. "내향적 성찰의 주체로 정립"[44]되는 진정성의 주체는 "근대적 주체의 자기통치기획의 한 양태"[45]로 이해될 수 있는 것이다. 김홍중이 푸코의 장치dis-positif 개념을 차용해 진정성을 '주체화의 장치로 기능하는 마음의 레짐'으로 정의할 때 특별히 강조하는 것이 '내면'이라는 공간이다. "내면은 평화로운 명상이나 외적 현실과 차단되어 유아론적唯我論的으로 기능하는 자폐적 기관이 아니"라 "진정성의 주체가 참된 자아와의 사이에 건설하는 대화의 공간"[46]이다. '내향적 성찰의 주체'는 '내면'의 이같은 소통적 성격으로 인해 '윤리적' 성격을 띠게 되며, 나아가 이러한 '윤리적 성찰'이 공적 지평의 '도덕적 압력'과 만나면서 진정성의 주체는 (자기) 성찰적인 동시에 (사회) 참여적인 주체로 형성된다. 진정성의 주체를 이처럼 성찰적인 동시에 참여적인 주체로 정의함으로써 김홍중의 작업은 이전 시기 『문학동네』가 공들여 지지한 '내면의 문학'의 자기동일성의 위험을 개념 그 자체로 훌륭히 극복한 것이 된다.

사회학자로서 김홍중의 성과는 물론 "진정한 자아와 좋은 사회에 대한

---

43 김홍중, 「삶의 동물 / 속물화의 존재의 참을 수 없는 귀여움」, 『마음의 사회학』, 문학동네, 2009, 54~55면.
44 김홍중, 「진정성의 기원과 구조」, 위의 책, 32면.
45 위의 글, 19면.
46 위의 글, 32면.

열망의 접합"으로서의 이같은 '진정성'의 개념을, 1980년 이후 한국사회의 민주화가 진행되는 과정에서 도덕적 헤게모니를 획득해간 가치 체계로 설명한다는 점에 있다. "'386세대'를 정치적, 문화적, 도덕적 주체로서 생산해낸 진정성의 레짐은 민주화시대를 관통하는 '규범적 우세종norma-tive dominant'으로 기능하게 된다"[47]는 것이다. 이같은 진정성에 의해 1980년으로부터 1997년에 이르는 20년 남짓한 시기는 동일한 마음의 체계가 작동한 단일한 역사적 단위로 묶이게 된다. 아이러니한 것은 이러한 시각에 따른다면『문학동네』가 1990년대 문학의 새로움을 증명하기 위해 제안한 '진정성'의 개념과 '내면'의 문학이, 오히려 1980년대 문학과 1990년대 문학 사이의 연속성을 증명하는 것이 된다는 점이다.[48] '집단에서 개인으로', '억압에서 욕망으로' 등 다양한 대립항들을 통해 1980년대와 1990년대의 차이를 증명하기 위해 애썼던 것이 1990년대 평단의 과업이었다면, 이후의 더 거시적인 맥락으로 보았을 때 1980년대와 1990년대는 진정성의 성격에서 '도덕적 압력'이 강했는가, '윤리적 성찰'이 강했는가의 차이로 구분될 뿐, "진정한 자아와 좋은 사회에 대한 열망이 접합"된 시기라는 점에서는 동일선상에서 이해된다.

진정성 체제에 관한 김홍중의 논의는 이처럼 1990년대『문학동네』담론의 과잉을 어느 정도 조정하고 있는 셈인데, 나아가 그가 분석한 '진정성의 한계'로서의 "진정성의 폭력"에 대한 고찰은『문학동네』비평 행위의 성격을 파악하는 데에도 참조가 된다.

---

47 위의 글, 30면.
48 이에 대해서는 이 글의 제1부 제1장에서 분석되었다.

진품이 언제나 하나이듯이, 진정한 삶의 형식 또한 하나일 수밖에 없다는 통념, 일종의 '유일성의 신화'는 바로 여기에서 발생한다. 유일성의 위치를 확보한 것은 다른 어떤 것보다 고귀하지만 이를 제외한 나머지는 모두가 허위나 모조품으로 규정될 수밖에는 없기 때문이다. 그러나 무엇이 진품 즉 진정한 것인지를 판단할 수 있는 절대적 권위가 존재하지 않는 이상, 진정성은 실증의 대상이 아니라 주장의 대상이 되며, 과잉이 아닌 결여의 형식으로 표현될 수밖에 없다. 진정성은 언제나 타인에게 부족한 것이자, 나에게만 주어져 있는 것으로서 주장되는 까닭이 거기에 있다. 진정성을 발화하는 자는 대개 '나의 진정성'과 '타인의 비진정성'을 불균등하게 전제하고, 부재하는 것으로 설정된 타인의 진정성을 추궁하고자 한다. 이것이 진정성의 폭력적인 화용론이자 수사학이다. 진정성의 언어는 상처의 언어, 배제의 언어, 전제專制의 언어로 작용하는 것이다.[49]

진품성의 개념에서 연원하는 진정성의 개념은 그것의 '진짜임'을 확인해줄 수 있는 절대적 권위가 전제되지 않는 한, (나의 진정성에 관한) "주장의 대상"이자 (타인의 진정성에 관한) "결여의 형식"일 수밖에 없다. '나의 진정성'이 결국 '나'의 확신에 의해서만 증명할 수 있다면, 그것은 결국 자기동일성의 회로에 빠질 수밖에 없게 된다. 진정성이 주로 '나의 진정성'을 증명하지 못하고 '타인의 비진정성'을 공격함으로써만 발화되는 것은 이러한 이유 때문이다. 이것이 김홍중이 말하는 '진정성의 폭력'이자 '진정성의 한계'이다. 진정성의 더 근본적인 모순은 도덕적 압력과 윤리적 성찰 사이의 이상적인 합일이 불가능하다는 점에서 온다. 도덕적 진정성

---

49 김홍중, 앞의 글, 35~36면.

의 추구는 자칫 성찰과 무관한 맹목에 흐를 가능성이 있고, 그것과 유리된 윤리적 진정성은 자기중심적 폐쇄회로에 빠질 위험이 있다.[50] 따라서 "윤리적 진정성의 순수한 형태는 행위나 실천이 아니라, 행위나 실천의 극단적인 지연"[51]으로서만 나타난다. 진정성이 주로 '타인의 비진정성'을 공격하는 형태로 '나의 진정성'을 확인하며 그 과정에서 결국 자기동일성의 미궁에 빠지게 되는 것은 진정성 개념의 이같은 근본적인 한계에서 기인한다.

"어떤 새로운 문학적 이념이나 논리를 표방하지 않"는다는 선언과 함께 창간된『문학동네』가 '진정성'의 개념을 1990년대 문학의 중요한 원리로서 적극적으로 지지했다는 점은 이런 이유로 의미심장하다. 『문학동네』의 '비-이념'의 태도는 실제 비평을 통해 '문학성에의 옹호' 혹은 '문학주의'라는 태도로 수렴되고 있는 바, 이들의 '문학주의'가 결국 문학을 둘러싼 다른 이념들에 비판적 거리를 취하는 방식으로만 정의된다는 점에 주목할 필요가 있다. 창간 10주년을 맞는 해에『문학동네』41호의 서문으로 쓰인 서영채의 「탈이념의 시대의 문학」이라는 글에서 이러한 태도가 분명히 드러난다. 서영채는 이 글에서『문학동네』라는 새로운 잡지를 만들 때 긍정적으로든 부정적으로든 이전까지의 유수한 문학적 권위들을 크게 참조하지 않았으며 오로지 '다른 방식'의 문학을 하고 싶었다고 당시의 상황을 회고한다. 문학에 관한 기존의 입장들을 "광장의 언어", "작업실의 언어", "문화산업의 언어"로 삼분하는 그는 '광장의 언어'와 '작업실의 언어'는 각각 '관료의 언어'와 '자폐증의 언어'가 될 위험이 크며,

---

50   위의 글.
51   위의 글, 36면.

'문화산업의 언어'는 '상품미학의 부박함'이라는 한계를 지니고 있다는 도식적인 비판을 제출한다. 이러한 비판을 경유하며 서영채는 자신들의 문학이 "저 세 개의 인력권으로 구성되는 공간 속을, 어떤 힘에도 구속되지 않은 채로 비상하고 유영하고 질주하고 포복하는 생각과 감수성, 자유로움의 표상"[52]되고자 노력했음을 고백한다. "현존하는 모든 질서와 불화하는 힘"[53]에 문학의 가치가 있으며, 문학을 "제도 속에 존재하는 제도의 타자"로서, 즉 "부정성의 계기"로서만 정의할 수 있다는 이같은 『문학동네』의 '문학주의'가 문학의 사회적 위상이 크게 하락한 종언시대에서 문학의 '보편적' 존재 방식을 확인하는 식으로만 전개될 수 없는 것은 당연한 귀결일 것이다.

같은 글에서 서영채는 탈이념 공간에서 문학의 가치는 오직 '윤리적'이 됨으로써만 보존될 수 있다고 말한다. 사실 '부정성의 계기'로 존재하는 문학이라면 그 존재 자체가 윤리의 다른 이름이 된다. 이는 '자율성'이라는 개념으로 문학의 가치를 수호해온 문학사의 오랜 전통 안에서 그다지 새로운 논리는 아니다. 문학의 윤리가 "보편적 입법자의 자리에서 세계를 바라보는 것"[54]이라 첨언할 때에도, 그 '보편적 입법자'의 자리란 실체로서 존재하는 것이 아니라 문학을 둘러싼 모든 억압을 비판하는 방식으로만 가능할 수 있다. 그러나 앞서 살핀 '진정성의 폭력'이 그렇듯 외부를 부정하는 식으로만 자신의 자리를 확인하는 태도는 자기동일성의 신화로부터 자유로울 수 없다.

---

52 서영채, 「탈이념의 문학」, 『문학의 윤리』, 문학동네, 2005, 17면.
53 위의 글, 20면.
54 위의 글, 22면.

서영채가 생각하는 이같은 '문학성' 혹은 '문학주의'의 개념은 '문학성에 대한 성찰, 2009'라는 부제가 붙은 「역설의 생산」이라는 글에서 보다 명확히 드러난다. 가라타니 고진의 '근대문학종언론'에 대해 주석을 달며 종언시대 '문학성'의 의미를 성찰하는 이 글에서, 그는 칸트의 개념을 빌려와 문학성을 '초월적transcendent인 것'이 아닌 '초월론적transcendental인 것'으로 정의해본다. 그것은 "구체적인 사용을 통해 사후적으로 그 존재를 확인할 수 있게 되는 어떤 것"이며 "어떤 규정적인 것으로 상정되는 순간 이내 죽음에 도달하"[55]는 것으로 설명된다.

기왕에 존재하는 어떤 문학 속에도 존재할 수 없다는 것이 문학성의 속성이다. 문학이라는 확정된 범주의 잉여로서만, 그 나머지이자 찌꺼기로서만 존재할 수 있는 것으로서의 문학성은, 그러므로 기성적인 것과 미지의 것 사이에서, 그 둘 사이의 긴장과 역설 속에서 발현되는 양태이자 틀로서만 존재할 수 있다. 그래서 그것은 미메시스가 그렇듯, 욕망보다는 충동에 가깝고 증상보다는 환상에 가깝다. 문학성은 자신을 보편화하려는 힘과 이에 맞서 자신을 역사화하려는 힘의 길항 사이에서, 거듭거듭 자신의 외부적인 것으로서 재도입하는 충동으로서나, 그릇된 보편성을 격파하는 역사성으로서, 또한 조급한 역사성의 성긴 피부를 꿰뚫어버리는 또 하나의 외부성으로서 존재하는 것이다.[56]

---

55 서영채, 「역설의 생산―문학성에 대한 성찰, 2009」, 『미메시스의 힘』, 문학동네, 2012, 116면.

56 위의 글.

서영채의 정의에 따르면, 문학성이란 그것을 "보편화하려는 힘"과 "역사화하려는 힘"의 길항 사이에 존재하는 어떤 것이다. 문학이 지닌 '초월론적' 의미를 위와 같이 설명해보는 서영채는 이미 『트랜스크리틱』에서 칸트와 마르크스의 예를 통해 이러한 의미를 명석하게 개진한 가라타니 고진이 왜 동시대문학에 대해서는 이같은 사고를 적용하지 않았는지 의문을 품어 보기도 한다. 그러나 이처럼 '문학성'을 보편성과 역사성의 역설적 긴장으로, 나아가 오직 사후적으로만 그 존재를 확인할 수 있는 어떤 '텅 빈 개념'으로 이해하는 태도는, 오히려 특정 시대문학의 속성과 그 위상, 즉 동시대문학의 실체 자체를 괄호에 넣는, 또 다른 보편적 사유의 결과로 이어질 수도 있다. '문학성'을 '초월론적인 개념'으로 이해하는 것 자체가 문학에 대한 '초월적인' 태도의 결과일지도 모르는 것이다. 이때 문제적인 것은, 특정 작품에 대한 구체적인 선택과 배제의 행위로 나타나는 특정 문학 집단의 비평적 판단들이 이러한 개념에 의해서라면 어느 정도는 절대적으로 옹호될 수밖에는 없다는 사실이다.

그런 점에서, 서영채가 「역설의 생산—문학성에 대한 성찰, 2009」이라는 글의 말미에서 신경숙의 『엄마를 부탁해』를 "역사화된 모성과 보편적 모성의 실재 사이에서 벌어지는 긴장과 역설의 자장"[57]을 만들어낸 작품으로 고평하는 대목은 흥미롭다. 이러한 설명에 의한다면 신경숙의 작품은 그 자체로 "역사화와 보편화의 상호침투의 과정을 미메시스적 힘"[58]이 포착해낼 수 있다는 점을 훌륭히 증명한 '문학성'의 한 사례가 된다. 그러나 『엄마를 부탁해』에 재현된 '엄마'가 '역사화된 모성'과 '보편적 모성'

---

57 위의 글, 129면.
58 위의 글.

을 동시에 의문에 부치기보다는 오히려 기존의 모성 신화를 강화하는 데 기여한 측면이 크다는 이후의 수다한 논평들을 환기할 때, 서영채가 신경숙의 작품과 더불어 강조한 '문학성'이라는 개념 자체의 관념성 역시 재고될 필요는 있다. '문학성'을 "고정된 실체일 수 없는 것, 개별 작품들에 대한 다양한 평가 속에서 순간적으로 나타나는 어떤 양태나 텅 빈 중심으로 존재할 수밖에 없는 것"[59]으로 정의하는 것과, 그러한 개념을 특정 문학 작품에 대한 평가로 적용하는 것은 별개의 사안이 되어야 하는 것이다. 그 의도와 무관하게 1990년대 이후 『문학동네』가 취한 이러한 '문학성' 혹은 '문학주의'에의 강조가, 실제비평을 통해 드러난 그들의 비평적 판단에 어느 정도 권위를 부여해주는 효과를 발휘했음은 부인할 수 없는 사실인 듯하다.

5. '문학주의'의 자기동일성

1980년대 문학의 공리주의와 결별하기 위해 1990년대의 『문학동네』가 강조한 것이 '개인'과 '내면'이라는 개념임을 잘 알려져 있다. 황종연이 적극적으로 의미화한 1990년대 문학의 이같은 내면화 경향은 한국문학의 전통에서 익숙한 '자기정의적 주체'의 재등장으로 설명된다. 나아가 2000년대 이후 '문학의 종언', '탈정치', '무중력'의 시대에서 『문학동네』가 적극적으로 건져 올리고자 한 것은 정치성의 다른 이름인 문학의 윤리에 관한 것이다. 서영채가 언급한 바 '탈이념시대'의 '문학의 윤리'는 "보편적

---

59 위의 글, 106면.

입법자의 자리에서 세계를 바라보는" 판단력으로 정의된다. 1990년대 문학의 중요한 성과로서『문학동네』가 강조한 '개인의 내면'은 1980년대 문학에 드리워진 정치경제학의 억압으로부터는 물론 전 지구적 자본주의의 압력과도 거리를 두는 청정한 성찰의 공간으로 정의되며, 나아가 문학의 정치적 역할이 종료된 2000년대적 사정 속에서 그들이 강조한 '문학의 윤리' 역시 어떤 특정한 주의나 이념에도 구애받지 않는 보편자의 태도로 설명되는 것이다. 요컨대, 그 주체가 '개인'이건 '문학'이건 혹은 '비평'이건 결국 스스로를 준거로 삼는 자기동일성의 메커니즘이『문학동네』비평의 핵심 원리라 할 수 있다. '비-이념'의 문학과 '젊은 세대'의 문학을 기치로 내세운『문학동네』는 자신들의 특정한 선택과 판단들을 '문학성' 혹은 '새로움'이라는 말로 정당화하며 비평적 권위를 생산해 왔다고 할 수 있다.

1990년대 이후의 한국문학사가 어떤 착시나 왜곡 없이 서술되기 위해서는『문학동네』비평 담론의 프레임을 해체하고 당대의 문학장을 좀 더 투명하게 바라볼 필요가 있다. 이를 위해서 우선 시도되어야 할 것은 1990년대 문학장에 영향력 있는 담론들을 제출한『문학동네』의 비평을 재평가하는 일이다. 이 글은 그간『문학동네』가 개발하고 지지한 개념들이 '문학성' 혹은 '문학주의'라는 주인 없는 텅 빈 개념을 자신들의 자명한 '이념'으로 삼으며 이른바 '자기동일성'의 성찰을 강조한 맥락을 투명하게 드러내고자 했다. 이를 위해『문학동네』의 지면을 통해 적극적으로 논의된 '내면의 문학'과 '진정성 체제', 나아가 '문학의 윤리'에 관한 비평 담론들을 분석해보았다. 어떤 이념에도 기대지 않고 다양성이 소통하는 공간을 만들겠다는 의지를 자신들의 출사표로 제출한『문학동네』의 '문학주의'의 전략에서, 우리는 이미 그 사회적 지위를 상실한 문학을 '근대

적 개인의 신화' 안에서 특권화하고, 이와 더불어 '문학하는 나'의 진정성
을 배타적 방식으로 확인하려는 새로운 비평 세대의 욕망을 읽게 된다.

제3장

'문학주의'시대의 포스트모더니즘

1990년대 비평이 포스트모더니즘과 접속하는 방식

1. '문학주의'의 보수화와 진정성의 윤리

공동체에서 개인으로, 정치에서 일상으로, 이념에서 욕망으로, 전장에서 시장으로 등 1990년대의 문학을 설명하는 글들은 대개 이러한 이분법의 도식들을 나열하며 시작된다. 1987년 6월항쟁과 대통령 직선제 개헌으로 형식적으로나마 민주화가 성취되면서 사회 변혁을 위한 진보적 담론과 공동체적 실천보다는 개개인의 일상적 삶과 욕망이 우선시되는 상황, 더불어 이미 그 시효를 다해가던 20세기의 사회주의 실험이 1989년 베를린장벽의 붕괴로 실질적 몰락을 고하며 다양한 포스트 담론들이 한국사회에 대거 유입된 상황들이, 1990년대의 문학을 해명하는 주요한 준거로 고려되기 때문이다. 상업적 소비문화의 범람과 전자 정보 매체의 발달이라는 사정들도 1980년대와는 확연히 달라진 1990년대 문학의 조건을 설명하기 위해 흔히 호출된다. 1994년 겨울에 창간되어 1990년대 문학의 본격적 시작을 알린 신생 잡지 『문학동네』는 창간사를 통해 1990년대 문학이 처한 '위기'를 '이념적 진공상태', '무분별한 상업주의의 유혹', '문자문학의 영역을 잠식해오는 영상매체' 등으로 요약하기도 했다.

한국 현대문학사의 그 어떤 국면을 환기하더라도, 앞선 시기로부터의 단절이 1990년대만큼 신속하고 전면적이었던 시기는 찾기 힘들지 모른다. "1990년대의 정신분석"을 시도한 글에서 윤지관이 적고 있듯, 그 단절의 정확한 의미는 "문학 논의나 일반의 인식에서 오랫동안 '억압당해오던 자'가 불과 수년 사이에 '억압하는 자'로 치환되어버린"[1] 당황스러움으로 이해될 수 있다. 민주화가 성취되고 현실 사회주의가 몰락했다는 1990년대의 정치현실을 감안하더라도, 혹은 비평사에서 흔하게 보게 되는 세대교체론을 환기하더라도, "이 역전 과정에서 숨길 수 없이 드러난 증오와 환멸과 절망 그리고 참회와 파괴욕이 뒤엉킨, 거의 신경증적인 현시顯示를 설명하지 못한다"[2]고 그는 말한다. "파시스트와 싸우던 측이 파시스트가 되어버리는" 1990년대의 이같은 급격한 역전을 그는 "억눌린 자유주의의 충동"으로, 즉 민중적 변혁의 전망이 가시화되었던 1980년대의 문단에서 마음껏 제 목소리를 내지 못하고 억압되어 있던 "자유주의" 충동이 일시에 귀환한 것으로 설명한다. 1990년대의 평단이 외친 '문학주의'로의 선회는 "사회의 보수 회귀"와 맥을 같이 하는 징후적 현상인 바, 이는 자유주의라는 '억압된 것의 귀환'이 세대론의 옷을 입고 나타난 것으로 보는 편이 타당하다는 것이다. 이러한 시각을 따른다면 1990년대의 '문학주의'는 기회주의적인 것으로 읽힐 수도 있다.

윤지관이 말하는 자유주의란 무엇인가. 임우기의 글[3]에 나타난 '레드

---

1 윤지관, 「90년대 정신분석 ─ 문학담론의 징후 읽기」, 『창작과비평』, 1999 여름, 74면.
2 위의 글.
3 임우기, 「왜 리얼리즘인가? ─ '흔적의 문학'에 대한 인식」, 『문학과사회』, 1992 봄.

콤플렉스'를 언급하기도 하고, 더 이상 민족문학론이 당대의 문학적 쟁점이 될 수 없다는 김병익의 말을 인용하며 "우리 문단의 가장 대표적인 자유주의자에 의해 민족문학론에 조종弔鐘을 울리는 소리가 나오게 된다"[4]고 논평하기도 하지만, 1990년대에 이르러 '문학주의'와 혼용되어버리는 한국 문단의 '자유주의'가 어떤 집단을 향한 명명인지, 1980년대의 문단에서 그러한 자유주의가 과연 철저히 억압당하고 있었다고 볼 수 있는지, 이에 대해서는 면밀한 고찰과 신중한 판단이 필요하다. 윤지관의 이러한 지적이 소박한 진영론을 반복하는 것처럼 보이기는 해도, 1980년대와 1990년대 사이의 단절을 현실 사회의 변화에 따른 신구의 세대교체로 이해하기보다는, 문학을 둘러싼 어떤 '태도'나 '욕망'의 차이로 설명한다는 점에서 유의미하게 읽힌다. 특히 1990년대 평단의 '문학주의'를 한국사회의 '보수화'와 연결시키는 관점은, 1990년대는 물론 현재로까지 이어지는 한국 문단의 어떤 경향을 명확히 해명하기 위해서도 주목해볼 필요가 있다.

진보와 보수라는 개념 자체가 유동적이고 상대적이지만, 그것이 문학을 대하는 태도 혹은 비평의 존재와 관련된 것이라면 그 의미가 한층 복잡해질 수밖에 없다. 이념의 억압으로부터 해방되어 이른바 '본연의 문학'을 추구하려는 '문학주의'의 시도를 윤지관은 왜 보수적인 것으로 이해하는가. 윤지관의 논리를 이해하기 위해서는, 그가 염두에 둔 자유주의가 냉전 체제 하 한국사회를 지탱해온 오랜 지배 이데올로기로서의 '자유민주주의'와 공명한다는 점, 그러니까 한국사회에서의 자유주의가 정치적 자유주의보다는 반공주의나 경제적 자유주의자유시장주의로 환원되기 때문에

---

4 김병익, 「문학적 리얼리즘은 어떻게 변할 것인가」, 『새로운 글쓰기와 문학의 진정성』, 문학과지성사, 1997, 80면.

진보보다는 보수의 편에 가깝다는 맥락[5]이 고려되어야 한다. 물론 이러한 정치적 성향을 '문학주의'의 그것으로 곧장 치환할 수 없음은 당연하다. 그러나 '참여 / 순수', '리얼리즘 / 모더니즘', '실천 / 이론' 혹은 '창비 / 문지'라는 해묵은 이분법을 떠올리게 하는 이같은 진영론을 따르지 않더라도, '문학주의'가 그 자체로 문학의 어떤 보수적 전통과 맞닿아 있다는 판단은 여러모로 재고해볼 만하다. 왜일까.

   이 글은 1990년대의 비평이 지닌 이른바 '계몽주의적 태도'와 관련하여 '문학주의의 보수화'라는 명제를 해명해보고자 한다. 흔히 1990년대는 '혼종'과 '해체'를 모토로 삼는 포스트모더니즘의 시대로 인식되기도 하는데, 한국문학비평의 장에서 왜 이에 관한 논의가 피상적으로 진행될 수밖에 없었는지에 대해 고찰하는 것이 이 글의 궁극적 목적이 될 것이다. 일견 당연해 보이는 결론을 미리 말하자면, 제도권문학의 장으로 그 범위를 한정할 때, 1990년대는 '개인'의 '진정성'을 표 나게 강조한 시대, 즉 진짜의 진짜임을 확인하는 것을 중시했던 시대였기 때문이다. 진품성에 연원을 둔 '진정성'의 개념이 1990년대를 설명하는 가장 주요한 비평용어가 된 사정과, 진짜와 가짜의 경계를 무화시키는 '키치'에 관한 논의가 "키치의 문학화에 대한 수락과 문학의 키치화에 대한 불용"[6]이라는 식으로 문학의 권위를 강화하도록 전개된 것은, 서로 밀접한 관련이 있어 보인다. 1990년대를 정리하는 한 좌담에서 "문학주의의 핵심은 문학의 자율성에 대한 존중"[7]이라고 언급될 때, "존중"이라는 어휘에서도 드러나듯,

5   이근식, 「진보적 자유주의와 한국 자본주의」, 최태욱 편, 『자유주의는 진보적일 수 있는
     가』, 폴리테이아, 2011, 62면.
6   이성욱, 「문학과 키치」, 『문학과사회』, 1998 겨울, 1548면.
7   신수정·김미현·이광호·이성욱·황종연 좌담, 「다시 문학이란 무엇인가」, 『문학동

'이념'에 기대지 않으면서도 문학의 '권위'를 그 자체로 인정할 방법을 고민하는 일, 그것이 '문학의 죽음'이 선고된 시대에 오히려 비평의 계몽주의를 강화한 동력이 되었던 것이 아닌가 생각해봐야 할 것이다.

'개인의 내면'과 '진정성'이 새로운 시대문학의 주요한 가치로 논해지던 1990년대는, 김병익도 언급하듯, 과학 기술의 현저한 발달로 인공 지능, 가상 현실, 인간 복제 등에 관한 논의가 활발해지며 "수십 세기에 걸쳐 전승되어온 기존의 인간 체계"가 "근본적으로 변혁"[8]되기 시작한 시기이기도 하다. 복제 양 돌리의 탄생으로 인간 복제의 가능성이 근미래의 일로 예견되며, 인간 존재 자체도 '진짜임'의 권위를 의심받게 된 시기이다. 김병익은 '자본-과학의 복합체'가 생성할 이같은 새로운 문화 환경이 '창작자로서의 작가'와 '예술로서의 문학'의 '품위'를 위협하게 되는 상황을 비관적으로 논하면서, '그럼에도 불구하고' "정통의 문학"[9]에 대한 지지를 포기할 수 없는 이유로 다름 아닌 "진정성"을 제안한다. 1990년대 문학이 처한 상황을 이해함에 있어 상징적인 장면이 아닐 수 없다. 그가 정의하는 진정성이란 무엇일까.

> 나는 문학이 우리의 근대화에 앞장서고 작가가 우리 사회 변화의 한몫을 담당해왔다는 자부심에서가 아니라, 그것이 **인간의 품위와 인격의 진지성이 존속될 수 있는 정신**이기에, 종래의 기성문학 관념을 포기하고 싶지는 않았다. 그것을 나는 문학사의 지속성이란 말로 표현했고 새로운 문학적 흐름들

네』, 2000 봄.
8   김병익, 「자본-과학 복합체 시대에서의 문학의 운명」, 『문학과사회』, 1997 여름, 496면.
9   위의 글, 505면.

을 문학사로 포용하는 가늠자로서 진정성이란 관념을 제시했다. 문학사의 지속성이란, 1990년대 혹은 1980년대처럼 기존의 우리 문학사 전통에서 상당한 이질성을 드러내는 작품과 작가들에 대해서 문학사적 시각으로 변별하고 배제하며 수용함으로써 **문학 특유의 본질을 지켜내기를 바라는 것이었고,** 그 시각은 그래서 열린 관점과 포용의 자세를 요구하는 것이었다. (…중략…) 그것은 1990년대의 여러 작가-작품들과 경향-장르들, 그러니까 장정일이나 배수아든, 이른바 포스트모더니즘이나 사이버문학이든에도, 해당될 것이다.

  그 문학들이 종래의 작품 전통과 다름에도 불구하고 문학사와 그 전통으로 끌어 안을 기준으로 내가 생각한 진정성이란 『새로운 글쓰기와 문학의 진정성』에서 쓴 것을 다시 반복하면 이렇다 : "오늘의 자본주의 체제와 문화 산업 체제에 대항하여 인간의 인간다움을 위한 싸움을 벌이는 정신." 나는 근래 내가 잡을 수 있었던 작품으로서 『나는 나를 파괴할 권리가 있다』에서 그 진정성의 한 예를 볼 수 있었다. 강조 - 인용자, 이하 동일[10]

김병익이 말하는 '진정성'이란 "오늘의 자본주의 체제와 문화 산업 체제에 대항하여 인간의 인간다움을 위한 싸움을 벌이는 정신"으로 정의된다. 그것은 "인간의 품위와 인격의 진지성이 존속될 수 있는 정신"이며, 1980년대의 박노해로부터 1990년대의 배수아, 김영하 등의 작품에 이르기까지 기존의 문학적 전통에서 보자면 상당한 이질성을 드러내는 경향의 작품들을 "문학사로 포용하는 가늠자"의 역할을 하는 것이기도 하다. 포스트모더니즘이나 사이버문학 등 어떤 형태의 작품이라도 그것이 "인

---

10 위의 글, 506~507면.

간의 인간다움"을 추구하는 '진정성'을 담보한 것이라면, "문학 특유의 본질"을 지닌 것으로서 기성의 문학사 안에서 포용될 수 있다는 것이다. 이러한 관점에서 그는 김영하의 『나는 나를 파괴할 권리가 있다』문학동네, 1996를 새로운 시대 '진정성'문학의 한 예로 제시한다. "영상시대의 젊은 세대"인 김영하가 앞선 세대와는 다른 경험과 윤리 의식, 감수성을 바탕으로 창작한 작품임에도 불구하고, "그보다 한 세대 먼저 태어난 세대도 공감해야 할, 세계에 대한 쓰디쓴 인식과, 허위와 죽음에 대한 고통스러운 싸움"[11]을 담고 있기 때문이라는 것이다.

'진정성'이라는 개념이 1990년대 이후 문학의 새로움이나 정당성을 실명하기 위해 가장 공들여 정의된 비평 개념 중 하나라는 사실은 잘 알려져 있다. 그런데 김병익의 글에서도 확인되듯 "인간의 인간다움"을 추구하는 것이자 "문학 특유의 본질"을 의미하는 것으로 정의된 '진정성'은 어쩌면 '문학성'과 거의 동의어에 가까운 개념으로 쓰이면서 1990년대 문학의 정당성을 자동 승인하는 장치로 동원된 것은 아닌지, 이에 대한 사후적 판단이 필요해 보인다.[12] 즉 1990년대 문학이 보여준 어떠한 새로움의 시도도 그것이 결국 "인간의 인간다움을 위한 싸움을 벌이는 정신"으로서의 '진정성'을 담보한 것이라는 전제하에 그 새로움이 승인되고 있다는 점은, 문제적으로 검토될 여지가 있는 것이다. 2000년대 문학의 새로움을 옹호하는 자리에서 김형중이 "이제 진정성 개념은 보편적인 미학적 범주의 지위로부터, 그리고 작가들에게 강요되곤 하던 도덕의 지위로부터, 매 시기 주어진 시대적 조건하에 작가가 취할 수 있는 최선의 태도, 곧 윤리로서

---

11 위의 글, 507면.
12 이에 대해 이 책의 제1장 제2장에서 다룬 바 있다.

재구성될 필요가 있다"[13]라고 말하며, '진정성'을 '작가가 취할 수 있는 최선의 윤리'로 정의할 때에도 사정은 크게 다르지 않다. 1980년대식 이념이나 도덕의 억압으로부터 벗어났음에도 불구하고 문학이 여전히 "인간의 인간다움"을 지켜내기 위한 진정성의 최후의 보루처럼 인식되었던 시기에, '포스트모더니즘'에 관한 논의가 어떻게 좌초될 수밖에 없었는지를 살피는 것이 이 글의 목표가 된다.

2. 도덕에서 윤리로 비평의 계몽주의가 계승되는 방식

1990년대를 전후로 평론 활동을 시작한 새로운 세대의 비평가들이 1980년대와 1990년대 사이 단절의 국면에서 문학의 자율성 혹은 다원성을 적극 의미화하며 당대 평단의 흐름을 주도해간 사실을 확인하는 일은 새삼스럽다. 1990년대 초반부터 '신세대'라는 어휘를 적극적으로 담론화한 권성우는 '광주 콤플렉스'와 '박노해 콤플렉스'의 억압으로부터 해방된 1990년대의 작가들이 '화석화된 총체성'이 아닌 '생명의 총체성'을 그려낼 것을 예견했다.[14] 한편 이광호는 1993년에 발표된 글에서 신세대 논쟁을 정리하며, 신세대 담론이 "신세대를 타자화하려는 언술 행위들이 이루어놓은 허구적인 이데올로기적 상"일 뿐이며 "'신세대문학'은 완전히

---

13 김형중, 「진정할 수 없는 시대, 소설의 진정성」, 『변장한 유토피아』, 랜덤하우스 중앙, 2006, 65면.
14 권성우, 「베를린·전노협, 그리고 김영현—90년대 사회와 문학」, 『문학과사회』, 1990 봄; 권성우, 「다시, 신세대문학이란 무엇인가」, 『창작과비평』, 1995 봄; 권성우, 「신세대 문학에 대한 비평가의 대화」, 『문학과사회』, 1997 겨울 등 참조.

부재한다"고 선언하기도 했다.[15] 미세한 입장 차에도 불구하고, 권성우, 이광호, 황종연, 서영채, 류보선, 신수정, 우찬제, 박혜경, 이성욱, 김미현 등 문단의 새로운 세대 비평가들은『문학동네』와『문학과사회』를 비롯한 특정 계간지를 중심으로 활동하며, 장정일, 윤대녕, 신경숙으로부터 김영하, 전경린, 배수아, 은희경, 백민석 등에 이르기까지 주로 1960년대 이후에 태어나 1990년대에 주목할 만한 활동을 보인 작가들을 성실히 분석하며 1990년대 문학의 새로운 경향을, 내면, 일상, 개인, 욕망, 냉소 등의 비평 어휘들로 차별화하는 데 어느 정도 성공했다. 1990년대 초·중반 한국 사회에서 유행한 '신세대'라는 용어는 사실 1970년내 이후에 태어난 당시의 20대를 가리키는 용어에 가깝지만,[16] 문단에서만큼은 가장 나이든 세대, 즉 1960년대 이후에 태어난 작가, 시인, 비평가들을 가리키는 용어로 쓰이게 된다. 주지하듯 사회학자 김홍중은 이들 세대가 형성해낸 한국 문학의 흐름을, 1980년 광주로부터 1997년 IMF를 기점으로 소멸해간 '진정성 체제'로 정리한다.[17]

흥미로운 점은 이들이 1990년대 문학의 새로움을 절대적인 것으로 추

---

15 이광호,「'신세대 문학'이란 무엇인가」,『환멸의 시학』, 민음사, 1995, 55~56면. "신세대 문학 = 포스트모더니즘 = 표절"이라는 도식을 중심으로 신세대는 주로 "천박함, 가벼움, 깊이 없음, 무분별함, 물가치성, 상업성 등"의 부정적 이미지로 소비되고 있다고 이광호는 지적한다. 나아가 그는 '전후세대', '4·19세대', '유신·광주세대'라는 명명과는 달리, 어떤 정치사적인 계기와 무관한 이 명명이 모호하게 사용되고 있음을 지적하며, 6·10항쟁을 계기로 한 세대 구획을 통해 새로운 세대에 대한 개념을 구체화하는 것이 더 생산적일 것이라고 지적한다(45~46면).

16 신세대라는 명명의 모호함을 지적한 김병익의 다음과 같은 언급을 참조할 수 있다. "신문과 방송은 농구장에서 함성을 지르는 하이틴들을 신세대라고 끌어들이고 있지만 연예계에서는 신은경과 최진실, 서태지와 015B의 20대를 가리키고 문단에서는 신경숙·공지영·윤대녕 이후의 그러니까 30대초의 작가들부터 신세대 문학이라 부르고 있다." 김병익,「신세대와 새로운 삶의 양식, 그리고 문학」,『문학과사회』, 1995 여름, 667면.

17 김홍중,「진정성의 기원과 구조」,『마음의 사회학』, 문학동네, 2009 참조.

켜세우지는 않았다는 사실이다. 1990년대 문학을 결산하는 한 좌담[18]에서 중점적으로 논의된 1990년대의 '문학주의'는 "낡은 것의 복권"^{황종연}으로 설명되었으며, 이광호는 1990년대 문학에 "개인적 주체의 복원의 움직임과 동시에 그 정체성의 혼란과 해체가 동시에 일어났던 것"을 지적하며 이러한 "'회귀와 복원 / 탈주와 해체'라는 이중적 움직임이 1990년대 문학의 가능성이자 불행"이었음을 정확히 지적하기도 한다.[19] 1990년대 초반의 문단에서 횡행했던 '문학위기론'에 대해서도 이들 젊은 세대 비평가들은 그것이 비평적 헤게모니를 장악하기 위한 책략의 성격이 강했다거나, '엄살이자 풍문'이었다는 식으로 반응한다. 거시적 맥락에서 보았을 때 "1990년대는 '문학적인 것'에 대한 향수가 훨씬 우세했던 시대로 평가되지 않을까"라는 황종연의 언급도, 근대문학 출발 이후부터 1980년대까지 줄곧 한국의 문인들에게 덧씌워져있던 "계몽적 교사나 지사"의 아우라가 1990년대에 완전히 사라진 것은 아니라는 이광호의 판단도, 김영하, 배수아, 백민석 등의 소설이 계몽이나 이성 혹은 도덕을 전면 거부하는 듯하지만 사실 이들도 거대담론의 그림자로부터 자유롭지 못한 "전위 아닌 전위"라는 김미현의 지적도,[20] 새 시대문학에 접근하는 젊은 세대 비평가들의 신중함을 보여준다. 1990년대의 문학에서 강조된 '개인'이 결국 "근대 휴머니즘이 발견한 자기정의적 주체"[21]의 형상을 드러낸다고 하

---

18 신수정 외 좌담, 앞의 글.
19 이광호, 「'1990년대'는 끝나지 않았다─'1990년대 문학'을 바라보는 몇 가지 관점」, 『문학과사회』, 1999 여름, 760면.
20 이러한 언급들은 모두, 신수정 외 좌담, 앞의 글에서 가져왔다.
21 황종연, 「내향적 인간의 진실─신경숙, 윤대녕의 내면성 문학에 대한 고찰」(최초발표 :『21세기 문학이란 무엇인가』, 민음사, 1999), 『비루한 것의 카니발』, 문학동네, 2001, 134면.

거나, 1990년대라는 다원주의시대에서도 여전히 작가 혹은 비평가들이 '교사나 지사'의 지위를 누리고 있다고 하거나, 1990년대 문학에 나타난 해체적 경향이 표면적인 것에 불과하다고 지적할 때에도 이러한 판단들에서 별다른 아쉬움이 느껴지진 않는다. 1990년대를 자기 세대의 시대로 선취하려는 이들 비평가들은 한국문학비평의 계몽주의적 전통이 여전히 견고하다는 믿음 속에서 그 전통을 확인하는 방식으로 1990년대 비평 담론을 만들어갔던 것이다.[22]

오히려 문학위기론을 실제적인 것으로 체험하며 1990년대를 절대적 변화의 시기로 진단한 쪽은 이들보다 앞선 세대의 비평가들로 보인다. 1990년대라는 "탈가치"의 시대에 문학이 "최소한의 가치로서의 질서 의식"[23]을 가져야 함을 역설하거나, 상업주의의 '타락한' 시대에 "문사의 자의식"[24]을 완전히 방기할 수 없다고 주장하는 홍정선의 글들이 그 한 사례로 읽힌다. "1990년대에는 하강기의 치열한 미학 대신 하강의 포즈만 범람했으니, (포스트) 모더니즘의 이름 아래 적절히 의식적 또는 무의식적으로 자본의 시대와 제휴한 의擬모더니즘만이 횡행했다고 해도 지나친 말은 아닐 것"이라며 "1990년대 문학의 지리멸렬함"을 신랄하게 비판하는 최원식[25]의 입장도 이와 유사한 경우에 속한다. 이전 시대와는 '다른' 1990년대 문학의 '새로운' 징후를 발견하고 의미화하는 데 공을 들이면서도 문학의 위상이나 문학의 역할에 결정적 변화가 생긴 것은 아니라고 생각하는 젊은 세

---

22 이들이 1990년대 문학의 새로움을 다양한 방식으로 입증하면서도 '성찰'과 '윤리'라는 문학의 궁극적 목표를 포기하지 않았다는 점은, '386세대' 비평가의 세대적 특징으로 분석될 수도 있다. 이 책의 제1부 제1장 참조.
23 홍정선, 「90년대 문학적 징후에 대한 몇 가지 단상」, 『문학과사회』, 1992 겨울, 1188면.
24 홍정선, 「문사(文士)적 전통의 소멸과 1990년대 문학의 위기」, 『문학과사회』, 1995 봄.
25 최원식, 「문학의 귀환」, 『창작과비평』, 1999 여름, 11면.

대나, 1980년대와 1990년대라는 이분법의 도식 안에서 1990년대의 상대적 새로움을 절대적인 것으로 인식하며 문학의 타락을 개탄하는 쪽이나, 사실 그 기저에는 문학비평을 통해 현실을 성찰하는 계몽주의적 전통에 대한 신념을 포기할 수 없다는 의지가 공통적으로 자리하고 있다.[26]

2000년대 문학의 새로움을 가장 적극적으로 지지하고 해명하려 했던 신형철은 2000년대 문학으로까지 이어지는 1990년대 문학의 주요한 과제를, 칸트와 고진의 말을 빌려 "'자기입법'의 자유와 책임"[27]으로 설명한다. "비로소 도덕이 아니라 윤리를 사유해야 하는 시기가 왔다고 **작가들은** 생각했을 것"이라는 그의 말을 따른다면, '공동체에서 개인으로', '이념에서 욕망으로', '정치에서 일상으로' 등 1980년대와 1990년대를 가르는 당대의 숱한 이분법들을 결국은 '도덕에서 윤리로'라는 말로 정리할 수 있게 된다. 문제는 이때 외부로부터 부과된 이념이라는 도덕을 따르는 당사자도, 주체의 윤리를 스스로 사유해야 하는 당사자도 결국 '작가'로 설정된다는 것이다. 그가 주로 정신분석의 이론을 성실히 동원하여 '현실'의 차원에서가 아니라, 그것을 초과하는 '실재'의 차원에서 윤리를 사유할 때, 이는 결국 그것을 의도한 작가의 윤리, 나아가 그것을 작동시키는 해석자 / 비평가의 윤리로 은연중 귀속된다. 이념의 도덕적 권위가 사라진 자리에 주체의 윤리가 중요해졌다는 이같은 판단을 따른다면, 작품을

---

26 90년대를 회고하는 최근의 글에서 황종연이 '1990년대는 끝나지 않았다'라고 말하는 것은 자못 의미심장한 선언으로 읽히는데, 이는 엄밀히 말해 2010년대에 이르러서야 비로소 그러한 한국문학의 근대적 / 계몽적 전통이 과거의 것으로 역사화되고 있다는 상황판단이 작동한 것으로 보이기 때문이다. 황종연, 「『늪을 건너는 법』혹은 포스트모던 로맨스-소설의 탄생 – 한국문학의 1990년대를 보는 한 관점」, 『문학동네』, 2016 겨울 참조.

27 신형철, 「당신의 X, 그것은 에티카」, 『몰락의 에티카』, 문학동네, 2008, 143면.

대하는 비평의 태도 자체가 1980년대로부터 1990년대까지, 나아가 2000년대의 어느 시점까지 크게 달라진 것이 없다는 사실도 자명해진다. 그것이 이념이라는 도덕을 따르는 것이든 개인 주체의 윤리를 사유하는 것이든, 타락한 사회로부터 문학하는 '나 혹은 우리'의 순결함을 지켜내야 한다는 욕망에는 크게 변한 것이 없어 보이기 때문이다.

이처럼 문학을 통해 '문학하는 나'작가/비평가의 진정성을 확인할 수 있다는 믿음이 확고한 한국문학사의 토양에서라면 '문학의 자율성'에 관한 논의가 본격적으로 이루어질 수 없음도 당연하다. 문학은 태생적으로 '억압하지 않는 것'이라는 전제하에, '작가/비평가'를 그러한 문학을 통해 외적 조건을 성찰하거나 반성하는 도덕적으로 우월한 존재로 당연시하는 것, 이것이 어쩌면 한국문학사에서 토의된 '문학의 자율성'론의 요체인 것이 아닐까.[28] 2000년대 문단의 중요한 쟁점 중 하나인 '문학의 정치성'에 관한 논의가 항상 '문학의 자율성'이라는 테제를 동원하는 것은, 문학이 현실적으로 큰 효과를 지니기 힘들다는 시대적 조건을 이러한 문학 주체의 도덕적 우월감으로 극복하려는 시도였는지도 모른다. 한스 제들마이어가 예술의 자율성을 '몰汉대지성'으로 설명할 때 그것은 종교와 더불어 숭배 받던 조건으로부터 근대적 예술이 해방됨을 의미한다.[29] 문학을 둘러싼 정치·사회적 현실에 관해서든, 하다못해 문학을 생산해낸 창작자의 (사회 정의에 부합하는) 선한 의지에 관해서든, 한국사회에서 제도권 문학은 도덕주의 혹은 계몽주의의 신화라는 단단한 '대지'로부터 온전히 떠

---

28 한국문학사에서 '문학의 자율성'이라는 테제가 '텍스트와 작가를 분리해야 한다'는 협소한 의미로 강력히 요청되는 경우가 주로 일부 문인들의 문제적 행동을 방어하는 경우로 한정된다는 사실도 이와 관련하여 시사하는 바가 크다.
29 오타베 다네하사, 김일림 역, 『예술의 역설 – 근대 미학의 성립』, 돌베개, 2011, 297면.

나온 적이 없다는 점은 1990년대의 '문학주의'를 이해할 때에도 중요하게 고려되어야 할 사항이다. '문학주의의 보수화'를 이런 의미로 이해할 수도 있을 것이다.

『문학과사회』가 1993년 겨울호에 「젊은 문학은 어떻게 오고 있는가」라는 주제의 특집을 마련했을 때, 김병익은 1990년대 젊은 비평의 특징으로 "외국 학자들의 이론과 연구에 그리 큰 의존을 하지 않고 있다는 점"[30]을 들었다. 1960년대가 미국의 신비평에, 1970년대가 프랑스 구조주의 및 독일의 비판 이론에, 1980년대가 마르크스와 루카치에 경도되어 있었던 것에 비한다면, 1990년대의 젊은 비평가들은 '새것 콤플렉스'로부터 비로소 자유로운 세대라 칭할 수 있다는 것이다. 1990년대의 젊은 비평가들이 이전 세대 비평가들과는 달리 대체로 국문학을 전공했다는 사실이 이와 관련되겠지만, 그보다는 우리 비평사의 전통이 두터워진 이유가 더 클 것이라고 김병익은 진단한다. 활발한 출판 활동에 힘입어 1980년대에 다양한 이론·연구·비평의 책들이 번역·소개되었고, 그것들을 익혀낸 선배 이론-연구-비평가들의 다양한 저작을 학습한 결과, "선배 스승 세대들의 영향을 자랑스럽게 내세우는 (…중략…) 심리적 자신감"[31]을 생겨났다는 것, 따라서 더 이상 서구 이론에 급급할 이유가 없어졌다는 것이, 1990년대 젊은 비평의 특징으로 언급된다.

김윤식과 김현으로부터 비평의 '낭만적 실존'과 '공감의 매혹'을 읽었다는 권성우의 고백을 결정적인 사례로 참조한 김병익의 이같은 진단은 이후 정과리의 글[32]에서 "비평의 계몽주의로부터의 해방"이라는 1990년

---

30 김병익, 「90년대 젊은 비평의 새로운 양상」, 『문학과사회』, 1993 겨울, 1334면.
31 위의 글, 1335면.

대 젊은 비평의 또 다른 징후와 관련된 것으로 해석된다. '시장'으로부터 태어난 서양의 비평과는 달리 '학교'로부터 태어난 한국의 비평이 근대 이후 줄곧 누렸던 "사법관과 교사의 직무"로부터 어느 정도 자유로워진 것이 1990년대의 일이라고 판단하는 그는, 이 시기 젊은 비평가들이 '비평의 독자성'이나 '비평의 매혹'을 말하게 된 사정에 관해, "만일 한국 비평이 보잘것없는 것이었다면 그런 일은 가능하지도 않았을 것"이라고 확신에 차 말한다. "한국 비평은 그 자신의 사회적·생리적인 소외, 그 불모의 운명 자체를 풍요한 역사로 만들어왔다"고 생각하지 않을 수 없다는 것이다.

그 이전 시기처럼 현실 정치의 불행을 동원하여 비평가로서의 소명을 찾기도 어렵고, 대중의 관심으로부터도 거의 차단되어가는 시기임에도 불구하고, 1990년대의 비평이 외국의 이론을 어설프게 적용하기에 급급하기보다는 글쓰기의 독자적 완결성을 추구하며 풍성한 결과물들을 내놓을 수 있었던 것은, 김병익이 말하듯 한국 비평사의 두터운 전통 덕분이기도 하겠지만, 정과리가 말하는 결코 '보잘것없는' 것이 아니라는 비평의 태생적 조건에 대한 믿음이 더 크게 작용한 결과가 아닌가 생각된다. 현재의 시선으로 읽었을 때 1990년대로부터 2000년대에까지 이어지는 비평의 어떤 열기는 그러한 자의식으로밖에는 설명되지 못하는 듯도 하며, '보잘것없는' 것이 아니라는 그 우월감이 오히려 1990년대 이후의 비평에 대한 다양한 불신을 불러왔다는 반성적 논평도 가능하다. 계몽주의적 전통으로부터 비로소 해방되기 시작한 1990년대가 자율적 논리에 의해 비평의 존재 방식을 마련해야 했던 시기라 할 때, 오히려 과거의 영광으로

---

32 정과리, 「특이한 생존, 한국 비평의 현상학」, 『문학과사회』, 1994 봄.

서의 계몽주의적 전통에 기대는 방식이 비평의 현재적 자멸을 초래했다고도 볼 수 있다. 1990년대 비평의 존재 방식을 돌아보는 일은 이같은 이유로 현재적 관점에서도 중요한 작업이 된다.

3. '문학주의'시대의 포스트모더니즘

1) 혼성모방의 불가능성과 문학의 창조적 권위

사실 1990년대의 비평만큼 다양한 이론들이 난무했던 시기는 없었던 듯도 하지만, 이는 어쩌면 1980년대를 지배한 마르크스주의의 퇴조 이후 다양한 '포스트' 담론들이 한국 지식계에 대거 유입된 사정이 오버랩 되어 생긴 착시현상일지도 모른다. 이성욱은 1990년대 비평의 문제를 "학습된 개념과 텍스트를 서로 짝 맞추기로 '연습'하는 방식"의 "리포트 형 비평"[33]으로 폄하하기도 하지만, 그러한 비평이 걷잡을 수 없이 양산된 것은, 프로이트-라깡-지젝, 아감벤, 랑시에르 등의 이론을 유행처럼 쓰고 버린 2000년대 이후의 비평에 더 정확히 해당되는 논평이다. 1990년대의 비평은, 엄밀히 말해 1990년대의 젊은 비평가들은, 서구 이론에 무분별하게 기대기보다 자기 시대의 작가를 발견하는 일이나 자기 세대의 비평적 논점을 첨예화하는 일에 더 공을 들였다고 할 수 있다.[34] 1990년대

---

33 이성욱, 「비평의 길」(최초발표:『문학동네』, 1999 가을), 『비평의 길』, 문학동네, 2004, 28면.
34 90년대의 신생잡지인 『문학동네』와 1990년대 중반 이후 2세대 동인으로부터 3세대 동인으로 세대교체가 이루어지고 있던 『문학과사회』의 비평가들이 이러한 작업에 앞장

초반의 사정에 국한된 것이기는 하지만, 포스트모더니즘 담론에 대한 젊은 비평가들의 무심함을 비판적으로 지적하는 김병익의 다음과 같은 언급도 이러한 실상을 확인시켜준다.

　　1990년대의 '자기 시대'에 대한 인식이 후기 산업사회이든 '탈근대화'시대이든 이른바 포스트-모던 또는 포스트-모더니즘에 대한 관심은 현재적인 주제로 다가오고 있는 것 같다. 1990년대로 넘어오면서, 마르크시즘의 퇴조와 함께 돌연히 떠오른 포스트-모더니즘을 둘러싼 논쟁들은, 그럼에도 그것이 나쁘기 때문에 없어야 할 것으로 보는 민족문학 진영과, 그것이 국제적인 현상이어서 우리 문학과 문화에도 직접 적용할 수 있다는 성급한 외국문학이론가들간의 싸움이었다. 그 어느 것도 적절한 대응도, 진지한 적용도 아니었다는 우리의 생각은 이인화, 박일문의 작품에 대한 비생산적인 논의에서 확인되는데, 1990년대 젊은 비평가들은 이 논쟁에 거의 참여하지 않고 있다.[35]

　　김병익이 강조하는 것은 '국제적 현상'으로서의 포스트모더니즘이 한국 문단에서도 '현재적인 주제'로 인식될 필요가 있다는 점이다. 그러한 관점에서 그는, 전위적 사조에 대한 이론적 탐색을 적극 시도하는 신범순의 작업이나, 나름의 "포스트-모더니즘적 기획"을 제안하는 권성우, 이광호 등의 작업을 긍정적으로 검토하며, 이들의 관점이나 이론이 당대 비평을 위한 실제적 방법론으로 개발되기를 요청하고 있다.[36] 김병익의 글에

　　섰음은 물론이다.
35　김병익, 앞의 글, 1354~1355면.
36　위의 글.

서도 확인되고, 당대를 회상하는 최근의 글도 지적하듯, 한국 문단의 "당시 젊은 세대의 집단 중에서 포스트모더니즘을 표방한 곳은 없"[37]는 듯하다. 1990년대 초반 절정에 달했던 포스트모더니즘의 영향력이 1990년대 중반 이후 쇠퇴해갔다는 것이 당대의 일반적인 평가이기도 하다.[38]

포스트모더니즘은 1990년대 젊은 비평가 세대에게 왜 매력적인 이론이 되지 못했을까. 김병익의 글에서도 지적되듯 일차적으로는 그것이 아무리 국제적인 현상이라 해도 우리 문학에 직접 적용하기 힘들다는 판단이 강했기 때문이다. 상세히 말해 이는 이광호가 말하듯 근대적 메커니즘으로서의 '미적 자율성'이 그간의 한국문학사에서 일종의 억압된 개념으로 존재했기 때문에 '문학주의로의 회귀'라는 기치 아래 그것을 추구하는 일과 탈근대의 논리가 함께 진행될 수밖에 없는 모순된 자리에 1990년대 문학이 놓여 있었기 때문이기도 하다.[39] 1990년대 비평의 당면 과제는 현실 정치와의 강력한 연동으로부터 독립한 문학의 독자적 자율성을 확인하는 일이었던 것이다. 그 결과 당시 "포스트모더니즘에 대한 관심은 문학과 예술의 범위를 넘어서는, 보다 정치화한 담론인 '탈근대' 주장들에 사실상 밀려났다".[40] 포스트모더니즘이 1990년대 젊은 세대의 이론이 될

---

37 황종연, 앞의 글, 368면.
38 포스트모더니즘은 1980년대 급진적 변혁이론의 폭력성에 대한 성찰이라는 점에서 일정 부분 설득력을 띠면서 등장했지만, 결국 생산적인 사회비판이론으로 자리잡지는 못했다. 역사학이나 문학과 같은 인접 인문학과 깊이 있는 소통을 수행하지 못한 점, 지성계의 단순한 유행으로 치부되며 대학 사회에 제도적으로 뿌리내리지 못한 점, 한국 철학계의 역량 부족으로 그에 관한 논쟁이 피상적으로밖에 이루어지지 못한 점 등이 그 이유로 제시될 수 있다. 이에 대해서는, 나종석, 「90년대 한국에서의 포스트모더니즘 수용사 연구 – 학제적 주제의 사회인문학적 탐색 시도」, 『철학연구』 120, 대한철학회, 2011, 97~98면.
39 신수정 외 좌담, 앞의 글 참조.
40 황종연, 앞의 글, 367~368면.

수 없었던 이유는 이들에게 새로운 담론을 선취하는 일보다 그간 '순수문학'이라는 해묵은 언어로 폄하된 '문학의 자율성'을 새롭게 정립하는 일이 중요했기 때문인 것으로 보인다.

1990년대의 젊은 비평가 그룹 중에서 포스트모더니즘을 표나게 표방한 곳은 없다 하더라도, 포스트모더니즘의 개념 및 그것의 문학적 경향의 범위 자체가 포괄적인 만큼 포스트모더니즘이 어떤 형태로 논의되었는지를 살피는 일은 당대의 한국문학을 재구성하는 데 중요한 작업이 된다. 1990년대 이후의 한국 문단에서 포스트모더니즘이라는 용어는 흔히 데리다, 푸코, 라깡, 바르트, 보드리야르, 들뢰즈 등의 철학자들을 참조해 탈근대적 세계관을 지시하는 것으로 범박하게 이해되거나, 그것이 문학·예술 영역의 현상으로 이해될 때에도 '해체'나 '혼종' 등의 기법이 텍스트 내부로 수용되는 장면을 소박하게 지적하는 식으로 논의되기도 했다. 1990년대 문단에서 포스트모더니즘이 제기한 문제는 '해체'나 '혼종' 등의 기법이 텍스트 내부에 어떻게 수용되고 있는가라는 문제를 넘어, 문학을 둘러싼 다양한 위계는 물론 문학의 창조적 권위 혹은 계몽적 의지가 어떻게 재인식되어야 하는가라는 문제로 사유되었어야 함에도 불구하고, 그럴 기회를 얻지 못했다고 할 수 있다. 1990년대 초반의 문단을 떠들썩하게 했던 이인화 소설의 표절 논쟁을 그 한 사례로 점검해볼 수 있다. 이 논쟁을 촉발한 것이 젊은 비평가 이성욱임에도 불구하고,[41] 앞서 인용한 김

---

41 이성욱의 「'심약한' 지식인에 어울리는 파멸―이인화의 『내가 누구인지 말할 수 있는자는 누구인가』 표절 시비에 대해」(『한길문학』, 1992 여름)는 이인화의 소설이 요시모토 바나나, 공지영, 무라카미 하루키 등의 소설을 표절하고 있음을 공식적으로 지적한 최초의 평문이다. 그러나 이 글이 단순히 표절여부만을 따지고 있는 것은 아니다. "포스트모던한 시대 혹은 세기말적 시대에 좌표 잃은 지식인의 부유성과 혼란을 그리고 있다"는 작가의 책 소개를 인용하며, 이성욱은 이인화의 소설이 작가의 의도와는 달리 "유아

병익의 글에서도 확인되듯 이 논쟁에 젊은 비평가들이 거의 무관심으로 일관했다는 점은 1990년대 평단의 특징을 설명하는 징후적인 현상으로 해석될 만하다.

여러 다른 텍스트로부터 100여 곳을 자유롭게 따다 쓴 이인화의 『내가 누구인지 말할 수 있는 자는 누구인가』세계사, 1992에 관해 그것이 '혼성모방이냐 표절이냐'라는 공방이 벌어졌을 때, 도정일은 "혼성 기법이 제기하는 문제는 재현 미학의 가능성에 대한 회의의 문제가 아니라 문학 자체의 존립 가능성에 관계되는 문제"[42]임을 명확히 적시한 바 있다. "혼성모방은 진품을 표절하는 기법이 아니라 모조를 복제해서 또 하나의 모조를 만들어내는 순수 복사 행위"이며, 이는 진품진짜이 없이 모든 것이 모조simulacra인 세계를 전제로 한다. 따라서 혼성모방은 '재현할 수 없는 세계'를 그 자신의 구호로 삼게 된다고 도정일은 지적한다. 세계 자체가 이미 가상의 현실이므로, 재현되는 것과 재현하는 것 사이의 위계나 구분이 불가능해지기 때문이다. 이같은 혼성모방의 개념을 경유하여 1990년대 문단에 포스트모더니즘이 제기한 문제를 명확히 하자면, 그것은 진짜와 가짜의 구분이 더 이상 존재하지 않는 포스트모던한 현실에서 문학예술이 그 자신의 "심미성, 자율성, 창조성, 전통"을 어떻게 새롭게 규정하고 그것의 가치를 어떻게 확인할 것인지 판단하는 일이 된다.[43] 포스트모더니

론적인 '인문주의 정신'과 '지식(인)'의 관념에 침윤된 것"일 뿐이라는 점을 치밀하게 분석한다. 은우라는 지식인의 몰락에 대해 '포스트모던한 시대' 탓을 할 수는 없다는 것, 나아가 이 소설의 표절 행위가 "실제 대상에 대한 인식 가능성이 불가한" '포스트모던한 시대' 특유의 재현 행위인 혼성모방(pastiche)으로 포장될 수 없다는 점을 분명히 지적하는 것이다.

42 도정일, 「시뮬레이션 미학, 또는 조립문학의 문제와 전망」(최초발표: 『문학사상』, 1992. 7), 『(개정판)시인은 숲으로 가지 못한다』, 문학동네, 2016, 216면.
43 큰 따옴표로 표시한 부분은 모두 위의 글에서 인용함.

즘과 관련된 논의에서 1990년대 문단이 좀 더 적극적으로 고민하고 답했어야 하는 것은 "문학 자체의 존립 가능성"이라는 문제였던 것이다. 이에 대한 도정일의 입장을 다음에서 확인할 수 있다.

> 혼성 기법, 조립소설, 시뮬레이션 미학이 궁극적으로 문학 공동체에 제기하는 것은 가능한 문학과 불가능한 문학 사이의 선택, 가능성과 정당성에 대한 '공동체적 결단'의 필요성이라는 문제이다. (…중략…) 가능성과 불가능성에 대한 문학 공동체의 선택은 '가능하기 때문에 한다'라는 입장과 '가능하지만 하지 않는다'라는 입장 사이의 선택이다. 이것은 기술주의와 인문학적 가치, 기술적 가능성과 윤리적 불가능성 사이의 선택이다. '가능하지만 하지 않는다'라는 것은 인문학의 전통적 가치이며 문학은 이 전통의 큰 부분이다. (…중략…) 문학은 분명 놀이의 성격의 갖고 있고 유희적 즐거움을 제공한다. 그러나 문학의 심미성은 놀이의 즐거움이나 시뮬레이션의 황홀과는 다른 차원에 있다.[44]

도정일은 조립소설의 가능성과 그것의 정당화가 다른 차원의 문제라고 지적한다. 다른 텍스트를 오려 붙여 만드는 '조립소설'의 제작은 현실적으로 충분히 '가능'한 일이지만 그것을 '하지 않는' 것이 문학 공동체의 윤리적 선택이 되어야 하며, 그것은 당연히 문학의 심미성이 '창조성'과 관련된 것이기 때문이다. 이것이 그가 주장하는 바이다. 세계 자체가 이미 가상의 현실이므로 진품과 모조 사이의 위계가 성립조차 되지 않는다는 보드리야르의 혼성모방에 관한 이론을 정확히 소개하고 있으면서도, 그

---

44 위의 글, 218면.

가 "그것이 현실이라고 해서 진짜 / 가짜의 구분이 더 이상 존재하지 않는다는 포스트모더니즘의 주장까지도 유효해지는 것은 아니"라고 할 때 그의 주장은 포스트모더니즘에 관한 명료한 이해와는 다른 방향으로 나아감을 알 수 있다. 그는 "(문학이) 현실 추수주의에 함몰된다면 그것은 가장 조잡한 형태의 재현주의, 무매개의 즉물주의"에 해당될 것이며, 따라서 문학은 자신과 현실과의 사이에서 비판적 거리를 유지하기 위해 부단히 노력해야 할 것이라고 말한다. 진짜와 가짜의 구분이 불가능해진 포스트모던한 현실 속에서 도정일은 이처럼 예외적으로 문학만을 절대 고유한 진짜로 상정하면서 문학에 대한 절대적 신뢰는 물론, 포스트모더니즘론에 대한 심정적 불신을 표출하고 있다. 기술적으로는 충분히 가능한 '조립소설'의 제작을 윤리적인 이유로 거절하는 공동체의 결단이 요청되는 것이, "인문학의 가치", 더 정확히 말하자면 "인문학의 전통적 가치"를 지키기 위한 것이라고 그가 주장할 때, 문학의 가치는 시대적 조건을 막론하고 지켜내야 하는 것으로서 정당화된다. 사실 이러한 도정일의 판단과 주장은 당대의 문단에서 특별히 보수적인 것으로 파악되지 않을 정도로 대체로 공감을 얻는 것이었다 할 수 있다.

김병익도 언급했듯이 이인화 소설을 둘러싼 표절 공방에 '성급한 외국 문학 이론가들' 이외에 대다수의 평자들이 별다른 의견을 제출하지 않았던 것은, 이른바 짜깁기 형태의 표절을 '혼성모방pastiche'으로 둔갑시킨 작가의 뻔뻔함에 응답할 필요로 못 느꼈기 때문이기도 하겠지만, 더 나아가서는 문학 고유의 전통으로서의 '창조적 권위'에 대한 의심할 수 없는 굳건한 믿음이 존재했기 때문이기도 할 것이다. 이인화의 소설이 '혼성모방'이라는 기법 자체에 대한 심화된 논쟁으로, 나아가 문학의 창조적 권위 자체를 의문에 부친 포스트모더니즘문학의 논쟁으로 활성화되지 못한 것은, 작품의 허술함 때문만은 아니었을 것이다. 문학이 "인간의 인간다움을 위한 싸움을 벌이는 정신"으로서의 '진정성'을 갖춘 것이자, "인문학의 전통적 가치"를 고수하기 위한 윤리적 행위로까지 이해되는 당대의 감각 안에서, '진짜'와 '가짜'의 위계를 무화시키는 포스트모더니즘에 관한 논의가 피상적으로 수용되고 결국 산화될 수밖에 없었던 것은 당연한 결과이다.

2) 상업주의와 윤리비평의 공모

앞장에서는 문학의 '창조성' 혹은 '심미성'에의 절대적 신뢰가 포스트모더니즘에 관한 논의를 어떻게 굴절시키고 있는지 살펴보았다. 이 장에서는 포스트모더니즘의 개념을 좀 더 명료히 하면서 또 다른 논점을 풀어보고자 한다.

각 분과의 학문 단위마다 혹은 개별 이론가마다 조금씩 다른 의미로 사용하는 포스트모더니즘이라는 용어를 명료히 정의하는 일은 불가능하지만, 중첩된 맥락을 정돈해보는 일은 가능할 것이다. 1990년대 문단에 포스트모더니즘이 제출한 중요한 논점들을 살피기 위해 이는 급선무로 요청되는 작업이다. 1991년에 쓰인 도정일의 「포스트모더니즘－무엇이 문제인가」라는 글이 어느 정도 길잡이가 되어줄 수 있을 것이라 판단된다. 이 글에서 도정일이 중요한 논점으로 제출하는 것은 우선 포스트모더니즘의 철학논의, 사회이론, 문학예술론이 명확히 구분되어야 한다는 점이다.[45] "포스트모더니즘은 다원주의"라는 이합 핫산의 말을 인용하며 그는

---

45 이에 관한 친절한 정리 작업은 2001년 출간된 페터 V. 지마의 『모던 / 포스트모던』(김

"니체부터 마르께스에 이르기까지 영향의 계보를 무차별적으로 총동원하여 포스트모더니즘을 구름사탕처럼 부풀려 놓"[46]는 이같은 "진영 확대"의 논리가 얼마나 무용한 "무리 짓기의 희극"인지를 비판한다. 엄밀히 말해 프랑스발 포스트모더니즘은 1980년대의 철학적·사회학적 논의들이고, 미국의 포스트모더니즘은 그보다 훨씬 오래된 문화·예술 영역의 현상이므로, 전자에 의해 후자, 즉 "60년대에 발생한 미국판 예술 포스트모더니즘"을 규정하기는 적절치 않다[47]고 그는 주장한다.

이때 1960년대에 발생한 미국의 포스트모더니즘은 안드레아스 하이센의 말을 인용하자면 "영미에서 말하는 고전적 모더니즘에 대항하기 위해 유럽의 역사적 아방가르드가 동원"[48]된 네오아방가르드로 이해되는 것이 보통이다. 미국의 포스트모더니즘은 저항적 청년문화와 대중문화를 기반으로 하는 바, 이처럼 포스트모더니즘에서 예술과 사회, 고급문학과 대중문학 사이의 간극 및 위계를 허물려는 시도가 나타나는 현상을 뷔르거는 "아방가르드적 문제의식의 모더니즘 예술로의 침입"으로 파악한다.[49] 아방가르드는 모더니즘 예술의 '자율성'이 '무효과성'으로 결과하고 만다는 점을 비판하는 운동이라 할 수 있다. 그러나 페터 지마에 따르면, 1960년

태환 역, 문학과지성사, 2010)에서 이루어지고 있다.
46 도정일, 「포스트모더니즘―무엇이 문제인가」, 『창작과비평』, 1991 봄, 302면.
47 위의 글, 302면. '포스트모더니즘 = 포스트모던의 인식구조'라는 도식을 만드는 데 결정적인 역할을 한 하버마스와 료타르 사이의 논쟁을 정리하는 글에서 성민엽이 주장하는 바도 이와 유사하다. 포스트모더니즘 담론을 폐기해야 한다는 것이며, 그 용어의 유효성은, "미국에서 생겨난 역사적 사조로서의 포스트모더니즘 문예 사조 및 문화사조"와 "료타르의 철학적 입장(그리고 거기에 동조하는 입장)으로서의 포스트모더니즘"을 철저히 구분하는 한에서만 작동할 수 있다는 것이다. 성민엽, 「포스트모더니즘 담론과 오해된 포스트모더니즘」, 『문학과사회』, 1998 가을, 1129면.
48 페터 V. 지마, 앞의 책, 311면.
49 위의 책, 309면.

대 미국의 포스트모더니즘을, 모더니즘=미적 모더니티의 자율성 미학에 대한 비판으로서의 네오아방가르드로 이해하려는 뷔르거의 논의는, 모더니즘의 특정한 보수적 변종1950~1960년대 미국에서 지배적으로 된 보수적 형태의 모더니즘을 모더니즘문학 전체의 문제와 동일시하며 그것의 기원을 '유미주의'로 소급하려한 잘못된 판단의 결과라 할 수 있다.[50] 뒤에서도 지적하겠지만, 포스트모더니즘문학에서는 계몽주의적 충동과 결부된 비판의식이 현저히 약화된다는 점이 중요하다.

도정일은 포스트모더니즘에 관한 사회학적 논의를 경유하여 문학론을 설명한다. 리오타르와 보드리야르에 대한 설명을 통해 도정일이 정리하는 포스트모더니즘의 사회학적 정의는 "근대가 심층과 표층의 엄격한 분리구도맑스의 현상/현실, 프로이트의 의식/무의식로 사회와 역사, 인간을 설명했던 시대인 반면 탈근대사회는 기호가 곧 현실인 세계이므로 기호는 이미 표층이 아니라 현실의 전부이고 기호의 재현대상은 기호 외에는 없다"[51]는 것이다. 포스트모더니즘사회는 '심층/표층, 실물/기호, 진실/허위, 자연/문화, 현실/모델' 사이의 범주 구분이 사라지는 '극단적 상대주의'에 이르게 된다. 도정일은 이러한 포스트모더니즘의 사회 이론에 대해 우려를 표하는 입장인데, 이러한 논의를 따른다면 인간의 미래는 그 자체로 변화의 가능성이 존재하지 않는 "미래가 없는 미래"가 되기 때문이다. 그렇다면 이러한 근대와 탈근대를 예술의 재현과 관련해 구분하면 어떻게 될까. 리오타르가 칸트를 경유해 논의한 그 유명한 '숭고'의 미학을 참조하자면, 근대 예술은 "표현 불가능하고 재현 불가능한 것의 인유적 표현,

---

50 위의 책, 307~320면.
51 도정일, 앞의 글, 315~316면.

즉 불가시적인 것의 존재를 가시적 형상화로 표현해낸 예술"[52]로서 "표현되지 않는 것을 작품 속에 부재의 내용missing contents으로 가지면서 그 '부재'에의 향수nostalgia를 지"[53]닌 '재현 불가능의 재현'이 된다. 반면, 탈근대 미학은 그러한 향수를 포기하면서, 표현 불가능한 것과 그것의 재현, 즉 심층과 표층 사이의 괴리를 삭제한다. 도정일에 따르면 리오따르의 이 같은 탈근대 예술론은 "그 행위의 현재성을 숭엄화하므로 그 이전 행위나 이전 작품은 이 순수한 현재적 행위의 정당성 판단기준이 되지 않는다"는 점에서, 즉 "어떤 선재적 규칙이나 범주, 과거의 규범"이 작품의 판단 기준이 될 수 없다는 점에서 문제적이다. 도정일은 인간의 역사가 과거로부터 미래로 진보하고 있다는 전제하에, 혹은 그래야 한다는 당위적 판단 하에, 문학의 당대적 사명을 고민하고 있는 것으로 보인다.

나아가 그는 리오타르가 이같은 탈근대의 숭고미학을 자본주의와 연결시키는 지점에 대해서도 비판적이다. "자본주의의 경제에는 숭엄한 것이 있다"면서 리오타르가 자본주의를 숭고 미학의 미적 대상으로 바꾸어놓을 때, 이러한 논리를 따른다면 "탈근대의 예술은 '표현할 수 없는 것'인 자본주의사회를 근대 예술의 경우처럼 부재의 내용으로라도 표현해내려 할 것이 아니라 예술이 바로 그 표현 불가능한 모호성의 일부, 곧 자본주의 세계의 불투명성 그 자체가 되어야 한다는 결론이 나온다"[54]는 것이다. 단순화의 위험을 무릅쓰고 정리하자면, 포스트모더니즘 예술은 숭고한 대상으로서의 자본주의를 재현 불가능의 형식으로 재현하는 것이 아니라, 즉 예

---

52 위의 글, 313면.
53 위의 글, 314면.
54 위의 글, 316면.

술이 자본주의에 대한 비판적 계기로 존재하는 것이 아니라, 그 자체로 자본의 일부가 되어버리기 때문에 '문제적'인 것이 된다. 심층과 표층의 차이를 무화시키는 포스트모더니즘의 원리가 예술의 무분별한 상품화를 승인하는 논리로 작동하게 되기 때문이다. 이러한 관점에서 그는 포스트모더니즘 예술 이론에 내장된 모순을 다음과 같이 제시한다. 이는 포스트모더니즘과 관련하여 1990년대 한국문학이 처한 역설과 거의 일치한다.

> 후기산업사회는 대중적 소비문화의 확산, 정보매체특히 전자매체의 발전, 자본주의의 혼합경제적 수정복지국가이 진행된 사회이다. 상품이 문화를 '포위한' 시대가 모더니즘의 산업사회였다면 상품논리가 이미 문화를 '침식'한 시대 50년대 대중문화논쟁도 이 문맥의 것이다, 반상업주의를 내걸었던 모더니즘의 예술까지도 상품화해버린 시대가 포스트모더니즘의 후기 산업사회이다. 이같은 환경의 차이는 모더니즘과 포스트모더니즘의 사회적 존재 양식에 발생한 차이를 조명한다. 산업, 대중, 상품시대에의 '대응'이 모더니즘의 문제의식이었다면 상품과 자본의 논리관철이 더욱 철저해진 시대에 있어서의 문학의 '생존과 적응'이라는 것이 포스트모더니즘의 문제의식이었다. 이 생존의 문제는 텔레비전이라는 전자영상매체의 대중화가 몰고온 문학의 새로운 경쟁환경에서 가장 잘 드러난다. (…중략…)
> 따라서 미국의 포스트모더니즘은 그 속에 하나의 모순을 안고 출발한다. 그 모순은 모더니즘적 고립원칙의 계승과 상품시대에서의 생존이라는 두 명령 사이의 모순이다. 포스트모더니즘문학이 문학의 극단적 자기탐닉이라는 면과 상품성 추구라는 면을 동시에 지니는 것은 그 때문이다. 문학의 자기탐닉은 낭만주의 미학에서부터 시작된 문학의 내향화 경향이며 포스트모더니즘

은 '문학이 문학만을 비추는' 나르시시즘의 한 정점이다.[55]

다양한 전자 매체의 발달과 상업주의는 1990년대의 비평이 반복해서 우려를 표했던 문학 위기론의 실체인 바, 그것은 1960년대 미국의 포스트모더니즘이 처한 모순의 상황과 맞닿아 있다. 상품논리가 이미 문학을 침식한 상황이라면 그것에 저항할 것인가 그 사실을 승인할 것인가가 문제의 핵심은 아니다. 문학의 상품화를 승인하더라도 (텔레비전 등의 전자영상매체에 비한다면) 그것의 상품성이 지극히 미약하기 때문에 문학이 상품으로서 경쟁력을 지니기 힘들다는 점이 문제의 핵심이 된다. 포스트모더니즘시대에 문학이 처한 가장 결정적인 문제는 상업주의에 어떻게 대응할 것인가가 아니라 상업주의에 어떻게 적응하여 살아남을 것인가가 되어야 하는 것이다.

도정일에 따르면 이러한 곤경을 마주한 후기산업사회의 문학은 "모더니즘적 고립원칙의 계승과 상품시대에서의 생존이라는 두 명령 사이의 모순"된 자리에 놓이게 된다. 그 결과 포스트모더니즘문학은 "극단적 자기탐닉"과 "상품성 추구"라는 상반된 명령을 따르게 된다고 도정일은 정리한다. 상반된 명령이라고 했거니와, 자본의 내·외부 경계가 사라진 자리에서, 즉 상업주의에서 생존함으로써만 자기 존재의 정당성을 인정받을 수 있게 된 상황에서, "극단적 자기탐닉"에 빠져버리는 문학은 사실 생존을 포기해버리는 것과도 같은 것이다. 1990년대 이후의 한국 문단에서 비평이 '문학주의'를 경유해 지켜내고자 한 것이 있다면, 그것은 세간의 비판적 평가와 달리 상업주의에 공모하는 일이었다고 보기는 힘들다. 문

---

55   도정일, 앞의 글, 317~318면.

학에 관한 한, 상업주의에서의 생존과는 무관하게 존재 자체의 정당성을 보증하는 일이 가능하고 필요하다는 사실을 확인하는 작업에 비평이 복무했다고 보는 편이 맞을지 모른다. 1990년대 이후 2000년대 중반의 시기에 이르기까지 한국 비평의 장에서 통용된 '윤리'라는 개념은 '문학의 정당성'이라는 말과 같은 뜻을 지녔다고 해도 틀린 말이 아니다.

출판 시장에서 문학이 상품의 형태로 존재한다는 것은 자명한 사실이다. 1994년의 글에서 서영채는 "상품의 방식이 아니라면 소설은 대체 어떤 방식으로 존재해야 한다는 것인가"[56]라고 반문하며, 문학의 상업주의를 절대적으로 인정할 수밖에 없다고 말한다. 그러나 문학이 전략적 '상품미학'의 대상이 되어서는 곤란할 것이라고 덧붙인다. 상품일 수밖에 없지만 상품미학의 전략은 거절해야 한다면 문학은 어떤 방식으로 존재할 수 있을까. 애초에 다른 매체에 비해 상품 경쟁력이 현저히 떨어진다는 악조건에 기대어 상품 시장에서의 생존을 거절하고 자멸하는 식으로 자신의 존재 의의를 확인할 수밖에 없는 것일까. 작가를 스타상품으로 만드는 출판 전략을 경계하며 서영채가 "문학은 무엇보다도 근대 자본제 사회에 남겨진 몇 안 되는 소도의 하나"[57]로 남아야 한다고 말할 때 그가 강조하는 것은 "상품이라는 외적인 형식과 가치의 진정성이라는 작품의 내면"을 "팽팽하게 대립"시키는 것이다. 일견 모순적으로 보이는 이같은 요구는 '상품이라는 외적인 형식'에 더 집중하는 출판 주체혹은작가와, 작품의 진정한 가치를 발견 혹은 개발해주는 비평가가 협력했을 때 더 수월하게 충족

---

56 서영채, 「문화산업의 논리와 소설의 자리」(최초발표:『소설과사상』, 1994 여름), 『소설의 운명』, 문학동네, 1995, 58면.
57 서영채, 「멀티미디어와 서사」(최초발표:『REVIEW』, 1995 봄), 『소설의 운명』, 문학동네, 1995, 125면.

될 수 있다. 그런 점에서 1990년대의 비평이 개인의 '진정성'을 "도덕적 감각"이나 "진실한 삶을 살려는 파토스"라는 의미로 적극적으로 의제화하거나,[58] 당대 작품들에 나타난 냉소, 환멸, 허무의 정서를 비롯하여 다양한 '위반의 상상력'에서 자본주의사회를 향한 작가의 성찰을 발견해내는 것은, 포스트모더니즘시대의 문학이 처한 곤경을 돌파하려는 비평적 전략으로 읽힌다.

1990년대의 한국 문단을 회상하는 최근의 글에서 황종연이 "한국문학의 포스트모더니즘이 어떤 측면에서 미적 대중주의라면, 다른 어떤 측면에서는 (…중략…) 뒤늦은 프로이트주의라고 해도 좋을지 모른다"[59]라고 말한 것은 (그 발언의 의도와 무관하게) 굉장히 정확한 지적을 한 셈이 된다. 어느 정도는 상업주의로부터의 생존을 염두에 두며 대중들에게 소비될 만한 서사가 무엇인지를 고민하는 작품들을 "미적 대중주의"의 경향으로 묶을 수 있다면, 1990년대 이후의 문단에서 윤대녕, 신경숙을 비롯하여 이러한 경향의 소설들이 많이 쓰이고 읽혔음은 부인할 수 없는 사실이다. 1990년대 이후의 비평이 주로 "뒤늦은 프로이트주의"를 참조하여 그러한 작품들을 "대안적 상징 질서를 추구"하는 것으로, 혹은 "'실재의 윤리'를 모색"하는 것으로 읽어내려 했던 것은, 상업주의와의 긴장 속에서 작품의 가치를 확인시키고자 하는 비평의 의도가 은연중 반영된 것이라 할 수도 있다. 1990년대 문단에 나타난 "'미적 대중주의'의 작품'과 '"뒤늦은 프로이트주의"를 표방한 비평'이라는 두 경향은, 서영채가 말한 "상품이라는

---

58 황종연, 「비루한 것의 카니발」 (최초발표 : 『문학동네』, 1999 겨울), 『비루한 것의 카니발』, 문학동네, 2001, 31면.
59 황종연, 앞의 글, 386면.

외적인 형식"과 "가치의 진정성이라는 작품의 내면" 사이의 팽팽한 대립을 성공적으로 성취하기 위한, 창작과 비평의 공모로 이해될 수 있다.

1990년대의 비평이 출판과의 협력 속에서 문단의 권력 집단이 되었다고 흔히들 비판할 때, 이는 비평이 문학의 상업주의를 부추기는 역할을 했다는 것에 대한 지적인 경우가 많은데, 이는 보다 실증적 증명을 필요로 한다. 비평의 호평으로 인해 특정한 작품이 대중적으로 상품 경쟁력을 갖게 되는 것은 1990년대의 한국 문단에 한정할 때 그리 쉬운 일은 아니기 때문이다. 공지영, 양귀자, 최영미 등 1990년대 출판 시장에서 베스트셀러가 되었던 작품들에 대해 오히려 문단 비평이 철저히 무관심했다는 점도 이에 대한 방증이 된다. 비평은 오히려 특정 작품에 대한 출판의 이윤 추구 행위를 작품의 문학적 가치를 보증하는 식으로 정당화하는 역할을 했다고 보는 편이 적절할 것이다. 도정일은 상품논리에 침식당한 포스트모더니즘문학이 한편으로 '극단적 자기탐닉'이나 '내향화 경향'을 띠게 된다고 말한다. 1990년대 이후의 문단 비평이 문학의 윤리적 가치를 강조하는 식으로, 즉 표층의 서사를 추동하는 심층의 윤리적 요구를 발견하는 식으로 나아간 것은, 포스트모더니즘문학의 생존 전략과 관련이 있는, '문학주의'의 한 형태라 할 수 있다.

3) '팝 모더니즘'의 전위성과 그 한계

페터 지마가 주장하듯 모더니즘문학과 포스트모더니즘문학으로의 이행은 구성된 것에 불과하며, 그 이행이 완벽히 대립되는 이분법으로 설명되는 것도 아니다. 합리주의, 헤겔주의, 이성 개념, 주체 개념에 대한 모더니즘문학=근대 기획에 대한 비판으로서의 미적 모더니티의 비판 정신이 포스트모더니즘문학에서도 계승되고 급진화된다는 사실이 간과될 수는 없다고 그는 반복해 말한다. 그러나 모더니즘 작가들이 "부르주아적 사회 질서에 거역한다는 점에서 보편주의에 토대를 둔 사회 비판이라는 공통분모로 묶"[60]이는 반면, "모더니즘을 비판이론에 이어주는 이러한 비판적·유토피아적 계기는 포스트모더니즘에 이르러 완전히 사라진 것은 아니라 할지라도 눈에 띄게 약화되고 만다"[61]고 지마는 정리한다. 무질이나 브로흐와 같은 모더니즘 작가들이 총체성에 기반을 둔 근대의 거대 서사를 의심하고 분해하는 일에 주력한다면, 포스트모더니즘 작가들은 사회비판적 영향을 우선적 목표로 하지는 않는다는 것이다.

이러한 차이를 인식하며 지마는 포스트모더니즘 텍스트의 양상을 몇 가지로 분류한다. 알랭 로브그리예나 토마스 핀천과 같이 "과거의 아방가르드와는 달리 비판적 목표 설정이 없는 급진적 실험"에 몰두하는 경우, 움베르트 에코나 파트리크 쥐스킨트와 같이 "대중적 전통과 실험을 결합하는 가독성 있고 소비 가능한 이야기"에 몰두하는 경우 등이 그에 해당된다.[62] 포스트모더니즘문학을 이해할 때 중요한 것은 이들에게서 사회비판의식이 완전히 사라진 것은 아니라 해도 그것을 목적하지 않는다는 점, 즉 기존의 질서를 넘어서고자 하는 비판의식이나 유토피아적 충동이 거의 소멸되어버린다는 점에서 찾아야 한다.[63]

---

60 페터 V. 지마, 앞의 책, 301면.
61 위의 책.
62 위의 책, 303면. 이 두 가지 경향이 1990년대 이후 한국 문단이 강조한 '문학주의'의 중요한 두 지류를 형성한다고 생각된다. 범박하게 전자를 '문지적 경향', 후자를 '문동적 경향'이라고 말해볼 수도 있을 것이다. 이 중 전자의 경향이 대중적인 관심도, 나아가 문단의 큰 지지도 얻지 못했음은 사실이다.

그런 점에서 포스트모더니즘 옹호자들이 대중문화를 "사이비 민주주의적 수사법"으로 활용하며 팝아트의 '전복적' 혹은 '정치적' 성격을 강조하는 모습에 대해 지마가 조롱에 가까운 비판을 시도하는 장면은, 1990년대 비평의 특정한 경향을 지적하기 위해 의미심장하게 참조될 만하다. 이 장에서는, '대중적인 것'과의 접속을 시도하는 작품들로부터 1990년대의 비평이 새 시대문학의 새로운 전위성을 읽어내는 장면들을 비판적으로 살펴보고자 한다. 우선 지마의 비판적 언급을 인용해보자.

레슬리 A. 피들러는 미국의 팝-소설가들에 대한 논의에서 소박함을 가장한 채 문화의 상품화를 마치 영웅적 행위나 되는 양 칭송한다. "그들은 시장에서의 타협을 두려워하지 않는다. 정반대로 그들은 대중매체에 가장 쉽게 이용될 수 있는 장르, 서부극, 사이언스픽션, 포르노그래피를 선택한다." (…중략…) 피들러는 팝아트의 전복적 성격을 강조한다. 그의 견해에 따르면 팝아트는 "모든 위계질서에 대해 위협적인 존재"인 것이다. 그러나 미국에서 팝아트가 어떤 위계질서를 깨뜨렸는지에 대해서 피들러는 아무런 언급도 하지 않는다. 체제 유지에 기여하는 노조들의 위계질서는 분명 아닐 것이다. 깨어진 것이 있다면 기껏해야 피들러가 조롱하는 교수들의 위신 정도일 것이다. 이제는 대학 세미나에서 말라르메와 포크너 외에 팝소설과 포르노그

---

63 위의 책, 307~320면. 브라이언 맥헤일을 구분을 참조하여 지마가 모더니즘과 포스트모더니즘을 사고체계의 차이로 설명하는 것을 참조하면 포스트모더니즘문학에서 비판의식이 소거된다는 점을 더 명확히 이해할 수 있다. 맥헤일에 따르면 "모더니즘 소설의 지배적 요소는 인식론적이고 (…중략…) 포스트 모더니즘 소설의 지배적 요소는 존재론적이다." 인식론적 문제는 "나는 내가 속해 있는 이 세계를 어떻게 해석할 수 있는가?"라는 식의 질문으로, 존재론적 문제는 "여기는 도대체 어떤 세계인가?"라는 식의 질문으로 구체화된다(B. McHale, *Constructing Postmodernism*, London / New York : Routledge, 1992, pp.9~10. 위의 책, 282면에서 재인용).

래피도 다루어지기 때문이다.[64]

 '문화의 상품화'나 '대중문화'에 대한 승인을 마치 "영웅적 행위나 되는 양 칭송"한다고 지마는 피들러의 논의를 조롱하고 있다. 고급문학과 대중문학 사이의 위계를 깨뜨리는 것이 문학의 민주화, 나아가 사회의 민주화에 기여하게 된다고 피들러는 착각하고 있다는 것이다. 지마가 보기에 피들러의 이러한 주장은, 즉 그 자신의 진품성을 기꺼이 포기하겠다는 고급문학의 '영웅적' 자세는, 스스로에 대한 근본적 우월감을 내장한 것이기에, 나아가 문학을 둘러싼 어떤 위계의 해체가 문학의 장 외부로 확장될 수 있다는 문학의 정치성에 대한 근거 없는 믿음을 품고 있는 것이기에 문제적이다. 포스트모더니즘의 문학은 그러한 정치성을 최종 목표로 하지 않는다. 피들러에 대한 지마의 이러한 지적은 1990년대 문학비평이 대중문화에 보인 "오만과 재전유"의 태도를[65] 비판적으로 음미하는 데 좋은 참조가 된다. 1990년대 문단에서 '대중문화'에 대한 관심은[66] 1990년대의 문학이 대중문화의 상상력을 직·간접적으로 차용하고 있다는 가시적 현상에 기대어, 주로 이를 '신세대'의 새로운 감성으로 읽어 내거나, '정치에서 일상으로'라는 1980년대 문학과 1990년대 문학의 차이를 보여주는 증거로 읽어내곤 했다. 유하와 장정일의 시를 비롯하여, 윤대녕, 김영하,

---

64 위의 책, 316~317면.
65 백문임, 「한국의 문학 담론과 '문화'」, 『문화과학』, 문화과학사, 2001 봄, 114면.
66 사실 피들러에 대한 지마의 논평을 정확하게 적용하기 위해서는 1990년대의 문단문학이 '대중문학'에 취한 태도를 함께 살펴야 할 것이다. 이때 '대중문학'이라는 기표가 지시하는 대상은 다양할 것이다. 문단문학의 장에서 논의되는 '대중주의의 소설'을 가리킬 수도 있고, (적어도 1990년대에까지) 문단문학의 장 안에서는 거의 언급되지 않았던 '장르문학'이나 '베스트셀러' 소설 등을 가리킬 수도 있다. 이에 대해서도 별도의 논의가 필요하다.

배수아, 백민석 등의 작품을 분석할 때 이러한 관점의 설명이 반복되었다. 결론을 미리 말하자면, 1990년대의 문단에서 '문학'과 '대중문화'의 접속에 관한 논의들은, 대중문화의 기호와 상상력을 적극 수용한 1990년대 문학의 미적 전위성, 나아가 정치적 전위성을 증명하는 방식으로 전개되었을 뿐, 문학을 둘러싼 위계를 근본적으로 성찰하는 방향으로 나아가지는 못했다고 할 수 있다.

최근의 글에서 황종연은 대중문화와 친연한 스타일을 보인 유하, 장정일, 채영주, 김영하, 백민석, 박민규 등의 작품을 '팝 모더니즘pop modernism'으로 명명하며, 이러한 경향에 대해 특별한 관심을 보인 집단으로 『문학과지성』 및 『문학과사회』의 비평가들을 꼽는다.[67] 김현의 대중문화론이나 김병익의 청년문화론, 컴퓨터를 비롯한 디지털 매체에 통달한 정과리의 비평이나, 1990년대 이후의 대중문화 및 하위문화가 문학과 접속하는 방식에 관심을 보인 이광호, 김동식의 비평이 그에 해당된다. 그러나 이성욱이 "대중문화 생산물과 키치의 급격한 확산"이 이루어진 미국의 1960년대를 참조하여 유하와 백민석을 "정치적 과소인간이며, 문화적 과잉 인간"으로서 분석하는 것이나,[68] 나아가 신수정이 '광주'가 아닌 "컬러텔레비전이 방영되었던 해"로 "1980년"을 기억하는 백민석의 인물들을 "'텔레비전 키드'의 탄생"으로 명명하는 것을 참조할 때,[69] 대중문화와 (본격) 문학의 접속에 대한 관심은 (김현이나 김병익의 담론을 잇기 위한 특정 집단의 한정된 관

---

67 황종연, 「팝 모더니즘 시대의 비평 – 문학과지성 비평 집단을 보는 한 관점」, 『문학과사회』, 2016 봄 참조.
68 이성욱, 「문학과 키치」, 『문학과사회』, 1998 겨울 참조.
69 신수정, 「텔레비전 키드의 유희」(최초발표 : 『문학과사회』, 1997 가을), 『푸줏간에 걸린 고기』, 문학동네, 2003, 189면.

심이기보다는) 당대 '신세대' 문학에 드러난 징후적 현상을 새롭게 발견하기 위한 1990년대 비평의 공통된 관심으로 이해된다.

이성욱은 이러한 '심미적 인간형의 탄생'이 1980년대적 관점에서 "정치적 과소인간"으로 읽힐 수 있다고 말하며, 신수정은 이들의 새로운 전위성을 해명하기 위해 '1980년 광주'에 대한 억압이 이들에게 존재하지 않는다는 점을 확인한다. 대중문화와 문학의 접속은 1980년대와는 달라진 1990년대 문학의 새로운 현상으로서, 동시에 1990년대 문학의 '달라진 전위성'을 탐색하기 위한 것으로서 쟁점화되는 것이다. 1990년대 문학은 더 이상 현실 정치를 문학 안에 고스란히 '반영'하지 않으며, 개인의 일상 및 욕망을 '대중문화의 기호'를 경유하여 문학 안에 '재현'함으로써 새 시대문학의 '정치성'을 확인하고자 한다는 것으로 이러한 논의들이 요약된다. 백민석론으로 쓰인 「텔레비전 키드의 유희」라는 글에서 신수정은 1990년대의 문학의 새로운 정치성을 "전위성의 편재"라는 용어로 설명해본다. 역시 백민석론으로 쓰인 「코믹하면서도 비극적인 괴물의 발생학」에서 김동식은 "등가성의 아나키즘"이라는 말로 1990년대 문학의 정치성을 해명한다.

이제 전위성은 화염병이 난무하는 시위 현장에만 있는 것이 아니다. 그것은 비디오룸에 침윤된 타란티노적 감수성에도 있고, 커트 코베인의 영웅적인 죽음에도 있으며, '아키라'의 묵시론적인 미래상에도 있다. 전위성의 편재! 이 리얼리티의 확보 여부에 텔레비전 키드 백민석 소설의 진정성이 깃들어 있을 것이다. 소설 형식은 결국 당대 사회 실상과 나란히 나아갈 수밖에 없기 때문이다.[70]

사회적으로 고정된 위계화 원리를 대등함 내지는 등가성의 차원으로 끌고 가려는 백민석의 뚝심은, 제의적인ritual 것들의 의미를 박탈하면서 새로운 미학적 전략을 열어 보이는 효과를 가져온다. (…중략…) 제의가 법을 신비화하는 과정이라면, 제의는 어떻게 해서 외표성 또는 물질성에 의해 탈脫제의화될 수 있는 것일까. 답은 의외로 간단하다. 등가 관계의 철저한 적용이 그것이다. 백민석의 소설에 등장하는 성적 묘사의 의미와 문화적 기호에 대한 태도를 살펴보도록 하자.[71]

"전위성의 편재"라는 1990년대적 "리얼리티"를 확보하고 있다는 점에서 백민석 소설의 진정성을 확인할 수 있다고 신수정이 말할 때, 1990년대 문단에서 문학의 개념과 그 권위는 크게 달라진 것이 없다는 것을 확인하게 된다. 요컨대 1990년대 문학의 새로운 전위성은, 주로 대중문화에 편재한 전위성을 승인하는 태도로 증명되는 바, 이는 문학이 자신의 권위를 해체하는 식이 아니라 오히려 대중문화의 전위성까지 포섭하며 자신의 윤리적 권위를 강화하는 방식으로 논의되기 때문에 문제적이라 할 수 있다. 김동식이 백민석의 소설에서 "사회적으로 고정된 위계화 원리를 대등함 내지는 등가성의 차원으로 끌고 가려는" 미학적 전략을 읽어내는 장면에 대해서도 유사한 논평을 할 수 있다. 이들 비평가들이 신세대 작가들의 미학적 전략을 통해 확인한 것은, 1990년대 문학이 대중문화적 기호들을 수용하여 다양한 '위반과 금기'의 상상력을 드러냄으로써 그 자신의

---

70 위의 글, 192면.
71 김동식, 「코믹하면서도 비극적인 괴물의 발생학」(최초발표 : 「문학동네」, 2000 봄), 『냉소와 매혹』, 문학과지성사, 2002, 236면.

전위성 및 정치성을 갱신하고 있다는 사실이다. 피들러의 대중문학론에 대한 지마의 비판적 논평을 참조해 말하면, 1990년대 문학에 침투한 다양한 대중문화의 상상력은 문학을 중심으로 한 다양한 문화 매체들 사이 경직된 위계조차도 해체했다고 볼 수는 없다. 백민석의 소설을 경유해 제출된 이러한 논평들, 즉 '전위성의 편재'라는 1990년대 문학의 새로운 리얼리티에 대한 발견과, "등가성의 아나키즘"이라는 1990년대 문학의 새로운 위반의 상상력에 대한 지지는, 이후 2000년대 평단으로까지 이어지며 한국문학의 '정치성'을 '미학성' 안에 종속시키는 결과를 초래했다. 이러한 사정에 대해 당대에 이미 비판적 논평을 제출했던 이성욱의 「문학과 키치」는 중요한 텍스트로서 검토될 필요가 있다.

대중문화 생산물 또는 키치적인 것의 급증과 일반화는 이제 일종의 대기권 같은 경험 대상이다. 이 체험에서 확인할 수 있는 것은 그런 급증이 전통 예술과 날카로운 갈등 요인으로 작용하고 있다는 점이며 또 그런 국면이 양자의 관계에 대한 사회적 재문맥화를 요청하는 증거로 제출되고 있다는 점이다. 문화 예술 지형을 전통 예술과 대중문화 및 키치의 서열hierarchy 관계로 설명하기가 더 이상 곤란해진 현실이라는 말이다. 그 곤란함은 한편으로 문화 예술의 생산과 수용 방식 전반은 급속한 변화를 타고 있는데 그에 반해 기존의 문화 예술 제도 및 개념은 큰 변화가 없다는 양상에서 연원한다.

(…중략…)

말하지만 키치의 문학화에 대한 수락과 문학의 키치화에 대한 불용이라는 관점은 위에서 살펴본 것처럼 키치가 현실적으로는 기존 개념의 설명 방식에서 벗어나 그 성격과 위상이 달라졌음에도 불구하고 그 키치를 여전히 부동의 문학관으로 재포섭하는, 요컨대 키치를 또다시 문학과의 종별적 서열 관계 안으로 포섭되는 존재로만 보거나, 문학적 방법과 제시를 위한 단순한 소재 혹은 실용적 활용의 대상으로만 보는 시각과 크게 다르지 않게 된다는 것이다. 그럴 경우 근대문학의 한계적 문제 상황에서의 탈출구를 키치의 탈모더니티적 성격과의 접속을 통해 모색해보려 했던 득의의 의도는 상당히 곤혹스러운 형국에 봉착할 수밖에 없다. 그런 관점은 외부의 객체를 소재적인 그 무엇으로 보고 그것을 동일화하는 메커니즘과 크게 다르지 않은데, 그것은 발견 → 정복 → 개발 → 영유라는, 요컨대 통합과 동질화미개발에서 개발로, 야만에서 문명으로의 빛을 하사하는 논리인 모더니티의 근본 메커니즘을 또다시 반복한다는 점에서 자기모순에 빠질 수 있기에 그렇다.[72]

"문화 예술의 생산과 수용 방식 전반은 급속한 변화를 타고 있는데 그에 반해 기존의 문화 예술 제도 및 개념은 큰 변화가 없다"는 말은 1990년대의 제도권 문학이 봉착한 한계를 매우 정확하게 지적한다. 이러한 사정을 설명하기 위해 이성욱은 1990년대의 키치 담론이 주로 문단문학과 대중문화 사이, 즉 진짜와 가짜의 경계를 무화시키는 것이 아니라, 진짜가 가짜를 승인하는 식의 태도로 진행되고 있음을 지적한다. "키치를 또다시 문학과의 종별적 서열 관계 안으로 포섭되는 존재로만 보거나, 문학적 방법과 제시를 위한 단순한 소재 혹은 실용적 활용의 대상으로만 보는 시각"이 문제적이라는 것이다. 이처럼 대중문화를 문학 안에 포섭함으로써 문학이 대중문화의 "탈모더니티적 성격"을 이용하고 이로써 정치적 효과를 발휘할 수 있다는 식의 논리 구조로 1990년대 문단의 대중문화 담론이

---

72   이성욱, 앞의 글, 1544~1548면.

진행된 것은, 이성욱이 지적하듯 "모더니티의 근본 메커니즘"을 반복하는 "자기모순"에 빠진 '문학주의'의 한 형태라 할 수 있다. 이러한 곤경은 1990년대의 '문학주의'가 '진정성 테제'와 더불어 작동하고 있다는 사실과 밀접한 관련이 있다.

　1990년대 비평이 보여준 다양한 모색과 진정한 고민들은 새로운 시대가 요구하는 '문학주의'를 정의하는 데 바쳐졌다고 해도 과언이 아니다. '문학주의'에 관한 이같은 논의가 문단이라는 제도권의 도덕적 감성이나 계몽적 태도를 기준으로 폐쇄적으로만 진행된 것은 아닌지 반문해보아야 한다. 1990년대 김동식의 백민석론이나 2000년대 김형중의 박민규론이 지닌 한계를 지적하며 황종연은 "대중 취미에 대한 인정은 미의 영역에서 평등 원리를 실현하기 위한 작업에 불가결하며, 그래서 팝 모더니즘은 어떤 식으로든 민주주의와 관계가 있"[73]으나 '대중주의'가 '문학의 민주주의'의 유일한 형태는 아니라고 단언한다. 문학과지성 그룹의 '팝 모더니즘 비평'에 대해 점검하며 그가 내리는 결론은 "대중적 표상, 서사, 장르의 이용이 미학적으로, 정치적으로 평등한 문학을 촉진한다는 발상은 일리가 있으나 그것만이 문학의 민주화를 보장한다는 듯이 가정하여 민주적 아나키를 실현하는 문학의 방법을 단순화하지 않도록 경계해야 한다"[74]는 것이다. 매우 타당한 지적으로 읽히지만, 그가 플로베르를 사례로 들면서 "진정한 예술"의 범위 안에서 '문학의 정치'를 고려할 수 있다고 말할 때, 그 '진정한 예술'이란 표현은 그 자체로 문학의 특권적 지위를 포

73　황종연, 「팝 모더니즘 시대의 비평 – 문학과지성 비평 집단을 보는 한 관점」, 『문학과사회』, 2016 봄, 261면.
74　위의 글, 263면.

기하지 않는 의지로 읽히기도 한다. 포스트모더니즘시대 '문학의 민주화'란 문학을 통해 민주적 가치를 '재현'하는 것이 아니라, 우선은 제도권 문학이 자신의 특권적 지위, 즉 계몽적 교사로서의 지위를 내려놓는 것에서 시작됐어야 했던 것이지도 모른다. 이에 관한 논의는 1990년대의 비평에서 보다 본격적으로 논해졌어야 한다.

4. 문학의 정치성을 재사유하기

최근 1990년대 비평을 역사화하는 작업들이 활발히 이루어지기 시작했다. 1990년대의 다양한 비평적 논의들 중 주요하게 점검되어야 할 담론으로 '진정성'과 '키치'에 대한 논의를 떠올릴 수 있다. 이때 진정성은 진품성의 개념으로부터 유래하는 것으로 오로지 자신을 준거로 하여 진짜의 진짜임을 확인받는 개념이며, 키치는 진짜와 가짜의 위계 자체를 무화시키는 개념이라는 점에서, 이 둘은 완벽히 상반되는 문제의식을 지니고 있다고 볼 수 있다. 본 논문은 이 두 개념이 당대의 주요 비평 용어가 된 사정에 의문을 품으며, 1990년대 비평의 '문학주의'가 포스트모더니즘에 관한 논의들을 어떻게 굴절시키고 있는지 살피고자 하였다.

본문에서 정리한 바에 따르면 포스트모더니즘문학의 핵심은 그것이 사회비판적 의식을 지니고 있을지언정 그러한 의식을 '목적'하지는 않는다는 점에서 찾을 수 있다. 그런 점에서 1990년대 비평이 '개인'의 진정성을 작가의 진정성이나 비평가의 윤리로 은연중 환원하며, 1990년대 문학이 지닌 사회비판적 인식을 확인하고 그로부터 문학의 정당성 및 그 자신의 권위를 찾으려 한 점은 포스트모더니즘문학의 작동 방식과 괴리되는 것이라 할 수 있다. 1990년대 비평은 포스트모더니즘의 '대중주의'를 1990년대 문학의 새로운 전위성을 확인하는 장치로 활용하면서 문학의 정치성을 미학성 안으로 한계 짓고 문학의 특권적 권위를 강화해갔던 것이다.

포스트모더니즘문학이 사회비판을 의식하지는 않는다는 말은 그러한 비판의식이 사라졌다는 말이기보다는, 문학의 사회비판이 더 이상 작동하지 않는다는 포스트모더니즘문학의 존재 방식 자체를 환기하는 말이 된다. 1990년대의 비평은 이같은 문학의 존재 방식을 냉철히 인식하고 과거의 계몽적 전통을 탈피하여 문학의 다른 생존 전략을 고려해야 했는지도 모른다. 그것은 어쩌면 상업성을 승인하고 대중문화와 자신 사이의 경계를 해체하여 세계 속으로 완벽히 스며들어 각개전투를 벌이는 방식이었는지도 모른다. 계몽주의적 전통을 고수한 채, 미학성을 정치성과 완벽히 동일화하며 담론의 차원에서만 문학의 갱신을 논의한 것이, 결국 문학이라는 '자본주의의 소도'를 거의 소멸시키는 사정을 초래한 것이 아닐까. 1990년대의 비평을 역사화하는 작업이 현시점에서 중요한 이유는 문학의 자기갱신이 더욱 절실히 요구되는 시대를 한국문학이 살아내고 있기 때문이며, 그러한 점에서 문학의 자율성이 본격적으로 논의되기 시작한 1990년대를 반성적으로 성찰하는 것이 중요하기 때문이다.

제4장

기형도와 1990년대

'환멸'이라는 형식과 '선언'을 대신한 '잠언'

1. 기형도와 1990년대

1989년 5월 유고시집으로 출간된 『입 속의 검은 잎』을 비롯하여 생전의 기형도 시들은 대체로 1980년대에 씌어졌으며 시의 배경이 되는 시간들은 시인의 유년기인 1960~1970년대로까지 거슬러 올라간다. 기형도가 실제로 살았던 시간은 1960년에서 1989년 사이이고, 그가 시인으로서 시를 발표했던 시간이 1985년에서 1989년 사이임을 감안한다면, 기형도는 분명 "1980년대 문학이라는 영역에 속"해야 할 것이다.[1] 그럼에도 불구하고 기형도는 "1970년대에 김지하가 있다면, 1980년대는 황지우, 이성복, 최승자 김영승 그리고 1990년대에는 기형도, 이런 식"[2]의 시적 계보 속에서 읽혀온 것이 사실이다.[3] "1990년대 시의 첫 관문을 열고 나

---

1 이광호, 「기형도의 시간, 거리의 시간」, 박해현 외편, 『정거장에서의 충고』, 문학과지성사, 2009, 84면. 이하 이 책을 인용할 경우 책 제목과 페이지수만을 제시하기로 한다.
2 조강석·김행숙·심보선·하재연·김경주 좌담, 「2000년대 젊은 시인들이 읽은 기형도」, 『정거장에서의 충고』, 15면.
3 기형도 사후 약 두 달 만에 출간된 유고시집은 2019년 2월 현재 30만 부가 넘게 판매되었다. 1990년 3월에는 1주기를 맞아 산문집 『짧은 여행의 기록』(살림출판사)이, 5주기를 맞는 1994년에는 미발표작과 추모작품을 모은 『사랑을 잃고 나는 쓰네』(솔출판

간 시인"[4]이라는 남진우의 결정적 언급이나 "기형도의 시는 우리 시에 새로운 지평을 열었다"[5]는 성민엽의 평가가 환기하듯, 1980년대 시와의 단절의식 속에서 그가 1990년대적 시인으로 읽혀왔다는 사실판단은 어느 정도 타당하다. 이러한 판단은 당연하게도 1989년 이후로 그의 시가 쓰여질 수 없었다는 불가피한 사정에서 기인한다. 박노해와 백무산 식의 노동시나 황지우와 이성복 식의 해체시로 양분되던 1980년대 시단에서 이들과는 결이 다른 것으로 이해된 기형도의 시는, 사실 1990년대 이후 내적 갱신의 기회를 얻지 못했다는 이유로, 다시 말해 1980년대에 쓰였지만 1990년대에 훨씬 더 많이 읽혔다는 이유로 1990년대의 대표 시인이 된 셈이다.

그렇다면 당연히 궁금해지는 질문은 이런 것이다. 1990년대 이후의 독자들은, 혹은 1990년대 이후의 평단은 1980년대에 생산된 기형도의 시

사)가 간행되었다. 시와 산문, 그리고 소설을 모은 『기형도 전집』(문학과지성사)이 10주기를 맞아 1999년 출간되었고, 20주기를 맞는 2009년에는 기형도에 관한 주요 글들을 모은 『정거장에서의 충고』(문학과지성사)가 출간되었다. 30주기를 맞는 올해 초에는 기존의 『기형도 전집』과 시의 배치를 달리한 시전집 『길 위에서 중얼거리다』와 후배 시인 88인의 헌정시를 모은 『어느 푸른 저녁』(문학과지성사)이 출간되었다. 사후의 기형도를 기리는 이같은 지속적인 출간 작업들은 이후의 문단에 그가 끼친 영향을 어느 정도 증명하고 있다. 한편, 1990년대의 소위 '문학청년'들에게 기형도가 어떤 방식으로 읽혔는지에 관한 실감은 20주기를 맞아 진행된 후배시인들의 좌담(조강석·김행숙·심보선·하재연·김경주 좌담, 「2000년대 젊은 시인들이 읽은 기형도」, 『정거장에서의 충고』)을 통해 확인된다. "90학번 이후는 현대시에 대한 첫 경험에 기형도가 놓이는 세대"(12면)일 것이라는 김행숙의 발언이나, 1990년대 초가 "기형도 산문집이나 기형도에 관한 풍문 등으로 기형도 신화가 이미 만들어지고 있던 시기"(13면)라는 심보선의 언급, 1990년대 이후 학번으로서 소위 1980년대 시들과 기형도 시 사이의 차별성이 그리 크게 느껴지지는 않았다는 하재연의 언급(14면) 등이 참조가 된다. 1970년대 전후에 태어나 주로 20세 전후로 기형도를 처음 접한 이들은 자신들을 "포스트-기형도 세대"로 명명한다.

4   남진우, 「숲으로 된 성벽」, 『정거장에서의 충고』, 341면.
5   성민엽, 「부정성의 언어, 그 사회적 의미」, 『정거장에서의 충고』, 241면.

에 어떤 지점에서 공감할 수 있었던 것일까. 1990년대의 독자들이 기형도의 시를 '요청'했던 이유는 무엇일까. '갑작스러운 죽음'과 '문학 대중들의 지속적인 열광'이라는 "그 신화들을 걷어내고 기형도라는 텍스트 '자체'만을 읽는 것이 가능할까?"[6]라는 이광호의 지적을 참조한다면, 기형도의 작품을, 아니 '기형도 신화'라는 그 사건적 텍스트를 문학사 혹은 문화사의 맥락에서 이해하기 위해서는, 그의 시가 쓰인 1980년대는 물론 그 신화가 탄생하기 시작한 1990년대 초반의 시·공간에 주목할 필요가 있다. 이 글이 관심을 두는 것은 '1990년대에 신화가 된 기형도'라는 사건 자체를 기형도 시의 내적 계기로부터 확인해보는 일이다.

왜 다시 '기형도와 1990년대'여야 할까. '1990년대의 시인'이라는 선입견이 무색할 정도로, 사실 그간 기형도에 관한 많은 평론과 연구들은 그의 시를 배태한 1980년대라는 시대적 맥락에 어김없이 주목해왔다. 1980년대의 시단에서 주를 이루었던 노동시 혹은 해체시와 그의 시가 다른 결을 보인다는 점에 동의하면서도 기형도의 시로부터 1980년대적 시대성을 결코 삭제할 수는 없었다. 아버지의 병과 누이의 죽음과 가난 또는 사랑의 실패라는 개인사적 불행을 다룬 시로부터 도시의 익명적 고독과 절망을 다룬 시에 이르기까지, 시적 화자의 절망적 세계인식은 대체로 1980년대적 상황과의 관련 속에서 읽힌 것이다. 이는 텍스트 안팎의 정황상 1979년의 10·26으로부터 1980년 광주에 이르는 정치적 사건들을 염두에 둔 것으로 해석된 「입 속의 검은 잎」이 유고시집의 표제작이자 대표작이 된 사정에서 기인하는 바가 크다.[7] 광주 망월동 묘지를 참배하고

---

6   이광호, 앞의 글, 83면.
7   생전의 기형도가 첫 시집의 제목으로 고려한 것이 '정거장에서의 충고'와 '길 위에서

온 뒤 썼다는 「입 속의 검은 잎」이 5·18 광주에 대한 부채의식을 담은 작품일 것이라는 후배 기자 박해현의 발언을 공개하며, 일찍이 김병익은 기형도의 작품에는 '5·18 광주에서의 숱한 죽음들', '요절 시인의 죽음', 그리고 그 죽음의 이미지를 자신의 것으로 예감한 '비평가의 죽음'[8]이라는 세 겹의 죽음이 겹쳐 있다고 말한 바 있다.[9]

성민엽 역시 「입 속의 검은 잎」, 「나쁘게 말하다」, 「대학시절」에서 1980년대의 정치적 폭압으로 인한 공포를 읽었으며,[10] 1980년대의 다른 시인들처럼 기형도 역시 1980년대 초의 역사 경험이 남긴 상처와 죄의식으로부터 자유롭지 못하다는 언급[11]들이 사후에 활발히 제출되었다. 비교적 최근의 글에서 임철규는 「입 속의 검은 잎」을 분석하며 "1980년대의 그의 세대의 많은 이들의 부채 의식과 죄의식을 이 시를 통해 대리 고백을 하려했던 것처럼 보인다"고 평가하며 "1980년대의 암울한 정치 현실에 대한 치열한 도전 정신을 포기"한 "데카당적인 시인"으로 그를 평가하는 것을 경계한다.[12] 기형도의 주체를 분석한 권혁웅도 비슷한 논리로 기형도가 1980년대에 시를 쓰기 시작한 많은 시인들처럼 "'광주'로 표상되는 당대의 사회역사적 상처를 회피하지 않"은 채 그러한 시대적 과제에 '알

중얼거리다'였음은 잘 알려진 사실이다. 기형도 30주기를 맞아 올해 문학과지성사에서 새로 펴낸 기형도 시전집은 이러한 시인의 뜻을 반영하여 『길 위에서 중얼거리다』로 제목을 정했다. 기형도의 '길 위의 상상력'에 주목하여 기형도 읽기의 다른 가능성을 모색하기 위한 것이라고 발문을 통해 이광호는 밝히고 있다. 『기형도 시전집－길 위에서 중얼거리다』, 문학과지성사, 2019, 177면.

8   기형도의 유고시집 『입 속의 검은 잎』(문학과지성사, 1989)의 해설을 쓴 김현은 시집 출간의 이듬해인 1990년 병으로 사망했다.
9   김병익, 「검은 잎, 기형도, 그리고 김현」, 『정거장에서의 충고』, 107~108면.
10 성민엽, 앞의 글, 238면.
11 장석주, 「기형도 혹은 길 위에서의 중얼거림」, 『정거장에서의 충고』, 252면.
12 임철규, 「입 속의 검은 잎－죽음의 새 기형도」, 『문학과사회』 2010 겨울, 449~453면.

레고리적 방법'으로 대응했다고 분석한다.[13] 기형도의 시는 1980년대와
무관한 것으로 이해된 적이 별로 없는 셈이다. 그런 점에서 몇몇 선행연구
들이 기형도의 시를 '80년대적인 것'으로 '새롭게' 읽어야 한다고 제안하
는 것에 관해서는 재고가 필요하다. 그의 시가 집중적으로 읽혀온 1990
년대 초반의 시기가 1980년대와 뚜렷한 단절의 계기를 포함하지도 않는
다[14]는 점에서도 그렇다.

"1980년대 문학에 관한 논의가 간간이 이어지는 근래에도 기형도는
1980년대의 시인으로 화제가 되지 않는 듯하고, 타계한 후 쏟아진 비평
들을 읽노라면 다분히 세기말적 수사로 분칠된 인상만 남는 것"[15]이라며
기형도 사후의 비평들을 "현실주의의 기계적 반동" 혹은 "1980년대에 대
한 반발"로 읽어내는 유희석의 논의가 대표적이다. 그에 따르면 『입 속의
검은 잎』의 해설로 쓰인 「영원히 닫힌 빈 방의 체험」에서 김현이 기형도
의 시를 '도저한 부정적 세계관'으로 명명한 것이 이후 기형도 비평의 상
투성을 조장한 "매너리즘의 진원지"가 되는데 그 상투성이란 '죽음'과 '절
망', '불행' 등의 "세기말적 언설"들로 정리된다. "격동의 시대와 마주선
고뇌를 담은 작품을 엄밀하게 읽는 대신 생의 패배의식을 이런저런 이론
이나 분석으로 포장하는 데 치우친 것"이 기형도 사후 비평의 요체가 되
며, "거대담론이 무너진 1990년대의 들뜬 분위기에 편승한 평단의 태만"

---

13 권혁웅, 「기형도 시의 주체 연구」, 『한국문예비평연구』 34, 한국현대문예비평학회, 2011,
83~84면.
14 '진정성 레짐'을 '386세대'의 집합 체험으로 분석하는 김홍중에게 80년으로부터 97년
까지의 시기는 하나의 단위로 이해되며(김홍중, 「진정성의 기원과 구조」, 『마음의 사회
학』, 문학동네, 2009) 1990년대 진정성의 문학을 '80년대적인 것'에 대한 부정의 내면
화로 이해하는 김영찬 역시 1980년대와 1990년대 사이의 연속성을 주장한다.
15 유희석, 「기형도와 1980년대」, 『창작과비평』 2003 겨울, 294면. 같은 단락의 직접 인
용한 부분은 모두 이 글에서 가져온 것이다.

으로 인한 이같은 '기형도 현상'은 상당 부분 부풀려진 것으로 보인다는 것이다. 그런데 유희석의 글에서는 김현과 정과리의 글이 부분적으로 인용되지만, '태만한 세기말적 수사' 혹은 "비평적 조사弔辭"로 점철되어 있다는 기형도론들이 정확히 어떤 글들을 지칭하는지는 분명히 제시되지 않는다. 그러한 이유로 유희석의 글은 기형도가 '세기말 감성의 1990년대 시인'으로 읽혀왔다는 일종의 선입견에 근거하여 쓰인 글로 읽히기도 한다.

1990년대의 '기형도 붐'이 실제 그의 작품에 대한 꼼꼼한 읽기를 통해 생겨난 것이 아니라, "1980년대의 모든 진지한 변혁의 고투를 부정하고 외면하는 풍조에 더 가까웠"던 1990년대 비평의 특성과 관련된다는 유희석의 비판을 참조하자면, 김현의 기형도론의 목표는 "당시 문단의 '대세'인 현실주의 문학"을 진영론의 관점에서 비난하기 위한 것이 된다. 그러나 김현의 글 역시 1980년대의 현실주의적 요청으로부터 자유롭지는 못하다. 김현의 '그로테스크 리얼리즘'이 시적인 것과 '현실적인 것-개인적인 것-역사적인 것'의 분리불가능을 전제로 한다는 점, 특히 이때 그가 기형도 미학의 요체로 '리얼리즘'이라는 기표를 사용하는 데 주저함이 없다는 점, 나아가 기형도의 시에서 드물게 '광주'를 환기하는 것으로 이해된 「입 속의 검은 잎」을 시집의 제목으로 제안한 점 등을 고려할 때, '세기말적 수사의 진원지'라고 비판된 김현의 기형도론 역시 1980년대라는 시대적 조건을 강하게 인식하고 있음은 어렵지 않게 확인된다.

"노동시의 역사적 맥락 안에서" 기형도의 시를 새롭게 조명해야 한다고 주장하는 송종원의 최근 글은 몇몇 시에 등장하는 '사무원'의 형상을 1980년대의 노동시가 제대로 포착하지 못한 새로운 노동자의 유형으로 발견하고 있다는 점에서 흥미롭지만, 기형도의 시를 1980년대와 접속시키려는 이 글 역시 기존의 논의들을 오해한 측면이 있다고 생각된다. 송종원은 기형도를 1990년대 시인으로 해석하는 많은 논의들이 "1980년대 광주의 기억을 애도하며 그것을 종결된 정치적 사건으로 취급하지 않으려는 인식과 의지가 (기형도의 시에 − 인용자) 내재해 있다는 사실 또한 외면한다"[16]고 지적하지만, 앞서 확인한 바와 같이, 기형도를 다루는 대부분의 논의들은 그의 시에 나타난 절망의 기원에서 어김없이 1980년대의 억압적 정치 현실을 고려하고 있다.

재차 말해, 기형도의 시가 1980년대에 쓰이고 출간되었음에도 불구하고 시인의 죽음으로 인해 첫 시집으로 종결되었다는 점은 문학사적인 측면에서 1980년대와 1990년대의 관계설정과 관련하여 하나의 상징적 사건으로 이해될 수 있다. "포스트-80년대 청춘의 비가"[17]라는 적절한 명명이 환기하듯, 1990년대에 새롭게 갱신되지 못한 채로 1990년대에 더 많이 읽히게 된 기형도의 시는 1980년대에 대한 부채의식을, 혹은 완벽히 청산되지 못한 1980년대의 억압과 공포를 1990년대로 이월시키는 역할을 담당한 것으로 이해된다. 낮에는 "박노해와 백무산, 브레히트와 김남주의 시를 읽어나가던 문학도들"이 "밤에는 혼자 기형도 시를 읽어나갔다"[18]라는 진술은, 유고 시집이 발간된 직후에 '기형도라는 기표'가 갖는 당대적 상징성을 잘 보여주는 언급으로 인용되어 왔다. "변혁에 복무하는 문학"이라는 구호가 그 시효를 다해가던 시점에서 기형도 시에 나타난

---

16 송종원, 「기형도 시에 나타난 시대적 징후」, 『인문학 연구』 30, 인천대 인문학 연구소, 2018, 121면.
17 함돈균, 「수상한 시대에 배달된 청춘의 비가」, 『정거장에서의 충고』, 67면.
18 이성혁, 「경악의 얼굴−기형도론」, 『정거장에서의 충고』, 404~405면.

"검음"의 상징은 문학청년들의 관심이 "세상을 비출 빛"으로부터 점차 "자신의 어두운 무의식"으로 옮겨가던 시절의 사정과 밀접한 관련이 있다는 것이다.[19] 그런데, 흔히 '절망'이라는 말로 이해되곤 하는 그 "검음"의 의미에 대해서는, 1980년대 후반에서 1990년대 초·중반으로 이어지는 시대 상황과 관련하여 좀 더 섬세한 이해가 필요하다. 그 의미를 밝히는 것도 이 글의 세부 목적으로 설정된다.

주목할 사실은, 첫 시집 출간 직후의 기형도는 박노해와 백무산 등의 노동시의 대척점에서 읽혔지만, 1990년대 이후의 기형도는 오히려 1980년대를 환기하는 방식으로 읽혀왔다는 점이다. "1980년대 학번들에게는 기형도 이전의 시들과 기형도가 차별성을 갖는 텍스트로 읽혔겠지만, 1990년대 이후 학번인 제가 처음으로 기형도를 접할 당시에는 그 텍스트들 간의 차별성이 그리 크지 않게 느껴졌"[20]다는 후배 시인 하재연의 말을 빌리자면, 1990년대에 신드롬처럼 읽힌 기형도가 이후 '무라카미 하루키의 대척점'으로 존재하기도 했다는 지적은 새삼 흥미롭다. 기형도에 관한 한 좌담에서 하재연은 1990년대의 기형도가 일종의 "윤리적 대속자"[21] 역할을 했음을, 즉 "무라카미 하루키에게는 심정적으로 완전히 동조할 수 없는 어떤 거리낌을 가지는 독자들의 (…중략…) 윤리적 감수성"[22]을 충족시키는 역할을 했음을 지적한다. "기형도가 일종의 증언처럼, 혹은 1980년대를 지나온 고백처럼, 무겁고 커다란 사회적 타자에 맞부딪치며 괴로워한 흔적들을 1990년대 세대들에게 넘겨주는 역할을 했다"[23]는 것이다.

---

19 위의 글, 405면.
20 조강석 외 좌담, 앞의 글, 14면.
21 위의 글, 53면.
22 위의 글, 39면.

이러한 언급은 '기형도라는 기표'가 갖는 1990년대적 상징성을 비교적 정확히 드러내주는 말이라고 생각된다. 기형도의 죽음이 기형도 신화로 이어진 것은 유능한 한 시인의 불행한 이른 죽음에 대한 애도 때문만은 아니었던 것이다.

1980년 광주로부터 1987년 민주화대항쟁을 거쳐 1997년 IMF위기에 이르는 약 20여 년간의 한국사회를 관통한 도덕적 헤게모니로서 '진정성 레짐'을 설명한 바 있는 김홍중에 따르면, "요절이라는 삶-죽음의 형식"은 "진정성 레짐이 자신의 내적 논리에 의해서 '이상화'할 수밖에 없는 삶의 형태"[24]이다. 짧게는 1987년 이후 1991년의 '분신정국'에 이르기까지, 변화에의 강렬한 열망이 지배 권력의 폭력성으로 실현될 수 없는 상황에서 약자가 수행할 수 있는 가장 치열하고도 도덕적인 실천은 죽음이었는바,[25] 김홍중은 이같은 자발적 죽음들을 "대중의 도덕적 분노와 힘의 결집을 이끌어내는 정치적 실천의 수행"[26]으로 이해한다. 공동체에 의해 의례로서 기억되게 된 이러한 형태의 죽음들은 정치의 영역에서 뿐 아니라 예술의 영역에서도 발견되는데, 기형도 역시 죽음을 통해 '진정성의 신화'를 구축한 여러 사례 중 하나가 된다는 것이다. 이러한 논의에 기댄다면 기형도의 '요절'은 1980년대 후반에서 1990년대 초반에 이르는 시기 한국사회의 지배 정서를 환기하는 상징적 사건으로 이해될 수 있다. 그의 갑작스러운 죽음과 대중들의 지속적인 열광이라는 신화를 괄호치고 시 자체만을 읽는 것이 불가능하다고 말한 이광호의 지적은 그런 점에서 기형

---

23 위의 글, 20면.
24 김홍중, 「진정성의 기원과 구조」, 『마음의 사회학』, 문학동네, 2008, 38~39면.
25 최장집, 『한국민주주의의 이론』, 한길사, 1993(위의 글, 39면에서 재인용).
26 위의 글, 39면.

도를 읽기 위한 중요한 전제를 확인한 셈이다. 남은 과제는 1990년대의 정치·사회적 상황 속에서 기형도가 '진정성의 화신'이 될 수밖에 없었던 이유를, 시 텍스트를 통해 거꾸로 증명하는 일이 되어야 한다. '기형도 신화'를 작품과 무관한 것으로 만들지 않기 위해서 말이다.

이 글은 기형도의 시가 대체로 1980년대적 현실과의 관련 속에서 읽혀 왔다는 당연한 전제하에, 이러한 그의 시가 1990년대의 독자들에게 오히려 큰 공감을 불러일으킬 수 있었던 원인을 시 분석을 통해 실증적으로 추출해보려는 목적을 지닌다. 나아가 이 글의 부차적인 목표는 기형도 시를 경유하여 흔히 '정치에서 일상으로', '공동체에게 개인으로', '이념에서 욕망으로' 등의 이분법적 도식 안에서 대타적인 것으로 이해된 1980년대와 1990년대 사이의 연속성을 보다 적극적으로 사유하려는 데 있다. 요컨대, 이 글의 목표는 1980년대와의 단절을 의식적으로 시도한 1990년대 비평이 '선택'한 '1990년대적 시인'으로서 기형도를 읽는 것이 아니라, 1990년대의 독자들이 1980년대적 전망과 그것의 절망을 어떠한 형태로 감각했는지를, 기형도 시를 매개로 확인해보려는 것에 가깝다.[27]

---

27   기형도의 시와 시론을 경유하여 1980년대에서 1990년대로 넘어가는 문학사적 전환의 의미를 탐색한다는 점에서 안지영의 연구는 본 논문과 유사한 관심을 드러낸다. 안지영은 1990년대의 문단에서 '80년대적인 것'과의 결별을 표상하는 기표로 작동한 기형도의 시가, '1990년대적인 것'과도 이질적인 문학의 가능성을 탐구해나갔음을 밝힌다. 기형도가 "불확실한 타자와의 대면 가능성을 통해 윤리적 주체의 형상을 재현하고 있음"을 밝히며, 기형도 시에 나타난 이러한 '윤리적 주체'의 형상이 1990년대의 소위 진정성 담론의 '자아'와는 다른 모습의 주체임을 분석한다(안지영, 「공감의 윤리와 슬픔의 변증법—기형도 시를 중심으로」, 『한국학연구』 44, 인하대 한국학연구소, 2017 참조). 위 연구는 기형도 시에 형상화된 '주체'를 분석하며 그의 시가 1980년대와도 1990년대와도 차별점을 지니는 것으로 이해하고 있으나, 이 글은 기형도 시의 주체가 1990년대적 '환멸'의 주체로 해석될 수 있음을, 그 '환멸'의 형태가 1980년대적 전망과 그것의 좌절이라는 사태와 무관할 수 없음을 말한다.

2. 환멸이라는 도덕 감정, 혹은 형식으로서의 환멸

기형도 시를 이해하는 중요한 키워드 중의 하나는 바로 '절망'이다. "한때 절망이 내 삶의 전부였던 적이 있었다"「10월」거나 "나의 영혼은 / 검은 페이지가 대부분이다"「오래된 서적」라는 식의 고백적 발화에 주목한, 그리고 「위험한 가계·1969」 등의 시에서 극적劇的인 방식으로 표출된 시인의 불행한 개인사를 참조한, 이른바 '도저한 부정적 세계관'이라는 관점은 기형도 시를 이해하는 중요한 명명이 되어왔다. 그러나 이러한 부정적 세계관이 1990년대 이후의 독자들에게 큰 공감을 불러일으킨 이유를 살펴려면 기형도 시에 드러난 절망의 성격이 무엇인지, 내용과 형식의 측면에서 그것을 좀 더 예각화할 필요가 있다. 1990년대 초반의 평단에서 주요한 비평용어가 되었던 '환멸'을 키워드로 기형도의 '도저한 부정적 세계관'을 번역해 읽어보면 어떨까. 기왕의 기형도론은 주로 인식론의 차원에서 환멸이라는 용어를 절망과 별 다른 구분 없이 사용하곤 했지만, 오히려 기형도 시의 미학적 특징들을 환멸의 구조를 경유해 살핀다면, 1990년대와 기형도의 접점이 보다 분명히 드러날 것으로 보인다.

먼저 앞서 언급한 유희석의 글을 다시 살펴보자. 유희석의 글에서 중요하게 읽혀야 할 부분은 기형도의 시를 '그로테스크 리얼리즘' 혹은 '도저한 부정적 세계관'이라고 명명한 김현의 해설을 기형도에 관한 '태만한 세기말적 수사'의 진원지로 비판하는 부분이다. 김현의 글을 경유하여 이러한 비판의 타당성을 점검해보자.

기형도의 리얼리즘의 요체는 **현실적인 것**-개인적인 것-역사적인 것에서 시적인 것을 이끌어내, 추함으로 아름다움을 만드는 데 있는 것이 아니라, 시적인 것이 현실적인 것이며, 현실적인 것이 시적인 것이라는 것을, 아니 차라리 시적인 것이란 없고, 있는 것은 현실적인 것뿐이라는 것을 분명하게 보여준 데 있다. 그런 의미에서 그는 진흙탕에서 황금을 빚어내는 연금술사가 아니라, 진흙탕을 진흙탕이라고 고통스럽게 말하는 현실주의자이다. 그의 시학은 현실적인 것과 시적인 것의 대립 위에 세워져 있지 않다. 그래서 그는 꿈을 꾸지 않는다. (…중략…) 그런 의미에서 그의 시는 현실적인 것을 변형시키고 초월시키는 아름다움, 추함과 대립되는 아름다움을 목표하는 것이 아니라, 자기 존재의 모습에 대한 앎—아름다움이란, 아는 대상다움다라는 뜻이다—으로서의 아름다움을 목표한다.[28]

1980년대 후반의 맥락에서 김현이 기형도의 미학에 '리얼리즘'이라는 오염된 수식어를 붙인 것은, 기형도의 '현실인식'을 시의 중요한 동력으로 이해하기 위한 것이었다고 생각된다. 김현은 '현실적인 것'과 '시적인 것'의 분리불가능이 기형도 리얼리즘의 요체라고 말한다. 기형도는 현실의 추함과 대립되는 혹은 그것의 승화로서의 아름다움을 추구한 것이 아니라, "자기 존재의 모습에 대한 앎으로서의 아름다움"을 목표하는 바, 그가 인식한 현실이 "소외된 개별자, 썩어가는 육체, 절망 없는 미래, 헛것의 존재들"이므로 그에게 '현실적인 것 = 시적인 것'은 결국 그로테스크한 형태로 그려질 수밖에 없게 된다. 이러한 김현의 주장을 요약하자면, '그로테스크 리얼리즘'의 방법론으로 재현된 것은 외부의 현실이 아니라 냉

---

28 김현, 「영원히 닫힌 빈방의 체험」, 『입 속의 검은 잎』, 문학과지성사, 1989, 152~153면.
    이하 두 단락의 내용에서 김현의 글을 직접 인용한 부분은 모두 위의 출처를 따른다.

철한 현실인식을 기반으로 한 그의 심리적 실재가 된다. 성민엽의 표현을 따르자면, "스스로 고통이 되고 부정성이 됨으로써 현실의 거짓 긍정성이라는 부정성을 거부하고 전복시키는 언어"[29]라고 할 수 있다. '그로테스크 리얼리즘'이라는 미학에서 중요하게 논의될 것은, 현실에 대한 그의 절망적 인식 그 자체가 아니라, '시적인 것'으로부터 구원의 가능성을 기대하지 않는 문학에 대한 그의 새로운 인식이어야 할 것이다. 1982년의 일기에서 그는 이미 "시는 인간을 구원할 수 있는 것일까"라는 질문이 시의 효용을 따지는 "우문"일 뿐이며, "어떠한 예술 장르가 최초에 성립되었을 때 본연적으로 갖는 기능이란 두말할 필요 없이 '있음'에 귀착한다"고 말한 바 있다.[30] 대체로 사회 변혁의 희망을 노래한 1980년대의 시적 경향들을 고려할 때, 기형도 미학의 새로움은 '시적인 것'에 대한 이러한 태도 변화와 관련하여 논해져야 한다. 기형도 시와 1990년대의 접속 양상도 이같은 관점에서 분석될 수 있다. 그렇다면 문학에 대한 이러한 태도 조정은 '환멸'의 구조와 어떤 관련을 지닐까.

위 인용의 강조 표시된 구절에서 볼 수 있듯 김현은 '현실적인 것'이라는 구절 옆에 "개인적인 것-역사적인 것"이라는 설명을 자연스럽게 덧붙인다. 이처럼 별다른 설명 없이 개인의 절망적 현실 인식이 역사적인 것으로 곧장 치환될 수 있는 것은, 즉 기형도의 사적인 절망이 공적인 절망으로 무리 없이 이동할 수 있는 것은, 1980년대 중·후반의 맥락 속에서 어쩌면 당연한 감각이다. 절망이라는 현상과 관련하여 개인적인 것과 역사적인 것을 굳이 분리하지 않는 것은 논리적 부주의함 탓이 아니라 그것이

---

29 성민엽, 앞의 글, 241면.
30 『기형도 전집』, 문학과지성사, 1999, 339면.

그 시대의 자명한 논리였기 때문이다. 이러한 논의 끝에 김현은 "그의 현실에 역사가 없으며, 더 정확히 말해 역사적 전망이 없으며, 그런 의미에서 그의 시는 퇴폐적"이라는 비판이 기형도를 향한 가장 피상적인 비판이 될 것이라고 지적해본다. 이는 "그의 시와는 다른 차원에서 그의 시를 비판하고 있는 비판"인 셈인데, 기형도의 "도저한 부정적 세계관"을 제대로 이해하지 못한 것이기 때문에 그렇다. '역사적 전망이 부재한다'는 지적은 사실의 차원에서 적절한 것일 수 있지만, 그러한 사실이 그 자체로 비판의 대상이 될 수는 없다는 것이다. 이성복이나 황지우의 비극적 세계관도 "낙관적인 미래 전망의 흔적"을 보여준다는 점에서, 기형도의 세계는 이성복이나 황지우의 '비극적 세계관'과 다른 양상을 지니는 것일 뿐, 그것이 틀렸거나 옳지 않다고 말할 이유는 없기 때문이다. 최근의 글에서 임철규도 언급하듯, "1980년대의 동일한 상황 하에 있던 그 밖의 다른 문학청년과 달리 삶을 바라보는 그의 인식이 더 한층 '비극적'일 수밖에 없었다"는 것은 폄하될 일이 아니라, "그의 타고난 특유의 감수성에서 나온 산물"로 이해되어야 할 것이다.[31]

그런데 중요한 사실은 기형도가 시를 써온 1980년대의 맥락에서 시인의 '특유한 감수성'으로 이해된 그의 '도저한 부정적 세계관'이, 오히려 1990년대 초반의 현실에서 한국사회 전반을 설명할 수 있는 집합감정의 일종인 '환멸'로 확장·이해될 수 있다는 점이다. 범박하게 말해 환멸과 절망은 유사한 상태일 수 있지만, 전자는 다른 희망의 가능성을 품기 희박하다는 점에서 더 완벽한 절망에 가깝다. 나아가 환멸이란 특정한 내용의 희망이 사라졌다는 것보다는 희망의 가능성 자체가 사라졌다는 점에서 절

---

31 임철규, 앞의 글, 449면.

망이 지속되는 형식이기도 하다. 그런 점에서 "나의 노래는 죄다 비극"이라는 식의 기형도의 절망은, 정치적 암흑기였(으나 변혁의 가능성을 꿈꿀 수 있었)던 1980년대보다는 1987년 6월 투쟁의 승리가 허망한 결과로 이어지던 시기, 나아가 1991년 분신정국을 마지막으로 변혁운동이 급속히 퇴조되어 가던 시기의 열패감과 더 친연한 것으로 해석될 여지가 크다. 희망의 가능성을 완전히 상실해버린 절대적 절망으로서의 환멸에 더 가까운 것이다. 환멸은 이 시기 일종의 도덕 감정으로 이해되기도 했는데, 이러한 사정을 이해하기 위해서는 1990년대 평단에서 반복적으로 호출된 환멸이라는 용어가 어떤 맥락으로 사용되었는지를 좀 더 살필 필요가 있다.

혼히들 1990년대 문학을 이야기하면서 환멸을 이야기하는 경우가 많다. 먼 곳에서 들려오는 몰락의 소문에 지나치게 민감하게 반응한 것이든, 현실 정합성이 사라진 이론에 대한 회의이든, 절대적인 준거틀의 부재에 기인한 것이든, 포스트모던이라는 이름의 유행사조에 대한 추종이든 간에, 환멸이 1990년대 문학의 중심적인 화두 가운데 하나인 것만은 틀림없다.[32]

이처럼 '환멸'이라는 키워드가 1990년대의 한국사회는 물론 한국 문단의 특징을 설명하는 중요한 비평 용어가 된 사태에 대해서는 다양한 진단이 가능하다. 쉽게 말해 환멸은 다른 세상을 꿈꾸는 것이 불가능해졌다는 사실을 시인한 허무주의의 태도를 통칭하는 말로 호출된다. 이러한 환멸의 정서는 1990년대식 도덕 감정의 다른 이름이기도 했다. "관습적 정체성들에 순종하지 않"고 "개인 자신에게 진실해지"려는 "'진정성'의 모럴"

---

32 신수정, 「유쾌한 환멸, 우울한 농담」, 『푸줏간에 걸린 고기』, 문학동네, 2003, 211면.

을 1990년대 소설의 특징으로 설명한 황종연은 "변혁의 희망이 기만이었음을 시인하는 환멸의 이야기들"을 1990년대 소설의 한 지류로 제시한다.[33] 1990년대 장편소설의 세 가지 양상을 '환멸', '모험', '환상'으로 분류한 서영채는 루카치 소설론의 '환멸의 낭만주의'를 참조하여, "주인공의 내면이 삶의 세계보다 넓을 때 환멸의 형식이 출현"[34]한다는 점을 강조한다. 1990년대 초·중반의 소설에 나타난 이같은 허무주의적 정서에는 현실사회주의의 몰락이라는 세계사적 상황과, 1987년 민주화투쟁의 승리가 결국 허망한 결과로 이어진 한국사회의 특수한 사정이 기입되어 있다. 환멸이라는 도저한 허무주의적 정서는, "지금-이곳의 현실 이외의 다른 가능성은 없다는 체념의 산물"[35]인 바, 현실에 대한 이러한 체념 혹은 부적응의 정서가 바로 1990년대 독자들에게 일종의 도덕적 우월감을 충족시키는 표지가 되었을 것이라는 추측은 자연스럽다. '이러한 가정을 증명하기 위해 본 논문은 기형도 시의 미학적 특징들을 환멸의 구조로 분석하고자 한다.

루카치를 참조한 서영채에 따르면 '환멸'은 '노년의 형식'이다.[36] 젊은 날의 열망이 모두 소진되고 그 열망에 가려졌던 삶의 초라한 본질이 날 것 그대로 드러나는 것은 오직 노년의 시선에 의해서만 가능하기 때문이다. 서영채는 이러한 '환멸'의 형식이 시간의 지속과 무관하게 등장한다는 점을 한국소설사의 특징으로 강조한다. "한국적 환멸의 원형식原形式"이라 할 수 있는 염상섭의 『만세전』의 경우처럼, 환멸의 형식은 "노년을 기다릴

---

33 황종연, 「내향적 인간의 진실」(1999), 『비루한 것의 카니발』, 문학동네, 2001, 128면.
34 서영채, 「소설의 운명, 1993」, 『소설의 운명』, 문학동네, 1995, 28면.
35 신수정, 앞의 글, 208면.
36 서영채, 앞의 글, 28~30면. 이하 한 단락의 내용은 이 부분을 참조해 정리함.

필요조차 없이 열악한 식민지의 고향을 보는 것만으로도 가능한 것"이었기 때문이다. 주인석의 소설 『희극적인, 너무나 희극적인』 1992을 분석하며 그는 1990년대적 환멸의 형식은 이른바 '청년의 형식'이라는 점에서 『만세전』의 연장선상에 놓인다고 지적한다. 환멸의 형식이 가능해지는 것은 "모든 것을 타락시키는 힘으로서의 시간의 흐름"이겠으나, 『만세전』이 쓰인 식민지 시기는 물론 여전히 정상국가의 형태를 이루지 못한 1990년대 초반까지의 한국사회는 시간의 흐름과 무관하게 '타락한 세계'로 인식되었기 때문에 그렇다. 다음 장에서 분석되겠지만, 기형도 시에 나타나는 '늙은 사람'의 형상은 물론, 그의 시를 대중 친화적인 것으로 만드는 데 결정적 역할을 한 '잠언투'의 발화들은 '노년의 형식'으로서의 '환멸'이 구체화되는 방식이라 할 수 있다.

최근 '사후事後 / 死後 주체'라는 개념으로 기형도 시의 발화 형식을 분석한 오연경의 논문에 따르면, 기형도 시에 만연한 죽음은 "삶의 구조와 질서를 구축하게 해주는 상징적 기제"[37]가 된다. 죽음을 가정하며 삶 전체를 조망하는 기형도 시의 이같은 '구조주의적 시선'은 "1인칭 동일화 작용에 저항하며 객관적 대상화를 수행하는 미학적 전략"[38]으로 해석된다. 1인칭 발화의 진정성이 주목받던 1980년대에 기형도 시의 '거리두기' 전략이 어떤 의미를 지니는지를 미학적·윤리적으로 규명하는 것이 위 논문의 목표로 설정되어 있다. 나아가 오연경은 "기형도 시에 만연한 죽음 의식을 시인의 돌연한 죽음과 닿아 있는 (…중략…) 시인 자신의 절망과 환멸의 투영으로

---

37 오연경, 「기형도의 사후 주체와 거리두기 전략」, 『한국시학연구』 58, 한국시학회, 2019, 137면.
38 위의 글.

해석해 온 관행 역시 재고되어야 한다"[39]고 주장한다. 기형도의 시를 개인 사의 단순한 고백으로 이해하거나 그의 시에 나타난 죽음 의식을 시인의 죽음과 결부시키는 태도는 경계되어야 하겠지만, '기형도 신화'를 1990년 대와 관련하여 온전히 이해하기 위해서는 그의 시에 나타난 '환멸'을 정서 적 측면에서는 물론 미학적 측면에서도 중요하게 해석할 필요가 있다. '거 리두기' 전략은 이 글에서도 의미 있게 살피는 기형도 시의 미학적 특징인 바, 이에 관해 이 글이 선행연구와 관점을 달리하는 부분은, 기형도 시의 '거리두기' 전략이 결국 1990년대적 집합 감정 혹은 도덕 감정으로서의 환멸과 관련된다는 점이다. 기형도 시에 나타난 환멸이 독자 혹은 시대의 그것과 조응하게 된 상황을 살핌으로써 이 글은 기형도 시의 미학적 특징 을 '문학성'의 차원을 넘어 이해하고자 한다. 시 텍스트를 경유해 '기형도 신화'라는 사건 자체를 이해하고, 나아가 '기형도 신화'를 경유해 1990년 대라는 시·공간을 이해해보려는 것이 이 글의 궁극적 목적이 된다.

3. 노년의 형식 기형도 시의 시차時差/視差

환멸이 희망의 가능성을 품을 수 없는 절대 절망의 형식이라는 점에서 기형도의 등단작 「안개」는 이같은 환멸의 심리구조를 잘 드러낸 작품으로 해석된다. 그간 이 시는 시인의 절망적 세계인식을 뒤틀린 이미지로 묘사한 것으로 읽혀왔다. 시인이 유년 시절을 보낸 공장 지대를 배경으로 하는 「안개」는 "두꺼운 공중의 종잇장"으로 표현된 하늘, "노랗고 딱딱한 태

양", "검고 무뚝뚝한 나무", "희고 딱딱한 액체"로 표현된 안개 등의 경화된 자연 이미지들이 시적 주체의 불안과 공포를 환기한다고 분석되었다. 그 불안과 공포란 "문득 저 홀로 안개의 빈 구멍 속에 갇혀 있"는 사태를 깨닫게 된 "경악"이라고 할 수 있다. 「안개」의 이미지들을 통해 '그로테스크 리얼리즘'이라는 기형도 특유의 미학이 발견되었다고 해도 과언은 아니다. 김현은 기형도의 시가 그로테스크한 것은 '괴이한 이미지'들 때문이 아니라, "갇힌 개별자의 비극적 모습"이 드러나기 때문이라고 말한다.[40] 「안개」는 출구를 찾을 수 없는 절대적 절망을 드러내는 시로 이해된 것이다.

그러나 이 시의 발화 주체가 어떤 위치에 있는지를 섬세히 살핀다면 「안개」의 이미지들이 환기하는 정서가 불안과 공포로만 설명될 수 없다는 점을 읽게 된다. 안개가 불투명한 이미지로 보이는 것은 안개의 한 가운데에서가 아니라 오히려 그로부터 멀리 떨어진 곳에 위치할 때라는 일반적 사실을 기억해보자.

1
아침저녁으로 샛강에 자욱이 안개가 낀다

2
이 읍에 처음 와본 사람은 누구나
거대한 안개의 강을 거쳐야 한다.
앞서간 일행들이 천천히 지워질 때까지

---

40 김현, 앞의 글, 146면.

쓸쓸한 가축들처럼 그들은

그 긴 방죽 위에 서 있어야 한다.

문득 저 홀로 안개의 빈 구멍 속에

갇혀 있음을 느끼고 경악할 때까지.

어떤 날은 두꺼운 공중의 종잇장 위에

노랗고 딱딱한 태양이 걸릴 때까지

안개의 군단은 샛강에서 한 발자국도 이동하지 않는다.

출근길에 늦은 여공들은 깔깔거리며 지나가고

긴 어둠에서 풀려나는 검고 무뚝뚝한 나무들 사이로

아이들은 느릿느릿 새어 나오는 것이다.

(…중략…)

몇 가지 사소한 사건들도 있었다.

한밤중에 여직공 하나가 겁탈 당했다.

기숙사와 가까운 곳이었으나 그녀의 입이 막히자

그것으로 끝이었다. 지난겨울엔

방죽 위에서 취객 하나가 얼어 죽었다.

바로 곁을 지난 삼륜차는 그것이

쓰레기 더미인 줄 알았다고 했다. 그러나 그것은

개인적인 불행일 뿐, 안개의 탓은 아니다.

(…중략…)

3

아침 저녁으로 샛강에 안개가 낀다.

안개는 그 읍의 명물이다.

누구나 조금씩은 안개의 주식을 갖고 있다.

여공들의 얼굴은 희고 아름다우며

아이들은 무럭무럭 자라 모두들 공장으로 간다.

— 「안개」 부분

샛강에 자욱이 낀 안개 속을 지나가고 있는 무리들, 즉 "안개의 군단"
과, 그 모습을 바라보고 있는 시적 주체 사이에는 어느 정도의 거리가 존
재한다. 안개의 한 가운데에서 "앞서간 일행들이 천천히 지워"지는 모습
을 목격하고 있는 사람들은 자신들도 언젠가는 그 안개 속을 벗어날 것이
라는 사실을 확신하는 듯 다소 천진하고 여유로운 모습으로 그려진다. 안
개 속을 "여공들은 깔깔거리며 지나가고" 그로부터 "아이들은 느릿느릿
새어 나오"고 있다. 이들처럼 안개의 한 가운데에서라면 오히려 한 치 앞
의 투명함을 감각할 수 있지만, 멀리서 바라보는 안개는 균질하게 불투명
한 사물이 된다. 따라서 안개를 "희고 딱딱한 액체"로 그리는 심리는 그로
부터 거리를 두고 바라보는 주체의 시선으로 더 알맞다. 이 시선은 이미
"그 폐수의 고장을 떠나"간 시인의 것이기도 할 것이며, 그곳에서 달리 어
떤 희망을 찾을 수 없다고 체념한 주체의 것이기도 할 것이다. 이 시선의
주체에게 보여지는 '안개의 군단'은 절망에 대해 무지한 상태로 묘사된다.
"여공들의 얼굴은 희고 아름다우며 / 아이들은 무럭무럭 자라 모두들 공
장으로 간다"라는 마지막 두 연이 결정적으로 환기하듯, 이 시에서 공포

와 불안을 느끼는 주체는 자신들의 처지에 대해 '무지'한 안개 속의 그들이 아니라, 그들이 안개 속을 쉽게 빠져나올 수 없으리라는 사실을 알고 있는 '나', 자신들의 절망을 절망으로 인식할 수 없는 그들을 바라보는 '나'라고 할 수 있다. 이 시가 기괴하게 느껴지는 것은 오히려 이같은 시선의 차이, 즉 불행에 관한 인식의 차이 때문이다. 기형도 시의 주체를 환멸의 주체라 할 수 있다면 그것은 절대적 절망에 대해 무지한 '그들'을 바라보는 '나'의 앎의 시선과 관련된다고 할 수 있다.

그러나 이러한 무지와 앎의 차이가 어떤 위계를 만들지는 않는다. 기형도 시의 '거리 두기'가 타인을 대상으로 하기보다는 주로 '나'로 향하기 때문이다. 「안개」에서 '여공'과 '아이들'로 묘사되었던 무지한 주체들은 여타의 시들에서 유년 시절의 시인 자신으로 환원되기도 한다. 기형도 시에서 '시선'의 문제, 혹은 '쓰기'에 관한 메타적 태도가 중요하다는 점은 선행연구들이 공통적으로 주목한 바이기도 한데, 이때 '거리'가 주로 자기 자신을 대상화해서 관찰하는 시선이나, 시간의 흐름을 전제로 하는 인식의 차이로 구현된다는 점은 특히 중요하다. 그런 점에서 최근의 연구에서 오연경이 기형도 시의 주체를 '사후주체'로 명명한 것은 기형도 미학의 핵심을 관통한 것으로 보인다. 이 글은 이러한 '사후주체'의 형상이 발견되는 장면에서 환멸이 작동하는 방식을 읽어내려고 한다.

앞서 인용한 "포스트-80년대 청춘의 비가"라는 명명에서 확인되듯 기형도의 시는 1990년대의 청년 세대들에게 앞선 시대와 맞닿는 '윤리적 감수성'을 충족시키는 것으로 읽히기도 했다. 이처럼 『입 속의 검은 잎』이라는 유고시집은 주로 청년 세대들에게 많은 공감을 불러일으킨 시집이었으나, 이 시집 안에서는 '노년의 형식'으로 쓰인 시들이 다수 발견된다. 「엄마걱정」이나 「위험한 가계·1969」처럼 어린 시절을 복기하는 시들이나, 1980년대의 대학시절을 환기하는 시들「대학시절」도 있지만, 그보다 더 많은 시들은 미래의 시점에서 현재의 '나'를 관찰하고 있다. 「바람의 집-겨울 판화 1」에서 그려지는 유년 시절도 현재의 시점에서 회상된 과거로 묘사된다. 시 안에 어머니의 말로 삽입되어 있는, "네가 크면 너는 이 겨울을 그리워하기 위해 더 큰 소리로 울어야 한다"라는 문장은, 과거의 시점에서 미래를 상상한 어머니의 대사라기보다는 현재의 시점에서 과거를 바라본 '나'의 대사로 더 적당해 보인다. "그 작은 소년과 어머니는 지금 어디서 무엇을 할까?"라고 질문하는 현재의 '나'의 목소리에 좀 더 가까운 것이다.

「병」이라는 시에 나오는 표현처럼 기형도 시의 '나'는 "잔인하게 죽어간 붉은 세월이 곱게 접혀 있는 / 단단한 몸통"처럼 그려지기도 한다. 같은 시에서 그는 "내 얼굴이 한 폭 낯선 풍경화로 보이기 / 시작한 이후, 나는 주어를 잃고 헤매이는 / 가지 잘린 늙은 나무가 되었다"고 말한다. '나'에게 '내'가 낯선 것은 왜일까. 현재의 내 얼굴이 낯설게 느껴지기도 하는 것은 과거의 '나'를 품고 있다는 이유 때문일지 모른다. 시간의 흐름은 모든 것을 다 사라지도록 하며 그래서 과거의 '나' 역시 지금-여기에는 존재할 수 없지만, '나'의 육체 속에 과거의 시간들은 차곡차곡 쌓이게 된다. 기형도 시에서 유난히 '늙은' 혹은 '낡은' 육체 이미지들이 많이 등장하는 것은, 나아가 「죽은 구름」과 같은 시에서 "죽은 사내"의 살아생전을 상상하거나 「흔해빠진 독서」에서 독서의 행위를 "죽은 자들에 대한 추억"으로 명명하는 것은, '나'라는 육체성을 사이에 두고 어떤 시차時差를 드러내기 위한 것으로 보이는데, 그 시차와 더불어 환기되는 감정이 환멸이다. " 이미 늙은 것이다"라고 말하는 "누추한 육체", "낡아빠진 구두에 쑤셔 박힌" 길쭉하고 가는 "다리"「여행자」, "딱딱한 손"「진눈깨비」, "우울하고 추악한 맨발 따위" 등 생명력을 잃은 듯한 육체 이미지들은 젊은 '나'의 시점에서는 낯설게 느껴질 수밖에 없는 늙은 '나'를 환기한다. 기형도의 시에서는 이처럼 늙은 '내'가 젊은 '나'를 추억하거나 젊은 '내'가 늙은 '나'를 상상하는 식의 시차時差 / 視差가 수시로 강조된다. 그 시차와 더불어 환기되는 것은, 모든 것이 종결되었다는 환멸의 감정이다. 지금과는 다른 상황을 꿈꿔보는 것이 현재의 시점에서만 가능한 일이라고 한다면, 이처럼 과거의 미래이자 미래의 과거로만 존재하는 기형도 시의 '현재' 속에서는 희망이 발견될 여지가 없다. 기형도 시의 '도저한 부정적 세계관'은 그가 주로 절망을 말하고 있다는 메시지의 측면에서가 아니라, 현재를 어떤 방식으로 재현하고 있는가라는 형식의 측면에서 논해질 필요가 있다.

감당하기 벅찬 나날들은 이미 다 지나갔다
그 긴 겨울을 견뎌낸 나뭇가지들은
봄빛이 닿는 곳마다 기다렸다는 듯 목을 분지르며 떨어진다

그럴 때마다 내 나이와는 거리가 먼 슬픔들을 나는 느낀다
그리고 그 슬픔들은 내 몫이 아니어서 고통스럽다

그러나 부러지지 않고 죽어 있는 날렵한 가지들은 추악하다

— 「노인들」

"긴 겨울을 견뎌"낸 뒤 "봄빛이 닿는 곳마다 기다렸다는 듯 목을 분지르며 떨어"지는 나뭇가지들이 있다. 긴 겨울을 견뎌낸 마른 나뭇가지들이 더 이상 견딜 수 없는 것은 겨울의 세찬 바람보다도 "봄빛"의 따사로움일지 모른다. "감당하기 벅찬 나날들"을 견디는 데에만 오랫동안 익숙해진 탓일 것이다. 갑작스러운 희망이 오히려 견디기 힘든 그 상황을 바라보며 '나'는 "내 나이와는 거리가 먼 슬픔들"이 느껴진다고 말한다. 그리고 그 슬픔이 고통스럽다고도 말한다. 그 고통의 반대편에는 '추악함'이 있다. "봄빛" 아래에서 스스로 "목을 분지르며 떨어"지지 못하고 끝까지 "부러지지 않고 죽어 있는 날렵한 가지들"이 "추악하다"고 '나'는 말한다. "목을 분지르며 떨어진" 나뭇가지들은 아마도 종결된 청춘의 시간, 그리고 "부러지지 않고 죽어 있는 날렵한 가지들은" 노년의 시간을 의미한다고 볼 수 있을 것이다. 이 시의 표제가 '노인들'인 만큼, 화자인 '나'는 노년의 시점에서 "내 몫이 아"닌 "슬픔"을 "고통"스럽다 하며, 살아 있지만 '죽어 있는' 것과 마찬가지인 자신의 존재를 추악하다고 느끼고 있다. 1990년대 이후의 독자들이 요절한 시인의 유고 시집에서 이 시를 접해 읽었을 때, 이 시는 어떤 감정을 자극하게 될까. "부러지지 않고 죽어 있는" 나뭇가지의 추악함, 혹은 죽지 않고 살아서 느끼는 "내 몫이 아"닌 슬픔의 고통이, '살아남은 자'의 어떤 윤리적 감수성을 자극하는 지점이 분명 있을 것이다.[41] '노인'의 형상으로 자주 출현하는 기형도 시의 이같은 '사후주체'는 모든 것을 이미 다 경험한 환멸의 주체이기도 하며, 1990년대 초반의 시

---

41 '요절'과 '열사'를 '진정성 담론'으로 읽은 김홍중이 이 시에 주목한 장면을 언급하며, 이혜령은 1991년 분신정국을 이 시와 겹쳐 읽는다. 이혜령, 「기형도라는 페르소나」, 『상허학보』 56, 상허학회, 2019, 557~559면.

점에서라면, 어떤 변혁의 열망이 또 다른 절망으로 변해버린 시기를 무력하게 건너고 있는 독자 자신의 반성적 내면이 되기도 한다.

"은퇴한 노인"을 그리고 있는 「그날」이나 "남루한 외투"에 "반백의 머리카락"을 지닌 '사내'를 묘사하며 "나는 인생을 증오한다"라고 말하는 「장밋빛 인생」 같은 시들은 일생의 경험을 다 마친 노년의 시점에서 현재의 젊은 '나'를 바라본다는 점에서, 알레고리의 형태를 취하는 「홀린 사람」이나 「전문가」 같은 시들은 한 편의 시 안에 오랜 시간을 압축해 보여준다는 점에서, 다른 가능성을 꿈꾸지 못하는 체념을 보여준다. 돌이킬 수 없는 어떤 상실이 기형도 시의 기본 감정이 된다고 할 때, 1990년대 초반의 한국사회에서 공유된 환멸의 정서가 그의 텍스트를 통해 재발견되고 증폭되었다는 가정은 충분히 가능하다.

4. 선언을 대신한 잠언

기형도의 시가 특히 1990년대의 독자들에게 많은 울림을 주며 일종의 신드롬을 만들어 낼 수 있었던 이유로, 당대의 정치·사회적인 정서로서의 환멸과 기형도 시의 형식이 공명하는 지점이 있을 것임을 밝혔다. 기형도 시가 기대고 있는 환멸의 감정, 나아가 형식으로서의 환멸이 '노년'의 주체를 통해 드러난다는 점을 앞서 지적했지만, 그의 시가 청년 독자들에게 많은 반향을 일으킬 수 있었던 결정적 이유 중의 하나는, 흔히 잠언투의 문장이라고 불리는 것, 조강석의 표현을 빌려 말하자면 "청년 특유의 단정적 표현들"[42] 때문이기도 하다. "미안하지만 나는 이제 희망을 노래

하련다"「정거장에서의 충고」, "나는 곧 무너질 것들만 그리워했다"「길 위에서 중얼거리다」, "나는 일생 몫의 경험을 다했다"「진눈깨비」, "나는 헛것을 살았다, 살아서 헛것이었다"「물 속의 사막」, "나의 생은 미친 듯이 사랑을 찾아 헤매었으나 / 단 한 번도 스스로를 사랑하지 않았노라"「질투는 나의 힘」, "나는 기적을 믿지 않는다"「오래된 서적」 등 한 권의 시집 안에서 이처럼 많은 문장들이 암송되기는 쉽지 않다. 그런데 반복적으로 인용되는 특정 시인의 특정 문장들은 시의 맥락과 무관하게 독립적으로 기억되면서 한 시인의 시 세계 전체에 대한 인상을 좌우하기도 한다. 특정한 작품이나 특정한 문장들이 한 시인을 대표하게 되는 것이 물론 반드시 긍정적인 일반은 아니다. 위에 인용한 문장들도 기형도의 시에 관한 일종의 편견, 이를 테면 청년 특유의 치기어린 단정적 문장이 승한 센티멘탈한 작품이라는 선입견을 만들어낸 부분적 원인이 되기도 할 것이다.

그러나 "기형도의 잠언은 사실 메시지가 아니라 이미지로 구축된 진술"이라는 심보선의 의견이나, "기형도의 시에서 잠언이 성공하는 경우는 잠언이 거의 감탄사에 육박할 때"라는 김행숙의 의견은[43] 기형도 시의 잠언투 문장들에 대해 보다 섬세한 접근이 필요함을 주장한다. 잠언투 문장이란 보통 삶에 관한 어떤 보편적 깨달음을 일반적 진술의 형태로 표현하여 독자의 공감을 손쉽게 불러오는 기능을 한다고 할 때, 기형도 시의 잠언투 문장들에서는 두 가지 차별점을 찾을 수 있다. 첫째, 그 문장들은 대체로 '나'라는 1인칭 주어를 갖는 고백형의 문장들이라는 점이며, 둘째, 이러한 문장들은 한 편의 시 안에서 돌출적으로 등장하기보다는 자연스러운 흐

---

42 조강석 외 좌담, 앞의 글, 50면.
43 위의 글, 49~51면.

름 속에서 배치되고 있다는 점이다. 우선 기형도 시의 1인칭 고백형의 문장들이 발화되는 방식을 살펴보자.

> 때마침 진눈깨비 흩날린다
> 코트 주머니 속에는 딱딱한 손이 들어 있다
> 저 눈발은 내가 모르는 거리를 저벅거리며
> 여태껏 내가 한 번도 본 적이 없는
> 사내들과 건물들 사이를 헤맬 것이다
> 눈길 위로 사각의 서류 봉투가 떨어진다, 허리를 나는 굽히다 말고
> **생각한다**, 대학을 졸업하면서 참 많은 각오를 했었다
> 내린다 진눈깨비, 놀랄 것 없다, 변덕이 심한 다리여
> 이런 귀갓길은 어떤 소설에선가 읽은 적이 있다
> 구두 밑창으로 여러 번 불러낸 추억들이 밟히고
> 어두운 골목길엔 불 켜진 빈 트럭이 정거해 있다
> 취한 사내들이 쓰러진다, **생각난다** 진눈깨비 뿌리던 날
> 하루 종일 버스를 탔던 어린 시절이 있었다
> 낡고 흰 담벼락 근처에 모여 사람들이 눈을 턴다
> **진눈깨비 쏟아진다, 갑자기 눈물이 흐른다, 나는 불행하다**
> **이런 것은 아니었다, 나는 일생 몫의 경험을 다했다, 진눈깨비**

— 「진눈깨비」 전문

진눈깨비가 흩날리는 어느 날 밤 귀갓길의 풍경과 그날의 상념들을 그려보는 시이다. 눈 내리는 어두운 골목길에 불이 켜진 빈 트럭이 정거해

있고, 취객들이 쓰러져 있는 장면들이 연출된다. '나'는 그 거리에서 여기저기 헤매며 "하루 종일 버스를 탔던 어린 시절"을 떠올리기도 하고 갑작스럽게 "불행하다"는 생각을 하며 눈물을 흘리기도 한다. 현재의 시점에서 불행한 과거를 떠올리며 "나는 일생 몫의 경험을 다했다"라고 말하는 '나'에게서는 삶에 대한 변화의 의지가 전혀 읽히지 않는다. 과거의 어느 시점 이후로 '나'의 삶은 불행의 연속이었던 셈이고, 따라서 시적 주체는 자신의 남은 삶에서 어떤 다른 가능성도 찾을 수 없다고 판단한다.

그런데 삶에 대한 이러한 불행한 의식보다도 이 시에서 두드러지는 것은 '내'가 능동적인 행위자로 등장하지 않는다는 섬이다. '코트 주머니에 "딱딱한 손"을 넣었다'라는 표현 대신 "코트 주머니 속에는 딱딱한 손이 들어 있다"라는 문장을 쓰거나, '눈길 위에 사각의 서류 봉투를 떨어뜨렸다'가 아니라 "눈길 위로 사각의 서류 봉투가 떨어진다"라고 적거나, 정처 없이 거리를 헤매며 여러 상념에 잠기는 상황을 "변덕이 심한 다리" 혹은 "구두 밑창으로 여러 번 불러낸 추억들이 밟히고"라는 식의 표현으로 쓴 것 등이 그렇다. 이 시에서 시적 주체인 '내'가 능동적 행위자로 등장하는 것은 "생각한다", "생각난다"라는 표현을 쓴 때가 거의 유일하다.[44] "이런 귓갓길은 어떤 소설에선가 읽은 적이 있다"라는 문장은 많은 독자들이 흥미롭게 주목한 대목이기도 한데, 이 시에서 두드러지듯, 시적 주체가 자신의 일상적 행위는 물론 육체에 대해서도 일정한 거리를 두고 대상화하는

---

[44] 기형도의 시에서 "'나는'이라는 주어가 '쓴다', '본다', '중얼거린다', '발음해본다', '생각한다', '안다', '느낀다' 등 인식이나 표현 행위와 관련된 동사와 짝지어 나타나는 경우가 많다"는 점은 선행연구에서 지적한 바대로이다. 시에서 '묘사'가 진행될 때 흔히 보여진 것만 제시되는 것이 일반적이지만, 기형도는 "말하고 쓰고 바라보는 주체의 행위 자체를 돌출적으로 드러"내는 경우가 많다. 오연경, 앞의 글, 141~143면.

방식으로 서술한다는 점은 기형도 시의 중요한 특징이 된다. 시적 주체는 자신의 현재적 삶을 시차時差를 두고 바라보는 것은 물론 자신의 육체마저도 시차視差를 두어 관찰하고 있는 것이다. 이처럼 '현재'의 '나'에 대해 끊임없이 시차를 만들어내는 서술 방식은 은연중 독자에게도 반성적 시선을 강요한다.

「진눈깨비」라는 시에서 "나는 불행하다", "나는 일생 몫의 경험을 다했다"라는 고백의 문장이 결정적으로 두드러지기는 하지만, 독자들이 이 문장에 곧장 공감해버리며 독자 자신의 불행을 음미하게 되는 상황이 자연스럽게 연출되지는 않는다. 그 고백의 문장이 발화되기까지의 과정, 즉 철저히 자신을 대상화하며 낯설게 바라보는 시적 주체의 시선을 따라온 독자들은 1인칭 고백의 문장을 자신의 것으로 받아들이며 즉각적으로 '공감'하기보다는, 철저히 시적 화자의 것으로 대상화하며 '이해'하는 방식을 택하게 된다. 1990년대의 상황에서 기형도의 시가 많은 독자들의 열렬한 반응을 불러일으킨 것은 이와 같은 1인칭 고백의 문장들이 잠언처럼 승화되는 것에서 그 이유를 찾을 수 있다. 대체로 '나는'이라는 주어로 시작되는 기형도의 잠언투 문장들은 즉각적인 '공감'을 경계하고 '이해'를 촉구하는 방식으로 쓰인다. 기형도 시에 등장하는 많은 진술형의 문장들은, 감정을 토로하는 1인칭 고백의 문장과 보편적 깨달음을 진술하는 잠언투 문장 사이에서 적절한 균형을 이루고 있는 것이다. 「포도밭 묘지2」에서 "그 놀라운 보편을 진실로 네가 믿느냐"라는 식의 마치 선지자의 발언처럼 느껴지는 권위적인 문장들도 쓰이기는 하지만, 기형도의 잠언은 대체로 1인칭 고백의 형태로 발화된다.

기형도 시가 절망을 말하고 있다는 그 메시지 자체가 아니라, 생에 대한 불행한 인식이나 그로 인한 고통의 감정을 어떤 방식으로 발화하고 있는지에 관심을 두어야 한다는 점에서 「기억할 만한 지나침」도 유의미하게 검토될 만하다. '나'를 대상화하는 시선은 이 시에서도 두드러진다.

그리고 나는 우연히 그곳을 지나게 되었다
눈은 퍼부었고 거리는 캄캄했다
움직이지 못하는 건물들은 눈을 뒤집어쓰고
희고 거대한 서류 뭉치로 변해갔다
무슨 관공서였는데 희미한 불빛이 새어 나왔다
유리창 너머 한 사내가 보였다
그 춥고 큰 방에서 서기는 혼자 울고 있었다!
눈은 퍼부었고 내 뒤에는 아무도 없었다
침묵을 달아나지 못하게 하느라 **나는 거의 고통스러웠다**
어떻게 해야 할까, 나는 중지시킬 수 없었다
나는 그가 울음을 그칠 때까지 창밖에서 떠나지 못했다

그리고 나는 우연히 지금 그를 떠올리게 되었다
밤은 깊고 텅 빈 사무실 창밖으로 눈이 퍼붓는다
나는 그 사내를 어리석은 자라고 생각하지 않는다

— 「기억할 만한 지나침」 전문

'나'는 불빛이 새어나오는 어느 관공서의 유리창 너머로 혼자 울고 있는 한 사내를 바라보며 그가 울음을 멈출 때까지 창밖에서 떠나지 못했던 적이 있다. 그리고 어느 날 텅 빈 사무실 안에서 창밖을 바라보던 '나'는 우연히 '그'를 떠올리게 된다. 아마도 '나'는 그날의 '그'처럼 유리창 안에서 울고 있는 것인지도 모른다. 자신이 관찰하던 대상의 자리에 그 자신이 놓이게 되면서, 이 시의 '나'는 '그'와 동일 인물로 오버랩된다. 춥고 큰 방에서 혼자 울고 있던 '그'는, "내 뒤에 아무도 없"이 '그'를 바라보던 '나'와, 사실 같은 인물이었다고 할 수 있다. 이처럼 「기억할 만한 지나침」에서도 '나'를 대상화하는 시선이 강조된다. 그런데 이 시에서 유독 흥미로운 문장을 꼽자면 "나는 거의 고통스러웠다"라는 식으로 자신의 감정을 토로하는 부분이다. 감정을 표현하는 서술어 앞에 '거의'라는 부사어를 어색하게 놓아, 고통을 간신히 고백하는 형태를 취한다. 기형도의 시는 이처럼 대개 감정의 직접적 토로를 경계하는 편이다. 혼자 울고 있는 '그'를 유리창 너머로 홀로 바라보며 침묵하느라^{침묵을 달아나지 못하게 하느라} 괴로웠다는 '나'의 고백은, 사실 '나는 울고 있다'라는 상태를 표현한 것에 가깝다. '울고 있는 나'는 '울고 있는 그를 바라보는 나'로 에둘러 표현된다.

'나'의 고통은 '그'의 눈물에 개입할 수 없다는 이유 때문일 텐데, 이같은 철저한 개입의 불가능성은 당연히 어떤 '거리'로부터 발생한다. '그'가 '나'와 동일시되고 있다는 점에서 그 '거리'는 '나'와 타인 사이의 물리적 혹은 심정적 거리가 아니라, '나'의 현재와 '나'의 과거 사이의 시간적 거리로 이해될 수 있다. 즉 이 시는 과거의 어느 시점에서 홀로 울고 있는 '나'를 떠올리며, 과거의 '나'의 고통에 관여할 수 없는 현재의 무기력 때문에 괴로워하는 시로 읽힐 수 있다. "어떻게 해야 할까, 나는 중지시킬 수 없었다"라는 표현은 이미 종결된 과거에 대한 '나'의 무능을 토로한다. 기형도의 시에서 강조되는 것은 시적 주체의 불행과 고통 그 자체가 아니라,

그 감정을 관찰하는 '나' 자신의 무력한 시선인 것이다. 이 주체는 이미 완료된 사건에 개입할 수 없는 환멸의 주체이다.

'무척 고통스럽다'가 아니라 '거의 고통스러웠다'라는 식으로, 자신의 감정을 직설적으로 드러내는 것을 경계하며 기형도의 고백형 잠언들이 발화된다. 기형도의 문장들은 이처럼 자기고백의 문장과 일반적 진술의 문장들 사이에서 적절한 균형을 취하고 있다. 「가수는 입을 다무네」라는 시에서도 이러한 균형은 잘 드러난다. 이 시에서는 화려한 젊은 시절을 보낸 중년의 한 '가수'가 가랑비 내리는 거리에서 인파 속을 걷고 있는 장면이 묘사된다. 흥미로운 지점은 역시 '나'라는 화자의 존재와 관련된다. '나'는 '그'를 바라보고 있는 '보는-주체'이기도 하지만, '그'의 내면을 1인칭으로 고백하는 '발화-주체'이기도 하다.

걸어가면서도 나는 기억할 수 있네
그때 나의 노래 죄다 비극이었으나
단순한 여자들은 나를 둘러쌌네
행복한 난투극들은 모두 어디로 갔나
어리석었던 청춘을, 나는 욕하지 않으리

흰 김이 피어오르는 골목에 떠밀려
그는 갑자기 가랑비와 인파 속에 뒤섞인다
그러나 그는 다른 사람들과 전혀 구별되지 않는다
모든 세월이 떠돌이를 법으로 몰아냈으니
너무 많은 거리가 내 마음을 운반했구나

그는 천천히 얇고 검은 입술을 다문다

가랑비는 조금씩 그의 머리카락을 적신다

한마디로 입구 없는 삶이었지만

모든 것을 취소하고 싶었던 시절도 아득했다

나를 괴롭힐 장면이 아직도 남아 있을까

모퉁이에서 그는 외투 깃을 만지작거린다

누군가 나의 고백을 들어주었으면 좋으련만

그가 누구든 엄청난 추억을 나는 지불하리라

그는 걸음을 멈춘다, 어느새 다 젖었다

언제부턴가 내 얼굴은 까닭 없이 눈을 찌푸리고

내 마음은 고통에게서 조용히 버림받았으니

여보게, 삶은 떠돌이들을 한군데 쓸어담지 않는다, 그는

무슨 영화의 주제가처럼 가족도 없이 흘러온 것이다

그의 입술은 마른 가랑잎, **모든 깨달음은 뒤늦은 것이니**

따라가보면 축축한 등 뒤로 이런 웅얼거림도 들린다

어떠한 날씨도 이 거리를 바꾸지 못하리

검은 외투를 입은 중년 사내 혼자

가랑비와 인파 속을 걷고 있네

너무 먼 거리여서 표정은 알 수 없으나

강조된 것은 사내도 가랑비도 아니었네

―「가수는 입을 다무네」 전문

"걸어가면서도 나는 기억할 수 있네"라고 말하는 1연의 '나'는 청춘 시절을 환기하며 거리를 걷고 있는 가수 그 자신이다. 이어지는 2연에서는 1연에서 '나'로 서술되던 그 가수가 '그'라는 3인칭으로 지칭되기 시작하며, '그'를 바라보는 주체의 시선이 개입된다. 그러나 여전히 2연에서도 가수의 내면을 고백하는 자리에서 '나'라는 1인칭 주어가 사용된다. "나를 괴롭힐 장면이 아직도 남아 있을까", "누군가 나의 고백을 들어주었으면 좋으련만 / 그가 누구든 엄청난 추억을 나는 지불하리라" 같은 독백의 문장들이 '그'의 행위가 묘사되는 문장들 사이로 삽입되어 있다. 2연의 마지막 부분에 적힌 "언제부턴가 내 얼굴은 까닭 없이 눈을 찌푸리고 / 내 마음은 고통에게서 조용히 버림받았으니"라는 구절에서의 '내'가 '그'의 내면을 지칭하는지, '그'를 보고 있는 주체를 지칭하는지는 모호하지만, 마지막 연에 이르면 사내와 거리를 두고 있는 '보는-주체', 즉 서술자의 존재가 좀 더 두드러진다. '그'를 관찰하는 주체가 존재한다는 사실은 "가랑비와 인파 속을 걷고 있네"라는 흥미로운 진술에서도 확인된다. 사내의 표정을 확인할 수 없을 정도로 '먼 거리'를 두고 '그'를 지켜보고 있기 때문에 '가랑비'도 '인파'도 그 '보는-주체'의 시선에서는 동일한 평면에 있는 듯 묘사되는 것이다.

이처럼 「가수는 입을 다무네」라는 시에서도 '나'를 주어로 한 1인칭의 고백들에 독자들이 어느 정도 거리를 둘 수 있는 장치들이 마련된다. "그때 나의 노래 죄다 비극이었으나", "모든 깨달음은 뒤늦은 것이니"라는 식의 인상적인 구절들은 서술자의 것이 아닌 시 속에 묘사된 특정 인물의 발화로 한정됨으로써 독자들은 이 고백의 진술들에 일정 정도 거리를 두게 된다. 이 고백을 시인의 직접적인 목소리로 읽게 되지는 않는 것이다. 고백의 형태를 띠지만 그것이 시인의 것으로도, 시적 화자의 것으로도 들리지는 않는다. 고백의 주체는 "누군가 나의 고백을 들어주었으면 좋으련만"이라고 생각하고 있으며, "모든 깨달음은 뒤늦은 것이니"라는 '그'의 고백은 '그'를 관찰하는 주체에게 "웅얼거림"으로만 들릴 뿐이다. 이러한 고백의 문장들을 독자들은 어느 정도의 거리를 두고 읽을 수밖에 없다. 내용의 측면에서는 삶에 대한 보편적 진리를 발설하는 것들에 가깝지만 그러한 문장들이 실제 '잠언'처럼 어떤 우월한 위치에서 독자들에게 직접적으로 전달되는 것이 아니라, 시 안에 설정된 가상 인물에 의해 말해지거나 쓰이는 형태로 독자에게 전달된다는 점은 중요하다. 시인이 만든 가상 인물을 통해 그의 독백처럼 제출되는 기형도의 잠언형 문장들은, 시인의 내밀한 '고백'도, 다수를 향한 '선언'도 아닌 그 중간의 형태로 존재한다.

김홍중이 바디우를 참조하며 말했듯, 정치학과 시학이 괴리되고 오히려 시학과 경제학이 결합된 21세기라는 새로운 세기에 나타난 현상 중의 하나는 바로 "선언문Manifeste의 불가능성"이다. "선언문이란, 자신들만이, 자신들의 예술적 실험과 방법과 정열만이 세계의 실재를 드러낼 수 있다는 '실재와의 유일한 관계'를 가능한 미래로서 공표하는 언술의 형식"이라고 바디우의 『세기』를 참조해 김홍중은 말한다.[45] 나아가서 단토가 '예술의 종언'을 선포할 때, 그것의 중요한 징후로 '선언문의 시대의 종언'을 언급했다는 사실도 덧붙이고 있다.[46] 이같은 선언의 불가능성은 2000

---

45 바디우에 따르면, 20세기는 '소비에트적 세기, 전체주의적 세기, 자유주의적 세기가 교차한 시기'(14면)로, "실재에 대한 열정을 향한 영웅적이며 서사적인 세기"(69면)이자 "파괴와 세움 사이의 비변증법적 마주함을 주체적으로 배치"(79면)한 세기로 정의된다. 이러한 특징들이 새로운 세기에 사라지게 된 것은, "그 누구도 더 이상 정치적으로 새로운 인간을 창조하는 일에 관심을 갖지 않"(25면)기 때문이다. 알랭 바디우, 박정태 역, 『세기』, 이학사, 2014 참조; 김홍중, 「실재에의 열정에 대한 열정」, 앞의 책, 417면.

년대 이후 한국 문단에서 중요하게 논의된 '근대문학의 종언' 담론과도 겹쳐 읽을 수 있다. 그렇다면 기형도의 시에 등장한 '1인칭 고백투의 잠언'들과 이에 대한 독자들의 지지는, '선언'이 불가능해진 시대, 즉 정치학과 시학의 결합이 불가능해지고, 예술적 실험으로 세계의 실재를 드러낼 수 있다는 공중의 믿음이 더 이상 유효할 수 없는 시대를 환기하는 어떤 징후라 할 수 있지 않을까.

기형도의 '1인칭 고백투 잠언'들이 특정한 정치 공동체를 향하지 않는다는 점, 즉 철저히 특수한 개인 혹은 보편적 인간의 관점에서 발설된다는 점은 시대적 맥락과 관련하여 중요하게 다뤄져야 할 것이다. 이러한 진술들은 특정한 정치적 입장이나 윤리적 태도를 드러내는 것과는 무관한 자리에 놓여 있다. 더불어 이런 문장들이 시인의 사적 고백으로만 읽히지 않도록 배치되어 있다는 점에도 주목할 필요가 있다. 메시지의 차원에서는 개인적인 감정과 생에 관한 보편적 사실을 드러내지만, 독자들의 직접적 공감을 경계하는 형태로 그러한 문장들이 쓰이고 있는 것이다. 1980년대의 노동시 혹은 해체시가 '선언'으로서의 시가 가능했던 마지막 시대의 형태였다고 한다면, 기형도 시의 고백형 잠언들은 이전 시대에 가능했던 그 '선언'의 흔적들을 간직하며, 선언이 불가능해져가는 시대를 예비하는 역할을 했던 것으로 이해해볼 수 있겠다. 1990년대의 청년 세대들에게도 함께 공감할 선언의 양식은 여전히 필요했겠으나, 새로운 시대가 요구하는 선언은 그저 삶에 대한 일반적 깨달음을 발설하는 형태로밖에는 가능하지 않았을 것이다. 이전 시대의 치열함에 비한다면 보잘것없이 보일 인생형 잠언들이겠지만, 그것들이 간접적 형태로 발설되고 있다는 점은,

---

46   위의 글.

1990년대의 독자들이 기형도 시의 잠언투 문장들을 안심하고 읽어내려 갈 수 있었던 이유가 되어주지 않았을까. 공동체의 투쟁보다 개인의 삶을 고민하는 것이 여전히 일말의 죄책감을 불러일으킬 수도 있는 과도기였기 때문일 것이다.

5. 기형도를 읽는 일

기형도를 읽는 일은 그의 시 작품을 읽는 일뿐만 아니라, 그의 이른 죽음은 물론 죽음 이후 일종의 신드롬이 되어버린 '기형도 신화'를 해석하는 일을 모두 포괄하는 것이 되어야 한다. 그리고 그것은 1990년대를 1980년대와의 연관 속에 읽는 일과도 무관하지 않다. 이 글은 이러한 전제하에 기형도 시를 '환멸'이라는 키워드로 읽으며 1990년대 이후 시집을 접한 독자들에게 기형도라는 기표가 어떤 방식으로 1980년대에 관한 '윤리적 대속'의 역할을 하게 되었는지 분석하고자 하였다. 기형도 시의 '노년의 주체'가 드러내는 환멸이 1990년대 초반의 집합감정으로서의 환멸과 공명하는 지점을 분석하였고, 나아가 기형도 시의 고백형 잠언들을 이전 시대의 '선언'의 기능을 대체하는 것으로 해석할 수 있음을 밝혔다.

이 글은 기형도라는 젊은 시인의 돌연한 죽음, '환멸'의 형식과 고백투의 '잠언'에 기댄 기형도의 실제 텍스트, 그리고 1987년 민주화투쟁으로부터 1991년의 5월의 분신정국으로 이어지는 한국사회 변혁운동의 실제 사정 등을 밀접한 관련 속에서 읽는 것을 목적으로 기획되었다. 이러한 세 가지 계기들을 상호 참조하고자 하는 이 글의 작업이 유의미해지기 위해서는, 1990년대 초반의 시기에 기형도를 직접 읽었던 청년 세대들의 독서 체험이 포괄적으로 규명될 필요가 있다. 그 시기 기형도를 읽었던 독자들의 개별적 체험이 축적되어 그로부터 어떤 보편성을 추출해낼 수 있을 때, 이 논문의 여러 가정들이 보다 확실히 증명될 수 있을 것이다. 이러한 기획의 부분적 작업으로서 이 글은 기형도의 텍스트 자체를 분석하는 일에 우선적으로 집중했다.

이 글의 결론을 쓰는 시점에서 읽게 된 이혜령의 「기형도라는 페르소나」는 이 글의 전제, 즉 기형도의 시를 읽는 일은 이른바 '기형도 현상'을 읽는 일과 분리될 수 없다는 점, 나아가 1990년대의 시점에서 기형도 읽기는 1980년대에 관한 1990년대의 콤플렉스를 일정 정도 환기하는 과정과도 같았을 것이라는 추정을 어느 정도 사실로 확인시켜주는 자료가 되었다. 1991년 5월의 분신정국과 기형도를 겹쳐 읽는 위 글은 기형도에 관한 연구자 자신의 독서체험을 '자기민속지학autoenthnography'의 방법론을 통해 기록하며, 기형도 문학이 자신에게 "1991년 5월의 죽음들, 거리와 다시 교신하도록 만든 매개체"[47]였음을 증명한다. 본 논문에서도 언급한 바 있는 김홍중의 글을 소개하고, 나아가 이혜령 자신에게 "우리 세대"라는 말로 묶일 수 있는 김정한, 김원, 천정환 등의 글에서 언급된 1991년 5월에 대한 회고들을 소개하며, 기형도의 텍스트는 물론 기형도의 죽음이라는 사건, 나아가 기형도에 관한 독서체험이 "1991년 5월의 '여파'로 어떤 '마음'이 있었다는 것"은 증명하는 사례가 된다고 그는 말해본다. "나로 말할 것 같으면, 1989년 대학 신입생 시절부터 경험하고 목격해온 정치적 죽음들, 연일 캠퍼스와 거리에서 데모를 하던 대학시절과 그러한 정

---

47   이혜령, 「기형도라는 페르소나」, 『상허학보』 56, 2019, 557면.

치적 상황의 현격한 퇴조와 함께 저물어가던 1990년대에 대한 사상事像을 기형도의 『입 속의 검은 잎』을 통해 축조했던 것 같다"[48]라고 그는 적고 있다.

특히 주목할 만한 점은 기형도 시의 주체를 우울증적 주체로 읽으며, 1970년대 전후에 태어난 세대들의 당시의 마음 상태를 역추적해보는 장면이다. "기형도라는 페르소나"를 통해 그는 '진정성의 주체'가 현실사회주의의 몰락과 신자유주의의 전면화가 이루어진 시기의 변화를 수용하지 못하고 '병적 세계'로 도피하는 경향에 주목한다. 이러한 '우울증적 주체'의 형상은 기형도 시를 이해하는 데에도, 당대 청년들의 마음 상태를 이해하는 데에도, 나아가 '환멸' 혹은 '냉소'라는 정서로 프레임된 1990년대 문학을 분석하는 데에도 유용한 관점을 부여해줄 것으로 기대된다. 우울증적 주체의 나르시시즘을 분석한 프로이트의 통찰을 참조하며 이러한 우울증적 주체의 '도덕적 우월감'을 확인한다면, '진정성의 주체'김홍중로 명명된 '(3)86세대'에 관한 확장된 세대분석도 가능해질 것이라 생각된다. 한국문단의 1990년대에 관한 연구는 '(3)86세대'에 관한 세대분석과 함께 명료해질 것이다.

---

48 위의 글, 528면.

제2부

계간지시대
1960~1970년대의
비평장

제1장
세속화하는 지성
『문학과지성』의 지성 담론 재고

1. 1970년대 지성의 소통 공간으로서의 잡지

1970년 가을호를 시작으로 1980년 폐간되기까지 정확히 10년 간 40권을 잡지를 출간한 계간 『문학과지성』^{이하 『문지』로 약칭}은 같은 시기 함께 폐간된 계간 『창작과비평』^{이하 『창비』로 약칭}과 더불어 1970년대 한국 문단에서 다양한 담론의 형성과 소통을 주도한 대표적인 문학잡지로 기억된다. 그간 『창비』와 『문지』에 대한 연구는 백낙청, 염무웅, 김현, 김병익 등 소위 4·19세대 혹은 한글세대라 지칭되는 1960~1970년대 비평가들의 새로운 비평 공간의 탄생이라는 점과 관련하여 집중적으로 논의되었다. 한글과 민주주의의 세례를 받았으며 외국문학의 이론에 정통한 젊은 세대의 비평가들이 『현대문학』으로 대표되는 문협 정통파의 순수문학 혹은 주류문학에 맞서 한국적 모더니티를 어떻게 생산해내고자 했었는지에 기존의 연구들은 주목했다. 해방과 전쟁 이후에도 여전히 지속되고 있는 신식민적 상황과 분단이라는 조건은 물론, 유신 독재하의 동원 체제와 급격한 산업화라는 현실적 상황을 고려하며 이들 4·19세대의 비평가들이 문학과 현실 혹은 문학과 역사의 역동적 관계를 어떤 담론을 통해 고민하며 돌파하려 했는지에 대해 이후의 문학사는 주목해왔던 것이다. 근대화론, 이식문학 비판론, 민족문학론, 민중문학론, 리얼리즘 문학론, 산업화시대의 문학론, 대중문학론, 구조주의 문학론 등 1970년대의 다양한 논의가 『창비』와 『문지』를 중심으로 도출되었고 이러한 담론들이 이후 재독해되는 과정에서 『창비』와 『문지』의 입장이 '실천적 이론' 대 '이론적 실천', '민중적 전망' 대 '시민적 전망', '집단주의' 대 '개인주의', '민족문학' 대 '한국문학'이라는 일견 정확하지만 손쉬운 이분법으로 단순히 정리되기도 하였다.

대체로 외국문학 전공자들로 편집진을 구성하고 있으며 자연스럽게 문학이 기저가 되는 『창비』와 『문지』는, 그러나 엄밀히 말해 문학전문지라기보다는 역사학, 철학, 사회학, 경제학, 종교학 등 다양한 분야의 고급 이론을 공급하고 재생산한 지식 생성의 공간으로 작용한 종합지였다 할 수 있다.[1] 『창비』와 『문지』에 주목한 기존의 연구들은 문학의 존재나 역할에 관한 이 둘의 미세한 입장차에 주목하여 주로 비평사의 관점에서 『창

---

[1] 단순한 회고의 대상이 아닌 본격적 연구의 대상으로 1970년대에 접근하려는 연구들은 『창비』와 『문지』 사이의 이분법적 대립을 재확인하기보다는, 1970년대 문학 담론의 복잡한 지형을 종합적으로 재구하기 위해 두 잡지의 공통된 기반을 살피거나, 각 잡지가 생산한 문학 담론을 구체적으로 검토하는 연구에 주력해왔다. 이 둘의 공통 기반에 주목한 연구 중 이 글이 흥미롭게 검토한 글은 권보드래와 김건우의 것이다. 권보드래는 『창비』와 『문지』의 공통된 기반에 "4월 항쟁의 '자유'를 문학적 주제로 삼는 태도"가 내장되어 있다는 사실을 이청준과 방영웅의 소설로 읽어내면서, 1960년대 문학과 1970년대 문학의 연결고리를 찾는다(권보드래, 「4월의 문학, 근대화론에 저항하다—1960년대 문학의 새로운 정신, 『산문시대』에서 『창작과비평』까지」, 권보드래·천정환, 『1960년을 묻다—박정희 시대의 문화정치와 지성』, 천년의상상, 2012). 김건우는 김윤식, 김현, 조동일, 백낙청 등 4·19세대 비평가들이 문학을 통해 한국적 특수성을 발견하고 실현하려 했던 시도가 결국 세계적 보편 모델로 환원되는 장면을 역사학계의 '내재적 발전론'과의 관계를 통해 살핀다(김건우, 「국학, 국문학, 국사학과 세계사적 보편성」, 서은주 외편, 『권력과 학술장—1960년대~1980년대 초반』, 혜안, 2014).

비』와『문지』가 상호보완적으로 발전시킨 문학 담론에 많은 관심을 두었다. 그러나 최근의 논의들은 1970년대의 정치적 상황뿐 아니라 매체 환경의 변화 역시 고려하면서, 이 두 잡지가 저항 담론을 생산하는 일종의 공론장으로서 기능하였다는 점에 주목한다. 비평사적 관점에서 읽었을 때『창비』와『문지』는『현대문학』계열의 선배 평론가들을 의식한 후발 주자이기도 하지만, 지성사의 관점에서 읽었을 때 이 둘은 이미 폐간된 『사상계』의 역할을 떠맡은 새로운 시대의 저항적 종합지이기도 했다는 것이다. 자유주의, 민주주의, 민족주의, 식민주의 등 당대의 주요한 이념들을 매개로 두 잡지는 다양한 분과 학문들 사이의 소통과 협력을 조장하는 역할을 한다. 특히 1966년부터 1970년『문지』가 창간되지 전까지의 『창비』는 특정 이념을 기반으로 모인 단일한 성격의 집단이었기보다는 "20~30대 젊은 세대들의 연합체"[2] 같은 역할을 했다고 회고되기도 한다.

『창비』와『문지』가 이처럼 당대 저항 지성의 산실로 기능할 수 있었던 데에는 여러 가지 외적 요인들이 개입되어 있다. 1950년대 이후 대학생 수는 물론 외국 유학생의 수가 폭발적으로 증가하고 동시에 지식인의 수가 대폭 증가했다는 기본 전제는 물론이거니와, 1960년대에서 1970년대로 이어지는 "민족주의적 대중 동원의 시대"[3]에 권력과 관계하는 지식인의 모습이 '협력'과 '저항'으로 뚜렷하게 구분되어가는 사정을 생각해볼 수도 있다.[4] 특히 유신헌법과 긴급조치의 시대로 정리되는 1970년대에

---

2   김병익·염무웅 대담, 「『창작과비평』, 『문학과지성』을 말한다」, 서은주 외편, 위의 책, 313면.
3   유신체제가 자유민주주의에서 자유주의를 삭제하고 민족주의적 동질화 담론을 활용해 민주주의를 '분배'가 아닌 '협동'으로, 결국 독재에의 합리화로 발전시키는 모습을 분석한 논의로는 황병주, 「유신체제의 대중인식과 동원 담론」, 『상허학보』 32, 상허학회, 2011.

대학이나 언론을 기반으로 했던 수많은 제도권 지식인들이 동원 혹은 배제의 형태로 독재정권에 의해 관리되면서 저항 지성의 소통 공간으로서 "대학 밖의 공론장",[5] 즉 비제도권의 지식 공동체가 절실해졌다는 점도 『창비』와 『문지』의 당대 역할과 중요하게 관련된다. 1976년부터 실행된 교수재임용제도로 인해 대학을 떠나게 된 정치교수나 언론 탄압으로 해직된 기자, 혹은 제적당한 대학생들이 출판계로 대거 유입되었다는 사실이[6] 직 · 간접적으로 이들 잡지에 영향을 끼치기도 한다.[7]

　『창비』와 『문지』가 상이한 문학론을 통해 그 입장이 갈리게 되는 것은 1970년대 중반 이후의 일이다. 그 이전까지는 서로 동일한 필자를 공유하기도 했으며 특히 1960년대 후반의 지성계에서 주요한 화두로 떠올랐던 탈식민의 내재적 발전론에 대해서는 공통의 관심을 보이면서[8] 식민사

4　이에 대해서는 이봉범의 연구가 자세하다. 그는 1960년대 이후 지식인의 현실참여를 저항적 참여인 앙가주망과 협동의 참여인 "파르티씨파숑(participation)"으로 구분할 것을 제안하고, 후자의 대표적인 형태인 '평가교수단'의 현실정치 참여를 학술의 공공성 차원에서 검토한다. 이봉범, 「1960년대 권력과 지식인 그리고 학술의 공공성 - 적극적 현실정치참여 지식인의 동향을 중심으로」, 서은주 외편, 앞의 책.

5　신주백, 「'내재적 발전'의 문화와 '비판적 한국학' - 민중의 재인식과 분단의 발견을 중심으로」, 위의 책, 236면.

6　김병익 · 염무웅 대담, 앞의 글, 350면.

7　백낙청은 1974년 교수직에서 해임되고 이후 1975년부터 『창비』의 발행인이 되어 잡지의 편집은 물론 경영에도 참여한다. 한편 『문지』는 창간 이후 일조각에서 발행되다가 1977년부터는 1975년 설립된 동명의 출판사에서 출간되기 시작한다. 1974년 동아일보 광고 탄압 사건으로 해직기자가 된 김병익이 문학과지성사의 실질적 대표를 맡게 된다. 해임교수나 해직기자들이 출판계로 이동한 사정이나 직업을 잃은 이들이 대학이나 신문이라는 제도권의 밖에서 활발한 저술활동을 한 사실은 수다한 증언이나 실증적 자료들을 통해 입증된다. 1960~1970년대 권력의 지식인 통제에 대해서는 김건우, 「1960년대 담론 환경의 변화와 지식인 통제의 조건에 대하여」, 『대동문화 연구』 74, 성균관대 동아시아학술원, 2011; 서은주, 「지식인 담론의 지형과 '비판적' 지성의 거처」, 『민족문학사연구』 54, 민족문학사연구소, 2014를 참조.

8　1967년 창립된 한국사연구회를 중심으로 김용섭, 이기백, 강만길 등의 역사학자들은 식민사관을 극복하고자 '내재적 발전론' 모델을 정교화하는 데 힘썼으며 이 모델을 문학사서술이 적극 수용한 사례가 초기의 『문지』(1972 봄~1973 겨울)에 연재된 김윤식

관과 주변문화성의 극복을 위해 상보적으로 기능한다. 탈식민화, 근대화, 민중, 민족 담론 등을 중심으로 이러한 저항 담론의 산실로서의 『창비』에 대해서는 현재 많은 연구가 축적되었다.[9] 그러나 이러한 관점에서의 『문지』에 대한 본격적인 연구는 많지 않은 편이다. 『문지』에 대한 연구로는 1980년대 비평의 새로운 가능성을 탐색하는 자리에서 전시대 비평을 의미화하는 작업으로서 『문지』의 담론을 『창비』와 비교하여 읽는 비평적 성격의 글들[10] 혹은 기념적 작업으로서 『문지』의 역사를 회고하는 『문지』

<hr />

과 김현의 『한국문학사』(민음사, 1973)임은 잘 알려져 있는 사실이다. 『문지』는 이 연재를 "식민지사관을 벗어나려는 지금까지의 모든 지적탐구에 대한 문학적 응답"(『문학과지성』, 1972 봄)이라고 소개한다.

9 이 연구들은 『창비』를 통해 다양한 인문·사회학적 담론들이 형성·소통되는 과정을 탐구하고 이와 더불어 유신독재와 신식민적 상황을 극복하려는 1970년대적 비판 담론을 재구하고자 한다. 인문학과 사회학을 가로지르는 『창비』 학술 담론의 통학문적 성격에 관심을 두면서 이른바 '한국학'의 제도화 과정을 역사화하려는 김현주의 일련의 연구는, 『창비』를 중심으로 형성된 내발론적 근대화 담론을 분석하거나(「『창작과비평』의 근대사 담론─후발자본주의 사회의 역사적 사회과학」, 『상허학보』 36, 상허학회, 2012) 유신체제가 민주주의의 이념에서 탈각시킨 '자유'의 개념이 『창비』를 중심으로 사유되는 모습을 살핀다(「1960년대 후반 비판 담론에서 '자유'의 인식론적·정치적 전망─『창작과비평』을 중심으로」, 서은주 외편, 앞의 책). 『창비』를 통해 한국사연구회의 실천적 문제의식들이 소개되는 과정을 살핀 논의로는 이경란의 논문(「역사학자들의 담론적 실천─『사상계』『창작과비평』」, 권보드래 외, 『지식의 현장 담론의 풍경─잡지로 보는 인문학』, 한길사, 2012)이 있으며, 신주백의 논의(신주백, 앞의 글)도 『창비』 지면을 통해 소통된 역사학계의 '내재적 발전론'과 그것의 분화로서의 '민중적 민족주의 역사학'의 모습을 살핀다.

10 정과리(「소집단 운동의 양상과 의미」, 『문학, 존재의 변증법』, 문학과지성사, 1985, 54면)는 『창비』와 『문지』의 구도를 '참여 / 순수'의 도식으로 읽는 것을 경계하며 그 둘의 문학적 지향을 각각 "민중에의 몸담음"과 "정직한 반성"으로 정리한다. 홍정선(「70년대 비평의 정신과 1980년대 비평의 전개 양상─『창작과비평』과 『문학과지성』을 중심으로」, 『역사적 삶과 비평』, 문학과지성사, 1986, 18면) 역시 『창비』와 『문지』가 1970년대 초반까지 두드러진 견해차 없이 공존했다는 사실에 주목하며, 그것을 가능하게 한 요인으로 "4·19라는 공동의 정신적 체험과 따뜻한 인간관계"를 들고 있다. 특히 정과리와 홍정선의 글은 『창비』와 『문지』의 발상이 당시의 '순수·참여' 논쟁에 일정한 거리를 두고자 한다는 점에서 일맥상통한다는 사실을 중요하게 짚고 있다. 한편 『창비』와 『문지』의 구도를 '민족문학 대 한국문학'으로 정리해보는 김동식의 글(「4·19세대 비평의 유형학─『문학과지성』의 비평을 중심으로」, 『문학과사회』, 2000 여름)은 '문학

동인들의 기록들이[11] 있으며, 본격적인 연구 논문으로는 김현 개인의 비평작업을 재구하며 『문지』와의 관련을 살피는 글들이 대부분이다.[12] 『문지』에 관한 연구를 문학 담론에만 한정하지 않고 1970년대 지성계의 담론 구조와 관련하여 포괄적으로 읽어내려는 연구도 단편적이지만 시도되고 있다.[13]

기존의 연구사에서 『문지』에 대한 관심은 주로 문학에 관한 담론에 한정되어 있었다는 일견 자연스러운 사실을 비판적으로 점검해볼 필요가 있을 것이다. 『문지』를 수식하는 익숙한 비평적 용어들로 대표적인 것은 엘리트주의의 폐쇄성 그리고 문학의 자율성 등을 들 수 있다. 이러한 수식어들이 『문지』만의 정체성을 효과적으로 지시해주는 것도 사실이지만 이에 대한 실증적 재검토는 필요하다. 이처럼 『문지』가 현실에 무심한 관념적 문학주의와 이론적 지식을 중시한 엘리트주의를 표방한 것으로 읽혀

의 자율성', '근대 문학사에 대한 관심', '대중문학론', '문학사회학' 등의 테마로 『문지』 비평의 성격을 개괄한다.

11 문학과지성사 창립 30주년을 기념해 발간된 『문학과지성사 30년 – 1975~2005』(문학과지성사, 2005)은 소위 문지 2세대라 불리는 권오룡, 성민엽, 정과리, 홍정선이 책임 편집한 책으로 1세대부터 3세대까지의 문지 동인이 총동원하여 문학과지성사의 30년 역사를 개괄한다. 이중 계간 『문지』의 성격을 분석한 글로는 '지적 성찰'이라는 관점에서 『문지』의 지향점을 밝힌 김병익의 글(「자유와 성찰 – '문학과지성'의 지적 지향」), '구조주의의 수용'과 '주체성의 강조'라는 관점에서 『문지』의 성격을 해명한 권오룡의 글(「주체성과 언어 의식 – '문학과지성'의 인식론」), '공공영역의 구성'이라는 점에서 『문지』의 엘리트주의와 폐쇄성을 점검한 정과리의 글(「『문학과지성』에서 『문학과사회』까지 – 계간지 활동의 이념과 지향」)이 이 글의 방향과 관련하여 주목된다.

12 『문지』에 관한 연구는 김현의 비평뿐만 아니라 김주연, 김치수, 김병익의 비평관에 관한 개별적 연구로 확장되어야 할 것이다. 이들 비평의 공통점과 차이점이 섬세히 해명될 때 잡지 『문지』의 종합적 양상이 분명해질 것이다.

13 일례로 '분단'이라는 1970년대의 현실 조건과 관련하여 『문지』를 검토하는 송은영의 최근 논의(「비평가 김현과 분단에 대한 제3의 사유」, 『역사문제연구』 31, 역사문제연구소, 2014)가 단편적이나마 『문지』에 대한 인식의 확장을 시도하고 있다고 보인다. 『문지』가 표방하는 문화적 자유주의는 통일을 지향하지도, 민족주의를 염두에 두지도 않은 채로 나름의 방법으로 분단현실에 대응하는 제3의 태도로 이해된다는 것이다.

온 데에는 여러 가지 요인이 개입된다. 4·19세대의 문학적 특성이 개인과 자유의 발견이라는 관점에서 집중적으로 논의되며 이를 지지한『문지』의 성격이 자연스럽게 반집단주의 혹은 비정치주의로 이해되었다는 사실을 지적해볼 수 있다. '재수록'이라는『문지』의 독창적인 기획이[14] 성공적으로 정착하면서 처음의 의도와 달리 권위적 선택의 행위로 인식된 탓도 있을 것이다.『문지』동인들이 재수록이라는 기획에 각별한 애정을 갖고 있었음은 서문에서의 반복되는 언급들을 통해서 확인된다. 반면 40권의 잡지가 발간되는 동안 '특집' 코너가 기획된 것은 6번에 불과했다는 사실은 흥미롭다. 목차 상으로만 보았을 때 잡지가 발간된 후 5년이 넘도록 '특집' 코너가 따로 마련된 적은 없으며 22호[1975 겨울]에서 '문학이론의 재검토'라는 제목의 '특집'이 처음 기획된다.[15]『문지』가 '특집'을 기획하는 일에 다소 무심했다는 점이나, 다른 잡지나 신문에서는 흔한 '좌담'의 형태를 활용하여 공통의 주제에 대해 현장감 있는 대화를 시도한 적이 거

14　『문지』의 재수록 코너에 대한 전반적 검토는 김성환, 「1960~1970년대 계간지의 형성과정과 특성 연구」,『한국현대문학 연구』30, 한국현대문학회, 2010을 참조. 이 재수록 코너는 1970년대 한국 문단의 문제작을 선별해내고 더불어『문지』의 문학적 안목을 증명해주었다고 평가되곤 한다. 이러한 해석에 대해서도, 최인훈, 이청준, 김원일, 조세희 등 몇몇 작품의 이후 문학사적 권위에 기대지 않은 채, 실증적으로 재점검될 필요가 있다. 모든 선별 작업이 그러하거니와 완벽히 객관적인 선택의 결과로 문제작이 추출되는 것인지, 아니면 이미 형성된 보이지 않는 권위가 특정한 선택을 강요하게 되는지는 쉽게 분간할 수 없기도 하기 때문이다.

15　'특집' 코너가 정례화된 것은 35호부터이다. 목차 상 '특집'으로 명명된 기획들의 제목만 나열해보면 다음과 같다. 22호(1975 겨울) : '문학이론의 재검토', 25호(1976 가을) : '현대사회의 철학적 조명', 35호(1979 봄) : '민족·민족문화·분단상황', 36호(1979 여름) : '현대문학의 이론과 분석', 37호(1979 가을) : '산업사회와 문화', 38호(1979 겨울) : '현대기독교의 사회이론', 39호(1980 봄) : '역사의 의미와 우리 시대의 삶'. '특집' 코너가 정례화되기 이전 시기에『문지』가 적극적으로 담론화할 필요성을 느낀 주제가 '문학이론'에 관한 것이라는 사실은 1970년대 중반 이후『문지』의 방향성을 어느 정도 해명해준다.

의 없다는 점은, 상대적으로『문지』가 특정 담론을 사회적 의제로 설정하는 일에 소극적이었다고 해석될 여지를 남긴다.

"메타비평적 관점"[16]을 취하고자 했다는 김병익의 회고처럼『문지』는 특정 의제를 권위적으로 제공하기보다 다양한 담론의 자율적이고도 자발적인 소통을 적극적으로 이끌어내는 통로로서 잡지 공간을 활용하려 한 듯하다. 이러한 사실들을 폭넓게 고려하며『문지』식의 문학의 자율성 혹은 엘리트주의의 성격을 재검토하는 일은, 특정한 '에꼴'의 기관지로가 아니라 1970년대 지성의 소통 공간으로, 즉 "공공영역의 모형"[17]으로서 계간『문지』를 보다 포괄적으로 인식하는 일과 관련된다. 1970년대 '대학 밖 공론장'으로서의『창비』와『문지』에 주목하는 선행 연구를 따르면서 이 글은 그간『문지』의 성격을 규정해온 엘리트주의의 함의를 재검토하는 작업을 시행한다. 이에 관한 선행의 작업으로 이 글은『문지』지면을 통해 소개된 '지성'에 관한 담론들을 분석한다. 지식인의 나아가야 할 방향을 집단주의적 관점에서의 '민중' 혹은 '대중'에 직접 두지 않은 채로, 개인주의적 관점에서 지식인으로서의 계급적 한계를 인정하면서 자신의 역할을 끊임없이 고민하는『문지』식의 태도가 당대 현실에서 어떤 의미를 지니는지 이해해볼 것이다. 이러한 연구는 정과리가 물은 바 "폐쇄성이 '공공 영역'의 구성을 방해하는가"[18]라는 질문을 숙고하는 과정과도 관련이 있음을 밝힌다. 요컨대 경제성장과 독재로 환원된 한국적 근대화의 조건 속에서[19] 합리성, 보편성, 이론화 등을 추구한『문지』식의 태도가

---

16 김병익·염무웅 대담, 앞의 글, 330면.
17 정과리,「『문학과지성』에서『문학과사회』까지 - 계간지 활동의 이념과 지향」, 권오룡 외편, 앞의 책, 176면.
18 위의 글, 178면.

'제도로서의 근대화'라는 한국적 상황과 어떤 방식으로 길항하며 '태도로서의 근대화'를 실천하고자 했는지를 살피는 것이 이 글의 궁극적 목표가 된다. 우선 이어지는 장에서는 『문지』의 서문들을 토대로 '지성'에 관한 『문지』의 기본적인 방향성을 검토한다.

2. 태도로서의 비평과 방법으로서의 이론

1) 태도로서의 비평

이 장에서는 「이번 호를 내면서」라는 제목으로 쓰인 『문지』 각호의 서문을 포괄적으로 검토하면서 잡지가 발간된 10년 동안 『문지』 동인들의 공통된 관심과 태도가 무엇이었는지를 찾고 그것이 어떤 형태로 지속되고 변화하는지를 살피기로 한다. 당연하게도 우선적으로 검토될 것은 창간호의 서문이다. 김현이 집필한 것으로 알려져 있는 창간호 서문에서 『문지』는 "패배주의"와 "샤머니즘"이 극복됨으로써 한국적 현실이 객관적 관점에서 직시되어야 할 것이라고 선언한다. 특히 극복되어야 할 태도로 지적된 "패배주의"와 "샤머니즘"은 이후의 서문에도 꾸준히 인용되면서 이러한 태도를 경계하는 일이 『문지』적 정체성의 근간이 된다는 사실

---

19 김덕영은 한국의 근대를 경제성장과 독재가 중심이 된 '이중적 환원근대'라고 명명하며 이를 다음의 네 차원으로 정리한다. "경제가 곧 근대이고 경제성장이 곧 경제다", "국가와 재벌이 곧 경제다", "경제가 근대화되면 경제 외적 영역도 근대화된다", "전통은 근대의 토대가 되어야 하거나 근대에 자리를 내주어야 한다"가 그것이다. 이에 대해서는 김덕영, 『환원근대─한국 근대화와 근대성의 사회학적 보편사를 위하여』, 길, 2014, 57~65면.

이 반복적으로 재확인된다. 그렇다면 한국의 후진적 상황을 지적하기 위해 『문지』는 왜 하필 "샤머니즘"이라는 용어를 선택했을까.

이에 관해서는 김현이 1967년 『창비』에 발표한 「한국문학의 양식화에 대한 고찰」[20]에서 한국적 정신의 '양식화' 즉 '질서화'의 문제를 문학과 종교와의 관련 속에서 논한 것을 참조해야 한다. 김현은 그 글에서 '양식화'라는 용어를 '정신의 질서화'로 명명하면서 이 양식화의 문제를 종교적 관점에서 시가의 역사와 더불어 고찰한다. 특히 1880년대 이후 기독교가 '서구화 = 근대화'의 첨병으로서 한국사회에 적극 수입되는 과정이 탐색되는데, 이때 김현이 문제 삼는 것은 '합리주의', '서구적 이원론', '개인의 논리' 등 이른바 근대적 태도의 근간을 이루는 것들이 한국사회에 제대로 정착되지 못했다는 사실이다. 김현은 이 글에서 한국사회의 후진적 현실을 "개인의식의 소멸"과 "사고의 미분화"[21]로 정리한다. 『문지』의 서문이 '패배주의'와 '샤머니즘'이라는 용어를 통해 한국의 후진적 현실을 비단 제도의 차원이 아닌 정신의 차원에서, 즉 태도의 차원에서 지적해보는 것은 위와 같은 김현의 논리와 일맥상통한다. 이제 그간 자주 인용되어온 서문의 첫 부분을 좀 더 자세히 읽어보기로 하자.

이 시대의 병폐는 무엇인가? 무엇이 이 시대를 사는 한국인의 의식을 참담하게 만들고 있는가? 우리는 그것이 패배주의와 샤머니즘에서 연유하는 정신적 복합체라고 생각한다. 심리적 패배주의는 한국 현실의 후진성과 분단된 한국 현

---

20 이 글은 『창작과비평』 1967 여름에 발표되었으며 『문지』 동인들(김병익·김주연·김치수·김현)의 첫 공동저서인 『현대 한국문학의 이론』(민음사, 1972)에 재수록된다.
21 위의 글, 38면.

실의 기이성 때문에 얻어진 허무주의의 한 측면이다. 그것은 문화·사회·정치 전반에 걸쳐서 한국인을 억누르고 있는 억압체이다. 정신의 샤머니즘은 심리적 패배주의와 밀접한 관련을 맺고 있다. 그것은 현실을 객관적으로 정확히 파악하여 그것의 분석을 토대로 어떠한 결론을 도출해 내는 것을 방해하는 모든 것을 말한다. 식민지 인텔리에게서 그 굴욕적인 면모를 노출한 이 정신의 샤머니즘은 그것이 객관적 분석을 거부한다는 점에서 정신의 파시즘화에 짧은 지름길을 제공한다. **현재를 살고 있는 한국인으로서 우리는 이러한 병폐를 제거하여 객관적으로 세계 속의 한국을 바라볼 수 있는 여건이 형성되기를 희망한다.** 강조-인용자, 이하 동일[22]

"한국 현실의 후진성과 분단된 한국 현실의 기이성"으로 인한 "허무주의"의 소산이라고 설명되는 "심리적 패배주의"는 현실에 대한 순응주의라고 달리 말해볼 수 있다. "정신의 샤머니즘"은 이러한 순응주의로 인해 발생하는 것으로서 현실의 모순을 정확히 인식하기를 회피하고 모순의 상황을 그 자체로 합리화하려는 태도라고 할 수 있다. 『문지』가 적극적으로 거절하려는 태도는 요컨대 '순응주의'와 '자기합리화'의 태도인 것이다. 한국사회의 이같은 병폐가 오래된 식민지적 현실로부터 비롯된 것이라는 사실에 대해서도 창간호 서문은 분명히 하고 있다. 『문지』 3호1971 봄의 서문은 이러한 병폐가 "새것 콤플렉스"의 열등성과 타율성에서 비롯된 것이라고 구체화한다. 결과적으로 이를 타개하기 위해 우선시되어야 하는 것은 "세계 속의 한국"을 "객관적으로" 파악하는 태도여야 한다고 주장된다. 위 인용문의 뒤에 이어지는 부분에서 "보편적 인식의 가능성"을 추구해야

---

22 『문학과지성』, 1970 가을, 5면.

한다고 표명되듯 말이다. 요컨대 창간사의 주장은 보편적인 관점에서 객관적인 시각으로 한국적 특수성을 정확하고 정직하게 인식해야 한다는 것으로 요약될 수 있다. 이처럼 창간사에서부터 『문지』는 특정 방법론을 강조하거나 민족, 국가, 민중 등 특정의 정체성을 내세우는 이데올로기에 치우치기 보다는 현실 인식의 합리적 태도와 윤리를 요청하고 있음을 알 수 있다. 그렇다면 모순된 현실에 순응하는 태도가 객관적 분석의 태도로 전환되기 위해서는 어떤 계기와 훈련이 필요할 것인가.

우리가 전적으로 책임지고 있는 이 잡지는 한국문화 전반에 대한 비평을 주 대상으로 한다. 비평의 대상이 될 만한 모든 글을 자세히 객관적으로 조사·분석하기 위하여, 우리는 문제가 될 만한 글을 전문 재수록한다. 그것은 그 글이 주는 문제점을 독자 여러분과 **함께** 다시 생각해 보기 위한 것이며, 거기에서 추출된 문제가 과연 타당성 있는 문제인가를 필자 여러분과 **함께** 다시 반성해보기 위한 것이다. 그 수록 대상은 시·소설에만 한정되어 있는 것이 아니라, 평론 전 분야와 한국문화를 이해하는 데 큰 도움이 되는 여러 인문 사회과학 부분의 논문까지를 포함한다.[23]

서문의 첫 부분에서 자신들의 목표 및 기본적 입장을 제시하고 있다면 위의 인용에서는 『문지』만의 방법론을 소개한다. 문학만이 아니라 "한국 문화 전반"을 대상으로 하여 그에 대한 비평을 시도하며 이에 관해 "독자 여러분과 **함께**" 대화를 나누겠다는 것이다. 이를 위한 구체적인 방법이 문학 분야를 막론하고 여러 분야의 논문까지를 포함하여 이미 발표된 글 중

---

23 위의 글, 6면.

대화의 여지가 있는 텍스트를 "재수록"하고 그에 대한 『문지』 나름의 비평을 싣는 체제이다. 창간호는 이러한 방법론을 적극적으로 실천해보는데, 무려 4편의 단편소설과 9편의 시를 재수록한다. 신작발표가 소설 1편, 시 2편에 불과하다는 점을 생각한다면 창간호의 재수록 비중은 막대하다 할 수 있다.[24] 창간호 서문에서는 향후 문학 작품뿐 아니라 논문이나 비평까지 재수록될 것이라고 야심차게 밝히고 있지만 이러한 원칙까지는 잘 지켜지지 못한다. 그러나 이후의 『문지』는 매호마다 재수록된 작품의 선정 이유를 분명히 밝히고 이에 관한 논평을 함께 실으며 이 기획을 성실히 지속해나간다. 이 재수록 기획에 대해서는 다양한 평가가 가능할 것이다. 작가들을 끌어들이고 원고료를 절약할 수 있었다는 실질적인 이득이[25] 논해질 수 있고, 『문지』의 문학적 지향을 작품 선정을 통해 보여줌과 동시에 "문학담론의 공간을 확보"하는 원동력이 되었다는 해석도 가능하다.[26]

---

24 기존 작품 재수록과 신작발표의 비율은 호를 거듭할수록 균형을 맞춰가고 1970년대 후반으로 갈수록 신작의 비중이 더 커진다.

25 김병익·염무웅 대담, 앞의 글, 356면.

26 김성환, 앞의 글, 429면; 초기의 『문지』는 1960년대 후반 이후 문단의 최대 이슈였던 '순수·참여' 논쟁에 대한 반성적 성찰도 이 기획을 통해 시도하고 있다. 창간호에 재수록된 소설은 최인훈의 「소설가 구보씨의 일일(2)」을 비롯하여 홍성원의 「즐거운 지옥」, 최인호의 「술꾼」, 박순녀의 「어떤 파리」이며, 정현종, 윤상규, 이성부, 조태일, 김준태의 시가 재수록된다. 창간호는 재수록 작품들의 선정 기준을 "한국문학의 고질적인 병폐가 되어 온 참여문학과 순수문학의 대립의 지양"이라고 밝힌다. 위 작품들을 다시 읽으며 『문지』는 참여문학과 순수문학의 관념성과 추상성을 비판적으로 성찰하고자 한 것이다. 동백림사건을 배경으로 하는 박순녀의 「어떤 파리」에 대해서는 "참여라는 이름 밑에 행해지는 문학 행위의 비열함을 통렬히 풍자"한다고 평가하고 있다. 이후의 『문지』는 참여문학의 구호주의와 순수문학의 감상주의는 물론, 이 둘에 대한 문단의 피상적인 이해에 대해서도 비판적 시각을 드러낸다. 1970년 겨울호에서 "순수시·절대시를 거의 말라르메·벤적인 어휘로 이해"하고 있다며 김춘수의 「처용단장」을 재수록하고 있는 장면도 흥미롭다. 한국문단에서 "말라르메나 벤의 상징주의시론의 극치를 이루는 순수절대시라는 개념은 좌우익 논쟁 때문에 정치배제시와 등가를 이루는 것"으로 한국문단에서 잘못 이해되어 왔다고 지적하면서 시론의 차원에서 '순수문학'의 외연과 내포를 확장하고자 한다. 이론적인 차원에서 순수문학의 외연을 확장하려는 시도는 이후

혹은 문제작 선별에 관한 『문지』적 권위가 생성되는 계기로 작용했다는 점과 나아가 1970년대 한국문학의 정전화 작업에 기여했다는 결과적 효과 등이 논해질 수 있다.

뿐만 아니라 본 논문의 관점에서는 이 재수록 코너가 『문지』의 방향성과 관련하여 그들의 방법론을 실천하는 공간으로 중요하게 작동했다는 사실이 충분히 음미될 필요가 있다. 창간 1주년 기념호인 1971년 가을호 서문은 "국내에서 처음 시도한 소설과 시의 재수록은 본지의 문학관에 의한 구체적인 작업의 한 면을 이룬다"라고 자평하며 재수록 기획의 의의를 거듭 강조한다. 32호1978 여름의 서문에서는 자신들이 오랫동안 힘을 기울인 재수록 작업이 "이를테면 하나의 분별력 연습"이었다고 해명된다. 이처럼 재수록 기획은 동인들의 문학적 감식안을 점검하고 문학적 지향을 드러내는 통로로서 기능했던 것으로 보이는데, 좀 더 포괄적인 관점에서 『문지』적 태도를 드러내는 것으로서 이 기획의 성격을 이해해볼 수도 있다.

재수록은 비평의 대상이 되는 텍스트와 그에 대한 비평을 한 지면에 동시에 노출시킨다는 점에서 의미가 크다. 이러한 편집 체제는 독자들을 비평 행위에 동참시키고 결국 비평을 학습시키는 계기로 작동한다. 비평이 단순히 비평 대상에 대한 일방적 평가나 분석에 머무르지 않고 대상에 대한 합리적인 대화로 이어지기 위해서는, 쉽게 말해 비평이 비평가의 자족적인 글쓰기로 끝나지 않고 그 자체로 독자를 갖기 위해서는, 비평의 대상이 되는 텍스트가 공유되는 일이 필요하다. 그런 점에서 재수록 제도는 비평이 생산되는 과정을 노출하면서 비평이 또 다른 소통으로 확장될 수 있는 계기를 마련하는 기획으로 이해될 수 있다. 재수록 기획을 설명하며

『문지』의 문학적 지향과 관련하여 깊이있게 해석될 부분이기도 하다.

"독자 여러분과 **함께**" 대화하겠다는 의지를 드러낸 것은 이러한 사실을 입증한다. 당시 한국사회에 절실한 것이 특정 이데올로기의 강화이기보다는 어떤 이데올로기에 대해서든 합리적 동의를 가능케 하는 전제로서 객관적 인식과 자유로운 소통이라는 점을『문지』가 문제적으로 인식하고 있음을 보여주는 장면이다.『문지』는 특정 담론을 지지하며 스스로 특정 집단과 제휴하거나 적대하기보다, 여러 입장의 다양한 제휴와 적대를 생산하는 촉진제 역할을 하고자 한 것이라고 볼 수도 있다. 이처럼 경험적 현상에 대한 객관적 인식과 이에 대한 다양한 논리적 대화를 중시하는『문지』의 태도는 창간 8주년 기념호인 33호1978 가을에서 "탐구의 방법론 자체가 진실이 되어야 한다"라는 주장으로 재확인된다. 재수록은 이러한 목표를 실천하기 위한 전략의 한 사례로 이해된다.

2) 방법으로서의 이론

결국『문지』가 강조한 것은 태도로서의 비평 혹은 비평적 태도라 할 수 있다. 창간호의 첫 머리에서 강조된 태도인 보편적 관점에서 (한국사회의) 특수성을 인식한다는 것은 사실 비평 행위의 핵심적 전제와 구조적으로 일치한다. 비평은 보편적 인식을 추구하는 것이 아니라 대상의 고유성에 대한 인식을 최종 목적으로 삼아야 한다.[27] 이때 중요한 것은 대상의 고유성에 대한 기술이 일반적 개념들을 토대로 이루어져야 한다는 점이다. 달리 말해 비평을 통해 합리적인 소통이 가능해지려면 대상의 고유성을 주관적으로 감상하는 데 그치는 것이 아니라 그것을 객관적으로 설명할 수

---

27 김태환, 「비평과 이론」,『문학의 질서』, 문학과지성사, 2007, 37면.

있는 일반론으로서의 이론이 필요하다. 비평을 위해서는 객관적 관점은 물론, 대상을 논리적으로 분석해낼 수 있는 틀로서의 지식이 필요한 것이다.『문지』지면을 통해 문학뿐 아니라 역사학, 경제학, 종교학, 철학 등 다양한 분야의 논문들이 소개되고 번역을 통해 바르트, 바슐라르, 아도르노 등 서구의 문학 이론들이 제공된 점, 그리고 결정적으로『문지』가 나름의 문학론을 정립하고자 애쓴 점 등을 통해서도 '비평적 태도'로서의 '이론의 구현'을 중시한『문지』의 입장을 확인할 수 있다. 이처럼『문지』가 이론화하는 비평을 강조한 것은 인상비평식의 전 시대 비평을 극복하려는 구체적인 목적과도 관련될 것이지만, 보다 포괄적인 의미에서는 한국사회에 논리적 소통과 대화라는 합리적 비판의 태도가 요청된다는 그들 나름의 판단 때문이기도 하다.

하나의 이론이란 공소한 관념 놀이가 아니라, 삶의 복합적인 운행 속에서 이룩된 그 의미의 체계화일 것이다. 특히 자칫 단선적이며 원색적인 심정의 호소만으로 우리에게 반영되기 쉬운 문학의 영역에서 그 이론을 캐내고 이해한다는 일은 곧 혼란된 우리의 정신을 가다듬고 이성을 맑게 한다는 뜻과 통할 것이다. 오늘 우리 사회의 결정적 결함을 합리성의 결여에서 바라보는 우리로서는 이같은 이론의 훈련이 우리에게 논리적인 삶을 마련하게 해 주는 데 크게 도움이 되어 줄 것으로 생각한다. 이번 특집에 꾸며진 논문들은 그 모두가 외국의 것, 그것도 서양문학의 그것들이다. (…중략…) 우리는 한국문학 쪽 스스로의 이론을 싣지 못한 것을 유감으로 생각한다. 한국문학이 서양문학과의 만남을 통해 현대문학으로서의 이론적 지평을 확대하게 된 것은 매우 불행한 일이지만, 어차피 동의될 수밖에 없는 사실일 것이다. 외국문학적 이론을 읽으면서 우리가 경험하고자 하는 것이 단순한 경이와 지적 호기심, 그리고 일방적인 교훈이 아닌 한, 스스럼없이 이런 사정을 인정하는 것은 우리 자신의 이론적 능력을 기르고 불필요한 자의식을 극복하는 데 큰 힘이 되리라고 믿는다.[28]

『문지』가 중시한 이론은 두 가지 의미로 이해된다. 궁극적으로 그것은 단순한 "관념놀이"가 아니라 합리적이고 이성적인 태도를 기르는 "훈련"으로서의 이론이다. 한편 실질적 의미로 그것은 비평을 위한 방법론으로서의 이론이다. 전자의 이론은 다양한 지식의 습득을 통해 자연스럽게 구비되는 것은 아니다. 그것은 "논리적인 삶"을 추구하는 태도라고 할 수 있다. 8호1972 여름의 서문에서 『문지』는 이미 "이론의 구현"의 중요성을 인식하면서 이론에의 추구가 "상식으로 떨어지거나, 권력의 슬로우건이 되거나, 교양속물의 자기만족으로 변하는 것을 타기한다"라고 밝힌 바 있다. 7·4남북성명이 발표되고 유신헌법이 국민투표를 통과하는 상황 속에서 발간된 『문지』 9호1972 가을의 서문에서는 이러한 이론의 추구를 통해 "애매모호한 구호주의와 감정의 성감대를 건드리는 모든 센티멘탈한 행태들이 논리적으로 표현되고 토론되기를 바란다"고도 적고 있다. 이때 『문지』가 겨냥하는 것이 "민족이라는 아리숭한 감정",[29] 즉 민족주의 담론에 관한 것이라는 사실도 중요하다.

1960~1970년대 전반에 걸쳐 '민족'이라는 키워드는 분단 상황을 의식한 저항적 지식인들의 담론으로는 물론 박정희 정권의 레토릭으로도 동

---

28   「이번 호를 내면서」, 『문학과지성』, 1979 여름, 382~383면.
29   「이번 호를 내면서」, 『문학과지성』, 1972 가을.

일하게 동원된다.[30] 『문지』는 민족주의 담론에 일정한 거리를 두고 있는데 이는 민족주의 담론이 그 자체로, 특히나 정권에 의해 차용된 민족주의가 비논리적인 감성을 활용하며 '정신의 파시즘화'를 불러온다는 판단 때문이다.[31] 『문지』가 이해하기로 민족주의는 권력의 슬로건이기도 하거니와 '민족이라는 감정'과 결부되어 논리적 판단을 흐리게 하여 결국 동일화를 목적하는 것이기에 더욱 문제적이다. 이는 창간호에서부터 표명된 "패배주의"와 "샤머니즘"의 척결이라는 『문지』의 목적에 상치되는 것이기도 하다. 『문지』가 이론을 중시할 때 이는 근본적으로 특정한 이론에의 추수가 아니라 '합리성'과 '논리'를 상조한 것이라는 사실이 이로써도 확인된다. 이러한 입장에 따른다면 『문지』가 강조하는 이론이 반드시 내재적 이론일 이유도 없다. 위 인용문의 후반부에서 보듯 『문지』 동인들은 서양 이론에 대한 자신들의 관심을 현대 문학의 이론적 지평을 확대할 수 있는 기회로 설명했으며 이에 대한 불필요한 자의식을 경계했다. 김현이 『문지』 지면에 연재한 「한국문학의 전개와 좌표」에서 "새것 콤플렉스"를 강하게 비판하고 있다는 점을 상기한다면 이와 같은 서구 이론에의 추수는 상반된 입장으로 오해될 소지도 있으나, 『문지』 동인들에게 이론이 결

---

30 이에 대한 자세한 논의는 홍석률, 「1960년대 한국 민족주의의 분화」, 노영기 외, 『1960년대 한국의 근대화와 지식인』, 선인, 2004; 서은주, 「'민족문화' 담론과 한국학」, 서은주 외편, 앞의 책 참조.

31 『문지』가 1970년대의 주류담론인 민족주의와 일정한 거리를 두려는 양상은 1970년대 지성계의 동향을 명확히 파악하기 위해 상세히 탐색될 필요가 있다. 일례로 특히 '민족' 혹은 '민족주의'라는 개념에 대해 내내 침묵하던 『문지』가 1973년 여름호에 역사학자인 길현모의 「민족과 문화」를 재수록하는 장면은 의미심장하다. 『문지』가 시나 소설이 아닌 논문이나 비평을 재수록한 것은 손에 꼽힐 정도이므로 이 글은 그만큼 『문지』 동인들에게 중요한 글로 인식되었다 할 수 있다. 이 글에서 길현모는 맹목적인 민족주의를 경계하면서 "선진국민들의 문화이념을 겸허하게 배워야 한다"고 당부한다. 서문에서는 이 글을 "'맹목적인 복고주의'의 허위를 지적하고 '한국적' 사고 방식의 위험성을 예리하게 경고"하는 탁월한 글로 소개한다.

국 "논리적인 삶"에의 "훈련"이자 태도로서 중요했다는 점을 상기한다면 이러한 오해도 수정될 수 있다. 김현은 한국적 이론이 요청되는 이유를 "한국적인 여러 현상까지를 설명할 수 있는 보편적 이론"[32]에의 필요성으로 설명하기도 한다. 즉 『문지』 동인들에게 이론은 자신을 포함하여 모든 경험적 현상을 객관적·과학적·합리적으로 이해하고 판단하기 위한 태도이자 틀로서 중요했던 것이다. 어떤 이론도 그것이 '서구'의 이론이기 때문에, 혹은 내재적 이론이기 때문에 무조건적으로 중요한 것이 될 수는 없다.

물론 『문지』가 표방한 태도로서의 비평 혹은 방법으로서의 이론에 대한 강조는 1970년대 후반으로 갈수록 실제 비평과 실제 이론에 대한 강화로 압축되기는 한다. 비평의 대상은 물론 소개되는 이론도 문학을 중심으로 하는 인문학에 한정되어 간다. 31호[1978 봄]에 실린 '편집자에게 보내는 글'에는 사회과학 분야의 글들이 더 많이 소개되기를 바라는 한 독자의 의견이 소개되는데, 그는 『문지』를 "어문학계 학생들의 준교과서"에 비유하며 불만을 토로한다. 뿐만 아니라 이 지면에는 『문지』의 글들이 현학적이고 폐쇄적이라는 독자의 불만 역시 자주 등장한다. 『문지』는 현학적이라는 독자의 불만을 자주 노출시키면서도 이러한 불만을 적극 수용하는 식으로 편집의 방향을 수정하지는 않는다. 이처럼 일반 독자들에게 어렵다는 인상을 주고 있다는 것은, 더 정확히 말해 그러한 독자들의 불만을 숨기지 않는 것은, 그만큼 『문지』가 고급의 담론을 생산하는 학술 공간으로서의 역할에 충실하고자 했다는 사실을 확인해준다. 1970년대의

---

32 김현, 「한국문학의 전개와 좌표 4」(최초발표 : 『문학과지성』, 1976 가을), 『한국문학의 위상』, 문학과지성사, 1996, 105면.

『문지』는 당대 지성계에 다양한 담론들을 소개함과 동시에 독자로 하여금 비평적 태도를 기르고 이론에의 훈련에 동참할 수 있는 기회를 제공한 공론장의 역할을 했다고 할 수 있다.

그렇다면 『문지』가 이처럼 자유롭고 논리적인 소통의 장에 끌어들이고자 한 독자는 누구였을까. 창간호의 서문에서 『문지』는 "독자와 '함께'"라는 표현을 쓰고 있는데, 결국 '패배주의'와 '감상주의'를 탈피해야 할 주체로서 그들이 지목한 대상은 "식민지 인텔리"이다. "식민지 인텔리"라는 말은 한국사회의 후진적 조건을 지적하기 위한 표현이겠지만 그 후진적 상황을 타개할 주체로서 호명된 자가 바로 인텔리라는 사실은 『문지』의 지향을 이해함에 있어 새삼 강조될 필요가 있다. 이와 관련하여 5호1971 가을의 서문이 환기된다. 창간 1주년 기념호에서 그들은 지난 1년간 『문지』가 한국사회의 문제를 "지성의 부재"라는 판단을 통해 접근해왔음을 밝히며, 자신들이 독자로 상정한 대상이 일반 대중이 아닌 인텔리 계층임을 분명히 피력한다. "본지는 좀 더 정확히 말한다면 일반 대중에게 직접 호소하기보다 대중에게 관심을 일깨우는 여론의 지도자와 고급한 정신의 탐구자들을 연결시켜주는 작업을 하고 있음을 자부한다"라고 적고 있다.

비평적 태도를 중시하고 소통의 공간으로서의 비평을 강조했다고 하지만 결국 『문지』는 일반 대중과의 관계보다는 "여론의 지도자와 고급한 정신의 탐구자"들 사이의 소통에 주목했다고 할 수 있다. 『문지』가 지식층을 대상으로 하고 있다는 사실에는 반박의 여지가 있을 수 없다. 그러나 지식인 계층을 독자로 상정한 잡지라는 점이 곧장 폐쇄적 엘리트주의라는 타박으로 이어질 수는 없다. 정과리는 "전위는 대중에게 저주받음으로써 대중을 돕는다"라는 말로 『문지』식 엘리트주의의 기본 입장을 옹호해

보기도 한다.[33] 엘리트주의가 부정적으로 평가되는 것은 외부와 자신을 철저히 단절시킬 때, 혹은 오로지 계몽적 시혜자의 위치에서 권위적으로 외부와 교섭하고자 할 때라고 할 수 있다. 다음 장에서는 『문지』를 통해 소개된 '지성'에 관한 글들을 읽으며 『문지』가 표방한 엘리트주의의 함의를 짚어보고자 한다.

3. 지성의 자유와 부자유 초기 『문학과지성』의 지성 담론 검토

1) 세속화하는 지성

지식인의 존재는 대체로 그들의 사회적 역할을 토대로 해명되곤 한다. 특히 한 사회가 위기에 처해있다고 진단될 때 지식인의 존재 규명에는 윤리성 혹은 당위성이 더욱 강하게 개입된다. 의도적이든 결과적이든 권력에 협력하게 되는 기능적 지식인이나 외부 현실과 스스로를 단절시키는 상아탑의 지식인들은 비윤리적이라는 비판에 쉽게 노출되며, 공공의 장에서 적극적으로 자신의 의견을 개진하는 저항적 지식인들은 그 의도나 결과와는 무관하게 그러한 비판으로부터 자유로워진다. 최근 1960~1970년대 한국사회의 지식인 담론의 지형을 실증적으로 읽어내는 서은주의 연구는[34] 그 시대의 대표적 지식인 상인 "민족지성"과 "민중적 지식인"에 가려진 "비판적 지식인"의 존재를 김병익, 최인훈, 이청준, 김수영 등의

---

33 정과리, 앞의 글, 179면.
34 서은주, 「지식인 담론의 지형과 '비판적' 지성의 거처」, 『민족문학사연구』 54, 민족문학사연구소, 2014.

문인들로부터 찾아낸다.[35] '투사로서의 지식인'뿐 아니라 '비판가로서의 지식인'에 대해서도 위계 없이 동등하게 주목할 때, 1960~1970년대의 지식인 담론의 지형이 보다 명확하게 그려질 수 있다는 것이다. 이러한 논의를 참조한다면 『문지』가 태도로서의 비평과 방법으로서의 이론을 강조한 것은 스스로를 비판가로서의 지식인으로 규정했기 때문이라 볼 수 있다. 그들은 한국사회에 우선적으로 요청되어야 할 지식인의 상을 비판적 지식인에서 찾았다. 이는 물론 기질적 선택의 결과일 수 있지만 『창비』식의 '실천적 이론'을 의식한 후발주자로서의 거리두기로 이해될 수도 있다. 이러한 실질적 이유뿐 아니라 보다 포괄적인 지식인 담론의 관점에서 『문지』식 엘리트주의의 영향력을 재고해볼 수 있다.

서은주 논문의 결론에서 소개하는 김동춘의 견해를 다시 한 번 인용하면, 한국사회의 지식인들은 혁명가 혹은 투사로서의 역할을 강요받음으로써 쁘띠부르주아로서의 자기 계급을 부정하는 방향을 선택하거나 아니면 손쉽게 국가권력에 흡수되어 버릴 수밖에 없었다. 그렇다면 『문지』가 추구한 비판적 지성으로서의 지식인의 형상은 자신의 계급적 한계에 대한 정확한 인식을 전제로 자신의 사회적 역할을 고민한 가장 본원적인 지식인상에 가깝다고 말해볼 수도 있다. 문학과지성사의 창립 30주년을 기념하며 『문지』의 지적 경향을 정리해보는 글에서 김병익은 『창비』의 실천적 이론과 『문지』의 이론적 실천이 억압적인 시대를 가로지르는 상보의 전략이었음을 재차 확인하면서 다음의 말을 덧붙인다. "나는 그것의

---

35 당대의 주류담론인 민족주의는 물론이거니와 일체의 공리주의와 비판적 거리를 유지하며 김수영이 미적 전위와 정치적 전위를 동시에 실천하고자 한 양상에 대해서는 이 책의 제3부 제2장 「시민으로서 말한 자유, 시인으로서 말하지 않은 자유」 참조.

상보적 관계라는 것으로 굳이 균등한 평가가 내려지기를 기대하는 것은 아니지만, 반성하고 회의적이고 혹은 성찰하는 지성적 삶의 형태가 경시당하는 시절은 이제 지나갔고 적어도 지내버려야 한다고 믿고 있다."[36] 지식인의 다양한 행위는 그가 어떤 조건 안에 존재하느냐에 따라 달리 평가되는 것이기는 하다. 그러나 그러한 평가에 앞서 해결되어야 할 것은『문지』가 내세운 '반성하고 성찰하는 지성적 삶의 형태'가 1970년대는 물론 그 이후 한국 지성계에 어떤 좌표를 차지하는지를 확인하는 일이다. 특정 경향을 지지하기보다는 언제나 메타적 위치에서 외부 세계를 인식·판단하고자 한『문지』식의 엘리트주의는 특정 이론의 기능화를 거절함과 동시에, 문학과 비평, 그리고 이론을 현실과 유리된 영역 속에 신성화하지 않고 오히려 지식의 '세속화'를 추구한 것이라 볼 수 있다.[37]

에드워드 사이드가 아방가르드 비평의 전문화, 체계화, 기능주의를 문제 삼으며 비평이 "세속성worldness"을 지녀야 한다고 주장할 때, 이 말에는 비평의 과학화에 대한 부정이 전제되어 있다. 비평을 과학과 연관시키는 것은 왜 문제인가. 이는 비평가와 비평 체계가 권력을 갖고 있는 것처럼 보이게 하며 비평가 스스로 자기 위치를 과장하게 한다. 나아가 비평의 대상이 되는 텍스트는 전달해야만 하는 어떤 의미를 품고 있는 순수한 수사학적 체계로 인식되어버린다. 이러한 과정에서 비평가와 텍스트, 그리

---

36 김병익, 「자유와 성찰-'문학과지성'의 지적 지향」, 권오룡 외편, 앞의 책, 139면.
37 서은주는 사이드의 "세속적 지식인"이라는 개념을 참조하며 한국사회의 통념적 지식인론의 공백을 보충하고자 한다. 한국사회에서 지식인에 대한 논의는 대개 '공적 영역'과의 가시적 관계에만 치중한다는 문제를 지적하고 "공/사의 길항 속에서 양극단을 매개하며 모순의 지점에 서 있는 지식인, 그러한 지식인을 스스로 '재현' '표상'하는 행위자로서의 지식인"상에 주목해야 한다고 주장한다. 서은주, 앞의 글, 516~520면. 이러한 논의에 깊이 공감하며 이 글은, 나아가 '세속화'의 의미를 좀 더 보충하여『문지』식 지성의 의미를 해명하고자 한다.

고 비평의 행위 자체가 세계 밖의 사적인 것으로서 신성화되는 것이다. 비평가가 단순히 전문가가 아닌 지식인이 되기 위해서는 자신의 비평 행위를 텍스트 안에 한정시키지 않고 그것이 세계에 미칠 영향이나 자기비평의 세계 내 위치를 의식해야 하는 것이다. 이것이 사이드가 말하는 세속성의 의미이다. 사이드는 아방가르드 비평이 정치적으로 침묵하는 한 "정치적 주변성과 지식인됨의 포기"[38]라는 두 항을 벗어나지 못할 것이라고 말한다. 사이드는 비평이 갖추어야 할 세속성을 "제휴affiliation"라는 용어로도 설명한다. 제휴란 "실천적인 참여보다는 부지불시기간에 진행된 무의식적인가끔은 일부러 감추는 협력, 연루"[39]에 가깝다. 사이드의 설명에 따르면 이러한 제휴는 레이몬드 윌리엄스가 의식적인 "참여commitment"와 구분한 "연합alignment"이라는 개념과 유사하다. '의식적인 연합' 혹은 '연합의 의식적인 변화'[40]가 참여인 것이다.

『문지』가 강조한 태도로서의 비평 혹은 방법으로서의 이론에의 지향은 현실에 대한 의식적 참여가 아닌 무의식적 제휴로서의 '세속화하는 지성'의 모습을 보여준다. 이때 '세속성' 혹은 '세속화'라는 개념을 이 글은 두 가지 뜻으로 이해해보고자 한다. 그것은 일상적 의미로서 지식인이 자신의 세계 내 위치를 인식 혹은 의식하면서 현실에 구체적으로 연루되고자 하는 것을 뜻하고, 나아가 보다 원론적인 의미로서 지식인으로서의 자기 자신에게는 물론 특정 지식에 부여된 신성화된 권력을 해체하려는 의지를 뜻하는 것으로 이해해볼 수 있다. 즉 특정 이론에 함몰되는 식의 경계

---

38 에드워드 사이드, 최영석 역, 『권력, 정치, 문화』, 마티, 2012, 49면.
39 위의 책, 465면.
40 '연합'과 '참여'에 대해서는 레이먼드 윌리엄스, 박만준 역, 『마르크스주의와 문학』, 지만지, 2013, 392~406면 참조.

짓기를 경계하며 의식의 자유를 추구하는 것 역시 '세속화하는 지성'의 또 다른 의미일 수 있다. 아감벤을 참조하자면 세속화는 "성스러운 영역으로 분리되어 있었던 것으로부터 그 아우라를 삭제하고 공통의 사용으로 되돌려" 놓는 것을 말한다. 즉 "권력의 장치들을 비활성화하며, 권력이 장악했던 공간을 공통의 사용으로 되돌"리는 것이다.[41] 이 글은 이러한 논의들을 토대로 '세속화하는 지성'을 다음과 같이 정의하고자 한다. 외부 현실을 고려하면서 지식인으로서의 자기 위치를 부자유로 인식하는 것, 그리고 특정 이론을 추종하지 않으면서 사유의 절대적 자유를 누리는 것, 이 둘을 동시에 포괄하는 용어로 '세속화하는 지성'을 명명하기로 한다. '세속화하는 지성'의 부자유에는 세계에 대한 책임에의 자각은 물론 자신의 계급적 한계와 인식의 한계에 대한 인정 등이 포괄적으로 관계한다. 한편 '세속화하는 지성'의 자유에는 현실 권력이나 특정 이데올로기를 거절할 권리와 거절해야 하는 의무가 동시에 작용한다. 『문지』는 지속적으로 보편과 특수의 변증법을 강조했거니와 이를 지식인 개인의 실존으로 번역하자면 부자유 안에서 자유를 추구하는 것이라고 정리해볼 수도 있겠다. 잠정적으로 이것이 『문지』적 지성의 요체라 말해볼 수 있다. 보다 근본적인 차원에서 『문지』적 지성은 "책임윤리적으로 정초된 세속적 개인주의"에 입각해 다른 사람들과 사회적 관계를 맺고 공동체를 구성하는 베버식 근대화[42]의 산물로 이해해볼 수도 있다.

　『문지』식 지성의 의미와 역할을 자유뿐 아니라 부자유의 관점에서도

41　조르주 아감벤, 김상운 역, 『세속화 예찬 — 정치 미학을 위한 10개의 노트』, 난장, 2010, 113면.
42　김덕영, 앞의 책, 55면.

살펴야 하는 것은 비판적 지성이 누리는 절대적 자유가 언제나 이론에 머물 뿐이라는 한계로 귀결될 수도 있기 때문이다. '이론적 실천'은 결국 이론에 불과한 것이 될 수밖에 없다. 이러한 한계를 인식하면서 지성의 부자유를 끊임없이 환기하는 일은 언제나 중요하다. 지성의 실천에 대한 비판적 성찰이 부재할 경우 '이론'이 '실천'으로 곧바로 이동될 수 있다는 자기만족에 빠지기 쉽기 때문이다. '실천적 이론'이든 '이론적 실천'이든, 즉 특정 이데올로기를 선동하는 내용 자체를 중시하는 이론이든, 아니면 세계와의 비판적 거리두기라는 태도 자체를 중시하는 이론이든, 그것이 결국 '이론'에 불과한 것이 될 수밖에 없다는 점은 지성의 사회적 역할과 관련하여 잊지 않고 지적되어야 한다. 특히 특정 이론의 이데올로기를 토대로 그것이 곧장 실천으로 연결될 수 있다는 환상은 지성적 태도와 어울리지 않는다. 이처럼 지성의 자유와 부자유가 함께 인식될 때, 『문지』식 '이론적 실천'의 역할은 물론 탈집단의 개인주의적 윤리의 의미가 재평가될 수 있다. 『문지』식 지성의 함의를 엄밀히 평가하기 위해서는 '실천인가 / 이론인가' 혹은 '집단인가 / 개인인가'라는 질문의 틀을 바꿔 다음과 같은 것들이 물어져야 한다. 『문지』식의 지성은 자신의 한계에 대한 반성적 태도를 끊임없이 견지하고자 했는가. 합리적 이론의 절대적 자유를 어떤 방식으로 추구하고자 했는가. 이 두 가지 질문에 답함으로써 『문지』의 '세속화하는 지성'의 의미가 명료해질 것이다. 이제 『문지』에 소개된 '지성'에 관한 논의를 통해 이를 확인해보도록 하자.

2) 실존으로서의 지성

『문지』가 특집이나 좌담에 인색한 잡지였다는 점은 잘 알려져 있다. '특집'이라는 용어가 목차상 처음 등장한 것은 22호인 1975년 겨울호이며 특집 코너가 정례화된 것은 1970년대 후반의 일이다. 그 이전에는 서평이외의 글들이 특정 코너에 묶이지 않고 단순히 나열되거나 '평론' 혹은 '논문'이라는 두루뭉술한 이름으로 묶였다. 앞서 지적했듯『문지』의 편집동인들은 자신들의 입장을 공표하는 도구로서 잡지 공간을 이용하기보다 오히려 독자의 자발적 독서를 부추겨 잡지 공간을 통해 다양한 소통이 유발되기를 바랐다. 그렇다고 해서『문지』가 극단적 방임의 자세로 열린 지면을 제공하며 편집에 무책임했던 것은 아니다. 매호의 서문에서 편집의 방향이나 의도를 어느 정도 해명하고 있기 때문이다. 뿐만 아니라 특집에 상응하는 기획이 이미 4호1971 여름에서부터 나타나고 있으며 6호1971 겨울에서도 유사한 특집이 기획된 것을 볼 수 있다. 이 두 호의 특집은 모두 '지성'에 관한 것이다. 4호는 김병익의 「지성과 반지성」, 남재희의 「학생 참여의 양식」, 최창규의 「개화개념의 재검토」를 나란히 싣고 있으며 6호는 이홍구의 「지성의 불연속선을 넘어서」, 서광선의 「한국기독교와 반지성」, 김여수의 「지성과 권력」을 싣는다. 초기의『문지』는 이처럼 '지성'에의 개념규정에 몰두하면서 당대 한국사회의 지성 풍토에 관해 제 나름의 목소리를 내고자 했고 동시에 이러한 과정을 통해 인텔리로서 자신들의 정체성을 스스로 규명하고자 했다.

당대의 현실에 지나치게 깊은 관심을 표명한다는 것은 두 가지의 전제를 수락하지 않으면 위험한 결론에 도달하기 쉽다. 그 전제중의 하나는 부조리하고 무질서한 현실을 있는 그대로 파악할 수 없다는 소박한 전제이며, 또 하나는 현실에 관여한다는 것은 영원한 가치 질서를 탐구하는 것이라는 전제이다. 이 두 개의 전제는 표리 관계를 이루고 있어서 그 어느 한 편만을 강조하다가는 그 어느 한 편도 정확하게 파악하지 못할 우려가 있다. 또한 이 두 개의 전제를 수락하지 않고 현실에 깊숙이 관여할 경우에는, 현실의 부조리하고 무질서한 현상에 절망하여 무기력한 지적 허무주의에 빠지게 되거나, 아니면 현실의 이상비대적인 부분을 병적인 것이 아니라 정상적인 것으로 파악하여 기능적 안일주의에 빠지게 된다. 우리는 오늘날 한국 지성풍도를 지배하고 있는 가장 큰 저해적인 요소를 위의 두 요소의 전제 없는 현실 관여라고 생각한다. 그래서 우리가 매번 비통하게 지적한 그대로 지적 허탈감에 오는 자기포기와 지성의 기능화에서 오는 자기확신이 한국지성을 완전히 속박하고 있다.[43]

4호의 서문은 지성의 현실참여라는 주제와 관련하여 한국 지성계의 부정적 상황을 "지적 허탈감에서 오는 자기포기"와 "지성의 기능화에서 오는 자기확신"으로 정리한다. 『문지』동인들이 판단하기로 이러한 상황이 초래된 것은 지성에 관한 다음의 두 가지 전제가 망각되었기 때문이다. 지성은 애초에 부조리한 현실을 온전히 파악할 수 없다는 '지성의 부자유인식의 한계'에 관한 전제, 그리고 지성의 현실 참여는 "영원한 가치 질서를 탐구"함으로써 이루어져야 한다는 '지성의 자유'에 관한 일견 표리부동해 보이는 두 가지 전제가 그것이다. 이는 앞서 지적했듯 『문지』식의 '세속

---

43 『문학과지성』, 1971 여름.

화하는 지성'의 역설과 맞닿는다. 자신의 불가능과 가능, 그리고 부자유와 자유를 동시에 인식할 때에만 지식인은 스스로를 과신하는 오류를 범하지 않을 수도, 반대로 쉽게 허무에 빠지지 않을 수도 있는 것이다. 그러나 이러한 존재론적 역설에 무지한 지식인은 자신의 지식을 기능화하는 방식으로서만 허무를 벗어나고자 한다. 이러한 내용을 적시한 글은 이미 『문지』의 창간호에 실려 있다. 노재봉의 「한국의 지성풍토」이다. 4호에 실린 김병익의 「지성과 반지성」은 노재봉의 원론적 논의를 한국의 당대 현실에 적용한 글이라고 할 수 있다. 그 두 편의 글을 읽어보자.

가령 헐벗고 굶주려 죽어가는 사람이 눈앞에 있다고 하면, 지성은 그를 살릴 수 있는 직접적인 응급조처를 취하면서, 왜 그가 그렇게 헐벗고 굶주려 죽어가야 하나 하는 의문을 총체적인 사회적 가치를 상대로 캐고 파헤쳐 드는 것이다. 이리하여 지성의 호기심은 이익 간의 투쟁을 사상 간의 투쟁으로 전화시키면서, 한 사회의 잠재적인 불평과 불만의 연원을 밝혀 그 사회의 자기의식을 증대시키는 것이다. 지성은 한 사회의 비망록이며 이데올로기의 원천이다. 그러나 지성은 서양 중세의 성직자나 유교사회의 사대부나 근대적인 정치선전자들과는 달리, 비판적인 태도를 기르기에 게을리 하지 않는 것이다. 지성은 항상 '달리 생각하는' 버릇을 갖고 있다. 이 때문에 지성은 지적평화의 교란자로 보이게 되며 일상적인 시민들에게는 이상할 뿐 아니라 때로 약을 올리는 존재들로 보여진다. (…중략…)

한국의 지성풍토는 비실용성의 고차적 실용성에 관한 인식을 결여하고 있다. 지성이 가장 지성다운 기능을 발휘할 때에는 지성이 가장 실용성이 적은 경우라 하여도 과언이 아니다. 다시 말하여 일상적인 과제에서부터 어느 정도의 거리를 갖고 근사치를 모색하는 것보다 어떤 궁극적인 가치에 관하여 고심하고 비판적인 태도를 취할 때, 지성은 사회에 대하여 최대의 봉사를 하게 되는 것이다. 이러한 지성의 성격에 대하여 한국사회는 아직도 이해가 말할 수 없이 부족하다.[44]

1970년대 초반 한완상과 함께 대중사회론에 대한 주요한 논쟁을 주도했던 노재봉은[45] 『문지』 창간호에서 '지성'을 '지능'과 구분하고 그것을 일상적인 실용성이나 도구성과는 무관한 것으로 개념화하면서, 이러한 지성이 한국사회에 과연 존재하는가, 혹은 존재할 수 있는가에 대해 의문을 표한다. 노재봉에 따르면 지성은 사회적 모순을 직접 해결하기보다는 그에 대해 의문을 제기하는 비판적 기능을 도맡는다. 일상적이어서 일견 당연한 것으로 받아들여지는 한 사회의 "잠재적인" 모순에 대해 "달리 생각"할 것을 요청하면서 일상을 교란시키는 것이 바로 지성의 역할이다. 인용문의 앞부분에서 노재봉은 지성을 다음과 같이 정의한다. "지성이란 지능과는 달라서, 일상적인 경험이나 생활과제에서 또는 순간적인 실용적 문제에서 거리를 갖고 대할 수 있는 능력을 소지하면서, 직업적인 관심을 초월하여 사회의 또는 인간 세계의 총체적인 가치를 상대로 비판하고 창조하고 성찰하는 정신을 뜻한다."[46] 이러한 지성의 역할로 인해 한 "사회의 자기의식"이 증대된다고 그는 말한다. 이 글에서 노재봉은 이처럼 지성의 명확한 개념 규정에 주력하고 나아가 이러한 개념에 대한 한국사

---

44 노재봉, 「한국의 지성풍토」, 『문학과지성』, 1970 가을, 69~71면.
45 이에 대해서는 조강석, 「대중사회 담론에 잠재된 두 개의 간극이 드러내는 '담론의 욕망'」, 『한국학연구』 28, 인하대 한국학연구소, 2012 참조.
46 노재봉, 앞의 글, 68면.

회의 몰이해를 매우 심각한 문제로 지적해본다.

특히 이 글에서 노재봉이 한국사회에서 지성이 권력 지향적으로 제도화되어 온 사실의 원인을 지식인의 심리와 관련하여 가정해보는 장면은 흥미롭다. "비실용성의 고차적 실용성"에 관한 사회적 인식이 부족한 한국사회에서는 지성의 소외가 자학적 열등감으로 쉽게 이어지고 이에 대한 보상심리로 결국 권력 지향적 지성이 나타나게 된다는 것이다. 지식인의 실존과 관련하여 한국사회의 지성 풍토에 대해 설득력 있는 논리를 펼치는 이 글은 그러나 다소 추상적인 당위적 결론으로 마무리된다. 반복되는 지성의 권력화로 인해 지성에의 경시 풍조가 점차 일상화되는 것을 막기 위해서는, 고도로 비판적인 지성이 그 사회의 내적 변화에 대해 강한 집념을 갖고 있는 것이라는 사실이 사회적으로 중요하게 인정되어야 한다는 것이다. 그리고 이러한 지성이 우리 사회에 절실하다는 점도 강조된다. 소외된 지식인의 권력화라는 문제를 지식인 개인의 윤리 문제로만 환원하는 것이 아니라 지성의 역할에 대해 무지한 한국사회의 구조 문제로 이해하려 한다는 점에서, 이 글은 지식인의 각성보다 오히려 사회적 인식의 제고를 주장하는 의미 있는 글이 된다. 지식인에게 억압적인 한국사회의 현실을 다소 추상화하고 지식인의 존재론적 고뇌에 대해서도 어느 정도 단순화했다는 한계가 보이지만, 그럼에도 불구하고 이 글은 근본적인 차원에서 '비판적 지성'의 중요성을 역설하고 나아가 이에 관한 사회 인식의 제고를 강조한다는 점에서 '메타비평적 관점'을 취하고자 했던 『문지』의 입장을 대변하는 글로도 읽힐 수 있는 것이다.

노재봉의 문제의식을 이어받은 김병익의 「지성과 반지성」은 지성의 권력화·기능화라는 문제를 좀 더 구체적인 문제 틀에서 사유하는 글이다.

김병익이 아직 언론인이던 시절의 글에서 그는 비판적 지성의 거처로서 언론계와 대학사회를 동시에 주목한다. 비판적 지성의 자유가 통제당하는 당대 현실을 문제적으로 인식하면서 이러한 상황을 초래한 가장 큰 이유로 언론 통제를 문제 삼는다. 나아가 이 글은 대학사회의 지식인들이 지배 권력에 의해 기능적 지식인으로 활용되는 현상의 원인을 1950년대 이후 급증한 미국유학과 이로 인한 미국식 실용주의의 수입에서 찾는다는 점에서 흥미롭다. 실용주의가 탄탄한 미국사회에서는 "기능지식"이 평온하게 활용될 수 있지만 "후진사회의 정신풍토"가 만연한 한국사회에서 "기능지식"은 권력이 악용하는 테크닉에 그치게 될 뿐이라고 진단하는 것이다. 이러한 논의를 이어가는 과정에서 김병익은 지성의 중요한 자질로서 역시 "비판의 자유"를 언급한다. "비판정신이 없고 따라서 아무런 의문도 생기지 않는다면 이미 지성인이기를 멈춘 것"이라고 적으며 그는 자유의 절대성을 통해 지성을 정의한다. 더불어 지성의 "초실용성sur-practical"과 "실용외적extra-practical"인 성격 역시 중요하게 언급한다. 이처럼 김병익의 글은 지성의 개념에 관한 일반론을 재확인함과 동시에 지성의 실존에 대한 윤리적 차원의 검토를 실행한다.

　"비판의 자유"가 지성의 본질이라면 자유가 전면적으로 훼손되어 가는 한국의 정치 현실 속에서 지성은 무엇을 해야 하며 과연 어떤 형태로 존재할 수 있을 것인가. 이미 "어용"과 "사이비"라는 용어가 지식인의 정체성을 규정해가며 지성의 자기포기마저 부추기는 상황 속에서 당대의 지성은 자기 존재를 어떤 식으로 정립해야 하는 것일까. 정치학자 이홍구의 글을 인용하면서 김병익은 지성인의 이같은 "운명"을 "소명"으로 이해해보려 한다. 당대의 지식인이 처한 불행은 시대적 조건에 원인이 있겠지만 그 불행은 지식인의 존재론적 조건으로부터도 기인한다고 그는 생각했던 것이다. 김병익이 인용한 이홍구의 글과 그에 대한 논평을 나란히 인용해보자.

정치학자의 최소한의 자존심을 지켜보는 유일한 길이 끝내 고민을 고집하여 보는 것이라는 일견 허황된 결론이 전혀 무의미하지 않을 수도 있는 것이다. (…중략…) 한국정치와 더불어 살아가야 하는 어떤 정치학자의 경우엔 그것이 자기를 긍정하는 유일한 실존적 선택이라는 생각이 머리를 떠나지 않기 때문이다.

— 이홍구, 「고민으로 향한 고집의 자세」, 『문화비평』, 1971 봄[47]

지성인의 퇴각은 무참하여 반지성적 세력과 대적할 힘과 무기를 잃었고 마침내 그 명분도 박탈될 즈음에 있다. 그리하여 항복의 손을 내밀지 않는 것만으로 우리 사회에서는 가장 훌륭한 지성인의 모습이 되었다. 행동하지 않고 깨어있는 것만으로도 가장 용감한 결단이 되었다. 깨어있음, 그리고 침묵을 지킴은 지극히 소극적인 자세임에도 불구하고 이제 그것은 용기 있는 실존적 선택이며 그 선택은 운명적인 소명감의 가장 현실적인 표현이 되고 있는 것이다.[48]

김병익은 이홍구의 글을 인용하기에 앞서 『문지』 창간호에 실린 홍성원의 소설 「즐거운 지옥」을 인용하는데, 이 소설에 드러난 "분노와 초조와 후회, 그리고 좌절"과 같은 고통과 고민들이 지성 그 자체라고 설명한

---

47   김병익, 「지성과 반지성」, 『문학과사회』, 1971 여름, 238면.
48   위의 글, 239면.

다. 홍성원의 「즐거운 지옥」은 소설가와 기자 등 이른바 지식인 인물들이 빈곤과 허무와 권태 등으로 고통 받는 모습을 그려내는 소설이다. 김병익은 이 소설을 인용하면서 자신의 내부와 외부에 대해, 그리고 자신의 작업에 대해, 심지어 고민 없음에 대해서라도 끊임없이 고민하는 것이 지성의 본령일 것이라고 말해본다. 나아가 그는 고민을 지속하는 일이 지성인으로서 "자기를 긍정하는 유일한 실존적 선택"이라는 이홍구의 발언에 깊이 공감하며 이를 "운명적 소명감"이라는 말로 번역한다. 행동하는 저항 지성과 기능화한 협력 지성으로 양분되어 있는 1970년대적 상황 속에서 이처럼 김병익이 "행동하지 않고 깨어있는 것만으로도 가장 용감한 결단"이라고, "침묵"마저 용기 있는 선택일 것이라고 말하는 장면은 자못 의미심장하다. 절대의 자유가 아닌 끊임없는 고민이 지성의 본령이 되는 것은 절대의 부자유가 지배하고 있는 한국적 현실의 특수성 때문이기도 하지만 결국 그것은 지성의 보편적 실존이기도 하다는 사실을 이들의 논의가 환기하고 있다. 자신을 기능화하지 않고 동시에 스스로의 자유를 맹신하지 않기 위해 끊임없이 고민하는 것을 지식인의 보편적 직업윤리로 이해해 보려 했던 것이 아닐까.

6호1971 겨울에 실린 「지성의 불연속선을 넘어서」라는 글에서 이홍구는 자유만을 추구하는 것이 "과연 시대적 지성의 산물인가"라고 물으며 지성인들에게 "자기를 넘어선 이웃에 대한 공감"을 요청하고 있다. 지성에 대한 시대적 요청으로서 자유보다 평등을 더 중요하게 강조하는 것이다. 이때 그가 지성의 실존적 자기인식과 관련하여 지식인의 계급적 한계를 숙고하는 부분은 주목을 요한다. "한국의 지식인이 의식주 문제에 쫓기는 부류라고 하더라도, 바로 지식이 마련한 여유가 있다는 것을 부정할 때 지성은 종지부를 찍는 것이다. 이주민이나 노무자가 갖지 못한 여유를 판사나 교수는 가졌다고 볼 수 있고 그것이 부정될 때 판사나 교수의 세계에서도 지성은 소멸되는 것이다"[49]라고 그는 적고 있다. 지성의 실존 혹은 실천과 관련하여 자유가 아닌 평등의 문제에 주목하는 이홍구는 지식인이 자신의 계급적 한계를 충분히 극복할 수 있다고 섣불리 주장하기보다는, 지식인 스스로 자신의 계급적 한계를 분명히 인정하는 일이 무엇보다 중요하다고 역설한다.

공리적 문제에 관해 어떤 특수한 입장을 취하는지에 따라 지성의 사회적 역할이 판단되곤 하는 사정 속에서 김병익을 대표로 『문지』의 지성 담론은 지성의 보편적 실존에 관해 근본적인 문제제기를 시도한다는 점에 이에 관한 당대 논의를 확장하고 있다고 할 수 있다.[50] '행동하지 않고 깨어있는 것만으로도'라는 표현이 즉각 폐쇄적 지성 혹은 비참여적 지성의 소극적 자기합리화로 이해되기 십상인 현실 상황에서 이러한 문제제기는 분명 문제적이다. 『문지』가 지향한 지성의 세속화는 결국 실존의 문제로 환원된다. 지성을 실용성과는 무관한 실존적인 것으로 정의함으로써 『문지』는 보다 근본적인 차원에서 지성의 개념과 역할에 대해 점검하고, 나

---

49 이홍구, 「지성의 불연속선을 넘어서」, 『문학과지성』, 1971 겨울, 802~803면.

50 근본주의적 관점에서의 신앙에 거리를 두며 역사성 혹은 휴머니즘의 관점에서 신앙과 지성의 상동성을 찾고 있는 서광선의 글도 이러한 맥락에서 무척 흥미롭게 읽힌다. 서광선, 「한국 기독교와 반지성」, 위의 책 참조. 한편, 김병익이 지적했듯 『문지』와 기독교의 관계에 대해 해명하는 일도 앞으로의 중요한 연구주제가 될 듯하다. 6호의 지성 특집에 기독교에 관한 글이 실리고 있다는 사실도 의미심장하며 『문지』가 기획한 몇 개의 특집 중 38호의 "현대기독교의 사회이론"(1979 겨울)이라는 기획도 이와 관련하여 눈에 띈다. 김현을 중심에 둔 『문지』의 비평 정신은 프랑스 대혁명 이후의 계몽적 합리주의로부터 설명되기도 하거니와(하상일, 「김현의 비평과 『문학과지성』의 형성과정」, 『비평문학』 27, 한국비평문학회, 2007, 250~251면), 이러한 『문지』의 합리주의적 개인주의의 태도가 기독교 신앙과 어떤 관련을 맺는지를, 1970년대의 민중신학 담론과의 비교를 통해 해명하는 일도 흥미로운 연구과제가 될 것으로 보인다.

아가 사이드가 아방가르드 비평가를 비판하며 말했던 "정치적 주변성"과 "지식인됨의 포기"라는 두 가지 한계를 동시에 극복하려 한 것일지 모른다. 그러나 이처럼 실존화한 지성은 결국 스스로의 고민이라는 자기확신을 통해서만 그 존재를 증명하게 된다는 동일성의 논리에 빠지기도 쉽다. 지성의 실존에 관한 문제가 외부의 윤리적 판단으로부터 독립하여 결국 양심의 문제로 환원될 수도 있는 것이다. '초실용성' 혹은 '고차원의 실용성'을 지닌 지성이 도무지 생존하기 힘든 한국사회의 후진성에 대해『문지』가 지속적으로 문제제기하고 있는 것은 이러한 자기동일성의 한계를 벗어나려는 의지의 또 다른 표현이었다고 할 수 있다. 쉽게 말해 지성에 대한 사회의식의 변화가 지성인 스스로의 양심과 공명할 수 있기를 바랐던 것이다.

나아가 이러한『문지』식의 지성 담론이 협력으로든 저항으로든 도구화된 실천 지성에 성찰의 기회를 제공했다고도 볼 수 있다. 물론 실존이 아닌 자신의 생존마저 정치 현실을 향해 적극 내어던지는 행동하는 지성에 비한다면『문지』가 표방한 보편적이고 합리적인 세계인식의 자세와 초실용적 지성은 소극적인 현실 대응의 태도로 이해되기 쉽다. 그러나 지성의 사회적 역할이 내용적인 것, 가시적인 것 혹은 일시적인 것으로서만 판단될 수 없다는 사실을『문지』라는 잡지가 의식했음은 분명하다. 나아가 이와 같은『문지』식의 메타적 태도에 주목함으로써 우리는 1970년대 이후 한국사회의 압축적 근대화의 양상을 이해하는 데에 새로운 시각을 마련할 수 있다. 흔히 1970년대는 개발과 독재로 환원된 억압적 근대화의 과정과, 이로부터 파생된 다양한 모순을 극복하려는 저항 지성의 역할에 주목하는 이분법적 관점에서 이해되곤 한다. 이때 지성은 체제에 협력하거나 저항하는 것으로서 그 역할이 한정된다. 이른바 베버식의 근대화에 가까운, 즉 '보편성'과 '합리성'을 가장 주요한 원칙으로 내세우는『문지』의 태도에 주목하는 일은 한국사회의 근대화 과정을 이해하는 데 보다 포괄적인 시각을 제공해준다. 여러 가지 모순을 내포한 '제도로서의 근대화'가 이루어지는 과정을 비판적으로 성찰하는 '태도로서의 근대화'가『문지』라는 잡지 공간을 통해 실현되는 장면을 목격하게 되는 것이다. 이러한 대원칙이 어떻게 실천되고 있는지를 상세히 따져 물을 때 잡지『문지』의 역할과 의의가 보다 거시적인 관점에서 구체화될 수 있다.

4. 지성과 문학

『문지』는 지성의 본질인 비판의 자유가 크게 훼손된 한국적 현실 속에서 지성이 어떤 형태로 존재할 수 있는지에 대해 묻고 고민한다. 단순히 지성의 개념을 이론적으로 확인하는 데에서 그치는 것이 아니라 지성의 현실적 존재, 혹은 보편적 실존에 대해서도 치열하게 고민하면서 '지성의 세속화'를 시도하고 있는 것이다. 초기의『문지』가 집중했던 '지성' 담론은『문지』나름의 문학론을 정립하는 작업과 동시적으로 진행된다.『문지』식의 이론적 실천은 당대 조건과 관련하여 그 의미가 폄하될 수밖에 없었고 실제로 그랬던 것이 사실이지만, 그 안에 지식인으로서의 치열한 존재론적 고민이 담겨 있었다는 사실은 부정할 수 없다. 물론『문지』가 강조한 태도로서의 비평이나 방법으로서의 이론은 점차 문학에 관한 것으로만 축소되어가면서 결과적으로 현실을 문학 안에 추상화했다는 혐의에 노출되기도 한다. 문학적 이론에 대한 천착이 결국 사이드가 아방가르드 비평가를 비판하며 말했던 과학으로서의 비평, 혹은 신성화된 비평으로 결과하고 있는 것은 아닌지, 이에 대해서는 보다 면밀하고 실증적인 검토가 후속작업으로서 요청된다. 이 글은 이러한 연구 방향을 제시하면서 우선『문지』식 문학에 대한 메타담론이 '세속화하는 지성'의 문학적 변용이라는 사실을 지적하고 글을 마무리하고자 한다.

앞서 인용한 노재봉의 글에서 그는 지성을 '비실용성의 고차적 실용성'으로 정의하면서 다음과 같은 비유를 들었다. "가령 헐벗고 굶주려 죽어가는 사람이 눈앞에 있다고 하면, 지성은 그를 살릴 수 있는 직접적인 응급조처를 취하면서, 왜 그가 그렇게 헐벗고 굶주려 죽어가야 하나 하는 의문을 총체적인 사회적 가치를 상대로 캐고 파헤쳐 드는 것이다." 이를 재차 인용하는 이유는 초기『문지』가 시도한 지성에의 개념화가 문학이라는 대상에 대해서도 동일하게 적용되고 있다는 사실을 확인하기 위해서이다. 위 문장을 읽는 우리는 자동적으로 이보다 더 유명한 김현의 문장을 떠올릴 수밖에 없다.

문학은 그 써먹지 못한다는 것을 써먹고 있다. 문학을 함으로써 우리는 서유럽의 한 위대한 지성이 탄식했듯 배고픈 사람 하나 구하지 못하며, 물론 출세하지도, 큰 돈을 벌지도 못한다. 그러나 그것은 바로 그러한 점 때문에 인간을 억압하지 않는다. 인간에게 유용한 것은 대체로 그것이 유용하다는 것 때문에 인간을 억압한다. 유용한 것이 결핍되었을 때의 그 답답함을 생각하기 바란다. 억압된 욕망은 그것이 강력하게 억압되면 억압될수록 더욱 강하게 부정적으로 작용한다. 억압하지 않는 문학은 억압하는 모든 것이 인간에게 부정적으로 작용하는 것을 보여준다. 인간은 문학을 통하여 억압하는 것과 억압당하는 것의 정체를 파악하고, 그 부정적 힘을 인지한다.[51]

문학은 지성과 마찬가지로 비실용성, 즉 유용하지 않다는 것을 자기 존재의 근거로 삼는다. 유용하지 않기 때문에 "인간을 억압하지 않"고 결과적으로 그 억압하지 않음으로 인해 "억압하는 것"과 "억압당하는 것"의 부정적 관계를 대해 '달리' 생각하게 한다. 억압하지 않음으로써 억압에 대해 생각하게 하는 것은 말하자면 문학의 '고차적 실용성'이라 할 수 있다. 『문지』식 엘리트주의를 '세속화하는 지성'으로 파악한 이 글의 관점에 따르자면 『문지』의 문학론은 '문학의 자율성'이 아닌 '문학의 세속화'를 추구한 것이라 생각해볼 수 있다. 기본적으로 『문지』의 동인들은 어떤 특수한 이론적 입장을 취하며 현실 사회에 실용적 태도로 개입하려하기보다는, 비평적 태도와 이론적 방법을 통해 비판의 자유를 누리며 이러한 절대적 자유를 통해 초실용적 관점에서 세계에 연루되고자 했다고 볼 수 있다.[52] 물론 이러한 태도로 당장의 현실을 바꿀 수는 없으며, 세속화의 효과는 느리게 증명되거나 증명되지 못할 수도 있다. 『문지』의 문학담론이 행동하는 지성 앞에서 현실을 배제한 자율성의 문학론으로 폄하되는 것은 이런 이유 때문이기도 한데, 물론 이러한 부정적 평가도 많이 수정되기는 했다. 그러나 이러한 평가의 변화는 오히려 그마큼 문학의 사회적 역할

---

51 김현, 「한국문학의 전개와 좌표 1」(최초발표 : 『문학과지성』, 1975 겨울), 앞의 책, 27~28면.
52 『문지』 문학론의 기본 전제를 "문학이라는 기능 분화된 '체계'가 다른 체계들과 어떠한 방식으로 상호 관련을 맺을 것인가라는 문제를 문학적 주체의 입장에서 다루고 있는 것" 이라고 정리한 논의를 참조할 수 있다. 김동식, 앞의 글, 453~454면.

이 줄어든 '근대문학의 종언'가라타니 고진 이후 달라진 시대 조건을 반영한 것일 수도 있다.

이 글은 『문지』라는 잡지가 당대의 지성계에서 어떤 좌표를 차지하고 있는지를 해명하는 것을 목적으로 삼았으며 특히 『문지』가 '지성'과 '문학'이라는 통로를 통해 어떤 방식으로 외부 세계와 연루되고자 했는지를 살피려고 하였다. 『문지』가 문학을 중심에 둔 종합지성지였다는 사실을 다시 한 번 환기할 때, 그러한 점에서 '지성'에 대한 『문지』식의 개념화와 '문학'에 대한 그들의 태도는 더욱 섬세하게 비교·분석될 필요가 있다. 문학은 명확한 진술의 언어가 아닌 암시의 언어를 사용하고 있으며 그 안에는 인간의 비판적 지성뿐 아니라 다양한 감정의 계기들이 결부된다는 점에서 '지성'과 '문학'은 동일한 구조로 이해되기는 힘들다. '초실용성'을 공유하고 있기는 하지만 문학의 자유는 지성의 자유보다 훨씬 더 수월하거나 반대로 훨씬 더 모호한 것으로 평가될 수 있기 때문이다. 이러한 다양한 논점을 고려하면서 『문지』가 점점 문학 이론과 비평에 집중해가는 현상, 즉 문학비평이라는 통로를 통해 지성인으로서의 사회적 역할을 실천해가는 현상의 의미와 한계를, '문학의 세속화'라는 관점에서 이해해 볼 수 있을 것이다.

제2장

김현 비평에서 '이론적 실천'의 의미와 비평의 역할

1. 1970년대 비평의 활성화

1966년에 창간된 『창작과비평』과 뒤이어 1970년에 창간된 『문학과지성』이라는 양대 계간지를 통해 1970년대 문학장의 성격을 양분하는 논의들은 주로 김현의 "실천적 이론"과 "이론적 실천"이라는 구분법에 기대고 있다. 그 구분법이 처음 시도된 것은 『문학과지성』 1980년 봄호에 실린 「비평의 방법」에서이다. 「비평의 방법」은 1980년 5월 광주에서의 비극을 목전에 두고 계간지와 동시에 출간된 그의 평론집 『문학과 유토피아 — 공감의 비평』문학과지성사, 1980에도 수록되는데, 그 글에서 김현은 1970년대 후반에 쏟아져 나온 10여 종의 비평집을 소개하며[1] 다음과 같은 질문을

---

1 언급된 비평집을 나열하면 다음과 같다. 김우창, 『궁핍한 시대의 시인 — 현대문학과 사회에 관한 에세이』(1977); 조동일, 『한국 소설의 이론』(1977), 『한국문학 사상사 시론』(1978); 백낙청, 『민족문학과 세계 문학』(1978); 김윤식, 『한국 근대 문학 사상사 비판』(1978); 정명환, 『한국 작가와 지성』(1978); 오생근, 『삶을 위한 비평』(1978); 김종철, 『시와 역사적 상상력』(1978); 송재영, 『현대 문학의 옹호』(1979); 염무웅, 『민중 시대의 문학』(1979); 백낙청, 『인간 해방의 논리를 찾아서』(1979); 김주연, 『변동 사회와 작가』(1979); 김병익, 『상황과 상상력』(1979); 김병익, 『문화와 반문

제기한다. "1970년대에 왜 비평이 가장 활발한 문학 장르의 하나로 등장하였으며, 1970년대 비평이 떠맡았던 문제는 무엇인가, 그리고 그것은 왜, 어떻게 생긴 것인가, 1970년대의 비평가들이 남긴 문제는 무엇이며, 그것은 어떠한 성과 위에 남겨진 것들인가"라는 질문이 그것이다. 요컨대 「비평의 방법」은 그 어느 때보다도 유독 1970년대에 비평이 활발해진 원인이 무엇인지를 숙고하면서 자신의 비평관을 반성적으로 검토하고 나아가 다가올 "1980년대의 문학비평은 무엇일 수 있을까"[2]라는 질문에 대비하려는 목적으로 쓰인 글이라 할 수 있다. 한국문학사를 통틀어 전례 없는 비평 호황기라 할 수 있는 1970년대의 특수한 정황에 대해 김현이 어떤 질문과 답을 내리고 있는지 검토해보자.

「비평의 방법」뿐 아니라 다른 많은 글에서도 반복적으로 언급된 바 있지만 1950~1960년대와는 상이한 1970년대 비평만의 주요한 과제이자 성과로서 그가 제시하는 것은 전통 단절론과 새것 콤플렉스의 극복에 관한 것이다.[3] 1970년대의 비평가들은 백철, 조연현 등 전시대의 비평가들에 비해 비교적 많은 비평적 저작을 접할 수 있었으며 한국어를 온전한 모국어로 배운 세대였기 때문에 전통은 물론 외국 이론에 대해서도 콤플렉

화』(1979); 김치수, 『문학사회학을 위하여』(1979); 임헌영, 『창조와 변혁』(1979); 김인환, 『문학교육론』(1979); 최인훈, 『문학과 이데올로기』(1979).

2　김현, 「비평의 방법」, 『김현문학전집 4 – 문학과 유토피아 : 공감의 비평』, 문학과지성사, 1992, 335면. 이 논문에서 인용하는 김현의 글은 모두 『김현문학전집』(문학과지성사, 1991)을 따른다. 책의 출처 제시가 반복될 경우에는 글의 제목(혹은 책 제목)과 페이지수만을 언급하기로 한다.

3　일례로 1971년 『문학과지성』 여름호에 발표된 「테러리즘의 문학」에서 김현은 1950년대를 "선배 없는 시대"라 규정하고 이른바 "55년대 문학인"들의 '새것 콤플렉스'를 비판적으로 검토한다. 이들의 이러한 시행착오는 "결국 자신이 책임질 수 없는 역사에 대한 환멸에서 기인한다"(『김현문학전집 2 – 현대 한국문학의 이론 / 사회와 윤리』, 문학과지성사, 1991, 257면)고 그는 말한다.

스 없이 접근할 수 있었다고 김현은 분석한다. 이들의 이러한 지적 성숙을 도운 직접적인 계기로서 그는 한국학의 발전, 더 정확히 말해 국사학의 발전을 언급한다. 이기백의 『국사신론』1961과 역사학회의 『한국사의 반성』1969, 경제사학회의 『한국사 시대 구분론』1970 등의 성과가 있었기에, 문학사의 전통 단절론과 이식 문화론이 반성적으로 점검될 수 있었다는 것이다. 1970년대 비평적 성과의 지적 배경으로 이처럼 국사학계의 내재적 발전론이 주요하게 언급되고 있다면, 1970년대 비평 활성화의 결과로서 그가 제시하는 것은 "비평의 객관성 / 주관성, 절대성 / 상대성, 보편성 / 특수성의 대립 문제"를 재고하게 되었다는 것이다. 결론적으로 "70년대 비평이 바란 것은 선험적으로 존재하는 객관성·절대성·보편성이란 없고, 그것을 추구하는 과정이 바로 객관성·절대성·보편성이라는 것을 인식시키는 것"[4]이었다고 정리된다. 김현에 따르면 1970년대에 이르러 한국문학비평이 이처럼 한편으로는 오래된 콤플렉스를 극복하고 다른 한편으로는 탈주관화 혹은 탈신화화할 수 있었던 것은 비평의 양적, 질적 다양화로부터 가능했던 일이다. 그 결과 1970년대의 비평은 비로소 "비평의 유형학"을 작성할 수 있게 되었다고 김현은 말한다. 조동일, 임헌영, 김윤식 등의 "문학 사상사", 김치수의 "문학사회학", 김주연, 오생근의 "대중사회 이론", 김종철, 김병익, 염무웅, 백낙청 등의 '역사주의 문학'이라는 식으로 유형학을 작성할 수 있게 된 것이다.

전통 단절론과 새것 콤플렉스를 극복하려는 1970년대의 비평적 작업에 대해 이처럼 김현이 그 성과를 적극적으로 인정할 수 있었던 것은 김현 자신의 작업이 뒷받침되었기 때문이다. 『문학과지성』 지면에 1972년부

---

4   김현, 「비평의 방법」, 앞의 책, 342~343면.

터 연재되어 1973년 단행본으로 출간된 김윤식·김현 공저의 『한국문학사』가 국사학계의 내재적 발전론 모델을 문학사에 적용하여 이식문학론의 극복을 시도한 결과물이라는 점은 잘 알려져 있다. 이 연재를 시작하기에 앞서 김현은 자신들의 문학사가 "식민지사관을 벗어나려는 지금까지의 모든 지적탐구에 대한 문학적 응답"[5]이 될 것임을 역설하였고, 실증주의적 차원에서 『한국문학사』의 오류를 지적하는 비판들에 대해서는 오히려 소극적 세계인식이라는 점에서 실증주의 자체를 폄하하며 대응하기도 한다.[6]

또한 그가 1970년대 내내 문학사 혹은 문학 일반론에 대한 서술과 실제 비평을 병행하며 한편으로는 상상력 이론, 정신분석 이론, 문학사회학 이론 등을 정리·소개하는 일에 지속적으로 힘쓴 사실로부터[7] 서구 이론을 대하는 그의 태도를 생각해볼 수 있다. 1980년대에 이르기까지 쉼 없이 지속되는 서구 이론에 대한 김현의 집요한 관심은 '새것 콤플렉스'를 넘어선 곳에 있다고 할 수 있다. 콤플렉스를 벗어난다는 것이 무조건적인 동경이나 거부 없이 대상을 객관적으로 수용하려는 자세를 뜻한다고 한다면, 그가 다양한 문학 이론의 수용자이자 매개자로서의 역할을 성실히

---

5   「이번 호를 내면서」, 『문학과지성』, 1972 봄, 8면.
6   김현, 「문학사의 방법과 그 반성－『한국문학사』 비판에 대한 대답」, 『김현문학전집4－
     문학과 유토피아 : 공감의 비평』 참조.
7   1970년대 김현의 작업은 다음의 저서들을 통해 확인된다.
     ① 문학사 서술 : 김윤식·김현, 『한국문학사』, 민음사, 1973.
     ② 문학 일반론 : 김병익·김주연·김치수·김현, 『현대 한국문학의 이론』, 민음사,
          1972; 김현, 『한국문학의 위상』, 문학과지성사, 1977.
     ③ 실제 비평 : 김현, 『상상력과 인간』, 일지사, 1973; 김현, 『사회와 윤리』, 일지사,
          1974; 김현, 『김현문학집 4－문학과 유토피아 : 공감의 비평』, 문학
          과지성사, 1980.
     ④ 문학 이론 연구 : 김현, 『현대 프랑스문학을 찾아서』, 홍성사, 1978.

수행한 것은 서구 이론에 대한 편견 없는 그의 태도를 증명한다. '현대문학의 이론과 분석'이라는 제목의 특집을 마련한 1979년 여름호의 『문학과지성』 서문의 한 구절도 이러한 사실을 확인시켜준다. "외국 문학적 이론을 읽으면서 우리가 경험하고자 하는 것이 단순한 경이와 지적 호기심, 그리고 일방적인 교훈이 아닌 한, 스스럼없이 이런 사정한국문학이 서양 문학과의 만남을 통해 이론적 지평을 확대할 수밖에 없는 사정 - 인용자을 인정하는 것은 우리 자신의 이론적 능력을 기르고 불필요한 자의식을 극복하는 데 큰 힘이 되리라 믿는다"[8]라는 구절에서는 서구적인 것에 대한 콤플렉스를 경계하며 한국문학이 처한 상황을 객관적으로 바라보려는 의지가 엿보인다. 더구나 1970년대의 그가 주로 관심을 둔 것이 바르트를 중심으로 한 구조주의적 신비평이 랑송으로 대변되는 프랑스의 실증주의적·역사적주의적 구비평을 극복하는 장면[9]이라는 점도 시사적이다. 구조주의가 결국은 대상 그 자체보다는 대상을 바라보는 관점에 방점을 둠으로써 일종의 '태도'를 중시하는 이론이라는 점이 중요한 것이다. 비슷한 시기 백낙청의 제3세계문학론이 주변부문학의 특수성을 오히려 강조하며 후진국 콤플렉스를 극복하려

---

8   「이번 호를 내면서」, 『문학과지성』, 1979 여름, 382면.
9   1965년경에 벌어진 이른바 '구조주의 논쟁'을 통해 프랑스에서는 구조주의가 유행사조가 되었다. 이 논쟁은 바르트가 「라신에 대하여」라는 글에서 라신 연구자인 레이몽 피카르를 공격한 것이 발단이 되었다. 피카르는 『새로운 비평이나 새로운 사기냐』라는 반론문을 통해 '무모하고 괴상한 비평' '현학적·지적인 사기' 등의 어휘를 동원해 바르트의 형식적 구조주의를 비판하였고, 바르트는 『비평과 진실』, 베베르는 『신비평과 구비평』이라는 책으로 구비평에 본격적으로 맞섰다. 이러한 논쟁은 "'실증주의'라 불릴 수 있는 객관적 기술을 목적으로 하는 다원주의적 경향과 '구조주의'라고 불릴 수 있는 기능의 파악을 목적으로 하는 기호학적 경향"(김현, 「구조주의의 확산」, 『김현문학전집 11 - 현대 비평의 양상』, 문학과지성사, 1991, 45면)의 대립으로 정리될 수 있다. 김현은 이 논쟁 과정에서 제출된 글들을 엮어 『현대비평의 혁명』(홍성사, 1979)이라는 책으로 소개하기도 한다. 구조주의에 대한 김현의 대략적 설명은 「구조주의의 확산」, 「문학적 구조주의」(『현대 비평의 양상』), 「신비평 논쟁의 전개와 의미」(『김현문학전집 8 - 프랑스비평사』) 등을 참조할 수 있다.

는 일종의 이상론을 펼쳤다면,[10] 김현은 한국문학의 개별성과 문학 이론의 보편성을 동시에 사유하는 방식으로 후진국 콤플렉스와 거리를 두고자 했다.[11]

이처럼 김현이 주로 긍정적인 입장에서 1970년대 비평의 성과를 정리하는 것은 그간 많은 연구들이 지적해왔듯 그의 세대론적 전략과 관련이 깊다. 그가 『분석과 해석』문학과지성사, 1988의 서문에 적은 "나는 거의 언제나 사일구 세대로서 사유하고 분석하고 해석한다"라는 문장에 기대어, 많은 연구들은 4·19세대로서의 그의 비평적 자의식을 검토해왔다. 4·19의 성취와 실패라는 경험이 『창비』의 민족문학론과 대응되는 『문지』의 문학의 자율성 개념을 성립시켰다는 분석은[12] 물론, 1970년대에 이르러 한국 현대 비평사에서 '문학비평'이 하나의 독자적인 문학 장르로 본격적으로 진입하게 된 것은 이전 세대와 자신들을 차별화하려는 4·19세대의 인정 투쟁의 결과라고 좀 더 적극적으로 의미부여하는 논의들도 있다.[13] 이처럼 세대론적 기획을 확인하는 차원에서 김현의 비평에 접근한다면 「비평의 유형」은 그의 전략적 태도가 가장 적극적이고도 성공적으로 피력된 글로 읽히게 된다. 그러나 흥미로운 사실은 이 글에서 그가 1970년대의 비평적 성과를 자찬하고 있음에도 불구하고, 1980년대 비평의 밝은 미래를

---

10 이에 대해서는 이 책의 제2부 제3장 참조.

11 이와 관련하여 김동식은 『창비』의 입장이 '민족문학'으로 집약될 수 있다면, 『문지』의 입장은 '한국문학'으로 대변된다고 정리한다. 김동식, 「4·19세대 비평의 유형학─『문학과지성』의 비평을 중심으로」, 『문학과사회』, 2000 여름, 451면.

12 위의 글, 451~453면.

13 권성우, 「4·19세대 비평의 성과와 한계」, 『문학과사회』, 2000 여름. 권성우는 4·19세대의 이러한 인정 투쟁의 전략은 지속적이고도 성실한 비평 작업의 뒷받침 덕에 성공적으로 실천될 수 있었다고 평가한다. 반면 이러한 전략적 실천이 이전 세대의 비평을 지나치게 부정적으로 평가하거나 자신들의 성과를 지나치게 긍정한 점에 대해서는 비판적으로 평가하고 있다.

점치는 것으로 글을 맺고 있지는 않다는 점이다. 박정희 정권이 붕괴되고 신군부가 정권을 장악해가는 국가적 비상 사태 속에서, 즉 12·12와 5·18 사이에 쓰인 글이라는 점이 참조되어야 할 것이다.

2. 문학의 자율성과 타율성을 매개하는 비평

1) '이론적 실천'의 전략과 비평의 역할

「비평의 방법」이 1970년대 비평 활성화의 원인과 결과로서 한국학의 발전이라는 지적 배경이나 비평의 유형화를 주요하게 언급하는 것은 문학이라는 대상을 현실과 괴리된 문학장의 테두리 안에서만 고려한 결과일지 모른다. 그러나 1980년대를 예비하고 있는 이 글에서 좀 더 주목할 것은 그가 문학을 문학사나 지식사의 차원에서보다는 더 확장된 차원에서 사유하고 있다는 점이다. '실천적 이론'과 '이론적 실천'의 구분은 바로 이러한 지점에서 유의미해진다. 그 글의 첫 머리에서 그는 1970년대 비평 활성화의 가장 직접적인 원인으로 소설이 잘 팔리게 되어 비평의 대상이 많아졌다는 사실과, 대학 졸업자 수의 증가로 문학적 사실을 이해할 수 있는 층이 두터워졌음을 환기하기도 한다. 그러나 이러한 전제보다도 그가 더 중요하게 문제 삼는 것은 1970년대의 문학 외적인 현실이 문학에 던진 요구에 관한 것이다. 1970년대의 정치적 억압은 여러 분야의 지식인들로 하여금 자신들이 하고자 하는 말의 근거를 문학을 통해 찾게끔 했으며, 독자들 역시 자연스럽게 문학비평에 유독 많은 것을 요구하게 되었다는 사실을 그는 강조한다. "비평가에게 그것은 부담이며 동시에 즐거움"[14]이라고, "문학비평은 1970년대 상황의 속죄양"[15]이 되었다고 정리된다.

그 정황 때문에 나는 단지 문학비평가일 따름이다라고 분명하게 선언할 수 없을 정도로 문학비평이 문화적 압력을 받은 것도 사실이지만, 그 정황 때문에 문학비평이 자신을 성실히 반성할 기회를 갖게 된 것도 사실이다. 그래서 나는 왜 문학비평을 하는가, 문학비평가의 대사회적 태도는 어떤 것이어야 하느냐 하는 문제는, 나는 왜 기자이어야 하는가, 기자의 대사회적 태도는 어떤 것이어야 하는가 따위의 문제와 마찬가지의 무게를 띠게 된다. 그것은 문화사적으로는 매우 중요한 의미를 띠고 있다. 한국 현대문학사에 있어서 그와 비슷한 질문이 마땅히 제기되었어야 할 때가 두 번 있었다. 한 번은 해방 직후이고 또 한 번은 4·19 1960 직후이다. 문학은 무엇인가, 문학가는 왜 문학을 하는가, 문학가의 대사회적 태도는 어떤 것이어야 하느냐 하는 문제는 그러나 그때에 두 번 다 제기되지 않았다. 한국문학사의 비극은 그것이 문제로서 제기되지 않은 채로 1970년대 후반을 맞이해야 했다는 데 있다. (…중략…) 1970년대의 비평은 1970년대의 비평에 문화계가 던진 질문을 회피하지 않았다. 다시 말해서 비평은, 비평으로서 타개해나가야 할 문제와 문학적 삶에 대한 반성으로서, 우리는 어떻게 살아야 하느냐 하는 문제를 다 같이 폭넓게 껴안았다. (…중략…) 그런 의미에서 1970년대의 비평은 그 어느 때의 그것보다 더 문제 제기적이다. 그 문제 제기적 성격이 1970년대의 비평을 그토록 활발하게 만든 것이다. 강조-인용자, 이하 동일[16]

14　김현, 「비평의 방법」, 336면.
15　위의 글, 337면.

위의 내용을 간추리면, 현실 사회가 위기에 처했을 때 문학은 자신의 대사회적 역할을 점검하게 된다는 것, 해방 직후와 4·19 이후가 바로 그러한 시기였으나 그때 문학의 자기점검이 치열하게 이루어지지는 못했다는 것, 1970년대 비평은 비로소 '왜 문학비평을 하는가'라는 질문과 적극적으로 마주하고자 했기 때문에 어느 때보다도 활발한 성과를 낼 수 있었다는 것 정도로 요약된다. 1970년대의 정황 속에서 문학비평가로서의 사회적 책무는 현실 정치에 가장 민감하게 대응해야 하는 기자의 태도와 비교될 정도이다. 사회를 들여다보는 통로로서, 혹은 대사회적 발언의 장으로서 문학의 언어가 중요해진 것이다. 이러한 인식 속에서 "문학은 무엇인가, 문학가는 왜 문학을 하는가, 문학가의 대사회적 태도는 어떤 것이어야 하느냐"하는 문제들이 도출된다. 김현이 보기에 1970년대의 비평은 그 질문을 회피하지 않고 치열하게 사유하며 다양한 해답을 내놓으려는 지속적인 시도를 보였다는 점에서 유의미한 성과를 냈다고 할 수 있다. 1970년대의 비평적 성과에서 핵심이 되는 것은 바로 그 "문제 제기적 성격"인 것이다.

김현에 따르면 문학의 역할을 근본적으로 점검하게 만든 1970년대의 위기적 상황이란 급격한 사회 변화라 할 수 있다. 분단 문제, 정치권력의 집중화, 공해와 이농 현상, 도시 변두리의 근로자 문제, 부의 분배 문제, 신식민지화의 문제, 대중화·익명화 현상 등을 지적하는 그는, 이러한 급격한 사회 변화가 작가에게 '문학적 표현'을 강제했다고 말한다. 이러한 상황 속에서 비평의 역할이 중요해지는 것은, 다음의 인용에서 김현이 슬쩍 끼워 넣고 있는 말처럼, "표현의 자유가 그리 크지 않"다는 사실에서 기인

---

16 위의 글, 337~338면.

한다. 이때 표현의 부자유가 현실의 직접적인 억압을 뜻하는 것인지, 아니면 문학 언어의 근본적 불투명성을 뜻하는 것인지는 분명치 않지만, 김현은 이같은 표현의 부자유로 인해 작가들의 "상징적 작업"이 불가피해졌고 결국 해석의 문제, 즉 비평의 작업이 중요해졌다고 판단하고 있다.

창작가들은 서서히 변화하였으나 어느 날 갑자기 괴물의 모습으로 나타난 현실에 놀라지 않을 수 없었고, 그것은 어떤 형태로든지 표현되지 않을 수 없었다. 표현의 자유가 그리 크지 않았기 때문에 그 표현은 대개 상징적으로 이루어지고 있었다. (…중략…) 비평가들은 작가들의 상징적 작업의 의미를 해독하고 이해하고 설명하는 일을 떠맡았다. 거기서 문학 외적인 문제로서가 아니라, 문학 내적인 문제로서, 작품의 해석이 현실의 개조에 기여할 수 있느냐 없느냐 하는, 비평가로서는 가장 중요한 이론적 문제가 제기된 것이다. 그 문제는 현실의 해석이 세계의 개조에 기여할 수 있느냐 없느냐 하는, 작가에게 주어진 핵심적인 문제와 짝을 이루고 있었다. 그 문제를 작업의 핵심적 문제로 인식한 작가·비평가들에게 공통된 것은 세계와 나 사이에는 깊은 단절이 있으며 세계는 고통스러운 곳이라는 인식이었다. (…중략…) 어떤 비평가에게 있어서는 작품의 해석이란 그것이 폭력적 억압이 지배적인 세계에 작품이 투항하고 있는가 아니면 저항하고 있는가를 분별해내는 일이었고, 어떤 비평가에게 있어서는 훼손된, 혹은 가치가 떨어진 세계의 모습을 과연 그대로 드러냈는가 왜곡시켜 드러냈는가를 알아내는 일이었다. (…중략…) 첫 번째의 관점은 실천적 이론을 중요시한 것이었고, 두 번째의 관점은 이론적 실천을 중요시한 것이었다.[17]

---

17 위의 글, 343~344면.

급격한 현실의 변화에 상징적으로밖에 접근할 수 없는 상황 속에서 "작품의 해석이 현실의 개조에 기여할 수 있느냐 없느냐"라는 비평의 문제가 생겨나며, 이는 "현실의 해석이 세계의 개조에 기여할 수 있느냐 없느냐"라는 작가의 핵심적 문제로 이어진다는 주장은, 김현의 문학주의가 결국 현실과 긴밀하게 결부된 것임을 보여준다. 문학과 현실의 관련 속에서 해석의 문제가 중요해지면서, 비평은 문학이 억압적 세계에 대한 저항인가 투항인가를 분별하는 "실천적 이론"의 방법과, 문학이 훼손된 세계를 진실하게 그리느냐 왜곡시켜 그리느냐를 분별하는 "이론적 실천"의 방법으로 나뉘게 된다. 두 방법 모두 문학의 대사회적 관계를 우선적으로 중시한다는 점에서 크게 다른 입장이라 볼 수는 없다. 백낙청, 염무웅, 구중서 등 이른바 『창비』파 비평가들이 취한 '실천적 이론'의 방법론은 "현실 개조 의욕의 명백한 노출"을 특징으로 하는 일종의 지도 비평으로서 문학을 세계 개조의 도구로 이해했다고 평가된다. 반면 김우창, 김주연, 김치수, 김병익 등이 취한 "이론적 실천"의 방법론은 작품 안에 현실 개조의 의욕이 뚜렷이 노출되지 않더라도 작품이 보여주는 현실을 재구성하여 작가의 현실 인식이 세계 개조적이라는 것을 밝혀내는 데에 주력한다. 이러한 구분을 통해 김현이 강조하려는 것은 물론 그 자신의 방법론이기도 한 '이론적 실천'으로부터 실천적 성격을 적극적으로 증명해내는 것이다. 김현은 이처럼 1980년대를 앞두고 문학의 대사회적 실천에 주목한다. 김현이 생각하는 비평의 역할은 문학과 사회를 매개하는 것에 있다고 볼 수도 있다. "문학비평은 문학비평이 문학비평으로 남을 수 있게 싸워야 한다"[18]라는 이 글의 결론은 결국 1980년대의 비평이 현실 사회와의 관련 하에

---

18 위의 글, 346면.

문학의 효용을 보다 적극적으로 사유해야 한다는 말로 이해된다. 그런 점에서 1981년부터 2년간의 작업을 통해 출간된 『문학사회학』민음사, 1983은 문학의 사회적 역할을 이론적 차원에서 점검하고자 한 김현의 역작이라 할 만하다.

그렇다면 김현의 '이론적 실천'의 전략은 구체적으로 어떤 방법론인가. 문학의 효용 혹은 문학의 대사회적 역할과 관련하여 1970년대의 김현이 내놓았던 해법이 '무쓸모의 쓸모'라는 점은 잘 알려져 있다. 유명한 한 구절을 인용해보자.

문학은 써먹는 것이 아니다. 그러나 역설적이게도 문학은 그 써먹지 못한다는 것을 써먹고 있다. 문학을 함으로써 우리는 서유럽의 한 위대한 지성이 탄식했듯 배고픈 사람 하나 구하지 못하며, 물론 출세하지도, 큰돈을 벌지도 못한다. 그러나 그것은 바로 그러한 점 때문에 인간을 억압하지 않는다. 인간에게 유용한 것은 대체로 그것이 유용하다는 것 때문에 인간을 억압한다. 유용한 것이 결핍되었을 때의 그 답답함을 생각하기 바란다. 억압된 욕망은 그것이 강력하게 억압되면 억압될수록 더욱 강하게 부정적으로 작용한다. 그러나 문학은 유용한 것이 아니기 때문에 인간을 억압하지 않는다. 억압하지 않는 문학은 억압하는 모든 것이 인간에게 부정적으로 작용하는 것을 보여준다. 인간은 문학을 통하여 억압하는 것과 억압당하는 것의 정체를 파악하고, 그 부정적 힘을 인지한다. 그 부정적 힘의 인식은 인간으로 하여금 세계를 개조하지 않으면 안 된다는 당위성을 느끼게 한다. 한 편의 아름다운 시는 그것을 향유하는 자에게 그것을 향유하지 못하는 자에 대한 부끄러움을, 한 편의 침통한 시는 그것을 읽는 자에게 인간을 억압하고 불행하게 만드는 것에 대한

자각을 불러일으킨다. 소위 감동이라는 말로 우리가 간략하게 요약하고 있는 심리적 반응이다.[19]

문학은 유용하지 않기 때문에 인간을 억압하지 않으며, 다만 억압하는 것과 억압당하는 것의 관계를 생각하게 한다. 궁극적으로는 억압의 부정적 힘을 인식하도록 하며 세계 개조의 당위성을 깨닫게 한다. 요컨대 무용한 문학은 결국 세계 개조의 계기가 된다는 점에서 유용성을 얻게 되는 것이다. 중요한 사실은 문학의 유용성은 비의도적인 결과일 뿐이지 그것이 의도되거나 의식될 수는 없다는 점이다. 세계 개조의 당위성을 깨닫도록 하는 것, 좀 더 소박하게 말해 고통스러운 현실을 자각하도록 만드는 것이 문학의 의식적 목표가 된다면, 사실 훨씬 더 효과적인 방법은 '실천적 이론'의 관점이 주목하는 바 현실 개조의 의욕을 직접적으로 표현하는 것일지 모른다. 그러나 (물론 표현의 부자유가 문제이기도 하겠지만) 이처럼 문학이 세계 개조를 위한 의식적 도구가 될 경우, 역시 특정 이데올로기에 의해 문학의 자율성이 억압당하게 된다. "이론적 실천에 있어서 중요한 것은 어떠한 이데올로기에도 속지 않는 것"[20]이라고 말하는 김현은 문학의 근본적인 자율성을 추구하는 문학주의자의 태도를 포기하지 않는다. 문학은 인간을 억압하지 않을 뿐만 아니라, 그 자신 무엇으로부터도 억압당하지 않아야 하는 것이다. 이토록 자율적인 문학이 세계 개조라는 역할을 담당하게 되는 것, 즉 타율성의 영역으로 진입하는 것은 그렇다면 어떻게 가능

---

19 김현, 「한국문학의 전개와 좌표」(최초발표 : 『문학과지성』, 1975 겨울), 『김현문학전집 1 - 한국문학의 위상/문학사회학』, 문학과지성사, 1991, 50면.
20 김현, 「비평의 방법」, 345면.

할 것인가. 비로소 '비평'의 역할이 중요해진다.

　김현도 지적했으며 한국 비평사에 대한 실증적 검토를 통해서도 확인할 수 있듯 1970년대의 한국문학비평이 전례 없이 활성화되면서 그 자신의 존재 의의를 확고히 할 수 있었던 것은, 즉 비평이 하나의 체계적인 문학 장르로 인정받기 시작한 것은, 이처럼 문학과 현실 사이, 다시 말해 문학의 자율성과 타율성을 매개하는 자신의 고유한 역할을 확인했기 때문이라고 볼 수 있지 않을까. 한국 비평사에서 김현은 새것 콤플렉스를 극복하고 다양한 비평적 이론을 소개한 연구자로서,[21] (주로 정신분석의 방법론을 원용하여) 작품 혹은 작가에게 친밀하게 접근하는 공감의 비평가 혹은 주관주의의 비평가로서, 혹은 특유의 아름다운 한국어 문체를 구사하는 문장가로서,[22] 그 자신 한국문학비평을 활성화시킨 장본인이라 할 수 있다. 그러나 무엇보다도 김현의 공적은 문학의 자율성을 토대로 그것이 현실 정치와 유연하게 관계하는 방법을 바로 '비평을 통해' 확인하려 했다는 점에서 재음미될 필요가 있다.

　이때의 비평은 엄밀히 말하자면 '문학사회학'의 관점을 취하는 비평이라 할 수 있다. 김현은 문학사회학이 "문학 작품의 자율성을 보장하면서 사회학적으로 그것을 설명"[23]하는 것이라고 간명히 설명한다. 한편 김치

21　김현의 불문학 연구에 대해서는 황현산, 「르네의 바다―불문학자 김현」, 『문학과사회』, 1990 겨울 참조. 프랑크푸르트 학파 연구에 대해서는 한래희, 「김현 비평에서 '공감의 비평'론과 '현실 부정의 힘으로서의 문학'론의 상관성 연구」, 『현대문학의 연구』 53, 한국문학 연구학회, 2014; 한래희, 「김현의 마르쿠제 수용과 기억의 문제」, 『한국학연구』 37, 인하대 한국학연구소, 2015 참조.

22　김현의 문체적 특성에 관해서는 오태호, 「김현 비평에 나타난 '문체적 특성' 연구」, 『민족문학사연구』 58, 민족문학사연구소, 2015 참조.

23　김현, 「문학사회학의 구조」, 『한국문학의 위상 / 문학사회학』, 301면. 김현은 이 글에서 문학사회학의 다섯 가지 조건을 다음과 나열하고 있다. ① 문학사회학은 문학적 사실을 사회학적 사실로 바라봐야 한다. ② 문학사회학은 문학적 사실을 그것 외의 다른 것

수는 문학사회학이 "하나의 작품을 분석·종합하여 그 작품의 '의미'에서 '의미화'로 가는 작업을 수행하는 것"[24]이라고 설명한다. 작품의 가치관을 찾아내는 것이 이미 작품 속에 있는 '의미'를 찾아내는 것이라면, "의미화"는 "작품의 숨은 구조와 가치관의 한계를 인식하는 것"[25]이라 할 수 있다. 작품이 지닌 가치관의 한계는 작품 외적인 현실 맥락을 통해 추출될 수 있을 것이다. 요컨대 문학의 자율성으로부터 문학의 타율성을 발견하는 '이론적 실천'이라는 비평적 전략은 문학사회학의 "의미화" 과정과 일치된다.[26][27]

2) '이론적 실천'의 전략에 관한 물음들

김현의 '이론적 실천'은 이른바 자율적인 문학을 타율적인 문학으로 뒤바꾸는 작업을 실행하는 것이다. 즉 "문학을 위한 문학"을 "인간을 위한 문학"[28]으로 해석하는 과정이며 따라서 이때의 실천은 엄밀히 말해 작품

으로 환원·축소시켜서는 안 된다. ③ 문학적 사실은 가치와 관련된 사실이다. ④ 문학적 사실은 단순한 지적 사실이 아니다. ⑤ 문학적 사실은 단순한 행동의 기술이 아니다.

24 김치수, 「문학과 문학사회학」, 『김치수문학전집 2 - 문학사회학을 위하여』(1979), 문학과지성사, 2015, 25면.

25 위의 글, 25면.

26 김동식은 문학사회학을 『문지』 동인들의 공통된 관심사로 지적한 바 있다. 그에 따르면 문학사회학이란 문학을 사회적인 것으로 환원하는 방법론이라기보다는 문학과 사회에 대한 보다 포괄적인 이해와 비판적인 관점을 얻기 위한 방법이다. 그것은 "『문지』의 문학중심주의를 보완하기 위한 이론적 보충물(supplement)이 아니라, 『문지』가 견지해 온 문학적 자율성의 이념에 도달한 하나의 이론적 지점"이라 할 수 있다. 김동식, 앞의 글, 459면.

27 1970년대 문학사회학 이론의 수용 양상에 관해서는, 서은주, 「1970년대 문학사회학의 담론 지형」, 『현대문학의 연구』 45, 한국문학 연구학회, 2011 참조. 서은주는 당대의 리뷰를 참조하며 "김현은 언어근본주의를 기반으로 문학사회학을 전유함으로써 문학과 사회의 길항이라는 긴박한 현실적 의제를 원천적으로 봉쇄하거나 혹은 우회해버렸"(499면)다고 평가한다.

의 실천이라기보다는 오히려 비평의 실천이라고도 할 수 있다.『한국문학의 위상』에서 설명되듯 문학은 "존재론적인 차원에서는 무지와의 싸움을, 의미론적인 차원에서는 인간의 꿈이 갖고 있는 불가능성과의 싸움"[29]을 통해 현실에 개입하게 되는데, 그러한 문학의 싸움은 오직 비평의 작업을 통해서 발견될 수 있는 것이다. 문학의 자율성도 사수해내고 비평의 역할도 강화하는 이러한 '이론적 실천'의 전략은 그러나 다음과 같은 몇 가지 질문에 직면하게 된다. 첫째, 비평이 기본적으로는 개별 작품의 '해석'을 실행하는 것이라고 한다면, 이에 반해 김현이 발견한 '무쓸모의 쓸모'라는 문학의 기능은 문학 일반에 대한 설명으로 오히려 더 유효한 듯 보인다는 점이다. 문학의 자율성과 타율성이 비평을 통해 매개되는 과정은 특정한 텍스트를 토대로 포착될 수 있을 것이다. 그런 점에서 김현의 '이론적 실천' 전략의 실현 가능성 여부는 단지 문학 일반에 관한 이론으로서만이 아니라 개별 작품에 대한 비평이라는 직접적 실천의 과정을 통해 증명되어야 한다.

둘째, '이론적 실천'의 전략은 '실천적 이론'의 방법론이 문학의 '내용'과 작가의 '의지'에만 치중한 결과 문학과 현실 사이의 장벽을 너무 가볍게 생각한다고 비판하면서도, 다시 말해 현실에 관한 질문들을 문학 안으로 곧장 이동시키는 것이 과연 가능하고 유의미한지를 줄곧 문제 삼으면서도, 그 반대의 과정에 대해서는 쉽게 긍정하는 듯 보인다는 점이다. 문학이 현실 개조의 뚜렷한 의지를 표출하며 문학을 도구화하지 않은 채로, 그저 개조가 필요한 현실 그 자체와 그로 인한 고통을 진실되게 그려낼

---

28 김현, 앞의 책, 51면.
29 위의 책, 52면.

때, 비평의 해석 과정을 거쳐 발견된 작품 속 세계 개조의 의지는 실제로 현실에 대해 어느 정도의 영향력을 발휘할 수 있을 것인가. "문학은 배고픈 거지를 구하지 못한다. 그러나 문학은 그 배고픈 거지가 있다는 것을 추문으로 만들고, 그래서 인간을 억누르는 억압의 정체를 뚜렷하게 보여준다"[30]라는 『한국문학의 위상』 속 문장들은 꽤 설득력이 있어 보인다. 하지만 고통의 현실을 진실하게 그리는 문학이 현실의 패배주의를 조장하지 않고 오히려 현실 개조의 의지를 관철시킬 수 있으려면 또 다른 고민이 필요하다.

이러한 문제는 앞에서 제기한 첫 번째 질문, 즉 '이론적 실천'의 전략은 문학 일반론의 차원에서가 아니라 개별 작품의 비평을 통해 증명되어야 한다는 점과도 통한다. 김현은 문학적 반응을 현실로 견인할 수 있는 계기로, 한 편의 시가 주는 "부끄러움"이나 "자각", 요컨대 "감동"이라는 말로 설명되는 "심리적 반응"[31]을 언급하고 있기는 하다. 그러나 한 편의 작품으로부터 전달되는 개별적이고도 일시적인 "심리적 반응"이 현실 개조의 행동으로 어떻게 뒤바뀔 수 있는지에 대해서는 보다 실증적 접근이 필요하다. 아니 정확히 말해 그것은 쉽게 증명될 수 없는 것인지도 모른다. 1980년대를 앞둔 김현이 "문학은 꿈이다"라는 명제를 포기하지 않으면서도 "작품의 해석이 현실의 개조에 기여할 수 있느냐 없느냐"라는 문제가 중요해졌음을 강조하는 것은, 그가 비평의 기능과 결부된 문학의 효용을 좀 더 현실적인 차원에서 실증적으로 고민하게 되었음을 의미한다고 말할 수는 있겠다.

---

30 위의 책, 53면.
31 위의 책, 50면.

셋째, '이론적 실천'의 전략에서 시의 특수성에 관한 문제 역시 충분히 숙고되어야 한다. 이제까지의 논의를 요약해 '실천적 이론'과 '이론적 실천'을 각각 현실 개조에 대한 '작가'의 의지가 두드러지는지, '비평'의 의지가 두드러지는지로 구분해볼 수 있다면, 이러한 비평적 방법이 소설과 시의 경우에 구분 없이 적용될 수 있는지에 대해서도 본격적인 점검이 필요하다. 김현은 이 두 전략을 설명할 때 "시의 경우에도 사정은 마찬가지였다. 시는 현실 개조의 도구이거나, 현실의 고통스러움의 드러냄이었다"[32]라고 적고 있다. 현실 개조의 의지를 토대로 문학과 현실, 문학과 정치의 관계를 사유하며 비평의 역할을 점검하는 자리에서 소설과 시라는 장르 구분은 사실상 무화되고 있는 셈이다. 이와 관련하여 김현이 『문학사회학』에서 한국에서의 문학사회학적 역사를 설명하며 소설과 시의 장르를 구분해 언급한 내용을 참조할 필요가 있다. '이론적 실천'의 전략이 결국 문학사회학적 관점과 유사하다는 점을 상기한다면 다음의 내용은 시사하는 바가 적지 않다.

1920~1930년대의 문학사회학 전기 단계나, 1970년대에 어느 정도의 윤곽을 드러낸 문학사회학이나, 그 문학사회학은 다 같이 소설사회학이다. 그것은 소설이라는 문학 장르가 문학과 사회의 관계를 파악하는 데 가장 풍요한 장르라는 것을 입증하는 것이며 거꾸로 시나 수필·평론 등의 장르는 그것을 보여주는 데 너그럽지 않다는 것을 보여주는 것이다. 그러나 문학은 소설·시·비평·수필·희곡 등을 다 포괄하는 개념이며, 그런 의미에서, 진정한 의미의 문학사회학은 그것들을 포괄할 수 있는 일반 이론이어야 한다. 그

---

32   김현, 「비평의 방법」, 앞의 책, 345면.

일반 이론의 수립은 한국에서뿐만이 아니라 외국에서도 중요한 과제로 남아 있다. 그것은 그 작업이 그만큼 힘든 작업이라는 것을 보여주는 것이기도 하다. 외국의 경우도 그러하지만 한국의 경우에도 문학사회학은 아직 개척되지 아니한 분야로 가득 차 있다.[33]

"1979년은 한국의 문학사회학의 관점에서는 매우 중요한 해이다"[34]라는 말로 시작하는 「한국에서의 문학사회학」에서 김현은 한국문학사에서 문학사회학적 논의가 활발했던 시기로 마르크시즘적 성찰이 두드러졌던 1920~1930년대와 사회학의 연구 방법론이 심화된 1970년대를 꼽는다. 두 시기의 문학사회학이 엄밀히 말해 "소설사회학"임을 지적하는 부분을 주목해보자. 문학과 사회의 관계를 드러내기에는 소설이 가장 효과적인 장르이며, 소설을 비롯하여 시, 비평, 수필, 희곡 등 문학의 제 분야를 전부 포괄하는 문학사회학의 일반 이론을 수립하는 일이 여전히 중요한 과제로 남아 있다고 그는 말한다. 김현 역시 『문학사회학』에서 소설 작품을 대상으로만 문학사회학적 실제 비평을 시도하고 있다. 그렇다면 '시의 사회학'은 어떻게 가능할 것인가. 위의 인용에 붙인 긴 각주에서 김현은 '시의 사회학'에 관심을 보인 논자로 김기림을 소개한다. 『시의 이해』율유문화사, 1950에서 김기림이 "시를 규정하는 근본적인 사회적 계기는 무엇인가? 또 그것들은 시에 어떻게 자용하나? 문학의 다른 영역의 뭇 분과의 시와의 상호 관련은 어떤 것인가? 시는 어떻게 그것이 속한 문명을 반영하는

---

33 김현, 「한국에서의 문학사회학」, 위의 책, 217~218면.

34 1979년은 김치수의 『문학사회학을 위하여』(문학과지성사)를 비롯하여 한국사회과학연구소가 편집한 『예술과 사회』가 출간된 해이며, 이해 한국사회학회의 춘계논문발표회에서 문학사회학의 가능성이 진지하게 논의되었다. 위의 글, 202면.

가? 또 시의 사회적 기능은 무엇인가?" 등 시의 사회학에 대한 주요한 질문들을 제출했음을 확인하며, 이러한 김기림의 질문들이 단지 문제제기에만 그쳤고 한국문학사에서 '시의 사회학'은 아직 정립되지 않았음을 아쉬워한다.

요컨대, 김현의 '이론적 실천'의 비평 전략이 단지 이론적인 것에 그치지 않고 그것의 실제 효과를 발휘하기 위해서는 첫째, 문학의 무용한 존재 방식 자체를 선험적으로 인정하기보다는 개별 작품을 단위로 그 효과를 충분히 입증해야 하며, 둘째, 작가, 비평가, 독자라는 개별 주체들 사이에서 현실 개조의 의지가 어떻게 상호 이동할 수 있는지에 대해 보다 실증적으로 살펴야 하며, 셋째, 소설과 시라는 장르의 고유한 특징을 고려해 차별적으로 논할 필요가 있는 것이다. 다음 장에서는 이러한 전제 아래 1960년 후반에서 1970년대 사이에 행해진 김현의 비평에서 '시의 사회학'이 어떻게 실천되고 있는지를 살펴보도록 한다.

3. 시의 사회학과 문학의 정치성

랑시에르는 미학적 혁명이 현실의 혁명으로 어떻게 전이될 수 있는지를 고민한 미학자라 할 수 있다. 그에 따르면 예술가는 한 사회에 이미 익숙한 감성적 체계에 변화를 가져오는 예술적 방식들을 고안함으로써 현실의 정치에 개입한다. 랑시에르의 개념에서 미학이란 감각적 세계 안에 몸이 기입되는 방식, 즉 몸이 세계를 느끼는 방식들과 관련된 것이고, 정치란 그렇게 몸이 세계를 느끼는 방식들이 충돌하고 특정한 감각의 방식에 따라 세계 안에 각자의 자리가 부여되는 과정이다.[35] 즉 그가 말하는 미학의 정치란 기존의 감성 체계를 재배치하는 역할을 통해 정치적 효과를 산출하는 것이다.[36] 이와 같은 미학의 정치성은 예술을 정치의 도구로 전락시키지 않고 미학의 자율성을 해치지 않는 방식으로 현실에 개입하면서 미학의 타율성을 획득하는 것이라 할 수 있다. '감성적인 것의 새로운 분할'이라는 랑시에르식 미학의 정치 개념은 김현의 '이론적 실천' 전략과도 상통하는 부분이 있다.[37] "한 시대의 상상 체계가 이미 자기 세대의 상상 체계를 파악하는 데 낡아버린 것이라는 자각이 위기를 느끼는 정신"[38]이라는 김현의 언급을 상기할 때, 그가 현실 사회의 위기와 그것을 극복할 수 있는 가능성을 미학적인 방식으로 사유하고 있음을 알 수 있다.

---

35 자크 랑시에르, 주형일 역, 『미학 안의 불편함』, 인간사랑, 2008, 12면.
36 위의 책, 60~71면.
37 김형중은 유종호와 김현의 비평, 최인훈과 김수영의 텍스트를 랑시에르식 문학의 정치로 해석하면서 4·19를 '문학적 혁명'으로 읽어낸다. 김형중, 「문학, 사건, 혁명—4·19와 한국문학」, 『국제어문』 49, 국제어문학회, 2010 참조.
38 김현, 「한국 비평의 가능성」(최초발표: 『68문학』, 1968), 『김현문학전집 2 – 현대 한국문학의 이론 / 사회와 윤리』, 문학과지성사, 1991, 95면.

이미 지적했거니와 '이론적 실천' 전략의 성취여부는 개별 작품들의 성과를 통해 보다 실증적으로 검토될 필요가 있다. 마찬가지로 랑시에르의 문학의 정치성 역시 현실 정치에 복무하지 않는 자율적인 예술이 기존의 감성 체계를 실제로 어떻게 재배치하는지 그 과정을 고찰하는 방식으로 입증되어야 한다. 이러한 이론을 참조하며 김현의 문학론 혹은 실제 비평에서 문학의 정치가 어떻게 실천되는지 살펴볼 필요가 있다. 앞서 언급한 바 한국문학사에서 '시의 사회학'이 제대로 성립되지 않았음을 지적하는 김현은 "실제로 시의 사회학에 어느 정도의 조명을 가한 것은 차라리 향가·여요·가사·시조를 연구한 한국문학자들"이며 "시와 사회에 대한 성찰은 김수영·최하림·김종철·김우창·유종호·김현 등에 의해 계속되어 왔다"[39]고 말하고 있다. 이 짧은 언급만으로는 1970년대의 문학 연구에서 '시의 사회학'이 어떻게 조명되고 있는지를 확인할 길이 없다. 이 장에서는 위의 언급을 보충 서술하는 과정으로서 김현의 문학사 서술과 실제 비평을 검토하여, 결국 김현에게서 '시의 사회학'이 어떻게 실천되었는지를 '문학의 정치성'이라는 관점에서 살펴보기로 한다.

1) 장르 사회학과 한국시의 '양식화' 과정

「문학사회학의 구조」에서 김현은 문학사회학을 작가의 사회학, 작품의 사회학, 독자의 사회학으로 나눈다. 이 셋은 "하나의 대상, 문학적 사실"[40]을 이루며 어느 하나에 역점을 두고 대상을 분석하는 경우에도 나머지 영

---

39   김현, 「한국에서의 문학사회학」, 위의 책, 217면.
40   김현, 「문학사회학의 구조」, 위의 책, 303면.

역이 함께 작용한다고 설명된다. 이때 '작가의 사회학'은 작가의 경제적 측면, 직업적 측면, 사회 계층, 문학 세대를 검토하는 것이다. 그리고 '작품의 사회학'은 통사적 차원에서 문체의 사회학, 문채figure의 사회학, 기술écriture의 사회학, 장르의 사회학으로, 의미론적 차원에서 주제의 사회학, 검열의 사회학, 세계관의 사회학으로 분화된다. 한편 독자의 사회학에 관해서 김현은 작품의 판매와 미학적 성공의 관계, 작가의 의도, 작품과 독자와의 동적 관계, 수용자의 전형적 모델로서의 비평가 등에 관해 가설에 가까운 몇 가지 문제들을 나열한다.[41]

 '시의 사회학'이 향가·여요·가사·시조 등의 고전 시가를 연구한 한국 문학자들에 의해 어느 정도 조명을 받았다는『문학사회학』에서의 언급은 '작품의 사회학' 중 '장르의 사회학'에 관한 고찰과 관련이 깊다. 김현에 따르면 장르의 사회학은 문학사회학 중 가장 폭넓게 연구된 분야이며 한국의 경우도 예외는 아니다. 그는 "임형택·조동일의『소설사회학』은 주목할 만한 업적"이며, "향가·여요·가사·시조에 대한 문학사회학적 연구도 매우 활발한 편"[42]이라고 지적한다. 그런데 향가 등 고전 시가에 관한 장르 사회학의 활발한 연구는 비단 고전문학자들만의 업적은 아니다. 김현 그 자신『창작과비평』1967년 여름호에 실린「한국문학의 양식화에 관한 고찰─종교와의 관련 아래」에서 종교와의 관련 하에 고전 시가의 역사를 분석하며 장르의 사회학을 시도한 바 있다. 그 내용을 살펴보도록 하자.

 「한국문학의 양식에 관한 고찰」은 문학에 대한 통시적 연구와 공시적 연구가 함께 이루어져야 한다는 주장을 전제로 시작된다. 문학사의 한 단

---

41 '독자의 사회학'에 관한 김현의 문제제기는 다음 장에서 살피기로 한다.
42 김현, 앞의 글, 307면.

면을 절대적으로 강조하는 태도도, 문학사의 모든 사건들을 상대적으로 파악해 과거를 단순한 디테일의 나열로 파악하는 태도도 경계해야 한다고 주장하는 김현은, 따라서 문학사로부터 몇 개의 '사실형事實型'을 추출해 내고 그 배후를 흐르는 진실을 파악하는 일이 중요하다고 말한다. 이때 사실형이란 "현실을 양식화하는 능력의 표현된 형태"[43]를 의미하며, '양식화'란 "유동하고 있고, 질서를 갖지 않고 있고, 혼란되어 있는 것에, 질서를 부여하고 통일시키는 능력"[44]을 의미한다. 비슷한 말로 '고정화'가 질서 이전의 응고를 뜻한다면 양식화는 "질서에 대한 욕구"라고 할 수 있으며, 이러한 양식화는 의미를 이루려는 부분과 의미를 이루지 않으려는 부분이 부단히 대립함으로써 균형을 유지한다. 김현에 따르면 우리의 "삶 자체가 일종의 양식화의 총체이듯이, 문학 작품 역시 그것의 총체"[45]라 할 수 있다. 「비평 방법의 반성—실증주의·교주주의 비평에 대한 비판」『문학사상』, 1973.8에서 1970년대 비평의 두 경향으로서 원칙 없이 세목에만 집중하는 실증주의 비평과 반대로 세목에 대한 반성 없이 원칙만을 고수하는 교조주의 비평을 비판하기도 했던 그는 작가들에게 유익한 양식화의 길을 보여주는 것이 당대 비평의 주요한 과제임을 강조한다. 이는 "현실의 양식화는 곧 문학의 양식화이며 문학의 양식화는 곧 정신의 양식화"[46]라는 도식에 의거한다. 즉 문학이라는 양식은 결국 "의식의 문제"로 치환되는 것이다. 그렇다면 당대의 작가들에게 유익한 양식화의 길을 보여주

---

43   김현, 「한국문학의 양식화에 대한 고찰—종교와의 관련 아래」, 『김현문학전집 2—현대 한국문학의 이론 / 사회와 윤리』, 12면.
44   위의 글, 13면.
45   위의 글, 14면.
46   위의 글, 15면.

는 것은 어떻게 가능할까. 과거 한국 작가·작품들의 양식화 경향을 필수적으로 검토해야 한다.

박종홍의 『한국철학사』를 인용하며 한국인의 양식화에 대한 기본적 태도, 쉽게 말해 한국인의 종교적 태도를 "미래상의 현세적 집약"[47]으로 정리하는 김현은 이러한 전제 아래 한국의 재래 종교는 물론 외부로부터 유입된 불교, 유교, 기독교와의 관련 속에서 '문학의 양식화'를 점검한다. 즉 종교와 문학 장르와의 관계를 고찰하는 방식으로 '장르 사회학'을 시도하는 것이다. 정신상의 최초의 양식화가 이루어진 신라시대에는 신라인의 정신 태도, 양식화의 태도가 문학적 양식화로 성공적으로 이행된다. 1890년대 이후 자유시가 생겨나기까지 한국문학의 근간을 이루고 있던 향가의 틀이 결정된 것이 바로 이 시대이다. 김현에 따르면 향가는 내용과 형태의 측면에서 가장 한국적인 시가인데, 이처럼 향가에서 문학적 양식화를 성공적으로 성취할 수 있었던 것은 무축신앙의 덕분이다. 이 무축신앙의 대표적인 상징으로서 김현은 처용이라는 주술적 인간상을 분석하고 있다. 어떤 사상이 바람직한 사고의 양식화를 이루고 그로 인해 우수한 문학의 양식화를 초래한 가장 좋은 예를 이처럼 향가에서 찾을 수 있다면, 고려가요는 부정적 사례에 속한다. 앞서 살폈듯 양식화란 고정화와 달리 질서에 대한 욕구와 그에 대한 대립 사이의 균형을 의미하는데 이같은 질서화와 대립화의 균형이 가능하려면, 즉 정당한 정신의 양식화가 문학의 양식화로 연쇄되려면 현실의 사태를 파악할 만한 충분한 거리와 시간이 필요한

---

47 영원한 것을 동경하기보다 이처럼 현세적인 것을 영원히 누리려는 한국인의 기본적 사고 양식은, 개인의식의 소멸, 사고의 미분화, 맹목적인 신앙, 돈에 대한 경멸과 갈망이라는 태도로 구체화된다고 김현은 지적한다. 위의 글, 20~21면.

것이다. 고려시대의 여러 가지 혼란스러운 정황은 그러한 정신적 여유를 허락하지 않았고 따라서 문학의 양식화는 제 방향을 찾지 못한 채 응고되어버렸다고 김현은 분석한다. 결국 "고려 가요란 향가의 탐구의 태도가 몰락해가는 과정을 그대로 반영하고 있다"[48]는 판단이 도출되는 것이다. 그렇다면 유교는 어떤 식의 문학적 양식화를 만들어냈을까.

개인이 없고 주어진 규범만이 있는 곳에서 문학이 태어날 수는 없다. 쉽게 말하면 신라인에게는 개인적 초탈을 위한 개인의 노력이 있었고, 그래서 바람직한 문학의 양식을 얻은 바 있다. 고려인에게는 개인은 말살되었어도 규범은 아직 만들어지지 않았다. 고려의 가요가 비록 평면적이지만 우수한 상태로 있을 수 있었던 이유는 여기에 있다. 그런데 이조인에게는 개인은 없고 규범만이 있었다. 새로운 정신 양식화가 새로운 문화 양식을 만들어낸 것은 사실이지만, 그러나 그것은 지극히 규범적이고 도식적이다. 이조시의 문학적 양식화는 가사와 시조, 그리고 후의 판소리로 대표된다. 이 장르의 발달은 한국어의 정당한 발전을 토대로 하고 있다. 가사와 시조의 형성이 향가와 얼마나 밀접히 관계 맺고 있느냐 하는 것은 널리 알려진 사실이다.[49]

개인과 규범의 관계 속에서 문학의 양식화를 논할 때, 이조시대의 문학 장르들은 엄격한 규범의 산물이라 할 수 있다. 특히 가사와 시조에는 단 하나의 현실, 즉 왕과 나와의 관련만이 있으며 거기에는 구속과 억압만 있을 뿐 감정은 없다고 설명된다. "사람은 있지만 개인은 없다"[50]는 것이다.

---

48 위의 글, 39면.
49 위의 글, 41~42면.

개인들의 이러한 감정의 응고를 풀어준 것은 김현의 정리에 따르면 임진왜란과 병자호란이다. 이 두 난리 이후 이조인은 규범을 고수하려는 상류층과 규범을 파괴하려는 하류층으로 분리되며 이때 규범의 파괴는 문학상에서 판소리라는 새로운 장르를 만들어내게 된다. 그러나 이러한 판소리가 장르로서 정상적으로 발달하기도 전에 서양의 새로운 장르들이 무분별하게 수입되면서 1880년대 이후 한국문학은 전통의 단절을 체험하게 된다고 김현은 정리한다. 「한국문학의 양식화에 관한 고찰」이 당대 한국의 작가들에게 유익한 양식화의 길을 보려주려는 의도에서 쓰인 것이라는 사실을 감안하면, 기독교의 유입에 따른 문학의 양식화가 어떤 양태로 나타나는지는 그것이 여전히 진행 중인 사태라는 점에서 이 글에서 특히 중요하게 점검될 필요가 있는 부분이다.

기독교적인 영향력의 확대, 즉 기독교적 양식화의 경향 확대가 이루어져서 대립의 사고양식이 형성되고 합리주의와 이원론이 올바로 정착하여 한국적 현세 집약적 사상을 올바르게 지양시킬 수만 있었다면 한국문학의 가능성을 퍽 커졌을 것이다. 아니면 판소리의 정당한 발전이 이루어져서 그 장르의 분화로서 16세기 이후의 서구 문화의 발전을 계속할 수 있었다면 한국문학의 앞날은 퍽 밝았을 것이다. 그러나 두 가지 다 오늘날 달성되지 않고 있다. (…중략…) 사실상 우리는 개인도 규범도 없는 세대에 살고 있다. 향가에는 개인이 있었고, 시조와 가사에는 규범이 있었다. 개인도 규범도 없었던 시대란 고려와 현대뿐이다. 그러면 우리는 오늘날 다시 저 성교(性交)지상주의와 허무주의로 빠져들어가야 할 것인가, 문학 양식화는 다시 거부되어야 할 것인가? 그럴

---

50 위의 글, 42면.

수는 없다. (…중략…) 우리는 어차피 개인이냐, 규범이냐를 택하지 않으면 안 된다. 나로서는 개인을 택하라고 권한다. 규범 속에서 문학은 성장할 수 없기 때문이다.[51]

김현은 한국사회에 기독교의 합리주의와 이원론적 사상이 충분히 토착화되지 못했음을 지적하면서 『삼대』의 조상훈을 "기독교의 표피적 이식을 전형적으로 육화한 개인"[52]으로 분석하기도 한다.[53] 이처럼 기독교가 한국사회의 지배적인 사고 양식으로 올바로 정착하지 못하였기 때문에 현재 한국사회는 개인도 규범도 없는 시대에 살고 있고 그 결과 문학의 양식화 역시 적절하게 이루어지지 못하고 있다는 것이 김현의 판단이다. 이때 김현은 당연하게도 "개인을 택하라"고 말하고 있다. 규범 속에서 문학은 양식화가 아닌 고정화의 길을 걷게 되기가 쉽기 때문일 것이다. 다소 길게 정리해보았듯 이처럼 김현은 문학 장르가 현실의 정황은 물론 현실의 의식 태도와 관련이 있다는 전제하에 정신의 양식화와 문학의 양식화를 연쇄시켜보고 있다. 이러한 작업은 그가 『문학사회학』에서 "문학 장르는, 루카치와 골드만이 분명하게 보여준 그대로, 역사적·사회적 문맥에서 떼어낼 수 없는 요소들을 갖고 있다"라고 설명한 장르 사회학의 방법론과 온전히 일치한다. 1960년대 후반의 김현은 '양식화'라는 키워드를 통해 한국 시사에 관한 장르 사회학적 분석을 시도해본 셈이다. 그렇다면 김현이 "향가·여요·가사·시조를 연구한 한국문학자"들에게서 시의 사

---

51 위의 글, 48~49면.
52 위의 글, 49면.
53 이에 대한 논의는 김현, 「염상섭과 발자크-리얼리즘론 별견2」(『김현문학전집 2-현대 한국문학의 이론 / 사회와 윤리』)에서 반복·확장된다.

회학적 조명을 발견할 수 있다고 할 때, 이는 엄밀히 말해 '장르 사회학'이라 할 수 있다. 한 사회에서 특정한 장르가 발생하는 역사적 맥락을 살피는 이같은 장르 사회학은 문학과 현실의 어떤 관계를 보여주는 것일까.

김현이 「한국문학의 양식화에 대한 고찰」에서 문학의 역사를 양식화의 지속적인 교체 과정으로 파악한 것을 랑시에르식 미학의 정치성, 즉 '감성적인 것의 재배치'를 읽어낸 논자도 있다.[54] 양식화는 "질서에 대한 욕구"이며, 새로운 '질서에 대한 욕구'가 기존의 질서를 대체하는 과정, 즉 이러한 영구혁명의 과정이 문학의 역사라 한다면, 문학사의 과정 자체가 그대로 문학의 정치의 역사라 볼 수도 있을 것이다. 그러나 김현이 양식화의 교체과정을 살피며 보다 강조해 증명하는 것은, 현실혹은 정신의 양식화가 어떻게 문학의 양식화로 결과하는지에 관한 것이다. 랑시에르식 문학의 정치가 단순히 말해 문학이 어떤 방식으로 한 사회의 규범적 감성 체계를 교란시키는지를 탐색하는 것이라면, 즉 문학의 자율성을 문학의 타율성으로 이동시키는 것이라면, 장르의 역사적·사회적 발생 조건을 탐색하는 장르사회학적 연구는 문학의 직접적 정치성을 추출해내는 일과는 다소 무관한 것이 될 수 있는 것이다. 결론적으로 말해 1960년대 말과 1970년대 초에 이루어진 김현의 문학사적 탐색은 그 자신 1970년대 후반에 고민한 문학의 정치성, 즉 문학과 현실의 직접적 관계를 비평의 역할을 통해 도출해내는 작업을 앞서 실천한 것이라 보기는 어렵다. 문학사회학적 방법론에 대한 그의 관심 그 자체를 두고 김현이 문학의 정치성을 실천하고자 했다고 말하기는 곤란한 셈이다. 그렇다면 작가의 사회학에 대한 그의 관심은 문학의 정치를 실천해낼 수 있었을까.

---

54 김형중, 앞의 글 참조.

2) '작가의 사회학'과 '상상력' 분석

2장에서 정리한 바를 상기해보면, "이론적 실천"의 방법론은 작품 안에 현실 개조의 의욕이 뚜렷이 노출되지 않더라도 작품이 보여주는 현실을 재구성하여 작가의 현실 인식이 세계 개조적이라는 점을 밝혀내는 데 주력한다. 김치수가 정리하는 소설 사회학의 관점에서 말하자면 한 편의 소설에서 "체제가 표방하는 것 뒤에 감추어진 눈에 보이지 않는 현실의 구조를 밝혀내는"[55] 작업이라고 바꿔 말할 수도 있을 것이다. '실천적 이론'의 비평이 세계를 개조해야 한다는 의지를 영웅적으로 표출하는 인물에 주목할 때, '이론적 실천'의 비평은 모순된 현실 속에서 고통을 느끼는 인물에 주목하는 경향이 크다.[56] 작가 혹은 작품의 실천적 의지는 작품 속 '인물'을 경유해 드러나는 경우가 많은 것이다. 문학사회학이 시보다는 소설에 적합한 이론이 되는 것은 소설이 산업화시대의 산물로서 교환가치에 의한 인간의 가짜 욕망을 고발하는 양식이라는 점과 관련이 크기는 하다.[57] 그러나 소설과 시에서 '인물' 혹은 '화자'가 드러나는 양태가 근본적으로 상이하다는 장르의 고유한 형식적 차이를 음미해볼 필요가 있다. 대체로 소설의 서사는 구체적인 행위자와 공간을 전제로 한다. 반면 시에서는 화자의 정체성을 확정지어줄 구체적인 지표들이 지워져 있는 경우가 많다. 시의 화자는 개별적이고 특수한 주체라기보다는 보편적 주체라

---

55 김치수, 「문학과 문학사회학」, 『문학사회학을 위하여』, 23면.
56 김현, 「비평의 방법」, 앞의 책, 345면. 그런 점에서 이 두 비평의 전략은 동일한 텍스트를 다르게 보는 것이 아니라 애초에 성격이 다른 텍스트에 대한 각자의 편애를 드러내는 것이라고 할 수도 있다.
57 이에 대해서는 김치수, 「산업사회와 소설의 변화」, 『문학사회학을 위하여』, 56~62면 참조.

고 해도 무방한데, 시에서 그려지는 상황들은 절대적으로 구체적이고 내밀해서 오히려 보편성을 띠는 경우가 많기 때문이다. 시의 화자는 특수한 집단의 가치관을 대변하는 인물로서가 아니라 보편적 인간 주체로서 말하는 경우가 대부분인 것이다.

'이론적 실천'이 "현실의 고통스러움의 드러냄"[58]에 주목한다고 할 때, 고통 받는 개인의 목소리가 훨씬 더 직접적으로 표출되는 것은 시라는 장르를 통해서일 수는 있다. 그러나 이러한 고통의 목소리가 현실의 숨은 구조를 드러내는 것으로 해석되고 나아가 이를 통해 시인의 현실 개조의 의지가 추출되기 위해서는, 구체적 공간 속에서 인물의 구체적 행위가 재현되는 소설에서보다, 더 적극적인 해석을 필요로 한다. 달리 말해 '비평'의 역할이 훨씬 더 중요해지는 것이다. 소설 속 인물의 고통은 특정한 집단을 대표하는 것으로 파악되기 쉽지만 시에서의 발화는 보편성을 띨 수는 있을지언정 특수한 집단의 대표성을 띠기는 쉽지 않다. 더군다나 시적 발화는 시인의 발화와 온전히 구분되기는 힘들기 때문에 한 편의 시 작품을 '시의 사회학'이라는 관점에서 읽어내는 것은 꽤 까다로운 일이 된다. 이런 이유들로 인해 '시의 사회학'은 '작가의 사회학'으로 환원될 가능성이 크며, 이때 한 편의 시 작품을 '시인'을 매개로 읽어낼 수 있는 비평의 역할이 훨씬 더 강조되는 것이다. 1970년대 김현의 시 비평이 주로 '상상력' 연구를 통해 시인의 심리분석에 주목하는 것을 이러한 맥락에서 생각해 볼 수 있다.

「상상력의 두 경향」에서 김현은 1970년대 시평의 혼란을 지적하며 장 이테의 「발레리의 시학」을 참조하여 시평의 대상을 네 가지로 분류한다.

---

58 김현, 「비평의 방법」, 앞의 책, 345면.

시미학, 시인 심리학, 독자 심리학, 시적 전이 사회학이 그것이다. 이때 시미학은 시의 내적 조건들을 연구하는 것이며 시적 전이 사회학은 작품을 통한 미학적 경향의 전파를 연구하는 것이라고 간단히 소개된다. 이 네 가지의 방법론 중 가장 애매모호한 성격을 띠는 것은 시인 심리학과 독자 심리학을 포괄하는 예술 심리학이라고 김현은 말한다. 예술 심리학은 작품을 산출한 사람이나 그것을 읽는 사람의 심리 분석을 통해 예술적 창조의 '내용'을 연구하는 방식인데, 중요한 것은 이때의 탐구 영역이 표면적인 시의 내용에 관한 것이 아니라 시인이나 독자의 "의식 속에 위치한 레알리테"[59]라는 점이다. 「상상력의 두 경향」은 시인 심리학 중 전형적인 문제라 할 수 있는 상상력에 관한 연구가 한국의 시 비평에서 소홀히 다루어졌음을 지적하며 김화영, 이승훈, 최하림, 정현종, 강호무, 이성부 등 신인들의 시에서 특유의 상상력을 도출하여 '시인 심리학'적 비평을 직접 시도하는 글이다.

이 글에서 김현은 상상력을 "동적 이미지를 산출하는 능력"과 "형태적 이미지를 산출하는 능력"으로 나눈다. 이때 상상력은 '개념화'와는 다른 말로서 "추상적 가치를 살뿔" 뿐이라고 설명된다. 가령 너도밤나무라는 이미지를 상상력이 떠올릴 때, 그것은 개념화되지 않는, 개인의 감정 속에 융화되어 있는 나무 형태의 어떤 것에 불과하다. 시의 해석이 다양해지는 것은 이러한 상상력의 작용 때문이다. 이때 상상력은 "형태적 이미지"와 "동적 이미지"라는 두 패턴으로 나타난다. 형태적 이미지는 "과거의 집적"을 필요로 하며 개인의 생활과 밀접한 관련을 맺는다. 과거의 모든 경험은

59　김현, 「상상력의 두 경향」(최초발표: 『사계』 2, 1967), 『김현문학전집 3 – 상상력과 인간 / 시인을 찾아서』, 문학과지성사, 1991, 82면.

"원형"이라고 하는 하나의 이미지로 귀환하며 현재는 과거의 한 환영에 지나지 않는 것이 된다. 이처럼 과거 경험의 극점이 하나의 형태를 얻고 나타난 것이 형태적 이미지라면, 동적 이미지는 "정신의 안벽을 격렬하게 스쳐지나간 '어떤' 힘에 의해 자극될 뿐"[60]이라고 김현은 말한다. 형태적 이미지를 구축하는 상상력을 소유한 사람은 주로 생활의 콤플렉스를 느끼는 사람이고, 반대로 동적 이미지를 구축하는 상상력을 소유한 사람은 생활에 콤플렉스를 느끼는 것보다는 오히려 형이상학적이고 질적인 것, 정신을 구속하는 어떤 힘에 콤플렉스를 느낀다고 구분하는 것은 가설에 가까운 이론임에도 불구하고 흥미로운 데가 있다. 정신분석을 결국 과거의 콤플렉스 분석으로 환원시키는 고전적 프로이트의 방법론과 거리를 두고 있는 김현의 이러한 이미지 구분법은 그 자신의 설명처럼 프로이트 정신분석의 전거로 시작품을 활용하는 것이 아니라, 시작품을 통해 본격적으로 개인 심리학을 연구하려는 데 그 목적이 있다.

그렇다면 이러한 상상력 연구, 즉 개인 심리학에 관한 연구는 김현에게서 어떤 방식으로 이루어지며 그것은 어떻게 문학과 현실의 관계를 매개하고 있을까. 상상력 혹은 이미지를 통해 시인의 심리에 접근하려는 김현의 연구는 대체로 유년 시절의 삶과 작품을 연결시키는 (그 자신 거리를 두려고 했던) 프로이트적 방법론을 차용·변주한 연구와, 시인에게 가해진 문화사적인 압력을 중요하게 분석하는 문화심리학적 연구로 대별된다. 전자의 대표적인 예로 김춘수에 관한 글들을 참조할 수 있다. 어린 시절에 대한 시인의 회상을 토대로 김현은 김춘수의 시에 등장하는 '처용'이라는 인물이 어린 시절의 부유함에 대한 부끄러움과 할머니로부터 비롯된 거

60   위의 글, 83면.

세·순결 콤플렉스를 표현하는 표상이 된다고 분석한다.[61] 고은의 시에서 누이의 죽음이라는 트라우마를 발견한 것도 마찬가지의 방법론에 따른 것이다.[62]

한편 『상상력과 인간』의 서문에서 김현 스스로 "사회와 그 사회에 소속된 인간의 규범을 벗어난 행위의 관계를 밝히려는 작은 시도"로서 "프로이트와 현대 사회학을 결합하려는 의도 밑에 구상"[63]된 것으로 소개되는 「광태연구」『지성』, 1972.5~6는 개인의 사적인 트라우마를 작품 속 원형적 이미지와 연결시키기보다는 문화사적인 관점에서 시인의 심리를 분석해내는 글이다. "문화사적인 광태"에 주목하는 김현은 미셸 푸코의 말을 빌려 "광태"야말로 폐쇄된 사회를 뚫을 수 있는 유일한 정신의 양태라고 명명하며 고려 후기의 문인 임춘과 중세 프랑스의 시인 프랑소아 비용이 자신이 속한 사회의 규범을 어떻게 벗어나고 있는지 다루고 있다. 또한 샤또브리앙, 라마르틴, 위고, 보들레르, 말라르메, 베를렌, 사멩 등 19세기의 낭만주의자들, 이른바 "뿌리뽑힌 예술인"[64]들의 보수주의"미조네이슴"와 여성 편향을 '광태'라는 관점에서 분석하기도 한다. 이러한 시각을 한국 시사에 적용한 글은 「여성주의의 승리」『현대문학』, 1969.10일 것이다. 이 글에서 김현은 1920년대 시인들을 사로잡은 "상징주의적 삶"[65]에 대해 논한다.

---

61 김현, 「처용의 시적 변용」(최초발표 : 『문학과지성』, 1970 겨울), 『김현문학전집 3 ─ 상상력과 인간 / 시인을 찾아서』, 193~207면.

62 김현, 「시인의 상상적 세계 ─ 고은론」(최초발표 : 『사계』 3, 1968), 『김현문학전집 3 ─ 상상력과 인간 / 시인을 찾아서』, 251~268면. 한편, 김현과 고은의 대화를 통해 서술된 「고은을 찾아서」(최초발표 : 『시인을 찾아서』, 민음사, 1975)에서는 고은의 여성 취향이 김춘수 등의 시편들에서 추체험된 것이며 그에게는 실제로 누이가 없었다는 사실이 소개된다.

63 위의 책, 11면.

64 위의 책, 166면.

65 위의 책, 108면.

상징주의적 삶이란 상황의 압박을 극복하여 지배하려는 삶, 즉 기성의 고루한 윤리관에서 벗어나려는 몸부림으로 명명되는데, 이러한 상징주의적 삶이 1920년대의 시인들에게 어떻게 탕진되고 있는지가 분석된다. 과거를 척결하려 했으나 새것이 완벽히 체질화되지 않은 모순된 상황 속에서 1920년대의 시인들은 그 모순을 배태한 사회 구조로 눈을 돌리기보다는 서구의 상징주의를 부정적 자기표출의 이론적 배경으로 취하게 되고, 모든 사태를 여성 특유의 탄식으로 바꿔버리는 한국적 패배주의를 양산하게 된다고 김현은 비판적으로 분석한다. 이처럼 심리학적인 방법론을 적용하여 작가와 작품의 관계를 분석하는 김현은 작가 고유의 콤플렉스와 이미지의 관계를 다소 자의적으로 분석하여 프로이트적 정신분석의 차원에서 작품에 접근하거나, 작가를 둘러싼 시대적 정황을 추상적으로 분석하여 문화사적인 심리의 차원에서 작품에 접근하고 있다. 이러한 방법론이 특수한 집단 혹은 특수한 계급의 심리를 발견해내는 사회심리학으로 발전하기는 쉽지 않아 보인다.

요컨대 시에 관한 김현의 연구는 그것이 작품의 사회학으로 향할 경우에는 시라는 장르가 발생하게 된 역사·문화적 조건을 살피는 장르 사회학적인 연구로, 그것이 작가의 사회학으로 향할 경우에는 시인 개인의 콤플렉스를 점검하거나 시인을 둘러싼 문화사적 정황을 살피는 심리학적 연구로 분화되고 있다. 이러한 연구들은 시라는 장르 혹은 하나의 시 작품이 발생하게 된 외적 동기들에 더 많은 관심을 두는 것으로서, 거꾸로 시 작품이 작품의 외적 현실에 어떻게 개입할 수 있는지에 대해서는 분명한 해법을 보여주지는 않는다. 그가 「비평의 방법」에서 기대한 바 문학이 현실 개조의 의지를 드러낼 수 있다 하더라도, 그것이 어떻게 실증될 수 있는지는 여전히 모호한 채로 남아 있다. 물론 1970년대의 김현이 시라는 장르를 통해 반복해 강조하는 것은 "시와 시인은 그것이 존재한다는 사실만으로도 산업 사회의 대중화 현상에 대한 하나의 각성제가 된다"[66]는 시의 사회적 존재에 관한 것이다. 문학 작품의 상품화에 맞서는 이같은 시의 존재는 그 존재 자체만으로도 생산성과 교환가치만을 강요하는 산업화시대에 제동을 거는 역할을 할 수 있을지 모른다. 문학의 절대적 자율성을 전제로 말이다.[67] 결국 문학의 자율성만을 반복해 강조하는 김현의 '이론적 실천'의 방법론은 현실 개조의 의지가 문학 내부로부터 문학 외부로 어떻게 이행될 수 있는지 구체적으로 논증하지 못한 이론에 불과한 이론이 되어버렸다고도 할 수 있는 것이다.

4. 독자 사회학과 공감의 비평

김현이 기대했듯 문학의 자율성이 문학의 타율성으로 이동하기 위해서는, 즉 문학 내부에 존재하는 현실 개조의 의지가 문학 외부로 확장되기 위해서는 결국 독자의 역할이 강조되어야 한다. 독자의 사회학을 살펴야

---

66 이러한 관점에서 김현은 1970년대에 활발히 벌어지고 있는 '시 동인지 운동'에 주목한다. 동인지 운동은 문학을 대량 생산의 상품으로 전락시키지 않으려는 운동으로서 문학 작품의 상품화가 가져올 위험을 경고하는 역할을 하고 있다는 것이다. 김현, 「산업화 시대의 시」(최초발표 : 『성신여대 학보』, 1978.5.22), 『김현문학전집 4 - 문학과 유토피아 : 공감의 비평』, 110면.

67 이처럼 문학의 자율성과 사회의 생산성을 대립시키는 김현의 논리는 대량 생산 체제의 근대 산업 사회가 애초에 자율성을 뿌리로 하고 있다는 점에서 모순을 내포한다고 정과리는 분석한다. 이러한 모순을 '혼란'으로 이해하여 그 혼란을 적극 사유하고자 하는 것 역시 김현의 방법론이 된다고 그는 주장한다. 정과리, 「김현 비평의 현재성」, 『문학과사회』, 2000 여름, 427~433면.

하는 것이다.

독자의 사회학에서는 다음의 몇 가지가 주목되어야 한다. ① 독자의 작품 수용은 한 작품의 중요성을 객관적으로 평가하는 데 제일 접근하기 쉬운 기준이다. 그러나 독자의 작품 수용이 그 작품의 미학적 성공도와 항상 어울리는 것은 아니다. 판매에 성공한 작품이 미학적으로는 성공하지 못한 작품일 가능성은 언제나 있다. ② 작품과 독자의 관계는 더 복잡하고 내밀하다. 내가 어떤 독자를 상대로 글을 써야겠다고 생각하는 작가의 의도는 작품의 제작에 상당한 영향을 미친다. 작품은 항상 누구를 위해 쓰인다. ③ 한 작품과 독자와의 관계는 작품의 객관적 운명을 형성한다. 그것은 역사 속에서 작품의 동적 얼굴을 현실화한다. 그 관계는, 사회적-감정적 주제들의 상호 교통, 작품이 보여주는 가치관과 수용자로서의 독자가 보여주는 가치관의 상호 충돌·교류에 의해 심화되고 역사화된다. ④ 수용자로서의 독자의 한 전형적 모형이 비평가이다. 그 비평가의 이론은 작품 수용의 이론이며, 그런 의미에서, 문학 이론의 사회학은 독자의 사회학의 중요한 국면을 이룬다. 그 사회학의 기초를 이룰 비평가의 사회학은 작가의 사회학과 같은 내용으로 이루어진다.[68]

앞서 간략히 언급했듯 「문학사회학의 구조」에서 김현은 독자 사회학에 대해 작품의 판매와 미학적 성공의 관계, 작가의 의도, 작품과 독자와의 감정적 교통, 수용자의 전형적 모델로서의 비평가 등에 관해 몇 가지 문제들을 나열한다. 별다른 이론적 근거가 제시되지 않는 것으로 보아, 이 내

---

68 김현, 「문학사회학의 구조」, 앞의 책, 308~309면.

용은 김현 자신의 생각이 나열된 것인 듯하다. 여기서 김현이 비평가를 독자의 한 전형으로 평가하면서 비평가의 작품 수용 이론이 독자 사회학의 중요한 국면을 이룬다고 판단하는 장면은 주목할 필요가 있다.

이 글에서 반복해 강조했듯 '이론적 실천'의 방법론에서 중요한 것은 독자의 실제 반응이다. 즉 작품의 정치가 어떻게 현실의 정치로 전이될 수 있는지에 대해서는 독자를 매개로 살펴야 하는 것이다. 김현의 주장대로 비평가가 독자의 전형이 되는 것이라면, 비평의 행위 그 자체가, 즉 작품의 숨은 구조를 밝혀내는 비평의 '의미화' 과정 자체가 결국 '이론적 실천'의 적극적 실천이 되는 셈이다. 김현 그 자신 비평의 과정에서 '공감'을 중시하며 자신의 주관적 감상을 제출하는 데 거리낌이 없었다는 점을 상기하면 그가 자신을 비평가이기 이전에 한 명의 독자로 상정했음을 알 수 있다. 1975년에 발간된 『시인을 찾아서』민음사, 1975의 서문 「마주치지 않고는 시를 읽을 수 없다」에서 그가 "시의 이해는 두 개의 자아가 마주치고 부딪치는 순간에 이루어진다"라고 말할 때 이러한 입장은 분명해진다. 요컨대 적어도 김현 그 자신에게 있어서만큼은 '이론적 실천'의 방법론이 단지 이론적인 것만은 아니게 되는 것이다. 그 스스로 작품 속 현실 개조의 의지를 읽어내고 있는 한 명의 독자이기 때문에, 작품의 정치가 현실의 정치로 옮겨가는 과정, 즉 현실의 무지를 깨닫게 하고 문학이 하나의 꿈이 되는 과정은 한 명의 독자로서의 그 자신의 작업에 의해 증명되고 있기 때문이다. 이러한 점에서 김현을 비롯한 『문지』의 문학주의가 엘리트주의의 소산이라는 비판은 어느 정도 타당한 것이 된다. 모순된 현실이 주는 고통의 감정을 교환하는 것이든, 새로운 감성을 발견하는 일이든, 문학의 정치가 작품과 독자 사이의 상호 매개를 통해 증명되어야 하는 것이라면,

김현은 비평가인 자신을 독자로 상정함으로써만 문학의 정치성을 인정할 뿐, 일반 독자들은 염두에 두지 않을 것일 수 있기 때문이다. 1980년대를 앞둔 김현은 문학의 현실적 효력을 문제 삼고 있지만 여전히 문학의 자율성 안에만 갇혀 있다고 볼 수 있다. 이처럼 작가-작품-현실의 관계를 작가-작품-비평가또는 독자의 관계로 치환시킨 김현의 '이론적 실천'의 전략은 그 성공 여부가 충분히 증명될 수 없는 이론으로 남는다. 문학의 정치성은 독자의 사회학으로부터 점검되어야 하는, 언제나 '진행 중'인 프로젝트이기 때문이다.

제3장

주변부문학의 (불)가능성 혹은 문학 대중화의 한계

백낙청의 '시민 / 민족 / 민중문학론' 재고

1. 민족문학론의 논리와 다원주의

'시민문학론'에서 '민족 / 민중문학론'으로, 나아가 '제3세계문학론'으로 이어지는 1970년대 백낙청 비평의 지적 여정에서 가장 매력적인 지점은 아마도, 시민혁명의 경험도 없으며 정치 · 경제 · 군사적으로 후진적 상태에 놓인 한국의 민족문학으로부터 선진적 세계문학의 가능성을 엿본 부분이다. 「민족문학 개념의 정립을 위해」에서 점검되듯 "감상적 또는 정략적 복고주의"는 물론 "국수주의"와도 거리를 두는 백낙청의 민족문학론은 봉건세력의 착취와 제국주의 열강의 압제 속에서 참다운 시민의식을 발전시켜나가는 민중의 역할을 중시한다. "'민족문학'의 개념을 열강의 제국주의적 침략으로 민족의 생존과 존엄 자체가 위협받게 된 상황에서 요구되는 특수한 개념"[1]으로 다루는 백낙청은, 이러한 민족문학이 봉건주의 · 제국

---

1   백낙청, 「민족문학 개념의 정립을 위해」, 『월간중앙』, 1974.7(백낙청, 『민족문학과 세계문학 I - 인간해방의 논리를 찾아서』, 창비, 2011, 169면) 이하 특별한 언급이 없는 한 백낙청의 글은 위 책에서 인용하며, 각주에는 최초 출전과 위 책의 페이지수를 병기

주의 · 식민주의에 대한 철저한 비판과 저항을 기본적 생리로 하며 나아가 냉철한 "자기인식과 자기분열극복의 작업"[2]을 통해 완성된다고 주장한다. "단순히 제국주의를 비판하는 것만으로 후진국의 문학이 세계문학의 선진적인 대열에 낀다는 논리는 성립하지 않는다"[3]는 것이다. 후진국 민중의식의 선진성이 니체식의 원한감정과 거리가 멀다는 점을 여러 지면을 통해 강조한 그는, 후진국의 선진성은 자신들이 직접 체험하고 있는 모순적인 현실을 토대로 불합리한 국제질서를 좀 더 보편적인 관점에서 사유할 가능성에서 찾아진다고 말한다. 현실적으로는 여러 모로 불리한 입장에 놓여 있지만 이러한 민중의식의 발견을 통해 후진국의 민족문학은 마침내 세계문학의 반열에 오를 수 있게 되는 것이다. 아니, 선진적 시민의식의 발견에 관해서라면 후진국의 민족문학은 훨씬 더 유리한 입장을 점하게 된다. 백낙청의 민족문학론의 요체는 바로 이것이다.

뒤에서 상세히 살펴보겠지만 백낙청이 후진국 문학의 선진성과 관련하여 다양한 역사적 사례를 들고 있음에도 불구하고, 그의 이러한 논리는 특수한 현실의 불행이 어떻게 인류의 보편적 행복에 기여하는 시민의식으로 발전할 수 있는지, 그리고 선진적 의식은 어떤 매개를 통해 선진적 문학으로 재현될 수 있는 것인지 등에 관해 충분히 설명되지 않는 부분들이 있다. 여러 논자들이 지적했듯 백낙청의 민족문학론은 당위적 · 실천적 개념이자 나아가 이상적 개념이라고까지 할 수 있다.[4] 그의 실제 비평에 있

하도록 한다.
2   위의 글, 167면.
3   위의 글, 166면.
4   일례로 황종연은 백낙청에게 리얼리즘이 "특수한 시대와 문화에서 유래한 특수한 문학 관습"이기보다는 "불변의 예술적 이상 또는 당위로 존재하는 듯하다"고 지적한다. 백낙청 · 황종연, 「무엇이 한국문학의 보람인가-문학평론가 백낙청과의 대화」, 『창작과비

어서도 작품을 실증적으로 읽어내는 선행 과정을 통해 이론적 결론을 이끌어내는 것이 아니라 자신의 입론을 전제로 작품을 자의적으로 선택·해석하는 경우가 많다는 점도[5] 이러한 사실과 무관하지 않다. 이처럼 다소 이상적이고 관념적으로 느껴지는 민족문학론을 백낙청이 고수해온 것은 한국사회가 오랫동안 후진적 상황을 벗어나지 못하고 있다는 당시의 현실적 조건과 관련이 크겠지만, 선진국의 역사와 문학을 공부한 후진국 지식인으로서 절감한 개인적 낙차와도 연관이 있어 보인다. 당대의 맥락에서 보면, 일제 식민 지배를 겪었고 타의에 의한 분단 상황이 지속되는 한 여전히 피식민적 상황을 벗어날 수 없는 한국의 후진적 현실 속에서, 이처럼 선진적 세계문학이라는 기준으로 민족문학의 가능성을 가늠하려는 백낙청의 민족문학론은 그것이 정과리의 지적대로 후진국 콤플렉스의 발현일지언정[6] 한국문학의 가능성에 대해 애정을 갖고 사유할 수 있는 하나의 길을 열어준 것이라 할 수 있다. 백낙청의 이론적 도정에서 그의 민족문학론이 결국 한국적 특수성을 보편성의 차원에서 포괄하는 제3세계문학론으로 확장되는 것을 볼 때, 1970년대적 상황에서 백낙청은 철저히 객관적인 시각으로 한국문학의 가능성을 증명하고자 시도했다고 하겠다.

이처럼 한국문학이 처한 특수한 조건들, 정확히 말해 후진적 조건을 보편성의 차원에서 재사유하며 '한국'문학의 가능성을 증명하려는 백낙청의 논의는 1960~1970년대 당시 박정희 정부와 비판적 지식인들이 '동

평』, 2006 봄, 299면.

5 이현석, 「60~70년대 담론의 실정성과 백낙청의 문학비평」, 『개신어문연구』 30, 개신어문학회, 2011, 217면.

6 이에 대해서는 손유경, 「백낙청의 민족문학론을 통해 본 1970년대식 진보의 한 양상」, 『한국학연구』 35, 인하대 한국학연구소, 2014, 169면.

원'과 '저항'이라는 서로 다른 목적에서 '한국적인 것'을 경쟁적으로 전유하려고 했던 사정과 맞물려 있기는 하다.[7] 거칠게 말한다면 백낙청에게 민족문학론이란, 문학이라는 특수한 매개를 경유해 '한국적인 것'의 가능성을 확인하려는 보다 원대한 작업의 일부였다고도 할 수 있다. 이러한 관점에서 보면 영문학자이자 비평가인 백낙청에게 '문학'은 오히려 부차적인 것이었다고 오해될 소지도 있다. 통상적으로 백낙청을 위시한『창작과비평』의 문학론은 '역사실천주의'의 관점에서 "민중에의 몸담음"[8]을 실천하는 '운동으로서의 문학'을 추구하는 것으로 이해되며 그러한 평가는 한국의 대·내외적 조건은 물론 문학을 둘러싼 여러 사정들이 판이하게 달라진 오늘날까지도 유효한 관점으로 인식되는 경향이 있다. 문학의 대사회적 기능이 약화되고 문학의 자율성이 점점 더 강화된 1990년대 이후부터 최근까지의 문단에서, 창비가 어떤 행보를 보였으며 창비에 대한 이같은 오래된 선입견이 어떤 문제적 작용을 일으켰는지에 대해서도 관심을 둘 필요가 있다. 그러나 이 자리에서 그러한 양상들을 세밀히 다룰 여력은 없으며 이 글은 '운동으로서의 문학'의 기원이 되는 자리에 놓인 1970년대 백낙청의 민족문학론의 의미를 재사유하는 것을 목표로 한다.

재차 확인해야 할 것은『창작과비평』의 창간사로 쓰인 「새로운 창작과 비평의 자세」1966에서부터 백낙청이 지속적으로 강조해온 것이 바로 문학의 "사회기능"이라는 사실이다. 소박한 순수·참여론의 대립과 그것의

---

7 이에 대한 실증적 검토로는 김원, 「'한국적인 것'의 전유를 둘러싼 경쟁 – 민족중흥, 내재적 발전 그리고 대중문화의 혼적」, 『사회와 역사』 93, 한국사회사학회, 2012 참조. '한국학 운동'의 관점에서『창작과비평』의 학술사적 위치를 검토한 논문으로는 김현주, 「『창작과비평』의 근대사 담론」, 『상허학보』 36, 상허학회, 2012 참조.
8 정과리, 「소집단운동의 양상과 의미」, 『문학, 존재의 변증법』, 문학과지성사, 1985, 54면.

공허한 절충주의를 비판하며 이전 세대와 거리를 두려는 목적으로 쓰인 이 글에서, 그는 "새로운 창작과 비평을 위한 실험은 예술적 전위정신과 더불어 역사적·사회적 소명의식, 그리고 너그러운 계몽적 정열을 갖추어 야 하겠다"[9]라고 적으며 문학하는 자세에 있어 '역사적·사회적 소명의 식'을 가장 중요한 가치로 내세운다. 백낙청의 민족문학론이 당위적이고 이상적인 개념일 수 있다는 점에 대해서는 앞서 지적한 바, 역사적 사실과 현실의 구체적 상황들에 민감한 듯 보이는 백낙청의 문학론은 실상 문학 의 실제적 기능보다는 그것의 기대효과에 더 주목한다는 점에서 다분히 원론적인 문학주의의 면모를 보인다고 할 수 있다. 극단적인 예술의 자율 성과 '예술의 비대중화'를 경계하는 동시에, 문학의 "사회기능"이 궁극적 으로 "사회 및 인간에 대한 꿈"[10]을 전제로 한다고 말하며 그러한 꿈을 성 취하기 위한 인간의 "선의"[11]를 강조하는 백낙청의 문학론은 문학을 단순 히 도구화하는 것과는 거리가 멀어 보이는 것이다. 「시민문학론」1969에서 문학을 매개로 발견되어야 할 시민의식을 그가 '사랑'이라는 보편적인 용 어로 설명해낼 때, 그리고 여러 지면을 통해 '인간 본연의 마음', '참마음', '인간회복' 등 문학적으로 다소 보편적인 어휘들을 반복하는 것을 볼 때, 문학의 "사회기능"에 관한 그의 믿음이 결국 문학 자체에 대한 믿음으로 수렴한다는 생각을 하게 된다.

이러한 사실들과 관련하여 이 글은 두 가지 질문에 관심을 둔다. 첫째, 후진국 문학으로부터 선진적 가능성을 확인하는 그의 민족문학론이 내장

---

9   백낙청, 「새로운 창작과 비평의 자세」, 『창작과비평』, 1966 겨울, 403면.
10 위의 글, 381면.
11 위의 글, 426면.

한 한계에 관한 것이며, 둘째, 이러한 민족문학론의 한계가 문학에 대한 그의 기본적인 입장과 어떤 관련을 맺는지에 관한 것이다. 우선 첫 번째 질문과 관련하여 다음과 같은 지점들을 생각해볼 수 있다. 대내적으로는 '농민문학론'으로, 대외적으로는 '제3세계문학론'으로 발전되는 그의 민족문학론은 쉽게 말해 타자지향의 문학론이라 할 수 있다. 선진국과 후진국, 도시와 농촌, 식민지와 피식민지의 관계 자체가 고정불변이 아니며 역사적이고 상대적인 것일 수 있듯, 그가 지향하는 대상, 즉 선진적 시민의식을 발견할 수 있는 타자적 대상 역시 고정된 실체는 아니다. 집단과 집단 사이에서, 혹은 집단과 개인 사이에서, 때로는 개인과 개인 사이에서 한 대상이 지닌 정체성은 끊임없이 갱신되기 때문이다. 그러므로 타자적인 것에의 지향은 기본적으로는 시시각각 달라지는 관계 속에서 사유되어야 하며 궁극적으로는 한없이 특수하고 개별적인 주체들에 대한 절대적 인정으로 귀결되어야 한다. 상대적 타자성에의 고려는 결국 절대적 특수성에의 존중으로 성취된다고도 할 수 있다. 그렇다면 백낙청이 중시한 '민족'과 '민중'이라는 집단 지향의 키워드들은 어떻게 이해되어야 할까.

2006년 창작과비평사의 창간 40주년을 기념하여 『창작과비평』의 지면을 통해 진행된 백낙청과의 인터뷰에서 황종연은 1987년 체제 이후의 다원화된 시대적 상황에서 민족주의적 관점을 여전히 고수하는 "분단체제론"이 유효한지, 더불어 민족과 같은 특정한 아이덴티티가 '민중' 개념을 여전히 점유하고 있는 것이 정치적으로 올바른 것인지에 대해 재점검의 필요성을 요청한다. "여러 집합적 아이덴티티들이 교차하는 지점에 개인의 자아가 성립"하기 때문에 그런 맥락에서 "민주주의의 주체인 민중 역시 복합적 아이덴티티의 관점에서 다시 생각할 필요가 있다"[12]는 것이다. 이러한 황종연의 지적은 백낙청의 민족 / 민중문학론의 맹점을 정확히 관통하고 있다. 우선, '민주화 이후의 민주주의'의 시대에 '분단체제론'이 여전히 유효한지에 대한 질문과 관련하여 백낙청의 답변은 단호한 편이다. 자본주의 세계체제의 기본적인 문제들이 한반도 내에서는 여전히 '분단'이라는 기본모순과 결부되어 작동하고 있다는 것, "분단체제의 극복이 단지 통일만 하자는 것이 아니라 통일과정에서 우리가 정말 새롭고 더 나은 사회, 민주주의도 더 차원 높은 민주주의를 이룩하는 일이라고 할 때, 민주주의 개념도 그 과정에서 재검토되고 쇄신될 필요가 있다"[13]는 것이 그의 주장이다.

백낙청 그 자신 1997년에 발표한 「분단체제극복운동의 일상화를 위해」에서 다원적이고 일상적인 차원에서의 '분단체제극복운동'을 주장했듯, 류준필의 지적처럼 1990년대 후반의 상황에서 "'분단체제극복운동'이란 남북통일을 단순히 주장하는 운동이 아니라, 특정한 시공간 속에서 다양한 운동'들'이 수렴혹은 상승되어 작용하는 장場을 의미하는 것"[14]이라고 이해될 수는 있겠다. 비로소 "다양한 문학'들'"을 인정한다는 점에서 1990년대 혹은 현재에까지 이어지고 있는 백낙청의 '분단체제론'은 하나의 동질적 문학을 추구하는 민족문학론과 결정적 차이가 있다고[15] 하겠지만, 이러한 다양성에의 사유가 1970년대에는 과연 불가능했던 것인지에 대해서도 재차 질문해볼 수는 있을 것이다. 이와 관련하여 다원화된 시대에 여전히 '민족'이라는 정체성이 강조되는 '민중'의 개념이 적절한지를 지적하는 황종연

---

12 백낙청·황종연, 앞의 글, 304면.
13 위의 글, 305면.
14 류준필, 「백낙청 리얼리즘론의 문제성과 현재성」, 『창작과비평』, 2010 가을, 305면.
15 위의 글, 372면.

의 질문에 대해 "다원주의"라는 용어를 애써 기피하려는 백낙청의 태도는
꽤 흥미롭다. 문화적 차원에서의 다원주의의 수용이 자본의 전 지구적 획
일화라는 모순을 은연중 은폐하는 수단이 될 수도 있기 때문에 이같은 "사
이비 다원화"는 경계될 필요가 있으며 "진정한 다원화"를 추구해야 한다고
주장하는 그는, 그러나 후자의 정확한 의미에 대해서는 별다른 설명을 덧
붙이지 않는다. 후발주자의 선진의식을 기대하는 백낙청의 이른바 타자 지
향적 문학론은 왜 다원주의와 일정한 거리를 두는 것일까. 이 글의 일차적
목표는 1970년대의 상황과 관련하여 이러한 사정을 검토하려는 것이다.[16]
궁극적으로 이러한 의문은 1960년대 이래로 어쩌면 지금까지 줄곧 진보
적 지식인 그룹으로 인정되어온 창비의 면모를 정확히 확인해볼 필요성과
관련이 깊다. 더불어 진보가 과연 시대적 조건에 따라 상대적으로 변하는
개념일 수 있는지에 대한 질문과도 통한다.

한편, 백낙청의 문학론이 기본적으로 개인보다는 집단을 지향하고 문
학을 그 자체로 음미하기보다는 기능화하면서도 그 기능을 '인간해방'이
라는 인류 보편적 차원의 임무에서 찾는 것은 어쩐지 조금 어색해 보이기
는 한다. 왜일까. 집단적 정체성을 강조하는 것이 정치적 전선戰線을 구축
하기 위한 전략적 제휴일 수 있다는 점을 참조하자면[17] 백낙청의 민족문
학론은 다분히 '운동'에 초점을 둔 것이라 할 수 있다. 때문에 우리가 백낙
청의 민족문학론에 기대하게 되는 것은 자연히 문학의 '사회기능'에 대해

---

16 물론 그 이후 현재에 이르기까지 백낙청을 위시한 창비 진영이 "진정한 다원주의"를 어
   떤 방식으로 실천하(지 못하)고 있는지에 대해서는 별도의 점검이 필요할 것이다.
17 정치적인 것의 기본 전제로 적대(hospitality)와 갈등의 개념에 주목한 샹탈 무페에 따
   르면 정치 전선(戰線)의 부재는 정치적 성숙의 기호이기는커녕 민주주의를 위험에 빠
   뜨릴 수 있는 공허함의 징후라고 할 수 있다. C. 무페, 이보경 역, 『정치적인 것의 귀환』,
   후마니타스, 2007, 10~21면.

어느 정도는 구체적인 질문과 해결이 모색되는 장면이다. 그러나 민족문학론에 대한 그의 설명을 쫓아가다보면 결국 보편적이고도 근본적인 차원에서 문학과 사회의 관계를, 그리고 문학의 사명을 확인하는 모습을 발견하게 된다. 이러한 사실은 어쩐지 아이러니하게 보인다. 백낙청이라는 한 인간의 내부에서 제국주의 문학 연구자와 후진국의 지식인이라는 정체성이, 그리고 실천가와 문학주의자라는 정체성이 서로 길항하고 있는 증거처럼 보이기도 하는 것이다. 나아가 지식인이 중심이 되어 '문학'을 매개로 '운동'을 한다는 것이 역시나 당위적이고 이상적인 기대로밖에는 가능하지 않을지 모른다는 근본적 한계를 역설해주는 장면이기도 할 것이다. 민족문학론의 기능적 한계가 문학에 대한 그의 기본적 입장과 어떤 관련을 맺는가라는 이 글의 두 번째 질문은 위와 같은 사실들을 숙고하는 과정과 관련된다.

2. 주변부문학의 (불)가능성

「1983년의 무크운동」을 비롯하여 백낙청 스스로 여러 지면에서 확인한 바 그의 민족 / 민중문학론은 "시민의식을 우리의 입장에서 독자적으로 밝혀보고자 한",[18] 즉 시민문학론이 구체화된 결과라 할 수 있다. 민족문학론의 성격을 확인하려면 당연히 1969년에 쓰인 그의 「시민문학론」을 경유해야 한다. 「시민문학론」의 주요 논지를 짚어보자. 백낙청은 이 글

---

18 백낙청 외, 「학생 독자들과의 좌담—『민족문학과 세계문학』에 관해」(1978), 『백낙청 회화록』 1, 창비, 2007, 411면.

에서 '시민'의 개념을 '소시민'과 구분하여 "우리가 쟁취하고 창조하여야 할 미지未知·미완未完의 인간상人間像"[19]으로 정의한다. 백낙청이 내세운 시민, 혹은 시민의식이라는 개념은 프랑스혁명기의 시민계급과 온전히 일치하는 역사적 용어는 아니다. 백낙청의 시민 개념은 사회 전반의 진화를 도모하려는 실천적 의지를 지닌 인간상 정도로 이해될 수 있다.[20] 이러한 시민의식이 모범적으로 발현된 역사적 사례로 그는 독일 계몽주의에서 보이는 "국외자 내지 낙오자 특유의 날카로운 통찰"[21]과 19세기 리얼리즘에서 보이는 개인과 사회의 완벽한 균형으로서의 "인격화하는 전체화"[22]의 경향을 제시한다. 반면 영국의 제국주의 경험은 영문학에 시민의식의 손실이라는 결과를 가져왔다는 사실도 함께 지적한다. 잘 알려져 있듯 「시민문학론」의 후반부 내용은 한국의 역사 속에서 시민의식의 단초를 드러낸 사례들을 찾는 것으로 채워진다. 이조 후기의 실학과 동학운동, 3·1운동, 4·19 등이 점검되며 한용운, 이상, 김수영이 중요한 "시민시인"으로 제시된다. 이러한 과정에서 '시민의식'이라는 개념은 '사랑', 나아가 (김수영 시의) '자유' 혹은 '평등'이라는 개념과도 유사한 것으로 확장된다.

이와 같은 방식으로 백낙청이 '시민의식'이라는 개념을 "기존의 합리성에 대한 끊임없는 도전"[23]의 의지로, 즉 (떼야르 드 샤르댕의 견해를 빌려) 민

---

19 백낙청, 「시민문학론」, 『창작과비평』, 1969 여름, 24면.
20 "졸고 「시민문학론」은 그에 앞서 이른바 '60년대 문학'의 특징으로 과시되던 '소시민의식'에 대한 부정으로서 '시민의식'을 제창했고 이때의 '시민'은 '부르조아(bourgeois)'의 역어가 아니라 정치의식·주권의식을 가진 사회인, 곧 영어의 citizen이나 불어의 citoyen에 더 가까운 개념임을 분명히 했다"라는 백낙청 그 자신의 언급을 참조할 수 있다. 백낙청, 「1983년의 무크운동」, 『민족문학과 세계문학』 II, 창작과비평사, 1985, 115면.
21 백낙청, 앞의 글, 32면.
22 위의 글, 37면.
23 위의 글, 45면.

주주의를 향한 인간의 전반적인 "진화의식"[24]으로 폭넓게 이해해보려는 것은 「새로운 창작과 비평의 자세」1966에서 개진된 전통단절론과 정체성론을 반성하고 서구적 부르주아지가 성립된 적 없는 한국의 후진적 역사 속에서 시민의식의 가능성을 찾으려는 실질적 목적 때문이다. 엄밀히 말해 민족문학론이 시민문학론의 구체화된 결과라기보다는 시민문학론이 민족문학론의 필연적 전제라 할 수 있을지도 모른다. '시민의식'을 전거로 하여 백낙청의 민족문학론은 편협한 국수주의에 함몰되지 않고 세계문학이라는 보편성의 관점에서 선진문학으로 발돋움할 수 있는 가능성을 얻게 되는 것이다.

『세계의문학』창간 기념 좌담에서 유종호, 김우창과도 의견일치를 보았듯 이러한 시각은 추상적 차원에서의 세계문학이 아니라 "각각 개성있는 복수의 민족문학"이 평등하게 만들어내는 특수성의 집합으로서의 구체적인 세계문학을 상정하는 것이라 할 수 있다.[25] 이처럼 한국의 후진적 현실 속에서 '시민의식'의 단초를 발견해내고 이를 한국문학이 세계문학 안에 자랑스럽게 포진될 수 있는 가능성으로 연결시키는 백낙청의 '시민 / 민족문학론'은 그 초점이 '한국'에 놓이는지, '문학'에 놓이는지 쉽게 가늠하기는 힘들다. 정치·경제적으로 후진적 상황에 놓여 있는 한국적 현실로부터 문학의 '사회기능'을 통해 시민의식의 개화를 기대해보는 그는 한국의 현실에 더 관심을 두는 운동가에 가깝고, 이를 통해 후진국의 한국문학을 세계문학의 보편성 안에 끌어올리려는 그는 여전히 문학자에 가

---

24 위의 글, 26면.
25 김우창 외, 「어떻게 할 것인가―민족·세계·문학」, 『세계의문학』, 1976 가을(최초발표: 『백낙청 회화록』1, 232면).

깎기 때문이다. 백낙청의 이러한 '시민 / 민족문학론'은 대내적으로는 민중 / 농민 / 변두리 문학론으로, 대외적으로는 제3세계문학론으로 변형된다.[26] 거칠게 말하면 전자의 차원에서는 운동가로서의 백낙청이 후자의 차원에서는 문학자로서의 그가 좀 더 부각된다고 할 수 있다.

후진국 민족문학의 역설적 선진성을 피력하는 「민족문학 개념의 정립을 위해」와 같은 해에 쓰인 「한국문학과 시민의식」에서는 시민문학으로서의 농촌문학에 대한 백낙청의 생각이 간략히 제시되고 있다. "역사적 상황에서 농촌은 단순히 도시의 반역사적 기능에서 면제되었다는 이유뿐 아니라 그러한 기능의 직접적 피해자로서 그 해독을 누구보다도 정확히 의식할 수 있는 입장에 있다. 여기서 절실한 민중적 체험에 근거한 농민문학의 '시민문학적' 의의가 생기는 것이다"[27]라고 말하는 그의 논리는 후진국의 역설적 선진성을 피력하는 '시민 / 민족문학론'의 논리와 일치한다. 물론 이처럼 농촌 혹은 농민이 한국사회의 후진적 현실을 구원할 민족의 대표주자로 떠오르게 된 것은 실제 농촌의 현실과는 무관한 담론화의 결과라 할 수 있다. 가령, 김현은 「비평 방법의 반성—실증주의·교주주의 비평에 대한 비판」『문학사상』, 1973.8에서 반일 감정을 고취하거나 농민을

---

26 선진과 후진 사이의 격차를 중시하는 논리가 백낙청의 문학론에서 어떻게 변주·작동되는지를 탐색하는 논의로는 황병주, 「1970년대 비판적 지식인의 농촌 담론과 민족재현—『창작과비평』을 중심으로」, 『역사와문화』 24, 2012; 이수형, 「백낙청 비평에 나타난 지정학적 인식과 인간본성의 가능성」, 『외국문학 연구』 57, 한국외국어대 외국문학연구소, 2015; 소영현, 「중심 / 주변의 위상학과 한반도라는 로컬리티」, 『현대문학의 연구』 56, 한국문학 연구학회, 2015 등이 있다. 이수형은 백낙청의 문학론이 "지리적 불균등 발전"과 "비동시적인 것의 동시성"이라는 "지정학적 세계인식"을 반영하고 있다는 점을 재차 확인하고 있으며, 황병주와 소영현의 논문은 당대의 창비 담론을 두루 살피며 이같은 백낙청의 "중심 / 주변의 위상학"(소영현)이 '농촌'과 '토속'이라는 개념을 어떤 방식으로 호출하고 담론화하는지 비판적으로 점검한다.
27 백낙청, 「한국문학과 시민의식」, 『독서신문』, 1974. 10. 6, 102면.

주인공으로 하는 민족·민중주의 비평의 교조적 성격을 비판적으로 점검하면서, "농민이 한국사회의 가장 억압받는 계층이라는 주장은 한국사회의 모순을 정확하게 관찰하지 못한 소치"[28]라고 언급한 바 있다. "닫힌 세계인 농촌으로의 관심 이동은 도시화가 내포한 중차대한 문제를 외면한 현실 도피의 사고"라는 것이다.

1970년대 비판적 지식인들의 농촌 담론을 두루 검토한 황병주에 따르면 당시 농촌은 민족 개념을 매개로 하여 산업화와 더불어 탈보편화와 재보편화를 경험한 공간이었다 할 수 있다. "근대성을 담지해야 될 민족에게 농촌은 갱신의 대상이었지만 제국수의화된 세계하에서 그것은 민족의 정체성을 구성해주는 토속성의 기반"[29]이 되었다는 것이다. "절실한 민중적 체험에 근거한 농민문학의 '시민문학적' 의의"를 기대한다는 백낙청의 언급까지 참조하자면 당시의 비판적 지식인들에게 농촌이란 현실과는 무관하게 그 자체로 민족 고유의 정체성을 대변할 수 있는 불변의 순수한 토속성을 간직한 공간, 나아가 그러한 정체성을 토대로 도시의 타락을 되비추는 거울의 역할까지 해야 하는 공간이었다고 할 수 있다. 이같은 농촌의 역할이 당위적으로 강요되는 것도 문제이지만, 다분히 당위적이고 관념적인 농촌의 토속성과 선진성이 마치 당연한 현실인 듯 제시되는 것은 더 큰 문제가 된다. 김현의 말대로 농촌을 이상화·관념화하는 것은 도시화의 문제들로부터 도피하는 것일 뿐만 아니라, 점차로 보수화하는 농촌의 문제 역시 외면하는 것이 될 수 있기 때문이다.

---

28 김현, 「비평 방법의 반성―실증주의·교조주의 비평에 대한 비판」, 『김현문학전집 2―현대 한국문학의 이론/사회와 윤리』, 문학과지성사, 1991, 189면.
29 황병주, 앞의 글, 95면.

레이먼드 윌리엄스는 『시골과 도시』에서 "신은 시골을 만들고 인간은 도시를 만들었다"[30]는 관념의 위험성을 지적한 바 있다. 즉 시골을 행복한 유기적 공동체로 관념화함으로써 자본주의 이전의 시기를 신비화하고 자본주의적 도시의 타락을 되비추는 대행자로서만 시골을 상대화하는 것의 문제를 지적한 것이다. 백낙청이 위의 글에서 김지하의 시 「결별」의 마지막 구절 "멀어져가는 도시여 / 잘있거라 잘있거라"를 인용하면서 "소시민적 좌절과 타락의 현장으로서의 도시에서는 결연히 떠나가야 하지만 시민적 각성과 실천의 현장으로서 도시와 농촌 어느 쪽이 더 중요한가는 오직 구체적 실천과정에서만 그때그때 결정되는 것이다"라고 말할 때 그의 주장은 레이먼드 윌리엄스의 것과 어느 정도 상통하지만, 도시 / 농촌의 위상학에서 여전히 농촌이 '도시를 떠나 도달해야 할' 이상적인 공간으로 관념화되어 있는 사실은 변함없다.

"변두리 세계를 올바로 그려내는 작업은 곧 참다운 시민문학·농민문학의 과업과도 일치한다"[31]는 전제 아래 박태순, 조선작, 황석영의 근작을 살피는 「변두리 현실의 문학 탐구」에서 변두리문학을 바라보는 백낙청의 시선도 농촌문학을 대하는 시선과 대동소이하다. 이 글에서 백낙청은 소시민 지식인이라는 외부자, 즉 '국외자'적 시선에서 변두리를 재현하는 일의 곤란을 먼저 짚는다. 일방적인 연민이나 모멸과도 거리를 두고 나아가 변두리에 대한 무관심에 항의하는 작가 정신의 가치를 높이 사면서도, "변두리 인생, 밑바닥 인생에 대한 진정한 연대의식에 못 미치는 바가 많다"[32]는 점을 지적한다. 특히 박태순의 '외촌동 시리즈'에서 자기는 밑바

---

30 레이먼드 윌리엄스, 이현석 역, 『시골과 도시』, 나남, 2013, 116면.
31 백낙청, 「변두리 현실의 문학적 탐구」, 『한국문학』, 1974, 317면.

닥 인생까지 다 보았노라고 호언하는 작중 인물들의 존재는, 신분과 처지가 그들과 확연히 다름에도 불구하고 그러한 '국외자적 한계'를 억지로 은폐하려는 작가의 무의식을 드러낸다고 비판한다. 국외자임에도 국외자가 아닌 척하는 태도는 "국외자 = 가해자"라는 사실에 대한 부인일 수 있으며, 이러한 태도로 인해 무기력한 지식인의 죄책감과 변두리인의 억척스런 생명력에 대한 지식인의 열등감이 은폐된다는 것이다. 그러나 자신의 국외자적 입장을 솔직히 시인하는 태도로 마무리되는 작품 역시 "일종의 자기탐닉"에 불과할 것이라는 지적도 덧붙인다. 이처럼 그가 소시민 지식인 작가들의 심리에 유독 엄격한 점은 징후적으로 읽히는 바, 이는 백낙청 그 자신 농민 혹은 빈민과 거리를 두는 '국외자'라는 사실과 무관할 수 없다.

그렇다면 변두리를 어떤 방식으로 재현하는 작품이 참다운 시민문학의 과업을 이루는 것일까. 백낙청이 이 글에서 고평하는 작품은 박태순의 「모기떼」와 황석영의 「돼지꿈」이다. 일종의 달관의 경지에 이른 「모기떼」의 여주인공 '강금옥'이라는 인물에게서 "강인한 생명력"과 "엄격한 윤리감"을, 「돼지꿈」에 잠시 스치듯 등장하는 행상에게서 "가난하고 고생스럽게 살아가는 사람들 나름의 인정과 달관, 사리분별과 도덕적 순결을 포함한 삶 본연의 풍성함"[33]을 볼 수 있다고 고평하는 백낙청의 논리는 농촌이라는 공간을 '순수한 토속성'의 공간으로 관념화하는 창비발 농촌문학론의 논리와 일맥상통한다. 버리고 달아났던 외촌동 사내에게 다시 돌아가며 "이제 한 사내의 아내가 되어 방구석에 틀어박힐 나이가 충분히

---

32 위의 글, 319면.
33 위의 글, 331면.

되었다는 것"[34]을 깨닫는 '강금옥'의 모습에서 독자가 그녀의 강인한 생명력과 도덕적 결단에 감화될 것이라는 백낙청의 주장은 설득력이 약하다. 독자가 외촌동을 비참과 패배의 현장으로 여기지 않고 "여기는 '사람이 살아봄직한 곳'"이라고 자연스럽게 느끼게 되며, "'마치 고향에라도 찾아드는 듯한' 강금옥의 기분을 건강한 것으로 받아들이게"[35] 될 것이라는 논평 역시 마찬가지이다. 이러한 시선 역시 변두리 인물들을 국외자의 시선에서 혐오하거나 연민하는 것 이상으로 그들에 대한 일방적인 편견이 되어버린다. 나아가 주어진 삶에의 불가피한 긍정을 윤리적 결단으로 추켜세움으로써 은연중 주어진 상황에 대한 순응을 강요하게 된다는 점에서도 이러한 논평은 문제적이다.

어떠한 삶의 현장이든 그것은 자기 나름으로 창조의 현장이요 도덕적 결단의 현장임을 망각하는 순간, 우리는 그 삶이 소중하다는 구체적인 신념도 없이 그냥 소중하다고 되뇌는 꼴이 되고 필경은 그다지 소중할 것도 없다는 배신의 자세에 이르기 쉽다. 변두리의 현실을 작품화함에 있어서도 그 현실에 밀착된 소설일수록 단순한 '현실고발'이나 흥미본위의 이야기를 넘어서서 사회 전체, 삶 전체를 대하는 우리의 도덕적인 태도와 수준을 근본적으로 재검토하게 만든다.[36]

낙후된 현실 속에서도 나름의 자존감을 잃지 않고 살아가는 건강하고

---

34 위의 글, 322면에서 재인용.
35 위의 글, 323면.
36 위의 글, 323면.

도덕적인 사람들을 그려냄으로써 참다운 시민문학의 과업을 달성할 수 있다는 논지는 후진적 상황에 놓인 사람들의 역설적인 선진 의식, 나아가 삶에 대한 그들 나름의 윤리를 드러낼 수 있을지언정 경제적으로나 정치적으로나 그들이 처해 있는 억압적 상황을 개선하지는 못한다. 백낙청이 편애하는 주변부문학, 즉 농촌문학, 변두리문학, 나아가 제3세계문학은 세계의 타락을 발견하거나 그것에 제동을 거는 지표 역할만을 할 뿐 그들이 당장 처한 후진적 상황의 억압성을 타개하는 구체적이고도 실천적인 계기로는 발전하지 못할 수 있다. 그가 지속적으로 주장하는 후진 지역의 선진적 가능성은, 실제로 각각의 특수성을 고스란히 인정하는 절대적 평등과 자유에의 추구로 확장되지 못하고 중심부의 타락에 대한 성찰적 계기로서 주변부의 상대적 특수성을 이용하는 논리에 가까워진다.

「인간해방과 민족문화운동」1978을 비롯하여 많은 지면에서 그가 '민족운동=인간해방운동'이라는 일반론적 도식 아래 한국사회의 첨예한 모순들을 희석시킬 때,[37] 「여성운동에 대한 나의 관심」이라는 짧은 글에서 그가 여성운동의 독자적 과제도 중요하지만 "'여성해방'의 미명 아래 분단시대 극복이라는 한국사의 당면문제를 소홀히 해서도 안"[38] 된다고 말할 때에도 이러한 사실은 확인된다. 나아가 그가 주변부의 역설적 선진성의 핵심은 헤겔식 주인과 노예의 변증법을 넘어서는 니체식 "복수로부터의 해방"이 되어야 한다는 점을 지속적으로 강조하며,[39] 현 상황에서 요구되

---

37 백낙청의 민족문학론 / 제3세계문학론이 한국의 현실에서 민주화를 요구하는 민중의 현실을 비껴가면서 논점을 제국주의적 지배와 식민지적 상황을 문제로 옮겨 놓게 되어, 결국 박정희 정권의 이데올로기적 장 내부에 갇히는 결과는 낳게 된다고 지적한 선행연구도 이 지점에서 참조가 된다. 이현석, 앞의 글, 237~238면.

38 백낙청, 「여성운동에 대한 나의 관심」, 『여성사회』, 1979, 517면.

39 백낙청, 「인간해방과 민족문화운동」, 『창작과비평』, 1978 겨울, 549면.

는 인간해방이 적대적 세력과의 싸움이 아닌 연대를 통해 성취된다고 역설할 때, 백낙청은 현실의 변화를 적극적으로 추구하는 전략적 운동가이기보다는 여전히 이상론을 펼치는 지식인 혹은 문학자에 머물고 있다는 인상을 준다. 물론 '문학'이라는 복잡한 매개가 개입되어 있을 때의 '운동'은 그 방법은 물론 효과에 대해서도 단순한 분석이 불가능하지만 말이다.

이 지점에서 그가 선진 교육을 받은 후진국의 지식인이자 문학자라는 사실을 재차 확인할 필요가 있을 것이다. 중심 / 주변 혹은 선진 / 후진의 위상학에서 후자들의 역설적 선진성을 기대하는 그의 논리에는 흥미로운 지점이 있다. 그의 문학론은 그 구조적 상동성에 의해 제국과 피식민국가, 도시와 농촌, 도시중심부와 변두리, 혹은 남성과 여성 등 다양한 지배 / 피지배의 관계를 상정하는 것으로 확장될 수 있거니와, 시선을 대외적인 것으로 넓혀 후진국 민족문학의 가능성을 말할 때의 그와 대내적으로 축소하여 농촌문학·변두리문학 등의 가능성을 말할 때의 그에게는 다소간의 온도차가 발생하는 것으로 보인다. 후진국의 민족문학이 제국주의의 타락과 횡포를 지적하는 시민의식을 드러냄으로써 세계문학의 보편성 안에서 자신의 특수성을 인정받을 수 있다면, 농촌문학, 혹은 변두리 문학은 중심부의 타락에 제동을 걸게 됨으로써 어떤 자리를 점하게 되는 것일까. 더 정확히 말하자면 농민과 빈민, 여성 등 경제적으로는 근대화의 수혜로부터 소외되었고 의식적으로도 여전히 피지배의 억압 속에 놓인 계층들은 지배 계급의 타락을 확인시키는 존재가 됨으로써 실질적으로 무엇을 얻게 되는 것일까.

문학적 차원에서라면 한 국가의 민족문학이 자신의 특수성을 인정받는 것이 긍정적 정체성을 부여받는 일종의 해방이 될 수 있지만, 현실의 차원에서는 피지배 계급이 그 자신의 특수한 계급적 상황을 정확하게 확인하는 것 자체로 해방이 될 수는 없다. 여전히 부정적 정체성으로부터 자유로울 수 없기 때문이다. 특수한 처지를 인정받는 것이 아니라 그 특수한, 그러니까 억압적 상황을 실제로 벗어남으로써 진정한 해방을 성취할 수 있다. 백낙청의 '시민 / 민족문학론'의 논리적 자장 안에서 후진국 민족'문학'의 해방은 가능한 것처럼 보이지만, 주변부 계층의 '현실'적 해방은 요원한 듯 보인다. 다소 거칠게 말해보면 백낙청에게 좀 더 절실했던 것은, 자신이 속하지 않는 주변부 계급의 현실적 해방보다는 자신이 속한 후진국 민족문학의 지위 상승이었는지도 모른다. 백낙청 민족문학론을 가로지르는 이와 같은 맹점은 선진 교육을 받았으며 도시적 삶에 기반을 둔 후진국 지식인의 한계로 이해될 가능성도 크지만, 이는 어쩌면 문학과 현실의 분명한 차이를 다시 한 번 확인시켜주는 계기가 되기도 한다.

3. 민중과 대중의 낙차

1960년부터 1980년대에 이르기까지 지식인 운동권이 민중운동과 제휴하는 다양한 양상을 실증적으로 고찰한 이남희에 따르면, 1970년대의 지식인들이 민중에 대한 '재현의 정치'를 실현한 반면 1980년대의 지식인들은 '되기의 정치'를 실천했다고 할 수 있다. 1980년대의 지식인들은 자신의 사회적 정체성을 전환함으로써 가장 "투명한 재현"을 시도하고자 했다는 것이다.[40] 앞 장에서 살펴본 지식인 비평가로서 백낙청 문학론의

---

40   이남희, 유리·이경희 역, 『민중만들기 – 한국의 민주화운동과 재현의 정치학』, 후마니

한계는 (진보적 사유 혹은 해방의 사유가 과연 상대적 맥락을 통해 판단돼야 할 것인가라는 의문에도 불구하고) 1970년대의 맥락을 감안할 경우 특별한 결함일 수는 없다. 나아가 1970년대 비판적 지식인들의 실천적 글쓰기를 접하는 우리는 다음과 같은 사실을 고려할 필요도 있다. 사회운동에 투신하려는 지식인에게 손쉽게 '권력에의 의지'의 혐의를 씌우는 것이 지식인의 현실 참여 노력을 원천적으로 성립불가능하고 정치적으로 정당화할 수 없는 것으로 묵살해버릴 위험이 있다는 사실[41] 말이다.

앞 장에서 살펴본 한계에도 불구하고 백낙청의 문학론에서 가장 중요한 사명이 공공성에의 추구였다는 사실에는 틀림이 없다. 그의 문학론이 '민족' 혹은 '민중'과 같은 집단적 정체성을 결국 포기하지 않았으며 마지막 심급에서는 언제나 '인간해방'을 주장했다는 사실만으로도 그가 다수의 이익을 도모하는 문학을 지향했다는 사실은 확인된다. 1967년에 쓰인 「한국소설과 리얼리즘의 전망」이라는 글에서 그는 리얼리즘 소설의 사명을 "같은 시대, 같은 사회에 사는 모든 사람들의 실감이 되고자"[42] 하는 점에서 찾고 있다. 이러한 맥락에서 그는 손창섭과 김승옥의 소설이 "사실적 요소와 환상의 요소가 비교적 완벽하게 결합되어 있"[43]다는 우수성에도 불구하고, 혹은 최인훈 소설이 흥미진진한 실험정신을 보여주었음에도 불구하고, "한 사람만의 실감"에 의존하기 때문에 현실의 기준에서는 미흡한 작품이 되어버린다고 혹평한다. 「시민문학론」에서 시민문학의 대표적인 사례로 선택된 김수영문학에 대한 백낙청의 평가가 1970년대에

타스, 2015, 385면.
41 위의 책, 45면.
42 백낙청, 「한국소설과 리얼리즘의 전망」, 『동아일보』, 1967.8.12, 286면.
43 위의 글, 287면.

확연히 달라지는 것도 "민중 모두의 것이 될 수는 없는 숙명"[44]을 지닌 난해한 문학이라는 사실 때문이다.[45]

이처럼 보다 많은 사람의 실감을 강조하며 결국 문학을 통한 다수의 공감과 소통을 중시한 것은 그가 '운동으로서의 문학'을 강조하는 실천적 지식인이라는 사실 때문이기도 하지만 그가 한 명의 비평가이기도 하다는 사실이 간과될 수는 없다. 문학을 매개로 한 소통, 즉 문학을 통한 공공성에의 확보는 비평가의 근본적 과제와도 관련되기 때문이다. 비평가의 임무가 특정 작품에 대한 자신의 개인적 감상을 제출하는 데 그치는 것이 아니라, 교환 불가능한 한 작품의 고유성을 일반적 개념들의 접합을 통해 소통 가능한 방식으로 설명해내는 데 있는 것이라면, 다수가 공유할 수 있는 문학인가라는 질문은 '비평가'로서의 백낙청에게도 중요했다고 할 수 있다. 비슷한 시기 『문학과지성』 그룹이 문학을 둘러싼 다양한 이론들의 과학성을 추구하며 문학적 공공성의 토대를 마련해갈 때[46] 창비는 '다수의 실감'을 기반으로 문학의 공공성을 추구해갔다고 할 수 있다.[47] 백낙청의 문학론에서 '시민' 혹은 '민중'뿐 아니라 절대 다수의 '대중'의 존재가 중요해지는 것은 이 때문이다.

그러나, 백낙청뿐 아니라 당대의 실천적 지식인들에게 모두 적용되는

---

44 백낙청, 「문학적인 것과 인간적인 것」, 『창작과비평』, 1973 여름, 145면.

45 박연희에 따르면 김수영문학에 대한 평가가 이처럼 확연히 달라지는 것은 백낙청의 '시민문학론'이 1970년대 창비의 '민중문학론'으로 옮겨가는 사정과 관련이 있다. 이에 따라 문학론의 표본 역시 김수영에서 신경림으로 바뀌고 있다는 것이다. 이에 대한 자세한 논의는, 박연희, 「1970년대 『창작과비평』의 민중시 담론」, 『상허학보』 41, 상허학회, 2014 참조.

46 이에 대해서는 이 책의 제2부 제1장 참조.

47 이와 관련하여 '창비'와 '문지'가 문학사회학을 수용하는 방식을 각각 사회성과 과학성으로 구분해본 서은주의 「1970년대 문학사회학의 담론 지형」, 『현대문학의 연구』 45, 한국문학연구학회, 2011도 참조할 수 있다.

사실이기는 하지만, 그들이 유대감을 표한 '민중', '농민', '노동자' 등의 집단 표상은 사실 그 실체와는 무관하게 재현의 대상으로만 존재했다고 할 수 있다. 1970년대의 민족/민중문학론과 1980년대의 노동자문학론을 재구할 때, 이들을 문학의 재현 대상이 아닌 문학의 생산과 향유의 주체로 전환시킬 필요가 있다는 전제 아래 "민중의 글쓰기"를 실증적으로 탐색하는 연구들도 진행 중이거니와[48] 지식인들의 '운동으로서의 문학'이 단순히 그들의 실천적 글쓰기로서만 머물고 있는 것은 아닌지를 살피기 위해 '쓰기' 혹은 '읽기'의 주체로서의 민중의 존재에 대해서도 관심을 두어야 한다. 이러한 관점에서 백낙청의 민족문학론이 '읽기의 주체'로 상정한 대상이 누구였는지를 탐색해볼 필요가 있을 것이다. 이어지는 내용에서 확인되듯 백낙청이 많은 글에서 언급하는 독자의 존재는 당시의 실제 독자층이라기보다는 문학의 생산과 제공을 담당하는 주체의 입장에서 추측하고 기대된 독자라는 점에서 여전히 제한적이다.

『창작과비평』의 창간사로 쓰인 「새로운 창작과 비평의 자세」는 그 자신 첫 번째 평론집에 수록하고 싶지 않았다고 했을 만큼 이후의 글들에서 많은 부분 그 논의가 극복되는 글이다. 그런데 달리 생각해보면 이 글은 창비의 본격적인 문학 담론이 형성되기 이전에 쓰인 글이므로 다른 여러 외부적 맥락에 얽매이지 않은 백낙청의 고유한 문학적 주관이 훨씬 더 분명하게 드러난 글이라고 추측된다. 역사학계의 내재적 발전론이 당대 지식 사회에서 폭넓은 공감을 얻으면서, 이 글에서 제기된 전통단절론은 이

---

48 대표적인 최근의 논의로는 김예림, 「어떤 영혼들―산업노동자의 '심리' 혹은 그 너머」, 『상허학보』 40, 상허학회, 2014; 천정환, 「민족문학과 민중문학을 다시 생각하기―서발턴은 쓸 수 있는가」, 백영서·김명인 편, 『민족문학론에서 동아시아론까지』, 창비, 2015 참조.

후에 쓰인 「시민문학론」을 통해 철회되고 있는 바, 그간 「새로운 창작과 비평의 자세」는 주로 전통단절론이라는 관점에서 읽혀왔다. 그러나 이 글에서 보다 많은 분량을 할애해 상세히 논해지는 것은 바로 문학의 '사회기능'과 '독자'의 관련에 관한 것이다. "한국처럼 문학의 보호를 맡은 귀족층도 없고 건전한 중산층의 성장도 없는 나라에서 문학이 현실적 기반을 얻는 것은 널리 대중에게 읽히는 길 뿐이다"[49]라는 이 글의 기본입장은 1970년대 이후의 문학론에서도 크게 달라지지는 않는다.

순수·참여 논쟁의 소박한 이분법을 논리적으로 돌파하려는 목적을 지닌 이 글에서 그는 독자를 외면한 문학의 절대적 순수성과도, 문학의 단순한 공리성과도 거리를 둔다. 사르트르의 문학론이 소박한 공리성으로 낙인찍히지 않은 것이 그가 인간의 현실과 미래에 대한 종합적 안목을 지녔기 때문이라고 말하는 그는 문학의 적극적인 '사회기능'은 "사회 및 인간에 대한 꿈"의 실현에 참여하는 것에서 찾을 수 있다고 말한다. 1970년대 이후 '민족문학론', '민중문학론'을 적극적으로 담론화하는 시기에도 백낙청이 주장한 문학의 사회기능이 '인간해방'과 관련하여 다소 원론적인 방식으로 설명되었던 것을 거꾸로 참조하자면, 보편성의 차원에서 문학의 가치를 신뢰하는 백낙청의 생각은 비평 활동을 시작하던 1960년대 중반 이후로 크게 달라진 것은 없다고 해야 할 것이다. 백낙청이 생각하는 "문학의 보편성"은 "모럴의 보편성"을 전제로 하며 시대와 장소를 초월하는 "문학의 이월가치"를 통해 입증된다.[50] 이러한 논리대로면 많은 독자에게 읽히기 위해서 문학은 "모럴의 보편성"에 호소해야 할 것이다. 대중

---

49 백낙청, 「새로운 창작과 비평의 자세」, 앞의 책, 409면.
50 위의 글, 383~384면.

을 위해 쓴다는 것이 절대 통속성에 기댐을 의미하지 않는다는 그의 언급도 결국 당위적 의견이 아닌 논리적 주장이 된다. 이후의 문학론에서 요청되는 시민의식, 민중의식, 즉 선진 의식이라는 것이 모두 이 "모럴의 보편성"이라는 말로 통용될 수 있는 것이다.

그렇다면 1960년대 중반의 상황에서 한국의 '현실독자' 층이 희박하다는 사실은 무엇을 의미하는가. 백낙청의 논리대로라면 결국 문학에서나 현실에서나 모럴이 부재하다는 사실로밖에는 설명될 수 없는 것이 아닐까. 그러나 이후 개진되는 백낙청의 시민 / 민중 / 농민문학론에서는 이러한 모럴 부재의 구체적인 실체에 대한 적극적인 논평은 많이 찾아볼 수 없다. 앞 장에서도 살펴보았지만 그는 후진국에서, 민중에게서, 농민·노동자에게서 모럴의 보편성, 즉 시민의식이 개화될 '가능성'이 크다는 이상적 주장만을 반복적으로 피력할 뿐이다. 그 가능성이 사실이라고 하더라고 그것이 현실독자의 모럴과 어떤 방식으로 만날 것인지에 대해서도 별다른 설명이 없다. 「새로운 창작과 비평의 자세」에서는 작가와 독자의 특별한 자격조건이 다음과 같은 엄격한 말로 제시된다. 거기엔 절대 다수로서의 '민중'이나 '대중'의 자리는 없어 보인다.

애초부터 문학이 그들의 오락일 수도 없는 사람들의 괴로움과 억울함을 대변하는 것, 동시에 최고의 수준을 고집하는 독자에게 즐거움을 주는 것, 그리고 그것이 그의 용기와 양심을 마비시키지 않고 오히려 북돋아주는 건전한 놀이가 되는 것—이러한 조건을 다 갖춤으로써만 한국문학은 오늘의 사회에서 살 수 있으며, 작품은 팽팽한 긴장과 생명력을 얻는 것이다.[51]

---

51 위의 글, 396면.

현재 한국의 독서족 가운데 그런 공감이나마 느끼는 이가 얼마나 되며 그 중에서도 **처음부터 독서능력이 부족한 사람, 양심적 지식인이지만 문학은 외면한 사람, 문학을 사랑하지만 사회과학은 백지인 사람 등을 차례로 제하고 나면 과연 몇 명이 남을 것인가?**[52]

앞의 인용이 작가에 대한 요청이라면 뒤의 인용은 독자에 대한 요청이라고 할 수 있다. 모럴의 보편성에 의해 문학의 보편성은 쉽게 확보될 수 있는 듯 말하지만, 실상 문학의 사회기능을 통해 문학의 가치가 입증되기 위해서는 이처럼 까다로운 요구조건이 필요한 것이다. 생산주체로서의 작가는 문학을 즐길 여유가 없는 사람들의 고통을 대변하는 동시에 최고 수준의 독자를 만족시킬 수 있는 예술성을 갖춘 작품을 써내야 하며, 향유주체로서의 독자는 독서능력을 기본으로 갖춘 양심적 지식인으로서 문학에 대한 애정과 더불어 사회과학에 대한 지식도 겸비한 자여야 하는 것이다. 이러한 요건을 갖춘 "현실독자"가 얼마나 확보될 수 있느냐에 따라 "잠재독자"를 위한 문학의 존망을 가릴 수 있다고 그는 말한다.[53] 이러한 설명 안에서 '민중' 혹은 '대중'의 자리는 어디일까. 그에게 '민중'은 역시나 문학적 재현의 대상이었으며,[54] 독자로서의 익명적 '대중'마저도 그저 막연한 실체였던 것일까.

이러한 사실들을 고려할 때 '민중'의 개념을 상세히 점검하는 백낙청의

---

52 위의 글, 395면.
53 위의 글, 395면.
54 창비의 민중문학담론을 비판적으로 분석한 손유경은 '형이하학적 삶의 현장과 민중의 목소리에 형이상학적 지위를 부여한 것'이 그들의 민중지향성의 본질이라고 지적한다. 손유경, 「현장과 육체─『창작과비평』의 민중지향성 분석」, 『현대문학의 연구』 56, 한국문학 연구학회, 2015 참조.

「민중이란 누구인가」 1979는 주목을 요한다. 이 글에서 그는 '민중'의 역사적 함의들을 살피면서 "비록 정치의 주역은 아니었으나 그보다 더 세상살이에 없어서 안될 온갖 생산활동의 주역이요 주체"[55]로 민중을 정의하고, "인간의 역사를 민중이 주체가 되어 발전해온 역사로 보는 인식"[56]이 더욱 깊어져야 함을 강조한다. 이때 특히 주목해야 할 부분은, 그가 이러한 '민중'의 범주에 지식계층을 포함시키고 있다는 점이다.

지식인이 민중의 일부냐 아니냐는 질문에는 한마디로 대답할 수가 없다. 오늘날 지식의 소유 여부는 생산수단의 소유 여부와는 차원이 다른 기준이며, 통치기구에의 참여 여부와도 일치하지 않기 때문이다. 그렇다고 지식인 중에 특출한 몇몇 사람이 가난하고 못 배운 대중의 편에 서서 놀라운 자기쇄신의 과정을 거쳐 그들과 거의 동화되며 드디어는 그들의 탁월한 지도자 또는 안내자가 되는 경우를 들어 지식인이 민중의 일부임을 말하는 것은 무의미하지 않을까 한다. 한 집단의 성격을 그 예외적인 개인을 기준으로 규정할 수는 없는 것이다. 하나의 계층으로 지식계층을 말할 수 있다면 그들은 차라리 대다수가 특출한 지성인도 아니고 안정된 재산가도 못되는 소시민들이라는 점에서 오늘날 민중의 넓은 테두리 안에 넣을 수 있겠고, 이것은 지식인이 곧 '독서계급'이었고 양반계층의 다른 이름이었던 조선왕조시대에 견준다면 어쨌든 민중세력의 성장이요 진보를 뜻한다고 보아야 옳다. 그러나 이렇게 민중의 한 부분을 이루는 지식대중은 대체로 가장 지배자에게 속기 쉽고 이용당하기 쉬운, 그런 뜻에서 가장 '우매한 군중'임을 지식인들 스스로가 명심해야 되겠다.강조-인용자[57]

---

55 백낙청, 「민중은 누구인가」, 『뿌리깊은 나무』, 1979, 559면.
56 위의 글, 570면.

예외적 개인으로서의 지식인이 아니라 지식 계층 일반을 고려할 때, 대체로 특출한 지성인도 아니며 안정된 재산가는 더더군다나 될 수 없는 '지식계층'은 "민중의 넓은 테두리 안에" 넣을 수 있다고 백낙청은 말한다. 나아가 이러한 "지식대중"은 지배자에게 이용되는 "우매한 군중"이 되기 쉽다는 사실도 지적한다. 농민문학론이나 변두리문학론, 혹은 제3세계 문학론으로 이어지는 백낙청의 민족 / 민중문학론에서 '민중'은 "다수의 국민이자 지배받는 대중"[58]이라는 넓은 의미로 확장되면서 결국 그 안에 '지식계급'까지를 포함하게 되는 것이다. 백낙청의 민족 / 민중문학론은 '읽기의 주체'로서의 민중을 고민하기 이전에, 민중의 개념을 확장시켜 독서계급을 민중에 포함시킴으로서 그 고민을 간단히 해결하는 듯하다. 백낙청은 이런 방식으로 지식인과 민중 사이의 현실적 거리를 관념의 차원에서 무화시키고 있다. 이처럼 민중의 개념이 확장되어 버림으로써 백낙청의 민족 / 민중문학론은 농민이나 도시 변두리인 등 실질적으로 억압받고 고통 받는 사람들이 주체가 되는 문학이 아니라, 여전히 그들이 재현의 대상에 머물고 마는 문학, 나아가 인류 전체를 위한 보편적인 문학론이 되어버린다.

이른바 긴급조치의 시대라는 1970년대의 긴박한 사정을 고려한다면 문학을 통한 운동이라는 것이 그 현실적 영향의 차원에서라면 애초에 비관적인 결과를 예상했어야 하는지도 모른다. 앞 장에서 살펴보았듯 백낙청의 민족문학론도 문학적 차원에서만 유효한 실천으로 결과했을 가능성이 크다. 민중, 농민 등의 타자적 존재들과 그가 충분히 연대했다기보다

---

57 위의 글, 565~566면.
58 위의 글, 557면.

는, 그들은 한국사회의 후진적 현실에 저항하기 위해 효과적으로 동원된 집단 주체였을 가능성도 없지는 않다. 물론 백낙청의 문학론 속에서 독자로서의 민중 혹은 대중들의 자리가 전혀 무시되고 있는 것은 아니다. 「문학적인 것과 인간적인 것」에서 그는 톨스토이의 '감염의 예술'을 적극 옹호하고 오르테가 이 가제트의 「예술의 비인간화」가 전제하는 예술의 반대중성을 전면 비판하면서 문학이 결국 "인간의 참으로 인간다운 삶을 실현하는 원동력"이 되어야 한다는 입장을 반복하고 "각성된 민중의식"을 중요한 매개로 제시한다. 「새로운 창작과 비평의 자세」가 문학의 생산, 향유 주체에게 엄격한 기준을 요구하며 마치 민중과 대중을 배제하는 듯한 인상을 주었음에도 불구하고, 결국 "학자의 박식이나 직업예술가로서의 훈련 없이도 공감할 수 있는 선명한" 작품, "폭넓은 사회현실과 되도록 밀접히 연결시키며 표현의 사치와 난삽을 힘껏 피하는"[59] 작품을 요청하는 것으로 마무리되는 것을 볼 때, 그가 보다 많은 사람들에게 읽히고 그 영향력을 발휘할 수 있는 문학의 공공성을 적극적으로 옹호했다는 점만은 분명히 확인할 수 있다.[60] 그러나 이러한 사실마저도 비판적으로 보아질 필요가 있다.

그가 '민중'이라는 집단 표상을 대상으로서만 취하고 현장의 실제 그들에 대해서는 다소 무지했다는 사실도 중요하겠지만 이와 관련하여 흥미로운 지점은 다음과 같은 것이다. 그의 문학론에서 재현의 대상으로서의

---

59 백낙청, 「새로운 창작과 비평의 자세」, 412면.
60 문학에서 난해성을 옹호하는 것 못지않게 난해성을 거절하는 것도 엘리트의식의 소산으로 이해될 수 있다. 더 많은 사람에게 읽힐 수 있도록 쉬운 문학이 제공되어야 한다는 논리 안에는 우선 생산자와 수용자를 엄격히 구분하는 태도가 전제되며, 나아가 독자 대중은 어려운 작품에 공감할 수 없고 상대적으로 쉬운 작품만을 읽어낼 수 있다는 편견이 작동한다.

'민중'과 문학의 향유 대상으로서의 '대중' 사이에 낙차가 발생하고 있다는 점이다. 백낙청의 문학론에서 '민중'이라는 개념은 주지하듯 현실적으로는 낙후된 상황에 놓인 부정적 정체성을 지닌 집단이자 윤리적으로는 각성된 시민의식을 지녀야 하는 긍정적 정체성을 지닌 집단으로 재현되고 있다. 그러나 '대중'은 그러한 가치를 배제한 그저 '다수'의 덩어리에 불과하다. 백낙청은 당대의 문학이 재현할 대상으로 혹은 연대해야 할 대상으로 '민중'과 '시민'을 호출하지만, 문학의 수용 주체로 호출하는 것은 그저 대다수의 '대중'에 가깝다. 특히 그가 문학을 통한 '인간해방' '인간다운 삶' 등의 용어를 쓸 때 그것은 특수한 정체성을 부여받은 집단의 해방이기보다는 보편적 인류의 해방을 요청하는 것에 가까워진다.

이러한 사정을 가장 잘 보여주는 글을 「예술의 민주화와 인간회복의 길」이다. 이 글에서 그는 여전히 예술의 난해성 혹은 반대중성에 대해 거리를 둔다. 엘리엇의 「황무지」처럼 소수만이 그 가치를 알아볼 수 있는 작품의 대중적 보급을 위해 무리한 경비를 투자하는 사회를 "전형적인 과잉소비사회"[61]라고까지 말하며 그는 철저하게 "예술의 민주화"를 주장한다. 반대중적 예술의 사회적 가치를 신념으로써 믿기보다는, 현실의 "인간회복"과 "인간창조"에 보탬이 되는, 즉 "예술 본연의 인간옹호·진리구현 능력"[62]을 다수 대중이 쉽게 공감할 수 있는 형태로 자연스럽게 드러내는 작품에 무한한 신뢰와 애정을 보여야 한다는 것이다. 이는 앞서 지식인을 민중에 포함시키며 '독서대중'에게 엄격한 잣대를 부여했던 것과는 다소 상

---

61 백낙청, 「예술의 민주화와 인간회복의 길」, 『현대인의 대과제 50선』(『월간중앙』, 1976.1, 별책부록), 347면.
62 위의 글, 352면.

이한 주장이다. 이처럼 백낙청의 문학론 안에는 문학의 '공공성', 그리고 '난해성'이라는 문제와 관련하여 지식인, 민중, 대중의 개념이 어지럽게 산포되어 있다. 이와 같은 백낙청의 주장을 읽는 우리는 억압받는 특수한 집단의 정체성을 전략적으로 강조하는 운동가의 의지보다는 보편성의 차원에서 '인류'의 모럴을 요청하는 근본적 문학주의자의 신념을 발견하게 되는 것이다.

4. 백낙청 문학론 재고

이 글은 민족 / 민중문학론으로 대변되는 1970년대 백낙청의 비평 등을 두루 읽으며 다음의 두 가지 질문을 해결하고자 했다. 첫째, 후진국 문학으로부터 선진적 가능성을 확인하는 그의 민족문학론이 내장한 한계에 관한 것이며, 둘째, 이러한 민족문학론의 한계가 문학에 대한 그의 기본적인 입장과 어떤 관련을 맺는지에 관한 것이다. 이러한 질문을 해결하는 데 있어 제국주의 문학 연구자와 후진국의 지식인이라는 그의 상반된 정체성이 어떻게 작용하는지가 중요한 참조점이 되었다고 할 수 있다.

'시민문학론'에서 '민족 / 민중문학론'으로, 나아가 '제3세계문학론'으로 이어지는 1970년대 백낙청 비평의 지적 여정에서 가장 매력적인 지점은 아마도, 시민혁명의 경험도 없으며 정치·경제·군사적으로 후진적 상태에 놓인 한국의 민족문학으로부터 선진적 세계문학의 가능성을 엿본 부분이다. 그의 문학론은 제국과 피식민국가, 도시와 농촌, 도시중심부와 변두리, 혹은 남성과 여성 등 다양한 지배 / 피지배의 관계를 상정하는 것으로 확장되는데, 시선을 대외적인 것으로 넓혀 후진국 민족문학의 가능성을 말할 때의 그와 대내적으로 축소하여 농촌문학·변두리문학 등의 가능성을 말할 때의 그에게는 다소간의 온도차가 드러난다. 문학적 차원에서라면 한 국가의 민족문학이 자신의 특수성을 인정받는 것은 긍정적 정체성을 부여받는 일종의 해방이 될 수 있지만, 현실의 차원에서는 피지배계급이 그 자신의 특수한 계급적 상황을 정확하게 확인하는 것 자체로 해방이 될 수는 없다. 백낙청의 '시민／민족문학론'의 논리적 자장 안에서 후진국 민족 '문학'의 해방은 가능한 것처럼 보이지만, 주변부 계층의 '현실'적 해방은 요원한 듯 보인다. 백낙청 민족문학론을 가로지르는 이와 같은 맹점은 선진 교육을 받았으며 도시적 삶에 기반을 둔 후진국 지식인의 한계로 이해될 가능성도 크다. 더불어 문학과 현실의 분명한 차이를 다시 한 번 확인시켜주는 계기가 되기도 한다.

나아가 창비의 민중문학론과도 그 맥이 닿아 있는 백낙청의 '민족／민중문학론'에서 '민중'이 문학의 주체로서 호명되기보다 여전히 '재현의 대상'에 머물고 있다는 점은 1970년대 '운동으로서의 문학'에 내장된 필연적 한계로 설명될 수 있다. 백낙청은 당대의 문학이 재현할 대상으로 혹은 연대해야 할 대상으로 '민중'과 '시민'을 호출하지만, 문학의 수용 주체로 호출하는 것은 그저 대다수의 '대중'에 가깝다. 특히 그가 문학을 통한 '인간해방' '인간다운 삶' 등의 용어를 쓸 때 그것은 특수한 정체성을 부여받은 집단의 해방이기보다는 보편적 인류의 해방을 요청하는 것에 가까워진다. 이러한 사실들로 판단해볼 때, 특정 집단의 해방보다는 보편적인 인류의 모럴을 요청하는 1970년대 백낙청의 '시민／민족／민중문학론'은 '운동으로서의 문학'이기 이전에 '문학을 위한 문학'으로 이해될 가능성도 크다. 백낙청의 문학론에서 가장 중요한 명제인 '문학의 공공성'은 현실적 요구조건과 밀착한 것으로서가 아니라 문학 근본주의자의 보편적 주장으로 읽히기도 하는 것이다.

제3부

시와 정치
혹은
김수영과 김춘수

제1장

번역체험이 김수영 시론에 미친 영향
침묵을 번역하는 시작 태도와 관련하여

1. 김수영과 번역

시인 김수영이 생계를 위해 번역작업에 힘썼다는 것은 널리 알려진 사실이다. "도대체가 우리나라는 번역문학이 없다"[1]며 오역과 생략이 비일비재한 우리나라의 후진적 번역문화를 비판하기도 했던 김수영은, "덤핑출판사"[2]에 기생하는 "청부 번역"자로서의 고충을 그의 산문 곳곳에 털어놓았다. 고된 노동의 대가를 제대로 인정받지 못할 뿐 아니라 적은 번역료나마 제때에 수령할 수 없는 열악한 출판 현실에 대한 한탄이 주를 이루지만, 번역 작업과 관련된 김수영의 볼멘소리들은 결국 매문賣文 행위에 대한 수치와도 무관하지는 않다. "나는 지금 매문賣文을 하고 있다. 매문은 속물이 하는 짓이다"[3]라고 말하며, 외부 현실의 후진성과 속물성보다도 "우선 내 자신의 문제가 더 급하다"[4]고 뼈아프게 고백하기를 주저하지 않았던

---

1 김수영, 「모기와 개미」, 『(개정판) 김수영 전집 2 – 산문』, 민음사, 2003, 89면. 이 글에서 김수영의 산문을 인용할 경우 모두 이 책을 따른다. 앞으로의 인용에는 『전집』 2라는 약어와 함께 페이지 수만 표기한다.
2 「모기와 개미」(1966.3), 『전집』 2, 89면.
3 「이 거룩한 속물들」(1967.5), 『전집』 2, 119면.

김수영에게 번역이라는 작업은 어떤 의미로 다가왔을까?

완벽한 창작이라기보다는 오히려 기계적인 노동일 수 있다는 점에서 번역은 '매문' 행위라는 자의식으로부터 어느 정도 자유로울 수 있는 것이었겠으나, 김수영의 또 다른 부업인 '양계'와 비교하자면 속물적 노동으로 인식되었을 수도 있다. 1963년에 쓴 「번역자의 고독」이라는 짧은 글에서 김수영은 번역을 부업으로 삼아온 10년이라는 시간 동안 점점 불성실한 번역자가 되어가는 자신에 대해 자조 섞인 고백을 늘어놓고 있다. 더불어 글의 말미에서 그는 "아무리 보수가 적은 번역일이라도 끝까지 정성을 잃지 말아야지"라고 충고하는 사람이 있다면 그 사람이야말로 정말 "고급 '속물'"일 것이라고 지적하는 일도 잊지 않는다. 단순히 생각해보면, "번역책의 레퍼토리 선정은 물론 완전히 출판사 측에 있"[5]었던 부자유한 상황에도 불구하고 좋아하는 독서와 맞물려 진행되는 돈벌이 작업으로서의 번역이 그에게 다행스러운 부업으로 여겨졌을 수 있다. 그러나 일차적으로는 생계를 위한 작업에 불과했던 번역에 대해서도 그는 '속물적 매문'에 관한 자의식을 흐리지 않았다. "흙에 비하면 나의 문학까지도 범죄에 속한다"[6]고 말했던 그에게 번역 행위 역시 '고급 속물'의 부업으로 여겨졌던 것이다.

번역 행위가 김수영에게 노동의 대가를 제대로 인정받지 못하는 불우한 부업으로 여겨졌든, '고급 속물'의 행복한 부업으로 여겨졌든, 그간의 연구에서 번역 작업은 김수영문학의 참조점으로서 지속적인 관심의 대상

---

4   「이 일 저 일」(1965), 『전집』 2, 81면.
5   「번역자의 고독」(1963), 『전집』 2, 56면.
6   「반시론」(1968), 408면.

이 되어왔다. 그런데 정확히 말해 본격적으로 번역 작업의 의미에만 주목한 연구는 많지 않다고 할 만큼, 번역에 대한 그간의 연구들은 김수영이 독서체험으로부터 받은 영향을 검토하는 연구들과 구분 없이 맞물려 있다. 김현이 "내 시의 비밀은 내 번역을 보면 안다"[7]라는 김수영의 발언에 처음으로 주목하여 "그의 비밀의 상당 부분은 그가 번역을 했건 안 했건 그가 읽은 것 속에 있다"[8]라고 지적한 이후, 연구자들은 김수영이 산문에서 산발적으로 제시한 번역 목록과 독서 목록을 함께 살피며 김수영문학의 비밀에 접근하고자 지속적으로 시도해왔다. 조현일[9]은 김수영이 탐독했던 미국의 좌익 잡지 『파르티잔 리뷰』의 자유주의 정신이 그의 "모더니티관"에 끼친 영향에 주목했다. 『파르티잔 리뷰』의 편집고문을 담당한 라이오넬 트릴링의 「쾌락의 운명」이라는 논문을 김수영이 번역·소개한 점을 참조하여,[10] 프로이트의 '죽음충동' 개념을 전유한 트릴링의 '불쾌'의 미학이 김수영의 시론에 끼친 영향을 검토했다. 1960년대 문단에서 유독 김수영만이 현대성의 핵심으로 "부르주아 쾌락원칙을 배격하는" 태도를 강조할 수 있었던 것, 그리고 순수파로 대변되는 모더니즘과 참여파로 대변되는 리얼리즘을 동시에 비판하며 "급진적 자유주의"를 주장할 수 있었던 것은, 『파르티잔 리뷰』의 독서체험과 번역체험이 그 동력으로 작용했

---

7 「시작노트 6」(1966.2.20), 『전집』 2, 450면.

8 김현, 「김수영에 대한 두 개의 글」, 『김현문학전집 5 - 책읽기의 괴로움 / 살아 있는 시들』, 문학과지성사, 1992, 46면.

9 조현일, 「김수영의 모더니티관과 『파르티잔 리뷰』」, 김명인·임홍배 편, 『살아있는 김수영』, 창비, 2005.

10 「연극하다 시로 전향」이라는 글에서 김수영은 "요즘 나는 리오넬 트릴링의 「쾌락의 운명」이란 논문을 번역하면서, 트릴링의 수준으로 본다면 나의 현대시의 출발은 어디에서 시작되었나 하고 생각해보기도 했다"(『전집』 2, 336~337면)고 언급한다. 김수영이 번역한 이 논문은 『현대문학』 1965년 10월호와 11월호에 분재되었다.

기 때문이라는 것이 그의 주장이다.

김수영의 번역 작업에 꾸준한 관심을 보여 온 박지영은 「번역과 김수영의 문학」이라는 글에서 김수영의 번역 작업을 포괄적으로 검토하며 김수영에게 번역이 "현대성의 전범으로 설정된 서구이론을 받아들이는 창구로, 시인으로서의 자기정체성을 형성하고 정당화해주는 거울로 작용"[11] 했다는 결론을 얻어낸다. 이때 특히 강조된 것은 번역을 통해 얻은 서구이론들을 단순히 소개하는 차원을 넘어 자신의 시론에 주체적으로 적용하는 김수영의 시론 생성 과정이다. "그가 내적으로 우리 문학의 후진성을 인정하는 것과 그럼에도 불구하고 서구문학을 우리식으로 번역해내야 한다는 의지 사이의 분열을 인식하고 있었다"[12]라고 주장하는 박지영은 이러한 사실로부터 김수영식 탈식민적 기획의 단초를 읽어낸다. 한편, 박지영의 다른 연구는[13] 김수영이 번역 작업을 군사독재체제하에서 검열의 부담 없이 자신의 신념을 발설할 수 있는 기회로 활용하기도 했다는 점에 주목한다. 그러나 그동안 잘 알려지지 않았던 마야코프스키와 네루다 번역자로서의 김수영을 발굴했다는 실증적 성과에도 불구하고, 더불어 김수영문학에서 '독서-번역-창작'의 연쇄 고리에 주목했다는 관점의 타당함에도 불구하고, 이 연구는 '혁명의 시인'이라는 익숙한 상징 속에 김수영을 다시 가두는 한계를 내포하기도 한다.

김수영의 번역작업 혹은 독서체험에 관한 최근 연구들이 관심을 두는 것은 프랑스문학이 김수영문학에 끼친 영향이다. 그의 산문에서 말라르

---

11 박지영, 「번역과 김수영문학」, 김명인·임홍배 편, 앞의 책, 359~360면.
12 위의 글, 362면.
13 박지영, 「김수영문학과 '번역'」, 『민족문학사연구』 39, 민족문학사연구소, 2009.

메, 보들레르, 랭보, 쉬페르비엘 같은 프랑스 시인과 바타이유, 블랑쇼 등의 철학자, 뷔토르 등의 소설가에 대한 언급이 쉽게 찾아진다는 점에 이들은 주목한다. 정명교는[14] 프랑스적인 것에 대한 김수영의 언급들을 검토하며, "자기배반의 감행"[15]으로 설정된 김수영식 현대성의 방법적 기제가 프랑스문학에 대한 양가감정 속에서 전개되는 모습을 포착한다. 그는 프랑스적인 것이 김수영에게 끼친 영향을 '연극성'의 측면에서 접근하며 김수영의 후기 시론이 가닿은 "낡은 것과 새로운 것이 혼융된 시, 보이지 않는―연극적인 것이 서술적인 것 안에 투영되어 환기되는 그런 시"[16]의 경지를 「시작노트 6」의 "자코메티적 변모"를 참조하며 논한다. 정명교의 연구를 비롯하여 바타이유와 블랑쇼의 독서체험에 주목한 이미순의 일련의 연구들[17]은 김수영문학에 프랑스문학이 끼친 영향을, '번역 행위'의 측면에서 본격적으로 다루기보다는 '독서 체험⊃번역 체험'의 측면에서 다루는 논의들이라 할 수 있다. 그러나 이러한 논의들은 외국문학의 영향을 단순히 '내용'의 측면에서 논하지 않고, 재현의 방식이나 언어에 대한 태도 등 시작법의 측면에서 논했다는 점에서, 독서 체험⊃번역 체험이 김수영문학에 끼친 영향을 심도 있게 살핀 논의들이라 할 수 있다.

"번역을 했건 안 했건" 김수영 시의 비밀이 그의 독서 체험에서 찾아진다고 말했던 김현의 논의를 이어받아 독서 체험과 번역 체험의 차이를 무

---

14 정명교, 「김수영과 프랑스문학의 관련양상」, 『한국시학연구』 22, 한국시학회, 2008.
15 위의 글, 354면.
16 위의 글, 368면.
17 이미순, 「김수영의 시론에 미친 프랑스문학이론의 영향-조르주 바타이유를 중심으로」, 『비교문학』 42, 한국비교문학회, 2007; 이미순, 「김수영 시에 나타난 바타이유의 영향-에로티즘을 중심으로」, 『한국현대문학 연구』 23, 한국현대문학회, 2007; 이미순, 「김수영의 언어론에 대한 연구」, 『개신어문연구』 31, 개신어문학회, 2010.

화하고 결국 번역체험을 독서체험 안에 포함시켜버리는 이러한 논의들은 김수영의 독서체험이 그의 문학행위에 적극 수용되고 있다는 사실에는 별다른 의심이 없는 듯하다. 그러나 이 경우, 그의 번역 목록과 독서 목록의 넓이만큼 김수영문학을 바라보는 우리의 시각 역시 무한히 커져 중심을 잃을 가능성이 크다. 그의 자발적 독서 목록과 비자발적 번역 목록까지를 통틀어 살피며 그가 어떤 텍스트로부터 깊은 영향을 받았는지를 검토하는 일은 결국 추측에 불과한 단정으로 남을 수도 있다. 물론 김수영문학의 넓이와 깊이를 재는 과정에서 김현의 지적처럼 독서체험⊃번역 행위의 중요성이 간과될 수는 없다. 그러나 후배시인들에게 "철학을 통해서 현대공부를 철저히"[18] 하라고 조언했을 뿐 아니라, 월평을 통해 "견고한 자기풍"[19]과 "자기만의 땀내"[20]를 강조했던 비평가 김수영을 상기한다면, 영향관계에 주목하는 논의들은 김수영이 읽은 텍스트와 김수영이 쓴 텍스트를 축자적으로 비교·검토하는 방식을 넘어 좀 더 섬세해질 필요가 있다. 이러한 반성으로부터 시작하는 이 글은, 김수영의 번역 행위를 독서체험 안으로 무화시키지 않고 번역 행위 자체의 의미에 주목하고자 한다. 한 언어체계로부터 다른 언어체계로의 불완전한 이동이라는 번역 행위가 김수영의 문학론에 끼친 영향을 분석하는 것이 이 글의 목적이다.

이제껏 많은 연구자들은 "내 시의 비밀은 내 번역을 보면 안다"라는 구절에 각별히 주목해왔다. 이 글의 관점에 따르면 이 구절의 의미는 단순히 김수영 시의 비밀이 그가 번역한 원작 텍스트의 내용과 밀접한 관련이 있

---

18 「고은(高銀)에게 보낸 편지」(1965.12.24), 『전집』 2, 475면.
19 「포즈의 폐해-1966년 6월 시평」, 『전집』 2, 561면.
20 「체취의 신뢰감-1966년 7월 시평」, 『전집』 2, 570면.

다는 것으로만 이해될 수 없다. 이 글에서는 그의 번역목록을 검토하며 특정 작가 혹은 특정 이론가가 그의 사유와 창작 행위에 어떤 영향을 끼쳤는가를 분석하는 작업을 유보한 채, 정확히 말하면 이에 대한 선행 작업으로서 '번역'이라는 행위 자체가 김수영의 언어관 혹은 시작법에 끼친 영향을 탐색하기로 한다. 이를 위해 우선 번역이라는 행위의 의미를 검토하고, 김수영이 자신의 산문에서 번역에 대해 언급하는 지점들의 전후 맥락을 살피면서 그것을 김수영의 언어관과 관련짓는 작업을 할 것이다. 원텍스트와 번역텍스트를 함께 검토하며 김수영식 번역의 원칙이 무엇인지를 판단하는 일과, 그가 번역행위로부터 받은 영향을 실제 시 창작에서 어떻게 실천하고 있는지를 분석하는 일이 이러한 연구와 함께 진행되어야 할 것이다. 그러한 작업은 차후를 기약한다.

2. '시인-번역자'의 과제로서의 언어에 대한 충실성

문학 작품을 다른 언어로 옮기는 일은 결코 쉬운 일이 아니다. 특히 산문이 아닌 시의 경우, 사태는 더욱 심각하다. 흔히 직역과 의역의 대립, 벤야민의 용어로 "충실성"과 "자유"의 대립[21]은 시의 경우 단순히 번역자의 입장차로만 볼 수 없으며 언어학 혹은 시학에 관한 근본적인 문제와 관련된다. 시가 단순히 의미 전달에만 치중하는 산문 형태로 번역된다면 리듬을 비롯한 시의 본질적 측면, 즉 '시적인 것'이라 할 수 있는 작품의 정수

---

21 발터 벤야민, 최성만 역, 「번역자의 과제」, 『발터 벤야민 선집 6-언어 일반과 인간의 언어에 대하여, 번역자의 과제 외』, 도서출판 길, 2008, 135면.

는 번역의 과정에서 사라질 위험이 크다. 프랑스 산문시가 태동할 수 있었던 배경에 이같은 운문의 번역 경험이 놓여있었다는 것은 잘 알려진 사실이다. 운문을 산문 형식으로 번역하면서 불가피하게 사라진 부분을 대치할 것을 고안하는 과정에서 산문시에 대한 사유가 생겨난 것이다.[22] 시의 이같은 '번역불가능성l'intraduisibilité'에 주목하여 그것을 시학의 본질과 체계적으로 연결시킨 것은 뒤 벨레J. Du Bellay와 앙리 메쇼닉H. Meschonnic이다. 특히 메쇼닉은 번역이 "단순히 랑그와 랑그 사이에서 벌어지는 문법적 등가성의 전환이 아니라 디스쿠르와 디스쿠르 사이에서 행해지는 주체성의 미끄러짐을 반영한다"[23]는 사실을 강조한다. 하나의 언어 체계로부터 다른 언어체계로 이동하면서 '번역불가능성'을 극복하며 원작의 문학적 특수성을 빠트리지 않고 담아낸다는 것은 번역자가 두 개의 언어체계 사이에서 창작에 육박하는 창조성을 발휘하는 경험이라 할 수 있다. '번역불가능성'을 돌파하는 번역자의 이같은 '자유'에는 어떤 한계도 없는 것일까. 벤야민은 번역자의 '자유'보다는 '충실성'을 강조하는 편이다. 그가 설명하는 '번역자의 과제'에 대해 살펴보자.

---

22 이에 대해서는 조재룡, 「번역의 시학」, 『앙리 메쇼닉과 현대비평 – 시학·번역·주체』, 도서출판 길, 2007, 242~245면 참조.
23 위의 글, 260면. 이때 '랑그(langue)'와 '디스쿠르(discour)'라는 용어의 대립은, 앙리 메쇼닉이 이원론(시니피앙–시니피에 / 랑그–파롤 / 공시태–통시태 등)을 중심으로 설정된 구조주의자들의 소쉬르 독해를 넘어서는 지점과 관련된다. 앙리 메쇼닉은 소쉬르에게서 '가치(valeur)', '체계(système)', '작동기능(fonctionnement)', 기호의 '극단적인 자의성(radicalement arbitraire)'이라는 네 가지 상호 의존적인 개념들을 추출해낸다. 이러한 개념들을 바탕으로 그는 기호의 초월성을 전제하는 구조주의 언어학과 기호학을 넘어서는 '디스쿠르의 시학'을 정립한다(루시 부라사, 「맥락–언어학에서 디스쿠르의 시학으로」, 조재룡 역, 『앙리 메쇼닉–리듬의 시학을 위하여』, 인간사랑, 2007 참조). 메쇼닉의 번역자 조재룡에 따르면 '랑그'가 불변의 원칙을 기준으로 작동하는 개념인 반면, '디스쿠르'는 '조직된 파롤의 집합'이다. '디스쿠르'가 조직된 무엇이라면 이는 '조직하는 힘'을 내포할 텐데 디스쿠르를 조직하는 힘이 바로 디스쿠르를 움직이는 실질적인 '주체'라 할 수 있다(위의 글, 21면).

번역은 두 개의 죽은 언어들 사이의 생명 없는 동일성과는 동떨어진 것이
며, 바로 모든 형식들 가운데 번역에는 [원작의] 낯선 말이 사후에 성숙하는
과정과 번역자의 언어가 겪는 출산의 고통을 감지하는 것이 가장 고유한 과
제로 주어져 있다.[24]

번역은 기호로 전락한 언어들 사이에서 "생명 없는 동질성"을 추구하는
단순한 의사전달의 과정이 아니다. 벤야민이 번역의 난점과 관련하여 지
적하는 것은 두 가지이다. 인용문에서 벤야민이 염두에 두는 것은 언어 자
체의 역사성이다. "번역은 제아무리 위대한 번역이라도 번역자의 언어의
성장 속에 편입되고, 새로운 번역 속에서 몰락하게 되어 있는 법"[25]이라고
그는 말한다. 하나의 언어 체계는 사전 속에 불변의 완성형으로 고정되어
있는 것이 아니다. 언어는 인간의 삶 속에서 끊임없이 생멸을 거듭한다.
이같은 언어의 역사성으로 인해 완벽한 번역은 불가능한 것이 된다. 그러
나 벤야민은 '번역불가능성'보다는 '번역가능성'에 주목한 철학자이다.
서로 대체될 수 없는 두 개의 언어가 결국 "의도된 것"의 차원에서 동일해
지는 순간을 추구하는 것, 이것이 바로 번역의 궁극적 과제일 것이라고 벤
야민은 말한다. 벤야민이 강조하는 번역의 두 번째 난점은 '충실성직역'과
'자유의역' 사이에서 발생한다. 흔히 번역에 관한 전통적인 논쟁에서, 구문
에 충실한 직역은 언어들의 기괴한 조합을 만들어내고 결국 원작의 의미
재현을 불가능하게 만들어버린다고 비판받는다. 원작의 의미를 재현하는
일이 번역의 유일한 목표가 된다면 직역의 충실함보다는 의역의 자유가

24　발터 벤야민, 앞의 글, 129면.
25　위의 글, 128면.

훨씬 요령 있고 가치 있는 방식일 수 있다는 것이다. 그러나 원작과 번역 사이 의미 전달을 번역자의 최종 과제로 설정하지 않은 벤야민에게 '충실성'은 다른 의미로 이해된다. 그에 따르면 원작과 번역 사이에서 추구되어야 할 유사성은 단순히 작품과 작품 사이의 의미의 유사성이 아니라 언어들의 근친성이다. 즉 번역에서 추구되어야 할 '충실성'은 언어와 언어를 잘 만나게 하는 일과 관련되며, 결국 모든 언어를 죽은 기표로부터 살아있는 의미로 부활시키는 일과 관련된다.

번역의 언어는 그 의미의 의도를 어떤 재현으로서가 아니라 오히려 그 속에서 그 의미의 의도가 스스로 전달하는 어떤 언어를 향한 조화와 보충으로서 그 언어 고유의 의도 방식이 울려나오도록 해야 한다. 그렇기 때문에 어떤 번역이 생성된 시대에는 그 번역이 번역의 언어로 쓰인 원작처럼 읽히는 것은 최고의 칭찬이 아니다. 오히려 바로 언어 보충에의 거대한 동경이 작품에서 표현되는 일이 직역을 통해 보증된 충실성의 의미이다.[26]

결론적으로 말해 번역에서의 '충실성'은 번역자로 하여금 언어에 밀착하도록 만든다. 원작의 의미를 전달하는 것이 번역의 최종 목표가 아니기 때문에, 번역이 원작과 무관하게 완성된 작품으로 읽힌다는 것이 번역에 대한 최고의 칭찬일 수 없다고 벤야민은 말한다. "번역의 자유는 전달되어야 하는 의미를 통해 그 정당성을 획득하는 것이 아니다. 이러한 전달의 의미로부터 해방되는 것이 바로 충실성의 과제이다"[27]라는 말은 벤야민

---

26 위의 글, 137면.
27 위의 글, 139면.

이 생각하는 번역의 기본 자세를 암시한다. 그가 생각하는 충실성이란, 원작의 언어와 번역의 언어를 "초역사적 근친성"[28]을 나누는 지점으로까지 밀어붙이는 것이다. 그 결과 번역의 언어를 일시적인 의미 재현의 매체로 격하시키는 것이 아니라, 재현 불가능한 원작의 언어와 조화를 이루고 그것을 보충하며 스스로 "의미의 의도"를 발설하는 언어로까지 격상시키는 것이다. 단순화의 위험을 무릅쓰고 벤야민의 번역론을 요약하자면, 중요한 것은 '유사성 속의 차이'를 통한 즐거움이 아니라 차이를 극복하는 충실성이라 할 수 있다. 그러한 충실성을 통해 서로 다른 언어들이 서로를 끌어당기게 되고 그 과정에서 전달 불가능한 (벤야민의 표현을 따르면) "의미의 의도"가 보존된다.

번역은 언어의 소통불가능성과 문학의 재현 불가능성처럼 번역불가능성이라는 한계를 내포한다. 그리고 이러한 번역은 흔히 낯선 언어와 모국어의 만남을 통해 기존의 모국어 체계를 교란시키며 갱신하고 해방시키는 창작으로까지 육박할 수 있다고 판단된다. 그렇다면 일상어의 해체와 재구축을 도모하고 "모국어로부터 외국어성 찾아내기"[29]에 골몰하는 시인들은 번역자와 공통의 과제를 부여받은 자들이라 할 수 있다. 이렇게 번역은 시 쓰기의 모험과 밀접한 관련을 맺는다. 그러나 번역도 시 쓰기도 마냥 즐거운 작업은 아니다. 재현 불가능한 것을 재현하려는 고통스러운 시도와 결부되기 때문이다. 벤야민이 「번역자의 과제」에서 강조했듯, 언어의 이동과정에서 강조될 것은 서로 다른 언어체계가 '명확한 의미'를

---

28 위의 글, 129면.
29 황현산, 「번역과 시 - 외국시의 모국어 체험」, 『불어불문학 연구』 82, 한국불어불문학회, 2010, 287면.

공유하면서도 독자적인 표현을 얻는 원심력이 아니라, 이들이 '재현 불가능한 것'을 중심으로 밀착하는 구심력이라 하겠다. 그렇다면 이런 추측도 가능하다. 번역 체험으로부터 원심력의 '자유'를 배운 시는 낯선 두 언어 체계를 즐겁게 오가며 생경한 언어들의 질감을 누릴 수 있겠지만, 구심력의 '충실성'을 배운 시는 언어를 '시적인 것', '환원 불가능한 것', 결국 '침묵'에 밀착시키는 의지를 배우게 된다고 말이다.

번역작업과 시 쓰기의 이같은 근본적 유사성을 고려한다면, 영어에 능통한 김수영을 굳이 떠올리지 않더라도, 명목상의 모국어와 실질적 모국어가 다를 수밖에 없는 식민지 청년으로 자라났으며[30] 일본어로 쓴 자신의 시를 한국어로 고쳐 써본 경험도 없지 않았던[31] 그에게 번역이 얼마나 중요한 체험이었을지 짐작할 수 있다. 그가 자신의 「시작노트」에서 "내 시의 비밀은 내 번역을 보면 안다"라고 언급한 문장도 의미심장하게 읽힐 수밖에 없다. 일본어와 한국어, 그리고 영어를 자유자재로 오가는 김수영의 언어 환경이 그의 시작詩作과 관련하여 의식적으로든 무의식적으로든 일정한 영향을 끼쳤음은 부인할 수 없는 사실이다. 이러한 조건 속에서 그는 언어에 대한 특별한 감각과, 특히 시어에 대한 각별한 신념을 키워간다. 김수영은 『한양』지의 대표 비평가인 장일우와 자신의 견해를 비교하

---

30 「히프레스 문학론」(1964)에서 김수영은 "이곳의 문학계가 저조하고 좋은 작품이 나오지 않는 이유가 어디 있는가"라는 문제에 대해 숙고한다. 식민 체험과 언어의 문제, 세속적 패거리 의식을 보이는 문단 등을 문제 삼고 있지만 그가 가장 중요하게 지적하는 문단 저조화의 원인은 바로 문학의 언어가 '노예의 언어'로 전락한 상황이다. 여기에는 식민 체험뿐 아니라 자유당 정부와 군사정부로 이어지는 언론 탄압의 상황도 포함된다. 결론적으로 "우리 문학 40년사에서 언제 우리들은 제대로 민주적 자유를 경험한 일이 있었던가"라는 반문은 김수영이 생각하는 문단 저조화의 원인이 무엇인가를 보여준다. 『전집』 2, 278~286면.

31 「연극하다가 시로 전향―나의 처녀작」(1965.9), 『전집』 2, 334~335면 참조.

며, 자신은 그와 달리 "현실을 이기는 시인의 방법"을 "(시작품상에 나타난) 언어의 서술"뿐 아니라 "(시작품 속에 숨어 있는) 언어의 작용"에서도 찾는다고 역설한 바 있다.[32] 이러한 관점에서 그는 실패한 참여시보다도 오히려 실패한 순수시, 즉 사이비 난해시에 대해 유독 신랄한 비판의 목소리를 내곤 했다. 김수영이 시작을 통해 궁극적으로 강조한 것은 산문적 의견의 개진이 아니라, '무엇을 어떻게 말할 것인가'라는 질문과 관계되는 것이다. 그렇다면 "믿을 수 있는 작품! 사상은 그 다음이다"[33]라는 김수영의 서슴치 않은 발언도 충분히 이해가 된다. 더불어 그가 산문 곳곳에서 강조한 '언론의 자유', 즉 말할 자유라는 것도 시작에 관한 최대치의 자유가 아니라 최소한의 자유에 불과했음을 알 수 있다.

'언어의 서술' 못지않게 '언어의 작용'에 강조점을 둔 김수영이 "내 시의 비밀은 내 번역에 있다"라는 구절로써 의미하고자 한 바는 번역의 내용이 아닌 번역의 과정에 자기 시의 비밀이 있다는 말이 아니었을까. 실제로 그는 「시작노트 6」을 일본어로 쓴 정황에 대해 말하며 "나는 해방 후 20년 만에 비로소 번역의 수고를 던 문장을 쓸 수 있었다. 독자여, 나의 휴식을 용서하라"고 적었다. 이러한 언급을 통해 미루어 짐작해본다면, 김수영의 시작, 즉 한국어 시 쓰기는 어느 정도는 일본어를 경유한 번역 체험을 내포한 작업이었음을 알 수 있다. 물론 김수영과 같은 세대의 시인 혹은 작가라면 대부분 이중어 글쓰기 체험을 가지고 있었을 것이다. 영어에도 능통하여 꾸준히 번역 작업을 하였고 그로 인해 하나의 언어체계에서 다른 언어체계로의 잦은 이동을 경험하였던 김수영은 이중어 글쓰기

---

32 「생활현실과 시」(1964.10), 『전집』 2, 261면.
33 위의 글, 263면.

상황에 놓여있던 다른 작가들에 비해 특히 더 치밀한 언어감각을 키웠을 수 있다. 시인 김수영이 자신의 시작을 번역에 빗댄 장면을 읽어보자.

> 나는 한국말이 서투른 탓도 있고 신경질이 심해서 원고 한 장을 쓰려면 한 글 사전을 최소한 두서너 번은 들추어보는데, 그동안에 생각을 가다듬는 이 득도 있지만 생각이 새어나가는 손실도 많다. **그러나 시인은 이득보다도 손실 을 사랑한다. 이것은 역설이 아니라 발악이다.**강조-인용자, 이하 동일**34**

"한국말이 서투른" 김수영에게 한국어로 시 쓰기는 어느 징도 번역을 내포한 작업이었다 할 수 있을 텐데, 아닌 게 아니라 자신의 시작에 관한 단상을 늘어놓은 「시작노트 4」에서 김수영은 자신의 시 쓰기를 이와 같이 번역에 빗댄다. 그리고 그는 번역의 과정에서 발생하는 '손실'을 사랑하는 시인이라고 고백한다. 이 인용문에서 그가 말한 "생각이 새어나가는 손실" 은 단순한 의미로 해석될 수 없다. 사전을 옆에 두고 하나의 단어를 다른 단어로 옮겨 적는 수고로운 과정에서 그 단어가 놓인 좁은 맥락에만 집중 하다보면, 글의 더 큰 맥락을 놓치게 된다는 뜻으로 일단 이해될 수 있다. 그러나 기계적인 번역이 아닌 시작으로서의 번역에서라면 이 '손실'은 한 언어체계가 다른 언어체계로 이동할 때 불가피하게 발생하는 뉘앙스의 손 실 혹은 '시적인 것'의 '손실'이라고까지 확장시켜 이해될 필요가 있다. 하 나의 언어 체계 안에 묶여 있는 시인에게라면 이 '손실'의 의미가 쉽게 이 해되지 않을지도 모른다. 그러한 시인은 자기와 자신의 언어가 이미 한몸 이라는 충만한 착각 속에 언어를 마음껏 부리며 시를 쓰게 되기 쉽다.

---

34 「시작노트 4」(1965), 『전집』 2, 441면.

그런데 김수영은 "시인은 이득보다 손실을 사랑한다"라고 말하며, 이같은 '손실'에 대한 시인의 애정을 "역설이 아니라 발악"이라고 표현한다. 그는 왜 '발악'이라고 표현했을까. 손실에 대한 시인의 애정이 단순한 취향이 아니라 피할 수 없는 안간힘일 수밖에 없다는 뜻이 아닐까. 여기서 "이득"을 언어의 이동과정에서 누릴 수 있는 차이의 즐거움으로 이해하고, "손실"을 언어와 언어 사이의 거리, 나아가 시인과 언어 사이의 거리로 이해하면 어떨까. 김수영이 생각하는 시인의 사명은 이 거리를 애틋하게 여기고 그것을 좁히려고 "발악"하는 태도와 관련되지 않을까. 김수영은 한국어와 일본어를 오가는 과정에서, 혹은 일본어, 한국어, 영어를 오가는 과정에서 차이의 '이득'보다는 '손실'에 대한 안타까움과 애정을 더 많이 느꼈는지도 모른다. '손실'에의 '애정'을 통해 언어에 밀착하면서 이 '시인-번역자'는 '애정'이 '발악'으로 진화하는 경험을 했을지 모른다. 요컨대 "손실을 사랑한다"는 말은 이처럼 언어를 대하는 '시인-번역자'의 태도 자체를 일컫는 말이 된다. 김수영은 시작을 번역에 빗댐으로써 번역의 과정에서 언어에 밀착하게 되는 체험과 시 쓰기 과정에서 언어에 몰입하는 체험의 유사성을 말하고 싶었던 것이라 할 수 있다.

한국어로 시를 쓰는 과정에서 경험하는 '손실'에 대해 말하고 있는 저 구절의 앞부분에서 그는 "한 달이나, 기껏해야 두 달의 간격을 두고 쓰는 것이 큰 작품이 나올 수가 없다"라고 말한다. 좋은 시를 쓰기 위해서는 그만큼 오랜 시간의 숙성이 필요하다는 말일 텐데, 이러한 태도는 물론 시가 영감의 소산이라는 소박한 낭만주의적 창작관과는 다른 성격의 것이다. 김수영에게 시작은 기다림이 아니라 다가감을 통해 완성된다. "우리의 현대시가 겪어야 할 가장 큰 난관은 포즈를 버리고 사상을 취해야 할 일이다"[35]라는 언급에서도 확인되듯 김수영이 시론을 통해 자주 강조한 것은 '포즈가 아닌 사상'에 관한 것이다. 이제, 김수영이 번역의 체험과 시 쓰기를 빗대는 장면을 통해 우리가 알 수 있는 것은, 그에게 시 쓰기란 언제나 언어와 치열하게 대면하는 작업이라는 사실이다. 번역이 부업이자 전업한 국어 시 쓰기≒번역이었던 김수영으로부터 우리는 '내용'과 '형식'을 넘어선 현대시 창작 방법론이 본격적으로 시작되고 실천되는 장면을 목격할 수 있다. 의미 전달의 매체가 아니라 존재 자체로서의 언어에 '발악'하는 심정으로 밀착하여 "언어와 나 사이에는 한 치의 틈서리도 없"[36]을 만치 언어와 나를 한몸으로 만들기, 이것은 김수영이 온몸으로 체득한 시작 원리이며 시의 비밀이다. 김수영이 시를 통해 궁극적으로 추구한 "언어의 주권을 회복"[37]시키는 일은, 언어를 의미 전달의 도구로부터 해방시키는 일을 전제로 한다. 벤야민이 번역에 있어 '자유'보다는 '충실성'을 강조하며 언어를 의미 재현의 도구로부터 해방시켰듯 말이다. 이제 "내 시의 비밀은 내 번역을 보면 안다"라는 문장이 적힌 「시작노트 6」을 읽으며 김수영이 생각하는 시작의 윤리로서 "언어의 주권을 회복"시키는 일이, 김수영식 '시의 레알리떼'와 어떤 관련을 맺는지, 그리고 이때 번역체험은 어떤 작용을 하는지 살펴보기로 하자.

---

35 「요동하는 포즈들—1964년 7월 시평」, 『전집』 2, 535면.
36 「시작노트 6」(1966), 『전집』 2, 452면.
37 「가장 아름다운 우리말 열 개」(1966), 『전집』 2, 377면.

3. '자코메티적 발견' 진실한 재현과 시인의 양심

"내 시의 비밀은 내 번역을 보면 안다"라는 문장은 일본어로 쓰인 김수영의 「시작노트 6」에서 발견된다. 「시작노트 6」은 김수영 후기시의 시적 변모를 증언하는 중요한 텍스트로 읽혀왔다. 기존의 연구가 주목한 김수영의 시적 변모는 이 텍스트에서 그가 자신의 시 「눈」의 창작 과정을 설명하며 "자코메티적 발견", "자코메티적 변모"[38]라고 명명한 것과 관련된다. 알베르토 자코메티는 주네, 사르트르 등과 우정을 교류하던 스위스의 화가 겸 조각가이다. 시와 산문을 비롯한 김수영의 텍스트에서 '자코메티'라는 이름은 「시작노트 6」에서 유일하게 출현하는데 기존의 연구가 지적했듯 이같은 '자코메티의 돌발적 출현'은 이 시작노트를 쓸 당시 그가 칼톤 레이크의 「자코메티의 지혜」라는 텍스트를 번역 중이었다는 사실과 관련된다.[39] "그의 마지막 방문기訪問記"라는 부제가 달린 「자코메티의 지

---

38 「시작노트 6」, 『전집』 2, 452면.

39 정명교, 앞의 글, 364면. 김수영이 번역한 칼톤 레이크의 「자코메티의 지혜」는 『세대』(1966. 4)에 실렸다. 원문은 *The Atlantic Monthly*(1965.9)지에 실려 있다(제임스 로드, 신길수 역, 『자코메티』, 을유문화사, 2006에서 재인용). 이 글은 자코메티의 작업실을 방문한 칼톤 레이크와의 대담을 적은 글이다. 기존의 연구자들이 추측한 대로, 외국의 여러 잡지를 섭렵하던 김수영이 우연히 자코메티에 관한 글을 발견하고 그의 작업 방식에 깊이 공감하여 「시작노트 6」을 썼을 가능성이 농후하다. 그러나 자코메티가 주네, 사르트르 등과 사상적으로 교류하였다는 사실을 참조한다면, 김수영이 자신이 읽은 이들의 텍스트로부터 이미 자코메티를 '발견'했었는지도 모를 일이다(주네와 사르트르는 김수영의 산문에서 언급된 바 있다). 주네는 1961년 출간한 『자코메티의 아뜰리에』에서 이미 자코메티를 본격적으로 다루었으며, 김수영이 「시작노트 4」(1965)에서 극찬한 블랑쇼 역시 1955년 출간된 『문학의 공간』에서 자신이 생각하는 글쓰기의 방식을 자코메티의 조각에 빗대어 설명한 적이 있다(모리스 블랑쇼, 이달승 역, 『문학의 공간』(1955), 2010, 56면. 한편 「시작노트 6」에서 김수영이 언급한 수전 손택의 「스타일론」은 『파르티잔 리뷰』에 1965년에 실렸는데, 손택 역시 이 글에서 자코메티의 작업을 긍정적으로 평가하고 있다. 명확한 사실관계를 입증하기는 힘들지만, 「자코메티의 지혜」라는 텍스트가 우연히 김수영에게 도달해 "자코메티적 변모"를 일으켰다고

혜」는 어떤 글인가. 자코메티는 1925년 이후 10년간 인물 조각을 포기하고 초현실주의의 추상 작업에 몰두하다가 1935년 즈음에 다시 인물 조각으로 돌아왔다. 이 글은 새로운 구상 작업으로 귀환한 그가 "느릿 느릿 (… 중략…) 서툴게"[40] 보는 작업을 통해 "중요한 것은 비젼"이라는 사실을 깨닫고 나름의 "아름다움을 발견"하는 과정을, 자코메티의 육성을 통해 소개하는 글이다.

「시작노트 6」의 중요성을 간파한 정명교는 김수영의 "자코메티적 발견"이 연극성으로부터 탈피한 이후의 김수영식 새로운 시작 원리와 밀접한 관련을 지닌다고 지적한다. 그 변모는 "'낡음'-'보이지 않음'-'상식과 평범'의 외양을 통해 '새로움'-'끔찍함'-'멋'의 실재를 은닉하는 상태의 달성을 가리킨다"[41]는 것이다. 정명교는 '상식과 평범'과 '멋'의 대립을 김수영문학에서 영국적인 것의 영향과 프랑스적인 것의 영향의 대립으로 설명한다. 1966년을 기점으로 가시화된 김수영의 변모에는 프랑스적인 것의 영향, 즉 그가 1961년 「새로움의 모색-쉬페르비엘과 비어렉」이라는 글에서 "말라르메의 invisibility"[42] 개념을 통해 말하려 한 것의 영향이, 더불어 그가 자코메티의 작업을 통해 획득한 새로운 '레알리떼' 개념의 영향이 중요하게 작용했다는 것이다. '연극성'과 관련하여 김수영 시의식의 변모를 추적하는 조강석의 연구[43] 역시 1966년의 "자코메티적 변

보기는 어렵다. 김수영은 어쩌면 자신이 접했던 여러 텍스트를 통해 이미 자코메티의 방식에 경도되어 있었는지도 모른다.

40 칼톤 레이크, 앞의 글, 299면.
41 정명교, 앞의 글, 362면.
42 「새로움의 모색-쉬페르비엘과 비어렉」(1961.9.18), 『전집』 2, 229면.
43 조강석, 「김수영의 시의식 변모 과정 연구-'시적 연극성'과 '자코메티적 전환'을 중심으로」, 『한국시학연구』 28, 한국시학회, 2010.

모"에 주목한다. 그는 "자코메티적 발견"이 김수영의 시가 추상성을 버리고 새로운 구상성을 획득해가는 과정과 밀접한 관련을 지닌다고 분석한다. "자신의 비전에 의존해서 사태를 거듭 들여다보고자 하는 의지, 그리고 그렇게 바라보는 눈에 그때그때의 실감에 의해 부분적으로만 다면적 진실을 드러내는 리얼리티의 양상을 포착하고 표현하는 것"[44]이 바로 자코메티의 방법이며, 기괴하지만 진실된 이같은 자코메티적 '레알리테'의 독창성을 김수영이 적극 수용하고 있다는 것이다.

이러한 연구들이 지적하듯 "자코메티적 변모"는 '진실한 재현이 무엇인가'라는 질문과 관련된다. 「자코메티의 지혜」를 통해 자코메티의 언급들을 직접 살펴보자.

① 사생화寫生畵를 할 때에는, 나는 한번에 조금씩 밖에는 못 봐요. 두고 두고 조금씩 조금씩 일을 해가죠. 그리고 노상 변경을 하게 되요. 생물生物은 끊임없는 진화에요. 매번 나는 모델한테 똑같은 광선 속에서 똑같은 포오즈를 취하게 해요. 그렇게 하는데도, **그것은 나한테는 똑같은 것으로 보이지가 않아요. 그러니 어떻게 끝이 날 수가 있겠어요?**[45]

② 우리들이 참되게 보는 것에 밀접하게 달라 붙이면 달라 붙을수록, 더욱 더 우리들의 작품은 놀라운 것이 될 거에요. 레알리떼는 비독창적인 것이 아녜요. 그것은 다만 알려지지 않고 있을 뿐예요. **무엇이고 보는 대로 충실하게 그릴 수만 있다면**, 그것은 과거의 걸작들만큼 아름다운 것이 될 거예

---

44 위의 글, 382면.
45 칼톤 레이크, 앞의 글, 299면.

요. 그것이 참된 것이면 것일수록, 더욱 더 소위 위대한 스타일樣式이라고 하는 것에 가까워지게 되지요.[46]

자코메티의 작업실을 찾아간 칼톤 레이크가 "느리게 끝마치고 좀처럼 손을 잘 떼지 않는 것으로 유명"한 자코메티의 작업 방식에 대해 질문하자 그는 ①과 같이 대답한다. 똑같은 피사체모델과 모델의 포즈와 똑같은 작업 조건광선이라 하더라도 자신에게 보이는 피사체의 모습은 매번 다르기 때문에 "사생寫生"에 있어 완벽한 종결은 불가능하다는 것이다. 매번 달리 보이는 피사체와 그로 인해 언제나 불완전한 상태일 수밖에 없는 사생 작업에 대해 자코메티는 "생물"이 "끊임없는 진화"를 거듭하기 때문이라 말하는데, 이러한 '사생불가능'과 관련하여 그가 강조하는 것은 피사체의 유동성보다는 관점vision의 독창성이다.

②를 보자. 자코메티는 "무엇이고 보는 대로 충실하게 그릴 수만 있다면" 그것이 독창적인 '레알리떼'가 될 것이라고 말한다. "보는 대로 충실하게" 그린다는 것은 무엇일까. "현실적인 형태의 견지"를 버려야 한다는 말과 "등신대가 존재할 수 없다"는 말을 통해 추측해보면, "보는 대로 충실하게" 그린다는 것은 대상에 관한 어떠한 고정된 가상假想의 이미지도 염두에 두지 않는다는 말이 된다. 쉽게 말해 상상과 선입견을 배제한 채 눈앞의 대상에 순간적으로 몰입하라는 말이다. "보는 대로 충실하게" 표현하라는 말은 사실 이제껏 보지 못한 것을 보라는 말과도 같다. 요컨대 자코메티는 유동하는 피사체와 유동하는 관점으로 인해 사생이 불가능해진다는 말을 하려는 것이 아니라, 대상과 관점이 끊임없이 유동하는 상황

---

46 위의 글, 316면.

에서도 자신이 보고 있는 것에 진실해질 때 비로소 사생이 가능해지며 이 때 "위대한 스타일"이 탄생한다고 말하는 것이다. '사생불가능'이 결국 독창적이고 진실된 스타일을 가능하게 한다는 것이다.

자코메티가 생각하는 "위대한 스타일"은 독창적일 것을 전제로 한다. 이 '독창성'은 물론 비교우위의 새로움은 아니다. 다른 시도에 의해 언젠가 '비독창적'인 것으로 전락할 수 있는 갱신될 새로움이 아니라, 유일무이한 영원한 새로움으로서의 독창성이다. 영원한 독창성은 어떻게 가능할까. 유일무이한 '내'가 있듯 '나'의 관점vision도 단 하나뿐이라는 사실을 기억하면 된다. 자신의 관점을 신뢰한 채 집요하게 관찰한다면, 보는 주체는 보이는 대상에 완전히 밀착할 수 있다. 이러한 '자코메티적 발견'은 시작의 방법에 있어서나 시작의 태도에 있어서나 김수영에게 새로운 계기를 마련해주었다. 일단 시작법상에 있어서 "자코메티적 발견"을 통해 김수영이 발견한 것은 자신의 시 「눈」의 창작 과정을 통해 그가 설명했듯 "시의 레알리떼의 변모"이다.

　"폐허에 눈이 내린다"의 여덟 글자로 충분하다. 그것이, 쓰고 있는 중에 자코메티적 변모를 이루어 6행으로 되었다. 만세! 만세! 나는 언어에 밀착했다. 언어와 나 사이에는 한 치의 틈서리도 없다. "폐허에 폐허에 눈이 내릴까"로 충분히 "폐허에 눈이 내린다"의 숙망宿望을 달達했다. 낡은 형型의 시다. 그러나 낡은 것이라도 좋다.[47]

폐허에 눈이 내리고 있다는 사실을 "현실적인 형태의 견지에서" 표현한

47　「시작노트 6」(1966), 『전집』 2, 452면.

다면, "폐허에 눈이 내린다"라는 여덟 글자로 충분하다. 이때 언어는 정보 전달의 수단이 될 뿐이다. 가상에 불과한 "등신대"가 모델의 대체물이 되는 것과 마찬가지로 말이다. 그렇다면 저 여덟 글자도, 등신대도 비독창적인 거짓된 사생에 불과하다. 여덟 글자로 충분한 시를 김수영은 "자코메티적 변모를 이루어" 6행으로 만들었다고 말한다. "폐허에 눈이 내린다"라는 비독창적 표현이, "눈이 온 눈이 온 뒤에도 또 내린다 // 생각하고 난 뒤에도 또 내린다 // 응아 하고 운 뒤에도 또 내릴까 // 한꺼번에 생각하고 또 내린다 // 한 줄 건너 두 줄 건너 또 내릴까 // 폐허에 폐허에 눈이 내릴까"라는 독창적 스타일로 완성되었다며 김수영은 기뻐한다. 그것이 비록 "낡은 형型의 시"일지언정 최소한 "언어와 나 사이에는 한 치의 틈서리도 없"게 되었다며, 그는 「눈」을 완성한 기쁨을 아낌없이 드러낸다. 김수영 스스로 이 시를 "낡은 형型의 시"라 고백했듯, 사실 이 6행의 시가 1966년 즈음의 그의 시와 다른 면모를 보인다 하더라도, 놀랄 만큼 새로운 스타일을 보여주는 것은 아니다. 독자에게는 이 시를 완성하고 "만세!"를 부르며 흥분하는 김수영이 의아할 수도 있다.[48] 그러므로 이 장면에서 우리가 알게 되는 것은 결국 그가 새로 터득한 시작법의 핵심이 상대적 새로움이 아닌 절대적 독창성과 관련된다는 사실이다. 그 '독창성'을 판단하는 기준은 사생의 대상도 기존의 스타일도 아닌 시인 자신의 의지와 믿음이다. 그것은 시작의 방법보다도 어쩌면 시작의 태도상의 문제인지 모른다. 즉 '독창성'은 그가 시종일관 강조해온 시인 자신의 '양심'을 통해

---

48 조강석은 「눈」의 "6행"이 비독창적인 진술로부터 독창적인 표현으로 옮겨가는 과정을 상세히 분석하며 김수영 스스로의 판단에 적극 동의하고 있다. 조강석, 앞의 글, 382~383면.

판별되는 것이다.[49] 그것은 형태상의 '낡음'과 '새로움'을 문제 삼는 단계를 넘어선 차원의 것이다.

김수영이 「시작노트 6」에서 직접 언급하는 수전 손택의 표현을 빌리면, '낡음'과 '새로움'에 대한 판단은 "스타일"에 관한 판단이 아니라 "스타일화"에 관한 판단이라 할 수 있다. 손택은 '스타일 = 휘장'이라는 휘트먼의 은유가 결국 '스타일'을 '내용'과 분리 가능한 "덧붙이는 요소" 쯤으로 취급하도록 만들었다고 지적한다. 그는 "스타일이 곧 영혼"[50]이라는 콕토의 말을 인용하면서 '스타일 = 휘장'이라는 잘못된 관념을 전제로 논해지는 '스타일'은 엄밀히 말해 '스타일화'에 불과한 것이라고 말한다.

'스타일화'는 예술가가 작품 속에서 내용과 표현 방식, 주제와 형식을 그럴 필요가 없는데도 굳이 구분하려 드는 바로 그 순간에 나타난다. 그렇게 됐을 때, 혹은 스타일과 주제가 너무 제각각 두드러진 나머지 서로 반목할 때, 우리는 주제가 특정 스타일로 다뤄졌다고 (혹은 잘못 다뤄졌다고) 말할 수 있다. 창조적으로 잘못 다룰 것, 오히려 이것이 규칙이라 하겠다. (…중략…) 입체주의 회화나 자코메티의 조각은 ('스타일'과는 구분되는) '스타일화'의 사례에 들어가지 않는다. 인간의 얼굴과 몸을 아무리 심하게 일그러뜨렸다 해도 그것이 얼굴과 몸을 흥미로운 것으로 만들기 위해서가 아니었기 때문이다.[51]

---

49 이와 관련하여 다음의 언급을 참조할 수 있다. "시의 다양성이나 시의 변화나 시의 실험을 나는 두려워하지 않는다. 오히려 그것은 어디까지나 환영해야 할 일이다. 다만 그러한 실험이 동요나 방황으로 그쳐서는 아니 되며 그렇지 않기 위해서는 지성인으로서의 시인의 기저(基底)에 신념이 살아 있어야 한다." 「요동하는 포즈들」, 『전집』 2, 535면.

50 수전 손택, 이민아 역, 「스타일에 대해」, 『해석에 반대한다』, 이후, 2002, 39면.

51 위의 책, 42~43면.

"예술이란 (…중략…) 의지를 객관화하는 일"[52]이며 이때 스타일과 내용은 자연스럽게 한 몸이 될 수밖에 없다고 주장하는 손택에게 "창조적으로 잘못 다룬 것"으로서의 "스타일화"는 김수영식으로 말해 '사이비'이며 '포즈'일 뿐이다. 그것은 '차이'를 강조하며 "흥미"를 유발하는 것에 불과하기 때문이다. 손택은 자코메티를 언급하며 그의 일그러진 조각은 '스타일화'의 사례에 속하지 않는다고 말한다. 이같은 손택의 입장을 확인한다면, 김수영이 자코메티라는 매개를 통해 손택에게 어느 정도 공감했음을 짐작할 수 있다. 김수영은 손택과 더불어 '스타일'이라는 것을 창작의 기술로서 따로 떼어 생각하는 방식 자체를 비판한 것이다. 김수영은 「시작노트 6」[1966]을 쓸 당시 1965년 『파르티잔 리뷰』에 실린 수전 손택의 「스타일론」을 직접 번역하고 있었다. 그는 "나는 이 시 노트를 처음에는 Susan Sontag의 「스타일론」을 초역한 아카데믹한 것을 쓰려고 했다"라고 썼다가 바로 "Sontag이 싫어졌다"라고 말한다. 이같은 간단한 언급으로는 손택을 경유한 김수영의 인식 변화를 엄밀히 파악할 수 없지만,[53] 그가 '스타일화'에 대한 손택의 비판에 대해서만큼은 충분히 공감했으리라 확신할 수 있다. 차이를 통해 단순한 흥미를 유발하는 방식은 김수영이 생각하는 '시의 레알리떼'와는 상극인 '시의 속물화'에 불과한 것이다. 1966년 경 김수영이 추구한 시작의 방법과 태도는 흡사 번역에 있어서 '자유'가 아닌

---

52 위의 책, 60면.

53 시작노트를 손택의 번역으로 대신하려 했다는 진술과 손택이 싫어졌다는 진술 사이에는 "그러나 Steven Marcus의 '소설론'을 번역한 후 생각해 보니"라는 구절이 삽입되어 있다. 손택의 「스타일론」이 김수영에게 의미 있게 다가온 지점과 그렇지 않은 지점이 무엇인지를 살피기 위해서는 마커스의 텍스트를 함께 검토해야 할 일이다. 한편, 손택의 「스타일론」은 '시를 쓴다는 것(형식)'과 '시를 논한다는 것(내용)' 사이의 관계를 통해 정립되는 김수영의 '온몸의 시론'(「시여, 침을 뱉어라」)과도 일정 정도 관련이 있는 듯하다. 이에 대해서는 별도의 논의가 필요하다.

'충실성'을 추구하는 태도와도 같으며, 결국 언어가 의미 재현의 도구가 아니듯 스타일도 내용 전달의 도구는 아니라는 인식 자체와 관련된다.

4. '침묵 한걸음 앞의 시' 침묵을 번역하는 '성실한 시'

시에 있어서 '진실한 레알리떼'와 '독창적 스타일'이 무엇인가라는 질문으로 요약되는 「시작노트 6」의 복잡다단한 사유는 단순히 "자코메티적 발견"이라는 하나의 계기를 통해서만 포착되지 않는다. 기존의 연구가 살폈던 말라르메적인 것의 영향이나,[54] '연극하다 시로 전향'한 김수영식 구상具象의 특수성도 고려될 수 있다. 혹은 손택의 「스타일론」의 영향도 면밀히 살필 수 있다. 그렇다면 김수영이 "자코메티적 변모"라고 명명한 시작 방법 혹은 시작 태도와 관련하여, 이 글의 주된 관심인 '번역 체험'은 어떤 관련을 맺는 것일까. 그가 시와 번역의 관계를 직접 언급한 부분을 읽어보자.

한 언어 체계가 다른 언어 체계로 옮겨가면서 불가피한 손실이 발생할 때 번역자의 '자유'보다도 언어를 마주한 번역자의 '충실성'이 강조되어야 한다는 것은 앞서 벤야민 논의를 통해 살펴본 바이다. 완벽한 번역의 불가능성을 언어의 가능성으로 돌파하는 번역의 과정, 그리고 (자코메티를 통해 살폈듯) 재현 불가능성을 독창적 스타일로 돌파하는 진실한 사생寫生의 과정은 기본적으로 동일한 메카니즘을 공유한다. 여기서 재차 강조되어

---

54 이미순에 따르면 김수영이 강조한 "자코메티적 발견", 즉 "지움으로써 새롭게 도달하는 실재, 언어와 밀착하게 되는 방법" 등은 블랑쇼의 말라르메론과 밀접한 관련을 지닌다. 이미순, 앞의 글 참조.

야 할 것은 원텍스트를 번역자의 언어로 옮기는 번역 과정이나, 시인의 의도라는 손택식으로 말해 '세계에 대한 시인의 의지'라는 원텍스트를 시인의 언어로 옮기는 시작 과정에서, 번역자 혹은 시인은 절대적인 자유를 보장받는 존재일 수 없다는 점이다. 이 '시인-번역자'는 명료한 의미 재현이 전제된 상황에서 독창적 전달 방식을 고안하는 즐거운 '자유'를 누리는 자가 아니다. 그는 재현 불가능한 것을 필사적으로 재현해야 하는 '충실성'의 과제를 부여받은 자이다. 김수영의 시작에서 이 '충실성'은 "가장 진지한 시는 가장 큰 침묵으로 승화되는 시다"[55]라는 언급과 관련하여 해석되어야 한다.

일단 「시작노트 6」의 전체적인 구성을 살펴보자. "너무나 많은 상념이 한꺼번에 넘쳐 나와 난처하다"는 그의 말처럼 다른 산문들보다도 특히 더 즉흥적이며 감정적으로 읽히는 이 텍스트는 논리적 흐름을 파악하기가 쉽지 않은 글인데, 「시작노트 6」의 앞부분에서 김수영이 숙고하는 내용을 한마디로 요약하면 그것은 "불성실한 시"와 "성실한 시"의 구분이라 하겠다. 「시작노트 6」이 시작 방법보다도 시작 태도와 관련하여 할 말이 많은 텍스트일 수 있다는 사실은 이와 같은 도입부를 통해서도 드러난다.

나는 또 자코메티에게로 돌아와 버렸다. 말라르메를 논하자. 독자를 무시하는 시. 말라르메도 독자를 무시하지 않았다—단지 그만이 독자였었지 않았느냐는 저 수많은 평론가들의 정석적인 이론에는 넌더리가 났다. 제기랄!—정말로 독자를 무시한 시가 있다. 콕토 류의 분명히 독자를 의식한 아르르칸의 시도—즉, 속물주의의 시도—독자를 무시하는 시가 될 수 있는 성공적인 경우가 있다. 그러나 정말 독자를 무시한 시는 불성실한 시일 것이

---

55 「제정신을 갖고 사는 사람은 없는가」(1966.5), 『전집』 2, 186면.

다. 침묵 한걸음 앞의 시. 이것이 성실한 시일 것이다.[56]

　자코메티의 한 구절을 변형시키고[57] 보부아르의 『타인의 피』의 한 구절을 인용하면서[58] 그가 도달한 결론은, "참된 창조"란 "타인의 눈을 즐겁게 해주는" 것과 무관하게 자신에게 충실한 작품이라는 것이다. "참된 창조"와 관련해 김수영은 말라르메를 예로 든다. 벤야민이 인용했던 "불후의 말은 여전히 침묵 속에 있다"[59]라는 말라르메의 말을 기억하는 우리는 "타인의 눈"과 무관한 "참된 창조"가 결국 "침묵"의 영역에 속한다고 짐작할 수 있다. 김수영이 보부아르와 말라르메를 무리하게 연결시킨 것은 결국 "나의 참뜻이 침묵"[60]이라는 자신의 입장을 강조하기 위한 것이라 하겠다. 그러나 이와 동시에 그는 "침묵"의 위험을 지적하기도 한다.

　우선, 그는 "정말 독자를 무시한 시는 불성실한 시"라고, "말라르메도 독자를 무시하지 않았다"라고 쓰며 '침묵' 이상의 것을 시도한 말라르메의 '성실함'을 말한다. 더불어 '침묵'이 "속물주의" 시인들에게 독자를 무시한 채 (정확히 말해 독자를 의식한 채) "참된 창작"을 연기演技할 수 있는 기회가 될 수 있음을 경고한다. 결국 "독자를 무시한 시는 불성실한 시일 것이

56　「시작노트 6」(1966.2.20), 『전집』 2, 450면.
57　김수영은 "There is no hope of expressing my / vision of reality. Besides, if I did, / It would be hideous something to / look away from"이라는 자코메티의 구절에서 hideous를 ""보이지 않는다"라는 뜻으로 해석하여 to look away from을 빼버리고 생각해도 재미"있을 것이라고 말한다. 이러한 명제는 사이비 시인늘에게 "보이지 않으니까 진짜야"라는 식의 알리바이를 제공해줄 수 있다는 것이다. 김수영은 물론 이러한 사이비 시인늘의 속물성과 말라르메 등이 보여준 "참된 창조"를 구분하고 있다.
58　김수영이 보부아르의 『타인의 피』에서 가장 감격한 부분이라면 인용한 부분은 다음과 같다. "요 몇 해 동안 마르셀은 생활을 위한, 타인의 눈을 즐겁게 해주는 그런 그림을 그리는 일을 중지해 버렸다. 그는 참된 창조를 하고 싶어했다."
59　벤야민, 앞의 글, 134면에서 재인용.
60　「시작노트 6」, 『전집』 2, 451면.

다"라는 문장의 의미는, 독자를 철저히 무시無視한 채 자기만의 침묵에 빠진 시도, 독자의 판단력을 무시輕視한 채 '침묵'을 가장한 시도, "참된 창조"는 아니라는 말이다. 결국 그에게 "참된 창조"이자 "성실한 시"는 "침묵 한 걸음 앞의 시"이다. 그것은 말할 수 없는 것을 말하는 시도와 관련되며, 그것을 지속할 수 있는 의지와도 관련된다. 김수영이 생각하는 "시의 레알리떼"는 이처럼 말할 수 없는 것을 말해야 하는 것과 관련되며, 특정한 의미의 재현을 전제한 채 이런 저런 '스타일화'를 고안하는 '자유'와는 무관하다. 「시작노트 6」의 말미에서 김수영이 재차 보부아르를 인용하며 말하는 "상이相異하고자 하는 작업과 심로心勞가 싫증이 났을 때, 동일하게 되고자 하는 정신挺身", 이것이 그가 생각하는 시인의 과제다. 자코메티를 통해 그가 얻은 것을 단지 '독창적 레알리떼'를 위한 '상이한 관점vision'과 '상이한 스타일'이라는 방법상의 새로움으로 이해한다면, 이 구절의 의미가 제대로 밝혀질 수 없다. 나아가 김수영의 후기 시작 태도를 완전히 오해하게 된다. 김수영은 시작에 있어 '독창성'을 최종심급에 놓지 않았으며 그것이 일부러 추구돼야 할 것이라고 생각하지도 않았다. 김수영에게 문제는 오로지 "큰 침묵"을 완성해가는 "침묵 한걸음 앞의 시"로서의 "참된 창조"였다. "침묵"으로부터 "불후의 말"말라르메을 끄집어내어 그것을 성실히 번역해낼 때 '독창적 스타일'은 저절로 얻어지는 것이라 그는 생각한 듯하다.

그렇다면 이제 기존의 연구가 별로 관심을 두지 않은 장면을 읽으며, "자코메티적 변모"와 "시의 레알리떼의 변모" 사이에서 그의 실제 '번역 체험'이 어떤 작용을 하는지 살펴보기로 하자.

① 나는 이 시 노트를 처음에는 Susan Sontag의 「스타일론」을 초역한 아카데

밀한 것을 쓰려고 했다. 그러고는 쓰지 않으려고 했다. 다시 Sontag을 초역 抄譯하려고 했다. 그러나 Steven Marcus의 「소설론」을 번역한 후 생각해 보 니 Sontag이 싫어졌다. 게다가 잊어버렸다. Sontag의 「스타일론」은 한마 디로 말한다면 Style is the soul이다. Mary McCarthy는 이를 Style-non style이라 말하고 있다. 나는 번역에 지나치게 열중해있다. 내 시의 비밀은 내 번역을 보면 안다. 내 시가 번역 냄새가 나는 스타일이라고 말하지 말라. 비밀은 그런 천박한 것은 아니다. (…중략…) 그리고 내가 참말로 꾀하고 있 는 것은 침묵이다. 이 침묵을 지키기 위해서라면 어떤 희생을 치러도 좋다. (…중략…) 그러나 그대는 근시안이므로 나의 참뜻이 침묵임을 모른다.[61]

② 엘리엇이 시인은 2개 국어를 쓰지 말아야 한다고 말한 것을. 나는 지금 이 노트를 쓰는 한편, 이상李箱의 일본어로 된 시 「애야哀夜」를 번역하고 있다. 그는 2개 국어로 시를 썼다. 엘리엇처럼 조금 쓴 것이 아니라 많이 썼다. 이것을 어떻게 생각해야 할 것인가. 내가 불만스럽게 생각하는 것은 이상 이 일본적 서정을 일본어로 쓰고 조선적 서정을 조선어로 썼다는 것이다. 그는 그 반대로 해야 했을 것이다. 그는 그렇게 할 수 있었을 것이다. 그러 함으로써 더욱 철저한 역설을 이행할 수 있었을 것이다. 내가 일본어를 사용하는 것은 다르다. 나는 일본어를 사용하고 있는 것이 아니라 망령亡靈 을 사용하고 있는 것이다. 아무도 사용하지 않는 것에는 동정이 간다― 그것도 있다. 순수의 흉내―그것도 있다. 한국어가 잠시 싫증이 났다― 그것도 있다. 일본어로 쓰는 편이 편리하다―그것도 있다. 쓰면서 발견 할 수 있는 새로운 현상의 즐거움, 이를테면 옛날 일영사전을 뒤져야 한

---

61 위의 글, 450~451면.

다―그것도 있다. 그러한 변모의 발견을 통해서 시의 레알리테의 변모를 자성自省하고 확인한다자코메티적 발견―그것도 있다. 그러나 가장 새로운 집 념은 상이하게 되는 것이 아니라 동일하게 되는 것이다.[62]

　　김수영이 자신의 글에서 '번역'에 대해 논하는 방식은 크게 두 가지이다. 하나는 부업으로서 번역 작업의 어려움을 이야기하는 방식이며, 또 하나는 자신의 독서목록을 공개하는 차원에서 번역 텍스트를 언급하는 형식이다. 이러한 점을 고려할 때 김수영의 '번역 작업'과 관련하여 「시작노트 6」의 중요성이 커진다. 여기서 그는 다른 텍스트에서와는 달리 번역에 대한 내밀한 속내를 일정한 맥락 없이 돌발적으로 여러 번 드러내고 있기 때문이다. ①과 ②는 결정적인 구절을 인용해본 것이다. ①을 보자. 앞서 살폈듯 김수영이 발견한 "시의 레알리떼"는 단순히 다르게, 혹은 새롭게 보는 눈을 통해 충족되는 것이 아니다. 피사체에 밀착한 조각가자코메티를 전유해 그가 체득한 시의 과제는 독창적 스타일의 고안 이전에 어떤 불가능한 재현이라는 과제이다. 그 과제를 충족시키는 일은 자코메티의 조각이 기괴한 모습을 띠게 되었듯 시에 있어서는 "낡은 형型"의 스타일까지도 무릅쓰는 것이다. 그렇다면 "내 시가 번역 냄새가 나는 스타일이라고 말하지 말라. 비밀은 그런 천박한 것은 아니다"라는 구절의 의미는 무엇일까. "번역 냄새가 나는 스타일"은 의미 재현을 중시하는 글쓰기에서라면 의미 전달을 방해하는 불성실한 '진술'의 한 형태가 된다. 그러나 시의 영역에서라면 사정은 달라진다. "번역 냄새가 나는" 어색한 스타일은 낯선 형식, 손택의 구분법을 활용하면 새로운 '스타일화'의 사례로 인정될 수

---

62 위의 글, 451~452면.

있다. 그러나 김수영이 가장 경멸한 것은 바로 이처럼 생경한 형식 자체를 목적으로 삼는 '속물주의'의 시였다. 김수영의 주장대로라면 "번역 냄새가 나는 스타일"은 차라리 그가 비난해마지 않았던 박인환이나 전봉건의 시가 보여준 양태에 가깝다. 그는 "비밀은 그런 천박한 것이 아니"라고 말한다. 일본어로 쓰인 시작노트에서 이처럼 두서없이 번역에 관한 속내를 꺼내는 장면은 굉장히 흥미로운데, 이는 김수영 시작의 비밀이 결국 '번역'의 과정 자체와 관련된다는 사실을 그가 은연중 인식하고 있었음을 시사한다.

②에서 김수영은 "2개 국어"로 시를 쓰는 시인 이상李箱에 대해 언급하며 이상의 시작과 자신의 시작을 구분하고 있다. 김수영은 이상이 일본적 서정을 일본어로, 조선적 서정을 조선어로 쓴 것을 불만스럽게 생각한다. 반대로 작업하여 더욱 "철저한 역설"을 실천했어야 한다는 것이다. 김수영이 이해하기로, 이상이 일본적 서정을 일본어로, 조선적 서정을 조선어로 분리하여 썼다는 것은 그가 두 개의 언어로 두 개의 분리된 작업을 했다는 것을 의미할 뿐, 이상의 시작에 '번역불가능성'도 '번역가능성'도 개입될 여지가 없었음을 증명하는 것이라 하겠다. 김수영의 시작은 다르다. 앞서 지적했듯 그에게는 한국어로 시를 쓰는 작업 자체가 번역을 내포한 과정이었다. 어쩌면 그는 일본어로 사유하고 한국어로 표현했는지 모른다. 그러므로 그가 의도한 것과 그가 적은 것 사이에는 메울 수 없는 간극이 있었을 것이며, 그 간극 속에서 그는 자신의 언어가 단순히 의미 전달의 매체로 전락하거나 생경한 형태로 탈바꿈하는 것을 경계했을 것이다.

일본어로 시작노트를 작성한 김수영은 자신이 일본어라는 "망령"을 사용하면서 여러 가지 흥미와 편리와 즐거움을 느꼈다고 말한다.[63] 시를 쓰는 일이 아니라 시작노트를 쓰는 일, 즉 의미 전달을 목적으로 한 산문을 쓰는 일은 일본어라는 "망령"으로도 충분히 완성될 수 있는 것이다. 산문을 쓰는 김수영에게 일본어는 단지 의미 전달의 매체, 즉 죽은 언어일 뿐이다. 그런데 일본어로 착상한 것을 한국말로 번역해내는 김수영식 시작詩作에서라면 사정이 다르다. 아마도 김수영은 일본어라는 "망령"을 사용해 산문을 쓰다가, 이러한 산문 쓰기의 체험과는 다른 자기시작의 비밀을 체득했는지 모른다. 일본어라는 '망령'이, 즉 의미 전달의 매체로서 생기를 읽은 언어가, 한국어와 함께 되살아나고 해방되는 자기시작의 비밀을 말이다. 일본어로 쓴 산문에서 일본어는 '망령'일 뿐이지만, 한국어로 쓴 시에서 (일본어로부터의 번역을 통해 탄생한) 한국어는 '망령'이 아니다. 더불어 이때 원작으로서의 일본어도 '망령'으로 그치지 않고 사후적으로 재탄생한다. 그는 이같은 사실을 확인하며 "시의 레알리떼의 변모를 자성自省하고 확인"하게 되었다고 적은 것이 아닐까. 김수영이 궁극적으로 주장한 "상이하게 되는 것이 아니라 동일하게 되는 것"으로서의 시의 비밀은 원작에 밀착하는 번역어, 그리고 침묵에 접근하는 언어와 관련된다. 결국 김수영 시의 비밀은 언어에 밀착하는 시인 자신의 "집념"으로 확장된다. 말할 수 없는 것을 말해야 하는 "집념" 말이다.

---

63 강계숙은 「시작노트 6」이 일본어로 쓰인 점에 주목하여 "그는 일영사전을 참조하면서 불현듯 깨달은 언어의 이민 과정을 "시의 레알리떼의 변모를 자성하고 확인하는" "자코메티적 발견"이라 칭하고 있는 것이다"라고 지적한 바 있다. 강계숙, 「1960년대 한국시에 나타난 윤리적 주체의 형상과 시적 이념─김수영, 김춘수, 신동엽의 시를 중심으로」, 연세대 박사논문, 2008, 178면. 강계숙은 「김수영은 시작노트를 왜 일본어로 썼을까?」(『현대시』, 2005. 8)에서 김수영의 「시작노트 6」을 중심으로 그의 '이중 언어' 문제를 이상(李箱)의 그것과 비교하며 세대론적 논의로 확장시켜 분석한 바 있다.

5. 번역체험과 김수영의 시론

이 글은 김수영의 번역 체험이 그의 시작법과 언어관의 형성에 끼친 영향을 그의 산문을 통해 살피는 것을 목표로 삼았다. 시와 시평을 쓰는 틈틈이 생계를 위한 부업으로서 꾸준히 번역작업을 해온 김수영은 자신의 「시작노트」에서 "내 시의 비밀은 내 번역을 보면 안다"라고 말한 바 있다. 이 문장에 주목한 연구자들은 김수영의 번역 목록을 작성해보면 그로부터 김수영문학의 기원을 찾는 데 많은 공을 들였다. 이때 연구자들은 그의 번역목록을 독서목록의 일부로 편입시켰고 번역 체험 자체에 큰 관심을 보이지는 않았다. 한 언어 체계로부터 다른 언어체계로 이동하는 번역의 과정이 김수영의 시작 태도에 끼친 영향에 대해서는 별로 관심을 두지 않은 것이다. '번역불가능성'과 그것을 돌파하는 번역자의 '자유'보다는 '번역가능성'과 그것을 성취하는 번역자의 '충실성'을 강조한 벤야민의 이론을 토대로, 이 글은 번역체험이 김수영의 시론에 끼친 영향을 탐색하였다. 이 과정에서 그가 「시작노트 6」에서 말한 "시의 레알리떼의 변모를 자성하고 확인"하는 일이 "자코메티적 발견"뿐 아니라 번역체험 자체와 관련되는 양상을 살펴보았다. 기존의 연구들이 김수영의 번역체험을 독서체험 안으로 함몰시켜 그의 언어관과 문학관이 그가 읽은 텍스트로부터 직접적인 영향을 받았음을 전제하였다면, 이 글은 독서 체험과 분리되는 번역 체험 자체에 주목하였다는 점에서 의의를 지닌다. 이러한 연구는 물론 김수영이 실제 번역에서 어떤 입장을 취했는지를 검토하는 일과 함께 진행되어야 할 것이며, 결국 그의 시작 태도가 실제 작품에서 어떻게 실천되고 있는지를 탐색하는 작업으로써 마무리되어야 할 것이다. 황현산은 김수영의 시가 어떤 관념을 표현하기 위해 사물들을 동원하지 않는다고 말했다.[64] 이러한 지적을 토대로 김수영식 언어 운용 방식을 번역 체험의 영향 속에서 살피는 일이 필요하다.

---

64 황현산, 「김수영의 현대성 또는 현재성」, 『창작과비평』, 2008 여름, 183면.

제2장

시민으로서 말할 자유,
시인으로서 말하지 않을 자유

김수영의 탈민족주의적 자유

1. 민족, 탈민족, 탈식민

흔히 '접두사 민족주의'최장집 혹은 '2차적 이데올로기'장문석라 불리는 민족주의는,[1] 식민지배와 남북 분단이라는 역사적 불행을 짧지 않은 시간 동안 한꺼번에 경험한 한국 현대사에서 다양한 입장들과 결탁되며 우리 사회를 이끈 가장 중요한 원리로 작용하였다. 지배집단과도 저항집단과

---

[1] '민족'이란 동일한 이념을 공유하는 '정치적 공동체(nation)', 혹은 같은 언어와 역사를 공유하는 '문화적 공동체(Volk)'로 이해되는 개념이다. 민족의 정의에 관한 이러한 두 가지 기원은 프랑스 혁명 이후 근대 시민사회가 성립되면서 '민족주의'라는 개념과 함께 복잡하게 얽히게 된다. 민족의 형성에 관한 다양한 의견들은 그 형성 시기를 어떻게 잡느냐에 따라, 흔히 '근대 이후 형성'을 주장하는 입장과 '역사적 형성'을 주장하는 입장으로 대별된다. 전자의 입장에 따르면, "민족이 민족주의를 만든 것이 아니라 민족주의가 민족을 발명"(어네스트 겔러)한 것이 된다. 활자 인쇄술의 보급이 익명의 개인들을 '민족' 혹은 '국가'라는 "상상의 공동체"로 귀속시켰다는 베네딕트 앤더슨의 유명한 이론이나, '만들어진 전통'의 개념을 주장한 에릭 홉스본의 이론은 민족 형성에 관한 근대주의적 입장의 대표적 사례가 된다. 한편 앤서니 스미스 같은 '역사주의자'들은 근대적 국가의 역사적 토대로서 문화와 역사를 공유하는 종족(proto-nation, ethnie)의 개념을 강조한다. 근대적 국가 이전에 이미 존재했던 에스닉한 공동체가 근대에 이르러 문화적·정치적 조직체로 부활한 것이 '민족' 혹은 '국가'라는 것이다. 박찬승, 『민족, 민족주의』, 소화, 2010, 34~40면.

도, 우파와도 좌파와도, 자유주의와도 보수주의와도 자연스럽게 결합하는 민족주의는 식민지 시기에는 반식민적 저항의 원리로, 혹은 제국주의에 대한 협력의 원리로 동원되기도 하였다. 6 · 25전쟁 이후 철저하게 반공주의적 입장을 취한 남한 사회에서 자취를 감추었던 민족주의 이데올로기는 1960년대에 이르러 한층 복잡하게 전개되기 시작했다.[2] 군부 독재 정권은 '개발'과 '근대화'라는 명목으로 개인을 억압하는 국가주의 원리로서 민족주의를 활용하였고, 내재적 발전론의 입장에서 민족사의 부활 작업에 힘쓴 역사학계의 노력과 더불어 민족주의 담론은 식민사관 극복을 위한 저항의 원리로도 부각된다. 뒤에서 살피겠지만 1960년대의 상황 속에서 다시금 등장한 저항의 민족주의는 기본적으로 반식민적 입장을 취했는 바, 한편으로는 일제의 잔재로부터 또 한편으로는 미국식 개발론으로부터 탈피하려는 반제, 반외세의 민족 독자 노선이었다.

한국사회에서의 민족주의는 이처럼 식민주의라는 틀과 무관하게 설명될 수 없다. "해방 이후 50년이 넘는 기간 동안, 식민사는 여전히 한국의 역사 서술의 근원적 측정 기준으로 존재해왔다"[3]는 앙드레 슈미드의 지적처럼 한국사회에서 저항의 민족주의 담론은 식민주의 담론과 적대적 의존 관계 속에서 규정되어 온 것이 사실이다. "민족사를 구성하는 것은 한편으로는 식민사를 구성하지 '않는' 것으로 규정"[4]되었다는 것이다. 1987년 6월의 민주항쟁 이후 한국사회가 민주화시대로 진입하면서 이같은 '반

---

2 이에 대해서는 홍석률, 「1960년대 한국 민족주의의 분화」, 노영기 외, 『1960년대 한국의 근대화와 지식인』, 선인, 2004; 앙드레 슈미드, 정여울 역, 『제국, 그 사이의 한국』, 휴머니스트, 2007, 589~606면 참조.
3 앙드레 슈미드, 위의 책, 597면.
4 위의 책, 597면.

식민＝민족'이라는 사유의 틀은 조금씩 해체되기 시작한다. 탈냉전과 역사의 종언시대를 맞아 이념보다는 '개인'이라는 지표가 중요해지고, 더불어 환경 문제나 경제 문제, 안보 문제 등과 관련하여 전 지구적 연대에의 필요성이 강조되고 페미니즘처럼 민족을 초월한 과제들이 더욱 중요해지면서, 전 세계적으로 민족주의 담론들은 점점 폐기해야 할 것으로 인식된다. 특히 근대적 민족주의보다는 원초적·종족적 민족주의가 더욱 강력하게 작동하는 한국사회에서 국가주의적, 집단주의적 성향을 띠는 민족주의는 더욱 문제적인 것으로서 비판된다.

이러한 사정과 관련하여 황종연은 1990년대 이후 국문학 연구에 나타난 가장 중요한 현상으로 '민족주의 담론의 효력 상실'을 지적하였다.[5] "페미니즘을 비롯하여 초민족적인 혹은 비민족적인 현안과 이론을 가진 문학 연구 방법이 활발하게 활용되는 가운데 민족주의적 해독 모델은 여러 모델 가운데 하나, 그것도 이데올로기적으로 수상쩍은 모델 가운데 하나가 되어가고 있다"[6]고 그는 정리한다. 전체주의적 억압으로부터 개인의 자유를 탈환하도록 하였다는 점에서, 빈부 격차나 성적 억압의 문제 등 민족주의 담론이 은폐한 여러 가지 논제들에 눈 돌리게 했다는 점에서, 1990년대 이후 민족주의로부터 탈민족주의로의 선회는 여러 모로 긍정적인

---

5 "민족국가의 쇠퇴를 지적한 지구화 이론에서부터 개인들의 유동적, 분산적 연합을 중시하는 포스트모던 정치학에 이르는 다양한 입장에서 민족주의에 대한 비판이 제기되고, 내재적 발전론과 같은 민족사관의 중요한 가설들이 식민지 근대화론을 비롯한 한국사 연구의 새로운 성과들에 의해 심각한 도전을 받게 되고, 민족문학론을 대표하던 학자들조차 동아시아론과 같은 일국주의를 넘어선 역사적, 지정학적 담론 속에 국문학을 배치하려 시도하면서 민족주의적 국문학 연구는 급속히 위축되었다"라고 황종연은 정리한다. 황종연, 「'하나의 국문학'을 넘어서」(최초발표: 『비평』 2, 2000), 『탕아를 위한 비평』, 문학동네, 2012, 373~374면.
6 위의 글, 374면.

이동이라 할 만하다. 특히 국문학 연구에 있어서 이러한 변모는 더욱 의미심장하게 이해되어야 한다. '민족주의 담론의 효력 상실'과 더불어 국문학 연구가 비로소 '반反-식민'이 아닌 진정한 '탈脫-식민'의 단계로 진입했다 말할 수도 있기 때문이다. 앞서 지적했듯 한국사회에서 민족주의는 언제나 식민주의와의 적대적 관계 속에서 규정되는 개념이었다. 그러나 최근 국문학 연구 분야에도 활발하게 적용되는 탈민족주의적 '식민지 근대화론' 같은 경우, 피식민자로서의 열등감 없이, 즉 식민 지배 경험에 대한 적대감 없이 우리의 지난 역사를 객관적으로 바라본다는 점에서 이러한 연구들은 완벽한 '탈-식민'의 단계에 도달한 것이라 할 만하다.[7] '민족'이라는 배타적 잣대를 해체함으로써 식민주의에 대한 콤플렉스를 극복할 수 있었다고 할 수 있다.

문학 연구에 있어 탈민족주의의 성과는 우선 민족이라는 심급이 은폐한 여러 가지 비민족적 논제들을 수면 위로 노출시켰다는 점에서 찾을 수 있다. 하지만 무엇보다도 민족주의라는 틀을 탈피함과 동시에 식민주의라는 억압적 영향으로부터 연구자들이 자유로워질 수 있었다는 점에서 탈민족주의적 관점의 긍정적 효과를 이야기 할 수 있다.[8] 민족주의와 식

---

[7] '식민지 근대화론'이 취하는 일제 유산의 '긍정-연속'설을 '친일적 자유주의'라 비판하며 '식민지 근대화론'을 실증적 차원에서 재검토해야 한다는 주장도 있다. 이병천, 「권위주의적 근대화의 역사적 기원─식민지 기원론의 비판적 검토」, 『역사비평』 97, 역사비평사, 2011 참조.

[8] 물론 탈민족주의적 관점이 내포하는 여러 가지 문제들 역시 간과되어서는 안 된다. 우선, 피식민 지배의 경험이라는 한국적 특수성만을 고려하더라도 탈민족주의에 대한 과도한 경도는 한국사회에서 민족주의가 다양하게 분화되어 온 과정을 지나치게 단순화함으로써 저항의 민족주의가 담당한 긍정적 역할을 몰각하게 한다는 점에서 문제가 없지 않다(홍석률, 「민족주의 논쟁과 세계체제, 한반도 분단 문제에 대한 대응」, 『역사비평』 80, 역사비평사, 2007, 156면). 이같은 한국적 특수성을 고려하지 않더라도 탈근대적 관점의 탈민족주의가 주장하는 인간 해방 혹은 전 지구적 연대에의 주장은 자칫 현실성이 부족한 순진한 이상주의로 비춰질 가능성이 크다. 더불어 국가의 해체가 인권

민주의는 국문학 연구의 가장 중요한 키워드이며 이 둘의 복잡한 의미망을 한 마디로 정의하는 것은 쉽지 않지만 중요한 사실은 배타적 민족주의에서 탈피하려는 시도로부터 진정한 '탈식민'도 가능해진다는 사실이다. 나아가 특정한 적대자를 상정하는 '식민 / 피식민'의 구도 자체를 해체시킴으로써, 문학에 있어서 진정한 '자유'가 성립된다고도 말할 수 있다. 한국문학사에서 이처럼 민족주의와 식민주의의 틀 자체를 넘어 진정한 '자유'를 사유한 가장 중요한 사례로 김수영을 들 수 있을 것이다. 그는 시인이기 이전에 한국사회의 식민적 현실에 대해 가장 철저한 비판의 자세를 보인 사회 참여적 지식인이었는 바, 그는 기본적으로 반제, 반외세를 외치면서도 '민족' 혹은 '국가'를 그 대항논리로 내세우지 않았음은 물론 어떠한 배타적 이념의 신봉자도 아니었다는 점에서 철저한 자유주의자이자 동시에 진정한 문학주의자였다 할 수 있다. 김수영식 '자유'는 남한 사회가 표방한 근대 시민사회의 '자유'를 기저로 하고 있지만, 4·19 이후 1960년대 문단을 풍미하던 패배적 소시민 의식이나 허무주의적 개인주의와도 거리를 두고 있었다. 김수영식 '자유'는 보다 적극적이고 전면적인 해방의 정치를 추구했다고 말해야 한다.

한국문학사의 가장 큰 아이러니는 여러 가지 당대의 사회적 이슈들에

보장을 위한 최소한의 틀마저 무력화시킬 수 있다는 우려 역시 충분히 가능하다트(민족주의에 대한 탈근대적 차원의 비판에 대한 비판적 검토에 대해서는 나종석, 「탈민족주의 담론에 대한 비판적 성찰-탈근대적 민족주의 비판을 중심으로」, 『인문연구』 57, 영남대 인문과학연구소, 2009 참조). 민족주의의 배타성을 지적하는 일은 충분히 지속되어야 하지만 탈민족주의가 절대적 대안일 수 없는 것이다. 홍석률의 지적처럼 "지역과 지역 사이에, 또한 한 지역의 내부 구성원 사이에 끊임없는 불균등성과 식민성을 심화"시키는 신자유주의 질서에 대한 유일한 저항의 논리가 탈민족주의도, 민족주의의 재구성일 수만도 없다(홍석률, 앞의 글, 168면). 탈민족주의가 지지하는 개인의 해방을 통해 개인을 결정하는 다른 지표들의 불평등까지 해결될 수 없다는 사실 역시 중요하게 인식될 필요가 있다.

대해 그가 보인 통렬한 비판정신과 더불어 김수영이 참여문학의 대명사로 추앙되기도 하였다는 점이다. "문단과 사회의 온갖 억압과 몽매주의에 대해 용감하게 싸"운 김수영의 태도를 진정한 "시민의식"[9]의 발로로 고평한 바 있는 백낙청의 '시민문학론'이 1970년대에 이르러 제3세계 탈식민주의적 '민족문학론'으로 이동하는 과정에서 김수영이 자연스레 민족주의적 저항의 대명사로 오해된 점도 마찬가지의 아이러니이다. 김수영은 정치를 위해 문학을 희생시키는 투사형 시인은 아니었다. 김수영이 자유주의자였다 말할 때 우리는 억압적 지배 담론과 불화할 뿐 아니라 세계와 온몸으로 불화한, 요컨대 '시민'의 자유와 '시인'의 자유를 역동적으로 결합시킨 그의 태도에 대해 말해야 한다.[10] 민족주의와 식민주의의 불합리를 거절한 '시민' 김수영의 특별함은, 그러한 틀 자체를 무화시키는 절대적 자유인으로서 '시인' 김수영의 존재와 더불어 사유되어야 하는 것이다. 오로지 "기정사실은 그 시인 ─ 인용자의 적"[11]이라며 "나 대 전 세상"[12]을 부르짖으며 "정신상의 자주독립"[13]을 강조한 김수영식 '자유'의 의미는 탈민족주의와 탈식민주의가 동시에 진행되는 지점에서, 정확히 말해 이러한 담론의 틀 자체를 해체시키는 지점에서 명확히 설명될 수 있을 것이다. 이

---

9 백낙청, 「시민문학론」(최초발표 : 『창작과비평』, 1969 여름), 『민족문학과 세계문학 1 ─ 인간해방의 논리를 찾아서』, 창비, 2011, 96면.
10 김행숙은 「시여, 침을 뱉어라」를 검토하며 김수영의 작업에서 "'미적 전위'와 '정치적인 전위'의 간극을 매개하는 시적 논리와 실천의 한 사례"를 읽을 수 있다고 평가한다. 김행숙, 「'시적인 것'과 '정치적인 것' ─ 김수영의 시론 「시여, 침을 뱉어라」를 중심으로」, 『국제어문』 47, 국제어문학회, 2009 참조.
11 김수영, 「시인의 정신은 미지(未知)」(1964), 『김수영 전집 2 ─ 산문』, 민음사, 2003, 253면. 이하 김수영의 텍스트를 인용할 경우 제목 옆에 발표연도와 페이지수 만을 병기하도록 한다.
12 「시의 뉴 프론티어」, 1961, 241면.
13 「저 하늘이 열릴 때」, 1960, 164면.

글은 1960년대적 상황과 더불어 김수영의 '자유'의 의미를 재음미하려는
의도를 갖고 있다.

2. '반反식민 ≠ 민족'의 자유주의와 탈식민의 언어

　1960년대의 정치, 사회적 상황에서 '자유'와 '민족'이라는 개념어는 복
잡한 양상을 띠고 있다. 그 복잡한 양상이란 달리 말하면 각각의 개념어가
서로 상충하는 의미들을 내포하고 있는 사정을 말하는 것이다. 이러한 사
정은 물론 남북 분단이라는 상황, 민주주의를 표방한 남한 정권의 독재적
국가주의와 성장주의, 그리고 4 · 19와 5 · 16이라는 일련의 사건들로부터
형성된 1960년대의 복잡한 구도와 관련된다. 1950년대 이후 고등 교육
의 기회가 확대되고 미국 유학생의 수가 증가함으로써 1960년대에 지식
인층이 본격적으로 형성 · 분화되었다는 사실도 1960년대 담론 지형의 분
화와 실제적 관련이 있기도 하다.[14] 김수영이 강조한 '시민'의 자유와 '시
인'의 자유는 1960년대의 담론 지형에서 '자유'와 '민족'이 어떤 기표로
작용하였는지에 대해 살펴봄으로써 더욱 명확히 밝혀질 수 있다. 우선
'자유'의 의미망을 재구해보도록 하자.
　1960년대에서 '자유'는 원칙적으로 공산주의가 추구하는 '평등'과 대
립되는 개념으로서 남한 사회가 채택한 민주주의와 자본주의의 원칙을
옹호하는 절대적 이념이라 할 수 있다. 민주주의 사회에서 개인의 자유는

14　이에 대해서는 정용욱, 「5 · 16쿠데타 이후 지식인의 분화와 재편」, 노영기 외, 앞의 책,
　　159~185면 참조.

최소한의 보장을 필요로 한다. 그러나 한국의 사정은 이와 달랐다. 1960년대 이후 미국의 '제3세계 근대화론' 원칙에 따라 한국이 군부 독재의 개발 위주 근대화 정책을 취했다는 것은 잘 알려진 사실이다.[15] 후진국의 근대화에 있어서는 개인의 자유라는 기본 전제나 민주적 원칙이라는 수단보다도 국가의 성장이라는 목표가 더 중요한 것이 된다. 성장 위주의 근대화를 위해 국가의 통제는 정당화되며, 북한과 대치하고 있는 상황 속에서 이같은 국가의 통제는 더욱 강화된다. 이러한 사정에서 '자유'에 관한 담론은 유명무실해진다. 1960년대의 남한 사회는 '자유'라는 가치를 국가 성립의 기본 이념으로 전제하는 민주 공화국이면서 아이러니하게도 개인의 자유를 철저히 무시하는 독재 체제를 형성한다. 이에 대해 김건우는 "1960년경까지도 한국의 지식인들에게 근대화론과 자유주의는 '한몸'으로 이해되었으나 1960년대 중반에 이르러 지배 이데올로기로서의 민족주의는 근대화론과 자유주의를 결별하게 한 것이다"라고 1960년대적 상황을 정리한다. 근대화론과 자유주의는 서로 배타적 이념이 되었다는 것이다.

이처럼 박정희 정권은 개발과 근대화라는 명목하에 공산주의는 물론 자유주의와도 거리를 두었다. 앞의 인용에 드러났듯 이러한 상황 속에서 정권에 의해 적극 채택된 것이 바로 '민족주의'이다.[16] 1960년대는 이른

---

15 1960년대 한국의 성장위주 군부 독재 체제에 강력한 영향을 끼친 것이 로스토우(Rostow)와 밀리칸(Millican) 등의 '제3세계 근대화론'이라는 것은 잘 알려진 사실이다. MIT 국제학센터를 중심으로 활동한 로스토우는 제3세계의 근대화를 추진할 주체로서 군인의 역할에 주목했고, 이들을 보완한 세력으로 '세속적 지식인'을 지목했다. 5·16 이후 나타난 군인과 지식인의 결합은 로스토우의 제3세계 근대화론에 기반을 두고 있다. 정용욱, 앞의 글, 170~175면.

16 최근 김건우의 일련의 연구는 1960년대의 '순수:참여'논쟁으로부터 시작되어 1970년대의 '문지-창비'로까지 이어지는 문학 장의 분리 현상을 1960년대 담론 지형의 분

바 '민족주의'의 시대였다. 독재 정권에 의해 민족주의 이데올로기는 개인의 자유를 억압하는 국민 동원의 원리로 기능한 한편, 저항적 지식인 사이에서는 외세 의존적 경제를 비판하는 반제, 반정권의 담론으로 기능하기 시작했다.[17] 박정희가 내세운 민족주의는 민족의 주체성이나 자립의식 등 정서적 차원의 민족주의를 강조하면서도, 외세의 예속을 거부하는 제3세계의 '반-식민'적 민족주의와는 거리를 둔다는 특성을 지닌다.[18] 저항의 담론으로서의 민족주의가 강조한 것이 바로 박정희 정권이 외면한 반제, 반외세로서의 민족주의이다. 이들은 정신적 차원의 자립뿐 아니라 경제, 문화, 역사 등의 방면에서 실질적인 자립을 주장하였다.[19] '반공이 국시'인 상황 속에서, 반식민주의적 민족주의 진영 쪽에서 "민족과 통일을 진보적으로 논하는 것은 반공주의에 도전하는 가장 높은 수위의 담론이 될 수밖에 없었"[20]던 것이다. 요컨대 독재 정권의 민족주의는 '우리'라는 공동체 의식을, 저항 세력의 민족주의는 반식민적 자립성을 강조한 것이라 정리된다. 전자는 개인의 특수성보다 공동체의 보편성에 무게중심을 두는 민족주의, 후자는 식민주의적 보편성보다 민족적 특수성에 주목하는 민족주의라 할 수 있다.

화와 더불어 읽고 있다(김건우, 「1964년 담론 지형」, 『대중서사연구』 22, 대중서사학회, 2009; 「「분지」를 읽는 몇 가지 독법」, 『상허학보』 31, 상허학보, 2011). 특히 「1964년 담론 지형」은 한일회담 반대 투쟁이 본격화되고 정권에의 참여와 정권에의 저항으로 지식인들의 담론 생산이 양분되기 시작하는 1964년에 주목하면서 민족주의를 둘러싸고 벌어진 담론 투쟁을 분석한다.

17 '통치담론'과 '저항담론'으로서 1960년대 민족주의의 양분화 현상에 대해서는, 홍석률, 「1960년대 한국 민족주의의 분화」, 노영기 외, 앞의 책 참조.

18 위의 글, 193면.

19 위의 글, 201~219면.

20 김건우, 「1964년 담론 지형」, 『대중서사연구』 22, 대중서사학회, 2009, 80면. 이와 관련하여 김건우는 1964년 창간된 잡지 『청맥』의 역할에 주목한다.

이처럼 5·16 이후의 억압적 상황 속에서 '자유주의'가 담론의 장에서 추방당하고 '민족주의'가 새롭게 부상하는 장면은 김수영 식 '자유'의 의미를 논하기 위해 중요하게 검토되어야 한다. 외세 의존을 통한 근대화를 가장 중요한 목표로 삼았으며 공산주의는 물론 자유주의와 민주주의마저 억압한 독재 정권에 맞서기 위해서라면 반드시 '민족'이라는 틀을 경유해야 했던 상황이 정확히 인식되었을 때, "한 나라의 변영은 부강에 있는 것이 아니라 자유에 있다"[21]라며 오로지 '자유'만을 철저히 강조한 김수영 식 태도의 의미가 뚜렷해질 수 있다. '시인'으로서의 김수영은 물론이거니와 '시민'으로서의 김수영을 염두에 두었을 때도 그가 자신의 산문을 통해 끊임없이 강조한 것은 바로 '언론의 자유', 즉 말할 자유였다는 사실은 충분히 강조되어야 한다. 김수영이 강조한 자유는 기본적으로 무엇이든 선택할 수 있는 자유, 그리고 자유가 없다는 것을 말할 수 있는 자유이다. 앞서 상세히 살펴본 1960년대적 상황을 고려하자면 그 시기 '언론의 자유'는 독재 정권에 저항할 수 있는 권리를 의미한다.

1960년대의 담론 지형에서 정권에의 저항이 '민족'이라는 틀을 경유하여 가까스로 주장될 수 있었다는 사실은 앞서 살펴본 대로이다. 그러나 김수영이 시인 휘트먼을 인용하며 강조한 자유, 즉 "맨 마지막으로 생명과 더불어 없어지는 것"이므로 "끝까지 싸울 수밖에 다른 길이 없는 것"[22]으로서의 자유는, 제 자신 이외의 다른 가치로 치환될 수 있는 것은 아니었다. 김수영을 자유주의자라고 말할 때 그가 어떤 이념에 대한 배타적 입장

---

21 이 문장은 정확히 말하면 김수영의 문장이 아니라 「로터리의 꽃의 노이노제」(1967 : 201)에서 그가 인용한 신문의 한 구절이다.
22 「자유란 생명과 더불어」, 1960, 157면.

을 관철시키기 위해 자유를 주장한 것은 아니라는 사실이 강조될 필요가 있다. 그렇기 때문에 김수영은 당연하게도 억압적인 정권에 저항하기 위해 ('자유'를 말할 수 없는 상황에서) 차선책으로 '민족'을 경유할 수는 없었다. 언론의 자유를 탄압하는 독재 정권을 향해 '자유'를 외치며 궁극적으로 정권의 억압적 반공주의를 타파하려 한 것도 아니다. 김수영은 어떤 이념도 대변한 적이 없다는 것이다. 물론 이러한 사정은 그가 주장하는 자유가 '시민'으로서의 자유인 동시에, '시인'으로서의 자유라는 사실과 관련하여 이해되어야 한다.

우선, 김수영의 자유주의가 민족주의와 어떤 식으로 거리를 두고 있는지 살펴보자. 김수영은 「변한 것과 변하지 않는 것」이라는 평문에서 1966년에 발표된 시들을 검토하면서 이른바 '예술파'와 '참여파'로 대별되는 당대 작품들의 오류를 공평하게 지적한다. 양쪽의 작품들 모두 ""문맥이 통하는" 단계에서 "작품이 되는" 단계로 옮겨 서야 한다"는 것이다. "예술파"로 묶일 수 있는 시인들은 사상이 없는 장식적 '폼'으로만 작품을 써내고 있으며, '참여파'의 작품은 "투박한 민족주의에 근거를 두고 있다"고 김수영은 지적한다. 이러한 언급들 속에서 민족주의 담론에 대해 김수영이 느끼는 거리감의 일면을 분명 엿볼 수는 있다. 하지만 작품다운 작품이 급선무라 말하는 그의 강조점은 대체로 미학적인 측면을 향해 있다. 그가 당대의 민족주의 담론에 대해 부정적 입장을 드러내고 있다는 사실은, 재일교포 잡지 『한양』의 비평가 장일우의 민족주의적 입장에 대한 그의 비판적 시선을 통해 입증되곤 한다.[23] 하지만 "반드시 사회참여적인 것이나 민족주의적인 것이 아니라도 좋다"[24]라고 말할 때 김수영이 목적하는 것

---

23 김건우, 「「분지」를 읽는 몇 가지 독법」, 『상허학보』 31, 상허학보, 2011, 272~274면.

역시 민족주의 자체에 대한 비판은 아니다. 그가 지적하는 것은 "시의 본질에보다도 시의 사회적인 공리성에 더 많은 강조를 하고 있"[25]는 장일우의 문학적 태도이다. 장일우의 발언에는 "기술자적인 발언"보다 "지사적志士的인 발언"의 힘이 크다는 점에 대해 김수영은 애정 어린 충고를 보낸다.

김수영과 민족주의의 관계는 세심히 검토될 필요가 있다. 요컨대 김수영은 '민족'을 경유한 채 독재 현실 혹은 외세 의존적 현실에 저항할 의도를 지니고 있지 않았으며, 그렇다고 민족주의를 배타적으로 부정하며 자신의 특정한 입장을 고수하려는 의도를 내보인 적도 없다는 사실이 거듭 상조되어야 한다. 그는 언제나 직설적으로 '자유'를 주장했다. 「참여시의 정리」1967에서 그가 신동엽의 「껍데기는 가라」를 읽는 장면은 어떤가. 그는 신동엽의 시가 "서정주의 '신라'에의 도피와는 전혀 다른 미래에의 비전"을 제시해주었다는 점에서 호감을 드러내며 예이츠의 「비잔티움」에 육박하는 작품으로 「껍데기는 가라」를 고평한다. 더불어 신동엽이 "쇼비니즘으로 흐르게 되지 않을까" 하는 위구감이 생긴다고 고백한다. 김수영이 민족주의적 저항시 계열의 대표주자인 신동엽을 평가할 때 고려하는 것도 민족주의인가 아닌가 혹은 어떤 민족주의인가의 문제와는 무관하다. 김수영이 우려하는 것은 첫째, 특정한 '주의'가 배타적 절대주의로 흐르는 것이며, 둘째, 그것이 어떤 '주의'이든 공리적 태도가 시를 망치는 일이다.

이처럼 민족주의에 대해 회의를 드러내는 김수영을 논할 때 그가 철저한 문학주의자이기도 했다는 사실이 잊힐 수는 없다.[26] 그의 문학관을 떠

---

24 「생활현실과 시」, 1964, 260면.
25 위의 글, 258면.
26 1960년대의 담론 지형 속에서 김수영이 저항의 민족주의와 거리를 두고 있다는 사실에 주목하고 있는 박연희의 연구(박연희, 「김수영의 전통 인식과 자유주의 재론—「거대한

나 정신적 지향만을 논하는 일은 무의미한 것이 될 수 있다. "공리성이 싫다"[27]라고 단호히 말하며 그가 주목한 것은 공리성을 강요하는 시들이 "투박"함을 피할 수 없다는 사실이다. 「변한 것과 변하지 않는 것」으로 다시 돌아가 보자. 참여파의 "투박한 민족주의"를 지적한 김수영은 "미국의 세력에 대한 욕이라든가, 권력자에 대한 욕이라든가, 일제 강점기에 꿈꾸던 것과 같은 단순한 민족적 자립의 비전만으로는 오늘의 복잡한 상황에 놓여 있는 독자의 감성에 영향을 줄 수는 없다"라고 부연 설명한다. 이러한 시들은 "작가는 달리지 않고 군중만 달리게 하는" 시라는 것이다. 군중만 달리게 하는 시는 당연히 군중을 달리게 할 수 없다. 「변한 것과 변하지 않은 것」과 같은 해에 쓰인 「가장 아름다운 우리말 열 개」라는 평문에서 김수영은 명시적으로 민족주의를 비판하고 있는데, 사실 이 글의 진짜 목적도 민족주의 비판이라기보다는 투박한 공리주의 비판이라 해야 한다. 김수영은 시의 언어를 선언의 언어와 혼동하는 투박한 공리주의를, 자신의 언어관을 경유해 우회적으로 비판한다.

내가 아름답다고 생각하는 말들은 아무래도 내가 어렸을 때에 들은 말들이다. 우리 아버지는 상인이라 나는 어려서 서울의 아래대의 장사꾼의 말들을 자연히 많이 배웠다. '마수걸이', '에누리', '색주가', '은근짜', '군것질', '총채' 같은 낱말 속에는 하나하나 어린 시절의 역사가 스며있고 신화가 담

뿌리」(1964)를 중심으로」, 『상허학보』 33, 상허학보, 2011)는 이 글에 시사하는 바가 적지 않다. '투박한 민족주의'와 결별한 김수영이 동시에 무력한 개인주의와도 결별하고 새롭게 '전통'의 중요성을 발견하고 있다는 주장은 타당하지만 이와 관련하여 시인 혹은 시 이론가로서의 김수영에 대한 고려가 보충되어야 할 것이다.

27　「시작노트 5」, 1965, 444면.

겨 있다. 또한 '글방', '서산대', '벼룻돌', '부싯돌' 등도 그렇다.

그러나 이런 향수에 어린 말들은, 현대에 있어서 '아름다운 것'의 정의—
즉, 쾌락의 정의—가 바뀌어지듯이 진정한 아름다운 말이라고는 할 수 없
다. 그런 것을 아무리 많이 열거해 보았대야 개인적인 취미나 감상밖에는 되지 않
고, 보편적인 언어미가 아닌 회고 미학에 떨어지고 마는 것이 고작이다.

그러면 진정한 아름다운 우리말의 낱말은? 진정한 시의 테두리 속에서 살
아 있는 낱말들이다. 그리고 그런 말들이 반드시 순수한 우리의 고유의 낱말
만이 아닌 것은 물론이다. 이 점에서 보아도 민족주의의 시대는 지났다. 요
즘의 정치풍조나 저널리즘에서 강조하는 민족주의는 이것과는 다르다. 그것
은 미국과 소련의 세력에 대한 대칭어에 지나지 않는다.

**우리들의 실생활이나 문화의 밑바닥의 정밀경精密鏡을 보면 민족주의는 문화에는
적용되어서는 아니 된다. 언어의 변화는 생활의 변화요, 그 생활은 민중의 생
활을 말하는 것이다. 민중의 생활이 바뀌면 자연히 언어가 바뀐다. 전자가
주主요 후자가 종從이다. 민족주의를 문화에 독단적으로 적용하려고 드는 것
은 종을 가지고 주를 바꾸어보려는 우둔한 소행이다.**강조-인용자[28]

이 글에서 김수영은 "요즘의 정치풍조나 저널리즘에서 강조하는 민족
주의"가 "미국과 소련의 세력에 대한 대칭어에 지나지 않는다"며 민족주
의의 배타성을 전면 비판한다. 그는 제국주의나 공산주의, 그에 대한 저항
담론으로서의 민족주의를 한꺼번에 부정하는 셈이다. 비판의 이유는 분명
하다. 저항의 담론으로서 그나마 긍정적인 이데올로기라 할 수 있는 "민족
주의" 조차도 "문화에 독단적으로 적용"해서는 안 된다는 것이다. 그 이유

---

28 「가장 아름다운 우리말 열 개」, 1966, 377~378면.

를 두 가지로 짐작해볼 수 있다. 우선, 위 평문의 다른 부분에서 제시된 김수영의 유명한 표현을 빌리자면 모든 언어는 새롭게 생겨나고 사라지는 것을 반복하는 "잠정적인 과오", "수정될 과오"이다. 그러므로 민족의 "향수 어린 말"들을 열거한다고 해서 그것이 영원불멸의 "보편적 언어미"를 띨 수는 없는 노릇이다. 이를 테면 '아사달', '아사녀'신동엽를 등장시킨다고 해서 그것이 곧바로 민족주의적 의식으로 전이될 수는 없다. 김수영이 신동엽의 시를 고평한 것이 신동엽식의 민족주의가 과거에의 추수에 그치는 것이 아니라 미래에의 비전을 보여주었기 때문이었다는 사실을 재차 상기하자. 언어는 언제나 새로 생겨나고 결국 사라지는 것이므로, "시의 본질인 냉혹한 영원성"을 위해서라면 과거의 죽은 어휘들이 아니라 오히려 "제3인도교"처럼 아직 생겨나지 않은 "진공의 언어"를 도입해야 하지 않겠냐며, 김수영은 자신의 시 「거대한 뿌리」를 예로 들어 설명해본다.

「변한 것과 변하지 않는 것」에서 '투박한 민족주의'가 "독자의 감성에 영향을 줄 수 없다"고 말했던 그의 언급을 떠올리자면, 김수영이 이 글을 통해 말하고자 하는 바가 좀 더 분명해진다. 그는 언어가 불러일으키는 "감성"은 개별적 체험, 즉 구체적인 "민중의 생활"과 관련되는 것이므로 민족주의라는 공통의 정서로 확장되기가 싫지는 않다고 은연중 주장한다. 그는 이러한 사실을 자신의 체험을 통해 증명한다. 인용문에서 보듯 "마수걸이", "에누리", "색주가"처럼 오로지 자기 자신에게 친근한 단어들을 열거해보며 그는 개인의 "어린 시절의 역사"가 스며들어 있는 이같은 어휘들이 오로지 개별적인 감성만을 자아낼 뿐이라고 말하려는 듯도 하다. 「가장 아름다운 우리 말 열 개」는 「거대한 뿌리」에 대한 창작노트처럼 읽히는데, "모든 무수한 반동反動이 좋다"라는 시 구절과 더불어 이 글은 회고적 민족주의와 거리를 두며 '전통'과 '민중'을 새롭게 사유하는 글로 평가되곤 한다.[29] 하지만 이 글에서 김수영이 특별히 강조하는 것이 '전통'과 '민중'이라는 테마 자체는 아니다. 언어가 끊임없이 변한다는 사실, 그리고 언어가 일으키는 감성은 전적으로 개별적이라는 사실에 그는 주목한다. 이 글의 주장을 정리해보면 다음과 같다. 시인으로서 김수영에게 '언어'는 "생활"에 뒤따라 생겨나고 사라지는 '잠정적'인 것이지 어떤 보편적 의식을 발명하는 수단이 될 수는 없다. '시인'으로서 김수영이 생각하는 언어란 하나의 의미에 고정된 소통의 수단이 아니라 무수한 개별적 의미를 내포하는 것이기 때문이라는 사실이 이와 관련된다. 그렇다면 민족주의를 포함하여 어떠한 공리주의도 특정한 언어를 통해 시에 독단적으로 적용될 수 없다는 사실은 분명해진다. 시에 있어 투박한 공리주의는 독자의 감성을 무시하는 것이기 이전에, 언어를, 그리고 시를 희생시키는 것이 되기 때문이다. "시는 문화를 염두에 두지 않고, 민족을 염두에 두지 않고, 인류를 염두에 두지 않는다"[30]라고 죽기 직전의 김수영은 말했다. 1960년대에 김수영이 드러낸 탈민족주의의 자유주의는 이처럼 오로지 시의 자율성, 나아가 언어의 탈식민성을 전제로 했을 때 보다 명확하게 이해될 수 있다.

---

29 박연희, 앞의 글 참조.
30 「시여, 침을 뱉어라」, 1968, 403면.

3. '너무 적은 자유'와 '너무 많은 자유'

김수영이 추구한 자유는 궁극적으로 어떠한 세력으로부터도 억압당하지 않고 무엇이든 자유롭게 말할 수 있는 "완전한 언론자유"[31]이다. 언론자유에 대해서라면 '비교적'이라는 형용은 부적절하며 "'이만하면'이란 중간사中間辭는 도저히 있을 수 없다"[32]라고 김수영은 강력히 주장한다. 김수영에게 자유란, "말대답을 할 수 있는 절대적 권리"[33]인 것이다. 김수영이 보기에 이같은 자유의 억압이 문제인 것은 획일주의를 초래하기 때문이기도 하지만, 그보다 더 큰 문제는 "창작 과정상의 감정이나 꿈의 위축"[34]을 불러온다는 점에 있다. 문화인들의 소심증과 불안을 야기하는 언론 통제의 상황에 대해 틈날 때마다 지적해온 김수영은 1968년 이어령과의 논쟁에서 이같은 상황을 집중적으로 지적한다. "내가 생각하기에는 오늘날의 '문화의 침묵'은 문화인의 소심증과 무능에서보다도 유상무상有象無象의 정치권력의 탄압에 더 큰 원인이 있다"[35]고 그는 주장한다. 문화인의 소심증이 "상상적 강박 관념"에서 비롯된다는 이어령에 맞서 김수영은 "불온하지도 않은 작품을 불온하다고 오해를 받을까 보아 무서워서 발표를 하지 못하게 하는" "장해세력"[36]이 무엇인지 명확히 따져야 할 것이라고 역설한다.

재차 강조하건대 김수영은 정치에 있어서나 문학에 있어서나 무엇이든

---

31 「창작 자유의 조건」, 1962, 179면.
32 위의 글, 177면.
33 「히프레스 문학론」, 1964, 285면.
34 「창작 자유의 조건」, 1962, 179면.
35 「지식인의 사회 참여」, 1968, 217면.
36 「'불온성'에 대한 비과학적 억측」, 1968, 226면.

말할 수 있는 절대적 자유를 추구했다. 이와 같은 김수영의 자유주의를 명확히 이해하기 위해 우리는 두 가지 논점을 섬세히 따져야 한다. 첫째 김수영이 주장한 '시민'으로서의 자유와 '시인'으로서의 자유가 혼동될 경우, 자칫 문학적 전위가 정치적 전위로 오해되는 경우가 생길 수도 있다는 점이 논해져야 한다. 김수영이 뚜렷하게 반대한 것이 시를 특정한 공리주의에 희생시키는 일이었다는 점은 앞 장에서 살핀 바와 같다. 그렇다고 해서 그가 문학적 테두리 안에서의 절대적 자유만을 추구한 것도 아니라는 사실 역시 충분히 논해져야 한다. "문학의 전위성과 정치적 자유의 문제가 얼마나 밀착된 유기적인 관계를 가진 것인가"[37]에 대해 명확히 이해해야 한다고 말한 김수영은, 문학 내부에서의 실험적 태도가 문학 외부의 정치적 혁명으로 아무런 매개 없이 자연스럽게 이어질 것이라 자위하는 순진한 아방가르디스트와는 거리를 두었다. 그가 이어령을 비판하며 "모든 진정한 새로운 문학은 그것이 내향적인 것이 될 때는—즉 내적 자유를 추구하는 경우에는—기존의 문학 형식에 대한 위협이 되고, 외향적인 것이 될 때에는 기성사회의 질서에 대한 불가피한 위협이 된다는, 문학과 예술의 영원한 철칙"[38]을 주장할 때 문학적 전위가 어떤 방식으로 기성의 질서를 교란시킬 수 있는지에 대해 충분히 설명하지는 않았지만, 문학적 자유와 정치적 자유를 단순 등치시키지 않았다는 사실만은 분명하다.

요컨대, 김수영의 자유주의에 관한 첫 번째 논점은 문학에서의 절대적 자유가 어떻게 정치적 자유를 이끌어내는가에 관한 문제이다. 이것이 해명되었을 때 김수영의 자유주의를 단순한 미적 전위로부터 구별해낼 수

---

[37] 「실험적 문학과 정치적 자유」, 1968, 220면.
[38] 위의 글.

있다. 이에 대한 김수영의 해명은 「시여, 침을 뱉어라」에서 찾아볼 수 있다. 그 글을 검토하기에 앞서 김수영의 자유주의에 관한 두 번째 논점을 말해보자. 절대적으로 자유롭다는 것은 무엇일까. 완벽한 자유가 완성되는 것은 아마도 자유라는 말 자체가 무화되는 상황일 것이다. 그것은 진정한 자유의 단계일까. 자유가 자기동일성의 방종과 달리 진정한 '해방의 정치'로 귀결되려면 모든 특수성이 공평하게 용인되는 보편성의 단계로부터 한 단계 넘어서는 과정이 필요하다. 이와 관련하여 테리 이글턴이 아일랜드 민족주의에 대해 설명하며 "모든 정치는 불가피하게 적대자에 기생하는 아이러니 속에서 작동한다"[39]라고 말한 것을 참조해볼 수 있다. 그에 따르면 자유란 단순히 '아일랜드인'이 되거나 '여성'이 되는 자유가 아니라 "다른 집단들이 현재 향유하고 있는 자유, 즉 자신들이 원하는 대로 자기정체성을 결정하는 자유"[40]를 공평하게 누릴 수 있는 가능성을 의미한다. 진정한 자유는 특수한 정체성을 선택할 수 있는 자유라기보다는 선택에 있어서의 평등을 의미한다는 것이다. 그의 정리에 따르면 "차이나 특수성에 기초한 정치는 우선 동일성과 보편적 정체성을 위해서 존재한다"고 할 수 있다. 하지만 이 모든 과정의 최종적인 목적은 "보편적인 추상적 평등을 만끽"하는 것이 아니라 결국 "자기 자신의 특별한 차이를 발견하여 실현하는 것"이라고 그는 주장한다. 나아가 민족주의와 같은 (외부를 향한) 부정적인 집단 정체성 없이 완벽한 정치적 해방은 불가능할 것이라고 말한다. 이와 같은 '해방의 정치'를 위해 1960년대 저항 담론이 선

---

39 테리 이글턴, 「민족주의―아이러니와 참여」, 테리 이글턴 외, 김준환 역, 『민족주의, 식민주의, 문학―이글턴, 제임스, 사이드의 식민지 아일랜드 모더니즘 다시 읽기!』, 인간사랑, 2011, 49면.

40 위의 글, 56면. 이하 한 단락의 직접 인용은 모두 같은 페이지에서 가져온 것이다.

택한 것이 민족주의라면, 김수영은 차라리 시를 택했다고 해야 할 것이다. 그가 택한 문학은 어떤 것일까. 김수영은 문학이라는 자기충족적 세계 안에서 안전한 자유를 누린 것이 아니라 '나 대 전 세상'을 모토로 세계와 온몸으로 적대하며 진정한 자유를 추구하고자 하였다.

타자를 고려하지 않는 자기동일성의 절대적 자유가 결국 진정한 자유를 무화시킨다는 자유의 역설은 김수영이 일찍이 「시의 '뉴 프런티어'」에서 언급한 "시 무용론無用論"을 상기시킨다.

> 결론부터 말하자. 시의 「뉴 프런티어」란 시가 필요 없는 곳이다. 이렇게 말하면 벌써 예민한 독자들은 유토피아를 설정하고 나온다고 냉소할지도 모른다. 그러나 **시 무용론無用論은 시인의 최고 혐오인 동시에 최고의 목표이기도 한 것이다.** 그리고 진지한 시인은 언제나 이 양극의 마찰 사이에 몸을 놓고 균형을 취하려고 애를 쓴다. 여기에 정치가에게 허용되지 않는 시인만의 모럴과 프라이드가 있다. **그가 사랑하는 것은 '불가능'이다.** 연애에 있어서나 정치에 있어서나 마찬가지. 말하자면 진정한 시인이란 선천적인 혁명가인 것이다.강조−인용자[41]

김수영은 "시의 '뉴 프런티어'란 시가 필요 없는 곳"이라고 단호히 말한다. 시가 궁극적으로 도달하고자 하는 곳은 시가 무용해지는 곳, 즉 시라는 틀을 거치지 않고도 "언론자유의 '넘쳐흐르는' 보장"이 유지되는 상태라는 의미일 것이다. 그런데 김수영은 이같은 '시 무용론'이 "시인의 최고 혐오인 동시에 최고의 목표"라고 말한다. 그가 소개하는 일화를 참조하며

---

41 「시의 '뉴 프런티어'」, 1961, 239면.

이 말의 의미를 음미해보자. 어느 날 만취한 김수영이 파출소에서 "내가 바로 공산주의자올시다"라고 외치며 술주정을 한 적이 있다고, 다음 날 그 사실을 아내로부터 전해 듣고 겁을 내면서도 "술을 마시고 '언론자유'를 실천한 내 자신이 한량없이 미웠다"고, 김수영은 고백한다. '시 무용론'이 "시인의 최고 목표"라는 말은 비유컨대 만취 상태라는 핑계 없이 맨 정신의 상태로도, 즉 '시'라는 보호막을 거치지 않고서도 겁내지 않고 '언론자유'를 실천할 수 있는 상태를 추구한다는 말이 된다.

그런데 김수영은 이러한 '시 무용론'이 "시인의 최고 혐오"이기도 하다고 말한다. 시가 불필요해지는 상황을 시인이 견딜 수 없는 것은 당연하다. 하지만 일견 당연해 보이는 이 말의 의미는 그리 간단하지 않다. 이어지는 부분에서 김수영은 시인에게는 "정치가에게 허용되지 않는 시인만의 모랄과 프라이드가 있"으며 시인이 사랑하는 것은 모든 가능이 아닌 "불가능"이라고 말하고 있다. 시인의 언어와 정치가의 언어는 분명 다르다. 1960년대가 시민의 말이든 시인의 말이든 모든 언론을 철저히 통제한 시기라는 사실이 물론 고려되어야 하겠지만, 시인이 시를 통해 "내가 바로 공산주의자올시다"라고 말하는 것이 갖는 의미와, 한 시민이 공개석상에서 같은 말을 발설하는 것의 의미가 동일할 수는 없는 것이다. 말의 형식이 아닌 말의 내용만을 고려했을 경우, 시인은 오히려 시민보다 훨씬더 자유롭게 말할 수 있다. 시라는 테두리 안에서 모호함과 애매함으로 보호받는 시인의 말은 시민의 말보다 덜 위협적이기 때문이다. 그러므로 김수영이 시인은 "불가능"을 사랑하는 "선천적인 혁명가"라고 말할 때 이 말은 그 자신 시인으로서 시 안에서 절대적 자유를 누리는 미적 전위로만 만족할 수 없다는 사실을 다짐하는 것이 된다. 절대적 자기동일성을 통해 진정한 자유가 충족되는 것이 아니듯, 오로지 시 안에서만 보장되는 시의 자유도 진정한 자유라 할 수 없다. 시의 자기충족적 자유를 위해서라면 시는 차라리 없는 편이 낫다. "시 무용론은 시인의 최고 혐오"라는 말은 이런 의미로도 해석될 수 있다.

요컨대 김수영은 시에서의 모든 가능이 정치 현실에서의 모든 가능으로 완벽히 전이되지 않는다는 사실을, 즉 시인의 말과 시민의 말이 명백히 다르다는 사실을 충분히 인식하고 있었다. 「시여, 침을 뱉어라」는 시인의 말과 시민의 말 사이의 낙차를 사유하는 글이다. 시 안에서의 가능이 시 밖의 가능으로 자연스럽게 전이되지 않는다면, 거꾸로 시는 스스로 자유롭다고 자위하는 것을 일단 중지해야 할 것이다. 최소한 이같은 중지를 통해 시에서의 자유가 시 밖의 부자유를 은폐하는 일을 막을 수 있기 때문이다.[42] 그렇다면 시는 "너무나 많은 자유가 있다"라고 말하는 것을 경계할 필요가 있다. 즉 시는 시라는 형식 안에서 자유롭다고 말할 것이 아니라, 시라는 형식 너머의 현실과 더불어 자유가 없다고 말해야 하는 것이다. 「시여, 침을 뱉어라」가 말하고자 하는 바가 바로 이것이다.

현대에 있어서는 시뿐만이 아니라 소설까지도 모험의 발견으로서 자기형

---

[42] 김수영의 실제 시작(詩作)이 1966년을 계기로 「시작노트 6」에서 표명된바 "자코메티적 변모"을 거쳐 새로운 형식 탐구로 나아가고 있다는 사실은 흔히 그가 탐독했던 프랑스문학의 영향이나(정명교, 「김수영과 프랑스문학의 관련양상」, 『한국시학연구』 22, 한국시학회, 2008), 실제 자코메티의 작업에서 받은 영향(조강석, 김수영의 시의식 변모 과정 연구─'시적 연극성'과 '자코메티적 전환'을 중심으로, 『한국시학연구』 28, 한국시학회, 2010), 또는 '번역불가능성'의 체험으로부터의 영향(조연정, 「'번역체험'이 김수영 시론에 미친 영향─'침묵'을 번역하는 시작 태도와 관련하여」, 『한국학연구』 38, 고려대 한국학연구소, 2011)과 관련하여 논의된다. 김수영이 시의 자유와 정치의 자유를 함께 사유하며 시의 '가능'보다 '불가능'을 심각하게 인식하는 과정이 김수영의 시적 변모와 관련하여 함께 논의되어야 한다.

성의 차원에서 그의 '새로움'을 제시하는 것이 문학자의 의무로 되어 있다. 지극히 오해를 받을 우려가 있는 말이지만 나는 소설을 쓰는 마음으로 시를 쓰고 있다. 그만큼 많은 산문을 도입하고 있고 내용의 면에서 완전한 자유를 누리고 있다. 그러면서도 자유가 없다. 너무나 많은 자유가 있고, 너무나 많은 자유가 없다. 그런데 여기에서 또 똑같은 말을 되풀이하게 되지만, '내용의 면에서 완전한 자유를 누리고 있다'는 말은 사실은 '내용'이 하는 말이 아니라 '형식'이 하는 혼잣말이다. 이 말은 밖에 대고 해서는 아니 될 말이다. **'내용'은 언제나 밖에다 대고 '너무나 많은 자유가 없다'는 말을 해야 한다. 그래야지만 '너무나 많은 자유가 있다'는 '형식'을 정복할 수 있고, 그때에 비로소 하나의 작품이 간신이 성립된다. '내용'은 언제나 밖에다 대고 '너무나 많은 자유가 없다'는 말을 계속해서 지껄여야 한다.** 강조-인용자[43]

시는 "내용의 면에서 완전한 자유를 누리고 있"음에도 불구하고, 즉 시라는 테두리 안에서 어떤 말도 손쉽게 가능할 수 있음에도 불구하고, "그러면서도 자유가 없다"라고 언제나 '밖'을 향해 말해야 한다고 김수영의 '온몸'의 시학은 주장한다. "너무나 많은 자유"는 사실 시라는 '형식'이 누리는 것이며 이러한 자유를 시의 밖에서도 누릴 수 있으려면, 일단 "너무나 많은 자유"를 구가하는 '형식'을 "정복"해야 한다는 것이다. '시인의 자유'와 '시민의 자유'기 동시에 충족될 가능성, 즉 시의 자유가 시 너머의 정치적 해방으로 이어질 가능성은, 김수영이 주장한 바 '시'가 자신의 "너무 많은 자유"를 통제하는 일로부터 시작되는 것인지도 모른다. 그 시작이 어떻게 완성될 수 있는지에 대해서는 누구도 말할 수 없을 것이다. 김

---

43 「시여, 침을 뱉어라」, 1968, 400면.

수영에 따르면 시의 안팎에서 "나 대 전 세상"이라는 구도로 끊임없이 불화를 실천하는 과정 그 자체가 바로 "자유의 이행"이기 때문이다. 자유의 완성은 자유의 이행 그 자체인 셈이다.

4. 탈민족의 사유와 문학의 자유

민족주의와 식민주의는 국문학 연구의 가장 중요한 키워드이며 이 둘의 복잡한 의미망을 한 마디로 정의하는 것은 쉽지 않다. 식민 체험이라는 불행한 역사로부터 자유롭지 못한 한국사회에서 국문학 연구는 언제나 민족주의를 '반식민'의 이데올로기로서 호출해온 것이 사실이다. 그러나 중요한 사실은 배타적 민족주의에서 탈피하려는 시도로부터 진정한 '탈식민'이 가능해진다는 사실이다. 특정한 적대자를 상정하는 '식민 / 피식민'의 구도 자체를 해체함으로써 문학의 진정한 '자유'가 성립된다 말할 수 있기 때문이다. '통치 담론'이자 '저항 담론'으로서 '민족주의'가 중요한 이데올로기로 부상한 1960년대적 상황에서 김수영은 '민족'이라는 공동체 이데올로기를 넘어 진정한 '자유'를 사유한 가장 중요한 사례로 꼽힐 수 있을 것이다. 1960년대 김수영의 탈민족주의적 인식은 단지 민족주의 그 자체를 거부하는 것이 아니라 민족주의를 포함한 어떠한 공리주의를 위해서도 시를 희생시키지 않으려는 철저한 미적 전위의 자유로 해석될 수 있음을 살폈다. 그러나 김수영이 미적 전위로서 자기동일성의 자유를 충분히 누린 것은 아니다. 김수영의 자유주의를 명확히 이해하기 위해서는 그가 '시인'으로서의 자유와 '시민'으로서의 자유를 완벽히 동일시하지도, 그렇다고 완벽히 분리하지도 않았다는 사실을, 즉 미적 전위와 정치적 전위를 동시에 추구하고자 했음을 충분히 고려해야 한다. 이러한 김수영의 탈민족주의적 자유는 '민족'이라는 지향점을 상정하고 있지 않음은 물론이거니와 자기동일성의 자유를 추구하지 않는다는 점에서도 진정한 '해방의 정치'를 실천하는 것이라 말할 수 있다. 1960년대의 담론 지형에서 실제적으로 민족주의와 거리를 두고 있는 김수영의 자유주의는 궁극적으로 세계와 온몸으로 불화하는 탈식민적 사유로 확장될 수 있다.

제3장

추상 충동을 실현하는 시적 실험

김춘수의 무의미시론에 나타난 언어의 부자유와 시의 존재론

1. 추상을 실현하는 언어의 한계

인간의 예술 충동과 관련하여 '감정이입 충동'의 반대편에 '추상 충동'
이 제출된 것은 독일의 미술사가인 빌헬름 보링거W. Worringer에 의해서이
다. "스타일의 심리학에 바침"이라는 부제가 붙은 『추상과 감정이입Abst-
raction and Empathy』1908에서 그는 외부 세계에 대한 인간의 심리적 반응을,
'생명적인 것, 유기적인 것의 미 가운데서 자기만족을 찾아내는 감정이입
의 충동'과 '생명을 부정하는 무기적인 것, 결정적結晶的인 것, 추상적 합법
칙성과 필연성 가운데서 자기만족을 찾아내는 추상에의 충동'으로 구분
한다. 감정이입의 충동은 어떤 감각의 대상 안으로 자신을 이입시켜 결국
자기 자신을 향수하는 미적 충동인데, 보링거는 이러한 "객관화된 자기향
수"[1]로서의 감정이입 충동만으로는 모든 시대, 모든 민족의 예술 행위를
온전히 설명할 수 없다고 판단한다. 가령 피라미드나 비잔틴의 모자이크
에서처럼 생명 없는 형태를 향한 예술 의욕은 오로지 유기적인 것으로만

---

1   W. 보링거, 권원순 역, 『추상과 감정이입』, 계명대 출판부, 1982, 13면.

향하는 감정이입의 충동과 무관해 보이기 때문이다. 인류의 예술 활동에 대한 실증적인 접근을 통해 감정이입 충동의 극점에 추상 충동을 제안해 보는 보링거는, 이러한 추상 충동이 모든 예술의 초기 단계에 존재할 뿐 아니라 높은 수준의 문화적 단계에 이른 민족에게서도 여전히 나타나는 예술 충동이라고 말한다.[2]

그렇다면 이러한 추상 충동의 심리적 전제는 무엇일까. "감정이입충동 이 인간과 외계 현상 사이에 행복한 범신론적인 친화관계를 조건으로 하 고 있는 반면에, 추상 충동은 외계 현상으로 야기되는 인간의 커다란 내적 불안에서 생긴 결과"이다. 세계에 대한 공포가 신이라는 초월적 존재를 만들어냈듯 불안이라는 감정으로부터 추상적 형태에 대한 충동이 가능했 을 것이라는 설명이다. 이러한 추상 충동이 문화적으로나 지적으로나 낮 은 수준에 있던 고대인들에게 강렬할 수밖에 없었던 이유를 보링거는 리 글Riegl의 『양식의 문제』1893를 인용하며 풀어낸다. 합법칙성의 입장에서 보자면 가장 완전한 것이지만 예술의 차원에서 보자면 가장 낮은 차원의 것이라 할 수 있는 기하학적 양식에 고대인들이 관심을 보인 이유는, 외부 세계를 지적으로 온전히 포착하지 못하고 '물자체Ding an sich'로서 감응할 수밖에 없는 무력감 때문이었다는 것이다. 요컨대 추상적인 예술 형식은 '무한'의 세계와 대면한 주체의 불가능과 관련하여 심리적 발생요인을 갖 는 것으로서, 이러한 '추상적 합법칙적 형식은 세계상의 무한한 혼돈 상 태에 직면한 인간이 평정을 얻을 수 있는 유일'한[3] 형식이라고 할 수 있다.

그런데 이처럼 주체의 인식 범위를 넘어선 외부 세계의 타자성으로 인

---

2   위의 책, 26면.
3   위의 책, 31면.

한 불안이 추상 충동을 통해 해결될 것이라는 명제에는 사실 해결 곤란한 전제가 포함되어 있다. 과연 "순수한 추상"이라는 것이 어떻게 실현될 수 있을까라는 문제가 바로 그것이다. 보링거가 인용하는 리글에 따르면, 고대인들은 조형 예술의 순수 추상이라 할 수 있는 명료한 "질료적 개체성"을 실현하는 일이 인간의 "감성적인 지각"의 한계로 제한받는다는 사실을 인지한 듯하다.[4] "질료적 개체성"을 소극적인 방식으로나마 완성하기 위해 그들이 시도한 것이 '묘사의 평면화'와 '공간적 묘사의 억압'이라는 것이다. 2차원의 평면만을 볼 수 있는 인간이 3차원의 입체적 공간을 파악하기 위해서는 오성悟性이나 습관의 도움을 받아야 한다. 이 과정에서 객관적인 사태가 주관적으로 불순해지는 일이 발생하기도 한다. 이같은 불순화를 피하기 위해 고대인들은 묘사의 평면화를 강조했다. 한편, 단일 개체가 아닌 공간을 묘사하는 일에도 사물들을 상호결합하고 그것들을 상대화하는 주관의 개입이 요청된다. 때문에 고대인의 예술 충동은 될 수 있는 한 공간에서 해방된 단일 형태로 향하고자 했다.

고대 조형예술의 예에서 보듯 세계와 조우한 불안을 해소하려는 주체의 추상 충동은 혼란스럽고 변화무쌍한 외부 세계에 대해 여러 가지 지각의 자의성을 제어하고 세계를 관조하는 휴식을 제공한다는 점에서 포기할 수 없는 충동임은 분명하다. 그러나 이러한 추상 충동은 필연적인 문제에 노출될 수밖에 없다. 이미 지적했듯 완벽한 순수 추상에의 실현이 좀처럼 가능하지 않다는 문제이다. 나아가 기하학적 추상처럼 형태상으로 완벽한 순수 추상이 가능하다 하더라도, 외부 세계와 완벽히 절연된 형식으로서의 이같은 순수 추상에 인간 주체가 온전히 몰입할 수 있는가라는 문

---

4   이하 한 단락의 내용은 위의 책, 32~35면 참조.

제 역시 발생한다. 흔히 외부 세계의 역사적 구체성이나 감정적 동요에 무감한 채 오로지 추상적 형식에만 몰두하는 예술 행위에 대해서는 유아론적 예술이라는 비판이 가해지곤 한다. 물론 이러한 비판이 전제로 삼고 있는 것은 순수 형식에의 완벽한 몰입이 가능하다는 것이다. 과연 가능할까. 보링거의 말을 좀 더 참조하자면, 인간은 '추상'이라는 절대적 형식에 결코 충분히 만족할 수가 없다. 따라서 추상 충동에 관여하는 인간의 노력은 혼란스러운 외부 세계로부터 완벽하게 등을 돌리는 것이 아니라, 그 세계를 "우연성과 자의로부터 해방시켜 필연성의 영역 내에 끌어 올리는 것"[5]까지를 목표로 삼게 된다. 외부와의 긴장 속에서 절대적 추상, 즉 순수 추상은 획득 불가능한 것으로서 언제나 완성에 가까운 형태로만 존재하게 되는 것이다.

이러한 순수 추상의 불가능은 언어 예술인 문학에서 가장 문제적이다. 순수 추상의 완성은 예술의 다양한 매체들이 외부 세계의 재현이나 모방을 위해 활용되지 않은 채, 그 자체의 물질성을 발현하는 것으로서 가능해질 수 있다. 그러나 언어라는 문학의 매체가 의미와 무관하게 그 자체의 물질성, 즉 "질료적 개체성"을 완벽히 실현하는 일은 현실적으로 불가능하다. 말을 통해 순수하게 소리만을 구현하거나 언어를 타이포그래피로 활용하는 방법이 있기는 하지만, 이때에도 기표로서의 언어는 그것의 기의를 완벽하게 삭제할 수 없다.[6] 언어를 통해 순수 추상에 이르는 길은 오로지 언어를 포기함으로써, 즉 침묵에 도달함으로써만 가까스로 열린다

---

5   위의 책, 52면.
6   나아가 언어를 전적으로 음성기호나 도상으로서 활용할 때에 개별 작품의 의의가 무색해질 가능성이 있다는 점도 고려되어야 한다.

고 말해야 할지 모른다. 시를 통해 순수 추상에 도달하고자 했던 시인으로 우리는 말라르메를 기억한다. 말라르메의 시를 읽는 블랑쇼는 다음과 같이 말한다. "글을 쓴다는 것은 결코 통용되는 언어를 완성시키고 순수하게 하는 데 있지 않다. 글을 쓴다는 것은 쓴다는 것이 아무것도 드러나지 않는 지점으로의, 숨김의 한가운데서 말을 한다는 것이 아직 말의 그림자에 불과한 그 지점으로의 접근일 때 비로소 시작된다."[7] 쓴다는 행위가 '환원'과 무관해지고 '침묵'에 도달할 수 있을 때 쓴다는 행위 자체의 존재 의의가 실현되며 더불어 언어를 통한 순수 추상의 실현도 가능해진다는 것이다.

이상에서 살펴본 바와 같이 인간의 예술 충동은 모방과 재현을 위한 감정이입의 충동과 더불어, 외부 세계의 혼돈에 대한 인간의 인지 능력의 한계와 그로 인한 불안을 극복하려는 시도로서 추상에의 충동을 함께 지닌다.[8] 보링거는 이러한 두 충동을 동시 발생적인 예술 충동으로 설명하지만 각각의 주체가 처한 지평의 조건에 따라, 혹은 구체적인 역사적 조건에 따라 두 개의 충동이 각각 그 정도를 달리하여 나타날 수 있다. 보링거의 이론을 참조하며 이 두 충동을 예술 사조의 교차 등장과 관련하여 설명한 것은 주지주의 이론가로 잘 알려져 있는 T. E. 흄이다. "미지 앞에 선 정신

---

7 모리스 블랑쇼, 이달승 역, 『문학의 공간』, 그린비, 2010, 56면.

8 보링거가 설명하는 예술의 추상 충동은 '부정적 쾌감'으로서의 칸트의 '숭고'와도 자연스럽게 맞닿는다. 칸트는 『판단력 비판』에서 '숭고'를 외부 대상이 아닌 인간 내부로부터 발견되는 형식으로서 설명한다. 숭고란 일차적으로 그것과 비교했을 때 다른 모든 것이 작은 "단적으로 큰 것"으로 정의된다. 이러한 대상 앞에서 인간은 일단 불안과 공포라는 불쾌감을 느끼지만, 감각으로 감지되는 모든 척도를 초월하여 그 무한한 것을 하나의 전체로 파악할 수 있는 초감성적인 이성의 능력이 우리 안에 있다는 사실에 의해 그 불쾌는 만족으로 전환된다(I. 칸트, 김상현 역, 『판단력 비판』, 책세상, 2005, 91면). 외부 세계의 혼란과 불안을 잠재우려는 예술의 추상 능력은 이러한 숭고의 메커니즘과 닮아 있다.

의 공포는 최초의 신을 만들었을 뿐만 아니라, 또한 최초의 예술을 만들었다"라는 명제로 시작하는 「근대예술과 그 철학」에서 흄은 보링거의 절대적인 영향을 인정하면서 예술을 "기하학적인 것"과 "생명적인 것"으로 구분해본다.[9] 흄은 20세기 초의 상황에서 기하학적 예술들이 유기적 형태의 예술들을 대체하며 새롭게 등장하는 장면을 흥미롭게 바라본다. 이러한 현상의 원인을 명확하게 밝히기는 시기상조이지만 적어도 이러한 변화가 단순히 근대적 환경, 즉 "기계상의 환경의 반영"으로 설명될 것은 아니라고 흄은 말한다. "감수성의 변화"로 접근해야 한다는 것이다. 세계와 주체가 대면하는 방식의 변화에 주목해야 한다는 말일 것이다.

2. 무의미시론과 추상 충동

예술의 추상 충동에 관한 이론은 예술의 형식을 요청하는 인간의 근본 조건을 설명해줌과 동시에 세계를 향한 인간의 적극적인 대응 의지를 증명해내는 이론이기도 하다. 언어 예술인 문학만이 예외적으로 이러한 충동과 무관하다고 말할 수는 없다. 문학을 통해 이러한 추상 충동이 실현되는 과정을 살피는 일은 흥미로운 결론을 도출하는데, 그 실현의 불가능이 언어에 대한 존재론적 사유를 촉발하기 때문이다. '역사로부터의 도피'를 감행한 김춘수의 '무의미시'를 이러한 사례로 읽을 수 있을 것이다.

한국현대시사에서 김춘수는 문학의 독자성과 언어의 자율성을 시인의 실존과 관련하여 오랫동안 사유한 시인으로 평가된다. 50여 년 넘는 기간

---

9   T. E. 흄, 박상규 역, 『휴머니즘과 예술철학에 관한 성찰』, 현대미학사, 1993, 82~101면.

동안의 방대한 작품 창작을 통해 언어와 시에 대한 시인으로서의 사명감을 증명했을 뿐 아니라, 김춘수는 특히 자신의 시 창작에 대해 상세한 해설을 덧붙이며 그러한 자기비평을 시론의 차원으로까지 격상시켰다. 시론집 『의미와 무의미』문학과지성사, 1976 안에 묶인 이른바 '무의미시론'은 김춘수 시론의 의의와 한계를 가장 극적으로 보여주는 그의 대표시론이라 할 수 있다. 김춘수의 무의미시론은, 언어로부터 의미를 배제하고 이미지로부터 관념, 역사, 현실, 대상 등 일체의 배후를 삭제하여 언어와 이미지에 자유를 돌려주고 결국 시의 독자적 존재 의의를 확인하려는 시론이라고 이해되는 것이 일반적이다. 그 과정에서 필연적으로 나타나는 이론의 탈역사성이나 비정치성에 대한 비판적 지적은 예술에 대한 다양한 태도가 인정되고 예술 행위의 존재론적 의미가 깊이 사유되면서 많은 부분 극복되었다. 이러한 무의미시론은 한국현대시사에서 시의 자율성을 가장 적극적인 방식으로 추구한 이론이라 할 수 있다.

김춘수의 무의미시론에 대한 연구는 크게 두 가지 방향으로 진행된다. 첫째, 무의미시론이 필연적으로 내장하고 있는 이론적 애매함이나 개념 사용의 모순을 지적해보는 연구가 있다.[10] 이러한 연구들은 단순히 김춘수 무의미시론의 이론적 한계를 지적하는 데에 그치지 않고 무의미시론이 추구한 '무의미' 즉 '절대순수'가 애초에 언어를 통해 도달 불가능한 이상에 불과하다는 사실을 증명해보면서 그 불가능을 가능하게 하는 전

---

10 가장 신랄하고 꼼꼼하게 무의미시론의 이론적 모순을 지적하는 글로 오세영의 「김춘수의 무의미시」(『한국현대문학 연구』 15, 한국현대문학회, 2004)를 들 수 있다. 오세영의 분석에 따르면 김춘수의 무의미시는 "'의미론적 무의미'나 '반문장의 무의미'를 혼합시킨 수준에서 벗어나지 못한 까닭에 엄밀히 말하자면 의미의 시에 속한다"(380면)고 할 수 있다.

략의 차원에서 김춘수 언어 실험의 의의를 이해해보고자 한다.[11] 둘째, 역사와 현실로부터의 도피를 시도하는 김춘수의 무의미시론으로부터 미적 현대성의 의미를 발견하는 논의들이 있다. 김춘수의 무의미시론을 비롯한 다양한 시적 실험에 대해, 현실에 대한 적극적 참여의 의지를 드러내는 시인들과 비교하여, 소박한 의미의 순수파라고 규정하는 시각은 거의 극복되었다. 특히 김수영과 김춘수의 시 세계를 정치주의와 순수주의라는 소박한 대립의 형태로 읽지 않고, 의미의 억압이나 현실의 부자유를 초극하는 미적 현대성을 실현한 두 사례로 읽거나[12] 주체와 세계가 불화하는 양식을 각각 나름의 방식으로 시 속에 도입한 사례로 비교해 읽는 연구들[13]도 제출되었다. 이러한 선행 연구에서 드러났듯 김춘수의 무의미시론은 외부 세계와 절연된 채 언어의 유희 안에서 완벽한 평정을 누리는 예술 행위로 보기는 힘들다.

　김춘수의 무의미시론에는 외부 세계에 대한 주체의 불안과 그 불안을

11　이와 관련한 연구 사례로 김예리, 「김춘수의 '무의미시론' 비판과 시의 타자성」, 『한국현대문학 연구』 38, 한국현대문학회, 2012와 조강석, 「김춘수 시의 언어의식 전개과정 연구」, 『한국시학연구』 31, 한국시학연구, 2011의 것을 들 수 있다. 김예리에 따르면 김춘수의 무의미시론은 "현실로부터 도피함으로써 절대순수의 세계를 시적으로 형상화한 것이 아니라 오히려 절대순수의 세계로부터 체계화된 이론으로 도피함으로서 자폐적 세계 속에 스스로를 가두는 실험을 한 것"이라고 평가된다. 조강석에 따르면 무의미시론에 나타난 김춘수의 언어 실험은 '보편'을 더듬는 언어의 권리능력을 인정함과 동시에 언어가 끝내 그 영역에 가닿지 못할 것이라는 권리한계를 승인하는 과정 속에서 이루어진다. 즉 김춘수의 무의미시론은 언어가 보편과 현상, 존재와 존재자 사이에서 상승과 하강을 반복하는 운명에 처해 있다는 인식을 드러내고 있다는 것이다.

12　김승구, 「시적 자유의 두 가지 양상」, 『한국현대문학 연구』 17, 한국현대문학회, 2005; 이광호, 「자유의 시학과 미적 현대성 – 김수영과 김춘수 시론에 나타난 '무의미'의 문제를 중심으로」, 『한국시학연구』 12, 한국시학연구, 2005 참조.

13　조강석, 『비화해적 가상의 두 양태 – 김수영과 김춘수의 시학 연구』, 소명출판, 2011. 조강석은 김춘수의 시 세계를 "화해적 가상으로의 도피 내지는 의미를 배제한 형식실험에의 몰두로 간주하지 않고 오히려 긴장관계를 내장한 '비화해적의 가상'을 축조하려는 의지의 결과물"(247면)로 읽어낸다.

해소하려는 충동과 그 충동이 완벽히 충족되지 못하는 상황 속에서 인식하게 되는 언어에 대한 진지한 사유가 동시에 담겨 있다. 이러한 사실을 효과적으로 확인하기 위해서는 앞서 길게 논해본 예술의 추상 충동에 관한 고전적 이론이 도움이 된다. 김춘수가 시로부터 "관념"과 "역사"와 "이데올로기"를 배제하고 시에게 이미지의 자유와 더불어 궁극적으로 언어의 자유를 돌려주고자 한 것은, 즉 시로부터 의미를 삭제하고자 한 것은 스스로 고백했듯 '역사로부터의 도피'를 감행한 것이라 할 수 있다. 김춘수가 여러 지면에서 소개했듯 이같은 '역사로부터의 도피'의 원인을 텍스트 바깥으로부터 찾을 때, 즉 김춘수 개인의 삶과 관련하여 찾을 때 주로 참조되는 것은 일본 유학 시절 헌병대에 끌려가 겪었던 끔찍한 체험에 관한 것이다.[14] 그는 이 체험을 통해 육체의 한계로 인한 치욕의 감정을 느꼈다고 말하는데, 이러한 치욕은 결국 역사의 우연성 앞에서 무력할 수밖에 없는 주체의 왜소함에 대한 감정일 것이다. 역사의 불행이 개인의 불행으로 전환되는 과정에서 그는 역사의 우연성과 세계의 타자성을 깨달았던 듯하다. 그렇다면 김춘수가 무의미시를 통해 시도한 '역사로부터의 도피'는 결국 역사의 우연성을 예술 형식의 필연성으로 극복하려는 시도였다고, 달리 말하면 추상 충동에의 실천과 관련된다고 볼 수 있을 것이다.

보링거와 흄의 논의를 통해 볼 때 예술의 추상 충동은 단순히 불규칙한 세계로부터 합법칙성의 예술 영역으로 도피하는 것이 아니라, 혼돈의 세계와 대면한 주체의 근본적인 불안을 스스로 해결하고 표현하는 방식으

---

14 일본 유학 시절의 감옥 체험에 대해서는 김춘수, 『자전소설-꽃과 여우』, 민음사, 1997; 김춘수, 『시의 위상』, 둥지출판사, 1991(『김춘수시론전집』 II, 현대문학사, 2004, 319~320면); 김춘수, 「나를 스쳐간 그 3」, 남진우 편, 『김춘수자전에세이-나는 왜 시인인가』, 현대문학, 2005 등 참조.

로서 의미가 있다. 앞서 지적했듯 흄은 생명적 예술로부터 기하학적 예술로의 이동이 "감수성의 변화"의 측면에서 이해되어야 한다고 말한다. 이러한 사실을 전제로 한다면 김춘수의 무의미시론이 지향하는 '순수 추상'은 세계에 대한 소극적 외면이 아닌 세계와의 적극적 대면으로 이해되어야 한다. 이 글은 이처럼 김춘수의 무의미시론을 보다 적극적으로 해석하기 위해 예술의 '추상 충동'이라는 개념을 중요하게 도입하고자 한다. 무의미에 도달하려는 시도, 즉 언어를 통해 추상의 영역에 도달하려는 김춘수의 시도는, 그의 역사체험으로부터 불가피하게 도출된 시적 방법론이었다 할 수 있다. 이와 같은 추상 충동을 실현하는 과정에서 김춘수는 어떤 곤란에 처하게 되었을까. 김춘수의 무의미시론은 의미의 억압을 탈피하려는 소극적 시도를 넘어 언어의 독자적 실존을 궁구하는 적극적 자유를 성취할 수 있었을까. 이러한 질문에 답하는 방식으로 이 글은 쓰인다.

3. '작법을 위한 시'와 시의 자유

김춘수의 무의미시론을 본격적으로 독해하기에 앞서 무엇보다도 시에서의 "형태"와 "작법"을 중시한 김춘수의 문학관을 음미해볼 필요가 있다. 송욱의 「하여지향」 연작시를 비평하는 자리에서 김춘수는 "시의 형태는 시의 내용에 못지않게 한 시대를 드러내는 데 민감해야 한다"[15]라고 언급한 적이 있다. 김춘수의 첫 시론서가 『한국 현대시 형태론』1959이라는 사

---

15 김춘수, 『시의 표정』, 문학과지성사, 1979(『김춘수시론전집』 II, 현대문학사, 2004, 96면).
    이하 김춘수의 시론을 인용할 경우, 글제목과 전집의 페이지 수만을 병기하도록 한다.

실도 상징적이거니와 시에 있어서 내용이나 의미보다 형태나 스타일 혹은 기교에 중점을 두는 태도는 김춘수 시론의 변치 않는 원칙이라 할 수 있다. 중요한 것은 시 창작에 있어 형태나 기교를 고려하는 태도가 단순한 형식적 시도로서만 이해되는 것이 아니라, "한 시대를 드러내는 데 민감해야 한다"라는 원칙 아래 강조되고 있다는 사실이다. 즉 김춘수에게 시의 형태는 결국 시대를 드러내는 방식으로서 중요해지는 것이다.

김춘수는 송욱의 「하여지향」이 단순한 재치로 끝나지 않고 "문명비평"이 되고 있다는 사실과, 그가 보이는 나름의 정형적 법칙들이 "그냥 풀어 쓴 이 땅의 자유시에 대한 저항이고 비판"이 된다는 사실을 동시에 주목해 본다. 한 편의 시가 외부 세계에 대한 적절한 개입을 실천하기 위해서는 형태상의 긴장과 탄력을 유지하면서 우선 시로서 먼저 존재해야 한다고 김춘수는 생각하는 듯하다. "형태 밖에 시가 있다는 생각은 자칫하면 시를 소박한 휴머니즘이나 도덕의 도구로 만들어버릴 우려가 없지도 않다"[16]고 김춘수는 힘주어 말한다. 요컨대 김춘수에게 시적 기교의 문제는 외부 세계에 대한 주체의 태도와 강력하게 결부되어 있다. 시적 형태의 긴장은 외부 세계를 대면하는 주체의 긴장과 동요를 반영하고 증명하는 것이다.

1976년에 발간된 설창수의 『개폐교』라는 시집에서 활용된 알레고리를 비판적으로 분석하는 자리에서도 김춘수의 이러한 입장이 확인된다.

이것은 시인이 도덕적 관심에 비하여 언어의 시적 조작에 대한 관심이 미흡했다는 점도 있겠으나, 원천적으로는 도덕적 가치, 즉 도덕적 가치라고 하는 어떤 이념관념의 전제가 되는 문제─그것은 현실reality이라고 부르는 대상

---

16 위의 책, 97면.

과의 치열한 변증법적 갈등과 지양을 시의 문제로서 중요시하지 않고 있었다는 데 있지 않은가 한다. (…중략…) 따라서 그의 시편들은 너무도 당연한 도덕률을 강조하고만 있는 듯이 보인다. 시의 고민은 반드시 도덕적인 데 있는 것은 물론 아니지만, 도덕적인 데에도 있다. **그러나 시에서의 도덕은, 거듭 말하지만 언어의 시적 조작에 대한 배려와 잘 어우러질 때, 그리고 그 도덕은 변증법적으로 지양되려는 의지의 과정에서의 그것이라야 리얼리티를 획득할 수가 있으리라.** 강조-인용자[17]

설창수 시의 매끄럽고 분명한 알레고리를 부정적으로 읽으며 김춘수가 강조하는 것은 세계를 대하는 주체의 태도와 시를 대하는 시인의 태도의 상동성에 관한 것이다. 개별 주체가 외부 세계와 가장 정직하게 대면하는 방식은 바로 '갈등'을 겪는 것이다. 세계와 불화하지 않는 만남은 형이상학적인 논리의 세계 안에서만 가능하다. 추상 충동이 외부 세계로부터의 불안을 해소하기 위해 형이상의 상태를 지향하기는 하지만, 앞 장에서도 살펴보았듯 그러한 추상 충동은 애초에 완성이 불가능하다. 우연에 지배받는 세계와 허약한 주체 사이의 만남에는 동요와 긴장만이 존재할 뿐이다. 개별 주체가 구체적인 현실에 대해, 혹은 특정한 시대에 대해 명백한 도덕적 판단을 실행할 수는 있겠지만, 그러한 명백한 삶의 원칙을 설명하는 것이 시의 임무가 될 수는 없다. 왜냐, 확정적 주장과 분명한 진술을 위해서라면 산문의 언어가 훨씬 더 효과적이기 때문이다. 시의 언어는 진술하는 언어가 아니라 소묘하는 언어이다. 시가 소묘해야 하는 것은 따라서 세계와 주체 사이의 '긴장'과 '동요'에 관한 것이 될 수밖에 없다. 위의 인

17　위의 책, 89~90면.

용문에서 김춘수가 말하고자 하는 시의 리얼리티란 바로 이와 같은 내용과 관련되는 것이 아닐까.

김춘수에 따르면 어떤 "도덕적 가치 = 이념관념"이든 그것은 "현실이라고 부르는 대상과의 치열한 변증법적 갈등과 지양"을 스스로의 존재 근거로서 지니고 있어야 한다. 대상과의 심리적 갈등과 변증법적인 지양을 삭제한 이념은 "리얼리티"가 제거된 거짓된 신념에 불과하다. 따라서 한 편의 시가 "도덕적 관심"과 더불어 창작되고 있다면, 그 시는 확정적인 이념을 제출하기보다는 주체의 혼란을 수용해야 하는 것이 맞다. 그리고 기본적으로 반反-진술의 언어인 시적 언어가 그 혼란을 수용하는 방법은 나름의 언어 조작을 통해 그 긴장을 스스로 재현하는 방법뿐이다. 이러한 과정을 통해서만 이념의 리얼리티도, 시의 리얼리티도 동시에 충족될 수 있는 것이다. 즉 이념도 시도 함께 진실해질 수 있게 된다. 요컨대 시에 있어서 '형태'의 문제는 이제 단순히 시 제작의 기술과 관련된 문제가 아니라, 세계를 대하는 주체의 태도를 반영하는 것으로서 중요해진다.

아무리 현실과 절연된 추상 세계를 추구하는 예술이라고 하더라도 그것이 현실과 완벽히 절연될 수 없다는 사실이 명백하다고 할 때, 어떤 예술이 세계에 대한 주체의 진실한 태도를 가장 완벽하게 드러내는 방식은 주체와 세계가 불화하는 접촉면 그 자체를 재현하는 방법뿐이다. 시가 다룰 수 있는 구체적인 내용보다는 시의 근본적인 형태 문제를 강조하는 김춘수의 시론은 결국 메타적 모방론이라고 할 수도 있겠다. 물론 김춘수 시론의 목적 자체가 여기에 있지는 않다. 세계와 불화하는 주체의 상태를 재현하는 것에서 시의 존재 의의를 찾을 수 있다는 사실을 밝히려는 것이 김춘수 시론의 목적은 아니라는 말이다. 김춘수의 시론은 시와 언어 그 자체의 존재 의의를 보다 근본적으로 사유한다. 그가 시작법의 문제를 논하면서, "시를 위한 작법"보다 "작법을 위한 시"에 더 많은 관심을 기울이는 것이 "시에 대한 태도의 진화이자 시작법에 대한 태도의 진화"[18]가 된다고 말하는 것을 참조해보자. 이러한 태도의 변화를 긍정하는 김춘수는 "절대적으로 시란 무어냐?"라는 질문에까지 도달해있다. 김춘수에게 절대적으로 시란, 작법 그 자체가 되는 셈이다. 나아가 김춘수는 이른바 그의 무의미시론을 이러한 작법 자체의 의의를 탐구하는, 즉 시와 언어의 존재 자체를 사유하는 시론으로 발전시킨다. 박남수의 시집『신의 쓰레기』를 논평하는 자리에서 김춘수가 시에 관한 "윤리학"과 "미학"의 입장을 구분하여 비교하는 장면을 참조해보자.

　윤리학의 쪽에 서는 시인에게 있어서는 시작은 행동으로 해야 할 것을 다른 대상행위를 통하여 충족시킨다는 것이 되지만, 미학의 쪽에 서는 시인에게 있어서는 시작은 대상행위가 없는 자기충족적 행위가 된다. 심리적으로는 말은 전자에 있어서는 수단이나 도구가 되지만, 후자에 있어서는 수단이나 도구의 단계가 배제되고 직접적인 것이 된다. 무상하고 순수한 말이란 이런 것이다.
　현대시—현대 예술 전반이라고 해도 좋다—가 추상화의 경향으로 흐르면서 절대를 추구하게 된 것은 19세기 휴머니즘의 거부이자 생명적인 것 인간적인 것의 거부인 것이다. 이 입장은 상대적으로 유전하는 상으로 세계를 보지 않고 절대적으로 운명적으로 세계를 받아들이는 것이다. 이리하여 역사나 문명의 정열에서 물러서서 절대에 참여하는 것이리라.

---

18 위의 책, 126~128면.

시집『신의 쓰레기』의 작자의 지향이 감각 위에 선 미학의 절대경에 있는 것 같이 보일 때 이미 말한 바와 같이 소극적으로는 하나의 도피, 하나의 안이한 허무가 되기도 하겠고, 적극적으로는 시의 영원한 갈망이던 절대에의 참여에 있어 하나의 길잡이가 될 수도 있을 것이다. 아직은 시를 쓴다는 행위에 대한 형이상학적 의미부여를 우리 시단은 못하고 있다. 기교엘리엇식으로 말하면 예술작용가 인생에 직결된다는 적극적인 의미를 아직 절실하게는 자각 못하고 있을 때, 미학으로서의 시는 그 소극적인 면만이 드러나고 동시에 그것은 어떤 비장하나 피상적인 인생론에 의하여 배척되는 것이다.[19]

미학의 입장에 서 있는 시인에게 시란 궁극적으로 역사에 대한 "수단이나 도구"이기를 거절하고 "무상하고 순수한 말"이 되기를 지향하면서 "역사나 문명의 정열에서 물러서서 절대에 참여"하는 것이 되어야 한다. 김춘수는 이러한 태도가 소극적이 될 때, 즉 "대상행위가 없는 자기충족적 행위"로서의 시작이 그저 독아론적 유희에 그칠 때 "도피"나 "허무"를 피할 수 없을 것이라고 경계한다. 김춘수의 무의미시론을 역사와 현실에의 참여 의지를 소거한 탈역사적 지향의 이론으로 폄하해온 시사의 오랜 오해는, 아마도 이러한 '도피'와 '허무'에 초점을 두었던 결과라고 볼 수 있을 것이다.[20] "시를 쓴다는 행위에 대한 형이상학적 의미부여"가 필요하

---

19 김춘수, 『의미와 무의미』, 문학과지성사, 1976(『전집』 I, 589~590면).
20 이와 관련하여 1960년대의 문단에서 통용된 '순수'의 개념을 재구해보는 일이 중요할 것이다. 김춘수가 자신의 시론 곳곳에서 언급하고 있듯 그의 무의미시론은 말라르메와 발레리의 순수시 개념으로부터 영향 받은 바가 크다. 불문학자인 황현산의 지적대로 김춘수의 무의미시론은 "말라르메의 언어관에 대한 하나의 소극적 이해로 가늠될 수 있는 여지가 충분"하다. 김춘수의 유명한 시 구절, 가령 "'꽃이여!'라고 내가 부르면, 그것은 내 손바닥에서 어디론지 까마득하게 떨어져간다"(「꽃 II」)라는 구절이나 "내가 그의 이름을 불러주었을 때 / 그는 나에게로 와서 / 꽃이 되었다"(「꽃」)라는 구절은 릴케보다

다고 주장하는 김춘수는 시가 (그것이 주체의 특수한 이념이 아니라 세계에 대한 태도 자체를 모방하거나 재현한다고 하더라도) 모방이나 재현의 도구이기를 거절하고 스스로의 자유를 획득하는 과정을 중시한다. 그렇다면 시는 어떻게 언어의 자유를 성취할 수 있을까.

『의미와 무의미』1976에서 본격적으로 개진되는 김춘수의 무의미시론은 기본적으로 시의 언어가 의미나 관념의 도구가 되지 않는 자유의 상태를 지향하는 것이자, 궁극적으로는 물리적 실체이든 관념적 상태이든 시가 드러내야 하는 특정한 대상 없이 "언어와 이미지의 배열"[21]만으로 이루어진 순수시를 추구하는 것이라고 할 수 있다. 뒤에서 자세히 살펴보겠지만 이처럼 시로부터 역사, 이념, 이데올로기는 물론 일체의 대상을 제거하려는 김춘수의 무의미시론은 결국 한 편의 시 안에 시를 이루는 매체로서의 언어와 언어의 순수한 배열로서의 이미지만을 남겨두려는 시도라고 볼

는 말라르메의 직접 차용에 가깝다. 황현산의 지적에 따르면 주로 송욱의『시학평전』으로부터 한국 문단에 소개된 말라르메와 발레리의 순수시의 개념은,『시학평전』이 발간될 당시 문단에서 통용되던 '순수'라는 개념과의 낙차로 인해 충분히 이해되지 못한 면이 크다. 당시 '순수'라는 용어는 대중문학과 구별되는 순문학 혹은 경향문학과 대비되는 예술지향의 문학으로 모호하게 이해되었다(황현산, 「말라르메, 송욱, 김춘수」,『잘 표현된 불행』, 문예중앙, 2012 참조). 김춘수 자신은 물론, 당대의 문단과 이후의 시사가 말라르메의 '순수시' 개념을 소박하게 이해하고 소극적으로 수용할 수밖에 없었던 원인은 당대는 물론 그 이후의 문단에서 흔히 통용되는 '순수'의 개념을 고려함으로써 이해될 수 있을 것이다. 이에 대해서는 별도의 논의가 필요하다.

한편, 김춘수 시와 말라르메의 연관성에 관해서는 짧지만 인상적인 김현의 언급이 남아 있다. 김수영이 블랑쇼의 책을 읽고 깜짝 놀라 바로 팔아버렸다고 고백했던 것을 소개하며 김현은 "김춘수가, 내 생각으로는 분명히 읽었음직한 블랑쇼의 서석에 대해 한마디의 언급도 없는 것은 매우 흥미있는 일"이라고 언급한다. 블랑쇼에 대한 김춘수의 이와 같은 침묵이 "그가 말라르메를 전혀 읽지 않은 것처럼 글을 쓰는 것과 행복한(?) 일치를 이룬다"며, 눈 밝은 비평가인 김현은 김춘수의 작업에 대한 블랑쇼와 말라르메의 강력한 영향을, 그리고 그에 대한 김춘수 자신의 콤플렉스를 지적해보는 것이다 (김현, 「김춘수에 대한 두 개의 글」,『김현문학전집 5 — 책읽기의 괴로움 / 살아 있는 시들』, 문학과지성사, 1992, 27면).

21 김춘수,『의미와 무의미』, 문학과지성사, 1976(『전집』I, 515면).

수 있다. 이는 김춘수가 자신의 시론 곳곳에서 언급하고 있는 말라르메의 순수시로부터 영향 받은 바가 크다. 김춘수에 따르면 말라르메는 "언어에게 우선권을 주면서, 시에서의 주제는 내용에 있는 것이 아니라 형식에 있다는 것을 처음으로 천명한 사람"[22]이다. 말라르메의 시가 추상으로서의 "순수 관념"을 추구하려는 것을 수학과 견주어 해석하는 바디우를 참조해 말하면, 무의미시론이 "언어와 이미지의 배열"만으로 시를 구성하려는 시도는 "순수한 관념"과 "연역"으로만 이루어진 수학의 세계에 근접하려는 시도로 설명될 수 있을 것이다.[23]

시와 수학, 그리고 철학에 관한 바디우의 논의를 조금 더 참조하자면, 그가 시와 수학을 견주어 보는 것은 그 둘이 '진리'를 생성하는 '사유'의 공간이 된다는 점에서 맞닿아 있기 때문이다. 시와 수학은 단순히 어떤 규칙이나 체계를 드러내는 앙상한 메타적인 형태로만 존재하지는 않는다. 시와 수학이 이처럼 단순한 규칙들의 집합이 아닌 사유의 공간이 될 수 있는 것은 수학이 지닌 "무모순성consistance"[24]과 시가 지닌 "언어의 역량" 덕택이다. 특히 시가 보여주는 언어의 역량이란, "나타난 것의 사라짐을 영원히 고정시키는 힘" 즉 "언어의 무한함을 국지적으로 행하는 것"과 관련된다. "사라지려는 것을 붙잡아놓음을 통해 사건의 현전을 명명하는 모든 행위는 그 본질상 시적"인 것이 된다고 바디우는 말하고 있다.[25] 결국

---

22 김춘수, 『시의 위상』, 둥지출판사, 1991(『김춘수시론전집』 II, 현대문학사, 2004, 245면).

23 알랭 바디우, 장태순 역, 『비미학』, 이학사, 2010, 39면.

24 무모순성에 대한 바디우의 설명을 옮겨 적어보면, 무모순성이란 "그 안에 불가능한 진술이 존재하는 이론", "그 이론 안에 기입할 수 없거나 이론이 맞다고 받아들일 수 없는 진술이 그 이론 안에 적어도 하나는 존재하는 경우"를 말한다. 이러한 "무모순성은 수학을 단순한 규칙들의 집합이 아니게끔 하는 것"이다. 위의 책, 51~52면.

25 위의 책, 52~55면.

말라르메의 순수시는 시의 독자적인 존재 원리를 보여주는 메타시로서가 아니라 "이전에는 현전하는 것이 불가능했던 어떤 것을 언어로부터 출현하게 하는" 시적 역량을 실천하는 것으로서 이해될 수 있다.

시로부터 역사와 이념과 일체의 의미를 지움으로써 시와 언어에게 그 자신의 자유를 돌려주려는 김춘수의 무의미시론의 기획은, 불안의 현실 세계로부터 인공의 추상 영역으로 도약하려는 인간의 본원적인 예술 충동과 세계와 불화하는 주체의 긴장 그 자체만을 재현의 대상으로 삼는 작법을 넘어설 필요가 있었다. 나아가 시가 언어의 절대적 자유와 시로서의 존재 그 자체를 실현하기 위해서는 자신의 물질성, 즉 "언어와 이미지의 배열"만을 드러내는 메타시의 형태도 넘어서야 했다. 김춘수의 무의미시론은 말라르메적 의미의 순수시에, 다시 말해 시적 철학의 세계에 도달할 수 있었을까. 다음 장에서는 본격적으로 김춘수의 무의미시론의 전략과 한계를 짚어보고자 한다.

4. 무의미시론에서 '반反-추상'의 '대상'과 '대상 없음'의 의미

1) 이미지의 기능과 배후

「한국 현대시의 계보」를 통해 개진되는 김춘수의 무의미시론은 주지하다시피 이미지론이라 할 수 있다. 그는 이미지의 기능을 토대로 한국 현대시의 계보를 그려본다. 이미지는 크게 서술적 이미지descriptive image와 비유적 이미지metaphorical image로 양분된다. 전자는 "이미지 그 자체가 목적"

인 것으로서 순수한 이미지라 할 수 있으며, 후자는 "관념의 도구 또는 수단"이 되는 것으로서 불순한 이미지라고 할 수 있다. 여기서 한 걸음 더 나아가 김춘수는 서술적 이미지를 다시 양분한다. 같은 서술적 이미지라 하더라도 "사생적 소박성"을 유지하느냐 그렇지 않느냐, 즉 대상과의 거리를 유지하느냐 그렇지 않느냐에 따라 그 이미지의 성격은 완전히 달라지는 것이다. 김춘수의 설명에 따르면, 시에서의 이미지가 "사생적 소박성"을 잃으면서 결국 대상 자체를 상실하고 나아가 "언어와 이미지를 시의 실체로서 인식"하게 됨으로써 현대의 무의미시가 완성된다. 1930년대 시단의 이상이 이러한 무의미시를 독자적으로 실험하고 있었다면, 1950~1960년대에 쓰인 전봉건, 박남수, 김종삼, 조향 등의 시에서는 무의미시가 일종의 세대적 경향처럼 발견되고 있다고 김춘수는 말한다.

　이미지에 대한 김춘수의 구분을 다시 풀어써보자. 비유적 이미지는 "관념을 위하여 쓰"이고 서술적 이미지는 이미지 "그 자체가 목적"이 된다. 즉 비유적 이미지의 너머에는 어떤 관념이 존재하고 서술적 이미지의 너머에는 관념이 제거된 또 다른 이미지가 있거나대상이 있는 서술적 이미지, 아무것도 존재하지 않아야 한다대상이 없는 서술적 이미지. 결국 김춘수에게 시에서 드러나는 이미지는 그 이미지가 어디로 향하는지에 따라, 즉 무엇을 배후로 삼고 있느냐에 따라 세 가지로 나뉘는 셈이다. ① 비유적 이미지의 배후에는 어떤 '관념'이 존재한다. ② '대상이 있는 서술적 이미지'의 배후에는 '사생적 소박성'이 유지되는 대상이 존재한다. ③ '대상이 없는 서술적 이미지'에는 '사생적 소박성'을 잃은 대상, 즉 형체를 알 수 없는 대상이 존재한다. 이런 구분을 통해 잠정적으로 알 수 있는 것은 두 가지 정도이다. '대상이 있는 서술적 이미지'가 그리는 대상은 '관념'과 무관한 것이어야 한다는 점, 그리고 서술적 이미지의 성격을 구분하는 '대상'은 전적으로 '사생적 소박성'의 유무에 따라 결정된다는 점이다. 요컨대 김춘수의 설명을 따라가자면 그가 의미하는 "대상"은 관념과 무관하지만 시각적으로는 일종의 유기적인 형체를 지닌 것이라고 말해볼 수 있겠다.

대상을 잃은 언어와 이미지는 대상을 잃음으로써 대상을 무화시키는 결과가 되고, 언어와 이미지는 대상으로부터도 자유로운 것이 된다. 이러한 자유를 얻게 된 언어와 이미지는 시인의 바로 실존 그것이라고 할 수 있다. 언어가 시를 쓰고 이미지가 시를 쓴다는 일이 이렇게 하여 가능해진다. 일종의 방심상태인 것이다. 적어도 이러한 상태를 위장이라도 해야 한다. 시작의 진정한 방법과 단순한 기교의 차이는 이 방심상태^{자유}와 그것의 위장의 차이라고 할 수 있을 것이다.²⁶

자유라는 측면에서 바라볼 때, 대상을 놓친 서술적 이미지의 시와 모든 비유적 이미지의 시는 양극이라고 할 수 있고, 대상을 가지고 있는 서술적 이미지의 시는 그 중간에 자리한다고 할 수 있다. 왜냐하면 그는 대상을 가지고 있는 그만큼 자유롭지는 못하나, 그러나 대상에 대하여 판단중지^{대상을 괄호 안에 집어넣고 있다}의 상태에 있기 때문에 하나의 방관자적 입장에 설 수 있다.²⁷

이처럼 이미지의 기능과 자유에 대한 김춘수의 설명은 논리적으로는

---

26 김춘수, 「한국 현대시의 계보 – 이미지의 기능면에서 본」, 『의미와 무의미』(『전집』 I, 516면).
27 위의 글, 521면.

명료한 편이다. 언어와 이미지가 자신이 그려내야 할 어떠한 대상도 가지고 있지 않는 "방심상태"에 도달함으로써 스스로의 자유를 실현할 수 있게 되고 이때 "시인의 실존"도 드러날 수 있다는 것이다. 언어와 이미지의 자유, 그리고 시인의 실존에 대한 그의 설명은 대체로 명료해 보이지만, 그의 무의미시론은 여러 가지 한계를 내포하고 있다. 특히나 그가 이미지의 기능을 설명하기 위해 다양한 시들을 예로 들 때 그 설명이 다소 자의적으로 느껴지는 것도 사실이다. 가령 서술적 이미지와 비유적 이미지를 구별하기 위해 그가 정지용의 「지도」와 서정주의 「문둥이」를 예로 들어 전자가 단순히 "장년의 감각적 인상"만을 제시하고 후자에서는 "형이상학적 암시"가 나타난다고 할 때, 이같은 설명은 완벽한 동의를 얻기 힘들다. 김춘수가 예로 든 시를 다시 인용해보자.

지리교실 전용지도는

다시 돌아와 보는 미려한 칠월의 정원.

천도열도부근 가장 짙푸른 곳은 진실한 바다보다 깊다

한가운데 푸른 점으로 뛰어 들기가 얼마나 황홀한 해학이냐?

의자 위에서 다이빙 자세를 취할 수 있는 순간 교원실의 칠월은 진실한 바다보담 적막하다

—정지용, 「지도」

해와 하늘빛이

문둥이는 서러워

보리밭에 달 뜨면

애기 하나 먹고

꽃처럼 붉은 울음을 밤새 울었다.

　　　　　　　　　　　— 서정주, 「문둥이」

　김춘수의 설명에 따르면 정지용의 시에서 "깊다" 혹은 "적막하다"라는
표현은 "감각적 인상"을 제시하기 위한 것이고, 서정주 시의 "서러워"라는
표현은 "인상적 강조가 아니라 형이상학적 암시"를 위한 것이다. 그래서
「지도」는 이미지가 그 자체로 목적이 되는 서술적 이미지의 시가 되고
「문둥이」는 이미지가 어떤 관념을 위해 활용되는 비유적 이미지가 된다.
이러한 설명은 오로지 독자로서 김춘수의 자의적 감상에 의한 것이다. 김
춘수의 비유적 이미지는 "관념의 도구"가 되는 이미지를 말하는데, 이때
김춘수가 염두에 둔 관념이란 무엇을 말하는 것일까. 이 의미를 어떻게 규
정하느냐에 따라 「지도」가 제시하는 이미지 역시 비유적 이미지가 될 가
능성이 농후하다. 반대로 「문둥이」가 제시하는 이미지가 어떤 관념을 비
유하고 있는지는 사실 불분명하며 이미지의 인상 그 자체로 음미될 가능
성도, 즉 서술적 이미지로 기능할 가능성도 충분히 있는 것이다.[28] 결론적
으로 말해, 「지도」와 「문둥이」는 김춘수의 설명대로 "이미지의 기능면에

28　이처럼 이미지의 기능에 대해 제작자의 의도와 독자의 감성이 서로 달라질 가능성을 김
　　춘수가 아예 배제하는 것은 아니다. 하지만 이 두 경우를 대하는 그의 태도가 공평하지
　　는 못하다. 제작자가 비유적 이미지로 쓴 것을 독자가 서술적 이미지로 읽어내는 것은
　　"특수한 개인의 취향에 따른 해석 (또는 음미)"으로 인정되지만, 제작자가 서술적 이미
　　지로 쓴 것을 독자가 비유적 이미지로 읽어내는 것은 "해석 (또는 음미)의 미숙이나 지
　　나친 관념벽"으로 치부된다(위의 글, 507면). 제작자의 의도와 무관하게 독자는 어떤
　　이미지라도 그 자체로 음미할 수 있지만, 거기에 어떤 관념을 자의로 덧씌울 권리를 누
　　릴 수는 없는 것이다.

서 날카롭게 대립"[29]하고 있다고 말하기 어렵다.

　대상이 없는 서술적 이미지의 사례로 이상의 「꽃나무」를 언급할 때에도 유사한 문제가 발생한다. 김춘수는 「꽃나무」가 "심리적인 어떤 상태"를 유추하고 있다고 말한다. 그렇다면 이상의 「꽃나무」는 시인의 심리라는 '관념'을 드러내려는 비유적인 이미지의 시, 혹은 시인의 심리라는 '대상'을 그저 소묘하려는 서술적 이미지의 시라고 할 수도 있지 않을까. 하지만 김춘수는 이 시가 '관념'이 아닌 '심리'를 그린다는 점에서 비유적 이미지가 아닌 서술적 이미지의 시가 된다고, 나아가 그 심리 상태가 명확히 규정될 수 없는 것이기 때문에 이 시의 이미지는 "사생적 소박성"을 잃은, 즉 대상 없는 서술적 이미지가 된다고 단정한다. 이때 '관념'과 '심리'는 어떻게 명확하게 구분되는 것인지, 시인의 심리는 왜 "사생적 소박성"을 잃은 채로 표현되어야 하는지 충분히 설명되지는 못한다.

　다양한 시를 예로 들어 이미지의 기능을 살피고 결국 무의미시를 발견해내는 김춘수의 설명을 따라 가다보면 몇 가지 의문들이 도출된다. 일단 시에 쓰인 이미지의 배후에 무엇이 있을 수 있는가의 문제이다. 김춘수의 설명에 따르면 이미지의 배후에는 '관념' 혹은 '대상'이 있거나 없는데, 그 용어의 의미가 불분명하다. 시에 제출된 어떤 언어와 이미지는 다양한 의도와 해석을 내포하고 있다. 다시 말해 그것이 무엇을 재현하고 암시하게 될지는, 그 배후에 무엇이 있는지는 미리 규정되기 힘들고 따라서 한 편의 시에서 이미지의 기능이 결코 선명할 수는 없다. 그럼에도 불구하고 김춘수는 창작의 선명한 의도에 의해 비유적 이미지와 서술적 이미지가 명확히 구분될 수 있으며, 그것이 독자의 감상으로까지 무리 없이 이어지

29　위의 글, 509면.

는 듯 말하고 있다. 이미지의 자유를 실현하기 위한 전제로서 시인이 누리는 "방심상태"에 대해서도 설명이 불충분하다. 시인이 창작의 과정에서 실제로 이와 같은 "방심상태"를 어떻게 누릴 수 있는 것인지, 독자의 입장에서 보았을 때 시인의 "방심상태"는 물론 독자로서 자신의 "방심상태"는 어떻게 확정적으로 실감될 수 있는지, 김춘수는 명확히 설명하지 못한다. 언어와 이미지의 자유를 사유하는 김춘수의 무의미시론은 더 많은 것을 고려해야 했을 것이다. 시인의 선명한 의도에 의해 제어되는 이미지의 기능뿐 아니라, 이미지 자체의 예측 불가능한 작용에 대해서도 충분히 인정했어야 하며, 언어와 이미지가 절대적으로 자유로운 상태를 누리는 것은 어떻게 가능한지에 대해서도 더 숙고했어야 한다.

어떤 언어의 조합이 어떤 이미지를 생성해내고, 그 이미지가 또 어떤 배후를 불러낼 수 있는지는 섣불리 말할 수 없다. 김춘수가 이미지의 다양한 자율적 활동을 간과했다고 했을 때 우리는 그것에 대해 충분한 근거를 들어 말하기는 힘들다. 이미지는 인간의 상상력 속에서 오감을 통해 자유롭게 작용하기 때문이다. 이미지에 대한 김춘수의 이해와 규정에 대해 이 글에서 분명히 지적해 볼 수 있는 것은 따라서 김춘수의 무의미시론, 즉 이미지론에 나타난 내적 한계에 관한 것일지 모른다. 그리고 김춘수가 이러한 내적 오류를 기꺼이 감수한 것은 언어를 통한 추상의 실현, 나아가 언어와 시의 자유라는 무의미시론의 불가능한 목적을 성취하기 위해서였다는 사실이다.

2) '반反-추상'으로서의 '대상'과 '대상 없음'의 의미

김춘수의 무의미시론은 이미지를 둘러싼 여러 난점들을 봉합하는 방식으로 전개된다. 즉 언어와 이미지의 절대적 자유를 적극적으로 드러내는 방식이 아니라, 언어와 이미지를 얽매는 다양한 억압들을 제거하는 소극적인 방식을 통해 무의미시를 완성해나간다. 무의미시론의 이러한 한계를 이해하기 위해서는 먼저 무의미시론에서 '대상'의 의미가 어떻게 규정되고 있는지, 나아가 '이미지'가 어떻게 이해되고 있는지 중요하게 검토되어야 할 것이다.

앞서 말했듯 김춘수의 이미지론의 내적 논리에 따르면 그에게 "대상"이란, '어떠한 "관념"과도 무관하지만 인간의 경험과 상상을 통해 그 유기적인 형태를 가늠해볼 수 있는 "사생적 소박성"을 지닌 것'이어야 한다. 김춘수는 시의 매체인 언어와 이미지에게 자유를 돌려주기 위해서는 시의 배후에 있는 "대상"의 소거가 급선무라고 말한다. 김춘수는 시에 있어서 '대상'의 삭제를 가능한 일로 만들기 위해 대상을 범위를 미리 한정해버린다. 첫째, 비유적 이미지와의 구분을 통해 서술적 이미지의 '대상'은 이미 "관념"과는 무관한 것으로 설정되어 있음에도 불구하고 그는 '대상'의 기의에 다시 관념을 도입하고 있다.[30] 대상을 잃고 도달하는 해야 하는 시의 자유가 결국 '의미 없음', 즉 '무의미'로 명명된다는 사실은 결정적이다. 김춘수는 『의미와 무의미』 곳곳에서 "대상"이라는 어휘 곁에 "의미"나 "현실·사회" 등의 어휘를 병치하기도 한다.[31] 이로써 알 수 있는 바 김춘

30　김승구 역시 김춘수가 사용하는 '대상'이라는 어휘에 대해 "현실이나 관념이라는 표현을 사용하는 것이 더욱 합당할 것이다"(김승구, 앞의 글, 377면)라고 지적한다.

31　「한국 현대시의 계보-이미지의 기능면에서 본」의 주석으로 쓰인 「대상·무의미·자

수가 전제하고 있는 '대상'의 일차적 의미는 외부 세계에 대한 시인의 구체적인 의견이라고 정리할 수 있을 것이다.

둘째, 그가 '대상'의 있고 없음을 말할 때 그것은 대상의 실체를 파악할 수 있는가 없는가의 문제로 치환되기도 한다. 1950~1960년대의 시에 '대상 없는 서술적 이미지'들이 반복적으로 등장하고 있다는 사실을 지적하면서 김춘수는 그러한 시들에 대해 다음과 같은 논평을 덧붙이고 있다.

> 이 시들에서는 대상이 무엇인가 하는 것을 알 수 없다. 대상이 없는 것같이 보인다. 있는 것은 언어와 이미지의 배열뿐이다. 대상이 없을 때 시는 의미를 잃게 된다. 독자의 의미를 따로 구성해볼 수는 있지만, 그것은 시가 가진 의도와는 직접의 관계는 없다. 시의 실체가 언어와 이미지에 있는 이상 언어와 이미지는 더욱 순수한 것이 된다.[32]

이 구절에서 단적으로 드러나듯 김춘수의 무의미시론에서 '대상 없음'이 의미하는 것은, 즉 어떤 시를 무의미시로 만들어주는 것은, 대상의 존재 유무가 아니라 그 "대상이 무엇인가 하는 것을 알 수 없"는 대상에 대한 해석 혹은 파악 불능의 상태인 듯도 하다. 그런데 이때 '대상의 있고 없음', 즉 대상에 대한 앎의 여부를 결정해야 하는 사람은 전적으로 시인이라고 김춘수는 강조한다. 시가 가진 의도와 무관하게 독자의 입장에서

유』에서 다음과 같은 구절들을 참고할 수 있다. "'무의미'라는 말의 차원을 전연 다른 데서 찾아야 한다. 다시 말하면, 이 경우에는 반고흐처럼 무엇인가 의미를 덮어씌울 그런 대상이 없어졌다는 뜻으로 새겨야 한다." "시에는 원래 대상이 있어야 했다. 풍경이라도 좋고 사회라도 좋고 신이라도 좋다."(위의 책, 522~523면)

32 김춘수, 앞의 글, 515~516면.

"의미"를 따로 만들어볼 가능성을 애초에 차단하고 있는 것이다. 이로써 무의미시론이 사용하는 '대상'이라는 어휘의 두 번째 의미가 도출된다. 그에게 '대상'이란 그것이 무엇이든 반드시 시인의 의도와 의지를 통해 규제되어야 하는 것으로 존재한다. 그렇다면 무의미시는, 즉 대상을 삭제한 서술적 이미지의 시는, 오로지 시인의 입장에서 자신이 그리려는 대상이 무엇인지를 모르고자 할 때, 더 정확히 말하자면 의식적으로 대상을 '규정하지 않고자 할 때' 완성되는 것이라고 할 수 있다. 의식적으로 어떤 실체를 그리지 않으려면 어쩔 수 없이 우선적으로 그 실체를 그려볼 수밖에 없다. '없음'에 도달하기 위해서는 '있음'을 전제할 수밖에 없기 때문이다.[33] 따라서 김춘수가 '대상 없음'을 "대상의 파괴"라는 '있음'의 해체로서 설명하는 것은 당연한 일이 된다. 즉 김춘수에게 '대상 없음'의 의미는 정확히 말하면 '대상이 없도록 함'이라고 할 수 있다.

이로부터 '대상'의 세 번째 의미가 도출된다. '대상 없음'이 대상의 완전한 삭제가 아니라 대상의 '파괴' 혹은 해체로부터 가능하다면, 김춘수가 상정한 '대상'은 애초에 어떤 구체적인 형태를 지닌 것이었다고 해야 한다. 즉 김춘수가 애초에 염두에 둔 이미지의 '대상'은 반-추상적인 것으로서 구상적具象的일 것을 요건으로 한다. '대상'의 이같은 세 번째 의미는 김춘수가 자신의 시적 여정을 고백하며 "사생을 거쳐 추상에 이르게 된 과정"을 설명하는 장면에서 확인된다.

---

33 '대상 없음'의 "불안"을 말할 때 김춘수는 그 불안을 "언어에서 의미를 배제하"는 일과 결부시킨다. 언어 사용의 오랜 습관에서 벗어날 때 "가치관의 공백"과 "소외"로 인한 불안이 생긴다는 것이다(「대상·무의미·자유」, 위의 책, 523~524면). 하지만 엄밀히 말하면 '무의미시'의 '불안'은 그 오랜 습관으로부터 완벽히 벗어나는 일이 결코 불가능하다는 '불만'과 더 많이 관련될 것이다.

말하자면 실지의 풍경과는 전연 다른 풍경을 만들게 된다. 풍경의, 또는 대상의 재구성이다. 이 과정에서 논리가 끼이게 되고, 자유연상이 끼이게 된다. 논리와 자유연상이 더욱 날카롭게 개입하게 되면 대상의 형태는 부서지고, 마침내 대상마저 소멸한다. 무의미의 시가 이리하여 탄생한다.[34]

시에서 추상에 이르는 길은 "사생적 소박성"을 포기함으로써, 즉 눈에 보이는 대상의 형태를 부수는 "대상의 재구성"을 통해서만 가능하다는 것이다. 이처럼 '대상'이 원래의 형태를 잃음으로서만 소멸될 수 있는 것이라면, 김춘수가 전제한 대상이란 어떤 완결된 형태를 갖고 있는 것이라고 미루어 짐작할 수 있다. 더불어 김춘수가 시에서의 '이미지'를 애초에 시각적인 것에 한정하고 있다는 사실도 여기서 확인할 수 있다. 요컨대 김춘수의 무의미시론은 대상없는 서술적 이미지를 통해 언어와 이미지의 자유를 성취할 것을 목표로 하면서 시가 삭제해야 할 '대상'의 의미를 다음과 같이 한정하고 있다. 외부 현실에 대한 시인의 의견에 관한 것, 시인의 강력한 의도로 규정되는 것, 완결된 형태를 통해 시각적 차원에서 자연스럽게 인지되는 것 등으로 대상의 의미를 제한하는 것이다. 김춘수의 무의미시가 추상의 영역에 도달하는 것을 궁극적인 목적으로 두었을 것이라는 사실은, 이처럼 시의 이미지가 거절해야 할 대상을 '반-추상'의 것으로서 미리 한정하고 있다는 사실과도 관련된다.

문학은 '순수' 혹은 '추상'이라는 상태와 가장 거리가 먼 매체인 언어를 활용하는 예술이다. 김춘수는 이러한 문학의 존재 조건을 인식하며 언어를 통해 추상 충동을 실천하기 위해 가장 진지하게 고투한 시인으로 평가

---

34 김춘수, 「의미에서 무의미까지」, 『의미와 무의미』(『전집』I, 535면).

될 수 있다. 언어를 통한 추상 충동의 실현은 언어의 삭제, 즉 침묵을 통해서만 실현될 수 있다는 사실에 대해서도 적극적으로 탐구한 시인이라고 할 수 있을 것이다.[35] 그의 무의미시론이 여러 가지 전략적 시도를 꾀한 것은 결국 언어를 통한 무의미의 실현이 불가능하다는 사실을 그가 이미 인지하고 있었다는 사실에 대한 반증이 되는 것이다.

김춘수의 무의미시론에 나타난 '추상 충동'은 결국 이미지를 깨는 '파상破像'[36]의 형태로 나타날 수밖에 없다. 무의미시론은 이처럼 언어와 이미지가 품을 수 있는 '대상'의 의미를 애초에 한정적으로 억압함으로써, 언어와 이미지의 자유를 소극적으로만 회복시키는 이론이 되고 있다. 물론 무의미시론은 이와 같은 고투를 통해 시에서 언어와 이미지의 자유가 완벽히 성취되기 불가능하다는 사실을, 따라서 이러한 자유에의 추구가 시를 통해 지속되어야 한다는 시의 존재 의의를 선명히 드러내는 이론이라고 이해될 수 있다. 요컨대 김춘수 무의미시론의 의의는 이처럼 언어와 이미지의 자유를 추구하는 과정에서 시의 존재론이 사유된다는 데에서 찾을 수 있다.

---

35 다른 사례로 김수영을 들 수 있다. 그는 1966년에 쓰인 「시작노트」에서 말라르메를 언급하며 "침묵 한걸음 앞의 시. 이것이 성실한 시일 것이다"(『김수영 전집 2 ─ 산문』, 민음사, 2003, 450면)라고 말한 적이 있다. '침묵에 접근하는 언어'에 주목하며 김수영의 시론을 읽은 연구로는, 이 책의 제3부 제1장 참조.

36 '파상력'은 김홍중의 용어로서 "상(像)을 지어내거나 그것을 변형하는 힘으로 이해되어온 상상력과는 달리, 기본적으로 상을 파괴하는 힘"(김홍중, 「파상력이란 무엇인가」, 『마음의 사회학』, 문학동네, 2009, 191면)이다.

5. 언어의 부자유와 이미지의 자유

어떤 언어가 대상을 잃고 자유로워지려면 자신의 고유한 물질성으로서의 기표를 제외한 모든 것을 버려야 한다. 바꿔 말하면 언어가 지시하는 대상은 기표라는 물질성을 제외한 모든 것이 될 수 있다. 형체가 있는 물리적 실체로부터 형체가 없는 심리적 상황에 이르기까지, 명명 불가능한 감정으로부터 명료한 이념에 이르기까지 모든 것이 언어가 암시하는 대상이 될 수 있다. 대상에서 자유로워진 언어는 순전히 기표라는 물질성 그 자체가 되는 것이다. 그렇다면 이미지의 대상이 되는 것은 무엇이며 대상을 잃은 이미지는 어떻게 존재하게 되는 것일까. 대상이 없는 언어의 실체는 기표의 물질성이 가까스로 보증해줄 수 있지만, 대상이 없는 이미지의 실체를 보증해주는 이미지의 물질성을 말하기는 힘들다. 왜냐하면 이미지란 애초에 순간적으로 어떤 상像을 만들어내는 인간의 상상력 그 자체이며, 그런 이유로 언제나 "산발적이고, 취약하고, 끊임없이 반복적으로 출현하고, 소멸하고, 재출현하고, 재소멸"하는, 즉 "잔존"[37]하는 것이기 때문이다. 조르주 디디-위베르만의 말을 빌리자면 이미지는 본질적으로 "지평"을 갖지 않는, 다시 말해 대상을 갖지 않는 자율적인 것이라고 할 수 있다.

김춘수가 무의미시를 설명할 때 그는 언제나 '언어의 자유'와 '이미지의 자유'를 차별 없이 말한다. 하지만 이 둘은 엄밀히 말해 달리 취급되어야 한다. 언어의 자유는 언어의 물질성 자체를 강조하며 가까스로 성취될 수 있겠지만 이미지의 자유는 사실 태생적인 것이므로 시가 나서서 이미지에

---

37 조르주 디디-위베르만, 김홍기 역, 『반딧불의 잔존―이미지의 정치학』, 길, 2013, 84면.

게 자유를 돌려줄 필요는 없을지도 모른다. 시 안의 어떤 이미지가 독자와 만날 때 그것은 스스로 충분히 자유로울 수 있다. 서정주의 「문둥이」를 읽은 독자가 만들어낼 수 있는 이미지는 시인의 의도와 무관하게 무한히 다양할 수 있는 것이다. 이미지의 자유를 억압하는 것은 오히려 분명한 의도를 전제하는 시인의 의지 그 자체일 수 있다. 김춘수의 무의미시가 이미지의 자유를 위해 "사생적 소박성"을 잃을 것을 요청하고, 이같은 이미지의 자유를 '이미지의 처단'으로, 다시 말해 (오히려 의식적으로 추구되는) 이미지의 "당돌한 결합공통영역이 아주 좁은 것들끼리 결합"[38]을 통해 확인하려고 하는 것은, 애초에 이미지 안에 내재되어 있는 자유를 충분히 인식하지 못한 탓이며, 그 자유를 시인의 의지가 오히려 억압하기도 한다는 사실을 충분히 인정하지 못한 탓이기도 하다.[39] 시인의 의지와는 무관하게 이미지는 태생적으로 다양한 대상뿐 아니라 다양한 이미지와의 "당돌한 결합"을 실천할 수 있다. 요컨대 김춘수가 이미지의 자유를 실천하기 위해 이미지의 "당돌한 결합"을 누리는 것이 아니라 그것을 시인에게 '요청'해야만 하는 것은, 그가 이미지의 가능성을 시인의 의지 안에 구속하고 있기 때문일 것이다.

그렇다면 김춘수의 무의미시론은 언어와 이미지에게, 그리고 시에게 완벽하게 자유를 돌려주는 실천이라고까지 보기는 힘들다. 오히려 시만

---

38 김춘수, 「한국 현대시의 계보」, 『의미와 무의미』, 문학과지성사, 1976(『전집』 I, 516면).
39 그런 점에서 김춘수가 『의미와 무의미』의 2부 말미에 붙인 「한 마리의 나비가 나는 데에도」는 흥미로운 글이다. 『의미와 무의미』의 2부는 크게 두 부분으로 나뉜다. 한국 현대시의 여러 사례를 통해 '이미지의 기능'을 이론적으로 풀어나간 부분과, 이미지와의 고투로 정리될 수 있는 자신의 시적 여정을 소개한 부분이 그것이다. 이 글의 본문에서 살펴보았듯 이 두 부분에서 '이미지'를 다룰 때 김춘수는 그것이 시인의 제작 의도에 의해 어느 정도 제어될 수 있는 것이라 생각하는 듯 보인다. 하지만 그 자신 이미지의 자율성에 대해 인식하지 못한 것은 아니라는 듯, 마지막에 덧붙인 글에서 그는 이미지의 '다양성', '주관성', '자의성'에 대해 앞선 논의들에서의 태도와는 다르게 다분히 "서정적으로" 논하고 있다.

이 그러한 일을 도모할 수 있다는 가능성과 사명감을 증명해본 사례라 할 수 있다. "부서져보지 못한 말은 어떤 한계 안에 가둬진 말"[40]이라고 했던 그의 언급을 참조하자면 김춘수의 이같은 시행착오들이 언어의 부자유와 이미지의 자유를 충분히 사유할 기회를 제공하면서 한국 현대시의 지평을 결정적으로 넓혀온 것은 사실이다. 그런 점에서 김춘수의 무의미시론은 현재적으로 의미 있는 시론이라 할 수 있다. 시는 언어의 자유를 회복하는 불가능한 시도를 지속해야 하며, 시가 보여주는 이미지의 자유는 더 많이 음미되어야 하기 때문이다.

40　김춘수, 「의미에서 무의미까지」, 『의미와 무의미』, 문학과지성사, 1976(『전집』 I, 532면).

제4장
'반反재현'의 불가능성과 무의미시론의 전략

1. 재현의 관점에서 본 순수시의 운명

　미국의 저명한 모더니즘 비평가인 클레멘트 그린버그는 1939년 『파르티잔 리뷰*Partisan Review*』에 발표한 「아방가르드와 키치」라는 글에서 아방가르드를 "예술의 과정을 모방"하는 것으로 정의한다. 그에 따르면 '예술을 위한 예술', '순수예술'이라는 기치를 내건 아방가르드가 점차 "추상" 또는 "비대상nonobjective"의 미술과 시에 도달하게 된 것은 '절대적인 것'을 추구하고자 하는 인간의 의지 때문이다. 아방가르드 예술은 상대적이고 모순적인 가치들이 해소되거나 무시되는 절대적인 어떤 것, 마치 자연이나 신처럼 그 자체로 정당한 어떤 것을 추구하고자 했다. 그러나 이미 상대적인 가치들의 세계 안에 존재하는 인간으로서의 예술가에게는, 절대적인 것을 추구하는 과정에서 가치의 굴절이 생기는 것이 불가피하다. 예술가는 그 자체로 순수하게 존재하는 자연이나 신이라는 절대의 영역에 인간적인 가치를 덧씌우기 마련인 것이다. 따라서 예술가가 절대적인 것을 추구하려면 "일반 경험이라는 주제로부터 주목을 거둬들여 그것을 자신이 다루는 매체medium로"[1] 돌리는 수밖에 없다. 그린버그는 바로 "이 것이 "추상"의 연원"이라고 선언한다.

비재현적인 것이나 "추상적인 것"이 미적인 정당성을 지닐 수 있으려면 그 것은 임의적이고 우연적이어서는 안 되고, 가치 있는 제약이나 원형에 대한 복종에서 유래해야 한다. 일단 바깥을 향해 있는 일반 경험의 세계가 의절되고 나면, 이같은 제약은 오로지 미술과 문학이 그러한 세계를 모방할 때 이미 사용했던 바로 그 과정이나 규율들에서만 발견될 수 있다. 이러한 과정이나 규율들 자체가 미술과 문학의 주제가 되는 것이다. 계속 아리스토텔레스를 따라 미술과 문학을 모방이라 본다면, **우리가 여기에서 갖게 되는 것은 모방하는 과정**imitation**의 모방이다.**강조-인용자, 이하 동일[2]

아방가르드 예술이 '모방하는 과정의 모방', 즉 자신의 규율이나 형식을 모방하는 작업에 몰두한 것은 절대에 대한 관심 때문이었던 것이다.[3] 그린버그는 이와 관련하여 몬드리안, 칸딘스키, 세잔 같은 미술가들이 공간, 표면, 형태, 색채 등의 창안과 배치에 집중하며 자신들이 다루는 매체

---

1   클레멘트 그린버그, 조주연 역, 『예술과 문화』, 경성대 출판부, 2004, 17면.

2   위의 책, 17면.

3   물론 예술이 외부 세계와 완벽히 절연된 채 존재하기 위해서는 현실적으로 예술가의 후원을 통한 생존이 전제되어야 한다. 형식적인 차원에서 아방가르드는 자신을 사회로부터 떼어내어 독자적으로 존재할 수 있지만, 현실적으로 사회와 결부된 채로 남아 있어야 한다. "어떠한 문화도 사회적 기반 없이는, 즉 안정된 수입원 없이는 발전할 수 없다. 아방가르드의 경우에 이것은 부르주아 사회의 지배계급 엘리트에 의해 제공되었다. 아방가르드는 부르주아 사회와 연결이 끊어진 체했지만, 항상 아방가르드는 황금의 탯줄로 그 사회와 연결되어 있었다. 이러한 역설은 사실이다"라는 그린버그의 언급을 참조할 수 있다. 위의 책, 19면.

medium에서 주로 영감을 이끌어내고자 한 것, 그리고 말라르메와 발레리는 물론 심지어 릴케 같은 시인들까지도 "시를 짓는 노력과 시적 변환이 일어나는 '순간들' 자체에 중심"을 둔 것 등을 사례로 제시한다. 그린버그도 지적했듯 우리가 여전히 "아리스토텔레스를 따라 미술과 문학을 모방이라 본다면", 아방가르드 이후의 예술은 상대적인 가치와 무관한 절대적 존재를 모방하고자 하는 의지 안에서 '추상적인 것'에 매료되고, 그 결과로서 '모방하는 과정' 그 자체를 모방하기에 이른 것이라 정리될 수 있다.

이처럼 그린버그가 예술 형식을 매체의 물질성과 형식에 대한 순수 탐구로 이해한 것은, 삶에 대한 예술의 종속을 문제 삼고 삶의 형식과 분리된 예술 형식의 고유성을 주장하기 위해서였다.[4] 현대의 순수 예술이 다양한 상대적 가치들과 절연하고 '절대'의 영역, 나아가 '추상'의 영역을 그리는 데 골몰하면서 도구적 예술로부터 목적론적 예술로의 진화를 꾀했지만, 이처럼 자신의 고유성과 자율성을 증명하려는 과정 자체도 결국 '모방'과 '재현'의 프레임 안에서 진행된다는 사실은 의미심장하다. 추상을 표현하기 위해 자신이 활용하는 매체 자체에 집중하는 예술도 역시 무언가를, 즉 "모방하는 과정 그 자체"를 '모방'하고 있는 셈이다. 예술의 역사에서 이처럼 모방론의 관점이 유독 공고하다는 사실을 인정한다면, 모든 예술은 언제나 '무엇을 그릴 것인가'라는 재현의 대상에 관한 문제에 골몰할 수밖에 없다는 사실 역시 중요하게 인식되어야 할 것이다.

그것이 무엇이든 예술이 항상 어떤 대상을 재현할 수밖에 없는 것이라면, 현대 예술은 자신의 '순수성'을 지향하기 위해서 대체로 다음의 두 가

4　박기순, 「표면의 탐험가 오귀스트 로댕」, 서동욱 편, 『미술은 철학의 눈이다―하이데거에서 랑시에르까지, 현대철학자들의 미술론』, 문학과지성사, 2014, 445면.

지 중 하나를 선택해야 한다. '무'에의 재현 불가능성을 인정하고 그 불가능한 시도를 지속해보는 일, 혹은 '추상'에의 재현 가능성을 다양한 방식으로 모색하는 일이 바로 그것이다.[5] 모방론의 관점을 거절하려는 극단적인 세 번째 길이 있기는 하다. 그것은 작품work으로서의 예술이 아니라 행위action로서의 예술에 집중하는 것이다. 이때 결과로서의 작품은 과정으로서의 행위와 무관하게 그저 우연의 소산이 될 뿐이고 오로지 '퍼포먼스' 그 자체가 중요해진다. 물론 이때의 퍼포먼스가 다른 대상을 재현하지 않도록 하려면, 그것은 오로지 예술의 형식에 관한 것이어야 한다. 요컨대 예술의 절대 순수성은 오로지 메타-예술의 행위로서만 가까스로 보장받을 수 있는 것인지 모른다. 현대의 예술은 (상업성에 종속된 것이 아니라면) 대체로 무용함의 가치를 지닌 것으로 이해되곤 하지만, 그럼에도 불구하고 재현의 관점에서 보았을 때 절대 무용한 것, 즉 절대 순수를 성취할 수 있는 예술은 극히 드문 것이다.

예술이 재현, 즉 형상화로부터 완벽히 자유로울 수 없는 이유는 창작과 감상을 포함한 예술의 모든 행위가 인간적 행위, 즉 개개인의 고유한 감성 체계에 반응으로서의 상像을 불러오는 행위이기 때문이다.[6] 칸트 이후, 개념적 인식 판단이나 도덕적 가치 판단과 구분되는 미적 판단의 차별성이

---

5   예술 행위의 '추상 충동'에 대한 고전적인 견해는 빌헬름 보링거로부터 찾아진다. 그는 "스타일의 심리학에 바침"이라는 부제가 붙은 『추상과 감정이입』이라는 책에서 예술의 두 가지 충동으로 '감정이입의 충동'과 '추상 충동'을 제안한다. 보링거에 따르면 '추상 충동'은 "외계 현상으로 야기되는 인간의 커다란 내적 불안에서 생긴 결과"이다. 이에 대해서는 빌헬름 보링거, 권원순 역, 『추상과 감정이입』, 계명대 출판부, 1982 참조.

6   랑시에르가 미학(esthétique)을 아름다운 것에 대한 이론이나 예술론으로 이해하지 않고, 그 단어의 기원인 '아이스테시스(aisthesis−어떤 대상, 행위, 표상에 의해 영향을 받는 방식, 감각적인 것을 겪는 방식)'에 주목하여 감성의 분할(le partage du sensible)로 정의하는 것을 참조할 수 있다. 자크 랑시에르, 주형일 역, 『미학 안의 불편함』, 인간사랑, 2008; 자크 랑시에르, 유재홍 역, 『문학의 정치』, 인간사랑, 2009를 두루 참조.

발견되며 예술적 체험의 고유성이 밝혀지긴 했지만, 예술이 인간의 행위인 한에서는 예술을 창작하고 감상하는 일은 인간의 형상화 능력과 무관할 수 없다. 아리스토텔레스 이후로 체계화된 예술의 "재현적 체제"와 칸트와 실러 이후 정식화된 "미학적 체제"를 구분해보는 랑시에르 역시, 후자가 '반反재현', 즉 형상화의 종말을 목적하지는 않는다고 강조한다. 이러한 맥락에서 랑시에르는, 예술을 "모방하는 과정의 모방"으로 이해하며 예술의 고유성을 추상성과 반 재현성에서 확인하려 했던 그린버그의 기획을 비판한다.[7] "미메시스의 제약"으로부터 예술의 자율성을 추구하고자 했던 회화의 시도를, 랑시에르는 "평평한 표면"이라는 말로 설명해본다. 3차원의 환영을 포기하고 자신의 고유한 공간인 2차원의 평평한 캔버스에 집중하면서 회화는 "미메시스의 제약"으로부터 벗어나기를 추구한다는 것이다. 랑시에르는 그린버그 이후 정식화된 "평평한 표면이라는 패러다임"을 비판하며 "평평한 표면은 늘 말과 이미지가 서로에게로 미끄러져 들어가는 커뮤니케이션의 표면이었다"[8]는 사실을 강조한다. 랑시에르의 말을 좀 더 따라가 보자.

반-미메시스적 혁명은 결코 유사성의 폐기를 의미했던 적이 없었다. 미메시스는 유사성의 원칙이 아니라 유사성들의 어떤 코드화와 분배의 원칙이었다. (…중략…) 반-미메시스적인 미학적 혁명의 원칙은 각 예술을 그 자신의 고유한 매체에 바치는 '각자 자기에게로chacun chez soi'가 아니다. 그와 반대로 그것은 '각자 다른 것에게로chacun chez l'autre'라는 원칙이다. 시는 더는 회

---

7   자크 랑시에르, 김상운 역, 『이미지의 운명』, 현실문화, 2014, 186~194면.
8   위의 책, 189면.

화를 모방하지 않으며, 회화는 더는 시를 모방하지 않는다. 이것은 한편에는 말이 있고 다른 한편에는 형태들이 있다는 뜻이 아니다. 이것은 정반대를 뜻한다. 즉, 말의 예술과 형태들의 예술, 시간의 예술들과 공간의 예술들을 분리하면서 각각의 예술의 장소와 수단을 나누었던^{rértir} 원칙이 폐지되었다는 것, 분리된 모방의 영역들을 대신해 교통의 표면이 구성되었다는 것을 뜻한다.[9]

정리하자면 랑시에르가 주장하는 "미학적 체제"의 반反미메시스적 혁명은 "재현 체제가 정립해놓은 모든 분할의 폐지"를 목적으로 하며, 결국 이러한 재현 규범의 해체는 "모든 재현 방식에 대한 권리 인정을 그 귀결"[10]로 삼는 것이 된다. 미학적 체제에서는 모든 것이 재현될 수 있는 것이다. 나아가 각각의 예술 장르는 자신의 고유한 매체를 강조하며 고립된 공간 속으로 함몰되지 않고 자신의 고유성을 폐기하여 서로 간 분리의 원칙을 해체하고 이질적 감성들을 생산해내게 된다.[11] 그에 따르면 근대의 반反미메시스적 미학은 유사성을 맹종한 예술과의 단절을 시도하는 것이 아니라, "모방이 자율적인 동시에 타율적이었던 예술의 체제와의 단절"[12]을 꾀한다. 이때의 자율성은 그린버그 식으로 "모방하는 과정을 모방"하는, 즉 자신의 고유한 매체에 집중하는 예술의 독자성을 의미하며, 타율성은 예술과 삶을 근본적으로 동일시하는 의미에서의 삶에 대한 예술의 종속성을 의미한다. 요컨대 재현적 체제와의 단절을 꾀하는 미학적 체제의 혁

---

9 위의 책, 189~190면.
10 박기순, 앞의 글, 455면.
11 이러한 이질적 감성들, 즉 감성의 불일치(dissensus)로부터 랑시에르가 예술의 정치성을 발견하고 있다는 점은 잘 알려진 사실이다.
12 자크 랑시에르(2014), 앞의 책, 191면.

명은 "모방의 실천을 일상생활의 형태들과 오브제들로부터 분리했던 원칙을 폐지"하려는 것이며, 동시에 "예술의 위계질서를 사회적인 위계질서와 연동시켰던 평행론을 폐지"[13]하려는 것이다. 재현 체제를 극복한 미학적 체제에서도 예술은 여전히 재현의 활동과 분리되지 않는다. 아니 오히려 "반-재현적 예술"은 "본질적으로 재현 불가능한 것이 없는 예술"이며 "재현의 가능성에는 더는 그 어떤 내재적 한계도 존재하지 않는다"[14]는 점을 강조하는 예술이다. 이제, "재현 불가능한 것이 있는가"라는 자문에 대한 랑시에르의 답변은 "모든 것은 평등하며, 동등하게 재현 가능하다"[15]가 된다.

재현 불가능성을 주장하는 사람들은 그게 무엇이든 특정한 대상은 특정한 형식으로만 재현되어야 한다는 공허한 믿음을 갖고 있는 자들이라고 랑시에르는 비판한다. 예외적인 경험을 재현하기 위해 그에 적합한 예술 형식이 요청된다는 이같은 관념은, 오히려 변증법적으로 이해 가능한 것들을 '사고 불가능'한 것으로 과장하고 결과적으로는 정말로 재현 불가능한 경험들의 권리를 박탈한다고 그는 우려한다. 랑시에르가 주장하는 반 재현의 미학적 체제는 결국 '재현 불가능성'의 진정한 권리를 보장하기 위한 것이라고도 할 수 있다.

---

13 위의 책, 192면.
14 위의 책, 235면.
15 위의 책, 214면.

2. '비非참여'와 '반反재현'의 의미 무의미시론이 놓인 자리

예술은 이처럼 재현 작용과 무관한 것이 될 수 없다. 그린버그가 이해하듯 20세기 초의 모더니즘 예술은 스스로의 자율성을 최대한 보장받기 위해 재현을 포기하고 소리, 형태, 문자 등 자신이 다루는 매체의 고유성에 집중하고자 했지만, 그린버그 자신도 인정했듯 이러한 작업들은 "모방하는 형식의 모방"이라는 점에서 재현의 프레임에서 완벽히 자유롭지는 못했다. 나아가 이러한 방식으로 예술의 순수를 고집하는 일은 예술의 고립을 초래하기도 했다. 예술의 역사적 전개를 통해 확인되는 사실이지만 이처럼 고립된 예술은 곧바로 밖으로 나와 외부와 뒤섞이기 시작했다. '예술을 위한 예술' 혹은 '순수 예술'을 지향하던 아방가르드는 콜라주를 기본 전략으로 하는 키치에 자리를 내어주게 된다. 앞서 살펴보았듯 고립의 방식으로 자신의 고유성을 주장하는 예술의 유아론적 존재론에 맞서, 랑시에르는 예술과 삶이 교섭하는 장면들을 살피며 삶에 대한 예술의 가능성을 확인하고자 한다. 그는 일정한 분리의 원칙을 통해 유지된 예술의 재현적 체제를 극복하며 등장한 반재현적 미학적 체제를 옹호한다. 재현되는 것과 재현하는 방식 사이에, 그리고 각각의 예술 장르 사이에, 나아가 삶과 예술 사이에 형성되는 교통의 양상에 주목하며 예술의 정치성을 증명하고 이를 통해 예술의 고유성을 확인하려는 것이다.

예술의 순수성과 자율성, 그리고 예술의 정치성과 가능성을 이처럼 예술과 삶의 관계를 통해, 나아가 재현의 관점을 통해 읽는 일은 김춘수의 무의미시론의 정치성을 새롭게 인식하는 데 있어 중요한 참조점이 될 수 있다. 한국현대시사에서 김춘수는 60여 년간의 긴 창작 활동은 물론 방대한 시론의 집필을 통해 문학의 자율성과 독자성을 깊이 있게 성찰한 시인이자 시론가로서 평가된다. 특히 시론집『의미와 무의미』문학과지성사, 1976를 통해 본격적으로 소개된 그의 무의미시론은, 언어로부터 의미를 배제하고 이미지로부터 관념, 역사, 현실, 대상 등 일체의 배후를 삭제하여 언어와 이미지에 자유를 돌려주고 결국 시의 독자적 존재 의의를 확인하고자 한 이론으로 이해되는 것이 일반적이다. 이러한 김춘수의 무의미시론은 창작방법론으로서 발표·소개되기는 했지만, 김춘수 개인의 고유한 창작 원리를 해명하는 이론으로서보다도, 근본적인 차원에서 순수시를 옹호한 시론의 한 사례로 읽힌다.

'순수시론'으로서의 김춘수의 무의미시론에 대한 기존의 문학사적 이해를 재고하기 위해 '순수시'라는 용어가 '참여시'라는 용어와 함께 일종의 짝패로서 이해되어온 맥락을 짚어볼 필요가 있다. 한국문학사에서 '순수시'라는 개념은 대체로 '참여시'라는 대타항과 함께 논의되면서, 정치현실과 무관하게 예술지상주의를 고수한 자폐적 문학으로 이해되곤 했다. 문학은 내용적 차원의 진술을 통해서뿐만 아니라 형식적 측면의 고안을 통해서도 현실에 개입할 수 있지만, '순수 대 참여'라는 도식이 성립하는 한에서 전자는 언어 실험이라는 형식적 측면을 강조하는 목적론적 예술로, 후자는 주로 선언이나 고발이라는 내용적 측면을 강조하는 도구적 예술로 이해되는 경향이 강했던 것이다.[16] 순수문학과 참여문학에 관한 이

---

16 물론 한국 비평사의 논쟁의 장에서 '순수'라는 용어가 언제나 예술지상주의적 자율성의 개념으로 통용되어 온 것만은 아니다. 비평에서 '순수문학'이라는 용어가 담론의 장에 최초로 제출된 것은 1930년대 중반 이후 유진오, 김환태, 김동리 등을 통해 진행된 신구 세대 논쟁을 통해서이다. 김영민이 지적하는 바, 이들의 '세대간 순수논쟁'에서의 '순수'는 예술지상주의적 의미와 무관한 것으로서 바로 전단계의 휴머니즘 논쟁을 이어받아 '인간성 옹호'라는 테마에 주목하였다(김영민, 「세대론과 순수문학 이론 논쟁」,

러한 도식적 이해는 '내용 대 형식'이라는 고질적 이분화와 관련이 깊다. 참여시가 내용의 차원에서 삶을 향해 선언하는 시로 축소·이해되며 도구화할 때, 순수시는 이러한 좁은 의미의 참여시의 반대편에 서는 것으로서 그 의미가 다소 불분명해지곤 했다. 참여시라는 대타항을 지닌 순수시는, 정치의 도구가 되지 않고자 하는 방식으로 자신의 독자성을 확보하는 한에서 다양한 내용과 형식을 지닌 것으로서 폭넓게 이해되었던 것이다. 내용의 측면에서는 공적인 관심과 무관하게 사적인 정감을 다루거나 자연이나 신을 다루는 시들이 모두 순수시로 불렸고, 나아가 형식의 차원에서는 형식 실험을 꾀하는 대다수의 시들이 순수시로 이해되었다. 현실에의 참여라는 적극성을 띤 용어가 문학의 정치성을 대변하는 대표어가 됨으로써 거절, 저항, 외면, 침묵 등을 통한 소극적 참여는 그 권리를 상실하게 되었던 것이다. 이러한 소박한 도식 안에서라면 미학적 차원의 감행이 정치적 의도를 지닌 것으로 이해되기는 힘들고, 공공의 테마에 관한 적극적

『한국근대문학비평사』, 소명출판, 1999 참조). 이후 '순수'라는 용어가 '참여'라는 대타항과 더불어 논쟁의 장에 재등장한 것은 1960년대 초반의 일이다. 1970년대까지 진행된 순수·참여 논쟁은 문학과 현실의 관계, 그리고 문학과 언어의 관계를 사유하며 문학성에 관한 근본적인 질문들을 도출해냈지만,("문학적 언어관"이라는 테마를 중심으로 순수 / 참여 논쟁을 검토한 최근의 논의로는, 백지은, 「1960년대 문학적 언어관의 지형-순수 / 참여 논쟁의 결과에 드러난 1960년대적 '문학성'의 양상」, 『국제어문』 46, 국제어문학회, 2009.8을 참조) 이 논쟁 이후에도 '참여'는 주로 편협한 의미로 이해되어온 것이 사실이다. 아마도 이러한 사정은 '참여'가 한국적 현실에 도입되는 맥락과 관련이 있을 것이다. 주지하듯 1950년대 말 이후 문단에서 통용된 '참여'라는 개념은 사르트르에 의해 제안된 '앙가주망(engagement)'의 개념과 관련이 깊다. 앙가주망은 편협한 의미의 반체제적 불온성을 의미하는 것으로서 한국적 현실에 번역·도입된다. 최근에는 '정치'와 '미학'이라는 용어로서 폭넓고 유연하게 사유되고 있는 문학의 정치성, 혹은 문학과 삶의 관련에 대해 그간의 한국문학사는 '순수 / 참여'라는 도식을 오랫동안 고수하며 불필요한 오해를 자초해왔다고 할 수 있다. 좁게는 작품을 통해 정치적 발언을 감행하는 것으로, 넓게는 '감성의 재배치'를 시도하는 것으로 문학의 정치성은 다양하게 이해될 수 있다. 문학의 정치성이라는 테마와 관련하여 한국문학사에서 통용된 '순수'와 '참여'의 개념을 계보학적으로 탐색하기 위해서는 별도의 작업이 요청된다.

선언을 통해 참여하지 않는 시는 주로 외부 세계에 무심한 도피의 시로 이해되기 십상이었던 것이다. 김수영은 1968년에 "모든 전위문학은 불온하다. 그리고 모든 살아 있는 문화는 본질적으로 불온한 것이다. 그것은 두말할 것도 없이 문화의 분질이 꿈을 추구하는 것이고 불가능을 추구하는 것이기 때문이다"[17]라고 선언하며 전위문학, 즉 참여문학의 의의를 문학의 본질과 관련하여 포괄적으로 이해해보기도 했지만, 1970~1980년대를 거치며 한국문학의 외적 사정이 경직되어갈수록 참여문학에 대한 이해 역시 갈수록 편협해졌다고 할 수 있다.

이처럼 1960년대로부터 그 이후의 시사에서도 '비非참여 = 순수'의 도식은 제법 공고했으며, 그 결과 참여시뿐 아니라 순수시 역시 자신의 가능성을 충분히 드러내지 못했다고 할 수 있다. 적어도 김춘수의 무의미시론이 등장하기 전까지는 이러한 사정이 지속되었다고 해야 할 것이다. 김춘수의 무의미시론과 더불어 한국현대시사에서 순수시에 대한 이해의 폭이 한층 넓어진 것이다. 정치 현실과 무관해 보이는 시작 행위에 대해 긍정과 부정의 판단을 내리기에 앞서 현실과의 거리두기라는 문학 행위 자체의 의미가 음미되기 시작했으며, 순수시가 시도하는 '절대'에의 추구의 의미, 그리고 재현 가능성과 재현 불가능성을 사유하는 언어와 이미지의 존재론에 관해서도 적극 탐색하기에 이르렀다. 물론 당대의 시단에서 김춘수의 무의미시론이 지닌 의미가 충분히 숙고되었다고 볼 수는 없다. 순수시를 이해하는 일이 참여시라는 대타항과 무관하게 진행될 수 없었고, 무의미시론은 언어와 시의 본질에 관한 사유를 촉발하는 시 일반론으로 이해되기보다는 일견 난해해 보이는 김춘수 개인의 시작을 해명하는 창작론

---

17 김수영, 「실험적인 문학과 정치적 자유」, 『김수영 전집 2-산문』, 민음사, 2003, 221면.

으로만 이해된 측면도 크기 때문이다.[18] 비교적 이론적으로 중무장한 김춘수의 무의미시론 역시 1970년대의 시단에서는 여전히 '비참여문학'이자 '난해문학'로서의 순수시론으로 이해된 것이다.

이처럼 한국 현대시사에서 '순수 대 참여'라는 도식이 지닌 맥락을 고려하며 이제까지의 연구사가 김춘수의 무의미시론에 접근해온 관점을 두 가지로 나누어 정리해볼 수 있다. 첫째, 앞서 살펴보았듯 '순수 대 참여'의 도식 안에서 '비非참여의 순수시'로서 무의미시에 접근하는 방식이다. 이러한 시각은 시로부터 의미내용을 삭제하고 결국 '역사로부터의 도피'를 감행하고자 한다는 김춘수 개인의 언급으로부터 근거를 얻어왔다. 그가 시를 통해 관념, 이데올로기, 역사로부터의 거리두기를 감행한 것은 여러 지면을 통해 언급했듯, 일본 유학 시절 헌병대에서 겪었던 끔찍한 육체적 고통의 체험으로부터 기인한다.[19] 이뿐 아니라 역시 그가 시론을 통해 고백한 바 "소심한 기교파들의 간담을 서늘케 하는"[20] 김수영에 대한 대타

---

18 1970년대에 들어서면서 난해시라는 용어는 순수시의 부정적 요소들, 즉 "기교상의 미숙성, 감성과 지성 사이의 조화로운 통제 결핍, 과장벽 등"을 강조하는 용어로 통용되기에 이른다. 조남현, 「난해시 배경론」, 『문학과 정신사적 자취』, 1984, 이우출판사, 218~219면.

19 이에 대해서는, 김춘수, 『자전소설-꽃과 여우』, 민음사, 1997; 김춘수, 『시의 위상』, 둥지출판사, 1991(『김춘수시론전집』 II, 현대문학사, 2004, 319~320면); 김춘수, 「나를 스쳐간 그 3」, 남진우 편, 『김춘수자전에세이-나는 왜 시인인가』, 현대문학, 2005 등 참조.

20 관련되는 부분을 인용하자면 다음과 같다. "이 무렵, 국내 시인으로 나에게 압력을 준 시인이 있다. 고 김수영 씨다. 내가 「타령조」 연작시를 쓰고 있는 동안 그는 만만찮은 일을 벌이고 있었다. 소심한 기교파들의 간담을 서늘케 하는 그런 대담한 일이다. (…중략…) 김씨의 하는 일을 보고 있자니 내가 하고 있는 시험이라고 할까 연습이라고 할까 하는 것이 점점 어색하고 무의미해지는 것 같은 생각이었다. 나는 한동안 붓을 던지고 생각했다. (…중략…) 여태껏 내가 해온 연습에서 얻은 성과를 소중히 살리면서 이미지 위주의 아주 서술적인 시 세계를 만들어보자는 생각이다. 물론 여기에는 관념에 대한 절망이 밑바닥에 깔려 있다. 현상학적으로 대상을 보는 눈의 훈련을 해야 하겠다는 생각이다. 아주 숨가쁘고 어려운 작업이다. 나는 나대로 이 작업을 현재까지 계속하고 있다."

의식도 김춘수의 무의미시를 '참여'의 반대항으로 읽어내는 계기로 작용했다.[21] 이처럼 '비非참여의 순수시'라는 관점을 고수한다면 결과적으로 김춘수의 무의미시론을 시인의 사적 맥락에만 한정시켜 이해하게 될 가능성이 크다.

둘째, 수사학의 관점에서 '반反재현의 추상시'로 읽는 관점이다. 이는 무의미시론이 본격적으로 개진되는 「한국 현대시의 계보 – 이미지의 기능면에서 본」『의미와 무의미』, 문학과지성사, 1976가 "이미지의 기능"을 탐구하는 형태로 기술되고 있다는 점에서 타당성을 얻는다. 이 글에서 김춘수는 시의 이미지를 "비유적 이미지metaphorical image"와 "서술적 이미지descriptive image"로 구분하고, 전자를 어떤 관념을 전달하는 "불순한" 이미지로 후자를 오로지 이미지 그 자체가 목적인 "순수한" 이미지로 구분한다. 이어 서술적 이미지를 대상이 있는 이미지와 대상이 없는 이미지로 구분한 뒤 대상이 없는 이미지로 이루어진 시를 "무의미시"로 명명한다. 이론상으로는 대상이 없는 서술적 이미지를 통해 만들어지는 무의미시는 비非구상의 추상을 목표로 하는 시를 의미하게 된다. 김춘수는 무의미시를 통해 궁극적으로는 언어와 이미지의 자유를 추구하고자 했으며, 이를 위해 언어와 이미지

『의미와 무의미』, 문학과지성사, 1976(『김춘수시론전집』 I, 현대문학, 2004, 488면. 이하 이 글에서 김춘수의 텍스트를 인용할 때는 모두 이 전집을 따르도록 한다. 인용 시 해당 텍스트의 제목과 전집의 페이지수만을 각주에 표기하기로 한다.)

21 김춘수와 김수영의 시작을 '순수 대 참여'의 이분법으로 읽는 도식은 이미 많이 극복되었다. 이 둘의 작업은 미적 모더니티를 실현한 두 사례로 읽히거나 주체와 세계가 불화하는 양식을 각각의 방식으로 시 속에 도입한 사례로 읽히기도 한다. 이에 대해서는 다음과 같은 연구들이 축적돼있다. 김승구, 「시적 자유의 두 가지 양상」, 『한국현대문학연구』 17, 2005; 이광호, 「자유의 시학과 미적 현대성 – 김수영과 김춘수 시론에 나타난 '무의미'의 문제를 중심으로」, 『한국시학연구』 12, 한국시학회, 2005; 조강석, 『비화해적 가상의 두 양태 – 김수영과 김춘수의 시학 연구』, 소명출판, 2011; 전병준, 『김수영과 김춘수, 적극적 수동성의 시학』, 서정시학, 2013.

를 표상representation의 기능으로부터 해방시켜 철저히 '반反재현'의 시를 창작하려는 전략을 세웠다고 볼 수 있다. 그러나 뒤에서 살펴보겠지만 언어를 통해 '반反재현'을 시도하는 일은 여러 한계와 마주할 수밖에 없다. 김춘수의 무의미시론을 이처럼 '반反재현의 추상시'로 읽는 논의들은 주로 김춘수의 기획에 내장된 한계들을 확인하는 식으로 연구를 진행해왔다.[22]

요컨대 이제까지의 논의들은 다음의 두 가지에 주목했다. 첫째, 무의미시론이 삶에 대한 예술의 종속을 어떻게 거절해왔는지에 관해 '비非참여'의 관점에서 논했으며, 둘째, 무의미시가 재현의 도구로서의 언어의 존재를 어떻게 극복해왔는지에 관해 '반反재현'의 관점에서 증명해왔다. 앞 장에서 살펴본 그린버그와 랑시에르의 논의를 환기하자면 예술은 자신의 고유한 성채 안에서도 '모방'과 '재현'의 작용을 멈출 수 없으며, 결국 예술의 언어가 삶의 언어와 완벽히 분리되는 것은 불가능하다. 결국 '비非참여'와 '반反재현'의 관점을 취한다면 김춘수의 무의미시론은 한계를 내장한 이론으로 읽힐 수밖에 없으며, 이러한 한계가 시와 언어 그 자체의 존재 방식과 관련된 것임에도 불구하고, 김춘수 개인의 한계로 전가될 가능성이 크다. 따라서 이러한 두 관점에 대해서는 비판적인 검토가 필요하다. 중요한 것은 시의 언어가 재현의 기능으로부터 철저히 분리될 수 없다는

---

22 무의미시론이 "'의미론적 무의미'나 '반문장의 무의미'를 혼합시킨 수준에서 벗어나지 못한 까닭에 엄밀히 말하자면 의미의 시에 속한다"(오세영, 「김춘수의 무의미시」, 『한국현대문학 연구』 15, 한국현대문학회, 2004, 308면)는 신랄한 지적이 있었으며, "현실로부터 도피함으로써 절대순수의 세계를 시적으로 형상화한 것이 아니라 오히려 절대순수의 세계로부터 체계화된 이론으로 도피함으로서 자폐적 세계 속에 스스로를 가두는 실험을 한 것"(김예리, 「김춘수의 '무의미시론' 비판과 시의 타자성」, 『한국현대문학 연구』 38, 2012 참조)으로서 무의미시론의 기획을 좀 더 섬세히 독해한 경우도 있다. 한편 무의미시론이 대상이 없는 순수한 이미지를 추구하는 과정을 '추상 충동'이라는 키워드로 설명하며 무의미시론에서 확인된 언어와 시의 존재론적 사유를 검토한 논의(이 책의 제3부 제3장 참조)도 있다.

사실과 더불어 김춘수의 시론이 어떤 한계에 직면하고 있는가를 증명하는 일이 아니라, 이와 관련하여 그가 어떤 태도와 전략을 고안하고 있는지를 확인하는 일일 것이다. 이어지는 장들에서는 김춘수의 무의미시론이 '반反재현의 불가능성'을 인식하는 장면들을 살펴보고, 그 불가능을 극복하기 위해 그가 고안한 시작詩作의 전략들이 무엇인지, 그의 시론을 대상으로 검토하도록 한다.

3. '반反재현'의 불가능에 대한 인식

1) '대상-없음'의 불가능

앞 장에서 간략하게 살펴본 바와 같이 김춘수의 무의미시론은 "한국 형태시의 계보"를 "이미지의 기능면에서" 살펴보는 과정에서 도출된다. 이미지가 어떤 관념을 전달하는 수단이 되지 않고 이미지 그 자체가 되는 경우, 특히 이때 이미지가 "사생적 소박성"마저도 잃고 이미지와 대상 사이의 거리를 무화시킨 경우, 무의미시가 탄생하는 것이다.[23] 김춘수의 설명에 따르면 무의미시에서는 관념이든 형체이든 어떤 대상도 환기되지 않으며 "언어와 이미지의 배열"[24]만 제시되고 "이미지가 곧 대상"이 된다.

---

23 관련되는 부분을 인용하면 다음과 같다. "같은 서술적 이미지라 하더라도 사생적 소박성이 유지되고 있을 때는 대상과의 거리를 또한 유지하고 있는 것이 되지만, 그것을 잃었을 때는 이미지와 대상은 거리가 없어진다. 이미지가 곧 대상 그것이 된다. 현대의 무의미 시는 시와 대상과의 거리가 없어진 데서 생긴 현상이다. 현대의 무의미 시는 대상을 놓친 대신에 언어와 이미지를 시의 실체로서 인식하게 되었다고 할 수 있다." 「한국 형태시의 계보」, 512면.

요컨대 김춘수는 이미지를 그 기능에 따라 세 가지로 분리하고 있다. 첫째, 관념을 전달하는 비유적 이미지, 둘째, 대상이 있는 서술적 이미지, 셋째, 대상이 없는 서술적 이미지가 그것이다. 그리고 대상이 없는 서술적 이미지와 관련하여 김춘수는 다음과 같이 말한다. "언어와 이미지는 대상으로부터도 자유로운 것이 된다. 이러한 자유를 얻게 된 언어와 이미지는 시인의 바로 실존 그것이라고 할 수 있다."[25] 즉 무엇인가를 '재현'하지 않는 이미지는 자유를 얻게 되며, 그 자유가 바로 시인의 실존을 증명한다는 것이다. 이처럼 재현 작용을 중심으로 이미지의 기능을 구분하는 김춘수의 시론은 이론 자체로는 명료하다고 할 수 있다. 하지만 이와 관련하여 몇 가지 의문들이 생겨난다. 우선, 언어들의 조합으로 이루어지는 시의 이미지가 재현 작용과 무관하게 절대적 자유를 얻는 일이 과연 가능한 일인가라는 질문이 생겨날 수 있다. 이와 더불어, 시의 자유는 반드시 '재현하지 않음'을 전제로 해야 하는가라는 의문을 품어볼 수도 있다. 이러한 의문들을 다음의 몇 가지 질문으로 정리해보자.[26]

첫째, 김춘수는 '이미지의 기능'을 이야기할 때 이미지가 시인의 의도의 차원에서 작용하는 것인지 아니면 독자의 반응의 차원에서 작용하는 것인지를 크게 숙고하지 않는다. 그래서 김춘수가 설명하는 '이미지의 기능'은 시인과 시작품, 그리고 독자 사이의 교통에 대해서는 침묵하는 것이 된다. 그가 다양한 시 작품을 사례로 들어 이미지의 구분법을 설명하려 할 때 이 문제는 보다 선명해진다. 정지용이나 서정주, 이상 등의 시를 인

---

24 위의 글, 515면.
25 위의 글, 516면.
26 이에 대한 자세한 논의는, 조연정, 앞의 글 제4장을 참조.

용하며 이미지의 기능을 구분해볼 때 그는 자의적인 해석을 시도하는 독자의 입장에 서 있는 듯 보이는 것이다. 둘째, 비유적 이미지가 전달하는 '관념'과 서술적 이미지가 관여하는 '대상'에 대해서 그가 명확한 의미부여를 하지 않는다는 사실, 나아가 일관된 의미로 이 용어들을 사용하지 않는다는 사실이 무의미시론에 대한 이해를 어렵게 하는 결정적 요인이 된다. 김춘수의 용법에 따르면 비유적 이미지와 관련되는 '관념'은 주로 (시인의 의도 하에 통제되거나 독자가 해석해낼 수 있는) 어떤 인식 차원의 것을, 서술적 이미지와 관련되는 '대상'은 "사생적 소박성"을 지닌 것으로서 어떤 '형상'을 의미하는 것으로 이해된다.[27] 즉 전자는 '말할 수 있는 것'이고 후자는 '볼 수 있는 것'이라고 정리해볼 수 있을 것이다. 그런데 김춘수는 이미지의 기능과 관련하여 이 둘의 관련에 대해서 별다른 고려를 하지 않는다. 특히 이상의 「꽃나무」를 대상이 없는 서술적 이미지의 대표적인 사례로 읽으면서 그 이유로 "심리적인 어떤 상태"를 유추하고 있기 때문이라는 사실을 제시할 때 이 문제가 더욱 복잡해진다. 이러한 설명법에 의하면 김춘수의 무의미시는 "대상이 없는 것이 아니라 내면 세계를 대상으로 한 것"[28]이 될 뿐이다. 그렇다면 인식으로서의 '관념', 형상으로서의 '대

---

27 서술적 이미지를 "사생적 소박성"과 관련하여 '대상'의 유무에 따라 이분할 때의 대상은 분명 시각적으로 형상화할 수 있는 어떤 것을 의미하는 듯하지만, 때에 따라서 이 '대상'은 "의미"나 "현실·사회" 등의 어휘와 병치되며 더 포괄적인 의미를 얻기도 한다. '대상'이 없는 서술적 이미지의 시를 '무대상시'가 아닌 '무의미시'로 명명함도 있다는 사실도 이와 관련하여 징후적으로 해석될 수 있다. 이에 대한 자세한 논의는, 위의 글, 121~125면.

28 김준오는 김춘수의 무의미시나 이를 계승한 이승훈의 '비대상시'가 "관습적인 것에 대한 회의에서 촉발"된 것으로서 "실상 대상이 없는 것이 아니라 내면 세계를 대상으로 한(…중략…) 외부 세계를 희석화한 세계상실의 시"이자 "'자기증명'의 시"라고 평가하기도 한다. 김준오, 「순수·참여의 다극화 시대」, 『현대시와 장르 비평』, 문학과지성사, 2009, 44면.

상'은 심리적인 내면 세계와 또 어떤 관련을 맺게 되는 것일까. 이에 대해서도 김춘수는 충분히 설명하지 않는다.

이러한 의문들을 기억하며 이제 '재현'의 관점에서 김춘수의 이미지 기능론을 좀 더 구체적으로 살펴보자. 이때, 이미지의 배후인 대상을 그가 어떻게 이해하고 있는지 중요하게 살필 필요가 있다. "자유라는 측면에서 바라볼 때, 대상을 놓친 서술적 이미지의 시와 모든 비유적 이미지의 시는 양극"[29]이라고 말하는 그는 '반 재현'이라는 전제로부터 언어와 이미지의 자유, 더불어 시의 자유와 시인의 실존을 추출해낸다. 즉 '말할 수 있는 것'인 식으로서의 '관념'이든 '볼 수 있는 것'형상으로서의 '대상'이든 자신의 배후에 그 무엇도 갖지 않는 이미지는 언어와 시에 자유를 돌려주고 시인의 실존을 확인시켜주는 이미지로 격상될 수 있다고 한다. 요컨대 무의미시는 아무 것도 말하지 않고 아무 것도 그리지 않아야 한다는 것이다. 하지만 김춘수의 논리를 따라가 보면 정작 그가 이미지의 기능을 구분할 때 기준으로 삼는 것은, 이미지의 배후에 '무언가 있는가 혹은 없는가'의 문제가 아니라 '과연 무엇이 있는가'의 문제임을 알 수 있다. 대상의 유무를 따지고 있는 듯 보이지만 실상 그는 대상의 종류에 따라 이미지를 구분해보고 있는 셈이다.

그 대상을 우리는 다음의 세 가지로 정리할 수 있다. 첫째, 인식으로서의 관념, 둘째, 형체를 지닌"사생적 소박성"을 지닌 대상, 셋째, 형상화되지 않는 '심리적인 상태'가 그것이다. 이 세 가지가 완벽히 분리될 수 있는가의 문제는 논외로 하더라도 이를 통해 우리는 적어도 다음과 같은 사실을 확인할 수는 있다. 김춘수는 '반 재현'이 언어와 이미지에 자유를 돌려준다고 말하고 있지만, 실상 그는 언어를 통해 '반 재현'에 도달하는 것이 절대 불

---

29 「한국 형태시의 계보」, 521면.

가능하다는 사실을 이미 인식하고 있는 것이다. 다시 말해 김춘수는 언어가 언제나 무엇인가를 재현하게 된다는 사실을, 이미지의 배후에는 그 성격이 다른 대상들이 언제나 존재하고 있다는 사실을 승인하고 있는 것이다. '반 재현'을 통해 이미지의 자유를 성취하는 일이 이처럼 불가능하다면, 언어와 이미지, 그리고 시의 자유는 과연 어떻게 확보되어야 하는 것일까. 이와 관련하여 이제까지의 연구사가 많이 주목하지 않았던 무의미 시론의 또 다른 특징들을 지적해보기로 하자.

2) '대상'을 지우는 시

김춘수는 무의미시를 통해 언어와 시에 자유를 돌려주는 과정이 '의식적' 노력의 소산이라는 점을 자주 강조한다. 그가 정의하는 무의미시는 "자유를 얻게 된 언어와 이미지"가 "방심상태"[30]에서 쓰게 되는 것이지만, 그는 "적어도 이러한 상태를 위장이라도 해야 한다"[31]라고 첨언하면서 "방심상태"가 위장된 자유이자 의식적 자유일 수 있음을 환기한다. 그가 1930년대 이래 한국 시단에서 유행하게 된 초현실주의의 기법에 관해 지적하는 부분도 주목해볼 필요가 있다. 김춘수는 초현실주의의 자동기술에 대해 "글자 그대로의 자동기술이란 없다"[32]라고 말하며 자동기술을 일종의 '기교'로서 이해해본다. 언어 행위와 관련하여 순수한 자유가 완성될 수 없다는 사실을 그는 은연중 승인하고 있는 것이다. 「한국 형태시의 계보」에 대한 주석으로 쓰인 「대상, 무의미, 자유」는 물론, 자신의 창작

---

30 「한국 형태시의 계보」, 516면.
31 위의 글.
32 「대상, 무의미, 자유−졸고 「한국 현대시의 계보」에 대한 주석」, 526면.

과정과 무의미시 창작의 전략을 구체적으로 소개해보는 「의미에서 무의미까지」에서도 김춘수는 줄곧 무의미시 창작의 난점들을 고백한다. 이러한 텍스들을 읽으며 우리는 김춘수의 무의미시론에 다음과 같은 논점들이 내장되어 있음을 확인하게 된다. 언어 혹은 이미지를 통한 '반 재현'의 불가능성에 대한 인식들, 한 편의 시를 창작하는 과정에서 그 불가능을 돌파하는 전략들, 결국 이러한 전 과정을 통해 확인되는 시의 고유성 및 가능성에 관한 것이 그것이다.

김춘수가 제안하는 '무의미시'에 도달하기 위한 과정, 즉 무의미시의 창작 전략에 대해서는 다음 장에서 구체적으로 살피기로 하고 그 이전에 몇 가지 전제들을 미리 검토해보자. 무의미시를 설명하는 과정에서 김춘수가 강조하는 어휘는 "수련", "훈련", "트레이닝", "성실" 등이다. 재현의 기능을 거절한 이미지의 창출이 부자연스러운 노력을 통해 시도되는 불가능에 가까운 것이라는 사실을 김춘수 자신도 알고 있는 것이다. 이와 관련하여 다음의 사실도 중요하게 인식되어야 한다. 무의미시를 이론상으로 정의하거나 시사적으로 고찰할 때의 김춘수는 주로 시의 한 요소라고 할 수 있는 '이미지'에 집중하지만, 창작 방법론으로서의 무의미시를 논할 때의 그는 대체로 '한 편의 시 작품'을 단위로 이에 접근하고 있다는 사실이다. 애초에 김춘수가 목표로 한 것은 말로 구현된 이미지로부터 일체의 '재현' 기능을 삭제하려는 것이다. 이처럼 근본적인 차원에서 언어의 자유를 추구하고자 했지만 역시나 그것이 불가능하다는 사실을 김춘수는 시작詩作의 경험을 통해 충분히 인지한 듯하다. 결국 그는 언어의 표상 기능을 인정할 수밖에 없었던 것이며, 차선책으로 '한 편의 시'를 기준으로 그로부터 대상을 제거하는 일에 착수했다고 이해해볼 수 있다.

언어의 표상 기능을 철저히 망각하고 언어의 독자적 존재성을 확인하는 창작 행위로는 소리나 형태라는 언어의 물질성에 집중하는 방법이 있다. 앞서 살펴보았던 그린버그 식의 예술지상주의가 목표로 한 것이 이와 관련된다. 그러나 루소가 「언어 기원에 관한 시론」에서 지적했듯 "형상적 특성을 지닌 문자 역시 말과 달리 대상의 모방에서 출발"한 '그림문자'라는 점을 상기한다면[33] 언어가 재현 행위를 멈추도록 하는 일은 근본적으로 불가능하다. 물론 이처럼 언어의 기원으로부터 살펴본 '반 재현'의 불가능성에 관한 문제를 차치하더라도, 언어에 자유를 돌려주려는 목표가 그것의 물질성에 집중하는 방식으로 시도된다면, 이는 오히려 언어의 고유성을, 나아가 언어예술로서의 시의 가능성을 박탈하는 일이 될 수도 있다. 언어를 소리나 형태로 취급하게 되면 언어예술인 시는 음악 혹은 회화와의 차별성을 잃고 되고, 오히려 그러한 장르에 종속될 가능성이 커지게 되기 때문이다. 실제로 『한국 현대시 형태론』해동문화사, 1959에서 김춘수는 언어가 아닌 문자의 물질성에 집중한 20세기 초의 "형태주의" 시에 대해 비판적으로 언급한다. "회화와의 공동전선" 아래에서 주로 시각적인 것에 집중한 형태시가, "문자가 언어의 기호에 지나지 않는다는 점"은 물론 "언어는 또 사회적 역사적인 '의미'로서의 존재라는 것"[34]을 등한시했다고 지적하는 것이다.

김춘수는 도구적 언어를 탈피하는 것을 목표로 삼지만 (창작의 경험상) 언어 그 자체가 재현 행위를 멈출 수 있는가에 대해서는 물론, 오로지 언

---

[33] 장 자크 루소, 주경복·고봉만 역, 『언어 기원에 관한 시론』, 책세상, 2008, 정항균, 『"typEmotion"—문자학의 정립을 위하여』, 문학동네, 2012, 20~28면에서 재인용 및 참조.

[34] 김춘수, 『한국 형태시 형태론』, 해동문화사, 1959, 89면.

어의 물질성을 통해 시의 고유성과 가능성을 확보하는 일이 가능한가에 대해서도 확신할 수 없었던 듯하다. 이러한 이중의 불가능을 감안한 그는 '한 편의 시 작품'으로 범위를 확장해 그로부터 일체의 '대상'을 제거하는 일에 집중하게 된다. 아마도 김춘수는 언어와 이미지로부터 재현의 기능을 일절 삭제함으로써 시의 자유를 확인하려 하기 보다는, 이와 반대로 아무것도 재현하지 않는 시를 창작함으로써 한 편의 시에 자유를 돌려주고 이를 통해 거꾸로 언어와 이미지의 자유를 보장받고자 했는지도 모른다.

> '무의미'라고 하는 것은 기호논리나 의미론에서의 그것과는 전연 다르다. 어휘나 센텐스를 두고 하는 말이 아니라, 한 편의 시작품을 두고 하는 말이다. 한 편의 시작품 속에 논리적 모순이 있는 센텐스가 여러 곳 있기 때문에 무의미하다는 것이 아니다. 그런 데가 한 군데도 없더라도 상관없다그러나 '무의미 시'에는 실지로 논리적 모순이 있는 센텐스가 더러 끼고 있다. 그러니까 이 경우에는 '무의미'라는 말의 차원을 전연 다른 데서 찾아야 한다. 다시 말하면, 이 경우에는 반 고흐처럼 무엇인가 의미를 덮어씌울 그런 대상이 없어졌다는 뜻으로 새겨야 한다. (…중략…) 대상이 없으니까 그 만큼 구속의 굴레를 벗어난 것이 된다. 연상의 쉼없는 파동이 있을 뿐 그것을 통제할 힘은 아무 데도 없다. 비로소 우리는 현기증 나는 자유와 만나게 된다.[35]

그가 고안한 무의미시는 결국 언어 작용 일체로부터 재현의 기능을 완전히 삭제하려는 목적을 가진 것이기보다는 한 편의 시 작품으로부터 전달할 '대상'을 없애는 일을 시도한 것이라 하겠다. 물론 앞서 확인한 대로

---

35 「대상, 무의미, 자유」, 522면.

무의미시가 '대상'을 제거한다는 말은 시의 배후를 완전히 '무'로 만드는 것이 아니라 의미화 혹은 형상화할 수 있는 대상을 지워나간다는 말이 된다. "무엇인가 의미를 덮어씌울 그런 대상이 없어졌다는 뜻"이라고 위의 인용에서 그가 강조해 말하듯 말이다. 이런 맥락에서 "연상의 쉬임 없는 파동이 있을 뿐 그것을 통제할 힘은 아무데도 없다"라는 언급 역시 의미심장하다. 그는 의미화 혹은 형상화를 저지하는 힘으로써 "연상의 쉬임 없는 파동"을 제안한다. 이때 흥미로운 사실은 이러한 연상의 지속이 독자의 감상과는 무관하게 무의미시를 창작하는 시인 자신에게 요청된다는 짐이다. 그는 한 편의 무의미시가 창작되기 위해서는 지속되는 연상을 통제할 힘＝의미화 혹은 형상화의 힘이 전혀 없어야 한다고 말하고 있지만, 사실 시인이 연상을 쉬지 않아야 한다는 점, 다시 말해 무의미시 한 편을 완성하기까지 시인은 연상을 쉬지 않도록 의식적으로 통제되어야 한다는 점을 강조하고 있다. 무의미시 창작이 의도적 노력의 소산이 될 수밖에 없는 것은 이로써 당연해진다. 한 편의 시가 완성되기까지 시인은 결코 연상을 멈추어서는 안 된다. 그렇다면 이와 같은 무의미시의 성공 여부는 시인의 '의지'가 전적으로 결정하게 된다고 볼 수 있다.

4. 이미지 재배치와 이미지 덧쓰우기의 전략

언어의 조합으로서의 이미지가 그 자체로 '재현하지 않음'을 실현하는 것은 불가능하지만, 한 편의 시가 그 안에서 작동하는 이미지들을 의도적으로 조작함으로써 관념화의 대상이나 형상화의 대상을 만들지 않고자 할 수는 있다. 무의미시의 기획이 바로 이와 관련된다. 구체적으로 그가 제안하는 방법은 두 가지로 정리된다. 형상화 자체를 파괴하기 위한 해체와 재조립의 방법이 있고, 고정된 이미지를 만들지 않기 위해 이미지를 끊임없이 나열하는 방법이 있다. 전자는 공간적 차원에서 접근하여 이미지를 재배치하는 방식이고, 후자는 시간적 차원에서 접근하여 이미지를 무한히 겹쳐놓는 방식이다.

> 사생이라고는 하지만, 있는실재 풍경을 그대로 그리지는 않는다. 집이면 집, 나무면 나무를 대상으로 좌우의 배경을 취사선택한다. 경우에 따라서는 대상의 어느 부분을 버리고, 다른 어느 부분은 과장한다. 대상과 배경과의 위치를 실지와는 전연 다르게 배치하기도 한다. 말하자면 실지의 풍경과는 전연 다른 풍경을 만들게 된다. 풍경의, 또는 대상의 재구성이다. 이 과정에서 논리가 끼이게 되고, 자유연상이 끼이게 된다. 논리와 자유연상이 더욱 날카롭게 개입하게 되면 대상의 형태는 부서지고, 마침내 대상마저 소멸한다. 무의미의 시가 이리하여 탄생한다.[36]

첫 번째 방법에 대해 김춘수는 '풍경'을 사생하는 경우를 예로 들어 설명하고 있다. 한 프레임 안에 들어온 장면을 조각조각 해체하고 그 조각들을 취사선택하여 재배치하는 방법이다. 이러한 과정을 통해 만들어진 이미지는 애초에 시인혹은화가의 시야에 포착된 이미지와는 전혀 다른 이미지를 생성해내게 된다. 이를 가리켜 김춘수는 "대상의 재구성"이라고 명명한다. 이러한 재배치 혹은 재구성을 통해 "대상의 형태가 부서지고, 마침

---

36 「의미에서 무의미까지」, 535면.

내 대상마저 소멸"하게 된다고 그는 말한다. 이러한 방법은 사실 20세기 초반 유행했던 모더니즘 예술의 대표적인 방법론인 몽타주를 그 모델로 한다. 그런데 이처럼 기존의 형상을 해체하고 재배치하거나 혹은 우연적으로 선택된 상들을 자유롭게 이어붙이는 몽타주의 방법론은 회화나 조형 예술과 같은 공간 예술에 적합한 방식이기도 하다. 김춘수의 '무의미시'가 한 편의 시를 대상으로 일체의 관념화나 형상화의 가능성을 중지시키는 것을 목표로 한다는 것을 재차 강조하자면 이러한 몽타주의 방법론이 꽤 적합하다고 할 수 있겠지만, 이러한 방법론이 '이미지'를 통해 시에 도입될 경우 역시 '재현' 작용으로부터 자유롭지 못하게 된다. 언어로 이미지화되기 이전에 머릿속으로 이미 어떤 형상의 해체와 재구성이 완료된 것이라면, 이때의 무의미시는 머릿속으로 이미 상상해본 "실지의 풍경과 전연 다른 풍경"을 언어로 바꾸는 일을 한 것일 뿐이므로, 이러한 과정은 '반 재현' 혹은 '재현의 중지'가 아니라 '부서진 상' 혹은 '다른 상'의 재현이 되는 셈이기 때문이다.

이처럼 "사생적 소박성"을 해체하고 "당돌한 결합"[37]을 완료한 뒤 그것을 한꺼번에 언어로 재현하는 것이 아니라, 시작의 과정 중에 "당돌한 결합"을 순차적으로 진행하는 경우라 하더라도 각각의 단계에서 재현이 이루어지고 있기는 마찬가지이다. 사실 김춘수의 말을 따라가 보면 그는 "당돌한 결합"을 순차적으로 실행해가는 방법을 더 강조하고 있음을 알게 된다. 시각적 이미지를 공유한다는 점에서 회화와 친연성이 있기는 하지만 회화와 달리 언어예술로서의 시는 온전히 공간적 예술일 수는 없기 때문에 회화와 똑같은 방법으로 창작될 수는 없다. 김춘수는 이미지가 "웅

---

37 「한국 현대시의 계보」, 516면.

고"되는 것을 막기 위해 계속해서 다른 이미지들이 기존의 이미지에 덧붙여지도록 해야 한다고 말한다. 순차적으로 이미지를 겹쳐놓으면서, 이미지를 통한 관념화와 형상화를 원천봉쇄해야 한다는 것이다. 그는 "이미지의 소멸"의 과정을 "한 이미지가 다른 한 이미지를 뭉개버리는 일"[38]이라고 정의한다. "그러니까 한 이미지를 다른 한 이미지로 하여금 소멸해가게 하는 동시에 그 스스로도 다음의 제3의 그것에 의하여 꺼져가야 한다"[39]는 것이다. "이미지의 소멸"을 위해서는 역설적으로 무한한 이미지의 생성이 필요한 셈이다. 이를 통해 "대상의 소멸"에 이르고 시의 배후에 "무無의 소용돌이"[40]만이 남게 될 것이라고 그는 말한다.

나에게 이미지가 없다고 할 때, 나는 그것을 다음과 같이 말할 수 있다. 한 행이나 또는 두 개나 세 개의 행이 어울려 하나의 이미지를 만들어가려는 기세를 보이게 되면, 나는 그것을 사정없이 처단하고 전연 다른 활로를 제시한다. 이미지가 되어가려는 과정에서 하나는 또 하나의 과정에서 처단되지만 그것 또는 제3의 그것에 의하여 처단된다. 미완성 이미지들이 서로 이미지가 되고 싶어 피비린내 나는 칼싸움을 하는 것이지만, 살아남아 끝내 자기를 완성시키는 일이 없다. 이것이 나의 수사요 나의 기교라면 기교겠지만 그 뿌리는 나의 자아에 있고 나의 의식에 있다. 서도書道나 선禪에서와 같이 동기는 고사하고, 그러한 그 행위 자체는 액션 페인팅에서도 볼 수가 있다. 한 행이나 두 행이 어울려 이미지로 응고되려는 순간, 소리로 그것을 처단하는

---

38   「이미지의 소멸」, 546면.
39   위의 글.
40   위의 글, 547면.

수도 있다. 소리가 또 이미지로 응고하려는 순간, 하나의 장면으로 처단되기도 한다. 연작에 있어서는 한 편의 시가 다른 한 편의 시에 대하여 그런 관계에 있다. 이것이 내가 본 허무의 빛깔이요 내가 만드는 무의미의 시다.[41]

「이미지의 소멸」이라는 텍스트를 통해 김춘수는 무의미시 창작의 방법론을 소개하고 있다. 반복해 말하자면 무의미시의 방법론에는 첫째, 이미지를 공간적인 것으로 취급하여 그것을 해체, 재배치하는 몽타주의 방법론과 둘째, 이미지의 무한한 생성을 통해 끊임없이 이미지를 삭제해가는 이미지 덧씌우기의 방법론이 있다. 위 인용문은 후자의 방법론에 대해 설명한다. 이미지 덧칠의 방법론은 그 범위가 무한히 확장될 수 있다. 행 단위, 혹은 장면 단위, 나아가 한 편의 시 작품을 단위로 하여, 이미지들은 그 크기와 무관하게 끊임없이 생성됨으로써 서로가 서로를 삭제하는 작업을 지속할 수 있다. 이러한 방법론을 김춘수는 "액션 페인팅"에 비유해 본다. 액션 페인팅은 말 그대로 결과로서의 작품보다는 과정으로서의 행위 그 자체를 중시하는 회화의 한 기법이다. 작품만을 놓고 보자면 추상표현주의 회화와 거의 같은 양상을 띠지만 액션 페인팅에서 중요한 것은 추상이 표현된 결과로서의 작품이 아니라 순수한 예술 행위 그 자체와 이를 통해 확인되는 작가로서의 실존이라고 할 수 있다.

위의 인용에서 보듯 김춘수가 자신의 방법론을 "액션 페인팅"에 비유하고 있기는 하지만, 사실 무의미시론은 "사생적 소박성"을 지닌 이미지를 생성해내지 않는 것을 목표로 하고 있기 때문에, 다시 말해 결과로서의 작품에서 "대상"을 제거하는 일을 목표로 하고 있기 때문에, 행위 그 자체를

---

[41] 「의미에서 무의미까지」, 538면.

목적으로 하는 "액션 페인팅"과 의도의 측면에서 정확히 일치된다고 하기는 힘들다. 무의미시 방법론의 "뿌리"가 "나의 자아에 있고 나의 의식에 있다"라는 말을 통해 확인되듯 무의미시론이 독자의 해석과는 무관하게 시인의 의지에만 관계하는 창작방법론으로서의 시론임은 분명하지만, 결과와 무관하게 예술의 행위 그 자체만을 고려하는 시론이라고까지 보기는 어려운 것이다. 김춘수에게는 여전히 결과로서의 작품이 중요하다. 그럼에도 불구하고 무의미시론이 이처럼 작품보다 행위 자체를 중시하는, 즉 '결과로서의 작품'을 무의미한 것으로 전락시킬 수 있는 급진적인 방법론으로까지 육박해있다는 사실은, '재현'의 관점을 벗어나려는 그의 불가능한 시도가 비교적 적절한 방향성을 얻고 있다는 점을 확인시켜준다. 우리가 1장의 논의를 통해 살핀 바 예술 행위가 재현의 프레임을 벗어날 수 있으려면 오로지 예술 행위 그 자체에만 집중해야 하기 때문이다.

요컨대 김춘수의 무의미시론은 언어와 시의 자유가 의미의 전달이라는 도구적 기능을 거절할 때에야 비로소 확보될 수 있다고 믿었다. 이를 위해 그는 무엇인가를 '재현'하지 않는 이미지를 만들기 위해 고투했다. 무의미시론을 읽다보면 김춘수가 언어 자체의 표상 행위를 멈출 수 있다고 확신한 것은 아니라는 사실을 알 수 있다. 오히려 그는 표상 행위를 멈출 수 없는 언어를 통해 시의 자유를 확보하기 위해, 시에서 (의미화의 결과이든 형상화의 결과이든) 어떤 '가상'의 드러남을 억제하고자 했다. 김춘수의 무의미시론은 외부 세계, 즉 "관념·의미·현실·역사·감상 등"[42]으로부터 시의 자유를 쟁취하는 것을 추구한 이론이지만, 그러한 시의 자유를 '반-재현'이라는 한정된 목표 안에서 이루려고 했다는 점에서 필연적으로 한계

---

42 위의 글, 539면.

를 내장한 이론일 수밖에 없다. '이미지 재배치'와 '이미지 덧씌우기'의 방법론을 통해 "대상의 소멸"과 "이미지의 소멸"을 제안하는 무의미시론은 엄밀히 말해 '반-재현'을 성취한 이론이 아니라, '반-재현'의 불가능을 '의미의 결정 불능'으로 돌파하고자 시도한 이론이라고 이해될 수도 있다. 이처럼 언어 예술인 시가 과연 '재현'의 작용을 넘어설 수 있는가라는 불가능한 과제를 해결하는 과정 속에서 무의미시론은 점차 시가 어떤 고유성을 생산해낼 수 있는지에 대해서까지 숙고하게 된다. "어떤 시는 언어의 속성을 전연 바꾸어 놓을 수도 있지 않을까?"[43]라는 질문이 도출되는 것이다.

> 허무는 자기가 말하고 싶은 대상을 잃게 된다는 것이 된다. 그 대신 그에게는 보다 넓은 시야가 갑자기 펼쳐진다. 이렇게 해서 '무의미시'는 탄생한다. 그는 바로 허무의 아들이다. 시인이 성실하다면 그는 그 자신 앞에 펼쳐진 허무를 저버리지 못한다. 그러나 기성의 가치관이 모두 편견이 되었으니 그는 그 자신의 힘으로 새로운 뭔가를 찾아가야 한다. 그것이 또 다른 편견이 되더라도 그가 참으로 성실하다면 허무는 언젠가는 초극되어져야 한다. 성실이야말로 허무가 되기도 하고, 허무에 대한 제동이 되기도 한다. 이리하여 새로운 의미대상, 아니 의미가 새로 소생하고 대상이 새로 소생할 것이다. '도덕적인 긴장'이 진실로 그때 나타난다.[44]

이제껏 살펴보았듯 무의미시론은 '반-재현'이라는 불가능한 목적을 달

---

43 「대상·무의미·자유」, 523면.
44 위의 글, 524~525면.

성하기 위해 이미지가 어떻게 기능할 수 있는지 그 구체적인 방안을 제시해 보는 이론이다. 재현을 거스르려는 시도는 "성실"한 노력을 필요로 하지만, 이미지의 무화를 추구하는 이러한 작업은 결국 "허무"로 귀결될 수밖에 없다. 성실이 허무가 되는 아이러니한 형국이 아닐 수 없다. 그러나 김춘수는 "허무에 대한 제동"으로서의 "성실"을 지속적으로 요구한다. 왜일까. 위의 인용에서 확인되듯 시인의 "성실"한 노력을 통해 "의미"가 새로 소생하고 "대상"이 새로 소생할 것이라고 믿기 때문이다. 무의미시를 추구하는 과정이 모든 것을 허무로 돌리는 결과를 낳는 것이 아니라, "기성의 가치관"과 새로운 가치관 사이에서 "도덕적 긴장"을 유발하도록 이끄는 장이 되기를 그는 바라고 있다. 그것이 구체적으로 어떻게 가능한지 시론을 통해서는 명확히 제시하지 않지만, 언어예술로서 시가 지닌 고유성은 재현의 규범을 해체하고 재현의 불가피성과 대결하는 과정 속으로 드러난다는 사실을 무의미시론이 적시하고 있음은 분명하다.

5. 무의미시론에서 재현의 문제

이제까지 살펴본 대로 김춘수의 무의미시론은 언어와 시의 자유를 찾는 과정에서 '재현'의 문제와 대결한 시론이라고 할 수 있다. 언어가 표상의 기능으로부터 완벽히 독립할 수 없음을 은연중 인정한 김춘수는 그러한 언어를 매체로 하는 시가 재현으로부터 자유로워지는 방법이 무엇인지 이미지의 차원에서 고민한 것이다. 바로 앞 장에서 논의되었듯 시의 재현 작용을 무화시키기 위해 그는 한 편의 시 안에서 기능하는 이미지들이 일정한 '상'을 그리지 못하도록 하는 전략을 모색했다. 이 글에서는 그 전략을 '이미지 재배치'와 '이미지 덧씌우기'의 방법론으로 정리했다. 시가 '재현'으로부터 자유로워지는 길은 한 편의 시 안에서 어떤 관념이든 형상이든 고정된 '상'이 만들어지지 않도록, 언어를 통해 자연스럽게 환기되는 상을 끊임없이 해체하도록 하는 방법뿐인 것이다. 서론에서도 언급했듯 언어 예술로서의 문학이 일체의 외부 세계로부터 진공의 자유를 획득하기 위해서는 오로지 '쓰기'라는 행위 자체에 몰두해야 한다. 무의미시론의 시도가 언어와 시의 자유를 추구하는 노정에 있는 것임은 분명하지만, 그의 이론이 작품으로서의 시보다 행위로서의 쓰기에 방점을 찍고 있다고 보기는 어렵다. 김춘수는 여러 곳에서 "시를 하나의 유희로서 써 보려고 한 사람"[45]으로서, 즉 목적 없는 행위로서의 시 쓰기를 감행한 이상을 고평하고 있는데, 이때에도 김춘수는 이상의 기교를 형태주의나 자동기술의 그것으로 단순히 이해하고 있지는 않다. 김춘수는 "시형태라고 하는 현상을 밑받침하고 있는 시인의 정신상태"로서의 이상의 "심리적 음

---

45 「대상·무의미·자유」, 521면.

영"[46]에 관심을 둔다. 요컨대 김춘수는 결국 작품으로서의 시가 무엇을 어떻게 드러내고 있는지에 대해 무심할 수 없는 시인이었던 셈이다.

앞서 살핀바 그는 한 편의 시를 창작하는 과정을 중시하기는 했지만 쓰는 행위 그 자체가 김춘수 문학의 궁극적인 목적이었다고 볼 만한 근거는 없는 것이다. 왜냐하면 이 글에서도 확인했듯 그가 언어의 표상 행위 그 자체를 완전히 거절한 것은 아니기 때문이다. 그는 언어를 통한 '반-재현'의 시도가 불가능하다는 사실을 인식하고 있다. 김춘수가 시 쓰는 행위를 통해 중시하고자 한 것이 있다면, 재현 작용을 존재근거로 하는 언어를 통해서 어떤 것도 재현하지 않는 시를 만들고자 하는 시도 그 자체라 할 수 있다. 이러한 시도가 실제로 김춘수의 시작을 통해 어느 정도의 성공을 거두었는지에 대해서는 그의 시작 과정을 따라가며 살펴야 할 것이다. 이처럼 김춘수의 무의미시를 재현의 관점으로 읽을 때, 김춘수의 시가 확인하고자 한 이미지의 기능과 언어의 고유성이 새롭게 이해될 것으로 기대된다. 재현의 관점에서 김춘수의 무의미시를 다시 읽는 일은, 랑시에르를 빌려 말하면 '모든 것이 재현될 수 있다'는 사실을 확인하는 과정으로서 의미가 있을 것이다. 나아가 진정으로 재현 불가능한 것이 무엇인가라는 질문을 고민하며 미학의 정치성을 새롭게 인식하는 기회를 마련해주기도 할 것이다. 이 글은 그러한 작업을 수행하기 위한 전제로서 김춘수의 무의미시론에 나타난 '재현'의 문제를 재고하기 위해 쓰였다.

---

46 김춘수, 『한국 현대시 형태론』, 96~101면.

제4부

한국문학의
풍경들

제1장

'독서 불가능성'에 대한 실험으로서의 「지도의 암실」

1. 수사학적 관점에서 이상 텍스트 읽기

이상李箱, 1910~1937 문학은 수수께끼라기보다 일종의 난제難題에 가깝다. 곳곳에 장애물을 배치함으로써 정답으로 가는 길을 방해하여 작가와 독자 사이에 흥미로운 긴장을 유발하는 것이 수수께끼적 글쓰기 방식이라면, 난제에는 애초에 정답이 없다. 이상이 작품 활동을 하던 1930년대 당대로부터 탄생 백주년을 맞은 2010년 현재에 이르기까지 이상문학에 관한 무수한 해석들이 도출되어왔음에도 불구하고 연구자들이 여전히 해석의 욕망으로부터 자유로울 수 없는 것은 이상문학이 정답을 감춘 기만적인 수수께끼가 아닌 열린 텍스트를 지향하기 때문일 것이다. 한자 조어나 수식數式의 활용, 또는 대칭과 반복을 즐기는 타이포그래피typography적 특성으로 기억되는 형태적 낯섦뿐 아니라, '감춤과 드러냄'을 반복하여 독자를 혼란케 하는 역설적이고도 착란적인 화법은, 작가의 심연에 닿으려는 독자의 탐색을 여지없이 지연시키는 것으로 작용했음은 분명하다. 이제껏 우리는 이처럼 낯선 모습의 이상 텍스트를 일종의 수수께끼로 상정하고 그에 접근한 측면이 크다. 따라서 다종 다기한 해답을 제출하는 행위에는 필연적으로 열패감이 동반되었으며, 난해한 텍스트를 대면하는 불안을 해소하기 위해 텍스트 외적 상황의 도움을 필요로 하기도 했다. 초기의 이상 연구가 그의 문학적 행위를 해명함에 있어, 가난한 집안의 장남이며 식민지 조선의 지식인이자 폐병으로 요절한 천재 작가인 그의 불우한 삶 속에서 여러 가지 힌트를 얻었던 것은 이러한 이유 때문이다.

이상문학이 보여준 낯섦의 실상보다는 그 낯섦의 이유가 궁금했던 초기 연구의 한계를 극복한 것은 이상의 글쓰기 방식 자체에 주목한 연구들이다.[1] 텍스트의 구조나 화자의 언술 방식에 관심을 두며 이상문학의 내적 궤적을 그려보거나, 궁극적으로는 '미적 근대성미적 모더니티' 혹은 '전위성'에 관심을 두며 예술사적 관점에서 이상문학의 가능성과 한계를 살펴본 논의들이 이에 해당된다. 이미 당대에, 동경 문단을 기준 삼아 이상문학의 새로움을 전면 부정하려 했던 김문집의 악의적인 언급과,[2] 박태원의 『천변풍경』과의 대조를 통해 이상의 「날개」를 '리얼리즘의 심화'[3]라 평가

---

1 박현수는 수사학적 관점에 한정하여 이상문학의 연구 성과를 정리하고 있다. 그에 따르면 '수사학'이라는 틀을 내세워 이상문학을 다룬 글들은 크게 두 부류로 정리된다. 비유법이라는 좁은 의미의 수사학적 방법을 적용하여 개별 작품을 대상으로 은유, 상징, 반어, 역설, 이미지, 문체 등을 분석한 경우와, 보다 넓은 의미의 수사학적 개념을 동원하여 이상문학의 동력을 파악하고자 한 경우이다. 전자의 방식이 개별 텍스트에 대한 형식적 탐색을 시도한 것이라면, 후자의 방식은 이상의 텍스트 전체를 하나의 관점으로 아우르고자 한 것이다. 이러한 수사학적 논의들은 다음과 같은 한계에 필연적으로 노출되어 있다고 그는 지적한다. 전자의 논의들이 다소 자의적이라는 비판을 피하기 어렵고 개별적 분석들이 시학적 해명으로 총괄되기도 어렵다는 점에서 문제라면, 후자의 논의들은 일면적 해석으로 이상문학 전체에 일관성을 부여하려 하기 때문에 거기서 빠져나오는 중요한 국면들이 왜곡되기 쉽다는 점에서 문제라는 것이다. 박현수, 『모더니즘과 포스트모더니즘의 수사학』, 소명출판, 2003, 11~29면 참조.
2 이상의 「날개」에 대해 김문집은 동경 문단에서 이미 7~8년 전에 흔했던 작품이라 지적한 바 있다. 김문집, 『비평문학』, 청색지사, 1938, 38~40면

하며 조선 문단에서 '모더니즘' 운동의 가능성을 읽어내고자 했던 최재서의 상찬이 공존했는데, 이상문학의 모더니즘적 성격을 비교적 정확히 간파한 김기림의 평가들을 새삼 환기하지 않더라도[4] 당대 문단에서 이상의 텍스트가 전위적 실험의 최대치를 보여주었음은 틀림없는 사실이다. 이후 이상문학의 형식적 측면에 접근한 논의들도 대체로 이상이 보여준 전위적 형태 실험의 의의를 적극 긍정하며, 이상문학을 1930년대에 그 의미가 종결된 역사적 유물로 단정하기보다, 끊임없이 새로운 의미를 생성해내는 현재적 텍스트로 소급해 읽어내려는 의지를 드러냈다. 더불어 많은 연구들은 이상문학의 전위적 형태 속에서 그의 사상적 깊이를 가늠해 보는 데 힘쓰기도 했다.[5]

　이상문학의 글쓰기 방식에 주목하여 이를 미적 모더니티와 결부시켜 해명하는 논의들은 그 관점의 타당함에도 불구하고 몇 가지 한계를 드러낸다. 우선 이러한 관점에서 이상문학은 흔히 식민지문학의 가능성과 한계를 증명하는 준거로만 읽히게 된다는 점이다. 이상문학은, 비교문학적 관점에서 서구 모더니즘, 혹은 그와 동시에 진행된 일본 모더니즘의 영향을 가장 성공적으로 전유한 조선적 사례로 평가되거나,[6] 장르 교섭의 관

3　최재서, 「리얼리즘의 확대와 심화」, 『조선일보』, 1936.10.31~11.7.

4　해방 이후 최초로 간행된 『이상전집』(백양당, 1949)의 서문으로 김기림은 「이상의 모습과 예술」을 썼다. 그 글에서 김기림은 이상을 "인생과 조국과 시대와 그리고 인류의 거룩한 순교자의 모습"으로 그린다. 신범순은 김기림의 이상론과 추모시 「쥬피타 추방」(『바다와 나비』, 1946)을 읽으며, 김기림이 이상의 전위적 문학 속에서 "식민지 권력에 대한 적대감어린 비판"을 읽어냈음을 밝힌다. 신범순, 『이상의 무한정원 삼차각 나비-역사시대의 종말과 제4세대 문명의 꿈』, 현암사, 2007의 제1장의 내용 참조.

5　신범순의 이상 연구는 이상문학의 형태적 전위성을 서구의 모더니즘과 견주어 보는 관점을 극복하고 그의 고유한 사상 체계에 주목한다. 그는 이상문학이 인류의 역사성 전체와 대결하며 새로운 세계에 대한 비전을 제시한 텍스트라고 읽어낸다. 신범순, 위의 책 참조.

6　'월경'에 주목하여, 일본 문단과의 관련하에 이상 시의 전위성을 새롭게 평가하려는 시

점에서 미술가이자 건축가로서 작가의 경험이 풍부하게 반영된 전례 없는 텍스트로 읽히곤 한다.[7] 식민지적 상황이라는 불리한 조건을 극복한 경우로서, 아니 오히려 독자적 전통이 파괴된 식민지의 황폐한 상황이 '모더니즘적 형식 충동'을 강화한 경우로[8] 해석된다. 결국 이상문학의 모더니티는 그 면모가 충분치 밝혀지지도 않은 채 역사적 위상만을 성급히 부여받

도를 담고 있는 란명 외편, 『李箱적 越境과 詩의 生成』(역락, 2010)이 주목할 만한 연구 성과이다.

7 전통의 파괴와 새로운 창조와 관련하여 가장 보수적인 성격을 띠는 예술 장르는 아마도 언어를 표현 수단으로 삼는 문학이라 할 수 있을 것이다. 장르 간 교섭을 생각해보더라도 문학이 타 장르에게 형식적 차원에서 실험 정신의 모범이 될 만한 선례를 제공하는 경우는 극히 드물다. 이상문학의 형태적 전위성을 논하기 위해 그가 작가이기 이전에 미술가이자 건축가였다는 사실은 새삼 강조될 필요가 있는데, 이상 텍스트가 펼쳐 보인 여러 실험들이 언제나 문학보다 한 발 앞선 타 장르와의 영향 관계 속에서 형성된 것이라 예상할 수 있기 때문이다. 이상문학의 전위성은 일본 문단의 새로운 경향에 대한 그의 예민한 촉수나 부지런한 독서 체험의 결과만으로 설명될 것은 아니라는 말이다. 미술가이자 건축가로서의 이상, 혹은 음악과 영화 애호가로서의 이상에 주목할 이유는 이렇게 생겨난다. 이상의 글쓰기 방식을 장르 교섭의 차원에서 해명해보려는 연구들은 활발하게 이루어져 왔다. 박태원의 「소설가 구보씨의 일일」이나 이상의 「날개」 등에 삽입되어 있는 이상의 삽화를 분석하여 이를 통해 이상문학의 구조적 특성을 재검토한 연구(박치범, 「이상 삽화 연구」, 『어문연구』 145, 한국어문교육연구회, 2010), 이상의 건축학 수학(受學) 과정을 추적하여 이를 이상 시의 '시선'이 보이는 특징과 관련시킨 연구(조은주, 「이상문학의 건축학적 시선과 '迷宮' 모티프」, 『어문연구』 137, 한국어문교육연구회, 2008), 화가로서의 이상과 건축가로서의 이상의 체험을 다각도로 검토하여 이로부터 이상문학의 특징을 추출한 연구(김미영, 「이상의 문학에 나타난 건축과 회화의 영향 연구」, 『국어국문학』 154, 국어국문학회, 2010), 이상 시로부터 추상 회화의 특징을 역추출한 경우(윤수하, 「이상 시의 추상 회화 기법에 대한 연구」, 『국어국문학』 151, 국어국문학회, 2009), 이상 소설에서 '영상성'의 구현 양상을 탐색한 연구(표정옥, 「이상 소설 「동해」와 「실화」의 영상성 연구」, 『국어국문학』 139, 국어국문학회, 2005) 등이 이에 해당된다. 이러한 연구들이 주로 관심을 두는 것은 이상만의 독특한 '시선'에 관한 문제이거나, 오브제를 배치하는 이상 텍스트의 특이한 구성 원리에 관한 것이다.

8 저개발 식민지 작가들의 모더니즘적 형식 충동은 선진 자본주의 국가의 그것보다도 훨씬 더 강렬하다는 이론적 전거를 토대로, 류보선은 한국적 모더니즘에 대한 좀 더 정치한 독법이 필요함을 지적한 바 있다. 모더니즘 작가들이 표면에 내세운 원칙이 아닌 그들의 내면적 충동에 관심을 두어야 한다는 것이다. 류보선, 「기교에의 의지, 혹은 이상문학의 계몽성」, 『한국현대문학 연구』 6, 한국현대문학회, 1998.

은 측면이 크다. 좀 더 섬세한 접근을 요하는 대목은 다음과 같다. 이러한 논의들, 즉 미적 모더니티의 관점에서 이상문학의 실험적 경향에 주목한 논의들은, 그러한 실험이 결국 세계에 대한 이상의 부정적 인식을 드러내는 장치로 작용한다고 결론 내리곤 한다. 물론 이상이 텍스트 곳곳에서 근대의 규격화된 일상적 삶을 거절하는 자세를 취하거나 '문벌門閥'과 '역사歷史'에 대한 거부감을 노골적으로 드러내는 경우가 흔하므로, 이상문학이 결국 세계에 대한 부정적 인식을 표출하려는 욕망을 지니고 있었다고 해석하는 것은 어색하지 않다. 그럼에도 불구하고 이상문학의 미적 모더니티와 작가의 세계인식을 연결시키는 논의들은, 종종 수사적 차원에서의 '파괴'가 곧바로 세계에 대한 '불화'로 연결된다는 사실을 전제로 깔고 있는 듯 보여 무리한 설명이 되기도 한다. 이러한 사정을 고려한 이상 연구들은 텍스트의 수사학적 측면이 작가의 인식으로 전이되는 과정을 정교하게 설명하기 위해, 모더니티의 역사인식을 문제 삼는 벤야민의 알레고리 개념이나,[9] 정신분석과 사회학을 접목시킨 라깡-지젝의 논의를 바탕으로 하여,[10] 이상문학의 인식론적 지평을 개인의 실존에 관한 것에 한정하지 않고 역사 인식에 관한 것으로 확장시키기도 했다. 그러나 이러한 논의들도 때로는 수사적 차원의 양상이 결국 인식적 차원을 드러내는 표현 도구가 된다는 전제를 이론적으로만 확인하고 있는 듯 보이기도 한다.

---

9 김예리, 「이상문학의 역사 이미지와 "전등형 인간"」, 란명 외편, 앞의 책 ; 조강석, 「이상의 「오감도」 연작에 개재된 알레고리적 태도와 방법 연구」, 『현대문학의 연구』 41, 한국문학 연구학회, 2010 등이 있다.

10 '대상과 기표의 비동일화'라는 '아이러니'의 속성이 이상 시 전반에 걸쳐 공통적으로 발견되는 특징임을 밝혀낸 함돈균의 논문은, 아이러니라는 수사적 특징을 "세계에 대한 시적 주체의 인식론적 태도를 드러내는 표지"로 읽어낸다. 함돈균, 「이상 시의 아이러니와 미적 주체의 윤리학—정신분석적 관점을 중심으로」, 고려대 박사논문, 2010.

오로지 이상문학과 관련하여, 수사적 차원의 특징을 인식론적 차원으로 환원하는 것에 대한 전제가 충분히 설명되지 못한다면, 우리는 이상문학의 다양한 형식 실험을 세계에 대한 적극적 의사 표명으로 과잉 해석하는 오류를 범할 수도 있다. 그리고 이는 결국 이상문학을 그의 실존적 상황과 관련시켜 해명했던 초기의 전기적 연구와 다를 바 없이, 문학 텍스트를 오로지 작가 인식의 표현 수단으로 과소평가하는 행위가 된다. 물론 이상의 실험이 텍스트 차원의 기법 실험을 넘어 자신의 삶 전체를 실험하는 단계로까지 나아갔다는 점에서, 서구의 역사적 아방가르드의 사례에서 보듯 그가 '제도 예술'뿐 아니라 예술을 생산·분배하는 시대 자체를 부정하고 나선 것이라 볼 수도 있다.[11] 그러나 수사적 차원에 주목하든 인식적 차원에 주목하든, 이상의 문학 행위를 어떤 '재현representation'의 체계로 읽어낸다면, 그것은 여전히 이상문학을 정답을 감춘 수수께끼적 텍스트로 한정하는 일이 된다. 이상문학은 과연 분명한 정답을 간직한 텍스트일까. 이상은 과연 뚜렷한 세계인식을 지닌 채, 자신의 성채에 접근하는 독자를 자꾸만 밀쳐내려는 방안을 고안하고 있었던 것일까. 이상은 혹시 자신이 설계해 놓은 미로 안에서 스스로 헤매던 인물은 아니었을까.

---

11 뷔르거에 따르면, 19세기 유미주의가 완성한 예술의 자율성, 즉 종교와 생활로부터의 예술의 분리가 결국 예술의 무기능으로 귀결되었다는 사실을 비판하고 나선 것이 '역사적 아방가르드'이다. 결국 아방가르드가 공격하는 것은 이전 시대의 예술 사조가 아니라 '제도 예술 전체에 관한 것'이 된다. 이러한 아방가르드 프로젝트에서 "예술제도에 대한 공격"과 "삶을 혁신하는 일"은 서로 연동된다(페터 뷔르거, 최성만 역, 『아방가르드 이론』, 지만지클래식, 2009, 90~104면 참조). 이러한 '아방가르드' 이론을 토대로 1930년대 문학 장의 맥락에서 "사건으로서의 李箱"의 의미에 주목한 연구로는 최현희의 「이상과 아방가르드」(신범순 외, 『이상의 사상과 예술』, 신구문화사, 2007)를 들 수 있다. 아방가르디스트로서의 이상에 주목하기 위해서는 초현실주의적 기법이나 해체적 정신에만 관심을 둘 것이 아니라 "소외된 예술을 삶으로 재통합시키기 위해 반성의 근거로 대두된 부정적 방법론"에 주목해야 함을 지적한 백문임의 선행 연구(「이상의 모더니즘 방법론 고찰」, 『상허학보』 4, 상허학회, 1998)도 있었다.

이 글이 주력하는 것이 바로 이상문학의 수사적 특성을 세계인식의 메타포로 읽는 방식을 경계하는 일이다. 이상문학이 메타포로 읽힌다면 그것은 오로지 자신의 글쓰기 방식에 대한 메타포로서만 가능하다는 것의 이 글의 생각이다. 이상의 텍스트 내에서 그의 글쓰기 방식을 암시하는 메타포를 찾는 작업은 지속적으로 행해져왔다. 그러나 이러한 연구들은 흔히 "윗트와 파라독스"「날개」, "한번넘어지나가면 듸무소용인글자의고정된 기술방법을채용하는 흡족치안은버릇"「지도의 암실」 등과 같은 글쓰기에 관한 이상 자신의 '진술'에 기대거나, '백지', '거울', '얼굴' 등의 기표가 암시하는 바에 주목하여, 기표와 기의의 조응보다는 기표의 배치에 신경을 쓰는 이상의 글쓰기 방식의 특징을 읽어내곤 한다. 이상의 '진술'에 기대거나 반복적으로 출현하는 시어의 의미에 집중하는 이같은 설명법은 '글자의 고정된 기술방법'을 배반하고자 하는 이상식 글쓰기의 취지를 거스르는 해석의 사례가 아닐까. 이러한 독법들이 그 자체로 충분할 수 없는 것이다.

이처럼 이상문학을 글쓰기 방식 자체에 대한 메타담론으로만 읽을 필요는, 즉 정답을 간직한 수수께끼가 아니라 종결될 수 없는 난제로 읽을 필요는, 이상문학의 텍스트 확정의 문제가 여전히 진행 중이라는 사실과도 관련된다. 현재 우리가 이상의 작품으로 읽고 있는 텍스트 중 많은 수는 이상 스스로가 생전에 완성된 작품으로 발표하지 않았던 미발표 상태의 원고로 되어 있다. 이러한 것들을 온전한 작품으로 보아야 할지 습작으로 보아야 할지 그저 메모로 보아야 할지도 분명치 않은 상황이다. 사정이 이러하다보니 이상의 국문 글쓰기와 일본어 글쓰기를 인공어 실험의 한 사례로 읽는 논의와,[12] 1933년 『가톨릭청년』에 국문시를 발표하기 이전 주로 습작 단계에서 나타난 이상의 일본어 글쓰기는 식민지 일본어 교육 과정의 결과로 나타난 현상이므로 그의 이중어적二重語的 글쓰기 형태에 특별한 의미를 둘 필요가 없다는 논의가 공존하기도 한다.[13] 선행 연구자들의 세심한 노력과 열정으로 이상의 유실된 노트를 유고로 확정하는 작업이 행해져왔음에도 불구하고, 또한 이상의 난해한 텍스트를 현대어로 번역하여 현재와의 소통 가능성을 마련하고자 하는 작업들이 행해지고 있음에도 불구하고,[14] 우리가 이상이 의식적으로 발표한 텍스트 이외의 미발표 원고들을 연구의 범위 안으로 품어 안을 경우, 이상의 문학은 이미 확정된 사유 체계를 드러내는 것이 아니라 여전히 실험중인 텍스트가 될 수밖에 없다. 그러므로 이상의 텍스트에 확고한 사유 체계가 내장되어 있다는 기대가 맹목적인 것이 되어서는 곤란하다. 이 글은 이상의 텍스트 실험이 여전히 진행 중이라는 사실을 염두에 두며, 오로지 수사학적인 관점에서 그의 텍스트 실험의 면모를 살피는 일이 필요하다는 입장을 확인하고자 한다.

루소의 텍스트를 수사학의 관점에서 읽은 폴 드 만에 따르면, '메타포의 명명'은 파토스pathos와 관계하고 '알레고리적 서사'는 에토스ethos와

---

12 김윤식, 『이상문학 텍스트 연구』, 서울대 출판부, 1998.
13 권영민, 「이상문학을 어떻게 볼 것인가」, 『이상 텍스트 연구』, 뿔, 2009 참조. 권영민은 이상이 일문시를 발표한 『조선과건축(朝鮮と建築)』을 조선 문단 안으로 편입시키기 어렵다는 이유와, 1930년대 초의 상황에서 일본어 글쓰기 행태가 식민지 교육을 받은 작가들에게 공통적으로 나타난 현상이었다는 사실을 들어, 이상의 이중어적 글쓰기를 의식적 고안으로 보기 힘들다는 견해를 제시한다.
14 권영민이 편집하여 뿔 출판사에서 간행한 이상 전집은 원문과 함께 현대어 판본을 함께 실었다는 점에서, 그리고 현대어 판본을 원문의 앞에 배치하고 있다는 점에서, 다른 전집과는 달리 연구자보다는 대중을 상대로 한 전집에 가깝다 할 수 있다. 그러나 이 전집의 현대어 판본 역시 이상이 사용한 한자어들을 음독(音讀)하는 수준에 그치고 있기 때문에 완벽한 현대어 번역이라고 보기는 어렵다.

관계한다.[15] 메타포의 명명은 그 자체로 대상을 단일한 의미에 고정해버린다는 점에서 일종의 폭력이다. 그러나 애초에 메타포의 명명은 어떤 '필요'에 의해서가 아니라 '격정파토스'에 의해 생겨나는 것이기 때문에, 즉 내적인 체험을 표현하는 것이기 때문에, 오류일지언정 거짓은 아니다. 폴 드 만이 소개한 루소의 예를 보자. 원시인이 낯선 사람과 조우해 그를 '거인'이라고 명명한다면 그것은 자신이 처한 상황에 대한 공포와 불안을 반영하는 것일 텐데, 그것은 명명하는 자의 내적인 공포와 대상의 외적인 크기의 속성 사이의 조응에 근거한 메타포이므로, 그 결합 자체는 불변의 진리가 될 수는 없겠지만 거짓이라고 할 수는 없다. 알레고리는 이러한 메타포의 오류 가능성을 지칭하는 용어이다. "알레고리는 언제나 메타포의 알레고리이고, 그러한 것으로서 알레고리는 언제나 독서 불가능성의 알레고리이다"280라고 드 만은 쓰고 있다. 모든 메타포가 거짓은 아니지만 그것은 오류일 수 있으므로 반드시 실패할 수밖에 없는데, 그런 이유로 모든 알레고리는 '독서', 즉 해석의 실패를 결과한다는 것이다. 나아가 그는 루소의 『쥘르 혹은 신 엘로이즈』에 삽입된 두 번째 서문이 작품의 이해에 도움을 주기보다 오히려 고정된 메타포적 구성을 해체하는 장면을 예로 들면서 알레고리의 윤리적 성격을 설명한다. "알레고리는 늘 윤리적"281인데 이는 언어적 혼돈을 지시하는 양상이기 때문이라는 것이다.[16] 대상

---

15 이하의 내용은, 폴 드 만의 『독서의 알레고리』(이창남 역, 문학과지성사, 2010)의 2부 내용을 참고하여 서술한 것이다. 직접 인용의 경우 본문에 면수를 제시하였다.

16 폴 드 만은 칸트의 미적 자율성의 문제에 대해서도 언어 일반 행위와 관련하여 색다른 시각을 드러낸다. 이에 대해서는 다음과 같은 해제를 참고할 수 있다. "드 만은 의미론적 비결정성의 문제를 미학적 영역 안에 범주화함으로써 안정시키고자 하는 전통적 시도를 벗어난다. 왜냐하면 그 문제는 특수한 미적 경험에서만 표면화되는 것이 아니라, 언어 일반의 지시성 자체에 나타나는 현상이기 때문이다. 그가 언어의 형상성, 수사성을 특수한 미적 언어 사용에 해당되는 것으로 파악하지 않고, 독서 행위(해석과 표상의 행

의 부분적 속성을 그 대상의 전부로 착각할 위험이 있는 메타포의 한계를 지적하는 것이 바로 알레고리의 역할이다. 이 글은 "이상이 추구하게 되는 서사적 문법의 원점"[17]에 해당된다는 「지도의 암실」을 읽으며, 독서 불가능성이라는 알레고리의 윤리가 어떤 방식으로 실천되고 있는지 증명해 보고자 한다.

2. 사적 체험의 파편적 재현으로서의 산책

1932년 3월 총독부 기관지인 『조선』에 비구比久라는 필명으로 발표된 「지도地圖의 암실暗室」은 발표 순서로 보아 이상의 첫 번째 단편소설이라 할 수 있는데, 그의 소설 목록에서 가장 난해한 작품 중의 하나로 손꼽히기도 한다. 1932년 이후 시 쓰기에 몰두하던 이상이 5년여의 시차를 두고 발표한 「동해童骸」『조광』, 1937.2나 「종생기終生記」『조광』, 1937.5의 경우처럼 한자어가 빈번하게 노출되고 있지는 않지만, 같은 시기에 발표된 「휴업과 사정」『조선』, 1932.4 혹은 「지주회시」『중앙』, 1936.6와 마찬가지로 띄어쓰기를 거의 하고 있지 않다는 점이 「지도의 암실」의 독해를 방해하는 일차적인 요소로 작용한다. 무엇보다도 「지도의 암실」의 독해를 가장 피로하게 만드는 것은 문장 구조이다. 이 작품에서 이상은 엄밀히 따져보면 문법적으로 오류투성이인 장거리 문장들을 주로 사용하고 있다. 첫 문장부터 꼬여있

위) 일반에 나타나는 현상으로 파악하는 것도 그 때문이다." 이창남, 「(옮긴이 해설) 폴드 만의 '독서'와 '알레고리'」, 위의 책, 413면. 이 글에서 '독서'라는 용어를 사용할 때에도 그것을 문학 작품을 대상으로 한 행위로만 한정하지 않는다.
17 권영민, 「「지도의 암실」을 위한 주석」, 앞의 책, 273면.

다. "기인동안잠자고 짧은동안누엇든것이 짧은동안 잠자고 기인동안누엇섯든 그이다"[18]라는 문장은 문법적으로도 어색할 뿐만 아니라 의미도 명료하지 않다. 이처럼 「지도의 암실」에는 지시의 기능을 제대로 수행하지 못하는 문장들이 많다. 이같은 표면적인 특징뿐 아니라, 이 소설은 서사의 구축에 대해서도 무신경하다는 점에서 독자의 예상과 기대를 배반하는 측면이 크다. 예사롭게 한 번 읽고 소비될 만한 소설이 될 수는 없는 것이다. 이상의 소설들은 대부분 의미하는 바가 모호하기는 하지만, 작품의 내적 정황 자체가 불명료한 경우는 별로 없다. 다시 말해, 이상 소설은 말하려는 바가 모호한 반면 드러내는 정황 자체는 비교적 명확하다. 연애게임의 양상을 다루고 있는 「동해」, 「단발」 등의 소설은 물론이거니와 'SS'라는 인물의 침 뱉기 행위와 관찰자인 '보산'의 심리 서술이 전부인 「휴업과 사정」에서도 작품의 내적 정황은 분명하다. 그런 점에서 「지도의 암실」은 작품의 객관적 정황조차 파악하기 힘든 유일한 소설에 속한다. 이상이 「지도의 암실」을 통해 보여주려 한 것은 무엇일까. 일단 그 정황이 파악되어야 이 소설의 독서법에 대해 생각해볼 수 있을 것이다.

우선 인물을 살펴보자. '나', '그', '리상', 'K' 등 인물을 지칭하는 고유명이나 인칭대명사가 등장하고 있기는 하지만 이들의 관계는 불분명하다. 이 소설의 두 번째 문장에 속해 있는 "나는리상이라는한우수운사람을안다 물론나는그에대하야 한쪽보려하는것이거니와"[194]라는 구절에서, 이 소설이 '나'라는 서술자가 '그 = 리상'에 대해 쓰고 있는 소설임이 암시된다.'나'라는 인칭대명사는 이후 등장하지 않는다. 역시나 이 소설에서는 주로 3인칭인

---

18 권영민 편, 『이상전집 2 – 단편소설』, 2009, 뿔, 194면. 이하 작품 인용의 출처는 이와 동일하다. 작품 인용 시 본문에 면수만 적기로 한다.

'그 = 리상'이 묘사의 대상이 되는데, '그'의 행태뿐만 아니라 '그'의 여러 가지 상념들이 함께 노출되면서, 결국 이 소설은 서술자이자 관찰자인 '나'가 '그'와 동일인물인 듯 읽히고 있다. 즉 이 소설은 '그'라는 3인칭 주어를 사용하고 있지만 1인칭 주인공 시점으로 읽어도 무방하다. '그'라는 3인칭 주어로 '나'라는 1인칭 주어로 바꾸어놓는다고 해도 전혀 이상할 것이 없다. 이러한 용어가 가능하다면 '3인칭 주인공 시점'쯤으로 부를 수 있을 것이다. 앞에서 인용한 문장으로 돌아가 "나는그에대하야 한쪽보려 하는것이거니와"라는 부분에 주목해보자. 여기서 "한쪽"이라는 말은 무엇일까. 뒤에 살펴보겠지만 이 소설이 하루 동안의 어떤 움직임을 담고 있다고 했을 때, "한쪽"이라는 말은 그 하루를 뜻하는 것일 수도 있지만, '그'라는 인물의 한쪽 부분을 뜻하는 것일 수도 있다. '그'를 제외하고 거의 유일한 등장인물이라고 할 만한 'K'의 정체를 살펴보며, '한쪽'의 의미를 명확히 이해해보자. 'K'가 등장하는 장면들을 모두 추려보면 다음과 같다.

① 외그는평화를발견하얏는지 그에게뭇지안코의례한K의바이블얼골에그의 눈에서나온한조각만의보재기를한조각만덥고가버렷다.195~196

② 역시그럿코나오늘은카렌더의붉은빗이 내여배엿다고 그럿케카렌더를 만든사람이나쎄이고간사람이나가마련하야노혼것을 그는 위반할수가 업다 K는그의방의카렌더의빗이 K의방의카렌더의빗과일치하는것을 조화하는선량한사람이닛가 붉은빗에대하야겸하야 그에게경고하얏느냐그는몹시생각한다198

③ 그는여러가지줄을잡아다니라고 그래서성낫슬째내여거는표정을작만하라고 그래서그는그럿케해바닷다 몸덩이는성나지아니하고 얼굴만성나

자기는 얼골속도 성나지안이하고 살쩝더기만성나자기는 남의목아지를
어더다 부친것갓하야쇠제멋적엇으나 그는그래도그것을 압세워내세우
기로하얏다 그러케하지안이하면 아니되게다른것들 즉나무사람웃심지
어 K까지도그를놀리러드는것이닛가 그는그와관게업는나무사람웃심지
어 K를차즈려나가는것이다 (…중략…) **그는K에게외투를어더그대로돌아
서서닙엇다** 썍듯이쾨감이억개에서잔등으로걸처잇서서비잇키지안는다
이상하고나한다.200

④ K는그에게 **빌려주엇든저고리를** 닙은다음서양시가렛트처럼극장으로몰려
갓다고그는본다 K의저고리는풍긔취체탐정처럼

⑤ 그의사고력을 그는도막〻내여노코난 다음에는그사고력은 그가도막〻
내인것은 안이게되어버린다음에 그는슬그머니엄서지고 단편들이춤을
한개식만추고 그가물러가잇슴즉이생각히는데로 차레로차레안이로 물
너버리닛가그의짓거리는것은 점〻 깁히를널허버려지게되니 무미간조한
그의한가지식의곡예에경청하는하나도 물론업슬것이엿지만잇섯스나 그
러나K는그의새쌁앗게찌저진 얼골을보고곳나가버렷스닛가 다른사람하나가
잇다.강조-인용자 211

‘그’의 친구인 듯한 ‘K’는 소설 전체에 걸쳐 다섯 번 등장하는데, ‘그’의
눈에 비친 단편적인 모습이 전부다. 인용문에 제시된 정보를 종합해 보면,
K는 ‘그’에게 “외투”를 빌려준 사람인데③과 ④, ②에서 보듯 남들과 다른
특이한 시간관념을 지니고 있는 사람은 아니다"K는그의방의카렌더의빗이 K의방의카
렌더의빗과일치하는것을 조화하는선량한사람". 그리고 K와 ‘그’는 얼굴을 마주하는 방
식으로 만난다①과 ⑤. 이 소설이 주로 ‘그’의 주인공 시점으로 전개된다는

사실을 지적했거니와 K는 어쩐지 '그'의 껍데기, 즉 '그'가 보고 있는 자신의 육체를 연상시킨다. '레인코트를 입은 사람'이 여러 문학 작품에서 흔히 분신의 형상으로 제시되는 것을 따로 지적하지 않더라도, 『12월 12일』을 비롯한 이상의 많은 작품에서 '옷'이나 '모자'와 같은 의복의 일부가 분신 형상으로 제시됨을 참조해볼 때,[19] 더불어 '보는 나'와 '보이는 나', 혹은 김해경과 이상의 분리와 만남이 이상문학의 주요한 주제임을 새삼 거론하지 않더라도, 「지도의 암실」에서 K를 '그 = 리상'의 또 다른 개체라 추측하는 것은 자연스럽다. 작품 전체를 통틀어 '앙뿌을르에 봉투를 씌운다'는 표현이 반복되고, 옷을 입고 벗는 것에 대한 서술이 강박적으로 제시되는 점, 그리고 "원숭이자네는사람을흉내내이는버릇을타고난것을작고사람에게도 그모양대로되라고하는가"[20]라는 식의 상념이 제출되는 점을 보건대 K를 '또 다른 나'로 읽을 가능성은 농후하다. 특히 ③에서 "K에게외투를어더그대로 돌아서서넙엇다"라는 진술 앞에 자신의 표정과 속내가 얼마나 다른가를 사색하는 장면이 제시된다는 점도 시사적이다. ⑤는 레스토랑에 들어서다 넘어져 얼굴을 다친 '그'를 K가 외면하고 나가버리는 장면이다. K가 나가버린 자리에 "다른사람하나가잇다"라는 구절에서 '다른사람'은 '그' 자신을 의미할 것이다. '그'와 K의 관계를 결정적으로 암시하는 작품 전반부의 한 장면으로 돌아가 보자.

엇던방에서그는손까락씃을걸린다 손까락씃은질풍과갓치지도우를거웃는데 그는마안혼은광을보앗건만의지는것은것을엄격케한다 외그는평화를발견하얏는지 그에게뭇지안코의레한K의바이블얼골에그의눈에서나온한조각만의보

19 김주현, 「이상 소설과 분신의 주제」, 『이상소설연구』, 소명출판, 1999 참조.

재기를한조각만덥고가버렷다.

옷도그는아니고 그의하는일이라고그는옷에대한귀찬은감정의버릇을늘하로
의한번식벗는것으로이러치아니하냐 누구에게도업시반문도하며 위로도하야
가는 것으로 도 보아 안버린다.

친구를편애하는야속한고집이 그의밝안몸덩이를 친구에게그는그럿케도쉽살
이내여맛기면서 어듸친구가무슨즛을하기도하나 보자는 생각도안는못난이
라고도하기는하지만사실에그에게는 그가 그의밝안몸덩이를가지고단이는묵
어운로역에서버서나고십허하는 갈망이다195~196

위 인용문의 첫 번째 단락은 '그'가 거울을 마주하고 있는 장면을 묘사
한 듯 보인다. 그는 손가락 끝을 걸게 하고 있다"그는손까락끗을걸린다". 그 손가
락은 "지도우를" 걸고 있다.[20] 이때 "K의바이블얼골"이 갑자기 등장한다.
그리고 '그'는 그 얼굴에 "눈에서나오한조각만의보재기를한조각덥고가버
렷다"라고 쓰여 있다. 거울 속의 자기 얼굴을 손가락 끝으로 더듬다가 결
국 눈을 감고 외면해 버리는 장면이라고 생각해볼 수 있지 않을까. 이상의
시에서 무수히 반복되었던 '거울'을 사이에 둔 자기분열의 양상을 묘사한
장면일 수 있다는 것이다. 그렇다면 K는 김해경의 이니셜을 암시하는 것
일 수도 있다. '그'에게 K는 '옷'이나 '밝안몸덩이'로 변주되는 자신의 껍
데기에 불과하다. '그'는 "그의밝안몸덩이를가지고단이는묵어유로역에서
버서나고십허하는갈망"을 표출한다. 그래서 자신의 '밝안몸덩이'를 친구

---

20 이상의 시 텍스트에서 '지도', '거울', '얼굴'이라는 기표는 유사한 의미를 공유한다. 이
에 주목하여 이들 기표가 공통적으로 환기하는 '공백'의 이미지를 이상의 시가 생성되
는 '배치'의 문제와 관련하여 살펴본 연구로는, 김예리, 「이상 시의 공백으로서의 '거울'
과 地圖的 글쓰기의 상상력」, 『한국현대문학 연구』25, 한국현대문학회, 2008을 참조.

에게 내맡겼다고 서술한다. '밝안몸덩이'를 떠맡은 친구가 바로 K이다. 그리고 '그 = 리상'은 1932년 「건축무한육면각체」를 발표하며 김해경으로부터 분리된 '이상李箱' 자신이다.

이상 소설에서 '만남'의 문제에 주목한 김현은 「지도의 암실」에 보이는 "독자獨自의 세계"에서 이후 "만남의 세계"[21]로 이동하는 것이 이상 소설의 진행 과정이라고 분석한 바 있다. 이는 절반만 맞는 말이다. '그'가 결국 K와 동일 인물이라고 한다면 이 소설이 "독자의 세계" 속에서 이루어지고 있는 것이 맞지만, '그'의 의식 속에서 K는 '다른 나'로 인식되고 있으므로 이 소설은 '만남의 세계'를 그리고 있는 소실로 볼 수도 있는 것이다. 이상이 '이상李箱'이라는 이름을 처음 사용한 것은 1932년 7월 『조선과건축』에 「건축무한육면각체」라는 연작시를 발표하면서이다. 1931년 「이상한가역반응」이라는 일문시를 같은 잡지에 발표할 때 그는 아직 김해경이었다. 「지도의암실」은 「이상한가역반응」의 김해경으로부터 「건축무한육면각체」의 이상으로 변모하는[22] 과정 중에 씌어졌다. 이러한 사실을 참조하면 K를 '그 = 리상'의 분신적 존재로 읽을 가능성이 더욱 커진다.

이 글이 '그'와 'K'가 동일 인물의 다른 양태일 수 있음을 증명하는 것은 「지도의 암실」에 대한 (물론 오류로 판명될 가능성이 있는) 또 하나의 주석을 추가하려는 목적과는 무관하다. 이 글은 그러한 정황이 이 소설의 독해

---

21 김현, 「이상에 나타난 '만남'의 문제」, 김윤식 편, 『이상문학전집』 4, 문학사상사, 1995, 169면.

22 신형철은 이상의 거울시편과 관련하여 "김해경으로부터의 이상의 분화(1932.7), 이상에 의한 김해경의 사망(1933.6)이라는 일련의 사건"을 세밀히 살피며, '이상의 탄생'을 "되기(devenir)의 실천철학"이자 "이상이라는 영토의 생성을 종용하는 지도 만들기(cartographie)의 작업"으로 설명한다. 신형철, 「이상(李箱) 시에 나타난 '시선(視線)'의 정치학과 '거울'의 주체론 연구」, 『한국현대문학 연구』 12, 한국현대문학회, 2002, 345~351면 참조.

에 어떤 영향을 끼치고 있는지에 주목하고 있으므로 이러한 '자기분열'이
이상의 생애 혹은 그의 문학 행위 전반과 관련하여 어떤 의미를 지니는지
에 대해서도 관심을 두지 않는다.[23] 「지도의 암실」이 한 인물의 내면을 서
술한 작품이라고 보았을 때 우리는 이 소설에서 특정한 서사를 군이 찾을
필요는 없다. 내적 체험의 서술이라는 점에서 '그'에 의해 서술된 모든 사
건은 '그' 자신의 시선에 의해 왜곡된 것일 수밖에 없다. 따라서 줄거리의
재미나 의의를 따지는 것은 애초에 무의미하다. 역시나 「지도의 암실」에는
'그'가 집으로 돌아오기 전 레스토랑을 찾아가 한 여자와 대면하는 것 이외
에 뚜렷한 사건이 등장하지 않는다. 작품의 배경 역시 불명료하다. "방을나
슨다"194로 시작해 "그는잔다"로 작품이 종료되며, 작품의 중간에 "그는답
보를게속하얏는데"210라는 표현과 "그가늘산보를가면"211이라는 표현이

---

23 이와 관련하여 지적해두고 싶은 것은 「지도의 암실」과 「휴업과 사정」의 상호텍스트적
   읽기의 가능성이다. 1932년 총독부 기관지 『조선』에 한 달 간격으로 실린, 「지도의 암
   실」과 「휴업과 사정」은 일종의 연작소설로 보인다. 「휴업과 사정」에서 마주 보고 있는
   두 집에 살고 있는 'SS'와 '보산' 역시 분신 관계로 설명될 수 있다(이에 대해서는, 조연
   정, 「이상문학에서 '분신' 테마의 의미와 그 양상」, 『이상문학 연구의 새로운 지평』, 역
   락, 2006 참조). 위생관념과 시간관념이 철저한 강박증적 인물인 '보산'은 자신과 정반
   대의 생활을 하는 험상궂은 얼굴의 'SS'를 혐오하는데, '보산'이 서술자이자 관찰자가
   되어 'SS'의 행태와 그에 대한 자신의 심리를 그리는 「휴업과 사정」을 염두에 두었을
   때, 「지도의 암실」은 이와 정반대로 시간관념과 위생관념이 투철하지 않은 'SS'의 관점
   에서 서술된 소설처럼 읽히기도 하는 것이다. 「지도의 암실」의 주인공인 '그'는 소설의
   마지막 부분에서 레스토랑에서 넘어져 얼굴을 다친다. 그리고 집으로 돌아와 레스토랑
   의 "녀자"을 생각하며 잠자리에 든다. 「휴업과 사정」에서 '보산'은 험상궂은 얼굴의
   'SS'가 여자와 함께 사는 것을 불쾌해했는데, 이런 점에서도 「지도의 암실」의 '그'는 여
   러모로 'SS'와 겹친다. 「지도와 암실」에는 '그'가 "투스브럿쉬"로 이를 닦다가 "거울에
   열닌들창"에서 "책임의무체육선생리상"을 만나는 장면이 나온다. 이러한 장면은 「휴업
   과 사정」에서 들창을 사이로 '보산'과 'SS'과 대면하는 장면을 상기시킨다. 이상은
   1932년에 이 두 편의 소설을 발표한 이후 4년여의 기간을 시 창작에 몰두하다(「집팽이
   蝶死」(『월간매신』, 1934.8)를 제외하고) 본격적인 소설이라 할 만한 작품들을 1936
   년에 대거 발표한다. 「지주회시」, 「날개」, 「봉별기」가 그것이다. 이상의 소설은 이처럼
   '분신' 모티프를 활용한 초기작과 연애 게임의 양상을 주로 다룬 후기작으로 양분될 수
   있다.

제시되는 것으로 보아 이 소설은 하루 동안의 산책 체험을 그린 것이라 짐작할 수는 있다. 동물원을 암시하는 "JARDIN ZOOLOGIQUE"202라는 구절이나, "풀엄우에누어서"203, "시가지한복판에 이번에새로생긴무덤우으로"206, "그는그레스토오랑으로넘어젓다"210라는 구절을 통해 '그'의 행로가 막연히 추측된다. 우리가 작품이 제시하는 정보를 통해 얻을 수 있는 사실은 대체로 이 정도이다. '그'가 정확히 어디에서 어디로 이동하는지, '그'의 여러 가지 상념들은 어떤 광경을 통해 촉발된 것인지 분명히 확인하기는 힘들다.

이 소설은 산책을 다루고 있다는 점에서 박태원의 「소설가 구보씨의 일일」과 비견되기도 하는데, 박태원의 서술자가 관찰자로서의 역할에 충실하면서 자신의 행로를 비교적 명확하게 제시하고 있다면, 「지도의 암실」은 "사적 경험의 시간으로 재구성"24되어 있다는 점에서 차별된다. 전자가 눈에 보이는 객관적 이미지 그 자체에 주목한다면, 후자는 보는 이의 내면에 그려진 이미지에 주목한다. 둘 다 넓은 의미의 '재현'이라는 점에서는 다르지 않지만, 전자의 재현은 외부 세계에 대한 객관적 정보를 제공하는 것에 목적을 둔다면, 후자는 자신의 눈앞을 스쳐간 파편적인 영상들과 그에 관한 자신의 상념들을 일정한 순서 없이 나열함으로써25 '재현 불가능성'을 '재현'하는 것에 주력한다고 할 수 있다. 가령 "시가지한복판에 이번에새로생긴무덤우으로 싹장벌러지에무든각국우슴이 헷쓰려써러트려저모

---

24 권영민, 「「지도의 암실」을 위한 주석」, 『이상 텍스트 연구』, 299면.
25 이상이 「소설가 구보씨의 일일」에 그린 삽화는 박태원의 재현 방식과 이상의 재현 방식을 비교하는 자료로도 유용하다. 이상의 삽화는 소설 속의 결정적인 한 장면을 형상화하여 말로 그려진 정황을 시각적 이미지로 체험하는 재미를 주는 역할을 하지는 않는다. 이상은 여러 장면들에서 하나의 이미지씩을 추출해 그것들을 돌발적으로 병치하는 방식으로 삽화를 그린다. 이에 관한 자세한 분석은, 박치범, 앞의 글 참조.

혀들엇다"207라는 구절은 무엇을 뜻하는가. 그것은 '극장'권영민, '유곽'윤지
관, '외인묘지'김성수 등으로 다양하게 읽힐 수는 있지만 우리는 '그=리상 /
K'가 실제로 무엇을 보았는지는 결코 알 수 없다. 다만 그의 눈앞을 스쳐
간 이미지의 조각만을 볼 수 있을 뿐이다. '그'의 산책이 세계를 해석하는
행위이며, 더불어 우리의 독서는 '그'의 산책을 해석하는 행위라고 할 때,
확실한 것은 모든 '해석'과 '독서' 행위가 불가능하다는 사실 뿐이다.

> 앗까까지도그는저고리를 이상히넘엇섯지만 지금은벌서그는저고리를넙은
> 평상시를것은 그이고말아버리게되어서길을것은다 무시〻한하로의하로가
> 차츰〻씃나들어가는구나하는 어둡고도가벼운생각이 그의머리에씨운모자
> 를쓰면 벗기고쓰면 벗기고하는것과갓치 간즐간즐상쾌한것이엿다 조곰가만
> 히잇스라고 앙샊을르의씨워진채로 잇는봉투를 벗겨노혼다음책상우에잇는
> 여러가지책을 하나식 둘식 셋식 넷식트람프를석글째와갓치 석기시작하는것
> 은무엇을 찻기위한석근것을 차곡차곡추리는것이 그럿케보히는것이지만 얼
> 른나오지안는다212~213

'그'는 옷을 입었다 벗었다, 모자를 썼다 벗었다 하는 행위혹은 공상를 반복
한다. 이는 아마도 '그' 안에 존재하는 '여러 나'를 형상화하는 방식일 것이
다. 위의 인용문은 레스토랑에서 '녀자'를 만난 장면과, 집에 돌아오는 장면
사이에 삽입되어 있다. 시간상으로는 '그'의 하루가 거의 끝나갈 무렵이다.
여러 권의 책을 트럼프처럼 섞는 행위또는 공상가 묘사되는데, 이처럼 무언가
를 뒤섞거나 차곡차곡 추려봐야 찾으려는 것이 쉽게 찾아지지 않는다는 설
명이 덧붙여 있다. 여기서 묘사되고 있는 것을 하루를 반추하는 행위 정도

로 파악할 수 있지 않을까. 자신의 머릿속에 각인된 여러 가지 파편적인 이미지들을 조립해보았자, 자신의 하루를 완벽히 재현할 수 없을 것이라는 열패감을 드러내는 것에 다름 아닐 것이다. 「지도의 암실」을 통해 우리가 어떤 유기적 풍경을 읽어낼 수 없는 것은 당연한 사실이다. 알레고리적 서사의 전형을 보여주는 「지도의 암실」은 내적 체험에 대한 사실적이고도 진실한 재현이라는 점에서 시적 소설이라 불릴 만도 하다. 다음과 같은 구절은 이 소설의 장면들이 배열되는 방식을 비유하는 결정적인 대목이다. "그의 사고력을 그는도막ㅅㅅ내여노코난 다음에는그사고력은 그가도막ㅅㅅ내인것은 안이게되여버린다음에 그는슬그머니엄서지고 단편들이춤을한게식만추고"211라는 구절이다. '그'에게 자신의 체험을 유기적으로 구성할 "사고력"은 존재하지 않는다. 체험은 언제나 단편적이다. '그'가 도막난 사고들의 "단편들이춤을한게식만추"도록 만드는 것은 자신의 체험에 대한 가장 정확하고도 진실한 재현을 위해서이다.[26]

3. 순간적 체험의 동시적 재현을 위한 시간의 공간화

「지도의 암실」을 통해 우리가 '그'의 행로를 정확하게 그릴 수 없는 이

---

26 이와 관련하여, 벤야민이 보들레르를 읽으며 칸트적인 의미의 '종합적 경험(Erfahrung)'과 대비되는 '사건적 경험(Erlebnis)'의 속성을 설명한 대목을 참조할 수 있다. 사건적 경험의 주체는 자신에게 일어나는 지각적 사건들을 하나의 인식으로 통합하지 못하는데, 이러한 사건적 경험에 대한 이해를 바탕으로 종합적 경험의 허구성을 폭로하는 것이 벤야민의 알레고리론이 주력하는 바다. 종합적 경험의 허구성과 사건적 경험의 진실성을, '상상력'과 '파상력'이라는 대조적인 용어로 명쾌하게 설명한 김홍중의 글(「파상력이란 무엇인가」, 「문화적 모더니티의 역사시학」, 『마음의 사회학』, 2009)은 벤야민의 알레고리론을 이해하는 데 좋은 길잡이가 되어 준다.

유는, '그'가 재현하고 있는 것이 외부 대상이 아닌 내적 체험이라는 이유 때문이기도 하지만, 이 소설에서 특히 시간의 선조적線條的 성격이 철저히 부정되고 있다는 사실도 이와 관련하여 주목해야 할 특징이다. 시간의 흐름이 손쉽게 감지될 만한 서사를 고안하지 않았다는 표면적 특징뿐만 아니라, '그'가 '시간'에 민감하다는 사실 또한 의미심장하다. 시간에 대해 민감하다는 말은 시간관념이 철저하다는 뜻은 아니다. 새벽 네 시가량 잠이 들고 아침 열 시쯤 느지막이 일어나는 '그'는 시간을 철저히 분절하여 활용하는 계획적인 사람은 아니지만, 애초에 시간의 흐름에 무신경한 인물도 아니다. '그'는 끊임없이 시간과 대결하며 시간의 흐름에 대한 강박적인 거부를 드러낸다. 이는 '그'가 그만큼 시간의 흐름을 예민하게 감지하고 있다는 말이 된다. 다음과 같은 언급들을 참조할 수 있다.

① 시계도칠랴거든칠것이다 하는마음보로는한시간만에세번을치고삼분이남은후에륙십삼분만에처도너할대로내버려두어버리는마음을먹어버리는관대한세월은 그에게이째에시작된다.[196]

② 일요일의붉은빗은월요일의힌빗이잇을째에못쓰게된것이지만 지금은가장씨우는것이로고나 확실치안이한두자리의수자가 서로맛붓들고그가웃는것을보고 웃는것을흉내내여웃는다 그는카렌더에게 지지는안는다 그는대단히넓은우슴과 대단히좁은우슴을 운반에요하는시간을 초인적으로가장짧게하야 우서버려보혀줄수잇섯다.[198]

③ 시계는여덜시불빗이방안에화안하야도시게는친다든가 간다든가하는버릇을 조곰도변하지는안이하닛가 이째부터쯤그의하는일을 시작하면저녁밥의소화에는 그다지큰지장이업스리라 생각하는 까닭은 그는결코음식물

의 완전한소화를바라는것은 안이고대개우엔만하면 그저그대로니저버리고 내여버려두리라하는 그의음식물에대한관념이다.213

인간이 스스로 감지하기 힘든 시간의 흐름을 고정된 숫자를 활용하여 시각화시켜 놓은 것이 시계와 달력이다. 그러한 장치들로 말미암아 인간은 독자적으로 시간의 흐름을 감지할 필요가 없게 되었고 시간의 흐름을 느끼는 우리의 능력도 점차 퇴화되었다. 그러나 시계와 달력이 일러주는 균질화된 시간의 흐름과, 우리가 제각기 느끼는 시간의 흐름은 성질이 같을 수가 없다. 노골적으로 "시세"와 "카렌더"와 대결하는 ①과 ②는 이러한 격차를 보여준다. ①을 보자. 일분에 한 번씩 규칙적으로 시간의 경과를 알리는 시계가 있다고 했을 때, 그 시계는 한 시간 안에 정확한 간격으로 육십 번을 치겠지만, 한 시간이라는 시간의 덩어리를 '그'가 어떻게 감지하느냐는 시계의 가르침과는 별 상관이 없다. 이는 우리 모두가 경험적으로 알고 있는 사실이다. 같은 간격으로 한 시간에 육십 번을 치지 않는, 즉 균질적인 시간을 흐름을 보이지 않는 시계는 불량이지만, '그'의 생체시계가 "세번을치고삼분이남은후에륙십삼분만에처도" 그것은 비정상이 아니다. '그'는 그렇게 "관대한세월", 즉 시계와 무관한 독자적인 시간관념을 사수하고자 한다. ②에서 "카렌더에게 지지는안는다"라며 달력을 노려보는 듯한 '그'를 묘사한 것도 바로 '그'의 독자적 시간관념을 비유적으로 드러낸 부분이다. 따라서 ③의 인용에서 보듯 '그'의 식사 행위 역시 정해진 시간을 엄격히 지켜 이루어지지는 않는다. "음식물의 완전한소화를 바라는것은 안이고" 저녁 시간이 되어도 음식물의 섭취는 "니저버리고 내여버려두리라" 하는 것이 그의 생각이다. 조반을 먹으면서도 먹는 둥 마는 등 에로센코의 독서에 몰두하였던 '그'"먹은조반은 그의식도를거처서바로 에로시엥코 의뇌수로들어서서 소화가되든지안되든지", 199는 시간의 선조적 흐름이나 시간의 균질 적 분절과 대결하며 자신만의 시간을 산다.

　이상이 근대적 시간 개념을 거부하고 있다는 사실은 새로운 발견이 될 수 없다. 시에서는 좀 더 복잡한 사유가 제시되지만, 소설을 대상으로 할 경우, 그것은 주로 일정한 직업이 없이 밤과 낮을 거꾸로 사는 인물들의 비정상적 습성을 통해 증명되곤 했다. 「지도의 암실」을 통해 새삼스러운 그 사실을 확인하는 것은 이 소설이 산책의 과정을 그리고 있으면서도, 일 정한 여로를 발견하려는 독자의 기대를 여지없이 배반하는 방식으로 쓰 였다는 점을 중요하게 음미하게 위해서이다. 전체적으로 보아, 이 작품은 시간적 구성이 아닌 공간적 구성을 띠며 내면에서 착종되고 있는 단편적 인 이미지들을 그대로 나열하는 방식을 취한다. 그런데 이처럼 파편적인 이미지를 동시적으로 나열하는 특징은, 구체적인 부분 부분의 장면 속에 서, '그'가 자신이 본 장면을 묘사할 때나 자신의 행위를 서술할 때에도 반 복되고 있다. 「지도의 암실」을 통틀어 살펴보아도 선조적 시간 체험을 바 탕으로 재현의 내적 동일성이 보장되는 경우는 거의 없다. 앞에서 지적했 듯 식사 행위와 독서 행위가 뒤섞이는 장면도 그러한 예 중 하나이다. 특 히 흥미로운 지점은 '그'가 자신의 내면에서 무수히 많은 순간이 교차되 는 장면을 그리기 위해, '그'의 육체를 분절하거나 복제하여 무수히 많은 '나'를 상정해 보는 장면이다. '그'가 K라는 분신을 창조하며 자기 자신을 해체적으로 인식한 것은 시간의 연속적 흐름에 대결하여 순간적 체험을 강조하기 위한 것이었다고 볼 수도 있을 것이다.

① 그째에그의잔등외투 속에서

양복저고리가 하나썰어젓다 동시에그의눈도 그의입도 그의 염통도 그의뇌
수도 그의손까락도 외투도 자암뱅이도모도어얼러썰어젓다 남은것이라고는
단추 넥타이 한릿틀의탄산와 사부시럭이엿다 그러면그곳에서잇는것은무엇
이엿드냐하야도 위치싼인페허에지나지안는다 그는 그런다 이곳에서흔어진
채 모든 것을다슷을내여 버려버릴가 이런충동이쌍우에썰어진팔에 엇던경향
과방향을 지시하고그러기시작하야버리는것이다.205~206

② 밤이그에게그가갈만한길을잘내여주지안이하는 협착한속을 — 그는밤은
낮보다쌕々하거나 밤은낮보다되에다랏커나 밤은낮보다좁거나하다고늘생각
하야왓지만 그래도 그에게는 별일별로업시 조왓거니와 — 그는엄격히걸으며
도 유기된그의기억을안ㅅ고 초々히그의뒤를짜르는저고리의령혼의 소박한자
태에 그는그의옷깃을여기저기적시여 건설되지도항해되지도 안는한성질업
는지도를 그려서가지고단이는줄 그도모르는채 밤은밤을밀고 밤은밤에게밀
니우고하야 그는밤의밀집부대의 숙으로々々々점々깁히들어가는 모험을모험
인줄도 모르고모험하고잇는것갓흔것은 그에게잇서 아모것도아닌그의방정
식행동은 그로말매암아집행되어나가고잇섯다 그러치만.208

①의 서술들이 정확히 어떤 정황을 가리키고자 하는 것인지는 파악하기
쉽지 않다. 따라서 글자 그대로 읽어보는 수밖에 없다. "그째에그의잔등외
투속에서 양복저고리가 하나썰어젓다"라는 진술 뒤에, 그의 "눈", "입",
"염통", "뇌수", "손까락" 등이 "동시에" 떨어졌다는 진술이 이어진다.[27] 어

---

27 이 부분에 주목하여 '신체 분절'과 같은 비현실적인 장면들이 묘사되고 있다는 점에서
「지도의 암실」을 현실과 환상을 오가는 "몽환적 산책"의 서사로 읽는 경우도 있다(이정

떤 상황일까. 무리한 추측일 수 있으나, 양복저고리가 떨어지자 그것을 줍기 위해 '그'가 땅을 향해 몸을 굽힌 것을 두고, 그 순간적 행위("동시에"라는 부사어와 "도"라는 조사의 반복을 통해 모든 일들이 순간적으로 한꺼번에 일어난 것임이 암시된다)를 다시 더 작은 순간으로 분절하여 그것을 각각 신체 일부의 독립적인 행위로 묘사한 것이라고 파악할 수 있다. 물론 이같은 독해는 추측에 불과하지만 이로 인해 '그'의 독특한 시간 인식의 한 면모를 파악할 수 있게 된다.

②에서는 시간을 공간으로 인지하는 비유가 제시된다. 밤과 낮이라는 시간은 '빽빽하다', '되에다랏다',[28] '좁다'라는 식의 시각적이고 촉각적인 비유를 얻는다. 밤이 깊어간다는 사실은 "밤은밤을밀고 밤은밤에게밀니우고하야"라는 식으로 '공간의 이동'으로 묘사된다. 물론 시간의 흐름에 공간적 속성을 부여하는 비유법은 이상만의 것이 아니다. 우리가 일상적으로 '시간이 흐른다'라고 표현하면서 시간이라는 주어에게 공간의 이동을 뜻하는 동사들을('흐른다' 혹은 '간다') 부여할 때, 이는 시간과 공간의 인접성이라는 환유적 속성을 활용한 것일 텐데, 이러한 시간과 공간의 동조화는 워낙 뿌리 깊은 것이라 우리는 그 비유를 쉽게 감지하지 못하는 것이다.[29] 그런데, '시간이 간다'라는 표현은 자연스럽지만, 특정한 때를 지칭

석, 「이상의 「지도의 암실」론」, 『우리문학 연구』 30, 우리문학 연구회, 2010 참조). 그러나 외적 정황의 묘사보다는 내적 체험의 서술이 두드러질 뿐, 이 소설에서 '환상적 정황'이라 할 만한 것을 찾기는 어렵다. 토도로프에 따르면, 환상(the fantastic)을 환상으로 만드는 것은 그것의 현실성 여부에 관한 작중인물과 독자의 '지적 불확실성'이다(로지 잭슨, 서강여성문학 연구회 역, 『환상성 – 전복의 문학』, 문학동네, 2001 중 제1부 이론 부분 참조). 「지도의 암실」에서 적어도 '그'는 자신이 비현실적 상황에 놓여있는가 그렇지 않은가에 대해 혼란스러워하지 않는다. 이 소설의 '비현실적인 이미지'를 꿈이나 환상으로 이해할 필요는 없는 것이다.

28 되다랗다 : 풀이나 죽 따위가 물기가 적어 매우 되다(권영민의 주석 참조).

29 김태환, 「은유와 진리 – 폴 드 만의 『독서의 알레고리』의 출간에 부쳐」, 『문학과사회』, 2010 가을, 361면. 김태환의 이 글은, "은유가 거짓이 되는 것은 대상과의 비동일성과 부분적 조응이라는 스스로의 한계를 망각하고 대상을 완전히 독점하는 이론이 되려 할

하는 '밤'이나 '낮'에 공간의 이동을 뜻하는 동사를 붙이는 것은 어색하다. '밤'이나 '낮'을 우리는 고정된 공간처럼 인식하기 때문이다. 이동의 동사가 부여될 수 있는 것은 '시간'이 유일하다. 그럼에도 불구하고 「지도의 암실」은 "밤은밤을밀고 밤은밤에게밀니우고하야"라는 표현을 쓴다. 이런 표현의 특이함은 시간의 흐름을 물 흐르듯 자연스러운 것이 아니라 다소 억지스러운 행위처럼 그리고 있다는 점에서 찾아진다. 이상은 단순히 '밤이 깊어진다' 혹은 '밤이 되었다'라고 쓰지 않고 '밤이 밀고 밀린다'라고 쓰고 있다. 이같은 표현은 시간의 흐름을 좀 더 예민하게 감지하게끔 만든다. 너불어 '그'가 밤에 걷고 있는 것은 "밤의밀집부내의 숙으로" 걸어 들어가는 '모험'으로 묘사된다. 흐르는 시간 속에 '그'가 놓여 있는 것이 아니라, '그'가 시간 속으로 들어가고 있는 것이 된다. 이같은 전도된 표현 역시 앞서 지적했던 시간에 대한 '그'의 대결의식을 환기한다.

요컨대 「지도의 암실」에서 시간은 선조적으로 흐르지 않고 분절된다. 그리고 '그'는 시간의 흐름 속에 무방비 상태로 놓이는 것이 아니라 시간과 맞선다. '그'를 둘러싸고 있는 시간을 흐르게 두지 않고 자신이 그 시간 속으로 들어간다는 표현을 쓰면서 말이다. 이처럼 시간의 흐름이 공간의 이동을 뜻하는 동사적 표현을 얻거나, 더 나아가 인간 주체의 적극적 행위를 통해 시간의 흐름이 대상화되는 방식이 활용될 때, 인간과 시간의 관계는 다양하게 굴절된다. 시간은 멈추기도 하고 거꾸로 가기도 하며 천천히 가기도 하고 빨리 가기도 한다. 인간은 시간을 향해 갈 수도 있고 시간 앞에 멈추어 설 수도 있다. 「선에관한각서 5」에서 이상이 "미래未來로달아나

때이다"(366면)라는 폴 드 만의 사유를, 다양한 사례를 적극적으로 고안하여 설명하고 있다. 시간의 공간화는 이 글에서 '환유적 은유'의 사례로 제시된다.

서과거過去를 본다, 과거過去로달아나서미래未來를 보는가, 미래未來로달아나는것은과거過去로달아나는것과동일同一한것도아니고미래未來로달아나는것이과거過去로달아나는것이다"라는 모호한 표현을 쓴 것도 결국 시간의 흐름을 공간화하거나 대상화한 결과로 가능했을 것이다. 결국 이러한 비유들이 드러내는 것은 균질화된 시간의 흐름은 개개인의 체험 속에서 여러 가지 형태로 굴절될 수 있다는 당연한 사실이다. ②를 보면, '그'는 "유기된그의기억을안ㅅ고 초々히그의뒤를싸르는저고리의령혼의 소박한자태"와 더불어 밤으로 걸어 들어가고 있다. '그'의 유실된 기억이 '그'의 내면에서 어느 순간 돌발적으로 튀어나올지 모른다는 사실을 암시한다. 「지도의 암실」은 '그'가 체험한 수다한 순간들을 혼종적으로 묘사하고 있는 텍스트에 다름 아니다. 산책의 여로를 순차적으로 따져보며 '그'가 무엇을 그리고 있는가를 따져보는 일은 애초에 불가능한 시도이다. 시간을 표현하는 수사적 특징들을 검토하며 이 글이 목적하는 것은 근대적 일상성이나 리얼리즘적 역사관에 대한 이상의 철저한 부정 정신을 재차 확인하는 일은 아니다. 바로 이러한 '선조성線條性'의 해체가 결국 「지도의 암실」에 대한 독서 불가능성으로 귀결된다는 사실을 말하고 싶은 것이다.

4. 선조적 독서를 방해하는 진술의 삽입

지금까지 「지도의 암실」의 해체적 구성에 대해 살펴왔는데, 사실 이 작품의 구성 원리를 결정적으로 지시하는 대목이 작품 안에 삽입되어 있기는 하다. 「지도의 암실」은 이상 연구 목록에서 독립적인 작품론의 대상으로 등장하는 횟수가 많지 않은 경우에 속한다. 그럼에도 불구하고 이상의 글쓰기 방식을 해명할 때 가장 빈번히 인용되는 소설이기는 하다. 바로 다음의 구절 때문이다.

한번닑어지나가면 듸무소용인인글자의고정된기술방법을채용하는 흡족지안은버릇을쓰기를버리지안을까를그는생각한다 글자를저것처럼가지고그하나만이 이랫다저랫다하면 쏘생각하는것은 사람하나 생각둘말 글자 셋 녯 다섯 쏘다섯 쏘쏘다섯 쏘쏘쏘다섯그는결국에시간이라는것의무서운힘을 밋지아니할수는읍다한번지나간것이 하나도쓸데업는깃을일면서도 하나를버리는묵은즛을그도역시거절치안는지그는그에게물어보고십지안타 지금생각나는것이나 지금가지는글자가잇다가가즐것하나 하나 하나에서모도식못쓸것 인줄알앗는데외지금가지느냐안가지면 고만이지하야도 벌서가저버렷구나 벌서가저버렷구나 벌서가것구나 버렷구나 쏘가것구나.196~197

'그'는 "한번닑어지나가면 듸무소용인인글자의고정된기술방법을채용하는 흡족지안은버릇"을 어떻게 버릴 수 있을까에 대해 고심하고 있다. 「지도의 암실」이 체험을 재현하는 일의 불가능성을 폭로하고 더불어 시간의 선조성에 대한 부정적 인식을 드러내는 작품이라는 사실을 살펴보았거니와, 위의 인용문은 그러한 인식이 별다른 수사적 장치를 통과하지 않고 그대로 진술되고 있는 부분이라 할 수 있다. 언어를 표현 수단으로 삼는 문학이란 음악과 더불어 시간적 예술에 속한다. 독서란 수많은 글자의 더미 속에서 그 글자들을 하나하나 차례로 읽어나가며 의미를 만들어가는 과정이다. 글자의 물리적 존재 방식인 소리나 모양에만 주목하는 것이 아니라면, '읽기'라는 행위는 필연적으로 하나의 글자를 취했다 버리는 행위를 무한 반복함으로써 이루어질 수밖에 없다. 그리고 그때 하나의 기표는 단 하나의 대상을 지시한다는 약속이 전제되어야 독서, 즉 해석이 혼란 없이 가능해진다. 위 구절은 이러한 선조적 독서 행위에 대한 회의를 드러낸다. 그러면서도 "한번지나간것이 하나도쓸데업는것을알면서도 하나를버리는묵은즛을" 거절할 수가 없다고 쓰고 있다. 선조적 읽기 방식을 회의하는 '그'가 추구하는 것은 아마도 텍스트를, 결국 이 세계를 공시적 관점에서 장악하는 것인지도 모르겠다. 그것은 어떻게 가능할까. 텍스트의 모든 글자를 한꺼번에 취하는 것은 시각적 차원에서 가까스로 가능한지도 모른다. 이상의 적지 않은 텍스트가 실제로 그렇게 읽힌다는 사실은 이와 관련하여 의미하는 바가 크다. 기존의 연구들이 반복하여 지적했듯 위 구절은 독자에게 이상 텍스트에 대한 독법을 친절히 일러준다. 「지도의 암실」이라는 서사 구조물을 읽는 독자도 그러한 독법을 실천적으로 적용해야 한다. 기존의 연구가 「지도의 암실」에 주목하는 방식은 두 가지로 대별된다. 주로 작품의 정황을 탐색하면서 군데군데 삽입된 한문 구절의 의미를 작품의 전체적 맥락과 관련하여 해석하거나, 반복적으로 묘사되는 행위, 가령 '앙샤을르'에 '봉투'를 씌우고 벗기는 알 수 없는 행위의 의미를[30] 가늠해보거나, '그'의 어지러운 상념들을 쫓아가거나 하며, 최대한 논리적으로 이해 가능한 식으로 작품을 재구성해보는 일이다. 또 하나의 방식은 위의 인용문처럼 비교적 이해가 용이한 진술에 주목하여, 그것을

---

30   전구에 봉투를 씌워 실내를 어둡게 만드는 행위라는 해석이 지배적이다. 성교시 콘돔을 착용하는 행위를 암시한다는 주석도(이경훈, 「「지도의 암실」, 전등의 봉투」, 『이상, 철천의 수사학』, 소명출판, 2000) 있다.

이상의 글쓰기 방식을 음미하기 위한 자료로 활용하는 것이다. 단어의 차원에서나 전체 구성의 차원에서나 숨겨져 있는 원관념을 전제하고 그것을 찾아가는 것이 전자의 방식이라면, 후자는 그러한 형태의 독서 자체가 부정되어야 한다는 전언에 주목한다. 물론 「지도의 암실」을 향한 이 상반된 독법은 양립하기 힘들다. 그럼에도 불구하고 이러한 작업들이 동시적으로 진행될 수 있었던 것은 위에 인용한 대목이 「지도의 암실」이라는 작품 '속에서' 어떤 역할을 하는지에 관해서 유심히 살피지 않은 까닭이라고 할 수 있다.

이 글의 서두에서 언급한 드 만의 루소 읽기를 다시 한 번 참조해보자. 그는 루소의 『쥘르 혹은 신 엘로이즈』에 등장하는 두 번째 서문이 작품 내에서 하는 역할에 주목한다. 작가와 가상의 독자가 대화를 나누는 방식으로 이루어져 있는 그 서문의 성격에 대해 드 만은 다음과 같이 설명한다.

두 번째 서문에서 알레고리적인 양태가 그 자체를 관철시키는 지점은 정확히 R이 자신의 텍스트를 읽는 것이 불가능함을 인정하고, 그 텍스트를 장악하는 자신의 힘을 포기하는 순간이다. 그러한 진술은 그 픽션이 자체의 부정적 엄격함에 힘입어 확보한 이해 가능성과 매력을 모두 무화無化한다. 그러므로 그와 같은 인정은 서사의 전개를 활성화한 내적인 논리에 대립하여 발생하고 그 논리를 해체한다.[31]

여기서 R은 루소 자신을 지칭한다. 루소는 두 번째 서문에서 '모상模像, portrait'이 결국 '허구tableau'일 가능성을 암시한다.[32] 더불어 『쥘르』라는

---

31 폴 드 만, 앞의 책, 280면.

이야기 속의 편지 왕래가 실제인지 허구인지를 묻는 가상 독자 N의 질문에, 실제하는 연인의 편지를 모아서 출판한 것이라는 말을 남긴다. 이미 모든 '모상'이 '허상'일 수 있다는 언급이 있었으므로, 편지 왕래에 관한 루소의 발언이 참인지 거짓인지, 더불어 편지 왕래가 실제인지 허구인지는 알 수 없는 것이 된다. '모상'과 '허구'가 상호배타적인 것도 아니게 된다. 이런 식으로 루소는 이야기 안에 삽입한 서문을 통해 이제까지 독자가 읽어 온 서사를 모호한 것으로, 결국 독자의 독서 행위 자체를 의미 없는 것으로 만들어 버린다. 자신이 축조한 픽션의 이해가능성 자체를 붕괴시키는 것이다.

앞에 인용한 구절 역시 「지도의 암실」에서 이와 유사한 역할을 할 것이다. 그러나 루소의 서문이 이제까지의 이야기를 해체하는 방식으로 작용한다면, '그 = 리상'의 산책이 본격적으로 시작되기 전인 소설의 앞부분에 놓여 있는 저 구절은 「지도의 암실」 전체의 독서 과정에 영향을 끼쳐야 마땅하다. 「지도의 암실」은 이처럼 독서법에 관한 진술을 전면에 배치하면서 긴장된 독서를 요청한다. 독서를 하는 우리에게는 본능적으로 글자를 선조적으로 읽어가며 납득할 만한 의미를 만들어보려는 강력한 충동이 존재하지만, 앞의 인용문과 소설의 여러 가지 수사적 장치들은 그러한 충동을 끊임없이 제어하는 것이다.[33] 「지도의 암실」은 소설의 안정된 구

---

32 '모상'은 텍스트 외부에 특정한 지시대상을 갖는 경우, '타블로'는 특정한 지시대상을 갖지 않는 경우를 지칭한다. 위의 책, 267면.

33 이 글에서 중요하게 검토하지 못했지만 「지도와 암실」에서 네 번에 걸쳐 이루어지고 있는 한문 구절의 삽입도 독서를 방해하는 요소로 작용한다. 한문 구절의 삽입이 작품의 맥락과 관련하여 어떤 의미를 생성하는지 살피는 것도 중요한 일이지만 대체로 동의할 만한 여러 주석들이 이미 제출되어 있다. 이 글의 목적상 그 상세한 주석들을 검토하지는 않으며, 다만 한문 구절들이 독서를 지연시키고 선조적 독해를 방해를 장치로 기능함을 밝히는 것에 그치기로 한다.

조를 해체하는 방식을 통해 재현 불가능성을 암시하고, 나아가 언어라는 허구적 구조물의 속성을 정확히 지적하는 일을 한다. 「지도의 암실」에서 묘사되고 있는 다양한 장면들의 의미를 찾아가는 일이 흥미로운 작업임에도 불구하고 결국 그러한 해석들이 공허한 거짓말처럼 느껴지는 것은, 「지도의 암실」이 애초에 의도한 바가 결국 독서를 무화無化시키는 것이기 때문일지도 모른다. 「지도의 암실」을 읽는 우리는 텍스트의 표면과 내면을 무리하게 연결시키는 작업을 끊임없이 경계할 필요가 있다. 그러한 작업을 정교화하여 이 작품을 이해 가능한 것으로 돌려놓는 일은 「지도의 암실」의 텍스트 실험을 종료시키는 일이 될 수 있다.

5. 이상의 텍스트 실험과 알레고리적 윤리

이상문학에 나타난 알레고리적 성격은 그의 역사 인식이나 세계인식과 관련하여 해석되곤 한다. 그러나 이러한 독법은 이상의 텍스트를 작가의 고정된 인식을 담고 있는 일종의 '모상'으로 읽는 방식이다. 이는 '재현'이나 '모상' 되기를 거부하는 이상문학의 고유한 속성 자체를 배반하는 독서행위에 가깝다. 그렇다면 찾아갈 정답이 없는 이상 텍스트 읽기는 언제나 허무한 행위가 되고 마는 것일까. "모든 알레고리는 독서에 대한 알레고리"이며, 정확히 말해 "독서의 불가능성에 대한 알레고리"라는 드 만의 언급을 참조하면, 이상의 텍스트는 오로지 언어의 지시 체계 자체에 대한 그의 해체적 인식을 보여주는 것으로 다시 읽힐 필요가 있다. 결국 이상 텍스트를 제대로 읽기 위해서라면 우리는 이제까지 축적되어온 무수한 주석들이 오류일 가능성을 언제나 열어 둔 채로, 그것들을 해체해 나가는 과정을 되밟아야 할 것이다. 여러 가지 기호들을 이리저리 짜맞추어 우리가 결코 알 수 없을 작가의 마음 속 이미지를 멋대로 재구성하는 것은 불필요하며 비윤리적이기까지 한 작업이다. 이상문학에 대한 읽기가 종료될 수 없는 이유는 역설적으로 이상이 강조한 재현 불가능성, 혹은 독서 불가능성 때문일 것이다.

특히 이상이 쓴 최초의 본격적 단편이라 할 수 있는 「지도의 암실」은 '그'라는 인물의 하루 동안의 여정이 파편적인 방식으로밖에는 재현될 수 없다는 사실을 여러 가지 형태적 장치들을 통해 보여줌으로써 '모상'이 거짓이고 '허상'이 진실일 수 있음을 암시한다. 요컨대 「지도의 암실」은 독자를 향해 '당신은 읽힐 수 없는 텍스트를 읽지 못하고 있다'라고 말하는 자기 지시적self-referential인 텍스트인 셈이다. 「지도의 암실」에 이해 가능한 여러 가지 주석을 달아보는 행위는 설령 거짓이 아닐지언정 반드시 오류로 판명될 수밖에는 없다. 누구도 이상이 본 수다한 이미지들을, 그리고 그러한 이미지로부터 촉발되어 이상의 내면에 새겨진 또 다른 이미지를, 그대로 다시 볼 수는 없기 때문이다. 결국 모든 텍스트가 '독서 불가능성'이라는 운명에 처해있다는 사실을 「지도의 암실」은 말 그대로 몸소 보여준다. 영향 관계에 관한 여러 가지 사정들이 명쾌하게 해명될 필요가 있기는 하지만, 모든 사정이 다 고려되더라도 1930년대의 한국 문단에서 이같은 텍스트 실험이 이루어졌다는 것은 중요한 사실임에 틀림없다.

제2장

평양의 경향

김동인과 최명익의 소설을 중심으로

1. '이중도시' 경성과 투명한 평양

식민지시기 급변하는 근대화 혹은 식민화 정책으로 말미암아 우리의 일상적 삶의 토대가 빠른 속도로 변모해갔음은 주지의 사실이다. 그동안 이러한 식민지 근대화colonial modernity의 득과 실에 대해서는 상충하는 여러 의견들이 제출되어 왔다. 일본의 제국주의가 구미 열강의 그것과는 다르게 자기방어를 최우선 목표로 하는 후발 제국주의였기 때문에, 조선에 대한 일제의 식민화 정책이 경제적 수탈만을 목적으로 하기 보다는 오히려 정치적·군사적 목적을 강조했다는 점, 따라서 일방적인 '지배'가 아니라 토착민의 사정을 여러모로 고려한 신중한 '동화' 정책을 꾀했다는 점을 고려하더라도, 식민 지배가 우리의 일상적 삶에 가한 내밀한 폭력들이 간과될 수는 없을 것이다. 식민지 근대화, 즉 타율적 근대화라는 이중고二重苦의 상흔을 섬세하게 탐색하는 것이 식민지 시기 문학을 연구함에 있어 이제껏 중요한 과제가 되어온 것은 당연한 일이며, 이때 관심의 초점이 '경성'으로 향했던 것도 무리는 아니다.

그러나 일제 식민 지배라는 역사적 특수성이 그 시기 문학을 바라보는 유일한 기준이 될 수는 없다. 일제 시기 문학을 시대적 응전이나 도피의 결과로만 바라볼 경우 우리 문학의 토양 자체가 단순화할 위험이 있기 때문이다. 그런 점에서 식민지 시기의 문학 연구가 사상사 혹은 사조사라는 거시적 관점의 한계를 반성하고, 미시사, 풍속사, 문화사적 시각의 도움을 받아, 개인의 일상적 삶을 중심으로 다양한 관찰 결과들을 내놓은 중요한 연구 성과라 할 만하다. 특히 '경성'을 중심으로 하는 도시 풍속에 관한 연구들은 울분과 폐허의 피식민 공간보다는 자본주의적 욕망으로 들썩거리는 활력의 근대 공간에 주목하여 일상적 삶의 양태를 다각도로 재구했다는 점에서, 당대의 삶과 문학에 접근하는 새로운 통로를 열어주었다고 하겠다.

그런데 이때 '경성'이라는 공간의 특수성에 대해서는 여전히 섬세한 접근이 필요하다. '식민지 근대화'라는 절대적 기준을 해체하며, 일제 시기 삶과 문학의 복잡한 관련을 재탐색하고 근대문학의 자생적 동력을 추출하려 할 때, '경성'이라는 도시 공간을 중심에 두는 방식은 여러 가지로 한계를 내포하기 때문이다. '경성'은 '식민지 근대화'의 영향을 온몸으로 흡수한 공간이다. 일제는 조선에 대해 '이주'와 '정착'을 강조한 '동화' 정책을 실시하였는 바, 러일전쟁 이후 철도의 개설과 더불어 조선 내 일본인 이주민이 폭발적으로 증가했음은 주지의 사실이다.[1] '경성'은 식민화를

---

1 김백영에 따르면 일본의 식민지는 '이주형', '정착형', '농촌형' 식민지의 형태를 띠었기 때문에 조선내 일본인의 도시 집중 현상이 두드러지게 나타나지는 않았다. 그에 따르면 "일제 식민지에서 식민지도시에 대한 공업 투자가 본격화되고, 공업 노동력의 이동으로 인해 도시 인구가 급증하는 것은 대륙 침략으로 인해 병참기지화 정책이 본격화되는 1930년대 중반 이후의 일이다". 김백영, 『지배와 공간』, 문학과지성사, 2009, 169~177면 참조.

통해 새롭게 건설된 '신도시'이기보다 기존의 도시 위에 식민지도시가 중첩되어 형성된 '이중도시dual city'의 형태를 띠었는데, 이처럼 일본인 거주지인 남촌과 조선인 거주지인 북촌으로 완벽히 분열된 이중도시 경성은, 식민지 근대화로 인한 '분리'와 '소외'의 양상을 집약적으로 드러낸 공간이었다고 할 수 있다.[2] 5백 년 조선왕조와 대한제국의 수도인 '한성'으로부터 일본 제국의 변방인 '경성'으로의 개명을 앞둔 근대계몽기에서부터 그곳이 "사실과 삶의 공간이기보다는 상징과 정치의 공간으로 작동, 표상되고 있"[3]음은 물론이거니와, 특히 1930년대 중반 이후 '대동아공영권'이 강조되고 '황국신민화' 정책이 강화될수록 경성이 제국의 '지방'이라는 정체성을 표나게 강요당한 점을 고려한다면, 경성 중심의 사유 속에서 '식민지 근대화'라는 그늘을 거두기는 어렵다.

한편, 일제에 의해 건설된 신도시가 아니라 조선시대로부터 도시였던 경성, 평양, 대구 중에서 1915년을 기점으로 하여 일본인 인구의 비중이 가장 적었던 곳은 평양이라고 알려져 있다. 평양은 일제가 지정한 조선의 12개 부府 중에서도 일본인 인구 비율이 가장 낮았던 곳이다.[4] 이는 조선의 전 지역이 빠르게 식민화되어 가고 있는 현실과는 별개로, 경성 이북의 제1도시인 평양의 토착민들은 실감의 차원에서 식민화로 인한 소외로부터 조금은 자유로웠음을 시사하는 것이기도 하다.[5] 물론 일제의 대륙진출

---

2   일제가 건설한 식민지도시를 그 특징에 따라 분류한 논의로는 하시야 히로시, 김제정 역, 『일본 제국주의, 식민지도시를 건설하다』, 모티브북, 2005. 김백영은 하시야 히로 시의 논의를 토대로 '이중도시' 경성의 면모를 여러 가지 실증적인 자료를 통해 세밀히 분석하고 있다. 위의 책 참조.
3   최현식, 「근대계몽기 '한양-경성'의 이중 표상과 시적 번역」, 『상허학보』 26, 상허학 회, 2009, 208면.
4   권태환, 「일제시대의 도시화」, 『한국의 사회와 문화』 11, 정신문화 연구원, 1990, 김백 영, 앞의 책, 172면에서 재인용.

욕망이 가속화될수록 대륙의 문턱이자 풍부한 자원의 보고라는 지정학적 특성을 인정받아 평양은 공업과 군사의 도시로 급속히 개발된다. 그럼에도 불구하고 '비-수도'이자 '비-항구'인 평양은 식민지 시기 동안에도 얼마간은 자신의 고유한 지역적 색채를 유지할 수 있었던, 비교적 더 자유롭고 덜 불행한 공간이었다고 할 수 있을 것이다.

수도이자 제국의 지방이라는 이중의 정체성을 지니고 있는 경성은 만주사변과 중일전쟁을 기점으로 일제의 식민지배가 강화될수록, 제국의 지방이라는 정체성을 은연중 강요당하는 처지에 놓인다. 이처럼 대표적인 식민지 도시인 경성이 근대화에 비례하여 차분히 지방화 되어갔다면, 경성 못지않은 대도시였던 평양은 식민치하의 급박한 시대적 변화 속에서도 그 지역의 독자성을 비교적 안정적으로 유지해나갈 수 있었을 것이라 추측된다. 이미 지방으로서의 소외감과 우월감을 동시에 지녔던 평양은, 일제의 식민화로 인한 지방으로의 격하에는 오히려 덜 민감했다고 할 수 있다. 일본인 이주민이 경성보다 훨씬 적었던 상황도 평양이 식민화의 실감으로부터 비교적 자유로웠다는 것을 암시한다. 경성이라는 공간만을 염두에 둔다면 식민지 시기의 삶과 문학을 다룸에 있어 식민지 근대화라는 상황을 괄호 치는 일이 공허한 결과를 낳을 수도 있다. 그러나 식민지

---

5 일본 근대 「여행안내서」에 나타난 '평양'을 살펴본 서기재는 1934년 동경제국대학 교수인 도모에 세키호(遠重積穗)가 『朝鮮遊記』에 쓴 평양에 대한 감상을 다음과 같이 옮기고 있다. "평양은 (…중략…) 부산이나 경성과는 달리 진정한 조선이라는 기분이 든다. 평양에서 볼 만한 것은 대동강변의 풍경과 교외의 강서 지방의 고구려의 고적과, 대동강 맞은편의 낙랑의 유적이다"(서기재, 「전략(戰略)으로서의 리얼리티―일본 근대 「여행안내서」를 통하여 본 '평양'」, 『비교문학』 34, 한국비교문학회, 2004, 80면). 서기재에 따르면, 일본인의 눈에 비친 평양은 '개발'에의 욕망을 강하게 불러일으키는 장소였다. 이러한 시선으로부터 우리는 식민지 근대화로 인해 경성보다 덜 훼손된 평양의 면모를 역으로 확인할 수도 있다.

근대화라는 상황에만 전적으로 의지하지 않은 채 우리 문학의 토양을 다층적으로 검토하기 위해서는, 즉 민족과 국가라는 '상상의 공동체'를 넘어서 사유하기 위해서는, 상상된 공동체의 범위를 가능한 축소시켜보아야 할 필요가 있다. 『창조』라는 우리 문단 최초의 순문예지가 생겨난 평양에 주목해볼 필요는 이렇게 생겨난다. 물론 식민지시기 전후로 '탈-중심'의 정체성을 오랫동안 고르게 간직해온 평양에 주목함으로써, 결과적으로는 '속도의 정치'[6]가 재현되고 있는 조선의 식민지 근대화 현상이 우리 문학에 가한 충격을 오히려 뚜렷하게 포착할 수도 있을 테지만,[7] 식민화와는 무관하게 진행된 우리 문학의 특정한 경향이 탐색될 것이라고 짐작할 수도 있다.

이러한 문제의식을 바탕으로 이 글에서는 식민지 시기 문학의 성격을 형성함에 있어 평양이라는 탈-중심의 공간이 어떤 식의 기여를 하고 있는지, 평양 출신의 두 작가 김동인과 최명익의 작품을 중심으로 살펴보고자

---

6   폴 비릴리오는 정치(권력)와 속도의 관계를 논하면서, 이동과 운송의 전략이 중요한 전쟁의 역사가 도시의 형성에 전적인 영향을 끼쳤음을 분석하고 있다. 일제의 식민화 정책이 경제적인 목적보다는 군사·정치적 목적을 강조하는 쪽에 가까웠다는 점을 상기한다면 폴 비릴리오의 '질주학(dromologie)'은 일제 식민지 도시를 둘러싼 지배의 역학을 검토하는 데 유용한 참조점이 될 수 있다. 폴 비릴리오, 이재원 역, 『속도와 정치』, 그린비, 2004 참조.

7   식민지 시기 '평양'이라는 공간에 주목하는 논의들은 평양의 역사적·지리적 조건을 세밀히 검토하면서, '중심'과 '지방'의 길항관계 속에서 형성된 평양 지역의 복잡한 정체성을 증명하는 데 몰두하고 있다. 이러한 논의들이 공통적으로 주목하는 것은 평양 지역의 '문화적', '민족적' 가능성이다. 정종현은 1930년대에 여러 매체를 통해 제출된 '평양' 관련 논의들을 검토하면서, 그 안에는 "일본 제국이라는 네이션의 전체성 안에서 '평양'이라는 지방성을 식민지 조선의 역사적, 문화적, 경제적, 정치적 중심으로 재정립하고자 하는 열망이 드러나 있다"(정종현, 「한국 근대소설과 '평양'이라는 로컬리티」, 『사이(SAI)』 4, 2008, 124쪽)라고 지적하였고, 박성란은 이광수와 전영택, 최명익 등의 소설에 나타난 '평양'의 표상을 분석하며 평양을 '갱생과 부활의 공간'으로 지칭한다(박성란, 「한국 근대문학에 나타난 평양 표상」, 『古都의 근대-'古都' 인식과 표상을 통해 본 한·일 역사 인식의 비교(동국대 한국문학 연구소 학술대회 자료집)』, 2009).

한다. 이 글이 확인하고자 하는 것은 식민지시기 작품에서 평양이라는 공간이 어떤 양태로 드러나는지를 소재적·배경적 차원에서 검토하는 것을 넘어선 곳에 있다. 평양에서 나고 자란 문인들이 자신의 예술관을 확립하는 과정에, 평양이라는 공간이 어떠한 영향력을 행사하고 있는지를 작품을 통해 재구하고자 하는 것이 이 글이 궁극적 목표이다. 특히 김동인의 문학에서 '대동강의 체험'이 갖는 의미를 그의 예술지상주의와 관련하여 살펴보고, 더불어 최명익의 문학에서 '길의 체험'이 갖는 의미를 그가 보인 자기관조의 성격과 결부시켜 이해함으로써, 이를 중심으로 식민지 문학에 나타난 '평양의 경향'을 추출해보고자 한다.

2. 김동인의 예술지상주의와 '대동강'의 기능

1) 예술의 기능과 감정의 강화

문학의 계몽성으로부터 거리를 둔 채 '예술을 위한 예술'을 주창했던 우리 문단 최초의 순문예지인 『창조』가, 주요한, 김동인, 전영택 등 평양 출신 문인들을 중심으로 만들어졌다는 것은 여러모로 상징적이다. 더욱이 『창조』의 발간을 모의하는 자리에서 김동인이 "정치운동은 그 방면 사람에게 맡기고 우리는 문학으로"[8]라고 주창했다는 유명한 일화 역시 의미심장한 대목이 아닐 수 없다. 일찍이 김윤식은 근대문학사를 서술하는 자

---

8 김동인, 「문단 30년사」, 『신천지』, 1948.3~1949.8(『김동인전집』 6, 삼중당, 1976, 9~10면).

리에서 '서울중심주의'와 '평양중심주의'라는 이분법적 도식을 제안하면서, 창조파가 "전통적 압력에서 쉽사리 이탈하여 기독교라든가 예술성이라든가 참인생이라는 낯선 것에로 옮겨 다닐 수 있었던 것"[9]은 '서울중심주의'의 압력으로부터 자유로운 지방성으로서의 '평양중심사상' 때문이라고 정리하였다. 더불어 김윤식은 이러한 이분법이 전형기 문단에서는 李箱과 '삼사문학파' 대 최명익과 '단층파'의 대립으로, 해방공간에서는 카프해소파 대 비해소파의 대립으로 확장 적용됨을 밝히고 있다. 그런데 식민지 시기 평양의 정체성은 '서울-중심' 대 '평양-지방'이라는 이분법적 도식으로만 설명될 수 있는 것은 아니다. 평양의 정체성이 중심에 대한 지방의 그것으로만 설명된다면, 우리는 필연적으로 평양 지역에 거점을 둔 문인들의 행로에서 열패감이나 소외의식이라는 원한감정을 찾을 수밖에 없다. 앞 절에서 살펴본 바와 같이 식민지 시기 평양이 일본의 대륙침략이 가속화되기 전까지는 식민화로 인한 구속으로부터 조금은 자유로울 수 있었다는 사실까지 염두에 둘 때 평양발發 문학의 정체성을 더욱 섬세히 이해할 수 있다. 『창조』의 예술주의로부터 『단층』의 심리주의에 이르기까지 이들이 보이는 '순문예'적 경향에 대해서는, 도피나 원한이라는 해석을 넘어 좀 더 적극적인 의미부여가 가능할 텐데, 이 장에서는 김동인을 중심으로 창조파 예술지상주의의 의미를 살펴보고자 한다.

『창조』가 1921년 9호로 끝을 낸 후, 1930년에 창조 동인 김동인이 『중외일보』에 발표한 「광염소나타」는 예술지상주의 극치를 보여주는 작품이다. "방화, 사체 모욕, 시간屍姦, 살인" 등 온갖 무서운 죄를 범함으로써만 훌륭한 예술을 탄생시키는 천재 작곡가 '백성수'를 두둔하는 '비평가 K

---

9   김윤식·정호웅, 『한국소설사』, 예하, 1993, 94면.

씨'는 훌륭한 예술을 위해서라면 범죄마저도 '기회'로 삼아야 한다고 주장하는 급진적인 예술옹호자인 바, 서술적 관찰자의 역할을 맡고 있는 K씨는 김동인의 분신이라 할 만하다. K씨에게 예술이라는 것은 다른 모든 가치를 초월한 곳에 있다. 그는 천재적 예술을 알아보지 못하는 것이 오히려 '죄악'이라고까지 말한다. "방화? 살인? 변변치 않은 집개, 변변치 않은 사람 개는 그의 예술 하나가 산출되는 데 희생하라면 결코 아깝지 않습니다. 천 년에 한 번, 만 년에 한 번 날지 못 날지 모르는 큰 천재를, 몇 개의 변변치 않은 범죄를 구실로 이 세상에서 없이하여 버린다 하는 것은 더 큰 죄악이 아닐까요"[10]라는 것이 K씨의 주장이다. 이 소설에서 예술은 이미 근대적 의미의 예술 개념에 밀착해 있다. 백성수가 작곡하고 비평가 K씨가 극찬하는 광기어린 음악은, '재현'이라는 예술의 좁은 의미의 기능과도 무관하게 존재하며,[11] 나아가 도덕적, 윤리적 기준으로부터도 자유롭다. 이 작품은 외부의 어떤 가치에도 속박되지 않는 근대적 예술의 독자적 존재가 거의 완성형에 이른 모습을 보여주는 작품이라고 할 수 있다.

이 소설을 통해 예술지상주의자로서 김동인의 면모를 재차 확인하는 것은 새로운 발견이 될 수는 없다. 김동인의 소설 중 「광염소나타」에서 가장 극단적인 형태로 제시되는 이같은 예술 옹호는 이미 「배따라기」『창조』9, 1921에서 김동인 특유의 운명애와 결부되어 나타나기도 했다. 따라서 김

---

10 김동인, 『김동인전집』 5, 삼중당, 1976, 51면.
11 근대적 패러다임 속에서 각 예술은 자신의 고유한 물질성에 입각해서 자율성을 구축하려고 한다. 그 고유한 물질성이 가장 두드러지는 장르인 '음악'이 이 소설의 소재로 선택된 것은 의미심장하다. 백성수의 음악은 외부의 물질적 상을 모방한다는 좁은 의미의 재현으로부터도, 물질적 상을 포함하는 심적인 상을 모방한다는 넓은 의미의 재현으로부터도 자유롭다. 이후 논의에서 설명되겠지만 백성수의 음악은 무정형의 감정이 재현 혹은 표현되기보다는 발견 혹은 강화되는 통로에 가깝다.

동인의 '예술옹호'에 대해 중요하게 지적해야 할 것은 예술을 향한 김동인의 무한한 애정이라기보다는 예술이라는 형식의 기능이라고 해야 할 것이다. 요컨대 '예술'이라는 소재가 김동인 소설에서 어떤 영향력을 행사하고 있는지 따져보는 일이 필요하다.

예술을 통해, 인간이 미처 인식하지 못했던 새로운 감정을 발견 혹은 발명해왔다는 것은 예술의 독자적 기능을 논할 때 가장 핵심적인 것으로 제시된다.[12] 이로부터 「광염소나타」의 중요한 명제를 도출해볼 수 있다. 예술이 어떤 가치로부터도 자율적인 절대적 영역에 속한다는 것도, 훌륭한 예술을 위해서는 어떤 희생도 감수할 수 있어야 한다는 것도, 이 소설의 중요한 테마가 됨은 물론이다. 그런데 '예술의 존재'보다 '예술의 기능' 쪽에 주목하고 예술보다는 오히려 '감정'이라는 것에 초점을 둔다면 우리는 또 다른 사실을 확인할 수 있다. 인간의 감정이라는 것이 결국 예술이라는 의장을 입고서 자각된다는 사실 역시 「광염소나타」가 증명하는 명제 중 하나일 것이기 때문이다. 방화나 살인만을 추동하게 되는 통제 불가능한 광기어린 감정의 덩어리들은, 예술이라는 상징을 거쳐 비로소 주체가 자각할 수 있는 감정으로 전환된다는 것이다. 그렇다면 김동인의 「광염소나타」는, 예술의 독자적 가치를 강조하는 소설임과 동시에 근대적 예

---

12 '예술의 정치성'을 탐색하기 위한 기초 작업으로서 역사적인 맥락에 따라 예술을 '윤리적 체제', '재현적 체제', '미적(감성적) 체제'로 구분하여 정리한 랑시에르에 따르면 예술은 기존의 감성 체계를 재배치하는 역할을 통해 정치적 효과를 산출해낸다(자크 랑시에르, 주형일 역, 『미학 안의 불편함』, 인간사랑, 2008, 60~71면 참조). 이러한 이론은 실상 들뢰즈를 경유하여 칸트의 감성론으로까지 거슬러 올라갈 수 있는데(이에 대해서는 서동욱, 「감정교육」, 『문학수첩』, 2009 여름 참조) '감성의 분할' 혹은 '감각의 재배치'를 통해 "개인과 공동체, 주관과 객관 사이의 긴장이 가장 심화되는"(L. 페리, 방미경 역, 『미학적 인간』, 고려원, 1995, 37면) 장면을 연출하는 예술의 정치는 근대적 미학의 성립 이후에 가능한 것이다.

술이 탄생하는 장면을 구체적으로 형상화한 작품이라 할 만하다.

　　그것은 순전한 야성적 음향이었습니다. 음악이라 하기에는 너무 힘있고 무기교無技巧이었습니다. 그러나 음악이 아니라기에는 거기는 너무 괴롭고도 무겁고 힘있는 '감정'이 들어있었습니다. 그것은 마치 야반의 종소리와도 같이 사람의 마음을 무겁고 음침하게 하는 음향인 동시에 맹수의 부르짖음과 같이 사람으로 하여금 소름 돋게 하는 무서운 감정의 발현이었습니다. 아아 그 야성적 힘과 남성적 부르짖음, 그 아래 감추여 있는 침통한 주림과 아픔 —순박하고도 아무 기교가 없는 그 표현!¹³

　　백성수의 "야성적 음향"은 그의 "괴롭고도 무겁고 힘있는 '감정'"을 온전히 실어 나른다. 아니 차라리 그것은 "소름 돋치게 하는 무서운 감정"과 뗄 수 없는 한 덩어리이다. "기교가 없는 그 표현"이라는 구절이 의미하는 바, 이 장면은 '음향'이라는 예술의 형식과 감정이라는 예술의 내용, 즉 원인과 결과가 한 몸 된 상태를 환기한다. 예술이라는 형식을 둘러싸고 원인과 결과, 선과 후가 통일된 상태, 즉 예술이 감정의 표현 도구로 전락하기 이전의 상태를 암시하는 것이다. 백성수는 악보 위의 음표를 두고 "감정의 재"라고 말했는데, 이처럼 「광염소나타」에서 두드러지는 것은 음악이라는 형식의 현장성인 바, 이때 백성수의 '야성적 음향'은 그의 내부에 이미 분명한 형태로 존재하는 감정을 그대로 전달하는 형식이기보다는, 차라리 알 수 없는 어떤 충동을 불러일으키는 형식이 되기도 한다는 점이 흥미롭다. 백성수의 이같은 "야성과 광포성"이 방화나 살인처럼 외부로 향

13　김동인, 앞의 책, 37~38면.

하는 파괴적 성향과 동일선상에 놓인다는 점에서, 이로부터 시대적 상황으로 수렴되는 어떤 상징성을 읽어낼 수도 있겠지만, 무엇보다 중요한 것은 예술이라는 형식을 통해 "기교가 없는", 즉 형태와 내용이 없는 감정이 발견되고 강화된다는 사실일 것이다. "야성적 음향", "기교가 없는 그 표현"의 덩어리들은 백성수가 자신의 곡에 이름붙인 "광염소나타", "성난 파도", "피의 선율", "사령死靈" 등으로 은유의 옷을 입음으로써 비로소 존재할 수 있게 된다. 요컨대 김동인은 무정형의 감정이 예술이라는 형식 속에서 가시화되고 있음을 강조하는 것이다.

김동인의 예술지상주의의 의미를 명확히 파악하기 위해서는 이처럼 그가 자주 묘사하는 비정상적인 광기의 감정들이 어디서 발견되는가에 초점을 둘 필요가 있다. "거저 다 운명이외다"「배따라기」라고 말하는 김동인의 숙명론이나, 광기어린 예술가들이 공통적으로 지닌 태생적 비극, 즉 "천분天分"이라는 것을 염두에 둘 때, 김동인이 중시한 것은 감정의 내용 혹은 기원이 아니라, 오히려 감정의 형식 혹은 표현임을 알 수 있다. 비평가 K씨가 백성수의 천재적 광기를 발견하는 형태로, 또 백성수가 편지를 통해 비평가 K씨에게 자신의 내면을 고백하는 형태로, 「광염소나타」는 예술이라는 형식이 감정을 발견하고 계발하는 역할을 하고 있음을 보여준다.

이러한 해석의 연장선상에서 김동인의 「狂畵師」『野談』, 1935.12를 읽어볼 수 있다. 「광화사」는 인왕산을 산책하며 심산의 "유수미幽邃美"에 탄복하던 화자 '여余'가 우연히 발견한 '암굴'로부터 불쾌한 상상에 빠져 술거리는 한 화공의 이야기를 지어내는 과정을 보여주는 소설이다. 「광염소나타」와 마찬가지로 일종의 액자소설 형태를 취하고 있다. '소설 속 소설'에서 화공 술거는 "세상에 보기 드문 추악한 얼굴의 주인"이다. 부득이하게 금

욕과 은둔의 생활을 하던 그는 "좀 더 색채 다른 표정"을 그려보고 싶다는
욕망으로 미녀들을 관찰하던 중, 어느 소경 처녀의 얼굴에서 "놀랄 만한
아름다운 표정"을 발견한다. 그 표정은 공허한 눈으로부터 비롯되는 것이
었는 바,[14] 그 눈이 '애욕의 눈'으로 변했다고 느끼는 순간 솔거는 소경 처
녀의 얼굴에서 더 이상 아름다움을 발견하지 못하게 되고 분노를 표출하
다가 본의 아니게 처녀를 죽이게 된다. 솔거에게 아름다움이란 소경 처녀
의 '공허한 눈'이 상징하듯 어떠한 내용도 담고 있지 않은 순수한 감정의
덩어리로부터 생성되는 것이었겠고, 더불어 그에게 '그림'이라는 예술 형
식은 바로 이러한 감정의 아름다움을 발견하도록 하는 한갓 수단에 불과
했을지도 모른다.

　백성수나 솔거에게는 예술가가 되었어야만 하는 뚜렷한 이유가 없다.
「광염소나타」의 백성수와 「광화사」의 솔거는 모두 유복자 출신이라는 점
에서 태생적 비극을 공유한다.[15] 백성수는 아버지의 천재성과 광폭한 야
성을 함께 물려받았으며, 솔거는 공포와 혐오를 불러일으키는 추한 얼굴
을 지녔다는 점에서 이들의 광기에는 숙명적인 데가 있기는 하다. 그러나
이들의 광기는 예술을 통해 승화에 이르는 것이 아니라 오히려 강화된다
는 사실을 지적해야 할 것이다. 「광화사」를 통해 김동인이 생각하는 예술
의 기능은 다시 한 번 강조되고 있다.

　「광염소나타」와 「광화사」는 광인 예술가의 비정상적 행위의 의미를 탐

14　소녀의 눈에 대한 매혹은 「水晶비둘기」(『매일신보』, 1930.4.22~24)라는 소품에서도
　　이미 제시된 테마이다.

15　이들에게는 공통적으로 어질고 아름다운 어머니가 있었는데, 백성수의 어머니가 가난
　　으로 인해 처참하게 죽었다는 사실을 음미한다면 우리는 백성수의 폭발적인 감정의 근
　　저에서 다소간 사회적 기원을 찾을 수도 있을 것이다. 백성수의 '방화와 살인'을 보며
　　신경향파 소설의 전형적인 결론을 떠올리지 않을 수 없다.

색한다는 서사뿐 아니라, 그들을 발견하거나 창조하는 또 다른 화자가 등장한다는 형식의 측면에서도 상동성을 보인다. 단지 예술 충동에 휘둘리는 광인 예술가를 묘사하는 데 그치지 않고, 이들의 삶을 소개하는 논평자 비평가 K씨, 여를 둠으로써, 김동인은 광인 예술가에게 예술이, 또 자신에게 이러한 예술가의 이야기가 어떤 의미를 지니는지를, 다시 말해 예술이 어떤 기능을 하고 있는지를 사유하도록 독자를 유도하고 있는 셈이다. 김동인의 소설에서 액자형식이나 중계자의 설정은 이미 1920년대 초에 「배따라기」에서 완미한 형태로 제시되었으며, 단편 미학의 정립이라는 측면에서 김동인의 최고 업적으로 평가되어온 것이 사실이다. 그러나 이같은 액자형식의 구사는 조선의 구체적인 현실을 외면하는 일종의 방법론이라는 점에서, "예술적 완성도에도 불구하고 작가 정신의 측면에서는 근본적인 패배를 전제하는"[16] 것이라고 평가되기도 하였다. 1930년대에 쓰인 이 두 편의 소설에서 여전히 액자형식과 중계자의 개입이 발견되는 것은, 1920년대 말 가산을 탕진한 후 신문연재 소설로 "훼절"한[17] 작가의 전기적 사실을 고려할 경우, 독자를 끌어들이기 위해 흥미를 유발하는 방식이라 볼 수 있을 것이다. 그러나 이같은 형식을 작품의 내용과 함께 고려한다면, 예술이 요구되는 맥락을 무조건적인 선언의 형태가 아닌 설득의 과정을 통해 보여주고자 하는 작가의 의도가 반영된 것이라 판단할 수 있다. 결국 김동인의 예술가 소설에서 예술의 기능이 강조되는 내용과 형식을 참조하면서, 우리는 그의 예술지상주의가 시대적 조건을 고려한 도피적 선택

---

16 박상준, 『한국 근대문학의 형성과 신경향파』, 소명출판, 2000, 81면.
17 김동인, 「문단 30년의 자취」, 『신천지』, 1948.3~1949.9(『김동인전집』 15, 조선일보사, 1988, 370면).

이기보다는 시대의 변화와 무관하게 유지되는 적극적인 문학관임을 확인하게 된다.

2) 미적 형식으로서의 '대동강'

김동인의 예술지상주의가 무엇을 위해 요청되는 것이었는지를 상기하며, 1919년 『창조』 창간호에 실린 주요한의 「불노리」로 거슬러 올라가보자. 정신사적 측면에서 접근할 때 흔히 「불노리」는 공동체로부터 떨어져 나온 개인의 슬픔을 드러냄으로써 근대적 개인의 탄생을 알리는 작품이라고 읽혀왔다. 여기서 '불놀이'라는 축제의 형식에 주목할 필요가 있다. 주지하다시피 축제는 성과 속, 일상과 비일상, 인간과 자연이 분리되기 이전의 전일적 상태를 재현하는 장이다. 그렇다면 이미 인간과 자연 혹은 신과 인간이 분리된 상태 속에서 재현되는 축제란, 일상의 삶이 일시 중지되는 '인공의 시간' 안에 놓이는 하나의 형식에 불과할 뿐인지도 모른다. 주요한의 「불노리」의 소설 버전이라고 할 만한 「눈을 겨우 뜰 때」『개벽』, 1923. 7~11에서 김동인은[18] 단오 명절을 위해 잘 차려 입은 평양 여인의 뒤태에서 "초월한 신성한 느낌"과 더불어 "극도로 조화된 인공미"를 느낀다고 고백한 바 있다. 일 년에 단 하루 '아낙네의 날'을 위해 성장盛粧한 여성이

---

[18] 김동인은 주요한의 「불놀이」가 대동강의 관화(觀火)놀이를 배경으로 삼고 있음을 지적하면서, 어려서부터 동경 생활을 한 주요한은 관화를 본 일이 없으므로, 「불노리」는 자신에게 전해들은 이야기를 바탕으로 창작된 것이 분명하다고 밝힌다(김동인, 「문단 십오년 이면사 4」, 『조선일보』, 1934.4.4). 물론 주요한의 입장은 이와 다르다. 그는 「불노리」가 "4월 파일날 대동강에서 본 관등회, 평양사람들이 봄이면 오르는 서산, 동산과 보통강 너머 서장대에서 본 광경들을 기억에 되살려 쓴 것"(주요한, 『주요한 문집』 1, 요한기념사업회, 1982, 22면)이라고 주장한다.

"'자연'이라는 것보다 한 예술품"처럼 느껴진다는 이러한 고백은 인위적 성격을 지니게 된 축제의 형식적 전락을 씁쓸히 묘사한 대목이다.[19]

그렇다면 주요한의 「불노리」와 김동인의 「눈을 겨우 뜰 때」에서 묘사되는 대동강의 4월 초파일 불꽃놀이는, 김동인의 여타 소설에서 강조된 형식으로서의 예술과 조응한다고 볼 수 있다. 주요한과 김동인에게는 축제가 충만한 공동체적 기억을 불러옴으로써 개인을 고독 속으로 위축시켰다기보다는, 오히려 인공화된 축제, 즉 예술이라는 형식이 개인으로 하여금 다양한 감정들을 불러 모으게 했다고 해야 할 것이다. 「불노리」에서 대동강의 화려한 불은 화자의 쓸쓸한 마음을 강조하는 상징적 소재라기보다는, 화자의 복잡한 심리 상태를 출현시키는 자극적 대상이 되고 있기 때문이다. 즉 불놀이라는 축제가 화려하고 흥성스럽다는 이유로 개인의 고독이 강화되는 것이 아니라, 불놀이라는 형식 자체가 복잡한 감정을 불러온 것이라고 볼 수 있다는 것이다. 이 작품은 외부로부터 촉발되는 감정의 수동적 성격, 혹은 오로지 예술이라는 형식을 통해 발견되는 감정의 풍부한 변화를 증명하는 텍스트이기도 하다.

아아 춤을 춘다, 춤을 춘다, 싯벌건 불덩이가, 춤을 춘다. 잠ㅅㅅ한 성문城門 우에서 나려다보니, 물냄새 모랫냄새, 밤을 깨물고 하늘을 깨무는 횃불이 그래도 무어시 부족不足하야 제 몸까지 물고 드들 때, 혼차서 어두운 가슴 품은 절믄 사람은 과거過去의 퍼런 꿈을 찬 강江물 우에 내여던지나, 무정無情한 물결이 그

---

19 신범순에 따르면, 축제의 모순된 두 측면을 겹치게 그려놓은 것이 김동인의 예술적 성취라 할 수 있다. 김동인은 축제 속에 '냉혹한 현실의 구조'를 갖다 놓음과 동시에 축제 속에서 "하루를 즐기는 사람들의 가슴 속에 그 옛 축제의 열기를 전해주려" 하고 있다. 신범순, 「주요한의 「불놀이」와 축제 속의 우울」, 『시작』, 2002 겨울, 213면.

기름자를 멈출 리가 이스랴? ─ 아아 꺽거서 시둘지 안는 꽃도 업것마는, 가신 님 생각에 사라도 죽은 이 마음이야, 에라 모르겟다, 저 불낄로 이 가슴 태와버 릴가, 이 서름 살라버릴가 어제도 아푼 발 끌면서 무덤에 가보앗더니 겨울에 는 말랐던 꽃이 어느덧 피엇더라마는 사랑의 봄은 또다시 안 도라오는가, 찰 하리 속 시언히 오늘 밤 이 물 속에……할 적에 퉁, 탕, 불띄를 날리면서 튀여나 는 매화포, 펄덕 정신精神을차리니 우구구 떠드는 구경꾼의 소리가 저를 비웃 는 듯, 꾸짓는 듯. 아々 좀 더 강렬强烈한 열정熱情에 살고 십다, 저귀 저 횃불처럼 엉긔는 연긔煙氣, 숨 맥히는 불꽃의 고통苦痛 속에서라도 더욱 뜨거운 삶을 살고 십다고 뜻 밧게 가슴 두근거리는 거슨 나의 마음……[20]

「불노리」의 2연에서 화자는 대동강의 춤추는 불을 보며 "가신님 생각 에 사라도 죽은 이 마음"을 외치며 대동강 물에 뛰어들고 싶은 마음을 드 러내다가 곧바로 "강렬强烈한 정열情熱에살고싶다"며 급격한 감정의 변화를 보인다. 이때 화자의 "숨 맥히는 불꽃의 고통苦痛"이 한 순간 "뜨거운 삶"에 대한 열정으로 급변하는 것은 단지 "우구구 떠드는 구경꾼의 소리" 때문 일 뿐이다. 축제의 흥성스러움은 「불노리」의 화자에게 죽고 싶도록 쓸쓸 한 감정만을 안겨주는 것이 아니라 "가슴 두근거리는" 열정을 품게 하기 도 하는데, 애초에 화자의 외롭고 서러운 감정이 '가신님'보다는 오히려 '불놀이'라는 축제의 형식으로부터 생성된 것이 아닌가 생각하게 할 정도 로 「불노리」 속의 감정 변화는 너무 빠르다.

인용된 2연으로부터 이어지는 3연에서 묘사되는 축제의 풍경 속에는

---

20 주요한, 「불노리」, 『창조』 1, 1919. 독자의 이해를 돕기 위해 현대어 띄어쓰기 지침에 따라 띄어 썼음을 밝힌다.

"어린 기생"이 등장한다. "한잔 한잔 또 한잔 끗 업는 술"을 마시며 "즈저
분한 뱃미창에 맥 업시 누워" "까닭 모르는 눈물"을 흘리는 이 '어린 기생'
은 「눈을 겨우 뜰 때」의 기생 금패의 모습과 완벽하게 겹친다. 김동인이
그린 금패는 어죽놀이를 나갔다가 처음 마신 술에 취해 치마를 뒤집어쓰
고 배에 드러누워 "여러 십 가지의 슬픔이 함께 얽힌 범벅의 슬픔" 속에서
눈물을 흘리는 모습으로 형상화된다. 금패의 '범벅의 슬픔'은 유서 깊은
것인데[21] 그 모든 슬픔은 4월 초파일의 대동강 뱃놀이로부터 비롯된다.
"살림살이의 한 단편의 축도에 다름없었"던, 다시 말해 살림살이 흉내로
서의 어죽놀이는 금패에게 자신의 처지에 대한 설움을 상기시켰던 것이
다. 금패의 눈물은 어죽놀이라는 인공의 형식이 배태한 슬픔이라는 점에
서 의미심장하다. 진정한 살림살이를 할 수 없다는 서글픔은, 특정한 연모
의 대상이 있음으로부터, 즉 특정한 상대와 살림살이를 꾸리고 싶다는 구

---

21 금패의 슬픔은 기생이라는 자기 신분에 대한 자각에서부터 비롯된다. 김동인은 예술가
－남성 인물들에게 감정을 발견하고 계발하는 일을 맡겼으며, 기생－여성 인물들에게는
자신의 주체성을 자각하는 일을 맡겼다. 표면적으로만 보더라도 이러한 설정은 기존의
젠더 체계를 뒤흔드는 면이 있다. 이광수의 『무정』에서 '계월화'－'계월향(영채)'으로
이어지는 기생 인물들과 김동인 소설에 등장하는 기생 인물들은 자신의 삶에 대해 끊임
없이 질문을 던지고 있다는 점에서 상통하는데, 그녀들이 공통적으로 드러내는 '우울'
의 정서가 이를 증명한다. 이태준의 「패강랭」에 이르기까지 평양을 배경으로 하는 소설
에서 빠짐없이 등장하는 기생은 일본인의 평양 기행문에 등장하는 그녀처럼 '제국의
남성성'이 투영된 존재(서기재, 앞의 글, 89면)이기보다는 자신의 삶과 인생에 대해 일
찍 '눈을 뜨는' 인물형이라는 점에서 주목할 만하다. 이광수와 김동인은 기생의 삶을 재
현한 작가라기보다, 기생이라는 역설적으로 자유로운 신분의 인물들이 김동인과 이광
수로 하여금 근대적 개인의 자각을 그릴 수 있게끔 해주었다고 할 수 있을 정도로, 이광
수와 김동인의 소설에서 기생은 긍정적인 인물형이다. 물론 이광수가 '영채'에게 여학
생으로의 변신이라는 다소 비현실적인 비전을 선사하였다면, 김동인은 '금패'에게 '자
살'이라는 어찌 보면 좀 더 현실적일 수 있는 행위를 요구하고 있다는 점에서 차이가
있다. 1938년 『삼천리』에 발표된 이태준의 「패강랭」에서의 영월은 "우리 기생은 제가
돈을 뫄서 돈 없는 사낼 얻는 게 제일이랍니다"라며 자기 삶을 현실적으로 책임지려는
여성으로 변모해있다.

체적인 욕망으로부터 천천히 생겨난 감정이 아니라, '살림살이 흉내'라는 공허한 형식으로부터 돌발적으로 생겨난 것이다. 눈물을 흘리는 금패는 언젠가 대동강에서 여학생들이 자신을 보며 수군거렸던 "이제 십 년만 더 내 봐라. 데것들의 꼴이 뭐이 되나. 미처 시집두 못 가구. 구주주하게"라는 말을 떠올렸는지도 모르지만 금패의 슬픔이 어떤 구체적인 욕망으로부터 응축되어 나온 것이 아니라는 점은 분명하다. 다시 「불노리」로 돌아가자면, 3연의 "까닭 모르는 눈물"이 화자가 바라보는 어린기생의 것인지, 아니면 어린기생을 바라보는 화자의 것인지는 불분명하지만, 내용도 주체도 불분명한 이 슬픔은, 김동인의 금패가 그랬듯 현실의 구체적인 불행^가신님"보다는 오로지 4월 초파일의 축제라는 형식으로부터 생겨났다는 점은 분명하다.

주요한과 김동인이 주목한 '불'은 물론 휘발성을 지닌 감정의 속성을 상징하는 것이기도 하지만, 중요한 사실은 이러한 무형식의 순간적 감정이 예술이라는 인공의 형식으로부터 비롯된다는 점이다. '창조파' 예술지상주의가 지닌 진정한 함의는 여기에서 찾을 수 있다. 더 나아가 「불노리」안의 '불놀이'가 화자로 하여금 어쩐지 쓸쓸한 감정의 정체를 자각하게하는 '유사-예술'이 되었다면, 주요한의 「불놀이」라는 텍스트 자체는 독자로 하여금 '까닭모를 슬픔'이라는 감정을 발견토록 하는 매개가 되었다고도 할 수 있다. 주요한의 텍스트를 비롯한 1920년대의 소위 '낭만주의적' 경향의 시들은, '우울'과 '슬픔'과 '허무'라는 '병적인' 감정들이 '기쁨'과 '정열'과 '환희'라는 건강한 감정들과 전적으로 평등한 위치에 놓인다는 점을 스스로 증명한 텍스트가 된 것은 아닐까. 이러한 작품들로부터 식민지적 공분과 우울, 3·1운동 실패 이후의 열패감이라는 감정의 불분명한 기원만을 찾는 것은 어쩌면 무의미할지도 모른다. 그것은 '미'와 '추'가 범벅이 된 다양한 예술 작품들로부터 이미 충분한 '감정교육'을 받은 후대인의 시각으로 이 작품들의 감정의 기원을 단선적으로 규정하는 것이며 작품들의 미숙함만을 재차 확인하는 일이 될 수 있기 때문이다.[22]

대동강의 '축제'로부터 슬픔의 감정을 자각하는 인물들을 그림으로써, 「불놀이」와 「눈을 겨우 뜰 때」는 '창조파' 예술지상주의의 의미를 압축적으로 재현한다. 이른바 이들은 예술축제이라는 인공적 형식을 통과하며 내면의 감정이 발견 혹은 발현되는 형태에 주목하고 있다. 작중 인물들에게 대동강 축제가 자신의 처지에 대한 자각과 더불어 슬픔을 불러일으키는 매개가 되는 구조는, 김동인의 많은 소설에서 '여余'라는 일인칭 화자가 대동강을 응시하다가 어떤 이야기를 전하게 되는 액자형식을 통해 반복된다. 앞 절에서 살펴본 「광화사」는 물론 1930년에 『매일신보』에 발표한 「소녀의 노래」, 「수녀」, 「무지개」 등 일련의 소설들은 대동강으로부터 시작되어 대동강으로 끝난다.[23] 물론 이러한 구조를 선취한 작품은 「배따라기」이다. "대동강에 첫 뱃놀이하는 날" 모란봉 일대를 산책하던 화자는

---

22 조영복은 1920년대 근대 초기 시를 분석하면서, "'상징주의의 완결함'(원본성)에 미치지 못한 '상징주의 모방의 산물'이라는 평가, 그렇지 않으면 3·1운동 이후의 퇴폐적 지식인의 내면을 그린 것, 혹은 그들의 좌절과 절망을 드러낸 것이라는 평가, 현실도피의 산물이라는 평가는 제한적이다"라고 주장하면서 이들이 그린 것은 '관능'과 '퇴폐'의 정조가 아니라, '상징'과 '은유'라는 형식임을 지적한 바 있다. 조영복, 『1920년대 초기 시의 이념과 미학』, 소명출판, 2004, 82면.

23 김동인은 「문단 30년의 자취」에서 "1927,28 이태 동안을 나는 아무것도 하는 일이 없이 평양에 박혀 있었다"고 고백한다. 이 시기 재정적 파탄과 아내의 가출 등으로 힘든 시절을 보낸 그는 1931년 재혼을 하고 이후 신문연재라는 생계형 집필을 시작한다(『김동인전집』 15, 조선일보사, 1988, 367~371면). 1930년에 쓰인 일련의 소설에서 대동강을 배경으로 하는 액자형식이 반복되는 것은 흥미를 위주로 하는 신문연재 소설의 요구에 부응한 형태라 파악할 수도 있지만, 대동강에서 낚시질로 소일한 그의 체험이 강하게 작용했음도 부인할 수 없다.

'배따라기' 소리를 따라 간 곳에서 영유 출신의 뱃사람을 만나는데, 그가 들려준 이야기가 바로 이 작품의 속 이야기이다. 기생 금패가 대동강의 축제로부터 내면을 자각하고 감정을 발견해 나가듯, 김동인 자신도 대동강을 매개로 하여 이야기를 창출해내고 있는 셈이다. 김동인에게 대동강은 백성수의 음악이나 금패의 축제와 마찬가지로 일종의 '미적 형식'으로 육박해있다. 김동인은 「대동강」과 「대동강의 평양」 등의 수필에서 "평양인의 시, 평양인의 정서, 평양인의 노래는 대동강과 함께 일어나고 살고 뛰놀고 하는 것"[24]이라며 대동강의 정서에 대해 노골적으로 적어놓은 적이 있다. 김동인이 "평양태생이라는 사실은 한갓 '경력'이 아니고 '자질'의 일종인 셈"[25]이라는 직관은 이같은 김동인 자신의 언급이나, 대동강 주변을 산책하며 상념에 젖는 김동인 소설 속 일인칭 화자의 발언, 더 나아가 대동강에서 시작되는 액자소설의 구조를 통해서도 충분히 증명될 수 있다.

이와 관련하여 이 글이 주목하고자 하는 것은 김동인의 예술지상주의와 관련하여 평양의 대동강이 어떤 역할을 하고 있는가에 관한 것이다. 우선 김동인에게 예술이 무엇이었는가를 정리해보자. 「자기가 창조한 세계」『창조』7, 1920.7라는 평문을 통해 김동인이 자신의 예술관을 피력해놓고 있음은 주지의 사실이다. 그 글에서 김동인은, 주어진 세계인 '자연'에 만족하지 못하는 인간이 자신의 "위대한 창조성"을 발휘하여 "자기의 지배할 자기의 세계"를 만들어 놓은 것이 바로 '예술'이라고 설명한다. 예술이란 창조자의 위치에 서고자 하는 인간의 욕망이 요청한 형식인 것이다. 특히 소설가는 톨스토이가 그랬듯 자기가 창조한 인물들을 인형 놀리듯 함

---

24 김동인, 「대동강의 평양」, 『신동아』, 1932. 9(『김동인전집』 4, 삼중당, 1976, 503면).
25 김윤식, 『김동인 연구』, 민음사, 1987, 233면.

으로써 완벽한 창조자가 되어야 한다는 것이 김동인의 그 유명한 '인형조
종술'의 요체이다. 김동인의 이러한 예술관에 대해서는, 부유한 집안 출
신이라는 전기적 사실과 관련하여 신의 자리에 서고자 하는 '귀공자의식'
의 소산으로 설명되거나,[26] 예술사적 관점에서 "자아를 절대화하려는 노
력"으로서의 '낭만적 개인주의'[27]의 발현으로 설명되기도 하였다. 김동인
은 실제 작품 속에서 대동강 주변을 산책하다 어떤 공상에 이르게 되는 일
인칭 화자를 노출시킴으로써, 이러한 창조자로서의 소설가의 모습을 강
조한다.

그런데 김동인이 그리는 예술가가 '겉 이야기'의 일인칭 화자로서의 작
가가 아니라, '속 이야기'의 주인공으로서의 예술가인 경우, 이때 강조되
는 것은 "자기의 지배할 자기의 세계"를 철저하게 만들어내고 있는 예술
가의 행위이기보다는 그의 고양된 감정에 관한 것이라는 점에 주목해볼
필요가 있다. 예술가를 주인공으로 내세운 「광화사」와 「광염소나타」에서
확인했듯 이 소설들에서 예술이란, 예술가의 고양된 감정을 발견하고 강
화하는 것으로 그려진다. 김동인의 예술가 소설에서 소재가 되는 예술은
주로 음악과 미술인데, 내용보다는 재료로서의 '소리'나 '색'이 강조되는
음악과 미술에서는, 언어를 통해 이야기를 만들어내는 문학의 경우보다,
예술가와 작품 사이의 거리가 더 가깝다고 할 수 있다. 예술가 소설에서
묘사되는 백성수나 솔거 같은 예술가들은 엄밀히 말해, 김동인이 「자기가
창조한 세계」『창조』 7, 1920.7에서 신의 위치로까지 격상시킨 절대적 존재로

---

26 위의 책 참조.
27 황종연, 「낭만적 주체성의 소설」, 문학사와 비평학회 편, 『김동인 문학의 재조명』, 새
    미, 2001, 89~94면.

서의 예술가와는 거리가 있어 보인다. 요컨대 김동인의 소설에는 두 가지 층위의 예술가가 존재한다. 작가 김동인을 연상시키는 인형조종술의 당사자와, 주체할 수 없는 감정에 휘둘리는 비극적인 예술가가 그것이다. 즉 김동인의 소설에는 관조적 주체로서의 예술가와 정념적 주체로서의 예술가가 혼재되어 있는 것이다. 전자로부터는 이야기를 만드는 '창조'의 행위 자체가 강조되고, 후자로부터는 그 과정에서 불거져 나오는 고양된 '감정'이 특히 강조된다.

이러한 괴리가 생겨나게 된 원인에 대해서, 김동인의 대동강 체험을 통해 설명할 수 있다. 김동인에게 평양의 대동강이란 미적 체험의 원형공간으로 작용하는 것인데, 김동인 소설에서 예술이 인간의 창조적 능력을 증명하는 것임과 동시에 그 능력을 한껏 고양시키는 것으로서 강조되었던 것은, 그에게 예술이 애초에 관념으로서가 아니라 정서적인 것으로 이해되었기 때문이라고 생각할 수 있다. 김동인의 예술지상주의의 성격을 대동강의 체험과 떼놓고 생각할 수 없다는 것은 기왕의 논의에서 자주 지적되어온 바이지만, 그의 소설에 상반되는 예술가의 모습이 등장한다는 사실과 관련하여서도 대동강 체험의 의미는 중요해진다.

김동인문학에서 예술과 감정의 관계는, 이광수의 『무정』『매일신보』, 1917. 1.1~6.14속 인물들이 서로 간의 관계를 통해 '감정교육'을 받음으로써 자신의 '속사람'을 자가하는 것까는 확실히 다른 자리에 있다. 예술로부터 하습한 감정이 결국 합리적이고 이상적인 공동체를 형성하기 위한 수단이 된다는 이광수의 계몽적 발상과 김동인식 예술지상주의는 예술의 중요성을 인정한다는 점에서 유사하지만 서로 다른 지향을 보인다. 『무정』에서 형식의 약혼자 선형이 소문 속의 기생 계월향을 영채라는 실물로 접하면서 느낀 질투의 감정은 "질투라는 독균"이라고까지 표현되는데, 이때 선형은 "종교나 문학에서 인생이라는 것을 대강 배워 사랑이 무엇이며 질투가 무엇인지를 알았던들 이 경우에 있어서 어떻게 하여야 할 것을 분명히 알았을 것"이라며 뒤늦게 후회한다.[28] 근대식 교육을 받은 여학생 선형이 품고 있었던 '사랑'에 대한 이상적 관념은 '질투'라는 고통스런 감정을 통과하며 새롭게 수정되고 있다. 이광수는 감당할 수 없을 정도의 직접성으로 도래할 미래의 감정에 대비하는 면역 바이러스라고 문학을 정의하면서 그 기능을 강조했다.[29] 이광수의 표현을 빌려 쓰자면, 새로운 감정의 출현에 관한 한, 이광수에게 예술문학이 '정신의 우두'였다면, 김동인에게는 '정신의 천연두'였다고 할 수 있다. 이광수에게 예술이 감정을 간접적으로 체험하도록 하는 도구에 불과했다면, 김동인에게 예술은 감정의 직접 체험의 매개로 작용하는 것이었다. 이처럼 상이한 세계관이 생겨나게 된 원인으로서 김동인의 '대동강 체험'은 중요한 요소로 작용한다.

1920년대 문학이 발견한 내면의 욕망과 다양한 감정들에 대해서는, 개인의 감정이 지닌 '공감의 능력'에 주목하며 계몽의 기획과 결부시켜 이해하는 방식과,[30] '내면의 발견'이라는 측면에 주목하여 '미적 근대성의

---

28 관련되는 부분을 인용하면 다음과 같다. "선형은 지금껏 방 안에 갇혀 있었다. 그는 공기 중에 독균이 있는 줄도 몰랐다. 그리고 그는 우두도 넣지 아니하였다. 그런데 지금 질투라는 독균이 들어갔다. 사랑이라는 독균이 들어갔다. 그는 지금 어찌할 줄을 모른다. 그가 만일 종교나 문학에서 인생이라는 것을 대강 배워 사랑이 무엇이며 질투가 무엇인지를 알았던들 이 경우에 있어서 어떻게 하여야 할 것을 분명히 알았을 것이언마는 선형은 처음 이렇게 무서운 병을 당하였다" (김철 편, 『(이광수 장편소설) 무정』, 문학과지성사, 2005, 440면).

29 이는 이광수가 강조하는 '감정의 해방'이라는 것이 이성적이고 합리적인 사회를 지향하는 계몽의 기획을 좀처럼 넘어서지 않는 지점에 있다는 사실과도 관련된다. 이광수 소설에 나타난 '감정의 해방'과 '계몽의 기획'의 복잡한 관련 양상에 대해서는, 서영채, 「이상주의, 사랑, 지사적 주체―이광수」, 『사랑의 문법』, 민음사, 2004 참조.

30 특히 이광수의 '情' 담론을 그의 친일 행위와 연관시켜 소급적으로 이해하는 방식들도

선취'[31]라고 이해하는 방식으로 양분될 수 있다. 이렇게 양분된 시각은 감정의 기능에 관해 그 강조점을 어디에 두는가에 따라 갈라져 나온 것인데, 1920년대 문학이 발견한 '감정'이 문학의 자율적 영역을 마련하는 토대가 되었지만 "이 감정이 문화적 계몽주의에 내재해 있는 기만성과 무관할 수 없"으며 이로부터 이 시기 문학의 한계를 찾을 수 있다는 지적은 타당하다.[32] 이와 관련하여 이 글이 주목하는 부분은 '감정'을 중심으로 개인과 사회가 절합되는 장면에 관한 것이기보다는 예술이 감정을 발견하는 장면에 관한 것이다. 이 글이 1920년대로부터 1930년대 후반에 이르기까지의 김동인의 소설을 통해 확인하고자 하는 것은, 감정을 발견토록 하는 직접적인 매개가 되는 '예술의 형식'에 관한 것이며, 나아가 김동인이 강조하는 '형식으로서의 예술'이 대동강의 축제 체험에 그 기원을 두고 있다는 사실이다. 평양은 김동인에게 미적 체험의 원형공간으로 작동하고 있다.[33] 이는 1930년대 후반 '단층파' 문인들에게, 평양의 거리가 관조

이와 관련된다. 개인의 감정을 계몽의 기획 속에 포섭시키는 '감정정치학'류의 연구들은 피식민 상황이라는 특수한 조건 속에서 우리의 근대문학이 형성·전개되는 장면을 투명하게 보여주고 있으나, 문학을 정치의 논리로 환원한다는 지적으로부터 자유로울 수는 없다. 이러한 연구들의 한계를 극복하기 위한 시도로서 1920년대의 지배적 감정구조(structure of feeling)에 주목하여 정치와 문학, 개인과 사회, 윤리와 미학이라는 상반된 도식들을 폭넓게 아우르려는 연구들도 행해지고 있다.

31 1920년대 동인지 문단의 예술적 특성에 주목한 김춘식에 따르면, 1920년대의 계몽주의는 "지배의 장치"가 될 가능성이 훨씬 높은 기획이었던 반면, "형체가 없는 내면적 제도인 예술과 자아, 인생의 관계에 대한 자각"을 담고 있는 『창조』, 『폐허』, 『장미촌』, 『백조』, 『금성』 등의 동인지 예술은 "낭만적 자아가 표방하는 미적 근대성"의 중요한 특질을 보여준다는 점에서 의미가 크다. 김춘식, 『미적 근대성과 동인지 문단』, 소명출판, 2003, 35~41면 참조.

32 김행숙, 「근대시 형성기에 있어서의 '감정'의 의미」, 『어문논집』 44, 민족어문학회, 2001.

33 김동인 문학의 '악'과 '광기'의 근원으로서 대동강에 주목하여 거기서 특수한 지역성이 아닌 보편적 낭만성을 분석해낸 논의도 있다(권희철, 「속삭이는 목소리로서의 '대동강'과 어머니 형상의 두 얼굴」, 『한국근대문학 연구』 17, 한국근대문학회, 2008). 이러한

의 공간으로 작용하고 있는 것과 동궤에서 설명될 수 있는 부분이다. 다음 장에서는 단층파의 대표적인 작가 최명익의 작품을 통해 평양의 '길'이 관조의 공간으로 표출되는 장면을 짚어보도록 하겠다.

3. 최명익 소설에 나타난 자기관조의 시선과 '허우적거리는 걸음'의 의미

『난층斷層』1937~1940[34]은 카프 해체 이후 전형기 문단의 구도 속에서 바라볼 때, '본격소설'을 대체하는 '세태소설'과 '내성소설' 중 후자 쪽을 맡았던 집단이다. 앞서 언급한 '서울중심주의'와 '평양중심주의'는 1930년대 후반 경성의 고현학과 평양의 심리주의로 양분되어 나타나는데, 김윤식은 '박태원의 망원경'과 '단층파의 현미경'이라는 비유를 사용하기도 했다. 이는 카프라는 거대 집단을 염두에 둔 이데올로기 중심의 문학사관으로부터 형성된 구도일 텐데, '단층파'의 내성적 경향, 심리주의 경향이라는 특징은 비단 카프문학의 후신이라는 위치로서만 보아질 수 없는 면이 있다. 『단층』은 포스트 카프 잡지이기 이전에 『창조』로부터 그 맥을 이어받아 평양에 거점을 둔 동인들의 잡지이기 때문이다.

근대문학 최초의 순문예지로서 "우리는 문학으로"라는 슬로건을 내건

보편적 낭만성이 평양 지역 출신의 '창조파'에게 본격적으로 드러났음을 상기할 때 그 것을 평양의 특수한 지역성과 결부시켜 보지 않을 이유도 없을 것이다.

34 1937년 4월 평양에서 창간호를 낸 『단층』은 한동안 1937년 9월의 제2호, 다음해 3월 의 제3호까지만 전해져왔는데, 2001년 김명석에 의해 1940년 6월에 발간된 이 잡지의 제4호가 발굴·소개되었다. 이에 대해서는 김명석, 「『단층』 4호에 대하여」, 『한국 소설 과 근대적 일상의 경험』, 새미, 2002 참조.

『창조』는 제목에서부터 모종의 우월감을 표출하고 있다. 물론 이 잡지 역시 어느 정도 상업적 성격을 띠고 있기는 했지만,[35] 최초의 순문학지가 평양에서 나왔다는 점은 중요하다. 『창조』로부터 18년이 지난 후에 등장한 평양 출신 문인들의 또 다른 동인지 『단층』은 김이석의 증언을 따르면 "새로운 문학으로 기존 문단과 층계를 지어보려는"[36] 야심에서 출발한다. "우리는 문학으로"로부터 "새로운 문학으로"의 변모, 즉 '창조'에서 '단층'으로의 이같은 이행은, 평양 출신 문인들의 정체성이 자기중심적인 우월감으로부터 중심에 대한 대타적 자의식으로 하향 조정되었다는 점을 비유적으로 암시하기도 한다. '단층'은 비단 '서울중심주의'에 대한 대타성만을 강조하는 명명은 아닐 텐데, 식민 지배 20년의 결과 평양을 포함한 조선의 전 지역이 제국의 지방으로 격하되고 있는 현실, 혹은 더 이상의 사상투쟁이 불가능해진 암흑의 현실에 대한 개입 의지를 상징적으로 보여주는 명명으로도 읽힌다. 김동인의 「약한 자의 슬픔」의 엘리자베트의 말을 빌리자면, 약자로서의 "표본 생활 20년"의 결과가 불러온 상황일 것이다.

'단층' 동인 최정익의 형으로 잡지에 소설을 싣지 않았음에도 문학사에서 이 동인의 수장쯤으로 대우받는 최명익을 제외하고, 소설 분야의 유항림, 김이석, 김화청, 최정익 등과 시 분야의 양조한, 김조규 등의 동인들[37]

---

35 김영민은 『창조』가 경제적인 문제를 해결할 요량으로 부유한 집안 출신의 미술학도 김환을 동인으로 끌어들인 점과, 잡지의 판매부수를 높이기 위해 당시 대중적 인지도가 높았던 이광수를 영입하려 한 것을 근거로 삼아, 『창조』의 상업성을 논하고 있다. 김영민, 「동인지 『창조』와 한국의 근대소설」, 『현대문학의 연구』 18, 한국문학 연구학회, 2002.

36 김이석, 「동인지 「단층」에서」, 『서울신문』, 1959.5.28.

37 정주 출신으로 평양고보를 나온 이석훈은 『인문평론』(1940.8)에 실은 「문단풍토기-평양편」에서 평양출신 문인들을 소개하면서 『단층』동인들에 대해서도 언급하고 있다.

에 대한 당대의 평가는 대체로 부정적이다. 넘치는 의욕에 비해 방법론적으로 어설픈 점, 그리고 체험의 절실함이 부족한 점 등이 거론되었다.[38] 그러나 주로 최명익의 작품에서 드러나는 병약한 인물들의 치열한 자기 탐구, 다시 말해 자신의 현실적 곤궁과 그로 인한 심리적 불편함에 대해 정확하게 인식하고 그것을 솔직하게 묘사하는 모습은, 열패감 혹은 도피의 소산으로만 단정하기에는 너무도 철저한 데가 있다. 이들의 이러한 철저함 혹은 솔직함은 어디로부터 기인할 것일까? 이에 대해 범박하게나마 평양 출신 문인들의 기질적 자존감 혹은 문학에 대한 순정을 떠올려 볼 수도 있을 것이다.

우선, 평양 출신의 문인들이 외부의 객관적 관찰에 눈을 돌리기보다 내면으로 향하고 있는 이유에 대해 생각해볼 필요가 있겠다. 본격소설의 미달태로서 임화가 구분한 '세태소설'와 '내성소설'이라는 구도에 괄호 친다면, 즉 그 시기 사상의 구현이 불가능했다는 이데올로기적 관점을 잠시 유보한다면, 그 이유는 이들의 생활공간의 모습으로부터 찾아질 수 있다. 경성의 빠른 변모에 비해 비교적 자신의 고유한 색채를 어느 정도 일관되게 유지할 수 있었던 평양에서 나고 자란 경험이, 다시 말해 외부의 변모에 시선을 빼앗기지 않을 수 있는 배경적 특수성이 이들로 하여금 자신에게 집중하고 냉정할 수 있는 태도를 키워주었다고 생각해볼 수 있지 않을까. 흥미로운 것은 최명익의 소설에서도 박태원의 소설에서처럼 이른바

이석훈은『단층』의 동인들이 대부분 광성중학 출신이므로 "無變化와 單調"의 우려도 있지만 하나의 문학운동으로 발전할 가능성에 대해서 긍정적인 기대를 할 만하다고 말한다. 이 글에서 흥미로운 지점은 이석훈이 '단층파'의 "心理主義的모더니즘의作風"이 "사치한 南監理敎界系 光成中學의 校風"에서 비롯된다고 지적하고 있는 부분이다.

38 김남천, 「신진소설가의 작품세계」, 『인문평론』, 1949.2; 임화, 「창작계일년」, 『조광』, 1939.12.

'거리'와 '산보'가 중요한 모티브가 되기도 하는데, 박태원의 '거리'와는 달리 최명익에게 '길'은 외부 관찰보다는 그야말로 자기관조의 기회를 제공하는 장이 되고 있다는 사실이다. 『단층』 동인 중 거의 유일하게 나름의 작품 세계를 구축했던 시인 김조규의 작품에서도 "가장假裝하고 지나가는 밤의 행렬行列 데드마스크를 쓴 심야深夜의 물상物象들"「猫」, 『단층』 3호, 1938처럼, 경성의 밤거리를 스케치하는 김기림의 시를 연상케 하는 구절들이 보이는데, 이 때에도 두드러지는 것은 휘황한 밤거리이기보다는 '암흑 속의 거리'이며 그로부터 투명해지는 자신의 내면이다.[39] 경성의 모더니즘 작가들이 빠르고 편리한 인공의 길 위에서 매혹과 거부의 양가적 감정을 표출할 때, 평양의 작가들은 느리고 구불구불한 자연의 길을 천천히 걸으며 내부로 침잠한다고 할 수 있다.

'길'이라는 공간이 가장 두드러지는 최명익의 소설로는 「비오는 길」을 꼽을 수 있다. 물론 이 소설의 배경이 되는 공간은, "옛 성문"을 중심으로 하여 성문 안에서는 넓은 신작로가 관통하는 시가가 펼쳐져 있고 성문 밖으로는 공장 지대가 구성되어 있는 "신흥 상공 도시"로서의 1930년대 후반의 평양이다. 그러나 각기병으로 다리가 불편한 주인공 '병일'이 매일 다니는 길은 걷기 편한 대로가 아니다. 그는 인력거도 다니기 힘들 만치 "부府 행정 구역도에 없는 좁은 비탈길"을 따라 매일 출퇴근을 한다.

---

[39] 『단층』에 실린 시는 그 수가 적기도 하거니와 대표적인 두 시인 양운한과 김조규는 주로 평양문단과 간도문단에서 활동했다는 이유로 그간의 문학사에서 별 다른 주목을 받지 못했다. 최근 『단층』의 시를 본격적으로 검토한 김정훈에 따르면 평양 출신으로만 이루어진 '단층' 동인들은 시와 소설을 막론하고 일정한 문학적 공감대를 토대로 활동하였다고 볼 수 있다(김정훈, 「『단층』 시 연구」, 『국제어문』 42, 국제어문학회, 2008). 김정훈은 그 공감대를 현실에 대한 패배의식과 내면의 무력감으로부터 찾고 있다.

봄이면 얼음 풀린 물에 길이 질궜다. 여름이면 장맛물이 그 좁은 길을 개천 삼아 흘렀다. 겨울에는 아이들이 첫눈 때부터 길을 닦아놓고 얼음을 지쳤다.

병일은 부드러운 다리에 실린 몸의 중심을 잡기 위하여 외나무다리나 건너듯이 두 팔을 허우적거리며 걷는 것이었다.

봄의 눈 녹은 물과 여름 장마를 치르고 나면 이 길은 돌짝길이 되고 말았다. 그때에는 이 어두운 길을 걷는 병일이가 아끼는 그의 구두 콧등을 여지없이 망쳐버리는 것이었다.[40]

"성 밖 안끝"에 사는 병일이 "성 밖 한끝"에 있는 공장으로 매일 출퇴근을 하는 그 길은 한 계절을 제외하고는 물로 질척거리는, 즉 배수시설과는 무관한 전근대적 돌길이다.[41] 그 돌길을 병일은 매일 걷는다. "병일이는 이 길을 2년간이나 걸었다"라는 표현이 마치 그가 쉬지 않고 2년이라는 긴 세월을 걷기만 한 것처럼 느껴지도록 하는 것은 아마도 병일의 불편한 다리가 상기시키는 느린 속도나 "허우적거리"는 자세 때문일 것이다. 신작로를 옆에 두고 물이 질척한 좁은 골목을 불편한 다리를 이끌고 걸을 수밖에 없는 병일의 모습은 "취직한 지 2년이 되도록 신원 보증인을 얻지 못하"는 그의 암울한 처지를 환기하기도 한다. 그러나 이러한 '허우적거림'은 외부의 "산문적 현실 속에는 일관하여 흐르고 있는 어떤 힘찬 리듬"을 쫓아가지 못하는 병일의 패배감을 상징하는 것만은 아니다. 그보다는 오

---

40 최명익, 「비 오는 길」, 『조광』, 1936.4.

41 박성란은 일제의 '시구개정' 과정을 살펴 「비 오는 길」의 공간을 당대의 관점으로 재구하면서, "「비오는 길」에서 최명익은 일제의 도시계획과 그에 따른 일상적 공간의 배치, 분화된 사회 계층과 소시민의 파탄 중에 주목하여 평양의 도시 지리를 해부하고 있다"고 밝히고 있다. 더불어 병일의 '독서'를 제국의 질서 안으로의 편입을 거부하는 메타포로도 읽었다. 박성란, 앞의 글, 274~279면 참조.

히려 "옛 성벽을 깨트리고 (…중략…) 성 밖으로 꾸여나오는" 속도 빠른 도시의 공간 변화 속에서도, 병일이 잃지 않고자 하는 자기 삶의 균형을 드러낸다. 최명익이 병일을 이러한 길로 내 몬 이유는, 즉 허물어지는 성벽의 곁에 둔 이유는 병일로 하여금 "평범하고 속된" 현실 속에서 진정한 자기를 찾기를 바라는 마음 때문이었을지도 모른다.

허우적거리며 다니는 길 위에서 병일이 만난 것은 "노방路傍의 타인", 즉 사진관의 '이칠성'이라는 노인이다. 이 노인은 병일에게 "독립적으로 사업을 시작하시우"라고 훈계하며 병일의 독서취미를 비웃는 "평범하고 속된" 부류의 인간이다. 병일은 이칠성과 마주앉은 시간이 불편하다. 신원보증인을 얻지 못한 자신을 감시하는 듯한 공장 주인의 태도에서 불쾌감을 느꼈던 병일은 이칠성 앞에서도 똑같은 감정을 느낀다. 병일은 훌륭한 생활인이 되지 못하는 자신을 멸시하는 듯한 그들에게 똑같이 멸시의 시선을 돌려주지만 어느새 "독서력을 전혀 잃고" 자기 삶의 리듬을 잃게 된 자신을 발견한다. '노방의 타인'과의 불쾌한 대면이 스스로도 인정하고 싶지 않은 자신의 누추한 삶을 펼쳐보였기 때문일 텐데, 그러한 점에서 병일이 이칠성과 처음 만나는 장면은 흥미로운 데가 있다.

빗소리밖에는—고요한 저녁이었다.

병일이는 다시 쇼윈도 앞으로 돌아서서 연하여 하품을 하면서 사진을 보고 있었다. 그때에 갑자기 사진이 붙어 있는 뒤 판장이 젖혀지며 커다란 얼굴이 쑥 나타났다. (…중략…) 비를 놓고 부채로 쇼윈도 안의 하루살이와 파리를 좇아내는 그의 혈색 좋은 커다란 얼굴은 직사되는 광선에 번질번질 빛나 보였다. 그리고 그의 미간에 칼자국 같이 깊이 잡힌 한 줄기의 주름살과 구둣솔을 잘라 붙인 듯한 거친 눈썹과 인중에 먹물같이 흐른 커다란 코 그림자는 산 사람의 얼굴이라기보다 얼굴의 윤곽을 도려낸 백지판에 모필로 한 획씩 먹물을 칠한 것 같이 보였다.

병일은 지금 보고 있는 이 얼굴이나 아까 보던 사진의 그것은 모두 조화되지 않은 광선의 장난이라고 생각하였다.[42]

비오는 어둡고 조용한 길에서 쇼윈도 안으로부터 불쑥 튀어나온 '노방의 타인'의 얼굴은 사람의 얼굴이 아닌 듯 이물감을 풍기며 묘사된다. "직사되는 광선에 번질번질 빛나"는 그 "커다란 얼굴"은 "광선의 장난"으로 여겨질 만큼 평면적으로 그려지는 것이다. 이처럼 쇼윈도로 불쑥 나타나는 이칠성의 얼굴은 마치 병일이 거울 속을 들여다보는 것처럼 묘사된다. 타인의 얼굴이 거울 속 얼굴처럼 그려진다는 것은 이칠성과의 만남이 병일에게 자기응시의 기회를 제공하고 있음을 상징한다. '노방의 타인'의 얼굴이 섬뜩한 느낌을 주고 그와 마주 앉은 시간들이 불쾌감을 주는 것은 그가 타자의 '시선'을 경유하여 철저한 자기인식에 이르고 있기 때문이다. "산문적 시간" 속에 살고 있는 이칠성을 "청개구리 뱃가죽 같은 놈!"이라며 과도하게 경멸하는 병일의 심리 속에는 "내게는 청개구리의 뱃가죽만 한 탄력도 없"지 않는가라는 자조가 담겨있기도 하다.

최명익 소설의 주인공들은 무능력한 생활인이자 독서인이라는 점에서 유사한데, 이들은 주로 위의 장면에서처럼 타인으로부터 시선을 돌려받음으로써 더욱더 명징한 자기응시에 이르게 된다는 점에서도 공통점을 보인다. 이처럼 주인공들이 타인의 시선으로부터 불편함을 느끼는 장면

---

42 최명익, 「비 오는 길」, 『조광』, 1936.4.

은 최명익의 소설에서 흔하다. 인물의 복잡한 심리가 매우 세밀하게 묘사되고 있는 「무성격자」『조광』, 1937.9에서는 각혈하는 애인 '문주'의 투명한 얼굴이 '정일'로 하여금 불안을 느끼게 한다. 자신을 바라보고 있는 문주의 시선을 거울 속에서 확인한 정일이 ""지금껏 내 얼굴에서 무얼 보았어?" 하며 손으로 문주의 눈을 가"리는 감각적인 장면이 등장하는 것이다. 「폐어인肺魚人」『조선일보』, 1935.2.5~25에서의 '현일'은 자기와 비슷한 처지에 놓인 '도영'의 "앱노말리티"한 행동을 바라보는 '병수'의 시선이 오히려 자신에게 수치감을 불러일으키고 있음을 느낀다. 도영을 향하는 병수의 응시가 자신에게 되돌아오고 있기 때문이다.

「비오는 길」에서 병일이 도달한 결론은 "노방의 타인은 언제까지나 노방의 타인이기를 바란다"는 것, 그리고 더욱 "독서에 강행군 하리라고 계획하며 그 길을 걸었다"는 것이다. 병일의 독서에의 다짐과 쉽게 끝나지 않을 것 같은 그 '허우적거림'은 자기기만이나 도피의 소산이라기보다는 철저한 자기응시를 통해 도달한 값진 선택이라고 할 수도 있다.

'단층파'의 수장격인 최명익은 시대적 멸시 속에서도 지켜야 할 자기 삶의 기율이 있다는 것을 이같은 '길' 위의 인물들을 통해 보여준다. 이는 "자신의 순정을 지키려는 필사적인 노력"[43]에 다름 아니다. 이 글에서 강조하고 싶은 것은, 최명익 소설에 나타나는 타자의 응시를 통한 철저한 자기인식과 그로부터 결과하는 주체적 삶의 선택이, 바로 평양의 구불구불한 물길돌길 위에서 가능했다는 사실이다. 물론 최명익의 인물들이 어떤 과정을 통해 어떤 선택을 했는가와는 별개로 "나의 시간"이라고 지칭되는 이들의 삶이 폐허廢墟 속의 '폐어인肺魚人'의 삶으로 전락할 위험을 내포하고

---

43 신수정, 「「단층」파 소설연구」, 서울대 석사논문, 1992, 36면.

있다는 점을 부정할 수는 없다. '지방'의 '비오는 길' 위에서 '허우적거리는' 이들의 삶이 "반신 물에 잠기고 반신 바람에 불리면서도 두 가지 호흡의 기능을 다 잃고 죽어가는"[폐어인] '폐어인'의 '균형 상실'인지 아니면 '균형 잡기'인지 불분명하다는 것이 평양 혹은 조선이 처한 시대적 조건이 아니었을까. 물론 이러한 사실을 가장 정확하게 인식하고 있었던 것은 '길' 위의 인물들, 즉 평양의 작가들이었을지도 모른다.

십년 만에 평양을 방문한 짧은 소회를 다루는 이태준의 단편 「패강랭」에서도 평양은 식민지 지식인의 곤란한 처지를 되비추는 거울과 같은 장소로 묘사된다. "물이 아니라 유리 같은 것"처럼 투명하고 차가운 대동강의 이미지 속에 이같은 의미가 응축되어 있다. 어죽놀이의 풍류는 이미 사라지고 기생들이 "딴스"를 추는, "폐허廢墟"로 치자면 "인전 평양두 서울과 별루 지지 않"는 그 공간이 '현'에게 쓸쓸함을 가져다주는 것은 그곳이 평양으로 대변되는 조선의 처지, 나아가 자신의 처지를 자각하게 하는 공간이기 때문이다. 그는 부벽루와 청류벽, 연광정으로 홀로 돌며 "조선 자연은 왜 이다지 슬퍼 보일까?"라고 생각하며 부여의 낙화암과 백마강을 떠올리는데, 이러한 장면에서도 보듯 이 소설에서 평양은 일종의 거울 역할을 하는 투명한 공간일 뿐, 지역적 특수성은 탈각되어 있다고까지 말할 수 있다.[44] 평양을 경유한 이태준의 자기인식은 『단층』파의 자기인식과 상통하는 면이 있다. "나 좀 혼자 걸어보구 싶네"라며 모란봉에 오른 현에게

---

44 '평양'을 배경으로 한 「패강랭」과 '경주'를 배경으로 한 「석양」을 상호텍스트적으로 검토한 정종현은 이들 소설에서 평양과 경주가 '호환가능성' 속에서 '조선'의 상징으로 변모하는 지점을 포착하면서 이는 결국 "'조선'이라는 지방을 제국의 여러 지방 중 호환가능한 한 지방으로 축소시키는" 역설적 지점을 만들어낸다고 지적하였다. 정종현, 앞의 글, 118~119면.

그렇듯, 『단층』파 지식인들에게 투명한 자기응시는 평양의 '비오는 길'로 부터 가능했던 것이다.

4. 평양의 경향

경성 이북 제1의 도시 평양의 정체성을 설명할 수 있는 키워드는 여러 가지이다. 굳이 문학 작품을 경유하여 확인하지 않더라도, 평양이 상업의 도시이자 기생이라는 심미화된 코드가 작동하는 공간이며 서북지역에 대한 오래된 차별로 인한 소외감과 역사적 우월감이 공존하는 공간이라는 점은 잘 알려져 있다. 이 글에서 주목한 것은 소외된 도시 평양의 역설적 자유와 우월감에 관한 것이다. 이 글은 그러한 평양의 '경향'을 『창조』와 『단층』이라는 대표적인 평양 지역 동인지의 수장격인 김동인과 최명익의 소설을 통해 부분적으로나마 살펴보고자 하였다. 이들이 보여준 역설적 자유는 이데올로기와는 다소 무관한 예술에 대한 경사로 나타나거나 자신의 곤궁한 처지에 대한 철저한 인정으로 드러난다. 물론 '창조파'가 강조하는 예술의 자율성도, '단층파'가 보여준 철저한 자기응시도 결국에는 '자유'라는 이름의 '고립'에 불과하다는 또 다른 역설로부터 자유로울 수는 없지만, 김동인이 예술의 자율성과 더불어 강조한 예술의 기능, 그리고 타자를 경유하여 도출된 최명익의 자기응시의 성격을 섬세히 따져본다면, 이들의 자유 속에 내장된 적극적 의미도 도출해낼 수 있을 것이다. 굳이 평양 지역이 지켜온 민족적 정체성을 염두에 두지 않더라도, 다시 말해 '제국'에 대응하는 '민족'이라는 또 다른 상상의 공동체를 선험적으로 상정하는 방식이 아니더라도, 『창조』의 김동인과 『단층』의 최명익에 이르기까지 평양 지역 문인들이 보여준 실제적 경향 속에서 이들 문학의 시대적 의의를 추출해낼 수 있다는 것이다. 이 글은 김동인과 최명익의 소설을 중심으로 검토했지만, '평양'이라는 공간의 체험이 식민지 시기 우리 문학의 형성과 발전에 있어 어떤 의미로 작용하고 있었는지에 관해서는, 『창조』로부터 『영대』, 그리고 『단층』에 이르는 평양 출신 문인들의 잡지들의 공통적 경향을 토대로 좀 더 정치하게 연구될 필요가 있다.

제3장

1920년대의 시조부흥론 재고再考

'조선'문학의 표상과 근대'문학'의 실천 사이에서

1. 시조부흥론을 둘러싼 쟁점들

신시 운동과 프로 문예 운동을 통해 문학의 근대적 형식과 이념에 대한 진지한 탐색이 진행되던 1920년대 중반의 문단에, 최남선, 염상섭, 양주동, 이병기 등을 중심으로 일군의 문인들이 시조時調라는 전통적 문학 유산에 주목하기 시작한 것은 하나의 사건으로 기억될 만하다. 1926년 『조선문단』에 최남선이 「조선국민문학으로서의 시조」와 「시조태반으로서의 조선민성과 민속」을 연달아 발표하며 개시된 시조부흥에 관한 논의들은 1920년대 문단에서 프로문학의 대타항으로서 소극적으로만 성립되던 민족문학론이 시조를 통해 조선주의에 집약되는 계기로 작용했다.[1] 1927년 『신민』은 "시조는 부흥할 것이냐"라는 제목 아래 이병기, 염상섭, 최남선, 주요한, 양주동, 이은상, 정지용 등의 문인과 권덕규 등의 언어학자의 의견을 소개하며 시조부흥론의 공론화에 힘쓰기도 하였으며, 특히 이병기는 시조부흥 혹은 시조혁신과 관련하여 무엇보다도 문학적으로 가장 완

---

1   김윤식, 『한국근대문예비평사연구』, 일지사, 1976, 123면.

성도 높은 논의를 진행함으로써 현대시조론의 기틀을 마련하고[2] '시'라는 장르의 근대적 혁신에 대해서까지 숙고하는 모습을 보였다.

앞으로 살펴보겠지만 이같은 시조부흥에 관한 논의가 고시조를 부활시키고 숭앙하자는 퇴영적 논의로 한정되지 않았음은 물론이거니와, 따라서 무턱대고 시조부흥론을 조선문학의 근대화에 반하는 충동으로 파악할 수는 없다. 시조부흥론을 주창한 논자들의 상이한 목적과는 무관하게 근대문학이 결국 민족문학을 전제로 한다는 자명한 사실을 참조하자면, 시조라는 "조선에 있는 유일한 성립문학"[3]을 토대로 근대문학의 쇄신을 고민한 당대의 논의들이 결과적으로 근대문학으로서의 조선문학을 지향했다고 보는 것은 타당하다. 해외시의 번역과 모방에 힘쓴 신시 운동에 대한 반성으로 혹은 민족모순을 초월한 계급모순을 문학의 당면과제로 삼은 프로문학에 대한 대타항으로서 추구된 민족문학 진영의 시조부흥론은, 미학적으로나 이념적으로나 특정한 보편의 항에 대해 나름의 특수성을 고민한 근대적 문학운동의 한 형태로 기억될 수 있다.

이와 관련하여, 시조부흥론을 "근대문학의 이념에 내재하는 '국민문학 민족문학'의 개념에 실질을 부여하고자 한 시도의 일환으로" 파악하는 논의나[4] 시조부흥론이 "외형상 근대 자유시 운동에 '반대'하는 형식으로 등장했지만, 사실은 자유시 운동에 민족이라는 혼을 불어넣음으로써 자유시

2　가람의 문학 행위를 전 생애에 걸쳐 소개하는 열전 형태의 글인 이형대의 논문(「가람 이병기와 국학」, 『민족문학사연구』 10, 1997)에 따르면 가람은 "국학파적 실증주의의 방법"을 통해 고시조 형식을 연구함으로써 현대시조의 창작방법을 궁구하고자 했다. 이형대에 따르면 오늘날 학계에서 보편적으로 사용하고 있는 시조의 분류법도 이병기의 시조론을 토대로 한다.

3　최남선, 「조선 국민문학으로서의 시조」, 『조선문단』, 1926.

4　차승기, 「근대문학에서의 전통 형식 재생의 문제 — 1920년내 시조부흥론을 중심으로」, 『상허학보』 17, 상허학보, 2006(『반근대적 상상력의 임계들』, 푸른역사, 2009) 참조.

를 '근대문학'으로 끌어올리고 '민족문학' 개념을 문학사에 남기는 보완적
기능을 한 것"이라 해석하는 논의[5] 등이 참조될 수 있다. 조선의 국민문학
론이 "제국 일본이 자국의 문학적 자산을 통해 국민국가, 나아가 제국의
문화적 동일성을 표상하는 가운데 정련하고 고안해 낸 방법론에 근거"하
고 있다는 것을 실증적으로 밝힌 연구도[6] 민족문학이라는 상징물을 매개
로 근대적 국민국가를 추구하고 나아가 민족문학을 근대적인 것으로 갱
신해나가고자 한 시조부흥론자들의 열망을 증명해준다.

시조부흥론에 관한 기존의 연구들은 주로 최남선과 이병기의 입론의
유사성과 차이성을 검토하면서 시조부흥론이 당대의 문학 장에서 어떤 의
미망을 지니고 있는지를 검토해왔다. 기존의 논의를 참조해 말하자면 최
남선과 이병기의 시조론은 조선주의의 실현과 민족문학의 기틀 마련이라
는 기본적인 입장을 공유하지만, 시조를 경유해 도달하고자 하는 목표는
상이하다. 주지하다시피 최남선의 목적은 시조라는 전통적 양식의 부흥과
재생 그 자체에 있지 않았으며, "조선 국토, 조선인, 조선심, 조선어, 조선
음률을 통하여 표현한 필연적 일 양식"[7]인 시조를 매개로 하여 조선주의
를 실현하는 것을 궁극적인 목표로 삼았다 할 수 있다.

반면 이병기는 조선문학의 연속성을 염두에 두며 시조를 호출하였고
시조가 근대적 토양 아래에서 어떤 형태의 새로운 시작詩作으로 거듭날 수
있는지를 고민했다. 이병기가 줄곧 강조한 것은 시조가 '창唱'과 결별하고

---

5   오문석, 「한국근대시와 민족담론—1920년대 '시조부흥론'을 중심으로」, 『한국근대문
     학 연구』 4(2), 한국근대문학회, 2003. 91~92면.
6   구인모, 「최남선과 국민문학론의 위상」, 『한국근대문학 연구』 6, 한국근대문학회, 20
     05; 구인모, 『한국 근대시의 이상과 허상—1920년대 '국민문학'의 논리』, 소명출판,
     2008 참조.
7   최남선, 앞의 글.

온전한 '작作'으로 정립될 수 있는 창작방법론을 모색하는 일에 관한 것이었다. 최남선에게는 시조라는 미학적 형식보다는 조선주의라는 이념이 우선이었던 반면, 이병기에게는 시조의 미학을 포괄하는 근대시의 미학이 중요했던 것이다. 이와 관련하여, 최남선이 "조선주의의 관념화와 과거화"에 힘쓴 반면 이병기는 "조선주의의 현실화와 미래화"[8]에 주력했으며, 더불어 최남선의 논의가 시조의 재생과 부흥을 오히려 가로막는 결과를 가져온 반면 이병기의 논의는 시조의 근대적 재생을 장려함과 동시에 근대시의 창작방법론까지 모색한 것이라는 선행연구들이 참조될 수 있다.[9] 최남선이 조선 민족이 처한 현실과 더불어 문학의 역할과 기능을 고려한 반면, 이병기는 민족적 현실과는 다소 무관한 전통과 근대라는 조건 변화와 더불어 문학의 역할과 기능을 고려한 것이다.

요컨대 시조부흥론과 관련해서는 최근 들어 그 접근의 방식이 달라진 것이 사실이다. 조선문학으로서의 민족문학이라는 특수한 개체를 세계문학이라는 보편의 장 안에 기입시키려는 욕망을 증명하는 운동으로서 시조부흥론을 이해하는 것이 일반적이다. 시조라는 전통적인 형식을 문제 삼고 있지만 시조부흥을 주장한 논자들은 근대문학으로서 민족문학을 사유하고 있으며, 더 나아가 자생적인 근대문학의 토대마저 고려하고 있다고 파악된다. 시조부흥론이 이처럼 '시조'를 중심으로 하고 있지만 결국 조선주의의 실현을 추구하고 근대문학으로서의 민족문학의 기틀을 마련하고자 한 운동으로 이해될 수 있다면, 이제 시조부흥론을 검토하며 집중적으

---

8   최현식, 「노래하는 민족, 읽는 서정─최남선과 이병기의 시조론 재고(再考)」, 『한국학연구』 28, 인하대 한국학연구소, 2012, 2면.
9   차승기, 앞의 글 참조.

로 물어야 할 것은 다음과 같은 문학 원론에 관한 질문이 될지 모른다.

조선적 정서 혹은 조선심의 존재를 증명하는 통로로서 반드시 시조가 호출되어야만 하는 필연적인 이유는 무엇인가. 시조라는 구시대의 문학 양식은 어떻게 근대적인 문학 양식으로 갱신될 수 있을 것인가. 더욱 중요한 질문은 다음과 같은 것이다. 이른바 새로운 시조 창작에 관한 이병기의 입론을 참조하자면, 새로운 시대의 시조는 조선의 정서를 담아냄과 동시에 무엇보다도 개개인의 "실감실정實感實情"을 작가의 고유한 리듬으로 표현하는 일에 주력해야 한다. 그렇다면 이와 같은 개개인의 근대적 문학 행위가 애초에 어떻게 민족이라는 집단적 정서의 발현 혹은 민족이라는 응집된 이념의 표출과 맞물릴 수 있는 것인가에 대해도 질문해야 한다. 시조가 근대적 개인의 감정과 리듬을 중요시해야 한다면 이때 시조 창작의 원리는 자유시의 창작 원리와 크게 다를 것이 없게 된다. 시조가 근대적 문학 양식의 조건들을 수용하는 과정에서 시조의 형식은 그저 껍데기에 불과한 것이 되고 마는 것이다. 그렇다면 시조를 기반으로 하여 근대적 개인의 감정을 보다 자유로운 리듬으로 표출하려는 "시조신운동"[10]은 과연 어떤 의미를 지니게 되는 것일까. 시조를 새 시대에 맞게 새롭게 갱신해야 한다는 당시 시조부흥론자들의 전반적인 입장들을 고려하자면, 이미 신시 운동이 활발히 진행되고 있던 상황 속에서, 시조라는 장르의 최소한의 형식을 유지하며 시조를 자유시에 육박하는 것으로서 새롭게 부흥시켜야 하는 마땅한 이유는 찾기 힘들어진다. 그저 그것이 조선어로 쓰인 유구한 장르이기 때문이라는 사정만 남을 뿐이다.

---

10 이병기, 「시조의 현재와 장래」, 『신생』, 1929(권영민 편, 『한국의 문학비평』 1, 민음사, 1995, 313면).

이러한 의문들을 염두에 둘 때 시조부흥론과 더불어 우리는 마침내 근대문학에 관한 본질적인 질문들과 마주하게 된다. 개인의 감정과 공동체의 정서혹은 이념가 어떻게 결부될 수 있는지, 이러한 감정과 정서, 더 나아가 이념이 언어라는 기호 혹은 문학이라는 형식과 맞물려 어떻게 발현될 수 있는지에 관해 '시조'라는 실체를 통해 본격적으로 사유한 담론으로 시조부흥론의 의미가 재평가될 수 있는 셈이다. 시조부흥에 관한 최남선의 논의를 통해, 세계문학의 장 안에서 조선문학이 민족문학의 특수성을 인식하게 되는 장면을 목격할 수 있었다면, 이제 우리는 이병기의 시조창작론을 통해 조선문학이 어떤 관념과도 무관하게 가장 개별적인 영역이라 할 수 있는 개인의 감정과 마주하는 장면을 목격하게 될 것이다. 이러한 문제들에 관해 당대의 논자들이 얼마나 설득력 있는 해답을 내놓고 있는가를 검토하는 일은 한국의 근대시가 태동하는 자리에서 자생적 미학의 흔적을 발견하는 일, 그리고 문학의 본질에 대한 당대 문인들의 이해의 정도를 판단하는 일로 연결된다.

시조부흥을 통한 조선문학의 성립은 특정한 보편의 항에 대해 자신의 특수성을 인식하는 과정을 통해 진행되는 것인 바, 최남선은 제국으로서의 일본을 보편의 항으로 설정한 반면, 이병기는 근대문학이라는 제도 자체를 보편의 항으로 설정하였다고 말해볼 수 있다. 이 글은 이처럼 최남선과 이병기의 시조론에 나타난 보편과 특수의 관련 양상과 그에 대한 인식의 상이함에 대해 논함으로써, 조선문학이 근대문학을 인식하고 성립해 나가는 과정에서 나타난 다양한 특수성의 요소들이 무엇이었는지를 문학의 본질과 관련하여 살핀다.

2. 자기동일성의 조선주의와 관념으로서의 시조

「시조와 그 연구」『학생』, 1928에서 거의 완성형으로 제출된 창작방법론으로서 이병기 시조론의 미학적 특질을 살피기 위해서는 최남선을 비롯한 여타 논자들의 시조론을 경유할 필요가 있다. 이병기, 최남선, 주요한, 정지용 등 일군의 문인들이 대동소이한 목소리로 시조부흥과 혁신의 필요성을 확인하고 있는 1927년『신민』의 특집 「시조는 부흥할 것이냐」를 참조해보자. 이 특집에 실린 대부분의 글들은 "시조부흥의 취지는 인정하되 시조양식의 생래적인 문제점은 잊지 않고 지적하는 식으로 구성되어 있다".[11] 시대의 조건에 맞도록 형식의 측면에서나 내용의 측면에서나 고시조를 갱신하는 것을 전제로 한다면 시조부흥이 조선적인 근대 자유시의 성립을 위해서나 위대한 작가의 탄생을 위해서나 큰 도움이 될 것이라는 식이다. 고시조의 문제점을 지적하는 것이 이들 글의 목적은 아니지만 시조부흥이 반드시 시조혁신을 전제로 해야 한다는 주장을 피력하기 위해 이들은 시조가 지닌 봉건적, 한취적漢臭的 내용과 구속력이 강하고 악착齷齪한 형식을 문제 삼는다.

이들 중 가장 합리적인 태도를 보이는 필자는 「의문이 왜 있습니까」라는 제목 아래 글을 쓰고 있는 염상섭이다. 염상섭의 주장을 한 마디로 요약하면 "조선 사람의 생명의 울림을 조선말로 표백表白하기에 꼭 들어맞는 일개의 조직형태"인 시조를 버릴 이유가 없다는 것이다. 하지만 염상섭은 시조가 조선인의 감성을 조선말로 표현하는 유일의 통로는 될 수 없을 것이라는 균형 잡힌 의견을 제시한다. 고시조라 하더라도 그 내용에 따라 취

11　조남현, 『한국현대문학사상 연구』, 서울대 출판부, 1994, 219면.

사선택해 받아들여야 하겠지만 설령 그 내용이 현대인의 사상 감정과 상반된다고 하더라도 시조라는 예술형식 자체를 부인할 이유까지는 없을 것이라며, 과거의 문학 유산을 대하는 적절한 방법까지 그는 제시해주고 있다. "만일 현대인의 자유정신으로 말미암아 그와 같은 일정한 형식의 구속을 받기 싫다는 사람이 있으면 그 사람은 자유시-산문시를 짓는 것이 좋을 것이니 구태여 시조만을 지으라고 강권할 도리도 없는 일이거니와 그렇다고 그들로서 시조를 한사코 버리자고 할 못생긴 수작을 할 까닭도 없을 것"이라고 그는 말한다. 염상섭은 반드시 시조여야 할 이유도 없지만 그렇다고 시조를 배척할 이유도 없다는 유보적인 태도를 취한다. "임의대로" 취사선택할 수 있으니 시조부흥에 관한 논란 자체가 어쩌면 무의미할지도 모른다는 식이다.

한편 손진태, 양주동, 정지용 등은 시조의 '부흥'보다는 시조의 '혁신' 쪽에 무게를 둔다. 손진태는 "단형시조만을 시조로 생각하는 듯한 경향"과 "고조 고형 고어古調古型古語를 고집하려는 경향"의 두 가지 문제점을 지적하면서 "자수, 행수, 용어에 반드시 고형식을 맹집盲執치는 말 것", "비교적 풍부히 사상감정을 표현할 수 있는 장형長型의 시조형식을 이용할 것"이라는 시조혁신의 원칙을 제시한다. 손진태는 주로 시조의 형식적 측면을 주목하고 있으며, 특히 단형시조를 고집하는 태도의 문제점을 가장 강하게 지적한다. 반면 양주동과 정지용은 주로 내용의 측면에서 시조의 문제점을 지적한다. 양주동은 "한취적漢臭的 내용을 파타"할 것을, 정지용은 "봉건시대에 즐겨하던 정서와 사상"을 타개하고 내용을 새롭게 할 것을 주장한다. 요컨대 당시의 시조부흥론자들은 대체로 과거의 문화유산을 어떻게 현재화할 수 있는가의 관점에서 시조를 대하고 있다. 적어도 1920

년대 후반의 상황에서는 시조라는 옛것을 통해 민족적 우월감을 확인하는 것보다 새로운 시 형식을 마련하는 것이 이들에게 더 중요한 사안으로 여겨졌던 듯하다. 특히 이병기와 주요한은 시가詩歌 형식에 대한 전문적인 이해를 바탕으로 이러한 입장을 본격적으로 피력한다. 기본적으로 이들과는 시조부흥의 방향과 목적이 상이했던 것은 최남선이다. 그의 입장을 먼저 살피도록 하자.

이미 『신민』의 특집이 실시되기 한 해전인 1926년에 최남선은 『조선문단』에 시조부흥의 필요성에 관한 장문의 글「조선국민문학으로서의 시조」, 「시조태반으로서의 조선민성과 민속」을 발표하며 자신의 입장을 피력한다. "시조는 물론 부흥해야 할 것이오, 또 부흥되어야 할 것이오, 또 부흥되고 말 것입니다"라는 문장으로 시작하는 「부흥당연 당연부흥」이라는 익살맞은 제목의 글에서 최남선은 시조부흥의 필요성에 대한 설득력 있는 해답을 내놓고 있지는 못하다. "조선시심의 성조적 자연상을 살피고 아울러 그 발달의 극치"를 확인하기 위해, 나아가 "더 나은 시형의 유도체와 더 자유로운 시체詩體 발달의 발판"을 마련하기 위해서라는, 조선문학에 대한 통시적인 접근법이 제시되기는 하지만 이러한 이유는 부차적인 것일 뿐 최남선에게는 "조선은 이제 정히 좀 더 깊은 정도로 자기自己에 눈뜰 때가 되었습니다"라는 간접적인 이유가 더 중요하다. 이는 "(조선인이) 버렸던 자기自己를 도로 찾으며 모르는 자기에 새 정신을 차리게 되었다"라는 말로 서두를 떼는 「조선 국민문학으로서의 시조」를 통해서도 확인되는 바이다.

시조時調는 조선인朝鮮人의 손으로 인류人類의 운율계韻律界에 제출提出된 일시형一詩形이다. 조선朝鮮의 풍토風土와 조선인朝鮮人의 성정性情이 음조音調를 빌어 그와동渦動의 일형상—形相을 구현具現한 것이다. 음파音波의 위에 던진 조선아朝鮮我의 그림자이다. 어떻게 자기自己 그대로를 가락있는 말로 그려낼가 하여 조선인朝鮮人이 오랜 오랜 동안 여러 가지로 애를 쓰고서 이때까지 도달到達한 막다란 골이다. 「조선심朝鮮心의 방사성放射性과 조선어朝鮮語의 섬유조직纖維組織이 가장 압착壓搾된 상태狀態에서 표현表現된 공功든 탑塔」 (…중략…) 조선朝鮮도 상당相當한 문학국文學國 — 민족독자民族獨自의 문학文學의 전당殿堂을 만들어 가진 자者라고 하자면 몬저 문학文學 — 민족문학民族文學이란 것에 특별特殊한 일정의—定議를 만들어가지고 덤빌 필요必要가 있는 터이다.[12]

시조는 "조선인의 풍토와 조선인의 성정이 음조를 빌어" 표현된 "조선아의 그림자"라고 최남선은 말한다. 이른바 "자기"를 어떤 형태의 "가락"으로 그려낼까를 오랫동안 고심한 끝에 도달한 가장 완성된 형태의 시가가 시조라는 것이다. 최남선은 이같은 시조 부흥을 통해 민족문학의 형성을 꾀함으로써 조선이 상당한 문화국으로 일어설 수 있을 것인지 그 가능성을 탐색하고자 한다. 그런데 시조부흥의 필요성을 주장하는 최남선의 입장은 논리적이고 실증적이기보다는 다분히 당위적이고 심정적이다. 왜냐, 시조에 관한 최남선의 입론이 목적하는 것은 시조라는 일개 문학적 형식의 부흥과 혁신이기 이전에 민족문학의 수립이며, 더 나아가 조선의 기원과 역사에 대한 자기인식이기 때문이다. 시조에 관한 글이 발표될 무렵 최남선이 「단군론」과 「불함문화론」 등 일련의 역사 관련 논문을 저술·발표함으로써 일제의 고대사 공정에 맞서려는 주체적 노력을 보여주었다는 것은 잘 알려진 사실이다. 그런 의미에서 오문석이 지적한 바 최남선의 시

---

12 최남선, 「조선국민문학으로서 시조」, 『조선문단』, 1926.

조부흥론은 과연 "그의 '단군론' 연구의 절정기에서 파생된 '부록'"[13]으로서 이해됨도 마땅하다.

최남선의 시조부흥론은 시조가 조선문학의 대표적인 장르이므로 시조를 통해 조선문학의 역사와 전통을 확정하고 이를 통해 조선심을 일깨울 수 있다는 것으로 정리된다. 시조의 중요성이 증명되는 논리적 순서는 이러하지만, 사실 최남선에게 일어난 사유의 과정에서는 정반대였을지 모른다. 조선심, 조선아를 인식하기 위해 조선문학이라는 매개가 요청되고 조선문학의 대표격으로 찾아진 것이 시조였다고 할 수 있다. 구인모의 말처럼 최남선이 굳이 시조를 선택했던 것은, "시조야말로 '조선심'이라는 민족적 동일성을 기억이 아닌 현존의 실체로 재현하는 방편이라고 보았기 때문"[14]일 것이다. 조선이라는 민족의 이데올로기를 생성해내기 위해 단군이라는 신화 혹은 종교에 관념적으로 기댈 수밖에 없었던 최남선은 시조를 통해 민족적 동일성을 증명할 수 있는 실체를 얻게 된 것이다.

이처럼 조선의 역사 및 기원에 대한 인식을 위해 민족문학의 형성이 필요하고 이를 위해 시조가 새롭게 호출되어야 한다는 식의 논리에는 충분한 근거가 제시되지 않는다. 그저 시조가 "조선문학의 영광전靈光殿"이자 "조선 시의 금자탑"이기 때문이라는 수사적 표현들만 동원될 뿐이다.[15] 민족이라는 공동체에 대한 인식이 왜 심미적 형태인 문학을 경유해야 하

---

13 오문석, 앞의 글, 79면.
14 구인모, 앞의 책, 74면.
15 최남선의 시가 인식에서 시조가 절대적 지위를 누리고 있는 모습에 주목한 서철원은 "최남선의 문화사관 안에서 시조의 위치는 (…중략…) 그의 저술 '불함문화론'에서 단군의 위치에 비견할 만한 것으로 추정해"볼 수 있다고 말한다. 더불어 이처럼 어떤 "'영웅적' 문화 요소"를 통해 문화의 전 영역을 해명하고자 했던 최남선의 문화사관은 도남 조윤제의 민족주의적 시가사와 그 발상을 공유하는 있다고 밝히고 있다. 서철원, 「시조사의 편성 과정과 최남선의 시가 인식」, 『민족문학사연구』 49, 민족문학사연구소, 2012.

는지, 그리고 조선문학의 형식들 중에서도 왜 하필 시조여야 하는지에 대해 「조선국민문학으로서의 시조」는 충분히 설명하지 못한다. 물론 최남선의 시조부흥론에 나타난 이러한 논리적 공백들이 비단 최남선의 문학론만이 지닌 한계라고 볼 수는 없다. 문학이라는 개별적인 창작 행위가 민족이나 국가라는 공동체와 만날 때 어김없이 환기되는 공백들이라고 할 수 있다. 최남선의 시조부흥론을 통해 우리는 보편과 특수, 세계와 지방에 관한 최남선의 세계관과 문학관을 읽어낼 수 있고, 뒤이어 살펴보게 될 이병기의 시조부흥론이 근대문학의 본질과 관련하여 민족문학론의 논리적 결여들을 어떻게 극복하고자 했는지 확인할 수 있게 된다.

세상世上에 문학文學만큼 시詩만큼 세계성世界性, 보편성(普遍性)을 가진 것이 없는 동시同時에 또 그만큼 향토성鄕土性, 특수성(特殊性)을 가진 것이 없나니 자연自然과 인사人事와의 교착交着과 환경環境과 감정感情과의 감응感應이 문학文學, 또 시(詩)의 기반이 되는 바에 각이各異한 자연적自然的 조건條件과 사회적社會的 과정科程이 각이各異한 정미情味와 그것을 담은 각이各異한 문학文學을 만들어냄은 당연當然한 일이라고 할 것이다. (…중략…) 부분部分을 떠난 전체全體가 있을 수 없는 것처럼, 지방地方을 내놓은 세계世界가 있을 수 없는 것처럼, 향토성鄕土性을 제척除斥한 인류적人類的 예술藝術이란 것이 있을 리 없는 것이다.

조선朝鮮의 특색特色을 뚜렷하게 각출刻出하고 조선朝鮮의 본성本性을 고스란히 성출盛出하고 조선朝鮮의 실정實情을 날카롭게 묘출描出하되, 조선朝鮮 뼈다귀, 조선朝鮮 고갱이로써 한 시詩만이 우리가 세계世界에 내놓은 뜻있는 시詩요, 또한 세계世界가 우리에게 기다리는 값있는 시詩일 것이다. 그런데 여기 대한 성찰省

察과 각오覺悟와 준비準備와 노력努力의 보잘것없음은 실로 신흥문단新興文段에 있는 가장 큰 섭섭과 걱정이던 것이니, 우리가 아직까지 조선朝鮮 신문단新文壇은 정당正當한 길을 잡지 못하였다고 봄은 필요하건대 조선적朝鮮的으로는 한 걸음도 내어 놓지 못하였음을 의미함이요, 그리하여 세계에 대한 자기응득自己應得의 지위地位를 아직 바다라보지 못한 편으로서 걱정하는 것이다

사실 민족문학 혹은 계급문학처럼 문학이 어떤 이념과 만날 때에는 필연적으로 충돌이 발생한다. 문학이라는 것은 이른바 개별적인 삶의 특수성이 발현되는 형식이며, 민족 혹은 계급은 이러한 "개별적인 삶의 특수성을 집단적인 익명성으로 상쇄시켜 버리는 소외의 한 형식"[16]이 될 수 있기 때문이다. 물론 문학을 통해 개별적 삶의 특수성들이 서로 만나 집단적 정서를 발현하고 그것이 결국 일정한 이념에의 추수로 이어질 수도 있겠지만 이러한 과정은 전적으로 개별 작품을 토대로 가능해지는 것이다. 따라서 개별 작품이 아닌 특정한 장르를 토대로 민족문학의 성립을 논하는 것은 그저 이론에 불과한 공소한 논의가 되기 쉽다. 이뿐인가. 문학이 민족 혹은 국가라는 상상의 공동체를 구성해가는 과정에서 국가 혹은 민족에 대한 상징적 등가물로 작용할 수는 있겠지만 이때의 문학이 특정한 장르여야만 할 필연적 이유는 찾기 힘들다. 그저 민족의 단위와 일치하는 범위에서 단일 언어로 쓰인 창작물이기만 하면 될지도 모른다. 뒤에서 살펴보겠지만 이병기가 시조를 통해 조선문학과 조선어의 성립을 동시에 꾀한 것은 이러한 사정과 관련된다. 문학을 짓고 읽는 일은 기본적으로 사적

---

16 테리 이글턴, 「민족주의―아이러니와 참여」, 테리 이글턴 외, 김준환 역, 『민족주의, 식민주의, 문학』, 인간사랑, 2012, 44면.

체험과 결부되기 때문에, 작품 안에 특정한 이념과 정서를 의도적으로 담아낸다고 해도 그 의도가 감상으로까지 이어질지도 미지수이다.

사실 민족문학론자들이 조선문학의 재인식을 위해 시조를 호출할 때 시조가 조선어로 쓰인 성립문학이라는 사실 말고 필연적인 다른 이유를 들지 못하는 것도 어쩌면 당연하다. 조선어로 쓰인 시가 조선스러움을 담고 있다는 동어반복적인 주장만 반복하게 되는 것도 자연스럽다. 민족의 정서와 민족의 이념을 담고 있는 개별 작품의 성립은 가능해도 장르 자체가 민족의 정서와 이념을 담아내는 것은 상대적으로 어려운 일이다. 문학의 장르 구분은 내용보다는 형식상의 문제이기 쉬운데, 특정한 문학 형식과 특정한 이념의 결속이 이루어지는 일은 쉽지 않다.

조선국민문학으로서 시조를 요청하고 있는 최남선 역시 시조가 조선어로 쓰인 조선인의 시라는 사실을 거듭 강조해 말한다. 애초에 시조 장르의 형식적 특징에 대해서는 관심이 크지 않았던 최남선은 시조가 부흥되어야 하는 중요한 이유로서 이른바 조선인의 '자기인식'의 필요성을 내세운다. 위 인용문의 첫 단락에는 보편성과 특수성, 혹은 세계성과 지방성에 대한 최남선의 인식이 드러난다. "문학만큼 시만큼 세계성보편성을 가진 것이 없는 동시에, 또 그만큼 향토성특수성을 가진 것이 없"다는 일견 당연하고도 모호한 명제를 제출하는 최남선은 그러한 문학의 보편성과 특수성의 결합이 어떤 방식으로 민족이라는 공동체와 결부될 수 있는지, 나아가 세계라는 보편성 속에서 민족이라는 특수성의 상징물로서 어떻게 기능할 수 있는지 설득력 있게 설명하지는 못한다. 최남선에게는 애초에 조선국민문학의 성립 그 자체보다는 조선의 자기인식이 중요했기 때문이다. 그렇다면 최남선에게 조선인으로서의 자기인식은 어떤 과정으로 이루어지고 있는 것일까.

인용문의 두 번째 단락을 참조해보자. 최남선은 결과적으로 조선의 특색과 조선의 본성과 조선의 실정을 담은 시만이 세계라는 보편성의 장 안에서 우리만의 향토성을 증명해 줄 것이라 말한다. 최남선이 상정한 세계성 혹은 보편성의 장은 다양한 특수성의 영역들이 자유롭게 공존하는 공간이라기보다는 일본이라는 제국의 획일성이 지배하는 공간이다. 이러한 상황에서라면 특수성의 인식은 그저 적대를 기반으로 해서만 가능해질 뿐이다. 결국 '~가 아닌' 것으로서의 특수성이 강조될 수밖에 없다. 이처럼 균질한 대타항을 설정하고 있는 상황에서의 자기인식은 결국 자기동일성으로 함몰될 수밖에 없다. 조선주의에 관한 최남선의 논의가 단군신화를 바탕으로 하는 종교와 관념의 세계로 나아가면서 추상화될 수밖에 없었던 것, 그리고 이 과정에서 문학이라는 절대적으로 개별적인 영역이 민족이라는 이념혹은정서을 발현하고 재확인하는 도구로 이용될 수밖에 없었던 것은 결과적으로 최남선의 자기인식이 폐쇄적인 형태로 이루어지고 있음을 증명한다. 시조부흥을 경유한 최남선의 조선주의가 근대문학의 전제로서 각각의 특수성을 중시하는 진정한 민족문학의 수준에 도달할 수 없었던 것은 자연스러운 결론일지 모른다. 그에게 조선문학이라는 특수성에의 추구는 또 다른 보편성에의 추구와 다르지 않았기 때문이다.

3. 문학의 보편적 개별성과 작품으로서의 시조

1) 창작이 용이한 소小형식으로서의 시조

최남선의 조선주의가 진정한 보편성을 토대로 하기 보다 또 다른 적대적 특수성을 기반으로 하여 진정한 자기인식에 이르지 못한 것이 되었다면, 이병기의 조선주의는 애초에 적대적인 항을 설정하지 않았다고 볼 수 있다. 고문헌에 대한 관심을 바탕으로 하여 조선문학의 역사와 전통을 학술적으로 재정립하려는 시도를 보인 점에서나, 무엇보다도 문학과 언어의 문제를 동시에 숙고함으로써 "'국어의 문학 혹은 문학의 국어'를 상상해 나아가는" 작업을 시도한 점에서나[17] 이병기에게 민족 공동체의 문화적 동일성에 대한 신념은 애초에 확고한 것이었다 할 수 있다. 이러한 이병기의 국학은 "그 어떤 역사철학 또는 사회의식과도 무연하고 오로지 '생리적 차원'에서 움직이는 도락에 충실한 지적 관심의 산물"[18]이었다고

---

17 언어학자로서의 이병기와 국문학자로서의 이병기의 작업 사이의 관련에 주목한 연구로는 허윤회의 논문(「조선어 인식과 문학어의 상상—가람 이병기를 중심으로」, 『민족문학사연구』26, 민족문학사연구소, 2004)과 배개화의 논문(「이병기를 통해 본 근대적 '문학어'의 창안」, 『어문학』89, 한국어문학회, 2005)을 참조할 수 있다. 허윤회는 이병기가 조선어학회를 중심으로 이루어진 한글의 근대적 체계화의 작업에 깊이 관여한 점과, 그가 '시조'를 통해 신문학 건설이라는 과제를 수행하고자 했던 점을 결부시키며, 근대문학의 형성 과정에서 문학과 언어의 관련성이 어떻게 드러나는지 살핀다. 배개화는 언문일치라는 사상의 도입이 이병기의 시조혁신론과 맺는 관련을 탐색한다. 허윤회와 배개화의 논문에서도 지적되었듯 문학과 언어의 관련을 중시한 이병기의 작업들은 중국의 5.4신문화운동 시기에 발표된 후스(胡適)의 「건설적 문학혁명론」(『신청년』4(4), 1918.4.15)에서 적지 않은 영향을 받은 듯하다. 후스는 "중국에 살아 있는 문학이 있기를 바란다면 반드시 백화를 사용해야 하고, 반드시 국어를 사용해야 하며, 반드시 국어의 문학을 만들어야 한다"(천두슈·후스 외, 김수연 편역, 『신청년의 신문학론』, 한길사, 2012, 259면)고 주장한다.

18 황종연, 「이광수와 풍류의 시학」, 『한국문학 연구』8, 1985, 266면.

평가되기도 한다. 이병기에게 국학이 생리적 차원에서 작동되는 것이라고 한다면, 이는 그가 국학을 다른 어떤 이념을 위한 도구로서 활용하지는 않았다는 의미로 해석되어야 할 것이다. 국학자로서의 이병기가 철저히 실증주의적인 연구 방법론을 택했다는 사실만 보더라도 그가 단순히 취미로서의 전통 혹은 이념으로서의 민족을 추구한 것이 아니며, 특히나 조선문학을 대할 때에는 다분히 문학 근본주의자의 태도를 취했다는 사실을 알 수 있다. 국어연구자이자 시조 작가이기도 했던 이병기는 고전연구자이자 고전비평가로서 국문학사의 토대를 닦은 장본인이기도 한데, 최원식은 이병기의 고전 연구 행위가 "민족주의적 국학과 실증적 조선학"[19]을 아우르는 것이었다고 평하기도 한다. 요컨대 이병기에게 조선어의 성립과 새로운 조선문학의 건설은 그 자체로 목적이었다고 할 수 있다.

'조선문학'의 성립과 관련하여 이병기가 '한글'이라는 실체와 더불어 조선의 특수성을 인식하고자 하였다는 사실은 잘 알려져 있다. 근대적 의미의 조선문학을 설정함에 있어 조선어가 기본적 전제가 되는 것이라면, '조선'문학으로서의 이같은 전제 조건을 승인한 이후에 살펴야 할 점은, '조선'의 문학에 관한 것이 아니라, 조선의 '문학'에 관한 것이 된다. 언어학자로서의 이병기가 한글과 더불어 '조선적'인 것에 관심을 두었다면, 시조 연구자이자 작자로서의 이병기는 '문학적'인 것에 초점을 두고 있다고 할 수 있다. 이병기의 시조론이 최남선의 시조론과 비교되면서 근대적 문학론의 차원에서 중요한 의미를 지니게 되는 지점은 바로 이 '문학성'의 인식과 관련된다.

---

19 최원식, 「고전비평의 탄생―가람 이병기의 문학사적·지성사적 위치」, 『민족문학사연구』 49, 민족문학사연구소, 2012.

문학 연구와 관련하여 장르의 역사를 실증적으로 탐색하는 통시적인 관점을 취했던 이병기는, 장르의 역사성에 대해서는 상대적으로 관심을 덜 둔 채 조선주의 실현의 실체로서 시조를 강조한 1920년대의 복고적 부흥론자들과는 달리 시조가 하나의 문학이라는 당연한 명제를 전제로 시조에 접근했다. 이처럼 이병기는 문학을 둘러싼 다른 어떤 조건들보다도 문학 자체의 역사성과 시조의 장르적 특징을 탐색하는 데 주력했다. 최남선과 이병기의 시조론이 결국 조선주의라는 특수성에 대한 인식을 배면에 깔고 있었다고 할 때, 최남선에게는 시조를 경유해 추구할 조선문학의 특수성이 제국에 대한 적대성을 기반으로 성립되는 것이었다면, 이병기에게는 좀 더 균형 잡힌 특수성을 인식할 조건이 마련되어 있었다고 할 수 있다. 이병기는 근대적 자유시라는 보편적 토대와 더불어 시조라는 장르 자체의 특수성을 탐색했고 결국 각각의 개별 작품으로서 시조를 읽어내기에 애썼다.

앞서 살펴본 『신민』의 특집에서는 이병기의 「무엇이든지 정성스럽게 하자」라는 글이 첫머리에 놓여 있다. "나는 이 문제 — 시조는 부흥할 것인가 — 보다도 먼저 조선문학을 건설하여야 할 것이냐, 아닌가 하는 문제를 말하고 싶다"라는 문장으로 시작되는 이병기의 글은 첫 문장 그대로 시조부흥의 문제에 앞서 조선문학 건설의 필요성을 강조한다. 정치, 경제, 교육의 문제만큼 시급하고 필수적인 것은 아닐지라도 국가 사회의 형성과 발전을 위해 고유의 문학을 발굴하고 건설하는 일이 필수적으로 요청된다는 것이다. 이 글의 이어지는 주장은 문학 근본주의자로서의 이병기의 문학관을 증명하고 있다. 민족문학의 건설과 관련하여 민족이라는 이념이 앞선 최남선의 주장에서나 시조라는 특정한 양식의 부흥보다도 문학 그 자체의 부흥을 우선시하는 이병기의 주장에서나 사실 시조라는 전통의 양식이 필수적으로 호출될 이유를 찾기는 힘들다. 하지만 이병기에게는 시조의 필요성이 좀 더 구체적으로 제시된다. 「시조는 혁신하자」에서는 시조가 "기정既定한 소시형小詩形으로도 가장 합리하게 되어 있다"는 점이 강조된다. 다음과 같은 언급에서 보듯 이병기가 주목하는 시조의 '합리성'은 창작에의 용이함과 관련된다.

> 이 시조時調야말로 과연 문학적文學的 형식型式과 가치價値를 가지고 있는 것이다. 시조時調는 조선朝鮮 고유固有의 시형詩形이고 조선朝鮮 정조情調의 표현表現인 것이다. 국시國詩 곧 조선 시詩를 말하자면 시조時調를 제일위第一位로 칠 수밖에 없다. 한글과 같이 배우기 쉽게 된 평민시平民詩다. 이로써 지금 조선인朝鮮人의 사상思想 감정感情을 나타내기에도 마땅할 것이다

과거의 문학으로서 시조와 더불어 향가, 고가사, 민요, 동요, 동화, 소설들을 열거하는 이병기는 그 중에서 시조가 단연 가장 수준 높은 "문학적 형식과 가치"를 지니고 있는 것이라고 판단한다. 즉 시조는 과거의 전통 양식들 중에서 그 문학적 가치를 인정받아 조선문학 건설의 선두에 서게 된 것이다. 그 뿐 아니라 이병기에 따르면 시조는 정형定型의 형식에 구애받고 있음에도 불구하고 3장 6구라는 단형의 형식으로 이루어져있기 때문에 평민들도 따라 배우기가 쉽다는 특징을 지니고 있다. 누구나 쉽게 창작할 수 있다는 이유로 인해 시조는 조선인의 사상과 감정을 나타내는 데 용이한 형식이 된다. 이어지는 이병기의 시조론에서도 시조가 "자유로운 소형식小型式"[20]이라는 사실이 재차 강조된다.

자유로운 형식으로서의 시조를 강조하는 이병기는 급기야 창작의 자유와 관련하여 시조와 자유시가 별반 차이가 없다고 말하는 데에까지 이른다. "자유시라 하여도 아무 법칙도 없이 종착 없이 주책 없이 문자만 늘어놓는 것이 아니다. 그럼으로 작가 자기가 독창한 법칙이나 또는 선택하여 쓰는 법칙이 있어야 할 것이다. 이 의미로 보면 매우 평이하고 자유롭게 된 시조의 법칙이 자유시에 비하여 백보의 차이도 없을 것이다"라고 말할 때 이병기는 시조와 자유시가 창작에 있어 거의 동일한 자유를 누리는 것이라고 판단하고 있다. 시조라고 해서 장르 자체의 법칙에 의해 창작상의 자유가 크게 제한되는 것도 아니며, 반대로 장르 자체의 엄격한 법칙이 성립되지 않는 자유시라고 해서 창작상의 고유한 법칙이 완전히 부재한다고 할 수도 없다는 것이다. 문제는 작가 자신의 "독창한 법칙"이며 이는 시조의 창작에서건 자유시의 창작에서건 똑같이 중요한 것이 된다. 장르 자체의 규칙성보다는 개별적 창작에 있어서의 법칙을 중요시하는 이병기의 입장은 1932년에 쓰인 「시조는 혁신하자」에까지 이어진다. 이 글에서는 자유시新詩보다 오히려 시조의 창작이 더 용이하다고까지 말해진다.

시조時調는 (…중략…) 자유시自由詩, 신시(新詩)와도 그다지 먼 사이는 아니다. 자유시自由詩라고 문자文字나 나열하여 놓으면 곧 시가 되는 것은 아니고, 그 내용內容과 합合할 만한 그 형식型式도 있어야 한다. 얼른 생각하면, 초학자初學者로는 자유시自由詩가 쉬운 듯하나, 알고 보면 시조時調가 도리어 쉬운 것이다. 시조時調는 곧 전통적傳統的, 계승적繼承的인 그 암시暗示가 있으므로, 그것을 깨치어 가지고 나가면 될 듯하다. 마치, 자유방분自由放奔한 표현表現으로서의 소설작가

20　이병기, 「시조는 혁신하자」, 『동아일보』, 1932.1(『가람문선』, 신구문화사, 1966).

小說作家가 되기보다는 비교적 법칙法則있는 표현表現으로서의 희곡작가戲曲作家 되기가 쉬운 것 같다. 물론, 그 극치極致에 들어가서는 다 같이 어렵겠지마는, 어느 과정過程까지는 그렇다고 볼 수 있다.[21]

시조는 각 구句별로 자수의 제한이라는 규칙이 적용되지만 몇 자 이상에서 몇 자 이하까지 자유롭게 쓸 수 있다. 그래서 "시조의 음수율은 자수가 한정이 있고도 없으며 변화도 자유자재"하다. 따라서 이병기에게 시조는 엄격한 정형의 장르이기보다는 "기성시형으로서의 가장 자유스럽고 자연스럽게 된 것"[22]으로서 이해된다. 「시조의 개설」에서 그는 시조를 "본격적 서정시"라고, 즉 "정형시定型詩가 아니고 정형적整形的 자유시"[23]라고 명명한다. 이처럼 이병기에게 시조는 최소한의 규칙을 갖고 자유자재로 쓸 수 있는 자유시의 일종으로 인식된다. 그가 자유시 역시 개별적인 나름의 규칙을 지니고 있어야 한다는 점을 반복적으로 강조해온 점을 참조하자면, 오히려 최소한의 제한적 규칙을 제공하고 있는 시조를 자유시 중에서는 창작이 비교적 용이한 것으로 이해하는 것도 자연스러워진다. 물론 이같은 창작의 쉽고 어려움이 시조, 나아가 자유시 창작에 있어서 가장 중요하게 고려될 점은 아니다. 아래에서 보듯 이병기는 "작품다운 작품"을 요구하고 있다.

시조작가時調作家로서는 당연히 반성反省해야 할 것은 작가作家로서의 상당한

---

21 위의 글, 『가람문선』, 314면.
22 이병기, 「시조와 그 연구」, 『학생』, 1930.1~10(『가람문선』, 252면).
23 이병기, 「시조의 개설」, 『가람문선』, 278~279면.

단련鍛鍊을 해나가야 합니다. (…중략…) 오늘날 시조時調로 하여 배척排斥이나 천대賤待를 받게 함도 도시 그 작가作家들의 단련鍛鍊이 부족不足한 탓이다. 다시 말하면, 작품作品다운 작품作品을 많이 내놓지 못한 까닭이다. 혹은 작품作品다운 작품作品이라도 그것을 능能히 감상鑑賞할 만한 눈이 없어 그럴 리도 없지 않겠지마는, 과연 내노라 하고 버젓하게 내놓을 만한 작품作品이 많지 못함도 사실이 아닌 건 아니다.[24]

시조라는 전통적인 장르가 고루한 것으로 인식되거나 근대적 자유시의 형성 과정에 반하는 것으로 이해되는 것은 장르 본연의 특질 때문이 아니라 "작품다운 작품"의 부족 탓이라는 점을 그는 분명히 피력하고 있다. 이를 위해 그는 시조의 역사와 특징을 세밀하게 분석해내면서 시조의 현대적 가능성을 설득력 있게 증명한다. 여기서 그가 시조 연구자이기 이전에 시조 창작자이자 비평가라는 사실이 재차 음미될 필요가 있다. 이병기의 시조론은 대개 시조에 대한 이론적 탐구와 함께 다양한 시조 작품에 대한 꼼꼼한 비평을 겸하고 있다. 기본적으로 그는 작품의 호오를 판단하고 우열을 가리는 데 예리한 눈을 지니고 있는 것이다. 이병기의 시조론이 시조 부흥의 당위성을 반복적으로 주장하기 보다는 시조의 특징을 과학적이고 실증적인 방법으로 증명하면서 결국 시대에 부응하는 새로운 창작론을 마련하는 데 기울 수밖에 없었던 이유는 그가 시조의 혁신을 무엇보다도 개별 작품의 혁신에서 찾고 있기 때문이라 할 수 있다. '시조 역시 자유시에 육박할 만큼 자유로운 형식을 누리고 있기 때문에 시조가 무턱대고 배척될 이유는 없다. 시조의 창작은 오히려 자유시보다 용이하기까지 하다.

---

24 이병기, 「시조는 혁신하자」, 『가람문선』, 315~316면.

문제는 작품다운 작품의 창작이다.' 이병기의 "시조신운동"[25]은 이렇게 요약된다. 시조가 현재까지도 많은 사람들에게 창작되고 있는 것은 이병기가 지적한 바 창작에의 용이함 덕분일 것이다. 그러나 시조의 읽는 재미가 짓는 재미를 좀처럼 넘어서지 못하는 것은 결국 최소한의 제한에 갇혀 혁신적인 시도를 지속해나갈 수 없다는 이유 때문인 듯하다. 이병기의 시조론은 현대시조를 이해함에 있어 현재까지도 유효한 이론으로 읽힌다.

2) 근대적 자유시의 실현 '자기 시대'의 '자기 말'

고전연구자이자 비평가로서의 이병기는 「시조와 그 연구」 혹은 「시조원류론」 같은 글을 통해서 시조의 과거와 현재를 두루 살피고 있지만 그가 시조의 과거를 살피는 이유는 분명 과거에 얽매이지 않는 현재의 새로운 시조를 모색하기 위해서이다. 이병기가 시조를 통해 새로운 조선문학의 '문학성'을 문제 삼을 때 가장 중요하게 생각하는 것이 바로 시조의 '현재성'에 관한 것이다. 이병기가 생각하는 시조의 현재성은 어떻게 마련되는 것일까. 앞서 살펴보았듯 이병기의 시조혁신론에서 중요한 것은 시조라는 장르의 혁신, 더 나아가 '작품다운 작품'으로의 혁신이다. 최남선의 '자기' 인식이 '조선'이라는 상상된 공동체와 관련된 것이었고, 이를 위해 시조가 충분한 매개 없이 호출되었다면, 이병기의 '자기' 인식에서 그 개별성의 범위는 '현시대'로, 나아가 (작가) '개인'으로 더 작게 한정된다. 물론 최남선에게와 마찬가지로 이병기에게도 시조는 자기인식의 적절한 매체로서 선택된 것에 가깝다. 최남선에게는 시조가 과거로부터 지

---

25 이병기, 「시조의 현재와 장래」, 『신생』, 1929.4(권영민 편, 앞의 책, 313면).

속되어온 장르라는 사실이 중요했고, 이병기에게는 시조가 현재에까지 남아 있는 장르라는 사실이 중요했다.

그렇다면 앞서 살펴본바 이병기가 강조한 '작품다운 작품'의 혁신은 어떻게 이루어질 수 있는가. 주지하다시피 이병기는 「시조는 혁신하자」에서 시조의 창작방법론으로서 여섯 가지의 원칙을 제시한다. "실감실정實感實情을 표현하자", "취재의 범위를 확장하자", "용어의 수삼數三", "격조의 변화", "연작을 쓰자", "쓰는 법 읽는 법"이 그것이다. 이 글에서도 역시 이병기는 다양한 시조 작품을 사례로 들며 자신이 제시한 각각의 원칙들을 설명한다. 이 창작방법론은 시조를 자유시에 육박하는 근대적인 것으로 혁신하기 위한 것이기는 하지만, 엄밀히 말하면 결국 작품다운 작품의 창작을 위한 지침이 된다. 작품다운 작품이 되려면 일단 당대의 변화된 조건을 고려해야 한다는 것이다. 시조가 종래의 인습으로부터 자유로워져서 근대적 내용과 형식을 갖춰야 한다는 것은 이병기의 시조혁신론에서 궁극적인 목적이라기보다는 최소한의 전제에 불과하다.

이병기의 시조혁신론의 의미를 파악하기 위해서는 잠깐의 우회가 필요하다. 몇몇 논자들이 관심을 둔 바대로, 이병기의 시조혁신론은 1910년대 후반 중국의 문학계에서 일어났던 5·4신문화운동으로부터 직·간접적인 영향을 받았다.[26] 천두슈陳獨秀와 후스胡適 등 중국의 혁명적 문인들은 1917년 잡지 『신청년』에 「문학개량에 관한 소견」과 「문학혁명론」 등의 글을 실으며 중국 현대문학의 새로운 장을 개척하는 신문학운동을 전개하기 시작했다.[27] 특히 이병기가 「시조는 혁신하자」에서 제시한 시조 혁

---

26 허윤회, 앞의 글; 배개화, 앞의 글 참조.
27 이에 관한 대략적인 설명은 김수연, 「(해제)『신청년』 지면을 통한 5·4 신문학논쟁」,

신의 여섯 가지 항목이 후스가 「문학개량에 관한 소견」에서 제시한 문학 개량을 위한 팔불주의八不義와 일맥상통하는 부분이 있음은 주지의 사실이다.[28] 후스가 제시한 문학 개량의 원칙을 요약하면, 작가 스스로 할 말이 있을 때 그 할 말에 대해 옛 것을 모방하거나 전고典故를 인용하지 않고 적확한 표현을 골라 말할 수 있어야 한다는 것으로 정리된다. 이른바 내용에 있어서나 형식에 있어서나 "자기 시대의 말"을 하자는 것, 더 나아가 작가 자신의 말을 하자는 것으로 요약할 수 있다.

이러한 문학 개량 원칙의 첫 번째 항목은 '내용'에 관한 것이다. 그는 "말에는 반드시 내용이 있어야 한다"라는 원칙을 제시하는데, 이 '내용'을 작가 자신의 "정감"과 "사상"으로 구분해 설명한다. 여덟 가지 항목 중 특히나 흥미로운 부분은 "전고를 인용하지 않는다"라는 항목이다. 후스의 「문학개량에 관한 소견」의 절반 정도 분량이 이 항목을 설명하는 데 할애될 정도로 그는 전고 사용의 폐해에 관해 여러 가지 사례를 들어 공들여 설명한다. 그는 자신이 전고의 인용을 무조건 거절하고 있지 않으며 "좁은 의미의 전고 사용"만을 경계하고 있다는 사실을 분명히 밝힌다. 그에 따르면 "좁은 의미의 전고 사용"이란 "전고로 말을 완전히 대신하는" 경우를 의미한다. "대체로 게으른 자들이 표현을 만들어낼 줄 몰라 자신의 나태함과 서툰 솜씨를 덮으려는 계략"[29]으로서 전고를 인용해 자기 말을 대

김수연 편역, 앞의 책 참조.

28 「문학개량에 관한 소견」(『신청년』, 1917.1.1)에 제시된 문학 개량의 여덟 가지 항목은 다음과 같다. "① 말(言)에는 반드시 내용(物)이 있어야 한다. ② 옛사람을 모방하지 않는다. ③ 반드시 문법을 중시해야 한다. ④ 병도 없이 신음하는 글을 짓지 않는다. ⑤ 진부한 상투어를 없애는 데 힘쓴다. ⑥ 전고(典故)를 인용하지 않는다. ⑦ 대구를 따지지 않는다. ⑧ 속자·속어를 기피하지 않는다."(위의 책, 55~56면)

29 위의 책, 75면.

신하는 경우를 말하는 것이다. 이처럼 후스의 문학 개량론은 작가 자신의 정감과 사상을 스스로 고안한 말을 통해 형식에 구애받지 않고 정확하게 표현하자는 것으로 요약될 수 있다. 전고의 인용이나 옛 것의 모방을 경계하는 이같은 입장에서도 물론 '작품다운 작품'에 대한 열망이 환기된다. 1917년 「문학개량에 관한 소견」을 발표한 후스는 그로부터 1년 뒤 「건설적 문학혁명론」『신청년』, 1918.4.15에서 위의 "팔불주의"를 긍정적인 어투로 바꾸어 문학 개량의 네 가지 항목으로 정리해 제시하는데, 여기서 그의 입장이 보다 명료하게 드러난다. 그 네 가지 항목은 "① 할 말이 있을 때 말을 해라. ② 하고자 하는 말을 하고, 말하고 싶은 방식으로 써라. ③ 자신의 말을 하고 남의 말을 하지 말라. ④ 자기 시대의 말을 사용하라"이다.

시조 혁신을 신문학운동의 일환으로 이해했으며, 특히나 '작품다운 작품'의 혁신을 강조한 이병기의 문학 혁신론은 전반적으로 후스의 문학 개량론과 그 뜻을 함께 한다. 「역사적 문학관념론」에서 제시된 문학 개량에 관한 후스의 기본적인 입장을 한 마디로 정리하면, "오늘날 사람들은 오늘날 사람들의 문학을 만들어야 한다"[30]는 것이다. 후스를 비롯한 중국의 신문학운동가들이 특히 문언문文言文이 아닌 백화문白話文을 "중국문학의 추세"[31]로서 주장하고 귀족문학이 아닌 평민문학으로서의 '국민문학'을 강조한 것은, 조선문학의 실체로서 한글을 강조하고 누구에게나 창작이 용이한 시조를 바탕으로 조선문학 건설의 필요성을 강조한 이병기의 시조 혁신론과 동궤에 있는 것이다. 시조를 경유한 최남선의 국민문학이 '조선'이라는 균질한 공동체를 이념적으로 상상했다면, 이병기는 시대에 따라

---

30 후스, 「역사적 문학관념론」(『新青年』, 1917.5.1), 위의 책, 165면.
31 위의 글, 167면.

달라지는 문학사의 특수한 국면들을 고려하면서 개별적 창작 주체들의 특수성을 표출할 수 있는 방향으로 시조의 혁신을 강조했다고 할 수 있다.

이병기가 시조 혁신을 위해 여섯 가지의 원칙을 제시하고 있지만 그의 시조혁신론에서 중요한 것은 결국 "감정의 의미"를 담아내는 일과 그것을 작가 개인의 리듬에 맞춰 표현하는 일로 정리될 수 있다. 이 두 가지를 충족시켜 "의미와 운율이 곧 일체"[32]가 되도록 하는 작가 개인의 법칙으로서 이른바 "격조格調"가 제안된다.

> 시조時調의 내용內容을 혁신革新하되, 그 표현表現하는 방법方法에 있어서는 자기自己의 주관主觀으로써 하는 서정抒情 그것과, 객관客觀으로써 하는 서경敍景 그것—어느 것이든지를 다 쓸 수가 있다. 다시 말하면, 절실切實한 감정感情이나 또는 색채色彩가 가득한 감각적感覺的 광경光景을 표현表現함에 다 쓸 수 있다. 어떤 이는 시조時調는 서경敍景보다도 서정抒情에 마땅하다고 하지마는 그는 그 반면反面만 본 것이다. 또 어떤 이는 시조時調는 만능萬能이라고 하지마는 그것도 아니다. 시조時調도 시가詩歌의 일종一種이다. 시詩다 예술藝術이다 하나, 이 점點을 오해誤解함으로 하여 종종 말썽이 된다. 딴은 시조時調를 우상화偶像化할 것도 없으려니와 배척排斥할 것도 없다. 신시新詩를 짓듯, 동요童謠·민요民謠를 짓든, 또는 시조時調를 짓든 사람사람의 자유自由다.[33]

격조格調는 과연 음악音樂과도 다르다. 음악音樂은 소리 그것에만 의미意味 있을 뿐이지만, 격조格調는 그 말과 소리가 합치合致한 그것에 있다. 그러므로 말

---

32 이병기, 「시조와 그 연구」, 『가람문선』, 248면.
33 이병기, 「시조는 혁신하자」, 위의 책, 320~321면.

을 떠나서는 격조格調도 없다.

　그런데 시조時調의 격조格調는 그 작가 자신作家自身의 감정感情으로 흘러나오는
리듬에서 생기며, 동시에 그 작품作品의 내용의미內容意味와 조화調和되는 그것이
라야 한다. 그렇지 않으면 딴 것이 되어 버린다. 공교스럽다 하여도 죽은 기
교技巧일 뿐이다.[34]

　위의 인용은 모두 "1. 실감실정을 표현하자"라는 항목에 대한 설명으로
제시된 것이다. 이병기의 시조창작론은 위의 두 단락에서 보듯 "자기"의
주관적 실체인 내면의 감정과 자신의 객관적 실체인 외부 세계를 실재적
으로 표현해내는 것, 그리고 그러한 감정의 의미를 "작가 자신"의 리듬으
로 표현하는 것으로 요약해볼 수 있다. 이병기가 시조의 창작과 관련하여
중시하는 것은 바로 작가 개인의 개성에 관한 것이다. 사실 이러한 이병기
의 창작론은 김억이 「시형의 음률과 호흡」1919에서 말한 "작가 그 사람의
음률"혹은 "시인 자기의 주관"이나, 주요한이 「노래를 지으시려는 이에
게」『조선문단』, 1924.10에서 말한 창작의 "개성"과 크게 다를 것이 없어 보인
다. 자유시의 원리로서 제시되는 개개인의 감정과 리듬에 대한 설명은 언
제나 다소 추상적인 것일 수밖에 없다. 근대적 자유시가 일시적이고 파편
적인 근대적 개인의 개별적인 감정과 체험을 전제로 하는 것이기 때문에
그럴 수도 있고, 자유라는 것이 애초에 그 자체로는 설명되기 힘들고 언제
나 특정한 규율로부터의 탈피라는 소극적 의미로서 이해되기가 쉽기 때
문일 수도 있다. 자유시의 원리가 명확하게 제시되는 것은 어불성설에 가
깝다. 자유시에 대한 이해는 기존의 정형시를 해체하는 방식으로서만, 혹

34　위의 글, 『가람문선』, 326~327면.

은 개별 작품들의 구체적 양상에 주목함으로써 사후적으로만 가능해질 수밖에 없다.

이러한 사실을 인식하고 있는 듯 이병기는 다수의 시조 작품들을 열거하고 비평하는 방식을 경유해 자신의 창작방법론을 구체화한다. 위의 첫 인용문의 마지막 부분에서 보듯 "시조를 우상화할 것도 없"다는 발언처럼 이병기의 시조창작론은 자유시의 작법과 별반 다를 것이 없었는데, 우리는 그의 시조 인식을 통해 결국 자유시의 창작이 작가 개인의 개별적 특수성을 전제로 한다는 사실과 이같은 근대적 자유시의 성립 과정에서 비로소 문학의 보편적 개별성에 관한 이해가 가능해졌다는 사실을 확인하게 된다. 이병기의 시조창작론은 어떤 특정한 이념적 지향을 갖고 있지 않으며, 개인의 개별적 감정을 고유의 말로 표현하는 근대적 문학 행위를 실현하는 과정에서 필연적으로 도출된 것이라 할 수 있다. 이병기의 시조혁신론은 두 가지 의미에서 근대적 자유시의 성립을 가시화한다. 첫째, 시조가 전래의 '정형' 장르라는 점에서 그 고정된 형식에 변형을 가하는 시조 혁신의 과정 속에서 근대적 문학 행위의 자유가 가시적으로 실현된다. 둘째, 앞장에서 살폈듯 시조는 "기성시형으로서의 가장 자유스럽고 자연스럽게 된 것"으로서 조선인에게 가장 익숙하고 편리한 장르라는 점에서 시조를 매개로 한 창작은 근대적 자유시 창작의 진입 장벽을 낮추는 데 기여한다. 최남선에게 조선문학의 성립을 위해 시조가 요청되는 과정에서 논리적 공백이 발생할 수밖에 없었다면, 근대적 자유시의 성립을 위해 시조를 요청하는 이병기에게는 비교적 합리적이고 필연적인 이유가 있었다고 할 수 있다.

이처럼 이병기의 시조혁신론이 조선문학의 전통을 확인하는 데에 그 목적이 있었다고 볼 수는 없다. 이병기의 시조혁신론에는 근대적 자유시의 창작이라는 보다 문학적인 이유가 근본적인 동력으로 작용하고 있다. 풍류적인 태도를 보이며 전통의 현재화에 힘쓴 이병기를 통해 우리가 발견하는 것은 문학에 대한 이와 같은 급진적이고도 현대적인 태도이다. 이병기의 시조혁신론은 문학혁신론이라 보아도 무방하다.

4. 시조를 경유하여 근대문학 사유하기

근대문학의 성립 과정은 개별적인 개체들이 자신의 특수성을 인식해가는 과정으로 설명될 수 있다. 넓게는 민족과 국가 혹은 계급이라는 특수성이, 좁게는 개개인의 감정과 정서라는 특수성이 인식되는 과정 속에서 제도로서의 근대문학이 성립되고 문학성에 대한 근본적인 사유가 시작된다. 근대적 자유시가 유입되고 형성되어 가던 1920년대 후반의 문단에서 일군의 문인들이 '시조'라는 전래의 시가 양식에 주목하는 장면을 통해 우리는 이같은 특수성에 대한 다양한 인식들을 추출해볼 수 있다. 특히 최남선과 이병기는 시조의 혁신이라는 기본적인 입장을 공유하면서도 근대문학으로서의 조선문학의 성립에 대해 상이한 입장을 드러내고 있다는 점에서 흥미로운 비교 대상이 된다. 이들에게 시조는 '자기'인식을 위한 중요한 통로로서 작용하는데, 이때 최남선의 '자기'는 개개인을 민족이라는 균질한 공동체 안으로 무화시킨 자기인 반면, 이병기의 '자기'는 전적으로 작가 개인이자 개별 작품 그 자체가 된다. 시조를 통한 최남선의 자기인식은 배타적인 대타항을 설정함으로써 결국 조선주의라는 자기동일성에 함몰되었으며 이때 시조라는 장르는 사라지는 매개자에 불과한 것이 되어버렸다는 한계를 지닌다. 시조를 통한 이병기의 자기인식은 작가 개인의 감정과 리듬을 표출하는 것과 관련되는데, 이러한 이병기의 시조창작론, 나아가 시 창작론은 오로지 개별 작품의 창작에 집중한다. 이때의 자기인식은 각각의 창작 주체라는 무한한 개별적 특수성을 전제로 한다는 점에서 최남선의 자기인식보다 근본적인 것이 된다.

시조부흥을 통한 조선문학의 성립은 모두 특정한 보편의 항에 대한 나름의 특수성을 인식하는 과정에서 진행된 것인 바, 최남선은 제국으로서의 일본을 보편의 항으로 설정한 반면, 이병기는 근대문학이라는 제도 자체를 보편성의 항으로 설정하였다고 말해볼 수 있다. 보편성에 대한 이러한 인식의 차이로 인해 최남선은 폐쇄적인 자기동일성의 조선주의로 함몰되고 이병기는 시조라는 정형定型 양식을 바탕으로 하여 개별적 창작 행위의 특수성에 대해 사유하게 되었다고 정리할 수 있겠다. 최남선과 이병기의 상반되는 시조론은 1920년대의 시조부흥론과 관련하여, 더 나아가 민족문학으로서의 근대문학의 성립과 관련하여 보편과 특수의 변증법에 관한 다양한 스펙트럼을 제공한다는 점에서 여전히 서로가 서로의 참조점이 되어준다. 나아가 이들의 논의는 개인의 감정과 공동체의 정서가, 개인의 리듬과 문학의 형식이, 더불어 특수한 이념과 문학의 존재가 어떤 방식으로 결부되는지에 대해 숙고하도록 한다는 점에서, 여전히 살아 있는 담론이 된다.

참고문헌

기본자료

『조선문단』, 『신민』, 『창조』, 『단층』, 『문학동네』, 『창작과비평』, 『문학과지성』, 『문학과사회』, 『실천문학』 등

권영민 편, 『이상 전집 2 - 단편소설』, 2009, 뿔.

기형도, 『(기형도 시전집) 길 위에서 중얼거리다』, 문학과지성사, 2019.

김동인, 『김동인 전집』, 삼중당, 1976.

_____, 『김동인 전집』, 조선일보사, 1988.

김수영, 『김수영 전집』, 민음사, 2003.

김춘수, 『(자전소설) 꽃과 여우』, 민음사, 1993.

_____, 『김춘수 시론 전집 I』, 현대문학사, 2004.

_____, 『김춘수 시론 전집 II』, 현대문학사, 2004.

김현, 『김현문학 전집 1 - 한국문학의 위상 / 문학사회학』, 문학과지성사, 1991.

___, 『김현문학 전집 2 - 현대 한국문학의 이론 / 사회와 윤리』, 문학과지성사, 1991.

___, 『김현문학 전집 3 - 상상력과 인간 / 시인을 찾아서』, 문학과지성사, 1991.

___, 『김현문학 전집 4 - 문학과 유토피아』, 문학과지성사, 1992.

___, 『김현문학 전집 8 - 프랑스 비평사(근대 / 현대편)』, 문학과지성사, 1992.

___, 『김현문학 전집 11 - 현대 비평의 양상』, 문학과지성사, 1991.

___, 『김현문학 전집 12 - 존재와 언어 / 현대 프랑스문학을 찾아서』, 문학과지성사, 1992.

남진우 편, 『김춘수 대표에세이 - 왜 나는 시인인가』, 현대문학, 2005

박해현·박혜경·성석제·원재길 편, 『기형도 전집』, 문학과지성사, 1999.

백낙청, 『민족문학과 세계문학 I - 인간해방의 논리를 찾아서』, 창비, 2011.

_____, 『민족문학과 세계문학 II - 민족문학의 현단계』, 창작과비평사, 1985.

_____, 『백낙청 회화록 1 - 1968~1980』, 창비, 2007.

이영준 편, 『김수영 전집 1 - 시』, 민음사, 2018.

_____, 『김수영 전집 2 - 산문』, 민음사, 2018.

이병기, 『가람문선』, 신구문화사, 1966.

최명익, 「비오는 길」, 『조광』, 1936.4.

_____, 「무성격자」, 『조광』, 1937.9.

논저

강계숙, 「김수영은 시작노트를 왜 일본어로 썼을까?」, 『현대시』, 2005.8.

_____, 「1960년대 한국시에 나타난 윤리적 주체의 형상과 시적 이념 – 김수영, 김춘수, 신동엽의 시를 중심으로」, 연세대 박사논문, 2008.

강내희, 「혁명사상 전통 계승으로서의 1990년대 한국의 문화 연구」, 『문화 연구』 2-2, 한국문화 연구학회, 2013.

강동호, 「파괴된 꿈, 전망으로서의 비평」, 『문학과사회』, 2013 봄.

강지윤, 「개인과 사회, 그리고 여성 – 1950~1960년대 문학의 내면과 젠더」, 『민족문학사연구』 67, 민족문학사연구소, 2018.

구인모, 「최남선과 국민문학론의 위상」, 『한국근대문학 연구』 6, 한국근대문학회, 2005.

_____, 『한국 근대시의 이상과 허상 – 1920년대 '국민문학'의 논리』, 소명출판, 2008.

권보드래, 「4월의 문학, 근대화론에 저항하다 – 1960년대 문학의 새로운 정신, 『산문시대』에서 『창작과비평』까지」, 『1960년을 묻다 – 박정희 시대의 문화정치와 지성』, 천년의상상, 2012.

권성우, 「베를린 · 전노협 그리고 김영현 – 90년대 사회와 문화」, 『문학과사회』, 1990 봄.

_____, 「다시, 신세대문학이란 무엇인가」, 『창작과비평』, 1995 봄.

_____, 「대중문화시대의 문학비평 – 그 불우한 자존심의 운명」, 『문학동네』, 1996 여름.

_____, 「신세대 문학에 대한 비평가의 대화」, 『문학과사회』, 1997 봄.

_____, 「4 · 19세대 비평의 성과와 한계」, 『문학과사회』, 2000 여름.

권영민 편, 『한국의 문학비평』 1, 민음사, 2005.

_____, 『이상 텍스트 연구』, 뿔, 2009.

권오룡 외편, 『문학과지성사 30년 – 1975~2005』, 문학과지성사, 2005.

권혁웅, 「기형도 시의 주체 연구」, 『한국문예비평연구』 34, 한국현대문예비평학회, 2011.

권희철, 「속삭이는 목소리로서의 '대동강'과 어머니 형상의 두 얼굴」, 『한국근대문학 연구』 17, 한국근대문학회, 2008.4.

김건우, 「1964년 담론지형」, 『대중서사연구』 22, 대중서사학회, 2009.

_____, 「「분지」를 읽는 몇 가지 독법」, 『상허학보』 31, 상허학회, 2011.

_____, 「1960년대 담론 환경의 변화와 지식인 통제의 조건에 대하여」, 『대동문화 연구』 74, 성균관대 동아시아학술원, 2011.

김남천, 「신진소설가의 작품세계」, 『인문평론』, 1949.2.

김덕영, 『환원근대 – 한국 근대화와 근대성의 사회학적 보편사를 위하여』, 길, 2014.

김동식, 「4 · 19세대 비평의 유형학 – 『문학과지성』의 비평을 중심으로」, 『문학과사회』 2000 여름.

김동식, 「코믹하면도 비극적인 괴물의 발생학」, 『냉소와 매혹』, 문학과지성사, 2002.

김명석, 『한국 소설과 근대적 일상의 경험』, 새미, 2002.

김문주, 「김수영 시의 성(性)의 정치학」, 『우리어문연구』 45, 우리어문학회, 2013.

김미영, 「이상의 문학에 나타난 건축과 회화의 영향 연구」, 『국어국문학』 154, 국어국문학회, 2010.

김백영, 『지배와 공간-식민지 도시 경성과 일본 제국』, 문학과지성사, 2009.

김병익, 『새로운 글쓰기와 문학의 진정성』, 문학과지성사, 1997.

_____, 「90년대 젊은 비평의 새로운 양상」, 『문학과사회』, 1993 겨울.

_____, 「신세대와 새로운 삶의 양식, 그리고 문학」, 『문학과사회』, 1995 여름.

_____, 「자본-과학 복합체 시대에서의 문학의 운명」, 『문학과사회』, 1997 여름.

김성환, 「1960~1970년대 계간지의 형성과정과 특성 연구」, 『한국현대문학 연구』 30, 한국현대문학회, 2010.

김승구, 「시적 자유의 두 가지 양상」, 『한국현대문학 연구』 17, 한국현대문학회, 2005.

김영민, 「세대론과 순수문학 이론 논쟁」, 『한국근대문학비평사』, 소명출판, 1999.

_____, 「동인지 『창조』와 한국의 근대소설」, 『현대문학의 연구』 18, 한국문학 연구학회, 2002.

김영찬, 『비평극장의 유령들』, 창비, 2006.

_____, 『비평의 우울』, 문예중앙, 2011.

_____, 「'1990년대'는 없다-하나의 시론, '1990년대'를 읽는 코드」, 『한국학논집』 59, 계명대 한국학연구소, 2015.

김예리, 「이상 시의 공백으로서의 '거울'과 地圖的 글쓰기의 상상력」, 『한국현대문학 연구』 25, 한국현대문학회, 2008.

_____, 「김춘수의 '무의미시론' 비판과 시의 타자성」, 『한국현대문학 연구』 38, 한국현대문학회, 2012.

김예림, 「어떤 영혼들-산업노동자의 '심리' 혹은 그 너머」, 『상허학보』 40, 상허학회, 2014.

김원, 「'한국적인 것'의 전유를 둘러싼 경쟁-민족중흥, 내재적 발전 그리고 대중문화의 흔적」, 『사회와 역사』 93, 한국사회사학회, 2012.

_____, 「80년대에 대한 '기억'과 '장기 1980년대'」, 『한국학연구』 36, 인하대 한국학연구소, 2015.

김유중, 『김수영과 하이데거』, 민음사, 2007.

김윤식, 『한국근대문예비평사연구』, 일지사, 1976.

_____, 『김동인 연구』, 민음사, 1987.

_____, 『이상문학 텍스트 연구』, 서울대 출판부, 1998.

김윤식·정호웅, 『한국소설사』, 예하, 1993.

김이석, 「동인지 『단층』에서」, 『서울신문』, 1959.5.28.

김정란·방민호·김영하·김사인, 「1990년대 문학을 결산한다」, 『창작과비평』, 1998 가을.

김정훈, 「『단층』 시 연구」, 『국제어문』 42, 국제어문학회, 2008.

김주현, 『이상소설연구』, 소명출판, 1999.

김준오, 『현대시와 장르 비평』, 문학과지성사, 2009.

김철 편, 『(이광수 장편소설) 무정』, 문학과지성사, 2005.

김춘식, 『미적 근대성과 동인지 문단』, 소명출판, 2003.

김치수, 『김치수 문학전집 2 – 문학사회학을 위하여』, 문학과지성사, 2015.

김태환, 『문학의 질서 – 현대 문학이론의 문제들』, 문학과지성사, 2007.

_____, 「은유와 진리 – 폴 드 만의 『독서의 알레고리』의 출간에 부쳐」, 『문학과사회』, 2010
　　　　가을.

김행숙, 「근대시 형성기에 있어서의 '감정'의 의미」, 『어문논집』 44, 민족어문학회, 2001.

_____, 「'시적인 것'과 '정치적인 것' – 김수영의 시론 「시여, 침을 뱉어라」를 중심으로」, 『국
　　　　제어문』 47, 국제어문학회, 2009.

김현, 「이상에 나타난 '만남'의 문제」, 김윤식 편, 『이상문학전집 4』, 문학사상사, 1995.

___, 『한국문학의 위상』, 문학과지성사, 1996.

김현주, 「『창작과비평』의 근대사 담론 – 후발자본주의 사회의 역사적 사회과학」, 『상허학보』
　　　　36, 상허학회, 2012.

김형중, 「진정할 수 없는 시대, 소설의 진정성」, 『변장한 유토피아』, 랜덤하우스 중앙, 2006.

_____, 「문학, 사건, 혁명 – 4·19와 한국문학」, 『국제어문』 49, 국제어문학회, 2010.

김홍중, 『마음의 사회학』, 문학동네, 2009.

_____, 「탈존주의의 극장」, 『문학동네』, 2014 여름.

나종석, 「탈민족주의 담론에 대한 비판적 성찰 – 탈근대적 민족주의 비판을 중심으로」, 『인문
　　　　연구』 57, 영남대 인문과학연구소, 2009.

_____, 「90년대 한국에서의 포스트모더니즘의 수용사 연구 – 학제적 주체의 사회인문학적
　　　　탐색 시도」, 『철학연구』 120, 대한철학회, 2011.

남진우, 『숲으로 된 성벽』, 문학동네, 1999.

노영기 외, 『1960년대 한국의 근대화와 지식인』, 선인, 2004.

도정일, 「포스트모더니즘 – 무엇이 문제인가」, 『창작과비평』, 1991 봄.

_____, 「시뮬레이션 미학, 또는 조립문학의 문제와 전망」(『문학사상』, 1992.7), 『(개정판)
　　　　시인은 숲으로 가지 못한다』, 문학동네, 2016.

란명 외, 『李箱적 越境과 詩의 生成』, 역락, 2010.

류보선, 「기교에의 의지, 혹은 이상문학의 계몽성」, 『한국현대문학 연구』 6, 한국현대문학회, 1998.

류준필, 「백낙청 리얼리즘론의 문제성과 현재성」, 『창작과비평』, 2010 가을.

박기순, 「표면의 탐험가 오귀스트 로댕」, 서동욱 외, 『미술은 철학의 눈이다-하이데거에서 랑시에르까지, 현대철학자들의 미술론』, 문학과지성사, 2014.

박상준, 『한국 근대문학의 형성과 신경향파』, 소명출판, 2000.

박연희, 「김수영의 전통 인식과 자유주의 재론-「거대한 뿌리」(1964)를 중심으로」, 『상허학보』 33, 상허학회, 2011.

_____, 「1970년대 『창작과비평』의 민중시 담론」, 『상허학보』 41, 상허학회, 2014.

_____, 「『청맥』의 제3세계적 시각과 김수영의 민족문학론」, 『한국문학 연구』 53, 동국대 한국문학 연구소, 2017.

박지영, 「번역과 김수영문학」, 김명인·임홍배 편, 『살아있는 김수영』, 창비, 2005

_____, 「김수영문학과 '번역'」, 『민족문학사연구』 39, 민족문학사연구소, 2009.

박찬승, 『민족, 민족주의』, 소화, 2010.

박치범, 「이상 삽화 연구」, 『어문연구』 145, 한국어문교육연구회, 2010.

박해현·성석제·이광호 편, 『정거장에서의 충고-기형도의 삶과 문학』, 문학과지성사, 2009.

박현수, 『모더니즘과 포스트모더니즘의 수사학』, 소명출판, 2003.

방민호, 『일제 말기 한국문학의 담론과 텍스트』, 예옥, 2011.

배개화, 「이병기를 통해 본 근대적 '문학어'의 창안」, 『어문학』 89, 한국어문학회, 2005.

배하은, 「만들어진 내면성」, 『한국현대문학 연구』 50, 한국현대문학회, 2016.12.

백낙청·황종연, 「도전인터뷰-무엇이 한국문학의 보람인가-문학평론가 백낙청과의 대화」, 『창작과비평』, 2006 봄.

백문임, 「이상의 모더니즘 방법론 고찰」, 『상허학보』 4, 상허학회, 1998.

_____, 「한국의 문학 담론과 '문화'」, 『문화과학』 25, 문화과학사, 2001 봄.

백지은, 「1960년대 문학적 언어관의 지형-순수 / 참여 논쟁의 결과에 드러난 1960년대적 '문학성'의 양상」, 『국제어문』 46, 국제어문학회, 2009.

서기재, 「전략(戰略)으로서의 리얼리티-일본 근대 「여행안내서」를 통하여 본 '평양'」, 『비교문학』 34, 한국비교문학회, 2004.

서동욱, 「감정교육」, 『문학수첩』, 2009 여름.

서영채, 『소설의 운명』, 문학동네, 1995.

_____, 『사랑의 문법』, 민음사, 2004.

_____, 『문학의 윤리』, 문학동네, 2005.

서영채, 『미메시스의 힘』, 문학동네, 2013.

_____, 『죄의식과 부끄러움』, 나무나무, 2017.

_____, 「신경숙의 『외딴방』과 1990년대의 마음」, 『문학동네』, 2017 봄.

서은주, 「1970년대 문학사회학의 담론 지형」, 『현대문학의 연구』 45, 한국문학 연구학회, 2001.

_____, 「지식인 담론의 지형과 '비판적' 지성의 거처」, 『민족문학사연구』 54, 민족문학사연구소, 2014.

_____ · 김영선 · 신주백 편, 『권력과 학술장―1960년대~1980년대 초반』, 혜안, 2014.

서철원, 「시조사의 편성 과정과 최남선의 시가 인식」, 『민족문학사연구』 49, 민족문학사연구소, 2012.

성민엽, 「포스트모더니즘 담론과 오해된 포스트모더니즘」, 『문학과사회』, 1998 가을.

소영현, 「캄캄한 밤의 시간을 거니는 검은 소 떼를 구해야 한다면」, 『분열하는 감각들』, 문학과지성사, 2010.

_____, 「좀비비평의 미래」, 『문학과사회』, 2012 겨울.

_____, 「중심 / 주변의 위상학과 한반도라는 로컬리티」, 『현대문학의 연구』 56, 한국문학 연구학회, 2015.

_____, 「비평 시대의 젠더적 기원과 그 '불만'―「분례기」에서 「객지」로, 노동 공간의 전환과 '노동(자)―남성성'의 구축」, 『대중서사연구』 24(3), 대중서사학회, 2018.

손유경, 「백낙청의 민족문학론을 통해 본 1970년대식 진보의 한 양상」, 『한국학연구』 35, 인하대 한국학연구소, 2014.

_____, 「현장과 육체―『창작과비평』의 민중 지향성 분석」, 『현대문학의 연구』, 56, 한국문학 연구학회, 2015.

송은영, 「비평가 김현과 분단에 대한 제3의 사유」, 『역사문제연구』 31, 역사문제연구소, 2014.

송종원, 「기형도 시에 나타난 시대적 징후」, 『인문학 연구』 30, 인천대 인문학 연구소, 2018.12.

신범순, 「주요한의 「불놀이」와 축제 속의 우울」, 『시작』, 2002 겨울.

_____, 『이상의 무한정원 삼차각 나비』, 현암사, 2007.

_____ 외, 『이상의 사상과 예술』, 신구문화사, 2007.

신수정, 「「단층」파 소설연구」, 서울대 석사논문, 1992.

_____, 『푸줏간에 걸린 고기』, 문학동네, 2003.

_____ · 김미현 · 이광호 · 이성욱 · 황종연 좌담, 「다시 문학이란 무엇인가」, 『문학동네』, 2000 봄.

신형철, 「이상(李箱) 시에 나타난 '시선(視線)'의 정치학과 '거울'의 주체론 연구」, 『한국현대문학 연구』 12, 한국현대문학회, 2002.

신형철, 「당신의 X, 그것은 에티카」, 『몰락의 에티카』, 문학동네, 2008.

인지영, 「공감의 윤리와 슬픔의 변증법-기형도 시를 중심으로」, 『한국학연구』 44, 인하대 한국학연구소, 2017.

양진오, 「비평, 새로운 전망 기획을 위한 내면적 싸움」, 『문학동네』, 1996 여름.

오세영, 「김춘수의 무의미시」, 『한국현대문학 연구』 15, 한국현대문학회, 2004.

오연경, 「기형도의 사후 주체와 거리두기 전략」, 『한국시학연구』 58, 한국시학회, 2019.

오태호, 「김현 비평에 나타난 '문체적 특성' 연구」, 『민족문학사연구』 58, 민족문학사연구소, 2015.

오혜진 외, 『문학을 부수는 문학들-페미니스트 시각으로 읽는 한국 현대문학사』, 민음사, 2018.

유희석, 「기형도와 1980년대」, 『창작과비평』, 2003 겨울.

윤수하, 「이상 시의 추상 회화 기법에 대한 연구」, 『국어국문학』 151, 국어국문학회, 2009.

윤지관, 「90년대 정신분석-문학담론의 징후 읽기」, 『창작과비평』, 1999 여름.

윤평중, 「왜 지금 여기서 포스트 모던 논쟁인가?」, 『철학연구』 33, 철학연구회, 1993.

이경란, 「역사학자들의 담론적 실천-『사상계』 『창작과비평』」, 권보드래 외, 『지식의 현장 담론의 풍경-잡지로 보는 인문학』, 한길사, 2012.

이경훈, 『이상, 철천의 수사학』, 소명출판, 2000.

이광호, 「'신세대 문학'이란 무엇인가」, 『환멸의 시학』, 민음사, 1995.

_____, 「'1990년대'는 끝나지 않았다-'1990년대 문학'을 바라보는 몇 가지 관점」, 『문학과 사회』 46, 1999 여름.

_____, 「보이지 않는 '비평의 시대'」, 『문학동네』, 1999 가을.

_____, 「자유의 시학과 미적 현대성-김수영과 김춘수 시론에 나타난 '무의미'의 문제를 중심으로」, 『한국시학연구』 12, 한국시학회, 2005.

_____, 『이토록 사소한 정치성』, 문학과지성사, 2006.

_____, 「문학 장치의 경계에서-'문학권력론'의 재인식」, 『문학과사회』, 2015 겨울.

이근식, 「진보적 자유주의와 한국 자본주의」, 최태욱 편, 『자유주의는 진보적일 수 있는가』, 폴리테이아, 2011.

이미순, 「김수영 시에 나타난 바타이유의 영향」, 『한국현대문학 연구』 23, 한국현대문학회, 2007.

_____, 「김수영의 시론에 미친 프랑스문학이론의 영향-조르주 바타이유를 중심으로」, 『비교문학』 42, 한국비교문학회, 2007.

_____, 「김수영의 언어론에 대한 연구」, 『개신어문연구』 31, 개신어문학회, 2010.

이병천, 「권위주의적 근대화의 역사적 기원-식민지 기원론의 비판적 검토」, 『역사비평』 97,

역사비평사, 2011.

이석훈, 「문단풍토기-평양편」, 『인문평론』, 1940.8.

이성욱, 『비평의 길』, 문학동네, 2004.

_____, 「'심약한' 지식인에 어울리는 파멸」, 『한길문학』, 1992 여름.

_____, 「문학과 키치」, 『문학과사회』, 1998 겨울.

이성희, 「김춘수 시의 멜랑콜리와 탈역사성 연구」, 서울대 박사논문, 2011.

이수형, 「백낙청 비평에 나타난 지정학적 인식과 인간본성의 가능성」, 『외국문학 연구』 57, 한국외국어대 외국문학 연구소, 2015.

이정석, 「이상의 「지도의 암실」론」, 『우리문학 연구』 30, 우리문학 연구회, 2010.

이현석, 「60~70년대 담론의 실정성과 백낙청의 문학비평」, 『개신어문연구』 30, 개신어문학회, 2011.

이형대, 「가람 이병기와 국학」, 『민족문학사연구』 10, 민족문학사연구소, 1997.

이혜령, 「기형도라는 페르소나」, 『상허학보』 56, 상허학회, 2019.6.

임규찬, 「새로운 현실 상황과 문학의 길」, 『문학동네』, 1999 봄.

임우기, 「왜 리얼리즘인가?-'흔적의 문학'에 대한 인식」, 『문학과사회』, 1992 봄.

임철균, 「입 속의 검은 잎-죽음의 새 기형도」, 『문학과사회』 23(4), 문학과지성사, 2010.

임화, 「창작계일년」, 『조광』, 1939.2.

장미경, 「1960~1970년대 가정주부(아내)의 형성과 젠더정치-『여원』, 『주부생활』 잡지 담론을 중심으로」, 『사회과학연구』 15(1), 서강대 사회과학연구소, 2007.

전병준, 『김수영과 김춘수, 적극적 수동성의 시학』, 서정시학, 2013.

정과리, 「소집단 운동의 양상과 의미」, 『문학, 존재의 변증법』, 문학과지성사, 1985.

_____, 「특이한 생존, 한국 비평의 현상학」, 『문학과사회』, 1994 봄.

_____, 「김현 비평의 현재성」, 『문학과사회』, 2000 여름.

_____, 「김수영과 프랑스문학의 관련양상」, 『한국시학연구』 22, 한국시학회, 2008.

정명중, 「증오에서 분노로」, 『민주주의와 인권』 13(2), 2013.

정종현, 「한국 근대소설과 '평양'이라는 로컬리티」, 『사이(SAI)』 4, 2008.

정항균, 『"typEmotion-문자학의 정립을 위하여』, 문학동네, 2012.

조강석, 『비화해적 가상의 두 양태-김수영과 김춘수의 시학 연구』, 소명출판, 2011.

_____, 「김수영의 시의식 변모 과정 연구-'시적 연극성'과 '자코메티적 전환'을 중심으로」, 『한국시학연구』 28, 한국시학회, 2010.

_____, 「이상의 「오감도」 연작에 개진된 알레고리적 태도와 방법 연구」, 『현대문학의 연구』 41, 한국문학 연구학회, 2010.

_____, 「1960년대 한국시의 정동(情動)과 이미지의 정치학(1)-김수영의 경우」, 『한국학

　　　　연구』 38, 인하대 한국학연구소, 2015.8.

조남현, 「난해시 배경론」, 『문학과 정신사적 자취』, 이우출판사, 1984.

＿＿＿, 『한국현대문학사상 연구』, 서울대 출판부, 1994.

조연정, 「이상문학에서 '분신' 테마의 의미와 그 양상」, 신범순 외, 『이상문학 연구의 새로운 지평』, 역락, 2006.

＿＿＿, 「무심코 그린 얼굴－'시'와 '정치'에 관한 단상」, 『만짐의 시간』, 문학동네, 2013.

조영복, 『1920년대 초기 시의 이념과 미학』, 소명출판, 2004.

조은주, 「이상문학의 건축학적 시선과 '迷宮' 모티프」, 『어문연구』 137, 한국어문교육연구회, 2008.

조재룡, 『앙리 메쇼닉과 현대비평－시학·번역·주체』, 길, 2007.

조정환, 『카이로스의 문학－삶, 그 열림과 생성의 시간』, 갈무리, 2006.

조현일, 「김수영의 모더니티관과 『파르티잔 리뷰』」, 김명인·임홍배 편, 『살아있는 김수영』, 창비, 2005.

조형준, 「문학의 새로운 지배양식과 '문학의 위기'론에 관한 소론」, 『문학동네』, 1995 겨울.

차승기, 『반근대적 상상력의 임계들』, 푸른역사, 2009.

＿＿＿, 「근대문학에서의 전통 형식 재생의 문제－1920년대 시조부흥론을 중심으로」, 『상허학보』 17, 상회학회, 2006.

차원현, 「5·18과 한국소설」, 『한국현대문학 연구』 31, 한국현대문학회, 2010.

천정환, 『시대의 말 욕망의 문장－123편 잡지 창간사로 읽는 한국 현대 문화사』, 마음산책, 2014.

＿＿＿, 「서발턴은 쓸 수 있는가－1970~80년대 민중의 자기재현과 '민중문학'의 재평가를 위한 일고」, 『민족문학사연구』 47, 민족문학사연구소, 2011.

＿＿＿, 「그 많던 '외치는 돌멩이'들은 어디로 갔을까－1980~90년대 노동자문학회와 노동자 문학」, 『역사비평』, 2014 봄.

＿＿＿, 「창비와 '신경숙'이 만났을 때－1990년대 한국문학장의 재편과 여성문학의 발흥」, 『역사비평』, 2015 가을.

최원식, 「문학의 귀환」, 『창작과비평』, 1999 여름.

＿＿＿, 「고전비평의 탄생－가람 이병기의 문학사적·지성사적 위치」, 『민족문학사연구』 49, 민족문학사연구소, 2012.

최재서, 「리얼리즘의 확대와 심화」, 『조선일보』, 1936.10.31~11.7.

최하림, 『김수영 평전』, 실천문학, 2001.

최현식, 「근대계몽기 '한양-경성'의 이중 표상과 시적 번역」, 『상허학보』 26, 상허학회, 2009.

＿＿＿, 「노래하는 민족, 읽는 서정－최남선과 이병기의 시조론 재고(再考)」, 『한국학연구』

28, 인하대 한국학연구소, 2012.

칼톤 레이크, 「자코메티의 지혜」, 『세대』, 1966.4.

표정옥, 「이상 소설 「동해」와 「실화」의 영상성 연구」, 『국어국문학』 139, 2005.

하상일, 「김현의 비평과 『문학과지성』의 형성과정」, 『비평문학』 27, 한국비평문학회, 2007.

한래희, 「김현 비평에서 '공감의 비평'론과 '현실 부정의 힘으로서의 문학'론의 상관성 연구」, 『현대문학의 연구』 53, 한국문학 연구학회, 2014.

_____, 「김현의 마르쿠제 수용과 기억의 문제」, 『한국학연구』 37, 인하대 한국학연구소, 2015.

함돈균, 「이상 시의 아이러니와 미적 주체의 윤리학－정신분석적 관점을 중심으로」, 고려대 박사논문, 2010.

허윤회, 「조선어 인식과 문학어의 상상－가람 이병기를 중심으로」, 『민족문학사연구』 26, 민족문학사연구소, 2004.

홍석률, 「1960년대 한국 민족주의의 분화」, 홍석률 외, 『1960년대 한국의 근대화와 지식인』, 선인, 2004.

_____, 「민족주의 논쟁과 세계체제, 한반도 분단 문제에 대한 대응」, 『역사비평』 80, 역사비평사, 2007.

홍정선, 「70년대 비평의 정신과 1980년대 비평의 전개 양상－『창작과비평』과 『문학과지성』을 중심으로」, 『역사적 삶과 비평』, 문학과지성사, 1986.

_____, 「90년대 문학적 징후에 대한 몇 가지 단상」, 『문학과사회』, 1992 겨울.

_____, 「문사(文士)적 전통의 소멸과 1990년대 문학의 위기」, 『문학과사회』, 1995 봄.

황병주, 「유신체제의 대중인식과 동원 담론」, 『상허학보』 32, 상허학회, 2011.

_____, 「1970년대 비판적 지식인의 농촌 담론과 민족재현－『창작과비평』을 중심으로」, 『역사와문화』 24, 문화사학회, 2012.

황석영, 『오래된 정원』 상, 하, 창비, 2000.

황종연, 『비루한 것의 카니발』, 문학동네, 2001.

_____, 『탕아를 위한 비평』, 문학동네, 2012.

_____, 「이광수와 풍류의 시학」, 『한국문학 연구』 8, 동국대 한국문학 연구소, 1985.

_____, 「내향적 인간의 진실」, 『21세기 문학이란 무엇인가』, 민음사, 1999.

_____, 「낭만적 주체성의 소설」, 문학사와비평학회 편, 『김동인 문학의 재조명』, 새미, 2001.

_____, 「팝 모더니즘 시대의 비평－문학과지성 비평 집단을 바라보는 한 관점」, 『문학과사회』, 2016년 봄.

_____, 「『늪을 건너는 법』 혹은 포스트모던 로망스－소설의 탄생－한국문학의 1990년대를

보는 한 관점」, 『문학동네』, 2016 겨울.

황종연 외, 「한국문학비평의 오늘과 내일」, 『한국문학평론』 10, 1999 여름.

황현산, 「르네의 바다 - 불문학자 김현」, 『문학과사회』, 1990 겨울.

_____, 「김수영의 현대성 또는 현재성」, 『창작과비평』, 2008 여름.

_____, 「번역과 시 - 외국시의 모국어 체험」, 『불어불문학 연구』 82, 한국불어불문학회, 2010 여름.

_____, 「말라르메, 송욱, 김춘수」, 『잘 표현된 불행』, 문예중앙, 2012.

역서

레베카 솔릿, 정해영 역, 『이 폐허를 응시하라 - 대재난 속에서 피어나는 혁명적 공동체에 대한 정치 사회적 탐사』, 펜타그램, 2012.

레이먼드 윌리엄스, 박만준 역, 『마르크스주의와 문학』 지만지, 2013.

_____, 이현석 역, 『시골과 도시』, 나남, 2013.

로지 잭슨, 서강여성문학 연구회 역, 『환상성 - 전복의 문학』, 문학동네, 2001.

루시 부라사, 조재룡 역, 『앙리 메쇼닉 - 리듬의 시학을 위하여』, 인간사랑, 2007.

리타 펠스키, 이은경 역, 『페미니즘 이후의 문학』, 여이연, 2010.

마사 누스바움, 조계원 역, 『혐오와 수치심 - 인간다움을 파괴하는 감정들』, 민음사, 2015.

모리스 블랑쇼, 이달승 역, 『문학의 공간』, 그린비, 2010.

발터 벤야민, 최성만 역, 『발터 벤야민 선집 6 - 언어 일반과 인간의 언어에 대하여, 번역자의 과제 외』, 2008.

빌헬름 보링거, 권원순 역, 『추상과 감정이입』, 계명대 출판부, 1982.

사이코 미나코, 나일등 역, 『문단 아이돌론』, 한겨레 출판, 2017.

샹탈 무페, 이보경 역, 『정치적인 것의 귀환』, 후마니타스, 2007.

수전 손택, 이민아 역, 『해석에 반대한다』 이후, 2002.

아즈마 히로키, 이은미 역, 『동물화하는 포스트모던 - 오타쿠를 통해 본 일본사회』, 문학동네, 2007.

알랭 바디우, 이종영 역, 『윤리학 - 악에 대한 의식에 관한 에세이』, 동문선, 2001.

_____, 장태순 역, 『비미학』, 이학사, 2010.

_____, 박정태 역, 『세기』, 이학사, 2014.

앙드레 슈미드, 정여울 역, 『제국, 그 사이의 한국』, 휴머니스트, 2007.

어네스트 겔러, 이재석 역, 『민족과 민족주의』, 청하, 1988.

에드워드 사이드, 최영석 역, 『권력, 정치, 문화』, 마티, 2012.

오타베 다네하사, 김일림 역, 『예술의 역설 - 근대 미학의 성립』, 돌베개, 2011.

이남희, 유리·이경희 역,『민중만들기 - 한국의 민주화운동과 재현의 정치학』, 후마니타스, 2015.

자크 랑시에르, 주형일 역,『미학 안의 불편함』, 인간사랑, 2008.

_____, 유재홍 역,『문학의 정치』, 인간사랑, 2009.

_____, 김상운 역,『이미지의 운명』, 현실문화, 2014.

조르조 아감벤, 김상운 역,『세속화 예찬 - 정치미학을 위한 10개의 노트』, 난장, 2010.

_____, 정문영 역,『아우슈비츠의 남은 자들 - 문서고와 증인』, 새물결, 2012.

조르주 디디 위베르만, 김홍기 역,『반딧불의 잔존 - 이미지의 정치학』, 길, 2013.

주디스 버틀러, 양효실 역,『불확실한 삶 - 애도와 폭력의 권력들』, 경성대 출판부, 2008.

천두슈·후스 외, 김수연 역,『신청년의 신문학론』, 한길사, 2012.

클레멘트 그린버그, 조주연 역,『예술과 문화』, 경성대 출판부, 2004.

테리 이글턴 외, 김준환 역,『민족주의, 식민주의, 문학』, 인간사랑, 2012.

토머스 어니스트 흄, 박상규 역,『휴머니즘과 예술철학에 관한 성찰』, 현대미학사, 1993.

페터 뷔르거, 최성만 역,『아방가르드 이론』, 지만지클래식, 2009.

페터 V. 지마, 김태환 역,『모던 / 포스트모던』, 문학과지성사, 2010.

폴 드 만, 이창남 역,『독서의 알레고리』, 문학과지성사, 2010.

초출일람

제1부_ '문학주의'시대, 1990년대의 비평장

제1장 「『문학동네』의 '1990년대'와 '386세대'의 한국문학」, 『한국문화』 81, 규장각한국학연구소, 2018.

제2장 「'문학주의'의 자기동일성 – 1990년대 『문학동네』의 비평담론」, 『상허학보』 53, 상허학회, 2018.

제3장 「'문학주의' 시대의 포스트모더니즘 – 1990년대 비평이 '포스트모더니즘'과 접속하는 방식」, 『대중서사연구』 24(4), 대중서사학회, 2018.

제4장 「기형도와 1990년대 – '환멸'이라는 형식과 '선언'을 대신한 '잠언'」, 『구보학회』 22, 구보학회, 2019.

제2부_ '계간지'시대, 1960~1970년대의 비평장

제1장 「세속화하는 지성 – 『문학과지성』의 지성 담론 재고」, 『한국현대문학 연구』, 45, 한국현대문학회, 2015.

제2장 「김현 비평에서 '이론적 실천'의 의미와 비평의 역할 – '시의 사회학'은 어떻게 가능한가?」, 『현대문학의 연구』 59, 한국문학 연구학회, 2016.

제3장 「주변부문학의 (불)가능성 혹은 문학 대중화의 한계 – 백낙청의 '시민 / 민족 / 민중문학론' 재고」, 『인문학 연구』 50, 조선대 인문학 연구원, 2016.

제3부_ 시와 정치, 김수영과 김춘수

제1장 「'번역체험'이 김수영 시론에 미친 영향 – '침묵'을 번역하는 시작 태도와 관련하여」, 『한국학 연구』 38, 고려대 한국학연구소, 2011.

제2장 「'시민'으로서 말할 자유, '시인'으로서 말하지 않을 자유 – 김수영의 탈민족주의적 '자유'」, 『비평문학』 45, 한국비평문학회, 2012.

제3장 「'추상 충동'을 실현하는 시적 실험 – 김춘수의 무의미시론에 나타난 언어의 부자유와 시의 존재론」, 『한국현대문학 연구』 42, 한국현대문학회, 2014.

제4장 「반(反)재현'의 불가능성과 '무의미시론'의 전략」, 『한국시학연구』 41, 한국시학회, 2014.

제4부_ 한국문학의 풍경들

제1장 「'독서 불가능성'에 대한 실험으로서의 「지도의 암실」」, 『한국현대문학 연구』 32, 한국현대문학회, 2010.

제2장 「평양의 경향 – 김동인과 최명익의 소설을 중심으로」, 『한국문학 연구』 38, 동국대 한국문학연구소, 2010.

제3장 「1920년대의 시조부흥론 재고(再考) – '조선'문학의 표상과 근대'문학'의 실천 사이에서」, 『한국문예비평연구』 43, 한국현대문예비평학회, 2014.